Colette Davenat ist bekannt geworden vor allem durch die fünfteilige Serie der Deborah-Romane. Ihre Werke hatten weltweiten Erfolg in ihrer Verflechtung von persönlichen Schicksalen mit historischen Verhältnissen.

Von Colette Davenat ist bisher
als Knaur-Taschenbuch erschienen:

»*Clémentine*« (Band 1091)

Vollständige Taschenbuchausgabe
Droemersche Verlagsanstalt Th. Knaur Nachf., München
Lizenzausgabe mit freundlicher Genehmigung
der F. A. Herbig Verlagsbuchhandlung, München · Berlin
Aus dem Französischen von Sylvia Madsack

Titel der Originalausgabe »Les Rougeville – Agathe«

Umschlaggestaltung Adolf Bachmann, Reischach
Umschlagfoto Fawcett, N. Y.
Druck und Bindung Ebner Ulm
Printed in Germany 5 4 3 2 1
ISBN 3-426-01418-1

Colette Davenat:
Agathe

Schicksal und Leidenschaft

Roman

Knaur

ISBN 3-426-01418-1 1080

KAPITEL 1

Rougeville, 1816

»Agathe, ich muß dich sofort sehen. Unsere Liebe ...«

Agathe lachte und schwenkte mit einer Hand nachlässig das Briefchen, das sie soeben erhalten hatte. »Unsere Liebe ...« Dieser Théo! Was bildete sich dieser kleine Dummkopf eigentlich ein! Sie nahm ihre Lektüre wieder auf:

»... unsere Liebe ist in großer Gefahr. Komm sofort zur Hütte. Ich werde dort sein. Ich küsse dich überall.

Theo.

Jetzt lachte Agathe nicht mehr und runzelte die Stirn. Beredtheit war noch nie Théos besondere Stärke gewesen. Er war für gewöhnlich mit den Händen geschickter als mit Worten. Man konnte also sicher sein, daß es sich hier um ein ernsthaftes Problem handelte.

Mit einer anmutigen Bewegung, die ihren Körper unter dem hauchdünnen Négligé mehr enthüllte als verbarg, drehte sie sich um. Auf der Türschwelle stand nach wie vor Fonfon, der jüngste Sohn des Bauern Burgé, und betrachtete sie mit weit aufgerissenen Augen.

»Fonfon, lauf schnell zu den d'Amberts und sieh zu, daß du Monsieur Lucien erwischt. Dann sagst du ihm ... paß auf, du sagst ihm, ich hätte Migräne und unser Spaziergang müsse auf morgen verschoben werden.«

Sie ging auf ihn zu und gab ihm einen leichten Klaps.

»Also, beeil dich«, befahl sie in liebenswürdigem Tonfall.

»Es wäre zu dumm, wenn er schon weggegangen ist und mich dann unterwegs trifft ... Diese jungen Burschen aber auch ... Hergott nochmal! Nichts als Ärger hat man mit ihnen!«

Fonfon machte sich sofort auf den Weg.

Agathe schloß sie Tür hinter ihm und zog ihren Morgenmantel aus. Nackt wie sie war betrachtete sie sich dann eine lange Weile vor dem Spiegel. Schon als Kind hatte sie das geliebt. Und noch mehr Spaß machte es ihr, seitdem sie erfahren hatte, daß dies eine Sünde sei. Warum nur reizen einen die verbotenen Dinge so viel mehr als die erlaubten, und warum bereiten sie einem auch so viel mehr Vergnügen ...?

Sie ging zu ihrem Frisiertisch und nahm den hübschen Flakon mit *Eau des Templiers* in die Hand, den Clémentine ihr geschenkt hatte. »Du darfst dir nur wenige Tropfen hinter die Ohren tupfen, Liebes«, hatte Tante Lottie ihr wiederholt eingeschärft. »Ein junges Mädchen soll nur durch seine Bescheidenheit auffallen ...« Jesus, Maria und Josef! Wie lange würde sie eigentlich noch dazu verdammt sein, sich derartige Albernheiten anzuhören! Wütend öffnete Agathe den Flakon und parfümierte isch verschwenderisch am ganzen Körper. Dann schlüpfte sie in ihr Reitkostüm.

Im vergangenen Sommer hatte sie die Hütte per Zufall mit Théos Bruder, Sosthène de Moustrevieille, entdeckt. Zweifellos hatte sie einst Wilddieben als Unterschlupf gedient. Im Laufe der Zeit war sie jedoch ganz mit Zweigen zugewachsen, sodaß Sosthène erst einmal von seinem Messer Gebrauch machen mußte, um die Türe freizulegen. Eines mußte man ihm lassen, Sosthène zeigte in allem sehr viel Initiative. Nach einigen Minuten emsiger Arbeit war es ihm gelungen, die Tür und das kleine Fenster von den wuchernden Zweigen zu befreien. »Agathe, ich habe eine Idee!« hatte er gerufen. »Stell dir vor, dies wäre ein richtiges Haus... unser Haus...« Agathe hatte sich bei diesen Worten sehr genau vorstellen können, worauf Sosthéne hinauswollte, und ihr war auf einmal überall ganz heiß geworden. Ohne auch nur den kleinen Finger zu rühren, hatte sie ihm zugesehen, wie er sich mit Feuereifer daran machte, die Hütte von außen und von innen von Zweigen und Gerümpel zu säubern. Kaum war er fertig gewesen, als er sie auch schon in die Arme geschlossen und mit einem lüsternen Lachen über die Schwelle getragen hatte...
Später hatte Agathe versucht, die Hütte noch ein wenig komfortabler zu gestalten. Sie hatte ein paar alte Kissen mitgebracht, und es war ihr sogar gelungen, vom Speicher eine ausrangierte Chaiselonge herunterzuholen und in ihre neue Hütte zu schmuggeln. Eine Zeitlang hatte sie sich dann regelmäßig mit Sosthène dort getroffen und sehr angenehme Stunden mit ihm verbracht, bis sie seiner überdrüssig geworden war. Die Eifersucht machte eben auch vor diesem Burschen nicht halt, und Sosthène hatte sich plötzlich wie ein Idiot aufgeführt. Mittlerweile hatte Theo den Platz von Sosthène eingenommen.
Als sie nun den schmalen Pfad entlanggeritten kam, stürzte Théo auch schon auf sie zu.

Die Männer der Familie Moustervieille sahen sich untereinander alle sehr ähnlich. Sie waren alle blond, kräftig gebaut und strotzten geradezu vor Gesundheit. Mit seinen 18 Jahren machte Théo, der ein Jahr älter war als Agathe, hierin keine Ausnahme.
Wie eine Feder hob er Agathe aus dem Sattel und preßte sie heftig an sich.
»Geliebte, es ist furchtbar! Dein Vater will dich in ein Mädchenpensionat geben.«
»In ein Mädchenpensionat?«
Agathe befreite sich aus seiner Umklammerung und erwiderte:
»Was du nicht sagst! In ein Mädchenpensionat... Und wo hast du diese Neuigkeit her? Wenn das nur ein Vorwand war, um mich hierherzubestellen, nachdem ich dir hundertmal gesagt habe, daß ich heute mit Tante Lottie ausgehen sollte...«
»Agathe! Um Himmelswillen, hör mir zu! Ich weiß es genau, denn Mama hat es mir erzählt. Sie hat sogar schon deinen Vater nach Pacy begleitet, wo die beiden das neue Pensionat für adelige junge Mädchen besichtigt haben...«
»Also so etwas! In was deine Mutter sich alles einmischt!«
»Das muß dich nicht verwundern, denn sie weiß schließlich, daß ich verrückt nach dir bin, und schließlich hat sie ja vor, mich mit...«
»Ich weiß, was sie vorhat! Sie will dich mit Marie-Anne de Pagette verkuppeln, ausgerechnet mit diesem dummen Frauenzimmer, das nichts als Pickel im Gesicht hat, und außerdem hat sie auch noch vorstehende Zähne!«
Agathe kicherte:
»Mein armer Kleiner, da wünsche ich dir viel Vergnügen! Allerdings wirst du dir bei den 100000 Francs Mitgift, die sie bekommt, eine Mätresse in Evreux leisten können.«
Theo sah sie verzweifelt an. »Aber was redest du denn da! Ich liebe doch nur dich!... Sag, mein Liebling, du wirst doch nicht allen Ernstes in dieses schreckliche Pensionat gehen, oder?«
Sie ins Pensionat? Eher würde sie sich im Fluß ertränken!
Das Pensionat war in der Tat ein schreckenserregender Ort. Es verkörperte alles, was sie verabscheute. Man mußte schon beim Morgengrauen aufstehen, hatte nur eine winzige kleine Waschschüssel, um die nötigste Toilette zu machen, mußte eine häßliche Uniform tragen und einen schauerlichen Fraß hinunterwürgen. Außerdem hatte man sich von düster blickenden Nonnen den

lieben langen Tag irgendwelchen Unsinn anzuhören. Da hieß es dann, daß etwa die Koketterie eine Todsünde sei, da durfte man weder ausgehen, noch Jungen sehen, noch sich im Spiegel anschauen ... kurz, es war geradezu die Hölle! Wie sollte sie ohne Spiegel leben? Ohne Spiegel konnte Agathe sich die Welt überhaupt nicht vorstellen ...

Nun erklärte sie jedoch leichthin:

»Beruhige dich, du weißt doch, daß ich nur das mache, wozu ich Lust habe! Ich werde mit Papa reden ... und jetzt laß uns nicht länger darüber sprechen, einverstanden? Binde erst einmal Yseline fest.«

Während Théo sich beeilte, ihre entzückende kleine Stute Yseline, die Papa ihr zu Weihnachten geschenkt hatte, am Baum festzubinden, betrat Agathe das Innere der Hütte. Dort entledigte sie sich ihrer Reitweste, faltete sie sorgfältig zusammen und legte dann der Reihe nach ihren Hut, ihren Schleier und ihre Handschuhe ab. Sie schüttelte ihre blonden Haare und streckte sich mit einem erleichterten Seufzer auf den Kissen aus.

Gleich darauf stürmte Théo herein. Er warf sich neben Agathe auf die Kissen und nahm sie fest in seine starken Arme. Ein langer, heißer Kuß folgte. Währenddessen suchten seine ungeduldigen Finger, die vielen Haken und Ösen von Agathes Mieder zu öffnen. Agathe war sehr stolz auf ihren Busen. Schon als sie mit der Familie noch im englischen Exil gelebt hatte, – sie war damals erst 14 gewesen – besaß sie diese wohlgeformten Brüste, die sich inzwischen zu wahrer Vollkommenheit entwickelt hatten. Sie waren rund und fest, und ganz hoch angesetzt, so wie man es an den Statuen sehen konnte ... Damals hatte Jim, der Sohn des Hausbesitzers – Agathe dachte mit Schaudern an jenes furchtbare Haus, in dem sie hatten leben müssen – ihr Mieder aufgeschnürt, und zum ersten Mal hatte Agathe ihre Macht über das andere Geschlecht entdeckt. So wußte sie längst, wie leicht sie die Jungen mit dem Anblick ihrer Brüste in Erregung versetzen konnte, und von dieser Macht hatte sie seitdem reichlich Gebrauch gemacht. Es bereitete ihr ein geradezu göttliches Vergnügen, mit den Jungen ein wenig zu spielen! Sie genoß deren Verwirrung, und sie liebte es über alles, wenn in die Augen der jungen Burschen plötzlich jenes Leuchten kam, das den zärtlich-brutalen Angriff auf Agathes nacktes Fleisch anzukündigen pflegte. Der Ehrlichkeit halber muß jedoch gesagt werden, daß Agathe auch sehr das

Gefühl genoß, daß die drängenden Hände der Jungen zunächst auf ihre Haut und später dann in ihrem ganzen Körper hervorriefen. Théo lag auf ihr und flüsterte jetzt:
»Liebling, ich halte es nicht mehr aus . . . ich flehe dich an . . . ich . . . du brauchst keine Angst zu haben, ich werde aufpassen . . . und außerdem, selbst wenn du . . .«
Agathe, die bis dahin auf einer rosa Wolke geschwebt hatte, kehrte augenblicklich zur Erde zurück. Mit ihrer kleinen Faust stemmte sie sich gegen Théos Brust, um ihn von sich zu schieben, und erklärte dann zitternd:
»Und selbst, wenn ich dadurch schwanger werde, wirst du mich heiraten, das wolltest du doch sagen, nicht wahr? . . . Nein, vielen Dank, darauf kann ich verzichten, Théodore de Moustrevieille! Ich habe nämlich keineswegs die Absicht, auf dem Lande zu versauern und eines Tages so zu werden wie deine liebe Mutter.«
»Und wenn ich dich mit Gewalt nehme? Du weißt, daß ich das leicht könnte.«
Agathe fixierte ihn mit stählernem Blick und erwiderte:
»Wage es nur . . . das hättest du dein Leben lang zu bereuen! Und außerdem, mein Lieber, zeugt es von wenig Gehirn, wenn man seine Muskeln einsetzen muß, um etwas zu erreichen!«
»Beruhige dich doch, Liebling, ich . . . ich habe doch nur Spaß gemacht«, sagte Theo kleinlaut.
»In Zukunft solltest du auf derartige Scherze besser verzichten. Es kommt überhaupt nicht in Frage . . .«
Sie war durchaus bereit, Küsse und Zärtlichkeiten mit ihm auszutauschen, aber weiter würde sie auf keinen Fall gehen! Man stelle sich nur vor, daß sie tatsächlich schwanger würde!
Dann müßte sie Théo heiraten und wäre womöglich dazu verdammt, jedes Jahr ein Kind zu kriegen, sich mit mürrischen Dienstboten herumzuschlagen, einem nörglerischen Ehemann zu Willen zu sein und hochgeschlossene häßliche Kleider zu tragen, die nach Küchendünsten rochen!
Dazu war sie nicht geboren. Vielmehr glaubte sie genau zu wissen, daß sie ein besseres Schicksal verdient hatte. Sie war anderer Männer würdig, Männer aus fürstlichem Geblüt! Dies hatte zumindest ihr Spiegel entschieden. Und Spiegel lügen doch bekanntlich nicht, oder? Leider wuchsen solche Männer nicht gerade auf Bäumen. Natürlich gab es auch in der Normandie Träger großer Namen wie die Broglies, die Clermont-Tonnerres,

die Barbé-Marbois' oder die Montmorency-Lavals, doch diese Familien blieben stets unter sich, so daß ein Eindringen in ihre Kreise nicht möglich war. Und außerdem wollte Agathe nicht auf dem Lande leben... Agathe wollte nach Paris! Schon beim Gedanken an diesen wunderbaren Ort durchströmte Agathe ein köstliches Gefühl. Als sie mit ihrer Familie aus dem englischen Exil zurückgekehrt war, hatte sie einige Monate in Paris verbracht, und diese kurze Zeit hatte bereits genügt, sich ihrem Bewußtsein tief einzuprägen. Allein wenn sie an die exquisiten Schneider und Juweliere dachte, an die eleganten Geschäfte, die Empfänge und die vielen Theater... das Leben dort war prickelnd wie Champagner! Und demjenigen, der seine Chance zu nutzen wußte, lag ganz Paris zu Füßen. In Paris wimmelte es doch geradezu von Herzögen und Grafen, so daß es doch wohl gelacht wäre, wenn es ihr nicht gelingen würde, einen davon für sich zu gewinnen... Statt sie wie eine dumme Göre ins Mädchenpensionat zu schicken, täte Papa besser daran, wenn er...
»Du bist gemein, du liebst mich nicht!«
Théo hatte sich auf den Rücken geworfen und traktierte eines der Kissen mit den Füßen. Die Wut stand ihm gut. Aufgebracht stieß er hervor:
»Sosthène hat mir erzählt, daß er dich mit Lucien d'Ambert gesehen hat. Dem erlaubst du wahrscheinlich auch, daß er in deinem Mieder herumwühlt!«
»Sei nicht so vulgär.«
Agathe zuckte die Schultern.
»Sosthène ist doch nur eifersüchtig, weil ich dich ihm vorziehe.«
Théo rückte wieder näher an sie heran. Ein frischer, gesunder Geruch ging von ihm aus.
»Ist es wahr, hast du mich wirklich am liebsten?«
Träge murmelte Agathe eine zustimmende Antwort, bevor sie dann mit einer besitzergreifenden Geste Théos Lockenkopf zu sich herunterzog.

So ein Mist aber auch! Sie kam schon wieder zu spät! Sie kam zwar sonst auch fast immer zu spät, doch ausgerechnet heute schien es ihr ratsamer, ihre Familie nicht zu verärgern, nachdem sie wußte, daß ihr das Pensionat drohte. In Wirklichkeit war Agathe deswegen ziemlich beunruhigt. Théo gegenüber war es ihr zwar leichtgefallen, in dieser Frage Gelassenheit zu demonstrieren, doch mittlerweile fühlte sie sich in ihrer Haut gar nicht mehr wohl... Wer weiß, was für Geschichten Théos Mutter Papa mittlerweile erzählt hatte... Trotzdem! Agathes Entschluß stand unabänderlich fest! Sie würde auf gar keinen Fall dem väterlichen Wunsch folgen, es sei denn, man würde sie mit Gewalt dorthinschleppen. Und selbst dann würde sie zu fliehen versuchen, jawohl, sie würde alles tun, um nicht dort bleiben zu müssen!

Agathe trieb ihre Stute an und fiel in raschen Galopp. Sie war eine gute Reiterin. Der junge preußische Leutnant Ernst von Lüchen, der Rougeville im vergangenen Jahr besetzt gehalten hatte, war ihr Lehrmeister gewesen. Sie sei sehr begabt, hatte er damals gesagt. Agathe war zu der Überzeugung gelangt, daß es sich mit den Pferden verhielt wie mit den jungen Burschen, daß man nämlich bei beiden seinen Instinkt einsetzen müsse, um im richtigen Moment das Richtige zu tun, und daß es nur darauf ankam, eine wohldosierte Mischung aus Autorität und Sanftheit zu finden.

Es war Anfang Mai, und der Frühling brachte überall die schönsten Blüten hervor. Agathe blickte jedoch weder nach rechts noch links. Mit zusammengezogenen Brauen preschte sie auf ihrer Stute dem elterlichen Zuhause entgegen, als plötzlich in einiger Entfernung ein Mann vor ihr auftauchte. Er winkte heftig mit den Armen und hatte sich mitten in den Weg gestellt. Agathe verlangsamte den Galopp. Sie hatte zwar keine Angst, aber man konnte nie wissen, ob es sich nicht um einen Räuber handelte...

Von weitem sah es ganz danach aus, als handle es sich bei diesem Mann um einen Räuber oder um einen Bettler, denn er war ganz mit Staub bedeckt und trug eine seltsame Pelzmütze, wie sie sie noch nie gesehen hatte. Seine Silhouette wirkte lang und sehr dünn, und beim Näherreiten bemerkte sie auch, daß sein Ledermantel schäbig und abgerissen war. Während Agathe all diese Details wahrnahm, bekam sie es doch mit der Angst zu tun. Sie gab ihrem Pferd die Sporen, um an dem Mann vorbeizustürmen, aber da rief dieser auch schon:

»Madame, ob Ihr wohl die Güte hättet?... Ich bin auf dem Weg nach Bonnières, genau gesagt nach Cantalouette. Könntet Ihr mir wohl sagen, ob dies auch der richtige Weg ist? Ich fürchte, ich erinnere mich nicht allzu gut...«

Agathe hielt ihr Pferd vor ihm an.

Ein Räuber war dies sicher nicht. Dazu klang seine Stimme zu kultiviert, seine Sprache zu gepflegt.

Sie senkte den Kopf, und während er zu ihr aufblickte, hatte sie Gelegenheit, seine Gesichtszüge näher zu betrachten.
Er mochte zwischen fünfundzwanzig und vierzig Jahren alt sein. Leid und Entbehrung hatten seine Züge derart gezeichnet, daß es nicht möglich schien, sein wahres Alter zu bestimmen. Dennoch war dieses Gesicht von überraschender Schönheit. Die unbezweifelbar aristokratische Nase war kühn geschwungen, die Lippen voll und harmonisch geformt und die Augen ... es waren wunderbare Augen, befand Agathe. Sie waren grün, und man hatte den Eindruck, in eine klare Quelle zu tauchen, wenn man in diesen Blick versank, und ganz auf dem Grund dieser Quelle entdeckte man dann ein kleines Licht, das sie erhellte. »Diese Augen spiegeln die Seele wider«, kam es Agathe spontan in den Sinn, was sie selbst in Erstaunen versetzte, denn für gewöhnlich interessierte sie die Seele eines Mannes von allem am wenigsten.
»Nach Cantalouette! Ihr wollt also nach Cantalouette?« rief sie mechanisch aus. »Aber dort leben ja unsere Vettern, Monsieur und Madame de Fournon ...«
»Ich bin Pierre de Fournon.«
Agathe glaubte zu träumen. Pierre de Fournon! Pierre de Fournon war der Bruder von Gaston gewesen, und jeder wußte, daß er auf dem Rußlandfeldzug der Franzosen beim langen und mühseligen Rückzug gefallen war, nachdem er sich der Armee des korsischen Ungeheuers angeschlossen hatte. Die Familie Fournon, die sehr an der Monarchie hing, pflegte diese unglückselige Angelegenheit totzuschweigen. Zu groß war die Scham und der Kummer über den abtrünnigen Pierre.
»Das ist unmöglich, Monsieur!« erwiderte sie lebhaft. »Pierre de Fournon ist tot, die Russen haben ...«
Er unterbrach sie mit einem feinen Lächeln:
»Gestattet Madame, daß ich darüber mehr weiß als Ihr, da es mich selbst betrifft. Die Russen haben mich nur verletzt und dann gefangengenommen ... Ich kam nach Petropavlowsk, aber das sagt Euch sicherlich nichts. Es handelt sich um eine Festung im orientalischen Teil Sibiriens. Ich habe dort eine geraume Zeit verbracht, aber ich möchte Euch lieber nicht mit meinen Geschichten langweilen. Jedenfalls bin ich durch glückliche Umstände befreit worden. So wie die Dinge zu liegen scheinen, versuchen Russen und Franzosen erneut eine Art freundschaftliche Annäherung! ... Die Grenzen Asiens sind jedoch verdammt

weit von Europa und von Frankreich entfernt, dies besonders, wenn man zu Fuß unterwegs ist und sich seinen Lebensunterhalt verdienen muß. Wie mühselig ist es, so viele Kilometer zurückzulegen! Im vergangenen Jahr hatte ich endlich Preußen erreicht, und ich hatte sogar ein wenig zusammengespart, um mir ein Pferd kaufen zu können, als ich hörte, der Kaiser sei auf dem Rückweg nach Frankreich. Ich sah mich selbst bereits in Frankreich angelangt, als mich ein schlimmes Fieber aufs Lager warf. Zum Glück gibt es überall gute Menschen, sogar in Preußen. Bauern haben mich bei sich aufgenommen und mich gepflegt, und nachdem die guten Leute soviel für mich getan hatten, wollte ich zumindest einen Teil meiner Schuld mit meinen bloßen Händen abarbeiten. Anderes hatte ich ihnen ja nicht zu bieten. Und nun bin ich also endlich wieder zu Hause, auf französischem Boden... Es ist so gut, die Heimaterde wieder zu betreten... meine Heimat! Mein Frankreich! Mein Gott, wie schön ist Frankreich, wie lieblich ist die Landschaft und wie wohltuend die Luft... Aber ich bitte Euch, Madame, sagt mir, wie es meinen Eltern und meinem Bruder geht! Und Ihr, Madame... Mademoiselle... mit wem habe ich das Vergnügen?«

»Ich bin Agathe de Rougeville.«

»Rougeville?... Wartet, ich erinnere mich... oh ja, es ist lange her, und ich war damals noch ein kleiner Junge... Wir hatten einen Cousin, Louis de Rougeville, doch er hat Frankreich verlassen...«

»Das ist mein Vater, Monsieur. Mein Vater hat Frankreich im Jahre 1791 verlassen. Er erachtete es als seine Pflicht, die Monarchie zu verteidigen. Später mußte er nach London emigrieren. Ich bin dort geboren. Wir sind alle erst vor zwei Jahren mit Seiner Majestät zurückgekehrt. Ohne seinen König hätte Papa sein Vaterland niemals wieder betreten. Was Gaston und Eure Eltern betrifft, Monsieur, so sehe ich sie gelegentlich. Es geht ihnen gut.«

In kaltem Tonfall hatte Agathe die letzten Worte gesprochen. Die Sympathie, die sie anfänglich gegenüber diesem Unbekannten empfunden hatte, hatte sich verflüchtigt. Er war ein Soldat der anderen Seite, er gehörte zu diesem Bonaparte... Wenn er einer aus dem Volke gewesen wäre, so hätte man ihm noch mildernde Umstände zubilligen können, denn das Volk war dumm und leicht verführbar, doch dieser hier war schließlich einer der ihren! Er war ein Mann adeliger Abstammung mit großen Vorfahren und einer

Tradition, die es aufrecht zu erhalten galt... Er war ein Verräter, es gab kein anderes Wort für ihn. Und die sibirische Gefangenschaft war für ihn noch viel zu milde gewesen. Verräter gehörten erschossen!
Ohne anscheinend Agathes veränderten Ton und die Belehrung, die in Agathes Worten enthalten war, wahrgenommen zu haben, rief Pierre de Fournon daraufhin aus:
»Mein Gott, welche Überraschung wird es für meine Eltern sein!«
Er senkte die Stimme ein wenig und fuhr fort:
»Damals hatten sie meine Entscheidung nicht verstanden, doch mittlerweile... Ob man nun dagegen ist oder dafür, das ist doch nicht so wichtig wie die Tatsache, daß wir schließlich alle Franzosen sind! Der König soll sich selbst ähnlich geäußert haben, nachdem, was man mir erzählt hat. Und außerdem vertraue ich darauf, daß inzwischen genügend Zeit vergangen ist... So lange war ich außer Landes, weit weg von Frankreich, und so viele andere Länder habe ich inzwischen gesehen. Dennoch gibt es nicht ein einziges Land, das unserem gleicht...«
Agathe unterbrach ihn rasch: »Monsieur, ich bitte Euch, mich zu entschuldigen, man erwartet mich zum Abendessen.«
Mit der Spitze ihrer Reitgerte deutete sie auf den hinter ihr liegenden Weg.
»Um nach Cantalouette zu gelangen, folgt nur immer diesem Weg, bis Ihr zur Straße kommt. Die Straße führt dann direkt dorthin.«
Er verneigte sich, doch sie war bereits weitergeritten.

Jedesmal, wenn Agathe die drei Treppenstufen, die zum Haus führten, hinaufging, verdüsterte sich ihr Gemüt. Sie haßte dieses Haus und zwar vom ersten Tag an. Welch eine Enttäuschung! Als sie aus der Emigration zurückgekehrt war, hatte sie den Kopf voller Träume gehabt, und was mußte sie dann entdecken... Ausgerechnet dieses Haus!
Ihre beiden Schwester Clémentine und Zélie hatten zwar versucht, das Beste daraus zu machen und so zu tun, als könnten sie an der großen roten Ziegelsteinfassade eine gewisse »Noblesse« feststellen, und sie hatten sich sogar zu der Behauptung verstiegen, der wuchtige runde Turm habe etwas »Poetisches« an sich. Sie hatten auch auf den angeblich schönen Garten hingewiesen, doch all das vermochte Agathes Meinung über ihr neues Zuhause nicht zu ändern. Was sie da vor sich sah, war eine langweilige Allee, die

ganz zwischen zwei Grünflächen lag, und die geradewegs vor dem Hause endete. Das war wahrlich kein Grund, darüber ins Schwärmen zu geraten. Auch die 24 Hektar Land dazu machten die Sache für sich nicht besser, denn Agathe hatte für die Landwirtschaft nicht das Geringste übrig. Agathe hatte vielmehr von einem wirklichen Schloß geträumt. Von einem Schloß, das nachts von unzähligen Lichtern erhellt wurde, in dem Bälle und große Empfänge stattfanden, in dem überall sanfte Musik erklang, und in dem es eine Armee von livrierter Dienerschaft gab. Prächtige Jagdgesellschaften hätten sich in den umliegenden Wäldern getummelt, und in dem kunstvoll angelegten Park, der das Schloß von Agathes Träumen umgab, wären die Damen und Herren in ihren eleganten Gewändern hin- und herflaniert. Dazu hätte natürlich auch ein kleiner See gehört, und dieser See wiederum war nicht denkbar ohne eine große Anzahl stattlicher Schwäne. Oh ja, eines Tages würde sie all das besitzen, dessen war Agathe ganz sicher. Wie sonst auch sollte sie leben? Bis dahin ... bis dahin hatte sie allerdings noch mit einigen Widrigkeiten zu kämpfen. Ihr derzeitiges Dasein erschien ihr zumindest immer trübsinniger.
Ihre Schwester Clémentine war nicht mehr bei ihnen. Sie hatte diesen gräßlichen Charles Jérôme geheiratet, ausgerechnet einen Vertreter des napoleanischen Empire ... Doch es war besser, nicht länger darüber nachzudenken, denn schließlich hatte diese Mésalliance Papa fast umgebracht! Und als ob das noch nicht genügt hätte, war Großvater ebenfalls abtrünnig geworden. Er hatte sich Schloß Monceau als neuen Wohnsitz ausgesucht. Dabei schien es ihn überhaupt nicht zu stören, daß er all den Luxus dort letztlich einem Mann zu verdanken hatte, der einst ein Bürgerlicher gewesen war. Aber Großvater konnte man schwer etwas übelnehmen. Er, der Vicomte d'Ovepoix, war von besonderer Art: Er war heiter, geistreich, und er besaß eine großzügige Ader, die in ihrer Familie offenbar nur Agathe geerbt hatte. Ohne Großvater war es zu Hause jedenfalls ziemlich langweilig geworden. Monotonie und Mittelmäßigkeit hatten sich breitgemacht. In einem Haus mußte doch etwas passieren! In einem Haus mußte man Leben spüren, da sollte gelacht und diskutiert werden. Da mußten ständig Leute kommen und gehen. Statt dessen war sie mit Papa, Tante Lottie und Zélie fast immer allein zu Hause. Papa lud ja niemanden mehr ein, denn Papa hatte ohnehin den meisten Dingen des Lebens entsagt. Er war recht genügsam geworden.

Man sah ihn immer in demselben alten Gewand, und seine einzigen Vergnügungen bestanden in seiner stinkenden Pfeife, dem morgendlichen Spaziergang und einer Partie Karten bei Monsieur d'Ambert, beim Bürgermeister oder beim Herrn Pfarrer. Die Abende verdöste er in seinem Stuhl, während Tante Lottie unaufhörlich von all den guten Taten berichtete, die sie tagsüber geleistet hatte. Die arme Tante Lottie war eine alte Jungfer, die sich geradezu wollüstig der christlichen Nächstenliebe hingab. In Agathe erzeugten diese tugendhaften Abende jedoch den heftigen Wunsch, aus der häuslichen Enge auszubrechen. Dennoch war ihr dieses Zuhause zehnmal lieber als das Pensionat! Hier hatte sie zumindest ihre kleinen Freunde und eine gewisse Freiheit...
Während Agathe alle diese Gedanken durch den Kopf gingen, betrat sie das Eßzimmer. Papa, Tante Lottie und Zélie saßen schon auf ihren Plätzen. Méline, eine der Dienerinnen, kam gerade aus der Küche und trug eine Suppenterrine vor sich her, der ein intensiver Kohlgeruch entströmte. Bevor ihr Vater etwas sagen konnte, stieß Agathe rasch hervor:
»Ich bitte Euch, Papa, mein Zuspätkommen zu entschuldigen, aber...«
»Das passiert dir in letzter Zeit etwas zu oft.«
»Vielleicht habt Ihr recht, Papa, aber heute...«
Mit einer theatralischen Geste öffnete Agathe die Arme und rief aus:
»Papa! Tante Lottie! Hört nur, was ich Euch jetzt erzähle! Ihr werdet Euren Ohren nicht trauen! Ratet nur, wen ich getroffen habe... Es ist Pierre de Fournon... ja, ja, Ihr habt ganz richtig gehört...«
Als sie mit ihrem Bericht fertig war, stieß Tante Lottie, die sich immer alles sehr zu Herzen nahm, aufgeregt hervor:
»Seine arme Mutter... nach so vielen Jahren...! Doch wie ist dieser junge Mann bloß damals auf die verrückte Idee gekommen, zum Feind unseres Königs überzulaufen? Wißt Ihr das eigentlich, Louis? Aus Taktgefühl habe ich bisher nie gewagt, einen unserer Vettern danach zu fragen.«
»Es handelt sich um eine Liebesgeschichte, meine gute Lottie.« Papa seufzte tief. »Die Liebe vermag manchmal in einer Familie sehr viel Zwietracht zu säen.«
»Eine Liebesgeschichte? Oh! Erzählt uns darüber, Papa!« sagte Agathe.

Wenn sie Glück hatte, würde Papa zumindest heute Abend das verdammte Pensionat darüber vergessen!

»Pierre erfreute sich damals der Gunst einer jungen Dame... Erlaubt, daß ich aus Gründen des Respektes ihren Namen nicht preisgebe, denn sie gehört einer berühmten Familie aus unserer Normandie an..., und die beiden gaben sich schließlich ein Eheversprechen. Doch als es darum ging, die Zustimmung ihrer Eltern zu erhalten, empfand die Familie des jungen Mädchens die Fournons und ihren Besitz Cantalouette als ihrer nicht würdig genug... Obwohl sie ja schließlich auf den fünften Kreuzzug zurückgehen... Doch sie hatten sich für ihre Tochter eine glanzvolle Partie vorgestellt. So haben sie das Mädchen, das übrigens ganz entzückend sein muß... zumindest, wenn man den Worten des alten d'Ambert glauben kann... innerhalb von zwei Wochen mit einem anderen verheiratet. Pierre de Fournon hat sich daraufhin in den Krieg gestürzt, als wolle er auf diese Weise Selbstmord begehen. Ob er nun für Bonaparte oder für irgend jemand anderen starb...! Ich bin davon überzeugt, daß er darin nur eine Möglichkeit gesehen hat, sein Erdendasein zu beenden. Sein Stolz war zerbrochen, und er war völlig verzweifelt! Ich habe übrigens versucht, unseren unglückseligen Vettern diese Sichtweite nahezubringen, doch ihr kennt ja Kusine Jeanne.« Papa seufzte noch einmal tief. »Kaum hatte ich davon angefangen, als sie mich auch schon unterbrach: ›Unser Sohn ist für uns gestorben an dem Tag, als er sein Geschick mit dem des Korsen verband.‹ Jedenfalls hoffe ich, daß dieser Junge nicht zuviel erwartet. Die Fournons gehören zu denen, die nicht verzeihen können...«

Agathe sah in Gedanken das schöne Gesicht von Pierre de Fournon vor sich. Wie war es möglich, daß jemand die Liebe derart ernst nahm? Wie töricht war das doch! Nichtsdestotrotz erschien er ihr auf einmal weniger verdammenswert, ja, sie sah ihn sogar in einem romantischen Licht.

»Dieses Schweinefleisch ist wirklich ausgezeichnet«, hörte sie Tante Lottie sagen. »Agathe... Agathe! Hörst du mir zu? Nimm doch noch ein wenig Fleisch, es ist...«

»Ausgezeichnet. Ich habe Euch durchaus zugehört, Tante, doch ich muß zugeben, daß ich das Schweinefleisch... nun ja, wenn man es jeden Tag essen soll... Papa! Papa, Ihr solltet auch nicht soviel essen, Ihr werdet sonst zu dick.«

»Meine Kleine, ich muß niemand mehr gefallen.«

»Und was ist mit Euren Töchtern? Eure Töchter wollen doch schließlich stolz auf Euch sein, Papa!«
»Agathe . . .« Papa stieß seinen Teller zurück. Mit einemmal sah er seltsam schuldbewußt aus, was bei ihm stets dann der Fall war, wenn die Umstände ihn zwangen, seinen Mitmenschen etwas Unangenehmes zu eröffnen.
Das Bild von Pierre de Fournon entschwand augenblicklich aus Agathes Blickfeld. Ihr Magen krampfte sich zusammen.
»Agathe, deine Tante und ich haben beschlossen, dich in einem Pensionat anzumelden. Es schickt sich einfach nicht für ein junges Mädchen, von morgens bis abends durch die Landschaft zu reiten. Außerdem sieht man dich viel zu oft mit Gaston de Fournon und den Söhnen der Moustrevieilles. Nun wirst du einwenden, daß dies deine Vettern sind, doch immerhin sind es junge Burschen, und die Leute sehen nun einmal nur das Schlechte, auch wenn es gar nicht existiert. Kurz gesagt, ich fürchte, dein guter Ruf könnte darunter leiden. Du brauchst statt dessen Umgang mit Mädchen deines Alters, einen geregelten Tagesablauf und eine feste Hand, die dich lenkt. Wir sind dazu beide nicht geeignet, meine Kleine! Dieses neue Pensionat in Pacy-sur-Eure hingegen erfreut sich eines ausgezeichneten Ansehens. Die Nonnen dort machten mir einen sehr vertrauenswürdigen Eindruck. Wir sind übereingekommen, daß du am 15. dieses Monats dort eintreten wirst. Bis dahin wird deine Tante alles Nötige für dich vorbereitet haben.«
Papa hatte diese kurze Rede sicherlich zuvor hundermal in Gedanken aufgesagt . . .
»Ich soll ins Pensionat, Papa? Aber womit habe ich denn bloß Euren Unwillen erregt, was habe ich denn getan? Ich, die Euch soviel Liebe entgegenbringt!«
Das Letzte hatte sie mit einem schmerzlichen kleinen Seufzer hervorgestammelt. Weshalb sollte sie den armen Papa, der so offensichtlich unter seiner eigenen Entscheidung litt, mit einer dramatischen Szene das Herz noch schwerer machen, wie Clémentine es zweifellos getan hätte . . . Übrigens hätte man besser daran getan, Clémentine damals in ein Pensionat zu stecken!
»Du weißt, mein Liebling, wie sehr ich dich liebe, doch es ist wirklich zu deinem Besten . . .«
Papa schlug betreten die Augen nieder. Er fuhr fort:
»Du mußt nicht glauben, daß mir die Entscheidung leicht gefallen ist, denn du wirst mir sehr fehlen. Aufgrund der harten Prüfungen,

die uns das Schicksal gesandt hat und aufgrund der sich daraus ergebenden Bescheidenheit unserer Mittel ist deine Erziehung jedoch zu sehr vernachlässigt worden.«
Agathe fiel ihm ins Wort:
»Meine Erziehung? Aber meine Erziehung ist in allem perfekt! Wenn man lesen und schreiben kann... und ich verfasse sehr hübsche Briefe, nicht wahr!... Und rechnen... nun ja, ich beherrsche das Nötigste, und was muß man darüberhinaus noch wissen? Gelehrte gibt es schließlich genug... du wirst schon sehen, wohin dich das führt, Zélie! Immer nur die Nase in die Bücher zu stecken, wird dir im Leben nicht viel einbringen... Und dann spreche ich ja auch fließend Englisch. Kennt Ihr denn viele junge Mädchen, die fließend Englisch sprechen? Noch dazu mit einem so eleganten Akzent! Und... halt, ja, ich bin ja auch sehr gut in Geschichte. Ich kann Euch alle französischen Könige bis zu Ludwig dem Heiligen aufsagen. Noch weiter zurückzugehen, lohnt sich nicht. Überhaupt, was soll man immer mit der Vergangenheit...! Man lebt doch für die Gegenwart, oder? Und Ihr müßt zugeben, Papa, daß ich Euch auf diesem Gebiet schlagen kann!«
»Mein Gott...«
»Papa! Seid ehrlich! Wer von uns beiden hat als erstes erkannt, daß Seine Majestät immer mehr aufs Ärgerlichste kompromittiert wurde, und wer hat vorausgesagt, daß wir Monarchisten gut daran tun würden, uns an Monsieur und an die beiden Herzöge zu halten?*... Aber damit ist mein Wissen noch lange nicht erschöpft! Gebt mir eine Landkarte, und ich zeige Euch sofort, wo sich England, Österreich und sogar Rußland befinden. Und Racine oder Corneille kann ich Euch auch aufsagen. Doch vielleicht seid Ihr inzwischen schon überzeugt... Im übrigen heißt es, daß Marie-Caroline von Bourbon, die im nächsten Monat den Herzog von Berry heiraten wird, kaum lesen kann. Ich hingegen, wenn ich einmal einen Herzog heirate...«
»Agathe, es gefällt mir gar nicht, daß du dich derart größenwahnsinnigen Ideen hingibst. Besonders in dieser Hinsicht wird dir das Pensionat sehr gut tun. Man wird dir dort Bescheidenheit und

---

* »Monsieur« war der Graf Artois und zugleich Bruder von Ludwig XVIII. Später wurde er Karl X. Seine Söhne waren die Herzöge von Angoulême und von Berry. Seit dem 17. Jahrhundert war »Monsieur« die Bezeichnung für den ältesten Bruder des französichen Königs.

Zurückhaltung beibringen, Eigenschaften, die künftigen Ehefrauen sehr gut zu Gesicht stehen.«
»Papa, wenn Ihr gestattet ...« fiel Zélie mit ihrer ruhigen Stimme in die Unterhaltung ein. »Ich glaube nicht, daß diese Eigenschaften mit Agathes Wesen vereinbar sind. Sie ist viel zu schön.«
»Habt Ihr gehört, Papa? Bravo, meine Kleine! Du bist wirklich erstaunlich intelligent ... Papa, Papa, ich bitte Euch, schickt mich nicht ins Pensionat, das würde ich nicht überleben. Wie könnt Ihr es nur über Euch bringen, mir soviel Kummer zu bereiten, wo Ihr doch so gütig seid, wo Ihr doch der beste aller Väter seid!«
Agathe erhob sich unvermittelt.
Sie lief direkt zu ihrem Vater hin, umarmte ihn und schmiegte ihr Gesicht zärtlich an seine Wange. Es stimmte. Es gab vielleicht Väter, die mehr darstellten, doch einen besseren Vater würde man kaum finden.
»Ihr werdet doch nicht zulassen, daß ich von Euch getrennt werde ...«
»Mein Kind, ich sehe keine andere Lösung.«
Jesus, Maria und Josef! Helft mir doch!
Sie spürte, daß Papa kurz davor war nachzugeben. Dennoch mußte jetzt unbedingt schnell ein Grund gefunden werden, der ihm einen würdigen Rückzug ermöglichte ...
Und plötzlich hatte Agathe eine geradezu göttliche Eingebung.
»Papa, Tante Lottie, hört mir zu! Ich habe eine Idee!« rief sie aufgeregt.
»Was für eine Idee, mein Liebes?«
Alle drei betrachteten sie gespannt. Agathe erhob sich und erklärte mit leuchtenden Augen:
»Es ist eine wunderbare, eine großartige Idee! Ihr wollt doch, daß ich in eine andere Umgebung komme, nicht wahr? Und ich frage Euch nun: Weshalb sollen wir nicht alle gemeinsam etwas unternehmen, das uns in eine andere Umgebung führt? Weshalb fahren wir nicht nach Paris, um an der Hochzeit des Herzogs von Berry teilzunehmen? Die Mougeauds laden uns ständig ein. Es wäre wunderbar, wieder einmal mit allen vereint zu sein ... Und schließlich, Papa, handelt es sich um die Hochzeit eines Bourbonen ...! Derartige Ereignisse sind selten im Leben, und später gehören sie zu unseren kostbarsten Erinnerungen! Man kann fast sagen, daß die Pflicht es uns gebietet ...«
Papa wandte sich zu Tante Lottie:

»Wie denkt Ihr darüber, meine Liebe? Die Kleine hat nicht ganz unrecht. Wenn wir, die Monarchisten, nicht mit gutem Beispiel vorangehen ... je zahlreicher wir dort erscheinen, desto schwerer wiegt unser Auftreten. Und außerdem würde es mir eine unendliche Freude bereiten, die liebe Adélaïde wiederzusehen. Diese zwei Monate kann das Pensionat warten. Und wenn wir zurückkehren ...«
Zurückkehren? Davon konnte für Agathe keine Rede sein. Wenn sie erst einmal in Paris war, würden sie keine zehn Pferde mehr von dort fortbewegen können!
Auf einmal trompetete Zélie dazwischen:
»Wir werden auch Clémentine und Großvater wiedersehen!«
Papas Gesichtszüge verdüsterten sich auf der Stelle.
»Nein, wir können nicht nach Paris fahren«, murmelte er.
»Dann müßte ich ja auch Jérôme wiedersehen ...«
»Was kann uns das schon ausmachen?« rief Agathe ungeduldig. »Die Pforten der Hauptstadt dürfen uns doch nicht auf ewig verschlossen bleiben, nur weil dieser Herr sich dort aufhält! Gerade Ihr, Papa habt diese verdammten Revolutionäre einst mit soviel Bravour bekämpft und nun werdet Ihr mir doch nicht erzählen wollen, daß Euch bereits der Gedanke erzittern macht, einem Bonapartisten und Eurer eigenen Tochter zu begegnen!«
»Nein, nein, natürlich nicht, aber ...«
»Also, dann ist doch alles geklärt. Liebe Tante, schreibt bitte noch heute abend an die Mougeauds. Wir werden den Brief Lucien d'Ambert anvertrauen, er nimmt übermorgen die Postkutsche nach Paris. Und nun müssen wir erst einmal Papas Garderobe begutachten.«
Agathe lachte und klatschte in die Hände:
»Papa, wir müssen uns alle so schön wie möglich machen. Wußtet Ihr eigentlich schon, daß anläßlich der Vermählung Seiner Königlichen Hoheit ein glanzvolles Festprogramm vorgesehen ist? Papa, ob Ihr wohl die Güte hättet ... Oh! Ich hätte so gern ein neues Kleid ... Oder besser noch zwei. Tante Lottie, morgen fahren wir nach Evreux zum Stoffhändler, Ihr seid doch so geschickt mit den Händen ...«
»Halt, Liebes, nicht so stürmisch!« erwiderte Tante Lottie. »Nach Paris! In weniger als zwei Minuten werden hier derartige Entscheidungen getroffen! Aber wir haben genug Zeit zur Verfügung, schließlich sind wir ja noch nicht unterwegs.«

Was Agathe betraf, so war sie zumindest in Gedanken längst unterwegs. Sie zweifelte keine Sekunde daran, daß dort eine glanzvolle Zukunft auf sie wartete. Für Agathe war der Wunsch bereits die Tat . . .

Kapitel 2

Eine Woche später kam ein Brief von Clémentine. Sie war offenbar verärgert. Sie beklagte sich unter anderem darüber, wieso sie ausgerechnet von Lucien d'Ambert – dieser verdammte Lucien und seine spitze Zunge! dachte Agathe – habe erfahren müssen, daß die Ihren nach Paris kommen wollten. Und dann wolle ihre Familie auch noch bei den Mougeauds absteigen statt nach Monceau zu kommen! Dies stelle ebenso für Charles Jérôme wie für sie selbst eine große Beleidigung dar. Sie sei ihrer Familie stets ergeben gewesen und habe etwas anderes verdient...
Kurz gesagt, Clémentine gebrauchte dieselben Argumente, mit denen sie einst Papa die Zustimmung zu ihrer Heirat entlockt hatte. Agathe erinnerte sich noch genau an die schreckliche Szene.

Es war im Januar gewesen, vor vier Monaten also, als eines Abends die ganze Familie um den Kamin versammelt gesessen hatte. Da hatte Clémentine auf einmal ihre Stickerei fallengelassen und erklärt:
»Papa, ich werde wieder heiraten und zwar den Baron Jérôme.«
Papa war bleich geworden:
»Ausgerechnet diesen Mann!«
Mehr hatte er momentan nicht sagen können, der Schock hatte ihm fast die Sprache verschlagen. Allen anderen war es genauso ergangen.
»Dieser Mann ist gütig, großzügig und intelligent. Außerdem paßt er gut zu mir«, hatte Clémentine hinzugefügt.
Papa hatte jedoch nicht auf ihre Worte geachtet, sondern war zu seiner Tochter gegangen, um ihre Hände zwischen seine zu nehmen.
»Mein liebes Kind, ich kann es nicht zulassen«, hatte er mit bewegter Stimme begonnen. »Du hast schon genug durchgemacht. Ich mache mir noch heute Vorwürfe wegen deiner zweiten Ehe mit diesem armen Jacques de la Maillerie. Du warst doch viel zu jung für ihn! Natürlich hätten wir ohne seine Hilfe niemals Rougeville zurückerhalten, auch wenn wir zur Zeit die preußische Besatzung hinnehmen müssen. Trotzdem kommen wir jetzt ganz gut zurecht und sind auf das Vermögen dieses Jérôme nicht angewiesen.«

Clémentine hatte sich darauf erhoben und mit trotzig vorgeschobenem Kinn geantwortet:
»Ihr habt mich nicht verstanden. Ich will schließlich nicht sein Vermögen heiraten. Ich liebe ihn!«
Diesen Monsieur Jérôme lieben? Wie sollte so etwas möglich sein?
Daraufhin hatte sich Großvater, der nie eine Gelegenheit vorbeigehen ließ, sich mit Papa anzulegen, eingemischt:
»Was mich betrifft, mein Kleines, so billige ich deinen Entschluß. Folge ruhig deinem Herzen. Auf den Verstand hast du ja nun oft genug gehört. Charles Jérôme ...«
Papa war daraufhin sehr wütend geworden und hatte ihm entgegnet:
»Vater, ich muß doch sehr bitten! Und du Clémentine, bist du verrückt? Du bist eine Rougeville, und du willst dich allen Ernstes mit einem Bürgerlichen verbinden, der seinen Titel lediglich diesem sogenannten *Empire* verdankt, mit einem Bankier noch dazu! Das sind zuviele Gründe, als daß ich meine Einwilligung geben könnte. Man kann doch nicht derart seine Ahnen und seine Abstammung verleugnen ...«
»Ihr sprecht von unseren Ahnen, lieber Schwiegersohn, doch habt Ihr Euch jemals gefragt, wie diese Ahnen zu ihrem adeligen Rang gekommen sind? Schließlich waren sie ja auch irgendwann nichts anderes gewesen als einfache Bauern, Soldaten oder gar Seeräuber, bis sich schließlich irgendeiner von ihnen, der mehr Verstand hatte als die anderen, und der auch besser mit der Waffe umzugehen wußte, aus der Menge heraushob und dank seiner besonderen Fähigkeiten in den Adelsstand befördert wurde. Warum also soll man dem Baron Jérôme nicht auch eine solche Chance geben? Das Zeug dazu hat er jedenfalls. Und unter uns gesagt, mein Guter, ich glaube, daß ein bißchen frisches Blut nie schaden kann.«
Papas Gesichtsfarbe hatte mittlerweile von Weiß zu einem kräftigen Rot gewechselt, so, als wenn ihm alles Blut zu Kopf stieg.
»Angesichts Eures fortgeschrittenen Alters, Schwiegervater, ziehe ich es vor, einem Streit über Euren unglaublichen Sinneswandel besser aus dem Wege zu gehen. Dennoch ist mir unbegreiflich, wie gerade Ihr, der Ihr ebenfalls die Emigration erlitten habt, einen Anhänger dieses Bonaparte verteidigen könnt! Mir gebietet das Gewissen jedenfalls etwas anderes. Und was dich betrifft, meine Tochter, so empfinde ich deine Äußerungen geradezu als unschicklich! Wie kannst du nur glauben, daß ich jemals meine

Einwilligung dazu geben werde? Hast du denn ganz vergessen, was wir einst durch die Revolution und durch solche Leute haben erdulden müssen?«

»Mit Eurer Erlaubnis, Papa, möchte ich einmal von meinem eigenen Leben sprechen. Seit dem Tod unserer Mutter vor sechs Jahren habe ich nichts anderes getan, als mich für die Familie zu opfern. Oh ja, ich habe es mit Freuden getan, Papa, denn es war schließlich für Euch und für meine kleinen Schwestern. Doch heute, nachdem Ihr nun sowohl Euren Besitz als auch Eure ehemalige Stellung wiedererhalten habt, darf ich endlich auch an mein eigenes Glück denken, und es scheint mir, verzeiht Papa, daß Ihr mir aufgrund all dessen, was ich für Euch getan habe, zumindest ein gewisses Verständnis schuldet. Selbstverständlich weiß ich, wieviel Mühe Euch das kosten wird, doch ich meine, daß Ihr in dieser Stunde zumindest den Versuch machen müßtet, zu meinem neuen Lebensglück beizutragen. Ich bin fest entschlossen, diesen Weg zu gehen, doch erst durch Eure Einwilligung wäre mein Glück wirklich ungetrübt.«

In diesem Sinne redete Clémentine weiter auf den armen Papa ein, während Tante Lottie und Zélie vor sich hinschluchzten. Papa wußte ihren Worten nichts mehr entgegenzusetzen, und so geschah das Unvermeidliche.

Die Hochzeit fand kurz darauf statt, aber es handelte sich um eine bloße Formalität, denn Charles Jérômes besitzergreifende Blicke machten jedem klar, daß Clémentine längst die Seine war. Die Zeremonie in der eiskalten Kirche fand ohne Gäste statt, und überhaupt war alles von größter Schlichtheit, da Clémentine erst vor kurzem Witwe geworden war. In dem Moment, als Papa seine Tochter zum Altar hätte führen sollen, erlitt er einen Schwächeanfall, so daß Großvater einspringen mußte.

Auch daran erinnerte Clémentine übrigens in ihrem Brief. Clémentine gehörte ebenfalls zu den Menschen, die nicht vergaßen und nur schwer etwas verzeihen konnten.

»Ich fürchte, mein Kind, daß wir auf dieses Vorhaben verzichten müssen«, erklärte Papa nach der Lektüre dieses Briefes.

»Aber dann wäre Clémentine doch noch gekränkter als sie es ohnehin schon ist, Papa!«

Agathe betrachtete ihren Vater mit festem Blick:

»Ihr wißt, daß ich diesen Mann genauso verabscheue wie Ihr, doch

Ihr habt ihn nun einmal als Schwiegersohn akzeptiert, und Ihr selbst habt mich doch stets gelehrt, daß man den Folgen einer Entscheidung nicht ausweichen darf. Clémentine weiß doch nun schließlich über unsere Pläne Bescheid, und nachdem wir gesehen haben, wie verletzt sie reagiert hat, wäre es nicht gut, sie durch eine Absage noch mehr zu kränken. Wir sollten also ihrer Aufforderung folgen und nach Monceau kommen.«
Alles war schließlich besser, als sich weiter auf dem Lande verkriechen zu müssen, selbst die Gastfreundschaft dieses Herrn Jérôme!

»Du liebe Güte! Das ist ja ein richtiger Palast, Louis, in dem unsere liebe Clémentine wohnt!« rief Tante Lotti begeistert.
»Bewundern Sie es nur, Lottie«, grummelte Papa.
»Für mich zeugt dies alles lediglich vom Geschmack eines Emporkömmlings.«
Es war in der Tat ein riesiges Gebäude, ganz in Weiß gehalten, und es wirkte fast, als wäre es mit Schlagsahne verziert. In der Landschaft ringsumher erhoben sich sanfte Hügel, und der zum Schloß gehörende Park war von kunstvoll gestutzten Bäumen und Sträuchern und von Blumen, wohin das Auge reichte, geziert. Anmutige Springbrunnen und griechische Statuen rundeten das Bild ab...
»Clémentine muß hier glücklich sein, sie liebt doch so sehr Blumen«, meinte Zélie.
Sie erwartete uns vor dem Portal. Von weitem sahen wir nur ihre zierliche Silhouette. Großvater stand neben ihr, um uns zu begrüßen.
»Mein lieber Louis, wie gut Ihr ausseht! Man merkt gleich, daß Ihr auf dem Lande lebt.«
Wenn man wußte, wie sehr auch Großvater – mir darin ganz ähnlich – das Landleben verachtete! Großvater war wirklich unmöglich. Dennoch fiel es schwer, seinem Charme zu widerstehen.
»Agathe, kann es sein, daß du noch schöner geworden bist, seit ich dich das letzte Mal gesehen habe? Du bist wahrhaft schön wie eine Liebesnacht!«
»Aber ich bitte Euch, Ihr sprecht doch mit einem jungen Mädchen!« protestierte Tante Lottie errötend.
Großvater zwinkerte mir verschwörerisch zu, und ich freute mich, wieder bei ihm zu sein und einen Komplizen zu haben. Ich

umarmte ihn heftig, und ich umarmte auch Lecoeur, seinen alten Diener, der wie ein Schatten hinter ihm hervortrat. Clémentine sagte gar nichts. Sie umarmte Papa nur so, daß ihm fast die Luft wegblieb. Gewiß, sie war immer recht unnachgiebig ihm gegenüber, doch es stand außer Zweifel, daß sie ihren Vater anbetete.
»Und ich? Mich umarmst du wohl gar nicht?« beklagte sich Zélie. Clémentine machte sich von Papa los und stürzte auf Zélie zu. Zélie war ihr besonderer Liebling. Kein Wunder, die Kleine tat nichts, was ihre große Schwester hätte verärgern können.
»Natürlich umarme ich dich, mein Schatz, ich freue mich doch so sehr. Ich bin ganz durcheinander vor Glück. Aber nun kommt alle, ich werde euch die Zimmer zeigen. Charles hat mich gebeten, ihn zu entschuldigen. Er hat noch eine wichtige Besprechung in der Bank, doch er wird zum Abendessen zurück sein.«
Am liebsten hätten wir auf seine Gegenwart ganz verzichtet. So waren wir zunächst alle sehr erleichtert, Charles Jérôme nicht zu Gesicht zu bekommen, und mit einiger Anstrengung gelang es uns sogar, Clémentine, die sichtlich darauf brannte, uns ihr neues Zuhause zu zeigen, einige Komplimente darüber zu machen.
Alles zeugte von großem Luxus – die Fußböden und die Wände waren sämtlich aus italienischem Marmor, und der Ballsaal war so groß, daß leicht dreihundert Personen darin Platz hatten. Kostbare Möbel und Vorhänge aus Satin und Damast rundeten das Bild ab.
»Agathe, dies ist dein Zimmer.«
Auf dem Bett ausgebreitet lag ein seidenes Nachthemd mit einem dazu passenden Morgenmantel.
»Das ist für dich, mein Liebes. Morgen gehen wir zusammen zur Schneiderin.«
Clémentine unterbrach sich und rief fröhlich aus:
»Erinnerst du dich? Früher warst du mir immer böse, wenn ich dich daran erinnerte, daß wir dir keine kostbaren Kleider kaufen konnten, da wir nicht die Mittel dazu hatten. Inzwischen bin ich jedoch in der Lage, dir alles zu kaufen, was dein Herz begehrt.«
»Vielen Dank, du bist sehr lieb. Aber ich brauche nichts.«
Clémentine sah ihre Schwester von der Seite an und erwiderte:
»Das ist aber das erste Mal, Agathe de Rougeville, daß du keine neuen Kleider haben möchtest!«
Agathe blickte angestrengt zu Boden.
»Aber das ist doch nicht etwa, weil ...« antwortete Clémentine

mit ungläubigem Staunen. Irritiert zog sie an ihrer Perlenkette und fuhr fort:
»Aber hör mal, Agathe, das ist doch lächerlich! Das Geld von Charles ist auch das meine.«
Agathe gab rasch zurück:
»Ich bedaure sehr, dir das sagen zu müssen, denn ich möchte dich nicht verletzen, aber da du darauf bestehst... du weißt doch genau, wie sehr ich gegen diese Ehe war. Nach wie vor hasse ich die Bonapartisten und diese sogenannten Liberalen, mit einem Wort, alles, was dein Ehemann repräsentiert. Was du aus deinem Leben machst, ist deine Angelegenheit. Aber mein Gewissen verbietet mir, von etwas zu profitieren, das ich nicht billige.«
»Dein Gewissen!«
Clémentine hob die Schultern:
»Es ist lächerlich, aber laß uns im Moment nicht mehr davon reden.«
Dann war es Zeit zu Abend zu essen und wir trafen erstmals mit Charles Jérôme wieder zusammen.
Oh! Er war äußerst höflich und liebenswürdig, und er paßte sich mit vollkommener Sicherheit der neuen Situation an. Selbstverständlich entging ihm nicht, wie distanziert Papa ihm gegenüber war. Die Ehe tat ihm offensichtlich gut. Man mußte zugeben, daß er ein sehr eleganter und verführerischer Mann war, und dabei war er doch nur der Sohn eines Tapezierers! Es war schon unerhört, mit welcher Impertinenz er auftrat. Wo hatte er sich das nur alles angeeignet?
Zélie hingegen war in einem Alter, wo sie noch keine derartigen Überlegungen anstellte. Sie hatte sich auf seinen Schoß gesetzt und war dort geblieben, bis wir zu Tisch gingen.
Man hatte die Tafel wunderbar hergerichtet. Kerzen erstrahlten und funkelten mit dem kostbaren Silber und den Kristallgläsern um die Wette. Das Tischtuch bestand aus weißem Damast und war mit kunstvoller Spitze verziert. Dazu passend mit feinstem Limoges-Porzellan gedeckt. Alles war perfekt. Eine Augenweide, wahrlich. Hinter unseren Stühlen wachte ein Bataillon von Dienern über den Tisch.
»Ich hoffe, daß Euch das Menü gefallen wird«, meinte Clémentine. »Papa, speziell für Euch habe ich beim Küchenchef Hummer und Truthahnbraten bestellt.«
»Du weißt, mein Kind, daß wir in Rougeville eine einfache Küche

bevorzugen«, gab Papa zurück, doch beim Anblick all der Köstlichkeiten mußte auch ihm allmählich das Wasser im Munde zusammenlaufen.

Zum Glück waren wir alle so sehr mit Essen beschäftigt, daß unsere magere Konversation darüber nicht allzusehr auffiel. Mit vollem Mund soll man schließlich nicht sprechen, nicht wahr! Und worüber hätten wir schon miteinander reden können? Über Politik etwa? Dies wäre mit Sicherheit ein Desaster geworden. Schließlich hätte dies für jeden von uns bedeutet, sich an eine ungeliebte Vergangenheit erinnern zu müssen. Oder hätte man über Finanzen reden sollen? Nun, Papa hätte sich niemals so weit erniedrigt, sich die Ansichten eines Bankiers über Geld anzuhören ...

»Tante Lottie, Papa, ich habe eine wunderbare Überraschung für Euch!« hörten wir die helle, fröhliche Stimme Clémentines am anderen Ende der Tafel. »Charles hat eine persönliche Einladung von Seiner Majestät erhalten, um an der Vermählung des Herzogs von Berry teilzunehmen. Wir werden in Notre-Dame in den ersten Reihen sitzen.«

»Weshalb hat der König uns denn keine Einladung geschickt?« wollte Zélie wissen.

»Sei still, Zélie«, unterbrach Papa sie streng. »Ein kleines Mädchen stellt keine derartigen Fragen.«

Quälendes Schweigen lastete über der Tafel, bis der nächste Gang serviert wurde.

Der Reihe nach wurden dann ein Rostbeaf, gebratene Hühner und ein riesiger Truthahn hereingetragen.

Der Haushofmeister brachte Charles Jérôme ein Etui, in dem sich verschiedene reich verzierte Messer und dazu passende Gabeln befanden, während ein Bediensteter feierlich die Truthähne präsentierte.

»Es gibt in ganz Paris niemand, der so gut einen Braten tranchieren kann wie Charles Jérôme«, meinte Clémentine.

Er lachte und erwiderte:

»Was bist du doch nur für eine Schmeichlerin! Der Prinz von Talleyrand übertrifft mich darin bei weitem.«

»Lieber Großschwiegersohn, mit den Jahren werdet Ihr ihn darin noch übertreffen!« ließ sich Großvater dazu hören. Er beugte sich zu Papa und fuhr fort:

»Seht nur genau zu, Louis, da könnt Ihr etwas lernen. Das

Ansehen eines Hausherrn hängt nicht zuletzt von dieser schwierigen Kunst ab.«
Ohne Großvaters Bemerkungen hätten wir Charles Jérômes Kunstfertigkeit vielleicht wirklich bewundert. Er war in der Tat äußerst geschickt im Tranchieren des Geflügels, doch was Großvater da soeben gesagt hatte, war wirklich eine Zumutung! Ausgerechnet von diesem Herrn sollten wir etwas lernen! Schließlich hatten wir im Londoner Exil nicht viel Gelegenheit gehabt, uns im Tranchieren eines Bratens zu üben. Wir hatten froh sein müssen, wenn wir überhaupt etwas zu essen besaßen. Am liebsten hätten wir ihm das ins Gesicht geschleudert, die Serviette auf den Tisch geknallt und wären aufgestanden. Doch wir blieben schweigend sitzen und bissen wütend in den Truthahn.

Nach einer Woche wurde der Zustand schlechthin unerträglich. Die gemeinsamen Mahlzeiten, zu denen hin und wieder auch Gäste eingeladen waren, stellten höchste Anforderungen an unsere Höflichkeit.
Da man aufs Äußerste bemüht war, Ausbrüche zu vermeiden, spürte man die kleinste Unstimmigkeit umso deutlicher. Obwohl Charles Jérôme nur selten persönlich anwesend war, war er doch ständig präsent durch Clémentines Äußerungen: »Charles ist wunderbar . . . Charles hat soviel Urteilsvermögen, und er ist ein so fröhlicher Mensch . . . Wenn ich Charles gewähren ließe, kaufte er sämtliche Juweliere in Paris leer.«
Charles! Charles! Charles! . . . Und dieses Getuschel zwischen ihnen . . . Man hatte das Gefühl, sie beim zärtlichen Tête-à-Tête zu überraschen . . . Und seine Art, sie an sich zu ziehen und vor allen zu umarmen! Und wie er sie dann anstarrte . . . Entsetzlich! Einfach nicht auszuhalten!
Es war ganz offensichtlich, daß weder die Diamanten, mit denen er sie überschüttete, noch der betörende Luxus dieses Hauses Clémentines Augen zum Leuchten brachten, sondern einzig und allein er selbst, ein »Baron d'Empire« . . .
Sie war eben verliebt in diesen Mann . . . Ausgerechnet eine Rougeville! Doch was sollte man tun? Alle liebten Clémentine viel zu sehr, als daß man ihr widersprochen hätte.
Tante Lottie bereitete schließlich mit ihrem legendären losen Mundwerk dem Ganzen ein Ende.
Man trank gerade Kaffee und Likör und unterhielt sich über das

große Tagesthema: Die Einweihung des Elysée-Palastes, dem zukünftigen Wohnsitz des fürstlichen Paares.
Wohlweislich alles Heikle aussparend, sprach man über die herrlichen Stuckarbeiten des Palastes und über das Protokoll. Die arme Lottie, die ihre Zunge nie im Zaum halten konnte, warf plötzlich dazwischen:
»Ich verstehe wirklich nicht, wieso Ihre Majestät gerade die Herzogin von Reggio als erste Ehrendame der Herzogin von Berry ausgewählt hat. Es gibt so viele andere, die dafür bestimmt geeigneter wären als die Frau eines...«
In diesem Moment unterbrach Charles Jérôme sie geschickt:
»Mir scheint die Wahl angemessen und zweckdienlich. Außerdem ist die Politik des Königs auf eine Aussöhnung zwischen altem und neuem Régime gedacht.«
»Auf jeden Fall kommen die Revolutionäre dabei besser weg«, fuhr Papa ironisch dazwischen.
In Anbetracht der beiden Gläschen Cognac, die er getrunken hatte, mußte er jetzt vorsichtig sein. Jeder hielt den Atem an, aber Papa redete weiter:
»Gott ist Zeuge, daß ich Talleyrand verabscheue. Immerhin hatte er jedoch aufgrund seiner untadeligen Vergangenheit berechtigte Hoffnungen auf bessere Zeiten geweckt, als er der Regierung wieder beitrat. Statt dessen wird alles zusehens immer schlimmer! Und diese Nominierung illustriert genügend...«
»Darf ich Euch daran erinnern, daß die Herzogin von Reggio zwar die Gemahlin eines gewissen Oudinot ist, eines Maréchal d'Empire, daß sie jedoch nichtsdestoweniger auch dem vornehmen Adelsgeschlecht der Coucy angehört«, unterbrach Charles Jérôme Papas Rede, während er sorgfältig seine Zigarre ausdrückte, um Papa dann geradewegs in die Augen zu sehen.
Alle waren jetzt in höchste Aufregung versetzt und starrten Charles Jérôme an.
»Hättet Ihr, Monsieur, die Ehre, die der König der Herzogin entgegengebracht hat, wohl ebenso kritisiert, wenn es sich um Eure Tochter Clémentine gehandelt hätte? Herkunft und Verbindung zeigen in beiden Fällen deutliche Parallelen.«
Großvater streifte Papa mit einem spöttischen Blick, als wollte er sagen: »Jetzt seht zu, mein Guter, wie Ihr da wieder rauskommt! Ihr habt es selbst so gewollt! Zählt also nicht auf meine Hilfe!«

Zélie rettete die Situation. Naiv warf sie ein: »Aber du, du bist doch kein Maréchal!«
Charles Jérôme drückte sie an sich und erwiderte:
»Das stimmt, mein Kätzchen, ich bin sogar noch viel weniger.«
Und er brach in ein brutales, lautes Lachen aus, das uns wie eine Ohrfeige ins Gesicht schlug.
Er verbeugte sich:
»Meine Damen, wollt Ihr mich bitte entschuldigen, meine niedrigen Beschäftigungen, das heißt, meine Geschäfte, rufen mich.«
Dann drehte er sich auf dem Absatz um und ging.
Als sich die Tür hinter ihm geschlossen hatte, herrschte Totenstille im Raum.
Papa hatte sich in einen Sessel gesetzt, den Kopf vornübergebeugt und die Ellbogen auf die Knie gestützt. Clémentines Nüstern waren hochmütig gebläht und ihre Wangen sehr bleich.
Agathe hielt den Augenblick für gekommen, vermittelnd einzugreifen.
Rasch stand sie auf und lief zu ihrer Schwester:
»Clémentine, Liebes, wir lieben dich alle, aber du kannst nichts Unmögliches von Papa verlangen. Es ist wohl besser, wir gehen zu den Mougeauds.«
Clementine lächelte traurig und antwortete:
»Ja, ich glaube auch . . . ich hatte gehofft, oh, ich werfe Euch nichts vor, Papa, Ihr habt Euer Möglichstes getan, aber . . . ja, es wäre besser, ihr gingt in die Rue de Verneuil. Ich schicke euch den Wagen. Agathe, du besuchst mich doch, ja? Und . . . Papa, kann ich Zélie bei mir behalten?«
Man einigte sich darauf, daß Zélie bei Clementine blieb.

Kapitel 3

Uff!
Wie angenehm war es doch, endlich wieder unter Gleichgesinnten, unter Monarchisten zu sein. Jeder hatte dieselbe Vergangenheit und dieselben Zukunftsvorstellungen, und man brauchte endlich keine Angst mehr zu haben, irgendeine unpassende Bemerkung an der falschen Stelle zu machen! Nicht, daß die Vergangenheit immer angenehm gewesen wäre, aber da man eine bestimmte geschichtliche Epoche von großer Bedeutung gemeinsam verbracht hatte, war daraus eine enge Freundschaft zwischen den Mougeauds und den Rougevilles erwachsen.
Adelaïde de Mougeaud pflegte des öfteren zu sagen:
»Was haben wir alles durchgemacht seit unserer Rückkehr aus der Emigration, nicht wahr, Lottie!«
Sie hatte eine rauhe Stimme, die gut zu ihrer kräftigen Statur paßte.
Man vermied dabei, von Antoine, ihrem jüngsten Sohn, zu sprechen. Antoine, Clémentines erster Ehemann, war bei einem dummen Reitunfall ums Leben gekommen.
Ebensowenig wurde davon gesprochen, daß Alexandre, der Älteste, nicht nur ein sehr geistreicher und charmanter junger Mann war, sondern auch ein sehr ehrgeiziger. Gleich nach seiner Ankunft in Paris vor zwei Jahren hatte er die sanftmütige Anne-Louise de Piran kennengelernt. Das verwaiste reiche Mädchen hatte von seinen Eltern ein schönes »Hôtel«* in der Rue de Verneuil geerbt, in dem sich die Mougeauds sofort niederließen, kaum daß sie aus London zurückgekommen waren.
Das Hôtel de Libran lag mitten im Viertel von St. Germain. Die beiden Trakte erstreckten sich über zwei Stockwerke, und dahinter lag ein entzückender kleiner Garten mit vielen Orangenbäumchen in großen Töpfen und mit einem Teich.
Adélaïde de Mougeaud war nicht gerade sparsam mit dem Besitztum ihrer Schwiegertochter umgegangen. Auch hier, wie bei Charles Jérôme, war alles mit größtem Luxus ausgestattet. Man schwelte nur so in Samt und Seide, doch man spürte hier im

* Der Ausdruck »Hôtel« meint hier die Herrschaftshäuser der adligen Familien. Jede Adelsfamilie, die auf sich hielt, bewohnte ein solches Stadtpalais.

Gegensatz zu der prächtigen Behausung von Charles Jérôme eine Art von vornehmer Zurückhaltung, wie sie nur Familien besitzen, die, ob mit oder ohne Geld, nie anders gelebt hatten.
Endlich nun begannen die lang erwarteten Festlichkeiten.

Und was für Festlichkeiten das waren!
Es wurden geradezu rauschende Feste!
Das erste große Ereignis war der Einzug der zukünftigen Herzogin von Berry. Aus Neapel kommend, war sie vorher von der königlichen Familie in Fontainebleau empfangen worden.
»Damit wir uns nicht im Gedränge der Massen aufhalten müssen, stellt uns meine Tante ein Appartement in der Rue de Rivoli zur Verfügung, von dessen Fenstern aus wir alles überschauen können«, hatte Anne-Louise angekündigt. »Erinnerst du dich eigentlich noch an Tante Aimée, Agathe?«
Wie hätte man Madame d'Honfeuille vergessen können? Sie war eine außergewöhnliche Frau, die während des Ancien Régime Liebhaber gesammelt hatte wie andere Insekten.
Lauter hervorragende Namen waren darunter: Der Graf d'Artois, Bruder des Königs, der Herzog von Noailles, Talleyrand, La Fayette und viele andere ... Zwar waren diese Liebesbeziehungen stets mehr oberflächlicher Art gewesen, doch hatten sich später daraus feste, dauerhafte Freundschaften entwickelt, die es Madame d'Honfeuille ermöglichten, in den Salons unumschränkte Herrscherin zu sein. Groß, mager, von überlegner Zurückhaltung, ihr Gesicht stark gepudert, um ihre Falten zu verdecken und mit stets wechselndem, kostbaren Geschmeide geschmückt – das war ihr Erscheinungsbild.
Als das korsische Monster während seiner Hundert Tage zurückkam, und man nach Gland flüchten mußte, hatte man sie mehrmals getroffen. Papa hatte damals etwas zurückhaltend bemerkt: »Unter den Röcken dieser Dame verbirgt sich ein skandalöses Parfum!«
Sie, Agathe, hatte dieses Parfum wundervoll gefunden.
»Der Abbé wird uns abholen«, fuhr Anne-Louise fort. »Aber du kennst ihn ja noch gar nicht! Louise-Marie de Saint-Ferrieux ist der Sekretär meiner Tante. Wir nennen ihn Abbé, weil er im Priesterseminar war ... aber nur einige Monate. Tante Aimée hat ihn davon überzeugt, daß ihm ihre Gesellschaft besser bekommt als die der Priester.«

Der Abbé war sehr verführerisch. Er hatte lebhafte, blaue Augen und einen spitzbübischen Zug um den Mund, und auf dem Kopf standen ihm einige dunkelbraune Haarsträhnen lustig zu Berge ... Man konnte sich schlecht vorstellen, wie er die Sakramente spendete ... Unter seinem schwarzen Gewand mit den koketten hellen Spitzenmanschetten erahnte man einen wohlgeformten Körper. Agathes Phantasie begann sich zu regen. Die jungen Männer fehlten ihr sehr.
Sie rückte auch nur kaum zur Seite, wenn er sich unter dem Vorwand, so besser sehen zu können, gegen sie drückte. Ohne Männer und ohne Komplimente, machte Agathe das Leben keinen Spaß! Und dieser hier war sicher wesentlich geistreicher als die Gebrüder Moustrevieille.
»Ah, Mademoiselle!« seufzte er aus tiefer Kehle, als die königliche Kutsche an der Ecke Rue de Rivoli erschien.
»Ich anstelle des Herzogs von Berry würde Euch auf meinen Wagen heben und diese kleine Prinzessin sofort nach Palermo zurückschicken. Sie scheint ein unwissendes dummes Ding zu sein. Aber das erklärt sich natürlich aus ihrer Herkunft. Hat nicht ihr Großvater, Ferdinand I., der König beider Sizilien, noch Fisch auf dem Markt verkauft?!«
Der Abbé fuhr fort:
»Sie haben mit dieser Heirat wirklich Glück gehabt ... Schaut sie Euch nur an ... flach wie ein Brett und Augen wie ein Fisch ...«
»Abbé, Ihr seid sehr boshaft«, unterbrach ihn Anne-Louise.
»Die Prinzessin Marie-Caroline hat schöne Haare und ist von vollendeter Grazie ...«
»Das muß sie auch sein, denn Monseigneur ist ein Liebhaber schöner Frauen, er vernascht sie alle wie eine Tüte Bonbons!« erklärte der Abbé und zog aus seiner Tasche eine Schachtel mit den schönsten Süßigkeiten heraus, die man sich nur denken konnte. Er nahm sich eins und schob es genüßlich in den Mund, was die beiden Damen herzlich zum Lachen brachte.
Der nächste Tag, der 17. Juni, war nun endlich der Tag der Hochzeit. Man traf sich, immer noch unter Führung des Abbés, in Notre-Dame, wo die fürstlichen Hochzeitsfeierlichkeiten zelebriert wurden.
Die Straßen waren mit Fahnen geschmückt, und die Nationalgarde stand in Reih und Glied am Rande, um den fürstlichen Zug gegen die freudig erregte Menge abzuschirmen. Trommeln, Trom-

peten und Glocken begleiteten die Karossen auf ihrem langsamen Weg. Eine märchenhafte Prozession! Strahlende Wesen von zauberhafter Schönheit lehnten sich aus den Portieren. Bunte Federn, Tüll und Edelsteine schmückten ihre Haarpracht.

Papa hatte die von Clémentine angebotenen Plätze abgelehnt.

»Die Mougeauds haben uns Plätze im unteren Kirchenschiff reserviert, gleich neben den ihren. Es hieße sie beleidigen, wenn wir sie zu Gunsten besserer Karten oben im Stich lassen würden.«

Großvater hatte grinsend dazu geäußert:

»Natürlich, lieber Louis, Ihr habt Euch im Schatten immer schon am wohlsten gefühlt!«

Er meinte damit eine riesige Säule, die jeden Blick verstellte. Agathe geriet in Zorn.

Sie hörte, wie ein aufgeregtes, respektvolles Raunen durch die Menge ging... Seine Majestät... Monsieur... der Herzog von Angoulême... Sie alle schritten unmittelbar an ihr vorbei in Richtung Chor, und ausgerechnet sie sah nun gar nichts von all dem wegen einer dummen, dicken, mit Wappen übersäten Säule! Es war wirklich zum Heulen!

Plötzlich flüsterte ihr jemand ins Ohr:

»Erlaubt, Mademoiselle? Gleich kommt der Herzog von Berry...«

Sie spürte den heftigen Zugriff des Abbé, der sie um die Taille faßte und hochhob.

Endlich konnte sie etwas sehen!

Das Hochzeitspaar näherte sich. Agathe beachtete kaum das mit kostbarem Schmuck behangene Klappergestell, das neben dem Herzog von Berry einhertrippelte, sie sah nur ihn.

Für sie sah er aus wie ein Gott. Er trug ein goldenes Gewand mit wertvollen Spitzen an seiner Brust. Der Glanz von tausend Diamanten ließ ihn erstrahlen. Sein von einem braunen Vollbart geschmücktes Gesicht zeigte ein Lächeln, das er verschwenderisch nach allen Seiten verteilte. Agathe war wie geblendet. Für sie sah er einfach hinreißend aus! Ihr Herz begann heftig zu schlagen, und ein Taumel erfaßte sie. Sie versuchte vergeblich, einen seiner Blicke zu ergattern... Ganz sicher war einer auch für sie bestimmt!...

Auf einmal fühlte sie sich hart und unvermittelt auf den Boden zurückgestellt. Im gleichen Augenblick spürte sie an ihrem Ohr den Atem des Abbé.

»Seid Ihr zufrieden, Mademoiselle? Habt Ihr ihn nun gesehen?«
»Oh ja! Ich danke Euch. Der Herzog sieht sehr gut aus.«
Sie war immer noch äußerst benommen von seinem Anblick und lehnte sich gegen den Abbé.
Anschließend fand eine Galavorstellung in der Oper statt. Papa aber meinte dazu:
»Die Oper ist kein schicklicher Aufenthaltsort für ein junges Mädchen!«
»Papa! Wenn Anne-Louise und Alexandre mich begleiten, könnt Ihr doch nichts dagegen haben...«
Papa konnte sich beruhigt schlafenlegen, denn Anne-Louise, die sich ein scheußliches graues Kleid angezogen hatte und ihre braunen Haare zu einem Knoten zusammengebunden trug, hütete Agathe wie ihren eigenen Augapfel. Sie selbst ging in die Oper, um Musik und schönen Gesang zu hören, also aus ganz anderen Gründen als die meisten Menschen.
Außerdem hätte man erwarten können, daß Alexandre, der jetzt Leutnant der Leibgarde war, ...ein Dienstgrad, der dem des Oberst in der Armee entspricht, erklärte jedesmal seine Mutter voller Stolz... also, daß Alexandre auch in der Offiziersloge Platz genommen hätte. Aber Alexandre, kaum daß er die beiden dort abgeliefert hatte, beeilte sich, wieder zu verschwinden.
Agathe, deren Aufmerksamkeit weder dem Stück »La Fête de Cythère« noch den anspruchsvollen Tönen der berühmten Sängerin Madame Branchu galt, verbrachte den Abend damit, die anderen Logen zu beobachten. Neidisch vernahm sie das leise anzügliche Kichern anderer Damen, denen von ihren Liebhabern der Hof gemacht wurde. Warum war sie, Agathe, nicht eine von ihnen?«

Am Abend vorher hatte der Abbé sie besucht und ihr zwischen Tür und Angel zugeflüstert:
»Ich muß Euch sehen. Ist es Euch recht morgen um zwei Uhr in der Kirche St.-Thomas-d'Aquin?«
Agathe war einverstanden.
Männer brachten sie jedesmal völlig durcheinander. Sie brauchte sie wie das tägliche Brot.
Sie schob eine Migräne vor, um die Handarbeit niederlegen zu können, die Adélaïde de Mougeaud ihr gleich am ersten Tag in die Hand gedrückt hatte. »Für meine Armen, Liebes!« hatte sie

gesagt und hinzugefügt: »Das wird dir deinen Ablaß gewährleisten!«
Agathe ging in ihr Zimmer, um sich herzurichten. Sie kämmte sich und setzte ihren neuen Hut auf. Sein kirschrotes Samtband, das farblich mit ihrem Spenzer übereinstimmte, gefiel ihr besonders gut, denn dieses Kirschrot paßte haargenau zu ihrem Teint. Im Bewußtsein dieser Feststellung ging sie wieder hinunter und verließ das Haus durch den Dienstboteneingang.
St.-Thomas-d'Aquin war nur wenige Schritte entfernt. Die Dunkelheit in der Kirche war nach der sonnigen, belebten Straße ungewohnt. Und erst die Ruhe! ... Ein Geruch von Weihrauch, Staub und alten Röcken breitete sich aus.
Rein mechanisch tauchte sie ihren Finger in das Weihwasserbekken, bekreuzigte sich und hätte beinahe einen Schrei ausgestoßen, als sie einen Arm spürte, der sich unter den ihren schob.
»Habt keine Angst, ich bin nicht der böse Wolf...«, flüsterte der Abbé ihr schelmisch zu.
»Vor Wölfen habe ich keine Angst. In Rougeville laufe ich viel im Wald herum...«
»Und wen trefft Ihr dort im Wald?«
Sie lachte.
»Seid nicht so neugierig.«
Dann fügte sie ein wenig schuldbewußt hinzu:
»Ich bin wohl zu spät, oder?«
»Die Pünktlichkeit einer Dame steht im entgegengesetzten Verhältnis zu ihren Vorzügen. Je mehr sie davon hat, desto später darf sie kommen... Ich erwartete Euch nicht vor einer guten Stunde.«
Ja, so war er. Ein Charmeur, wie er im Buche steht!
»Kommt«, sagte er dann und zog sie mit sich fort. »Gehen wir ein bißchen spazieren!«
Er nahm einen salbungsvollen Gesichtsausdruck an, der in krassem Gegensatz zu seinem lebhaften Blick stand.
»Dieser Ort, mein Kind, ist er nicht wie geschaffen für alles Heimliche, für die kleinen Sünden, die man nur in der Beichte preisgibt...«
»Oh, ich habe nichts zu beichten!«
»Ich schon... Wißt Ihr, seit wir uns kennen, überkommen mich ausgesprochen heidnische Gedanken.«
Er drückte ihr leicht den Arm. Agathe sträubte sich ein wenig.

»Aber wir kennen uns doch erst seit kurzem«, entgegnete sie ihm nicht ohne eine gewisse Koketterie.
»Paris, meine Liebe, ist eine schnellebige Stadt, in der sich die Leute mit allem beeilen. Auch die Gefühle haben ihre Geschwindigkeit. Vielleicht ist das in der Provinz anders, und die Herren bewegen sich dort langsam im Rhythmus der Jahreszeiten. Aber hier lassen wir es eine Dame sofort wissen, wenn sie es versteht, uns in Flammen zu versetzen.«
»Habt Ihr das etwa im Priesterseminar gelernt?«
»Im Seminar pflegte ich auf- und abzugehen und den Himmel anzuschauen. Ganz schön langweilig, das kann ich Euch versichern. Die Zwiegespräche mit den Engeln und das ewige Nachzählen der Sterne haben mich auch nicht gerade begeistert, und so bin ich zur Erde zurückgekehrt. Dort hat man zwar auch so seine Probleme, aber auf eine viel angenehmere Weise ... vor allem zu zweit ...«
Mittlerweile stand er ihr gegenüber und sie fand sich mit dem Rücken zur Wand in der dunklen Ecke einer kleinen Seitenkapelle wieder, wohin er sie, ohne daß sie es bemerkt hatte, dirigiert hatte.
»Agathe ...«, flüsterte er.
Seine Hand glitt auf ihre Hüfte hinab, wo sie liegenblieb. Sie fühlte sich einerseits durch seine Anwesenheit verwirrt, gleichzeitig war sie jedoch sehr verärgert. Wieso raste er hier im Galopp über den Parcours? So konnte man das Spiel doch nicht spielen!
»Ich muß nach Hause«, sagte sie unvermittelt.
Er trat zurück, zupfte verlegen an seiner blendend weißen Weste und senkte den Kopf. Dann erwiderte er:
»Ja, wenn das so ist, dann geht nur ...«
Seine Stimme war plötzlich kalt und sachlich geworden. Er fuhr fort:
»Ehrlich gesagt, Ihr enttäuscht mich. Ich hatte mir gedacht: ›Daß ein so hübsches Mädchen den ganzen Tag in der Rue de Verneuil zu Hause verbringt, ist eine wahre Schande. Ich werde ihr ein wenig Abwechslung bieten.‹ Aber wenn Ihr lieber wieder Eure Handarbeiten aufnehmen wollt, bitteschön! So vertreibt man sich doch wohl in der Provinz die Zeit ...«
»Hört endlich auf, mir mit den Gepflogenheiten der Provinz in den Ohren zu liegen!« begehrte sie auf. »Auf jeden Fall sind die Männer dort wesentlich besser erzogen ... Und was die Mougeauds betrifft, so ist das Leben bei ihnen sehr angenehm.«

»Sehr angenehm?« Er lachte spöttisch. Dann fuhr er fort: »Ihr macht Euch wohl lustig über mich? Inmitten dieser Gesellschaft kommt Ihr mir vor wie eine Rose auf einer Löwenzahnwiese. Wobei ich Alexandre ausnehmen möchte, er ist anders. Aber habt Ihr bemerkt, daß er fast nie anwesend ist? Man kann es ihm auch nicht verdenken. Was sollte er schon zu Hause zwischen einer stickenden Mutter und einer Gattin, für die sich alles nur noch um ihr Kind dreht? Kein Empfang, kein Fest findet mehr bei ihnen statt. Ihr Mann allerdings, dessen könnt Ihr sicher sein, feiert seine Feste woanders! Und wenn Ihr Euch das Leben nicht selbst ein wenig verschönert, so gebe ich Euch einen guten Rat: Kehrt schnell in Euer Provinznest zurück, denn dort verbringt Ihr Eure Zeit sicherlich besser als bei den Mougeauds, von denen Ihr Euch überhaupt nichts erwarten dürft.«

Er sprach genau das aus, was auch sie in den vergangenen Tagen befürchtet hatte. Welche Illusion von ihr zu glauben, sobald sie erst einmal hier sei, ginge alles wie von selbst. Sie hatte geglaubt, Tür und Tor würden sich ihr öffnen, und Paris läge ihr zu Füßen! In ein Grab war sie gefallen... Aber lieber wollte sie sterben als das zuzugeben! Mit hocherhobenem Haupt erklärte sie:

»Ich erwarte von niemand etwas.«

»Ihr wollt doch wohl nicht behaupten, daß Ihr ohne bestimmte Erwartungen aus Eurer Normandie hierhergekommen seid! Schaut man sich nicht im Spiegel an und denkt: ›Wieso eigentlich nicht ich?‹... Alle jungen Mädchen reflektieren auf unsere Hauptstadt. Nur leider, mein Kind, genügt in Paris die Schönheit allein nicht. Um hier Erfolg zu haben, bedarf es schon einer anderen Mischung, und die heißt: Anmut, Intelligenz und Anpassungsfähigkeit. Und das kommt nicht von heute auf morgen.«

»Ich wüßte nicht, was das mit mir zu tun hätte.«

»Oh sicher, das wißt Ihr ganz genau! Versucht nicht, mir etwas vorzumachen, meine süße kleine Schauspielerin! Wir ähneln uns zu sehr.«

Er unterbrach sich und fuhr nach einem kurzen Moment fort:

»Laßt uns diesen Ort hier verlassen, der muffige Kirchengeruch macht mich aggressiv. Er erinnert mich zu sehr ans Priesterseminar.«

Widerwillig und wütend folgte sie ihm hinaus. Gleichzeitig aber war sie fasziniert von seiner Fähigkeit, ihre Gedanken zu lesen. Durch eine kleine Seitentür erreichten sie einen sonnenüberfluteten runden Platz, der von Buchsbaumbüschen eingerahmt wurde.

»Ich habe das Pristerseminar gehaßt.«

Er äußerte dies mit einer gewissen Heftigkeit, die ihm augenblicklich einen harten Zug um den Mund verlieh.

»Oh, versucht nicht, es Euch vorzustellen... Ich glaube an Gott. Und unsere Lehrer waren ausgezeichnet... Aber ich hasse es wegen dem, was es darstellt, nämlich einen Zufluchtsort für Habenichtse. Ich hatte fünf ältere Brüder vor mir und da ich zwar Rang und Namen besitze, jedoch nicht das geringste Vermögen, hat mich mein Vater kurzerhand dort untergebracht. Glücklicherweise hat mich Madame d'Honfeuille wieder herausgeholt.«

»Und worin ähneln wir uns bitte?«

Agathe spöttelte überheblich:

»Ich für meine Person garantiere Euch, daß ich mich nie und nimmer in ein Kloster hätte einsperren lassen!«

»Ich sehe zwischen dem Kloster und der Euch vorgezeichneten Zukunft keinen großen Unterschied: Ihr werdet irgendeinen Landjunker heiraten, ein oder zwei Liebhaber mit Kuhmist an den Stiefeln haben und einen Stall voller Kinder... Meine Arme, das ist dasselbe. Gebt Eure Dickköpfigkeit endlich auf, sie beeinträchtigt Eure reizende Erscheinung... Warum wir uns ähneln? Weil Ihr ebenso wie ich, auch wenn Ihr es nicht wahrhaben wollt, von Reichtum und Luxus angezogen seid.«

»Wenn das stimmte, wäre ich wohl bei meiner Schwester geblieben!«

»Nein. Denn irgendwie habt Ihr noch ein natürliches Gefühl für Stil und Tradition in Euch... Belastet Euch nicht zuviel mit Überflüssigem, morgen schon kann Euch die Chance Eures Lebens begegnen... Als ich die Chance meines Lebens bekam, habe ich sofort zugegriffen. Ihr werdet mir jetzt sagen: ›Ist das etwa die Chance Eures Lebens, Sekretär zu sein?‹ Aber in unserer Gesellschaft kommt es darauf an, den Fuß auf die erste Sprosse einer Leiter zu setzen und mit viel Kraft zu versuchen, sich an ihr festzuhalten und weiterzuklettern. Eine Chance stellt sich leicht ein, man muß sie jedoch auch zu nutzen wissen.«

Es entstand eine Pause.
Der Abbé hatte einen Buchsbaumzweig abgebrochen und zerrieb ihn zwischen den Fingern. Er hatte sehr schöne, schlanke, weiße Hände, und wenn er sprach, hinterließen seine Gesten in der Luft einen Hauch seines Parfums. Es war der gleiche Duft, den auch sein Taschentuch verströmte: *Eau à la Maréchale* . . .
»Was wollt Ihr, meine Schwäche ist nun einmal der Luxus«, hatte er ihr schon einmal lachend erklärt.
Heute jedoch waren seine Worte nicht mehr ironisch gemeint. Er meinte es vielmehr ernst: Luxus forderte seinen Preis.
Er wandte sich ihr zu und sagte zögernd, als geschähe es mehr gegen seinen Willen:
»Ich habe eine Nachricht für Euch von Madame d'Honfeuille. Sie wünscht Euch zu sehen.«
»Madame d'Honfeuille will mich sehen? Mich? Aber . . .«
Vor lauter Überraschung bekam sie ganz große Augen.
»Zwischen Mittag und zwei Uhr macht sie sich zurecht, da könnt Ihr sie immer zu Hause antreffen.«
»Aber was will Madame d'Honfeuille von mir? Ich bin ihr höchstens dreimal begegnet, seitdem wir in der Rue de Verneuil sind.«
»Madame d'Honfeuille vertraut mir nicht uneingeschränkt alles an. Aber wenn ich mir erlauben darf, Euch etwas anzuraten: Geht hin! Und allein, wie sie mir nahegelegt hat.«
»Madame D'Honfeuille . . .?« wiederholte Agathe ungläubig. »Wirklich, ich verstehe es nicht . . . Aber ich werde es auf jeden Fall so einrichten, daß ich Madame besuchen kann«, versicherte sie dann dem Abbé.
Nachdenklich blieb Agathe stehen. Unter ihrem Hut waren einige Locken herausgerutscht, so daß ihr Blondhaar im Sonnenlicht hell und seidig glänzte.
»Warum habt Ihr mir das nicht gleich gesagt?« wollte sie von ihm wissen.
Er kam auf sie zu und erwiderte:
»Ich hatte geglaubt, es sei wichtiger, Euch vorher einige Dinge zu erklären. Hoffentlich habe ich Euch nicht geärgert! Wenn Ihr mir gleichgültig wärt . . . Aber das ist ja nicht der Fall . . .«
Er nahm sie sanft an den Schultern und zog sie vorsichtig zu sich heran.
Sie sah sich in seinen Augen und fand sich sehr schön . . .
»Agathe . . .« murmelte er.

Wie tollpatschig waren doch die Küsse des armen Théo im Vergleich zu diesem!
Er küßte Agathes Mund wie eine prachtvolle Blume, die er langsam und hingebungsvoll mit seinen Lippen entblätterte. Sie war hingerissen von den kleinen Schauern, die ihr über den Körper liefen.
Als er zurückwich, sagte er:
»Wir müssen uns jetzt trennen. Sehe ich Euch wieder, Agathe?«
»Vielleicht . . .«
Agathe lächelte und meinte:
». . . Wenn Ihr mich das nächste Mal von dem Weihrauchgeruch und Euren Boshaftigkeiten verschont!«
Mit einemmal fühlte sie sich leicht und fröhlich. Paris hatte sich für sie zum ersten Mal von seiner charmanten Seite gezeigt.

Kapitel 4

»Meine liebe Agathe, ich freue mich sehr, Euch zu sehen.«
Madame d'Honfeuille, die mit einem weiten Morgenmantel aus weißem Kaschmir bekleidet war und an den Füßen goldene Sandalen trug, wandte sich ihrem Friseur zu:
»Monsieur Hippolyte, morgen um vier Uhr, ja? Und denkt nochmals über meine Frisur nach . . . Leroy schlug zu diesem Kleid zwei glatte Haarsträhnen vor, aber mir wäre etwas weniger Strenges lieber.«
Ein riesiger Diamant, gefaßt in einem Rubinkranz, erstrahlte an ihrem Finger, mit dem sie nun auf Monsieur Hippolyte zeigte:
»Vergeßt nicht, daß unser lieber Talleyrand ein scharfes Auge hat und jede Veränderung sofort bemerkt. Ich wünsche, daß er angenehm überrascht ist . . . Geht jetzt, ich habe zu tun.«
Nachdem Monsieur Hippolyte die Brennschere, die Lockenwickler, die Bürsten und Kämme in seine schwarze Ledertasche gepackt hatte, verabschiedete er sich und ging.
Madame d'Honfeuille wies Agathe einen kleinen, mit pfirsichfarbenem Satin bespannten Schemel zu und sagte:
»Kommt, mein Kind, setzt Euch zu mir.«
Agathe gehorchte. Sie war stumm vor Staunen. Ein Ankleidezimmer wie dieses . . .
Das wagte sie sich nicht in ihren kühnsten Träumen vorzustellen! Es war ein sechseckiger, fensterloser Raum mit rosafarbenem Marmorfußboden, in dessen Nischen sechs große Spiegelflächen eingelassen waren. Gleichfalls rosafarben war die mit Musselin drapierte Decke, von der mit Perlenbändern besetzte Stoffbahnen herabhingen, welche die Spiegel anmutig einrahmten. Die elegante Couch, die kleinen leichten Schemel, der Frisiertisch, die Flakons, die Schachteln sowie die Opalin-Zerstäuber waren ebenfalls in Rosa gehalten. In silbernen Töpfchen brannten Duftkerzen, die den Raum in ein warmes, angenehmes Morgenlicht tauchten. Überall atmete man parfümierte Dämpfe ein, so daß man meinte, sich in einem Tempel zu befinden. Ein Tempel, in dessen Mittelpunkt die Göttin Madame d'Honfeuille stand.
»Ihr habt Euch sicher gefragt, meine kleine Freundin, warum ich Euch zu mir bitten ließ?«
Nein. Sie hatte darüber nachgedacht, und das Rätsel war für sie

leicht zu lösen gewesen. Zweifellos sollte sie über den Haushalt von Anne-Louise ausgefragt werden. Es gab keine andere Erklärung. Umso überraschter war sie dann, als Madame d'Honfeuille weiterfragte:

»Habt Ihr Lust, auf meine Gesellschaften eingeladen zu werden?«

Und ob sie Lust hatte ... Jesus, Maria und Josef! Einen verführerischeren Vorschlag konnte man einem ehrgeizigen jungen Mädchen vom Lande kaum machen!

»Madame ...«

»Hört zu, Agathe. Ich bin es gewohnt, offen und ehrlich zu reden. Ihr gefallt mir, und ich kann Euch helfen.«

»Mir helfen? Aber, Madame ...«

Madame d'Honfeuille lächelte.

»Wenn man jung ist, ist man stolz! Ihr müßt wissen, meine Kleine, daß die Hand, die ich Euch entgegenstrecke, die Küsse von mehreren Königen und zwei Kaisern entgegengenommen hat. Das ist nicht die Hand von irgend jemand. Und Ihr seid auch nicht irgend jemand! Die Lobeshymne auf Euren Herrn Vater erübrigt sich von selbst. Das ist der Grund, warum ich nachgedacht habe ... Neulich habe ich Euch in der Oper gesehen und ein wenig beobachtet. Ihr wart in Gesellschaft der armen Anne-Louise und langweiltet Euch offensichtlich zu Tode. Auch ich war einmal in Eurem Alter und weiß daher, was man da so alles empfindet. Ich kenne das heftige Verlangen, Leute kennenzulernen, in der Gesellschaft zu brillieren und mit zu dem Kreis auserwählter schöner Frauen zu gehören, die das Leben in Paris bestimmen ... Ich war als junges Mädchen sehr schön, und Ihr seid es auch.«

»Sehr schön! ... Mein Gott! Ob sie, Agathe, später auch so aussehen würde? Es schauderte sie bei dem Gedanken daran. Im Spiegel sah sie ein langes, von Schminke überzogenes Profil mit eingefallenen hohlen Wangenknochen, einen knittrigen Hals, der an alte Seide erinnerte und einen abgenutzten Mund, der niemanden mehr verlocken konnte, ihn zu küssen ...

»Schaut Euch an, Agathe. Ihr habt ein vollkommenes Gesicht. Eure silbrig schimmernden, blonden Haare, die Euch wie einen Heiligenschein umrahmen, dazu diese Augen ...«

»Großvater sagt, daß ich Zigeuneraugen habe«, warf Agathe ein, die plötzlich ihre Sprache wiedergefunden hatte.

»Ja? Das ist amüsant. Eure Augen haben in der Tat die orientalische Samtigkeit und Leuchtkraft. Blond mit schwarzen Augen,

welch entzückende Rarität! Die Männer sind verrückt nach etwas Ungewöhnlichem. Ach ja, die Männer!«
Madame d'Honfeuille lächelte anzüglich, wobei ihr Blick auf Agathe ruhte, und Agathe stellte fest, daß die Augen von Madame d'Honfeuille als einziges inmitten des faltenreichen Antlitzes nichts von ihrer Leuchtkraft und Lebendigkeit eingebüßt hatten.
»Die Männer, meine Liebe, muß man gut kennenlernen. Sie sind wie fremde Tiere, wie Löwen oder Ratten. Alles, was Ihr Euch denken könnt, haben sie an sich gerissen: die Politik, die Gesetze und das Geld. Deshalb glauben sie, sie könnten sich als unsere Herren aufspielen, doch weit gefehlt! Diese unschuldigen, naiven, eitlen Gemüter wissen nicht, daß letztlich wir, die Frauen, das Sagen haben, oder? Wer sonst erntet die Früchte ihrer Arbeit? Natürlich sind nicht alle Frauen intelligent genug, manche werden schon als Sklavinnen geboren. An diesen Frauen rächen sich die Männer, denn das Leben tritt die Schwachen mit Füßen und behandelt die Starken mit Nachsicht. Pech für die Schwachen, aber was soll's! Wir sind Gott sei Dank mit Schönheit und Intelligenz gesegnet ... Hört her, meine liebe Kleine: wenn Ihr meine Ratschläge brav befolgt, so werdet Ihr die Männer an dieser entzückenden, kleinen, frechen Nase herumführen! Sie lieben nämlich das Freche, es zieht sie magisch an. Es ist für sie wie eine Herausforderung ... Schauen wir mal ... steht auf und geht ein paar Schritte ...«
Sie sah Agathe zu, wie sie ein paar Schritte im Zimmer auf- und abging und fuhr dann fort: »Ihr seid groß, schlank und anmutig, kurz gesagt, in jeder Hinsicht vielversprechend ...«
Agathe blieb stehen.
Ihre Wangen erröteten plötzlich. Die Komplimente eines Mannes konnte sie selbstverständlicher entgegennehmen. Diese Anhäufung von Freundlichkeit durch Madame d'Honfeuille war ihr hingegen unangenehm. Sie hatte das Gefühl, wie ein Huhn auf dem Küchentisch auseinandergenommen zu werden.
»Habe ich Euch schockiert?«
»Es ist nur, weil ...«
»Ihr braucht nicht nach Entschuldigungen zu suchen, meine Kleine. Die Verlegenheit eines jungen Mädchens ist etwas ganz besonders Reizvolles ... sofern man sie nicht mißbraucht. In Paris gehen wir ganz ungezwungen mit den Dingen um. Jeder junge Mensch lernt zunächst einmal seinen Körper kennen, um sich

dann, aus seinen tieferen Quellen schöpfend, entwickeln zu können. Oder sagen wir es noch klarer und eindeutiger: Abgesehen von einer vortrefflichen Mitgift ist der Körper das einzige und beste Kapital eines jungen Mädchens, das sich seinen Weg bahnen will ... Schockiere ich Euch immer noch?«
»Nein, Madame.«
»Das ist gut so! ... Setzt Euch wieder. Jetzt, da wir etwas vertrauter miteinander sind, sagt mir, was erwartet Ihr vom Leben?«
»Nun, Madame, ich lege mein Leben ganz in Gottes Hände«, erwiderte Agathe in würdevollem Ton.
»Oh nein, hört auf! Erzählt mir doch nicht solche Geschichten! Diese Art von Antworten passen eher zu Adélaïde de Mougeaud ... Also los, sprecht offen und ehrlich, wie es sich mit einer Freundin gehört.«
»Ja, gut ...«
Agathe mußte kurz schlucken, um sich dann zu überwinden:
»Ich möchte so sein wie Ihr, Madame. Ich möchte ein ebenso schönes Palais besitzen wie Ihr, bei Hof empfangen werden ... und auch so charmant und so intelligent sein wie Ihr.«
»Gut! Aber Ihr seid Euch hoffentlich darüber im klaren, daß das eine nicht ohne das andere geht.«
Madame d'Honfeuille berührte dabei Agathes Arm. An ihrem Handgelenk trug sie drei schmale, elastische Armbänder; das erste mit Diamanten, das zweite mit Rubinen und das dritte mit Saphiren besetzt.
»Seid fügsam, und Ihr werdet alles, was Ihr begehrt, erhalten ... Und außerdem, könnt Ihr tanzen? Das ist sehr wichtig!«
»Ich hatte kaum Gelegenheit ...«
»Der Abbé wird es Euch beibringen. Mein kleiner Saint-Ferrieux ist für alles zu gebrauchen. Übrigens ist es ebenso unerläßlich zu wissen, wie man sich an einem Spieltisch verhält. Aber das kommt später, man muß schließlich alles großzügig und auf lange Sicht planen!«
Madame d'Honfeuilles Blick wanderte kritisch über Agathes Erscheinung:
»Euer Kleid ist entzückend, aber ... Warum habt Ihr diesen weißen Baumwollstoff mit einer Rosengirlande versehen? Das wirkt schwer, die Falten genügen doch. Einfachheit, mein Kind, Einfachheit! ... Nun, darauf kommen wir später zurück ...«
Agathe war vollkommen verwirrt und schüttelte ablehnend den

Kopf. Dieses ganze Gerede von Madame d'Honfeuille umgab sie wie ein dichter Nebel.
»Was bedeutet das...?« rief sie aus. »Ich bin Euch unendlich dankbar, aber ich gestehe, ich begreife Euch überhaupt nicht. Wieso bringt Ihr mir dieses Interesse entgegen? Wir kennen uns doch erst ganz kurz...«
Madame d'Honfeuille seufzte.
»Meine liebe Agathe, ich habe in meinem Leben alles gehabt, außer dem Wertvollsten, eine Tochter...«
»Aber Ihr habt doch Anne-Louise.«
»Laßt mich zu Ende sprechen... Eine Tochter, in der ich weiterleben kann. Meine arme Nichte hingegen... Wenn ich bedenke, daß ich sie nach dem Tod ihrer Eltern zu mir genommen und erzogen habe! Welch ein Ergebnis! Erschreckend! Von ihrem schönen Alexandre wird sie betrogen, doch ich will ihm keinesfalls etwas Schlechtes nachsagen, denn ein solcher Mangel an Koketterie, eine so blasse Ausstrahlung kann wohl kein anderes Ergebnis zur Folge haben... Vielleicht hat sie ganz bewußt anders sein wollen als ich!«
»Anne-Louise ist ein sehr liebes Mädchen und mag Euch sehr gern.«
»Vielleicht, nichtsdestoweniger langweilt sie mich zu Tode. Reden wir nicht mehr von ihr!... Kehren wir zurück zu... Ihr wart mir gleich sehr sympathisch, als wir uns in Gnad unterhalten haben. Im übrigen habe ich für Qualität schon immer einen guten Riecher gehabt. ›Aus der Kleinen wird noch etwas werden‹, sagte ich mir. Und da seid Ihr wieder, mit einer noch größeren Ausstrahlung! Aber ein wenig allein, wie es scheint... Unter uns gesagt, ich habe vernommen, welchen Kummer Clémentine Eurer Familie mit ihrer Heirat bereitet hat, und ich habe größtes Verständnis dafür. Ich bewundere Eure Haltung, denn wenn man jung ist, muß man die einfachen Lösungen heroisch von sich weisen. Eure Schwester...«
»Clémentine ist die beste aller Schwestern«, widersprach Agathe in etwas schärferem Tonfall.
»Daran habe ich nie gezweifelt, aber sie hätte besser daran getan, jemand aus unseren Kreisen zu heiraten, nicht wahr?... Doch zurück zu Euch! Ihr habt mich auf die Idee gebracht, als ich Euch mit so melancholischem Blick in der Oper sitzen sah. Es schien mir plötzlich reizvoll... Schaut, bevor einen die Jahre überkommen,

sollte man die Fackel weitergeben, um sich in seinen Kindern wiederzufinden. Ihr könnt das von mir aus für die verrückte Idee einer verwöhnten alten Frau halten...«

»Oh, Madame! Wieso...! Ich finde es eine wunderbare Idee!«

»Also gefällt Euch mein Projekt?«

Lehnt man es etwa ab, eine Märchenprinzessin zu werden? Denn darum ging es doch! Agathe wollte das Märchen Wirklichkeit werden lassen.

Aimée d'Honfeuille war die Person, die ihr dazu den Weg bereiten konnte. Sie besaß einen untrüglichen Geschmack, war bei allen wichtigen gesellschaftlichen Ereignissen zugegen, verkehrte bei Hof wie bei sich zu Hause... Ein Privileg, das selbst Herr Jérôme mit seinem Riesenvermögen niemals besitzen würde!... Aimée d'Honfeuille bot ihr die Patenschaft an... Agathe sah mit verzückten Augen, wie sich die goldenen Tore ihrer Zukunft öffneten. Sie beugte sich nieder und küßte Madame d'Honfeuilles Hand.

»Meine kleine Freundin, ich fahre Anfang September auf meinen Landsitz. Wenn ich zurückkehre... Ich hoffe, Euer Vater gedenkt nicht, Euch in seine Normandie wieder mitzunehmen?«

»Im Moment nicht, nein. Papa hat beschlossen, den Sommer über bei den Mougeauds zu bleiben. Danach kehrt er möglicherweise nach Rougeville zurück, aber ich...«

Agathe biß entschlossen die Zähne zusammen und fuhr fort:

»Mich bringen keine zehn Pferde mehr aus Paris weg.«

Wie von Himmelsflügeln getragen kehrte sie in die Rue de Verneuil zurück.

Als erstes, kaum daß sie dort angekommen war, trat sie zu ihrem Spiegel, um sich triumphierend zu betrachten. Sie kam sich bereits verändert vor: reifer, pariserischer! Als zweites entledigte sie sich ihres Kleides und begann die Rosengirlande daran zu entfernen. Tante Lottie stieß Schreie der Entrüstung aus, aber was wußte die arme Lottie schon von Mode?

Während sie sorgfältig Stich für Stich durchtrennte, schmiedete sie in Gedanken neue Pläne. Zunächst mußte sie erreichen, daß ihr Vater Madame d'Honfeuille in einem anderen Licht sah. Armer Papa! Sie hörte ihn schon sagen: ›Was erzählst du mir da, mein Kind? Tanzen? Kartenspielen!... Vertreibt man sich mit derartigen Frivolitäten etwa die Zeit in St. Germain? Nun, dann ist das

wohl nicht der richtige Platz für dich. Um einen anständigen Mann zu heiraten, ihm gesunde Kinder zu schenken und dein Haus in Ordnung halten, dafür brauchst du das nicht zu lernen.‹ Papa verstand aber auch überhaupt nichts. Als ob man, wenn man als Schwan geboren wird, das Dasein eines häßlichen Entleins fristen könnte! Als Schwan ließ man sich nicht einmal die Flügel stutzen, nicht wahr? Sie jedenfalls würde kämpfen, sie . . .
Aber sie brauchte ihren Vater gar nicht mehr von der großartigen Madame d'Honfeuille zu überzeugen, denn drei Tage später kam ein Brief von Monsieur d'Ambert.
Papa las ihn und schaute auf:
»Schlechte Nachrichten! Der alte d'Ambert hat einen Rückfall erlitten.«
Da Tante Lottie und Adélaïde sofort heftig ihrer Rührung Ausdruck verliehen, unterbrach er sie:
»Wartet, das ist noch nicht alles . . . Oh, es ist schlimm, sich unter so schlechten Umständen wiederzusehen, aber was soll man machen, Gott vergib mir, so ist das Leben nun mal . . .«
Dann aber veränderte sich seine Trauermiene unvermittelt, und er fuhr fort:
»Hört euch das an! D'Ambert tritt aus Gesundheitsgründen von seinem Amt als Bürgermeister zurück . . . und wer, so schreibt er, könne ihn besser ersetzen als ich? Unsere Vorfahren hätten den Ort gegründet, meine Haltung zur Monarchie bedürfe keiner Beweise mehr . . . Kurz, meine Kandidatur sei durch seine Argumgente abgesichert, er garantiere mir die Nominierung. Stellt euch das nur vor! Bürgermeister von Rougeville zu werden! Mein ewiger Traum . . . eine große Aufgabe für mich . . .«
»Papa, mein lieber Papa, ich freue mich so, Ihr habt es wirklich verdient!«
Jeder folgte Agathes Beispiel und umarmte und beglückwünschte Papa.
»Meine liebe Adélaïde, jede Medaille hat ihre Kehrseite. Wir werden gezwungen sein, unseren Aufenthalt vorzeitig abzubrechen. Ihr werdet verstehen, daß man meine Anwesenheit erwartet . . . Lottie, Agathe, wir verlassen Ende der Woche Paris . . . Adélaïde, seid so liebenswürdig und leiht mir Euren Wagen, um Clémentine in Monceau Bescheid zu sagen und Zélie abzuholen!«
Paris verlassen! Welch ein Schock! Gerade jetzt, wo Agathe

voller Euphorie ein neues Leben beginnen wollte ... Und plötzlich nun ...
»Papa! Papa, bitte erlaubt mir hierzubleiben!«
»Aber ja, Louis, laßt uns das Kind hier!«
»Monsieur, bitte, ich verspreche Euch, ich werde gut auf sie aufpassen.«
Wenn du wüßtest, Anne-Louise! Aber es war nicht der rechte Augenblick, ihre Unterstützung abzulehnen.
»Papa, Ihr seht doch ... Wenn Anne-Louise ... Papa!«
Papa schien durchdrungen von seiner neuen Aufgabe. In majestätischer Haltung, mit aufrechtem, langgezogenen Hals, mit stolzgeschwellter Brust und einer Stimme, die jeglichen Widerspruch ausschloß, antwortete er:
»Vielen Dank, meine Freunde. Aber hinsichtlich der Ehre, die man mir zukommen läßt, werdet Ihr verstehen, daß mir viel daran liegt, meine Familie um mich versammelt zu wissen.«
»Papa! Papa!«
»Agathe, hör auf zu insistieren. Ich werde nicht nachgeben.«
Wenn die Abreise für Ende der Woche geplant war, so blieben Agathe jetzt noch vier Tage, um zu handeln. An diesem Abend nahm sie kein Essen zu sich. Oh! Sie kam zu Tisch, aber stumm und leidend saß sie da. Sie trug ein scheußliches lindgrünes Kleid aus Krepp, das ihr Gesicht fahl und krank erscheinen ließ. Es war genau das, was ihrer Stimmungslage entsprach!
»Nein, ich habe keinen Hunger«, sagte sie mit Trauermiene und verweigerte jeden Gang.
»Schau mal, Liebes ...« flehte Tante Lottie.
»Zwingt sie nicht, meine Gute. Einmal nichts zu essen hat noch niemand geschadet«, unterbrach Papa hart und unnachgiebig.
Aber Agathe aß nicht, am Donnerstag und am Freitag auch nicht. Die Hände lagen links und rechts vom Teller, wie es sich gehörte, und sie saß aufrecht, blaß und würdevoll dahinter.
Zu allem Überfluß servierte man in diesen Tagen, wie noch nie zuvor bei den Mougeauds, die herrlichsten Delikatessen. Welch eine Qual, widerstehen zu müssen! Doch dann nahte Hilfe, und zwar ausgerechnet in Gestalt von Portal, der schon Jacques de la Maillerie als Maître d'Hôtel treue Dienste geleistet hatte. Er war ein hagerer, etwas unheimlicher Mensch, den man hatte übernehmen müssen. Donnerstag mittag klopfte er an Agathes Tür.

»Mademoiselle Agathe, ich habe gedacht...« Und er stellte ein Tablett auf ihre Konsole.
Als Agathe genau hinsah, verschlug es ihr die Sprache. Was für ein Tablett! Auf einem wunderschönen Spitzendeckchen lagen kleine Toastecken mit Gänseleberpastete, und daneben stand ein Kristallglas mit perlendem Champagner.
»Portal!... Gänseleberpastete und Champagner, das liebe ich! Um Himmelswillen, wo habt Ihr diese Köstlichkeiten aufgetrieben?«
»Meine persönliche Reserve, Mademoiselle.«
Portal senkte verschmäht den Kopf und lächelte.
Noch nie hatte Agathe ihn lächeln sehen. Nicht ein einziges Mal. Obwohl er letztes Jahr, vor dem Tod seines Herrn, vier lange Monate in Rougeville verbracht hatte.
»Das hilft Euch, Mademoiselle«, fuhr er verständnisvoll fort. »Mademoiselle tut gut daran, in Paris bleiben zu wollen, nicht wahr?«
»Natürlich! Nur...«
Agathe seufzte und schüttelte ihre blonde Mähne.
»Mademoiselle sollte hierbleiben«, meinte Portal entschieden. »Mademoiselle ist...Wenn ich es mir erlauben darf zu sagen... zu schön und zu aufgeweckt für das Landleben.«
»Mögt Ihr das Land nicht?«
»Mit Verlaub zu sagen, Mademoiselle, ich hasse es.«
»Dann sind wir zwei ja der gleichen Meinung, mein guter Portal.«
Jetzt lächelte Agathe, und gleichzeitig überkam sie eine große Sympathie für diesen stillen Mann. Endlich ein menschliches Wesen, das sie verstand, sie akzeptierte und bewunderte.
Aus einem Gefühl der Dankbarkeit heraus setzte sie die Unterhaltung mit ihm fort:
»Gefällt es Euch hier?«
Portal hob die Augenbrauen und zog die Stirn in Falten:
»Mit Verlaub zu sagen, Mademoiselle, gefällt es mir schlecht bei Madame de Mougeaud. Die Gesellschaften in diesem Hause zu Lebzeiten meines armen Herrn de la Maillerie zeichneten sich durch Eleganz und Raffinement aus. Jetzt hingegen... Mademoiselle hat ja gesehen, daß wir niemals jemand empfangen. Wenn Mademoiselle mit ihrem Charme nicht gekommen wäre...«
»Nun, Portal, wenn ich einmal heirate, nehme ich Euch mit!«
»Mademoiselle verheiratet sich?«

»Noch nicht! Zunächst... Aber bitte, sagt es niemand...«
Stolz reckte Agathe den Hals:
»Madame d'Honfeuille, die Tante von Madame Anne-Louise, hat mir versprochen, mich zu allen Festlichkeiten einzuladen, wenn sie im September wieder hier ist, und...«
»Madame d'Honfeuille? Mademoiselle möge mir meine Ehrlichkeit nicht verübeln, aber mein verstorbener Herr bezeichnete diese Dame als intrigant und unmoralisch. Mademoiselle sollte sich vorsehen.«
»Monsieur de la Maillerie spielte sicherlich auf gewisse Gerüchte aus der Zeit des Ancien Régime an. Ich aber versichere Euch, daß es keine wundervollere Person gibt... Mmmh! Die Toasts sehen ja ganz köstlich aus!«
So überstand sie mit ihren kleinen Leckerbissen den Donnerstag und auch den Freitag. Allerdings verlor Papa langsam den Appetit, nachdem er ständig den leeren Teller seiner Tochter sah.
Samstag morgen, als Tante Lottie emsig damit beschäftigt war, die Abreise vorzubereiten, sagte er schließlich:
»Ich kann es nicht mehr mitansehen, wie du dich aufführst. Du zerstörst mir meine ganze Vorfreude auf Rougeville. Wenn du es vorziehst hierzubleiben, so bleibe um Gotteswillen!«
Sie hatte es gewußt, denn Papa hatte nun andere Dinge im Kopf.

»Mademoiselle de Rougeville, gebt Ihr mir die Ehre und gewährt mir diesen Walzer mit Euch?«
Der Abbé verneigte sich förmlich vor Agathe, faßte sie um die Taille, und wirbelte sie, nachdem er der Tür einen Fußtritt verpaßt hatte, durch das ganze Zimmer bis vor das Bett.
Sie lösten sich voneinander, Agathe fiel mit dem Rücken aufs Bett und lachte, bis ihr der Atem ausging.
Louis-Marie zog eine prachtvolle goldene Taschenuhr der Marke Bréguet heraus und stellte fest:
»Zwei Stunden haben wir Zeit. Wenn die Alte ihr Kartenspiel bei der Gräfin Tyszkiewicz...«
Agathe stützte sich auf Ihre Ellenbogen und zog die Stirn in Falten:
»Louis-Marie! Ich habe dir bereits verboten, so häßlich von Madame d'Honfeuille zu sprechen...«

»Und das hier, meinst du, verbietet sie nicht? Du tust es aber trotzdem, weil es dir eben gefällt, nicht wahr, meine süße kleine Sünderin?«
Er hatte sich über sie gebeugt, ihr rasch die oberen Knöpfe des Kleides geöffnet und streichelte nun sanft ihre nackten Brüste. Ihr Körper straffte sich, und sie spürte, wie ihr ganz heiß wurde. Ja, das gefiel ihr, aber was hatte das mit Sünde zu tun?... Wahrscheinlich sollte Louis-Marie ihre Begierde dadurch noch größer werden lassen. Sünde hatte mit Gewissen zu tun, sie aber hatte absolut nicht das Gefühl zu sündigen. Wenn der liebe Gott einem schon einen Körper gegeben hatte, so sollte man ihn nicht vernachlässigen, oder? Und warum bis zur Hochzeit warten? Alle jungen Mädchen verzehrten sich in dieser Erwartung. Andererseits hielten sich fast alle verheirateten Frauen, die sie zur Zeit kannte, einen Liebhaber nach dem anderen. Das schien überhaupt das Beste an der Ehe zu sein! Keusch und jungfräulich trat man sie an, um ihr sobald als möglich wieder zu entrinnen! Jungfräulich ja, aber war es nicht trotzdem vernünftiger und auch gesünder, die Liebe vorher ein wenig auszuprobieren, anstatt sich mit tausend perversen Gedanken im Kopf die Zeit zu vertreiben?
Und Louis-Marie kannte so viele kleine exquisite Zärtlichkeiten, die sie nur allzugern als Vorbereitung auf die Ehe betrachtete. Es waren gewissermaßen Nachhilfestunden...

Die Zeit seit September... vier Monate waren es beinahe... rannte nur so dahin. Sie war angefüllt mit tausend Dingen, die Agathe noch zu lernen hatte. Gehen, sich setzen, sprechen, lächeln – alles schien einfach zu sein wie »Guten Tag« zu sagen. Aber weit gefehlt! All das wollte geübt sein. Es erforderte sehr viel Anstrengung, auch die selbstverständlichsten Dinge mit einer gewissen Ungezwungenheit und Leichtigkeit zu tun. Beim Tanz war es etwas anderes, das lernte Agathe sehr schnell... Das Tanzen war vielmehr etwas, wofür sie eine natürliche Begabung mitbrachte. Es schien ihr das Einfachste auf der Welt. Madame d'Honfeuille entschied:
»Abbé, heute wiederholt Ihr mit diesem Kind den Walzerschritt.«
Feierlich knöpfte Louis-Marie seinen Rock zu und nahm Agathe energisch in den Arm. Eins, zwei, drei... Die Füße gaben den Takt an, das Zimmer drehte sich und der Kopf auch... Es war wie im siebten Himmel! Walzer, Quadrille, Gavotte, Kosakentanz,

Russentanz... jetzt konnte sie alles... Und die Karten... Zwischen Tanz und Kartenspiel konnte sie sich kaum entscheiden, denn beides war zu aufregend!
»Meine Liebe, Ihr habt zweifellos ein Händchen für die Karten«, kommentierte Louis-Marie ihr Spiel. Er sagte dies in einem besonders seriösen Tonfall, dessen er sich nur in Anwesenheit von Madame d'Honfeuille bediente. Und das war fast immer der Fall. Oder aber Agathe begleitete sie, wenn sie ihre Erledigungen zu machen hatte...
Der erste Besuch bei Leroy in der Rue de Richelieu war wie ein Rausch.
»Für Eure Präsentation beim König, meine kleine Schöne, dürft Ihr Euch hier auf meine Kosten ausstatten lassen.«
Madame d'Honfeuille war wirklich ein Goldstück.
Kleider! Das war Agathes schwacher Punkt. Mit den dreitausend Francs Rente, die Papa von Seiner Majestät bezog, konnte er es sich selbstverständlich nicht erlauben, bei Leroy zu kaufen. Was die Einnahmen von Rougeville betraf... so hatte Papa ein für allemal erklärt, daß sie das Eigentum Clémentines seien.
»Lächerlich, Papa«, hatte Clémentine protestiert. Und dann hatte sie hinzugefügt:
»Rougeville gehört zwar dem Namen nach mir, aber von rechtswegen gehört es Euch. Und ich habe die Einnahmen doch überhaupt nicht nötig.«
In der Tat, nein. Im Vergleich zu dem, was sie zur Verfügung hatte, war das ein kärglicher Wassertropfen. Aber Papa akzeptierte ihre Ablehnung nicht. Und mit Recht! Denn er hätte auf diese Weise, wenn auch auf Umwegen, von Charles Jérômes Geld profitiert, und das wollten alle auf gar keinen Fall. Statt dessen plünderte Agathe den Kleiderschrank von Anne-Louise...
»Ich gehe sowieso nicht aus. Ich weiß überhaupt nicht, warum ich mir diesen ganzen Firlefanz gekauft habe. Nimm nur, was du brauchst, meine Liebe.«
Das akzeptierte Agathe nur zu bereitwillig. Ihr Zimmer wurde zu einer wahren Schneiderwerkstatt, denn sämtliche Kleider waren viel zu brav und zu langweilig.
Was Anne-Louise an der Taille zuviel hatte, besaß sie am Busen zu wenig. Zwei Erbsen auf einem Brett, das war alles...
Bei Leroy hatte Agathe die wunderbarsten Kreationen gesehen und wußte nun genau, wie sie die Garderobe von Anne-Louise

herrichten mußte, um noch etwas daraus zu machen. Sie verbrachte ihre Freizeit damit, hier einen Baumwollkragen gegen eine Spitzenrüsche auszutauschen, dort den Pelz eines Mantels zu zerschneiden, um daraus hübsche Manschetten und eine Mütze zu arbeiten, oder aber eine einfache Bluse mit koketten Seidenfransen zu versehen, was ihre schönen Brüste betonen sollte. Kurz, sie wußte sich zu helfen, um bei den gesellschaftlichen Ereignissen der Madame d'Honfeuille eine gute Figur abzugeben.

Regelmäßig besuchte man das Hôtel Talleyrand, das die Achse der Honfeuilleschen Gedankenwelt bildete. Man traf sich dort sogar, wenn der Fürst Toilette machte und sich ankleidete. Allerdings waren nur die intimsten Freunde zugegen. Genau um Mittag erschien er dann selbst. Eine weiße, wabbelige Masse, umgeben von Flanell, Molton und Leinenstoffen schlürfte daher. Auf dem Kopf lag eine Art Tiara aus Baumwolle, Hals und Kinn waren in Unmengen von Halstüchern verschwunden, und zwischen Tiara und Halstüchern erblickte man das totenbleiche Gesicht des Fürsten. Drei Diener begleiteten ihn zu seinem großen Ankleidezimmer. Man folgte ihm. Er setzte sich, während er eine Tasse Kamillentee trank. Dann nahmen ihm die Diener die Bandagen von den Beinen ab und brachten eine Schüssel mit *Eau de Barèges* in der er ein kurzes Fußbad nahm. Nach seinen morgendlichen Waschungen brachte man ihm ein oder zwei Gläser lauwarmes Wasser, das er wie ein Elefant mit seiner Nase einsog und wieder ausstieß. Ekelhaft! Nichtsdestoweniger schien den anwesenden Botschaftern und Ministern dieser Prozesur das Anmutigste von der Welt zu sein. Madame d'Honfeuille währenddessen trug ihre hohe Gestalt, ihren Kaschmir und ihre Diamanten spazieren, und trällerte vergnügt vor sich hin. Dann nahm man dem Fürsten seine drei oder vier übereinander liegenden Nachthemden ab, und streifte ihm statt dessen ein Hemd über, das er locker wie eine Bluse über seiner schwarzen Seidenhose trug. Seine Haare, die übrigens für sein Alter erstaunlich voll und kräftig waren, wurden frisiert und gepudert ...

Zuguterletzt setzte man ihm noch einen Hut auf. Als er dann fertig war, schob ihm Madame d'Honfeuille Agathe hin.

»Mein Fürst, hier ist ein junges Wesen, das vor Bewunderung für Euch fast stirbt.«

Talleyrand richtete seinen Schildkrötenblick auf Agathe:

»Reizend, ganz reizend«, murmelte er und ergriff ihre Hand.

So schnell sie konnte, zog sie sie wieder zurück. Beim Anblick von Monsieur de Talleyrand hatte sie eine Gänsehaut bekommen.
Bei jedem Besuch rief sie sich seine Schandtaten ins Gedächtnis zurück: ... Ein Verleumder des Klerus, ein Königsverräter, ein abgedankter Bischof, ein ... Aber das war nun vorbei. Wie sagte doch Monsieur: »Gegenüber diesem verfluchten Decazes, der uns ganz sacht ein Privileg nach dem anderen entzieht, und der sogar den König zum Jakobiner macht, ist der Fürst von Talleyrand das kleinere Übel. Seitdem er in der Opposition ist, kann er uns nur noch nützen. Also lassen wir ihn doch ruhig erst einmal gewähren ...«
Agathe teilte die Meinung von Monsieur. Also unterdrückte sie ihre Abneigung und zeigte statt dessen ihr charmantestes Lächeln.
Nach fünfzehn Jahren Emigration, die man in einem schäbigen Loch verbracht hatte, war es doch wohl vor einem Abendessen von Carême* ihr gutes Recht, sich freundlich und zuvorkommend zu erweisen. Ein Lächeln war immer unverbindlich, und stellte vor allem Madame d'Honfeuille zufrieden, der sie soviel verdankte ... Und dann diese Essen im Hôtel Talleyrand an jedem Dienstag! ... Ein Vermögen wurde hier verschwendet, die geistreichsten, elegantesten Personen von Paris hatten sich versammelt, um in beispiellosem Prunk zu speisen ... Und so viele gutaussehende, verführerische Männer, die sich zwischen Vorspeise und Dessert von ihrer charmantesten Seite zeigten! Allerdings, kaum hatte man den Speisesaal verlassen, schärfte Aimée d'Honfeuille ihrem Schützling ein:
»Laßt Euch auf gar keinen Fall von diesen Herren betören. Sie haben nichts anderes im Sinn, als Eure Röcke zu heben. Ihr Vergnügen ist ihnen wichtiger als Eure Ehre. Wenn ich für Euch einen passenden Parter gefunden habe, so könnt Ihr von mir aus, wenn es Euch Vergnügen bereitet, zehn Liebhaber auf einmal nehmen! Wartet also vorerst ab, bis Eure Stunde wirklich kommt, seid brav und untadelig, denn ich dulde nicht den kleinesten Ausrutscher. Sonst müßt Ihr selbst sehen, wie Ihr zurechtkommt! Ihr habt zwar keinen Pfennig Mitgift, tut aber trotzdem

---

* Antonin Carême: berühmter Koch zur Zeit des Empire und der Restauration.

so, als ob Ihr höchstes Niveau gewöhnt seid. Ihr könnt mir glauben: wir werden es schaffen, aber nur dann, wenn Ihr Euch noch eine Weile nicht nur Eure Schönheit, sondern auch Eure Tugend bewahrt.«

Als sie eines Tages mit Louis-Marie zusammensaß, und er ihr die Feinheiten des Ecarté* beibrachte, erzählte sie ihm von diesen Vorhaltungen. Wider Erwarten verzog er keine Miene sondern meinte:

»Befolgt nur ihre Ratschläge, sie sind gut!«

Daraufhin stand er auf und warf seine Karten auf den Tisch. Er strich sich eine braune Haarsträhne aus der Stirn, kam um den Tisch herum und setzte sich lautlos hinter sie. Als er seine Arme um ihre Schultern legte, spürte sie, wie die Wärme seiner Hände auf ihren Körper überging, und sie in kleinen, sanften Wellen in einen Zustand der Erregung versetzt wurde.

»Ich, mein Schatz, werde Eurem Ruf nicht schaden. Ich habe bestimmt ebenso viel Interesse daran wie Ihr, daß Ihr Eure untadelige Reputation behaltet.«

Er küßte ihr lange und ausgiebig den Nacken, bis sie mit ihm – es war das erste Mal, daß sie das tat – auf sein Zimmer ging.

Mit ihm war sie vertraut wie mit keinem anderen, und für ihn war sie sogar bereit, sich auszuziehen, und zwar ganz. Wie von selbst glitt ihr Kleid zu Boden. Hand in Hand wie zwei Kinder legten sich sich aufs Bett und umarmten sich zärtlich. Während er ihr vorsichtig die restlichen Kleidungsstücke auszog, flüsterte er ihr zu:

»Laß dich ganz anschauen! Kleider sind nur für die Häßlichen gemacht. Damit sie ihre Schönheitsfehler verbergen können ... nein, hab keine Angst, ich tu dir nichts ...«

Er lächelte und fuhr fort:

»Die Frauen, die man vergewaltigt, Chérie, sind immer angezogen.«

Mit eigenartig gebrochener Stimme meinte er dann:

»Mein Gott, bist du schön ... wahrlich eines Fürsten würdig!«

Diese Bemerkung, die sie sich selbst tausendmal eingeredet hatte, machte ihr die gegenwärtige Situation plötzlich wieder schlagartig bewußt. Krampfhaft hielt sie ihr Unterkleid fest:

»Ich will nicht! Nur der Mann, der mich heiratet, soll das Recht haben ...«

* Ecarté ist ein Kartenspiel.

Er legte ihr eine Hand auf den Mund:
»Psst! Die Angestellten könnten dich hören! ... Welches Recht? Dich zu entjungfern? Das ist gar nicht so lustig ... Außerdem gibt es tausend andere süße Spiele.«
Seine Lippen öffneten sich lüstern. Sie hatte das Gefühl, von unzähligen Rosenblättern bedeckt zu werden. Louis-Marie sagte:
»Du hast eine wunderbare Haut! Und wie du duftest! Laß mich mehr ... sträub dich doch nicht so, gib mir alles ...«
Seine leidenschaftlichen Worte ließen Agathe die Sinne schwinden, und ein großer, glücklicher Schmerz, der durch ihren ganzen Körper ging, zerriß sie fast. Mit ungeduldigen Fingern öffnete sie selbst ihr Unterkleid, und Louis-Marie küßte sie zärtlich an der Stelle, wo es sie am meisten schmerzte.
Sie glaubte, sterben zu müssen, so köstlich war alles! Doch im Gegenteil, stellte sie erstaunt fest, man stirbt überhaupt nicht daran ... Die Gedanken waren vielmehr hell und klar, und man fühlte sich gelöst, heiter und gleichzeitig wunderbar stark.
Louis-Marie hatte sich wieder aufgerichtet:
»Liebst du mich ein wenig?« wollte er wissen.
Ihn lieben? Natürlich liebte sie ihn, wie alles, was das Leben liebenswert machte: Champagner, Trüffeln, Kleider, Schmuck! Ja, sie liebte ihn, sie liebte ihn sogar sehr, so sehr, daß sie es ihm sagen wollte. Doch ehe sie dazu kam, unterbrach er schon:
»Nein, sage nichts. Meine Frage war dumm. Es wäre für dich ein Unglück, wenn du dich wirklich verlieben würdest ... Ja, ein Unglück!«
Lachend kniete sie im Bett und fuhr sich durch ihre zerzausten Locken.
»Ja, es wäre wirklich ein Unglück«, wiederholte er ernst.
»Es müßte jemand sein, der für dich völlig unerreichbar ist, jemand, bei dem du mit deinem verflixten Starrsinn, deinem Egoismus und deinem Leichtsinn ganz und gar Schiffsbruch erleidest.«
»Egoismus? ... Du bist nicht sehr galant zu mir!«
Immer noch lachend hüpfte sie aus dem Bett.
»Hilf mir doch bitte beim Anziehen! Das größte Unglück wäre, wenn Madame d'Honfeuille uns überraschen würde. Also, deine Strafpredigt, mein Liebling, werde ich dir nie verzeihen.«
Viermal hatte sie ihn in der folgenden Zeit in seinem Zimmer wiedergetroffen ...

Heute war es das fünfte Mal. Madame d'Honfeuille hatte sich plötzlich entschlossen, die Gräfin Tyszkiewicz in der Rue Saint-Florentin aufzusuchen.
Und wie jedesmal, bevor sie alles um sich herum vergaß, war Agathe auch diesmal von einer eigenartigen Unruhe ergriffen.
»Bist du sicher, daß die Angestellten keinen Verdacht hegen?« fragte sie in Abwehrhaltung.
»Du fragst jedesmal das gleiche! Warum sollten sie einen Verdacht hegen? Sie glauben uns in meinem Büro. Um diese Zeit sind die Frauen beim Waschen und die Diener im Vorratsraum oder beim Einkaufen... Du hörst doch, daß alles ganz still ist!«
Wirklich, es herrschte Totenstille im Haus. Nur vom Hof her war ein leises Pfeifen zu vernehmen.
»Das ist Joseph!« sagte sie.
»Ein hübscher Junge, nicht wahr? Gefällt er dir?«
»Du Flegel, du! Wie kannst du es wagen...? Ein Stallknecht!«
Sie warf sich lachend auf ihn und hämmerte mit ihren kleinen Fäusten auf seiner Brust herum.
Er wollte ihr gerade das Kleid über die Hüften streifen... oh, wie himmlisch waren seine Hände... als sich die Katastrophe ankündigte. Wie alle Katastrophen kam sie von einer Sekunde zur nächsten... Die beiden genossen gerade den köstlichen Augenblick, der der höchsten Wonne vorausging; ihre Augen waren halb geschlossen, ihr Atem flog nur so dahin, als Agathe aufgeschreckt flüsterte:
»Horch, ist da nicht...«
Sie hatte noch nicht zu Ende gesprochen, als sich die Tür öffnete und Madame d'Honfeuille groß und aufrecht wie die Gerechtigkeit in Person in ihrem Zobelpelz auf der Schwelle erschien.
Louis-Marie, bleich wie die Wand, sprang mit einem Satz aus dem Bett. Ohne Agathe zu beachten, stürzte sie sich sogleich auf ihn:
»Mein lieber Saint-Ferrieux, ich habe Euch gewarnt. Mit mir spielt man solche Spielchen nicht. Ihr habt eine Stunde Zeit, um Eure Koffer zu packen und dieses Haus zu verlassen... Und hütet Euch davor, Euer Gift woanders zu verspritzen, ich untersage Euch sonst sämtliche Salons.«
Sie drehte sich um und befahl der versteinerten Agathe:
»Zieht Euch an, Mademoiselle! Ordent Eure Haare! Jetzt gehe

ich wirklich zur Gräfin Tyszkiewicz, und Ihr begleitet mich dorthin!«

Als Agathe in die Rue der Verneuil zurückkehrte, wurde sie von Portal mit den Worten empfangen:
»Mademoiselle, Monsieur de Saint-Ferrieux sitzt im kleinen Salon und möchte mit Mademoiselle sprechen.«
Mit dem noch einmal sprechen? Nein, nie wieder würde sie das tun! Den ganzen Nachmittag hatte sie den strafenden Blick von Madame d'Honfeuille ertragen müssen, das genügte ihr. Eine solche Situation ... alles wegen dieses elenden Kerls!
»Monsieur de Saint-Ferrieux hat sehr darauf bestanden, daß ich Mademoiselle sofort bei ihrer Heimkehr in Kenntnis setze.«
Wütend ging Agathe hinüber. Als Louis-Marie sie erblickte, erhob er sich von seinem Stuhl. Er war elegant wie immer mit seinem blauen Gewand, aus dessen Gilet ein großes blütenweißes Plastron hervorquoll, seiner Nankinhose und seinen feinen Lederschuhen, die mit Goldschnallen verziert waren. Eigentlich gefiel Agathe seine Aufmachung sehr, doch jetzt sah sie alles mit ganz anderen Augen ... Kaum auszdenken ... in den Armen dieses Kerls gelegen zu haben ...
»Wie könnt Ihr Euch erlauben, hierherzukommen?« schrie sie ihn an. »Mich dermaßen zu hintergehen ... Jesus! Wenn ich gewußt hätte, daß Ihr ihr Liebhaber seid ...«
Er sah sie spöttisch von oben bis unten an.
»Wußtet Ihr das nicht? Das war eigentlich kein Geheimnis. Madame d'Honfeuille bevorzugt junge kräftige Männer.«
»In ihrem Alter!«
»Es gibt kein Alter für die Unermüdlichen! ... Aber ich glaube kaum, daß Ihr dieses heikle Thema angeschnitten hattet. Hat sie es Euch gesagt?«
»Nein, sie hat mich nur gefragt, ob ich ... ob wir ... ich habe natürlich alles weit von mir gewiesen. Ich bin ja nicht ganz dumm. Sie hat sich also wieder beruhigt und zu mir gesagt: ›Wenn Ihr wollt, daß wir Freundinnen bleiben, so laßt in Zukunft solche Dummheiten.‹ Ich habe es ihr geschworen. Du lieber Gott! Als würde ich noch einmal ...«
»Also, wenn sie es Euch nicht gesagt hat ...?«
»Ich wußte es, als sie ins Zimmer kam und Euch so anstarrte ... auf eine bestimmte Art und Weise anstarrte! Glaubt Ihr denn, daß

ich Euch erlaubt hätte, wenn ich es auch nur im entferntesten geahnt hätte ...? Sie war sehr gut zu mir ... Auch heute. Jemand anderes wäre sofort zu Adélaïde Mougeaud gerannt und hätte ihr alles erzählt ...«
»Gut?« wiederholte er ungläubig. »Wirklich, meine arme Agathe, Ihr seid noch naiver, als ich geglaubt hatte ... Habt Ihr Euch nicht überlegt, warum sie mir die Tür gewiesen anstatt Euch hinauszuwerfen?«
Er ging auf Agathe zu und legte ihr vertraulich die Hand auf die Schulter.
Agathe wich zurück.
»Faßt mich nicht an!«
»Ach, ist mir das jetzt verboten?«
»Verschwindet!«
Er lächelte spöttisch:
»Ich nehme trotz allem an, daß Ihr neugierig darauf seid, den Namen desjenigen zu erfahren, den Madame d'Honfeuille für Euch bestimmt hat?«
»Den Namen desjenigen ... was wißt Ihr?«
Mit einer Verbeugung sagte er dann:
»Es ist ein Fürst, meine Liebe!«
»Ein Fürst?«
»Jawohl, ein Fürst. Wenn Eure Ansprüche also insofern befriedigt werden, könnte ich mir denken, daß Ihr Euch in anderer Hinsicht schon bescheiden könnt ...«
Ärgerlich stampfte Agathe mit dem Fuß auf.
»Oh, hört endlich auf, in Rätseln zu sprechen! Wer ist es?«
»Charles-Maurice de Talleyrand-Périgord!«
»Talleyrand!« schleuderte sie ihm in einem Aufschrei entgegen.
Er sagte:
»Seid still! Das ganze Haus läuft sonst hier zusammen. Es sei denn, Ihr wollt mit Anne-Louis und ihrer lieben Schwiegermutter über die Vorzüge von Monsieur de Talleyrand diskutieren.«
»Wie könnt Ihr noch das Herz haben, darüber zu spaßen! ... Mein Gott! ... Das ist ja furchtbar! Nein!«
Nervös ging Agathe im Zimmer auf und ab. Sie konnte es nicht fassen. Nach einer plötzlichen Kehrtwendung sagte sie entschlossen:
»Ich weiß jetzt, was Ihr wollt. Hinter Eurem liebenswürdigen und freundlichen Äußerem versteckt sich der pure Neid. Madame

d'Honfeuille hat Euch weggejagt und mich nun Euch vorgezogen. Ihr erfindet daher jetzt die größten Ungeheuerlichkeiten, um Euch zu rächen ...«

»Wir sind alle mehr oder weniger boshaft, nur Ihr wollt alles durch die roasrote Brille sehen. Und je mehr Ihr Euch darauf versteift... Aber in diesem Fall täuscht Ihr Euch ohnehin. Es ist vielmehr die Alte, die sich rächt.«

»Wer rächt sich?... Und an wem? Mich mag sie sehr, und Monsieur de Talleyrand ist ihr Abgott... Könntet Ihr mir bitte genauere Erklärungen geben? Wenn nicht, so fange ich gleich an zu schreien, und die dicke Adélaïde ist mir dann auch egal!«

»Wenn Ihr mich nicht dauernd unterbrechen würdet... Ich muß Euch ins Gedächtnis zurückrufen, daß Talleyrand auf seine alten Tage die schöne Dorothée liebt, Gattin seines Neffen Edmond und Tochter der nicht weniger schönen Herzogin von Kurland, deren Geliebter er ebenfalls war!«

»Diese Dorothée ist mir vollkommen egal. Ich kenne sie nicht einmal!«

»Ihr habt diese Damen niemals getroffen, weil sie sich im Jagdschloß des Fürsten in Valencay aufhalten.«

»Ich weiß!«

»Wißt Ihr auch, daß Dorothée dort im September ein Kind bekommen hat? Den Gerüchten nach zu urteilen ist Talleyrand der Vater... Wieso sonst halten sie sich dort auf...«

»Nun ja, wenn er sie liebt...«

»Die Liebe läßt sich organisieren! Eure Ausstrahlung stellt die der armen Dorothée leicht in den Schatten. Das muß auch unsere liebe Madame d'Honfeuille gedacht haben, als sie Euch sah. Sie hatte eine alte Schuld mit den beiden Damen Kurlande zu begleichen, denn bevor der Fürst Mutter und Tochter beehrte, hatte er sie von Zeit zu Zeit... seitdem aber nicht mehr! Ihr gesamtes Trachten zielte auf Rache. Eine Frau ihrer Größenordnung wartet jedoch auf den günstigsten Moment. Dieser schien ihr gekommen, als Ihr am Horizont auftauchtet, während die Kurlands auf dem Lande weilten... Ideal! Alle erforderlichen Bedingungen waren gegeben: Ihr seid von seltener Schönheit, unerfahren, ambitioniert, ein wenig naiv, und es gibt niemand in Eurer Umgebung, der ihre Pläne hätte zunichte machen können. Also hat sie langsam und geduldig aus einer Landpomeranze eine feine Pariser Mademoiselle gemacht, ganz den anspruchsvollen Wünschen von Monsieur

de Talleyrand entsprechend. Dank Madame d'Honfeuilles Bemühungen seid Ihr zu einem besonderen Leckerbissen geworden, der ihm schon das Wasser im Mund zusammenlaufen läßt...«
Louis-Marie lächelte ironisch.
»Seid still! Niemals... niemals..., hört Ihr! Diese Mumie mit ihren tausend Tüchern... das... puh!«
Agathe erschauderte bei der Vorstellung und ließ sich auf einen Stuhl fallen.
Ihr gegenüber neben dem Kamin hingen die Portraits von Monsieur und Madame de Pibran, den Eltern von Anne-Louise. In ihren Lockenperücken lächelten sie ihr kalt entgegen und sie schienen zu sagen:
›Du Närrin! Man beißt auch nicht in eine so verführerische Frucht, ehe man nicht sicher ist, daß sie nicht wurmstichig ist.‹ Agathe wurde es fast schlecht. Die Wut, der Ekel, dieser ganze Schmutz schnürten ihr die Kehle zu... Oh! Louis-Marie hatte mit Sicherheit recht. Wenn man ein bißchen nachdachte, paßte eins zum anderen. Einerseits Madame d'Honfeuilles Art, sie in den Vordergrund zu schieben, sobald Talleyrand erschien, andererseits aber ihr Übereifer, sie von allen anderen Männern fernzuhalten.
Plötzlich fuhr Agathe in die Höhe und flüsterte mit erstickter Stimme:
»Aber... wenn Ihr mir dies alles erzählt, bedeutet das wohl, daß Ihr von Anfang an Bescheid wußtet. Ihr wußtet alles und habt mir nichts gesagt!«
Unbeweglich nahm er ihren Vorwurf entgegen.
»Um die Wahrheit zu sagen, ja, ich wußte alles von Anfang an...«
Vor Wut bebend ging sie mit erhobener Faust auf ihn los. Er fing ihre Hand ab und zog sie an sich heran.
»Laßt mich sofort los. Ich hasse Euch, Ihr seid noch unverschämter...«
»Aber, aber! Ihr enttäuscht mich. Nach all dem, was Ihr bei mir gelernt habt... eine Dame ohrfeigt allenfalls mit einem Lächeln, und wenn sie zubeißt, dann nicht mit dieser ordinären Direktheit.«
»Wenn Ihr mich nicht loslaßt, schreie ich!«
»Gut, dann schreit! Was macht schon ein Skandal in meiner Situation... aber Ihr, mein Schatz...«
»Dieses Wort möchte ich kein einziges Mal mehr hören, ich verbiete es Euch!«
»Euch, mein lieber Schatz, wird man auf Euer Stück Land zurück-

schicken. Und außerdem, solltet Ihr mir jetzt lieber zuhören. Danach gehe ich dann ... Am Anfang, um ehrlich zu sein, war es mir ganz gleichgültig, ob Talleyrand Euch mit seinen Blicken verschlang. Ihr täuscht Eure Umwelt zunächst, Agathe ... oder vielmehr Eure körperliche Erscheinung. Zunächst ward Ihr für mich eine niedliche kleine Maus, kokett und ohne Hirn. Ein bißchen Flirt, ein bißchen Spaß, mehr wollte ich nicht von Euch ... Aber dann ...«
Louis-Marie kam ins Stocken und fuhr dann fort:
»Aber dann hat sich alles verändert. Ihr strahltet soviel Frische, Begeisterung und Lebensfreude aus. Selbst in den intimsten Momenten wart Ihr voller Reinheit ... An Euch ist nichts Scheinheiliges ... Begierig wie ein Kind wolltet Ihr jedes Vergnügen kennenlernen, es für Euch entdecken, und dazu habt Ihr noch die Fähigkeit, es wie ein Geschenk Gottes entgegenzunehmen! Unsere blasierten Schönheiten hier besitzen das alles nicht. Von Tag zu Tag habt Ihr mehr Anmut entfaltet. Und daran habe ich ... nicht wahr? auch einen kleinen Anteil, und man gewöhnt sich daran ... kurz und gut, wie ein Verrückter habe ich Euch geliebt ... Ihr glaubt mir doch hoffentlich? Ich habe Euren Wunsch respektiert ... Denn wenn ich gewollt hätte ... und ich habe sehr gewollt! ... Aber damit hätte ich Euch eine Zukunft verbaut, in der ich nichts zu suchen habe ... Euren Wunsch respektiert zu haben, das ist der schönste Liebesbeweis, den ein Mann wie ich ...«
»Hübscher Liebesbeweis, mich in die Arme von Talleyrand zu treiben!«
»Aber was sollte ich denn tun?« fuhr er auf. »Ich kann Euch weder ein Palais noch ein Vermögen bieten. Wenn Ihr einen anderen geheiratet hättet, wärt Ihr für mich verloren gewesen. Dagegen Talleyrand ... Er hat immer den wohl begründeten Ruf gehabt, die Frauen vornehmlich durch seine Intelligenz und nicht durch andere Fähigkeiten für sich zu gewinnen. Versteht Ihr mich? Wenn Ihr also seine Mätresse geworden wärt, hättet Ihr doch in Anbetracht Eures feurigen Temperaments immer noch jemand anderen gebraucht, um Euch zu zerstreuen ...«
»Und Ihr hättet mich zerstreut?«
»Haben wir uns nicht himmlisch zusammen zerstreut?«
»Das war gestern, das ist vorbei. Verschwindet jetzt, verschwindet mit Euren dreckigen, kleinen Überlegungen!«

Louis-Marie erstarrte, er sah überhaupt nicht mehr jung aus. Alles, was sich an Groll und Verbitterung in ihm aufgestaut hatte, stand ihm nun im Gesicht geschrieben. Mit einem bösen, grimmigen Lachen meinte er dann:
»Was die Überlegungen angeht, so überlasse ich Euch ganz den Eurigen. Wenn Ihr jedoch auch Madame d'Honfeuille gegenüber die Empörte spielen wollt, so rate ich Euch, noch heute die Postkutsche nach Evreux zu nehmen. Sie wird alles tun, um Euch aus St. Germain zu verbannen ... Wenn nicht ... ja, meine Liebe, früher oder später werdet Ihr schon sehen. Mit ihr gibt es keine Wahl. Talleyrand oder gar nichts, das ist ihr Grundsatz ... Und wenn der Fürst mit seinen Pfoten Euren süßen, kleinen Leib betatscht ...«
»Geht!«
»Wenn er Euch mit seinen verwelkten Lippen küßt, und wenn er sich über Eure sankrosankte Jungfräulichkeit hermacht, dann denkt an mich!«
Agathe stürzte wie eine Besessene zur Tür und öffnete sie heftig:
»Verschwindet, bevor ich Euch hinauswerfen lasse.«
Er ging an ihr vorbei.
Sie schloß die Tür hinter ihm zu, lehnte sich gegen die Wand und legte ihren Kopf in ihre zitternden Hände.

Kapitel 5

Am nächsten Tag verbrachte Madame d'Honfeuille den Nachmittag im Hôtel Talleyrand.
Agathe traf sie dort.
Ein zartes Lächeln umspielte ihren hübschen Mund. Um die Spuren der schlaflosen Nacht zu vertuschen, hatte sie ein wenig Rouge aufgelegt, das sie der dicken Adelaïde stibitzt hatte. Ihre Wut saß ihr immer noch wie ein Kloß im Hals. Sie erstickte zwar fast daran, war jedoch weiterhin unentschlossen, was sie tun sollte... sollte sie explodieren... oder sollte sie schweigen... sich für die Empörung oder für kluges Taktieren entscheiden? Clémentine hätte eine klare Trennungslinie gezogen, Sie hätte die Türen zugeschlagen, ohne sich zu überlegen, was dies für Folgen haben mochte. Agathe war jedoch nicht Clémentine.
Die Zusammenkunft fand im kleinen Kreis statt. Nur Damen! Man befand sich in dem hübschen, nicht allzugroßen Salon des ersten Stockes. Eine leichte Goldtönung bestimmte seinen Stil. Helle Möbel, verschiedene Sessel und mit johannisbeerfarbenem Stoff überzogene Schemel lockerten den Raum auf. Die Zahl der Blumensträuße entsprach der Zahl der Sitzgelegenheiten.
Madame de Laval, die Herzogin von Luynes, die Prinzessin von Vaudemont, die Gräfin Tyskiewicz, kurz der »Harem der Verflossenen«, wie Louis-Marie sie respektlos nannte – aber was respektierte er schon, dieser unverschämte Kerl – kreiste unaufhörlich in seliger Anbetung um Talleyrand.
Um ihre Falten zu verdecken, hatten sie alle eine dicke Schicht Puder aufgetragen. Überall, wo es Haut zu verstecken galt, glitzerten Diamanten. Inmitten dieser parfümierten Reliquien ruhte der Hausherr in eime taubenblauen Gewand mit weißem Spitzenplastron und einer weißen Seidenperücke auf dem Kopf. Er genoß sichtlich die Komplimente, die ihm so zahlreich entgegengebracht wurden.
Kaum war Agathe erschienen, nahm Madame d'Honfeuille sie mit einer zärtlichen, liebevollen Geste um die Taille und führte sie zu ihm.
»Mein Fürst, hier bringe ich Euch gewissermaßen schon im voraus den Frühling!« rief sie fröhlich.
Agathe spürte, wie sich ihr Magen zusammenzog. Sie hatte gute

Lust, hier vor aller Augen Aimée d'Honfeuille wegzustoßen, ihr ihre ungeheure Infamie ins Gesicht zu schreien und ihren Plan mit drei Worten zu zerstören, um dann wegzulaufen, weit, weit weg. Statt dessen aber tat sie nichts dergleichen, sondern ging vor, verbeugte sich anmutig und setzte sich auf einen Platz, den ihr ein Diener anwies.

»... Wie ich Euch schon sagte, habe ich für meine Festlichkeiten am Jahresende den Zauberkünstler Comte bestellt«, fuhr Madame d'Honfeuille fort. »Er ist ein ganz erstaunlicher Magier, meine lieben Freundinnen! Er sät Euch eine Handvoll Körner in eine Schale, spricht darüber seine Zaubersprüche... Abrakadabra... Abakadabra!... und schon erblühen Nelken, Stiefmütterchen und Rosen. Ganz außergewöhnlich, mein Fürst, nicht wahr?«

»Ja...«, gab Talleyrand zerstreut von sich, denn sein Interesse konzentrierte sich momentan mehr auf Agathes Dékolleté.

Trotz des großen Holzfeuers, das im Kamin brannte, war ihr abwechselnd warm und kalt. Die gräßliche Vorstellung, mit diesem Mann das Bett zu teilen, lähmte sie völlig.

Bis gestern hatte sie das Ganze nicht so deutlich vor sich gesehen. Der Fürst von Talleyrand war ein Mann von hoher Gestalt, der mit seinem Hinkefuß, mal rechts, mal links, je nach Befinden, die Seiten der Geschichte übersprang. Er war die Inkarnation einer bestimmten Lebensweise, die sich durch Prunk, höchste Ansprüche an alles und Flexibilität des Geistes ausdrückte. Aber er war ein Mann... ein Mann auch, der noch in der Lage war, eine Frau zu erobern, sie sich zueigen zu machen, sie zu umwerben, sie... nein, niemals hatte er sie, Agathe, angezogen. Niemals hatte sie über ihn als Mann nachgedacht. Jetzt hingegen ja. Jetzt nahm er Gestalt für sie an. Eine schaurige Gestalt! Er war leichenblaß, und um die Knochen schlotterte die Haut eines alten Mannes, das Auge war stumpf wie ein Stein... aber in der Tiefe des Auges, welch ein Blick! Dort sah sie plötzlich sich selbst. Zwischen zwei Bettüchern liegend, machte er sich über sie her. Seine pergamentenen Lippen klebten gierig an ihrem Hals, seine Krampfaderbeine waren mit den ihrigen verschlungen, er exerzierte die Kunst eines Lustmolches... welche eigentlich? Agathe hörte auf, sich dies vorzustellen, es konnten ohnehin nur schmutzige, ekelhafte Dinge sein... Sie fragte sich allerdings, ob er seine Bandagen, Flanelltücher und Mützchen wohl aufbehielt, wenn er mit der schönen Dorothée gelöst, um sich voller Nachsicht der armen Gräfin Tyskiewicz zuzuwenden. Sie war von ungeheuren Ausmaßen und einäugig. Von ihren Diamanten, die so groß wie Taubeneier waren, und mit denen sie bedeckt war, hieß es, sie seien alle falsch, da sie die echten verkauft habe. Die Unglückliche ruinierte sich mit teuren Geschenken, mit denen sie eine längst erloschene Flamme im Herzen Monsieur de Talleyrands, falls er überhaupt eins besaß, wieder entfachen wollte . . .

»Meine Lieben, eine Neuigkeit! Ich habe den Abbé 'rausgeworfen!« ertönte die Stimme von Madame d'Honfeuille. »Die Bestie hat mich ausgesaugt. Hätte man das gedacht? Er mit seiner Miene, die kein Wässerchen trüben könnte? . . . Aber von mir aus könntet Ihr ihn jetzt ruhig haben, er ist genug bestraft. Ich möchte ihm ja nicht schaden . . .«

Nichtsdestotrotz würde morgen ganz Paris auf dem laufenden sein, und keiner würde ihn mehr empfangen . . . Und genau das würde ihr auch blühen, überlegte Agathe trübsinnig, wenn sie sich nicht in der Hand hatte. Eine hübsche kleine Verleumdung konnte sie blitzschnell nach Rougeville zurückbringen, wo sie schließlich in den Armen eines elenden Seigneurs landen würde, dessen Dienerin sie dann zu sein hatte. All ihre schönen Träume sanken in sich zusammen wie ein schlecht gebackenes Soufflé . . . Sie drückte sich ihre Fingernägel in die Handflächen. fünfzehn Jahre Elend und Entbehrungen für diese Mittelmäßigkeit? Nein danke! Sie konnte sich diese glanzlose Zukunft nur allzugut vorstellen: Nörgelnde, schreiende Kinder versorgen, Marmelade einkochen, Wäsche waschen und Wohltätigkeiten im Dorf verrichten. Ein solches Dasein wollte sie doch lieber anderen überlassen. Sie, sie war zu Höherem geboren, sie war dazu geschaffen, in der Sonne zu glänzen, das war ihre eigentliche Bestimmung! Sie hatte es immer schon gewußt, selbst damals, als sie mit nassen Füßen und kaputten Schuhen durch die Straßen von Somers Town gelaufen war, weil sie kein Geld besaß, um ein zweites Paar zu kaufen. Heute hatte sie die Möglichkeit, diese schwarze Periode in ihrem Leben auszuwischen und ihre Bedürfnisse nach Belieben zu befriedigen. Zuvor mußte sie allerdings . . . Oh nein, nein! Niemals Monsieur de Talleyrand! Sie gehörte nicht zu denen, die, um den Gipfel zu erreichen, sich erst im Dreck wälzen müssen . . . Aber Madame d'Honfeuille hatte sie betrogen und benutzt. Nun gut, sie würde es ihr gleichtun. Betrüger verdienten es, ebenfalls betrogen zu werden. Und sie würde es ihr heimzahlen! Zunächst aber wollte sie die Zeit für sich arbeiten lassen, sich weiterhin schön anpassen, zuckersüß lächeln, wo es sein mußte, um dann ganz sachte aus ihrem Schattendasein herauszutreten. Und es würde schon der Tag kommen, an dem ihre Flügel stark und kräftig genug waren, um sie davonzutragen... Auf Wiedersehen, Madame d'Honfeuille, konnte sie dann endlich sagen!

»Mein Fürst, wißt Ihr schon, daß wir dieses hübsche Kind demnächst dem König vorstellen werden... Agathe, meine Liebe, würdet Ihr wohl die Güte haben und mir meine Tasche reichen?«

»Gern, Madame.«

Agathe erhob sich geschwind und brachte ihr die Tasche. Dem König vorgestellt werden, Zugang zum Hof haben... Sie wäre der größte Dummkopf, wenn sie diese wunderbaren Aussichten aufs Spiel setzte.

»Liebes, dein Kleid ist einfach hinreißend«, hauchte Anne-Louise.

»Deines auch, meine Gute«, erwiderte Agathe entgegenkommend und lachte.

»Findest du nicht auch, Alexandre, daß Anne-Louise und Clémentine heute abend ganz wunderbar aussehen?«

Alexandre wandte seinen Blick unvermittelt von Clémentine ab und stimmte Agathe beiläufig zu. Er hatte seine schöne, königsblaue Gardeuniform mit den in der Sonne glitzernden Silberkordeln angelegt. Die Hose war aus weißem Kaschmir, und an der Seite baumelte sein Degen. Er hatte in Clémentines Gegenwart immer ein unbehagliches Gefühl, und wenn man sah, wie die beiden versuchten, sich aus dem Weg zu gehen, so konnte man sich leicht vorstellen, daß sie sich früher schon einmal näher gekommen waren.

»Beeilt Euch, meine Damen, der Empfang beginnt pünktlich um acht Uhr.«

»Wir kommen ja schon, geh nur voraus! Glaubst du, ich ließe Seine Majestät warten?«

Agathe lachte wieder.

Nachdem sie die Eingangstore der Tuilerien hinter sich gelassen hatte, geriet sie in einen einzigen Rausch. Welch eine Aufregung, welch eine Vorfreude! Dieser Mittwoch, man schrieb den

2. März 1817, würde für sie stets ein denkwürdiger Tag bleiben, zumindest der bisher schönste Tag in ihrem jungen Leben!
Außerdem waren dies die ersten Früchte, die sie aufgrund ihrer klugen Zurückhaltung ernten konnte, und was man selbst hervorgebracht hat, schmeckt nun einmal am köstlichsten, nicht wahr?
Angetrieben von Alexandres Tempo erreichten sie die große Treppe, auf der sie dann von Trommelschlägen begleitet zum Schloß hinaufstiegen. Sie durchschritten den Marschallsaal, in dem die Leibgarde aufgereiht stand, gelangten danach in den blauen Salon und anschließend in den grünen.
Dort warteten schon nervös die Auserwählten, auf daß sich die Türen zum Thronsaal öffneten, und sie dem König und den Herzögen vorgestellt würden.
Die Damen saßen in kleinen Gruppen beieinander. Ihre Röcke wirkten wie riesige Seidenblumensträuße, und von weitem erschienen die Straußen- und Reiherfedern im kunstvollen Aufbau ihrer Frisuren wie liebliche, kleine Vögel, die über Blumenbeete flatterten.
Madame d'Honfeuille war bereits anwesend. Sie warf einen prüfenden Blick auf Agathe und sagte:
»Laßt sehen, wie Ihr Euch präsentiert . . .«
Agathe versteifte sich, sie kam sich vor wie ein Soldat bei der Truppenbesichtigung durch den General. Allerdings konnte sie Madame d'Honfeuilles prüfendem blick durchaus standhalten: Sie trug ein enganliegendes, langes Kleid aus weißem Satin und ein entzückender Kragen aus Musselin, der im Rücken spitz zulief, umrahmte ihren Hals wie ein Blütenkranz aus Margeritenblättern . . .
Die schlichte, aber bestechende Eleganz dieser Aufmachung tröstete sie über die Tatsache hinweg, daß sie auf Stickereien und Spitzen verzichten mußte, da sie zu teuer waren. An den hinreißenden kleinen Puffärmeln erschienen wieder die Blütenblätter, die sich hier sanft öffneten. Ein hauchdünner Gazeschleier umschmeichelte ihren Hals und ihre Arme, und in den Haaren . . .
»Es wäre ein Verbrechen, Eure Lockenpracht zu verstecken«, hatte die Friseuse von Amme-Louise gemeint. Sie hatte ihr deshalb lediglich ein einfaches Laméband um die Stirn gebunden, so daß ihr Haar voll zur Geltung kam.
»Das Ganze strahlt Frische aus«, bemerkte Madame d'Honfeuille mit einem leicht spitzen Unterton. »Natürlich konnte man von

dieser kleinen Follange nicht das gleiche wie von Leroy erwarten!« fuhr sie dann fort.
Wegen dieses Kleides hätten sie sich beinahe gestritten. Madame d'Honfeuille hatte gewollt, daß Agathe sich bei Leroy ihr Kleid machen ließ.
Natürlich wäre eine Garderobe von Leroy für Agathe die Erfüllung eines langgehegten Traums gewesen, doch mit dem Geld, das ihr Vater geschickt hatte, hätte sie sich das niemals leisten können. Obwohl Madame Follange, die Schneiderin von Clémentine, ihr einen guten Preis gemacht hatte, reichte das Geld gerade eben dafür. Agathe war ihr deshalb sehr dankbar, und sie bedankte sich mittlerweile lieber bei Madame Follange, als bei Madame d'Honfeuille.
Diese wurde ihr immer unerträglicher. Gewiß, der erste Schock war überwunden, die Wut ein wenig verflogen. Man konnte sich sagen, daß die verührerischsten Frauen von Paris um die Wette intrigierten, um die schöne Dorothée zu entthronen. Eine jede von ihnen wartete nur darauf, all das, was Talleyrand repräsentierte, nämlich Reichtum, Macht und Einfluß, für sich in Anspruch nehmen zu können. Natürlich hätte sich Agathe auch einreden können, daß Madame d'Honfeuille die Interessen Agathes in ihre Rachepläne vielleicht miteinbezogen hatte. Man könnte ... Doch das anfängliche Vertrauen war jetzt dahin.
Rein äußerlich hatte sich nichts verändert. Es war lediglich ein anderer Abbé an die Stelle von Louis-Marie getreten ... Louis-Marie ... Was mochte wohl aus ihm geworden sein? Agathe hatte ihn aus ihren Gedanken verdrängt, obwohl sie sich manchmal im Innersten eingestand, daß er ihr fehlte. Sein Esprit, sein Witz und seine Schlagfertigkeit ... seine Zärtlichkeiten vor allem ... Denn diesem neuen Abbé, so verführerisch er auch aussah, groß, blond, mit Schultern wie ein römischer Krieger, wollte sie sich auf keinen Fall mehr als drei Meter nähern! Und die anderen Männer ...
»Nun, meine kleine Schwester, wann wirst du endlich einen Herzog heiraten?« wurde sie von Clémentine geneckt, die sie jeden Donnerstag nachmittag besuchte, wenn Monsieur Jerôme in seiner Bank war.
Die Herzöge waren jedoch allesamt mit Ehefrauen ausgestattet, abgesehen von der Tatsache, daß sie alt und glatzköpfig waren. Was die Jungen betraf, so zogen sie meist der Schönheit die Mitgift vor ... obwohl, eine kleine Liebschaft, hinter dem Rücken von

Madame d'Honfeuille ... sie wäre nicht abgeneigt ...! Aber Louis-Marie hatte ihr diese Unvorsichtigkeiten ausgetrieben. Agathe blieb also schön brav wie eine Nonne zu Hause und sagte sich jeden Abend mit gläubiger Inbrunst, daß morgen ... dieses Mal bestimmt, sie fühlte es ... morgen der ideale Mann in Erscheinung treten würde.

Ein plötzliches Rascheln und Scharren kündigte an, daß sich die Türen des Thronsaals feierlich öffneten. Mehrere Damen schwebten hocherhobenen Hauptes dem Saal zu. Ihre Juwelen glänzten, und neidische Blicke verfolgten sie.

»Seine Majestät empfängt zuerst die Herzoginnen. Danach kommt Ihr an die Reihe«, raunte Madame d'Honfeuille Agathe zu. »Ich hoffe, mein schönes Kind, Ihr wißt, wie Ihr Eure Aufwartung zu machen habt?«

»Agathe!«

Clémentine zog sie am Arm:

»Anne-Louise hat mir gesagt, du hättest von Papa einen Brief erhalten.«

»Paß auf, du zerknitterst mir mein Kleid! ... Ja, und einen Brief von Gaston de Fournon. Armer Gaston! Um sich meiner Liebe zu versichern, schreibt er mir alle vierzehn Tage zwei Seiten.«

»Ja, der Arme. Den hast du mit den Moustrevieille-Brüdern ganz schön verrückt gemacht! ... Was schreibt Papa?«

»Meine Liebste, weder den einen noch den anderen Brief habe ich bisher lesen können. Portal hat sie mir eben erst gebracht, als der Friseur da war. Du verstehst, ich hatte den Kopf voll mit anderen Dingen! ... Im übrigen schreibt Papa immer das gleiche. Der Herr Bürgermeister von Rougeville berichtet Euch nur von seinen großen Aufgaben und seinen Sorgen, die ihm die Weizenfelder ... Aber was soll's, wenn es ihm Spaß macht ... Im Moment kriegen mich keine zehn Pferde dorthin ...«

»Papa beunruhigt sich zu recht. Die wirtschaftliche Situation ist sehr ernst, und wenn du nicht so sehr den Kopf mit anderen Dingen voll hättest, und immer an den Rockzipfeln deiner Madame d'Honfeuille hängen würdest, ohne nach links oder rechts zu gucken ...«

»Ach, das habe ich schon hundertmal gehört! ... Ich versichere dir jedenfalls, daß ich mit dem, was ich vorhabe, Papa keinerlei Enttäuschungen bereiten werde ...«

Agathe biß sich auf die Lippen und fuhr fort:

»Entschuldige, ich wollte dich nicht... aber bitte laß mich in Frieden und provoziere mich nicht!«
»Alles, was ich dir raten kann, ist dieses: Schenke ihm zuerst den Schwiegersohn und dann den Enkel statt umgekehrt...«
Agathe drehte sich um, denn die Türen hatten sich wieder geöffnet.
Madame d'Honfeuille näherte sich.
»Gehen wir, Kind.«
Agathe folgte ihr. Vor Aufregung krampfte sich ihr Magen zusammen. Von weitem sah sie sich zwischen den anderen Damen im Spiegel. Schlank, stolz und rein! Wie eine Lilie! dachte sie. Der Vergleich gab ihr die nötige Sicherheit zurück.
Die Vorstellung verlief schnell. Jede machte dem König und den Herzögen mit einer flüchtigen Begrüßung ihre Aufwartung, und schon kam die nächste an die Reihe. Als sie, Agathe, an der Reihe war, hörte sie Madame d'Honfeuille sagen: »Sire, Eure Majestät möge mir erlauben, Euch Agathe de Rougeville vorzustellen.«
Agathe verbeugte sich mit vollendeter Grazie. Als die den Kopf wieder hob, begegnete sie dem kalten Blick zweier Glubschaugen in einem Gesicht, das sich grimassenartig zu einem dummen Lächeln verzog.
Das war also der König... Nun, man mußte sich schon sehr anstrengen, um in ihm einen Herrscher zu sehen! Der König, das war dieser gichtkranke Alte, der wie angewachsen in seinem Sessel saß... einem Sessel mit drei Rädern, der eigens für ihn angefertigt worden war. Baptiste, sein Kammerdiener, schob ihn damit durch die Gänge des Palastes, und unter Zuhilfenahme bestimmter Vorrichtungen konnte er damit sogar Treppen benutzen und in seine Karosse steigen... Er trug stets die gleiche Bekleidung, die einer burlesken Oper hätte entstammen können: einen blauen Rock mit riesigen goldenen Schulterklappen, und an seinen Gichtfüßen, die ihn nicht mehr zu tragen vermochten, eine Art purpurfarbenes Samtschuhwerk. Vor zwei Jahren noch hätte man es sich verboten, überhaupt nur zur Kenntnis zu nehmen, von welch jämmerlicher äußerer Gestalt der Monarch war, denn man respektierte in erster Linie den souveränen Herrscher von Gottes Gnaden, wie man es nannte. In der Zwischenzeit war mit diesem Herrscher jedoch eine unerfreuliche Veränderung vorgegangen. Ludwig XVIII. hatte alle zutiefst enttäuscht, die am Gottesgnadentum des Königs festhielten.

Wenn man schon Monarch war, so ließ man nicht einfach andere an die Macht, die dem Herrscher selbst die Schlinge um den Hals legen durften, und sogar in seinem Namen liberale Verfassungsgesetze erließen. So wurde auf schönste Art und Weise der Anarchie Vorschub geleistet. Aber was half es, solange er König war, führten nun einmal alle Wege zum Ruhm über ihn, und allein dieser Gedanke genügte Agathe, um Respekt und Ehrfurcht zu rechtfertigen. Er sagte:
»Wir sind erfreut, die Tochter eines unserer Getreuesten kennenzulernen.«
»Eines unserer Getreuesten« ... wenn Papa das gehört hätte! Man würde ihm diesen Satz sicherlich hinterbringen, und er würde ihn in seinem Gedächtnis bewahren wie eine Auszeichnung.
Allerdings sollte man ihm besser vorenthalten, in welch unpersönlichem, zerstreuten und kaltem Tonfall dieser Satz ausgesprochen worden war.
Ganz anders klang dagegen der Ton von Monsieur, zu dem Madame d'Honfeuille sie als nächstes hinschob.
»Meine liebe Aimée, das ist also Eure allerliebste kleine Freundin, von der Ihr gesprochen habt!«
Von Nahem wie von Weitem verlangte Monsieur, der Bruder des Königs, jedem instinktive Bewunderung ab.
Er war schlank wie eine Rose und trotz seiner sechzig Jahre eine elegante Erscheinung. Darüberhinaus besaß er ungewöhnliche Sanftmut, Freundlichkeit und sehr viel Charme ... Monsieur hatte früher ein ausgelassenes Leben geführt, und noch heute hörte man aus manchen Bemerkungen heraus, wie sehr er die Damen geliebt haben mußte. Nachdem Monsieur jedoch seiner letzten Geliebten Madame de Polastron, auf dem Totenbett hatte versprechen müssen, sein Leben künftig nur noch in den Dienst Gottes und in den Dienst der Politik zu stellen, widmete er sich nun ganz seinen neuen Aufgaben. Man spürte bei ihm sofort eine tiefe Treue zur Monarchie, die sich durch nichts und niemanden kompromittieren ließ. Er verkörperte die Monarchie, so wie sie immer existiert hatte, und so wie das Wort selbst sie definierte: Als Herrschaft eines einzelnen. Es gab nur eine einzige Stimme und zwar die des Königs. Die Herren Abgeordneten gehörten mundtot gemacht und abgeführt! Wenn alle auf einmal durcheinanderschreien, hörte man nichts mehr ... Freiheit, Gleichheit, Brüderlichkeit! brüllte das Volk ... gefährliche Spielzeuge, die nicht in seine

Hände gehören. Und außerdem: Was hatten die Franzosen denn mit ihrer neu erlangten, heiligen Freiheit gemacht, deren Preis so viele Tote waren? Ganz einfach, sie hatten sie Bonaparte geschenkt, einem Tyrannen. Das war der Beweis dafür, daß sie nichts damit anzufangen wußten! Und die Gleichheit... War es nicht vielmehr so, daß die Natur ganz nach ihrer Laune mal einen schönen, mal einen häßlichen Menschen schuf, mal einen intelligenten und mal einen dummen? Die Gleichheit starb demnach schon in der Wiege. Und die Brüderlichkeit... jeder für alle!... Diesen Refrain sang man kräftig mit, doch tief drinnen dachte jeder: ›Jeder für sich!‹... Kurz, all die großen Worte waren nichts als Utopie, Seifenblasen! Einen anständigen, wahrhaftigen König, eine Elite, auf die er sich verlassen konnte, ein arbeitsames Frankreich, dem die Pflichten wichtiger waren als unnütze Gesetze, das war es doch, was sich in Wahrheit alle ehrenwerten Menschen wünschten. Und Monsieur verkörperte ihn, jenen wahren König, den alle erwarteten...

All diese Überlegungen, die Agathe jetzt ungeordnet durch den Kopf gingen, hatte sie schon tausendmal gemeinsam mit Papa, Großvater und den Mougeauds angestellt. Heute erlebte sie nun dieses übergroße Glück, Monsieur persönlich gegenüberzustehen, und wie gerne hätte sie ihm all dies anvertraut...

Monsieur hätte es auch sicherlich sehr geschätzt, doch die übrigen Damen schoben sie weiter. Wie eine Verheißung standen links und rechts von Monsieur seine beiden Söhne, nämlich der Herzog von Angoulême und der Herzog von Berry.

Der Herzog von Angoulême stand in dem Ruf, auf dem Schlachtfeld ruhmreicher zu sein als im Schlafgemach. Eine Kleinigkeit behindere ihn, so wurde gemunkelt.

Mit liebenswürdiger charmanter Einfachheit sagte er nun:

»Mademoiselle...«

Der Herzog von Berry wandte sich überhaupt nicht an sie. Statt dessen plauderte er mit zwei strahlenden Wesen, die Agathe am liebsten erwürgt hätte. Ausgerechnet ihr mußte das passieren! Sie trug ihr aufregendstes Kleid, stand vor dem galantesten und schönsten Prinzen Europas, und dieser drehte sich nicht einmal um!

Clémentine tippte sie kurz an.

»Komm, gehen wir! Der da ist nicht für dich bestimmt, mein Schwesterchen!«

Am Fuße der Treppe zum Pavillon Flora erklärte Madame d'Honfeuille:
»Meine Damen, ich entführe Euch jetzt dieses schöne Kind. Die Gräfin Tyczkiewicz hat ihr zu Ehren ein kleines Fest organisiert ... Ihr könnt stolz auf Euch sein, der Fürst hat seine Anwesenheit versprochen!«
»Der Herzog von Berry?« fragte Agathe aufgeregt.
»Wenn ich sage »der Fürst«, Mademoidelle, solltet Ihr wissen, daß ich den Monsieur de Talleyrand meine.«
Die Wagen fuhren vor. Man umarmte sich. Clémentine beeilte sich, zu ihrem Charles zu kommen, Anne-Louise zog es zu ihrem Sohn und Madame d'Honfeuille zu ihrem Fürsten. Agathe fühlte sich auf einmal sehr allein und sehr verloren. Aber sie wollte weder nach Monceau noch in die Rue de Verneuil, und am allerwenigsten wollte sie ins Hôtel Talleyrand ...
Wohin also hätte sie gehen sollen? Agathe seufzte und schaute hoch.
Das Schloß war hell erleuchtet. Es sah aus wie eine goldene Insel inmitten der dunklen Nacht.

Papas Brief beinhaltet nichts anderes als die vorherigen auch, also nichts Neues! Der Brief von Gaston hingegen ... Der arme Gaston! Er schrieb leider ebenso schlecht Briefe wie er küßte, dennoch fand sie sein kindliches Gekritzel irgendwie rührend:
»Ich wollte Dir eigentlich nicht davon erzählen, doch du hast sicher auch schon erfahren, daß meine Eltern meinen Bruder Pierre, der aus der Gefangenschaft zurückgekommen ist, nicht mehr bei sich aufgenommen haben ...«
Natürlich wußte sie das längst! Die Angestellten von Cantalouette hatten es ja in der ganzen Gegend herumposaunt. Es mußte eine furchtbare Situation gewesen sein! Als Pierre wieder bei den Cousins Fournon aufgetaucht war, hatten diese dem ehemaligen Soldaten des Korsen die Tür vor der Nase zugeschlagen ...
»... Pierre ist nach Paris gefahren. Von dort hat er mir seine neue Adresse mitgeteilt. Er wohnt in der »Pension Violat« in der Rue de l'Arbalète. Wie er mir geschrieben hat, will er zum nächstmöglichen Zeitpunkt wieder in die Armee eintreten. Seitdem habe ich von ihm keine Nachricht mehr erhalten. Ich habe ihm mehrmals geschrieben, aber ... ich bin sehr beunruhigt, Agathe. Pierre hat sicherlich seine Fehler, doch meine Eltern haben ihn sehr schlimm

behandelt. Ich zittere sogar jetzt noch, während ich Dir diese Zeilen schreibe, wenn ich daran denke. Könntest Du wohl zu dieser Pension gehen und Dich erkundigen? Du würdest mir einen großen Gefallen tun . . .«
Im Postskriptum hatte Gaston noch hinzugefügt:
»Laß dich von Madame de Mougeaud begleiten, denn die Rue de l'Arbalète befindet sich, wie ich befürchte, in einem sehr schlimmen Viertel.«
Sie würde hingehen und nach Pierre fragen, beschloß Agathe. Aber allein.
Es war zu verlockend für sie, die sogenannten »schlimmen Viertel« von Paris kennenzulernen. Es kam ihr ähnlich vor, als wenn sie früher die Schule geschwänzt hatte, wenn sie einen Besuch bei Virginie vortäuschte, um in die Rue de l'Arbalète gehen zu können.
Virginie, die in La Maillerie geboren worden war, war die Tochter von Clémentines zweitem Mann . . . Clémentine und Virginie trennte lediglich ein Altersunterschied von einem Jahr! Die arme Virginie war mit Edmond de Boischambault verheiratet, einer langen, dürren Bohnenstange, die sich mit selbstverfaßten Versen brüstete. Dieser Edmond hatte seine Frau auf das Familienschloß in die tiefste Rouraine verbannt. Dabei war Virginie so eine lebenslustige Person, die sich lieber ins Pariser Leben gestürzt hätte.
»Acht Monate Langeweile, meine Liebe, das hält niemand aus! Ich bin genau wie du! Ich verabscheue das Landleben!« hatte Virginie angewidert zu Agathe gesagt und dabei ihr kleines, viel zu stark geschminktes Puppengesicht verzogen. Alles, was Hosen trug, faszinierte Virginie aufs höchste.
»Wie eine läufige Hündin«, tat Clémentine sie ab.
Aber wer fand schon vor Clémentines hartem Urteil Gnade, sah man einmal von ihrem angebetenen Charles Jerôme ab . . .
Virginie war von unkompliziertem und hilfsbereitem Wesen und lieh Agathe gern ihren Wagen.
Die Rue de l'Arbalète befand sich im 12. Arrondissement und war eine von vielen kleinen, grasbewachsenen Straßen, die alle miteinander verflochten waren. Virginies Kutscher erklärte ihr auf der Fahrt, durch welche Straßen sie jeweils fuhren. Niemals hatte sich Agathe allein so weit von zu Hause fortgewagt. Wer wäre auch auf die Idee gekommen, sich in eine solche Gegend zu begeben, wenn es nicht unbedingt notwendig war?

Die Zeit hatte die Gebäude in diesem Viertel grau und schäbig werden lassen, das Wasser in den Brunnen plätscherte schmutzig und trübe, und überall herrschte eine drückende Stille. Weit und breit war kein Fuhrwerk zu sehen, und auch Passanten fanden sich kaum in den Straßen. Agathe erblickte nur einige Alte in abgerissenen Kleidern, die frierend einhertrotteten. Von Zeit zu Zeit traf man auf einen bleichsüchtigen Studenten, der nicht wußte, wovon er sein nächstes Essen bezahlen sollte.

Der Wagen hielt an. Der Kutscher stieg ab und öffnete ihr den Verschlag:

»Mademoiselle ist angekommen.«

Agathe steckte vorsichtig den Kopf heraus und erblickte neben der Eingangstür ein pompöses Schild:

Pension Violat
– Bürgerliche Pension –

Es handelte sich um ein dreigeschossiges Haus mit vielen Fenstern und traurig herunterhängenden Jalousien.

Der Kutscher wandte sich zu Agathe und meinte:

»Falls Mademoiselle hier Erkundigungen einziehen möchte, so könnte ich das für sie besorgen? Mit allem Respekt, den ich Euch schulde, muß ich Euch doch darauf hinweisen, daß dies kein passender Ort für ein junges Fräulein ist.«

Woher sollte der gute Mann auch wissen, daß Agathe während der Emigrationszeit sehr viel Schlimmeres gesehen hatte ... Außerdem war sie es ihrer Freundschaft zu Gaston schuldig, diese Aufgabe selbst zu erledigen und sie nicht etwa einem Bediensteten anzuvertrauen, mochte er auch noch so verschwiegen sein. Sie lehnte daher dessen Vorschlag dankend ab, stieg aus und ging durchs Tor auf das Haus zu.

Linkerhand befanden sich zwischen spärlichen Petersilienreihen einige Gemüsebeete. Als nächstes mußte sie einen Hof durchqueren, der eine gründliche Säuberung gut vertragen hätte. Der Eingang zur Pension befand sich ebenfalls in diesem Hof. Oberhalb der Tür hing eine große Glocke. Agathe zog kräftig an der Leine, doch da sich niemand im Haus angesprochen zu fühlen schien, trat sie nach einer Weile einfach ein.

Agathe durchquerte einen Raum, bei dem es sich offenbar um das Wohnzimmer handelte, und der mit billigen Möbeln aller möglichen Stilarten vollgestopft war. Schnell ging sie in das angrenzende Zimmer, der offenbar als Speiseraum diente. Sie erblickte einen langen Tisch und seitlich davon ein großes Buffett mit halbgefüllten Karaffen und einem großen Stoß Tellern. Agathes empfindliche Nase wurde durch eine unbeschreibliche Mischung von Blumenkohl, Speiseresten und kaltem Rauch aufs Äußerste beleidigt. Sie wagte kaum, richtig zu atmen und verließ den Raum so schnell sie konnte durch eine zweite Tür, die auf eine Art Flur führte. Am Ende entdeckte sie eine Treppe, während sich auf der rechten Seite anscheinend die Küche gefand.

Laut rief sie:

»Ist hier jemand?«

Sie wartete einen Moment, ob ihr jemand antwortete und sah dann in die Küche hinein. Dort war eine Frau über ein Spülbekken gebeugt und säuberte das Geschirr. Über ihr ausladendes Hinterteil spannte sich ein Rock aus schwarzer, glänzender Seide, unten schaute ein völlig verschmutztes Leinenunterkleid hervor.

Ohne den Kopf zu drehen oder ihre Arbeit zu unterbrechen, fragte die Frau mit barscher Stimme:

»Was wollt Ihr?«

»Ich suche Monsieur de Fournon. Wohnt er hier?«

»Im dritten Stock, das erste Zimmer.«

»Ist er da?«

»Geht selbst rauf! Ich habe keine Zeit. Und erinnert ihn bei der Gelegenheit gleich, daß er mir noch die Miete schuldet!«

Agathe zögerte beim Anblick der Treppe, denn sie war voller Gänsekot. Die oberen Stockwerke versprachen keineswegs einen angenehmeren Empfang als das Erdgeschoß. Und außerdem kannte sie diesen Pierre de Fournon doch eigentlich gar nicht... Sie hatten damals auf dem Weg von Rougeville höchstens drei Worte miteinander gewechselt. Jedenfalls rechtfertigte es keineswegs ihr Vorgehen... Womit hätte sie also begründen sollen, daß sie einfach in das Zimmer eines Mannes eindrang? Eigentlich hatte sie gar nicht vermutet, ihn hier anzutreffen, denn zu dieser Zeit waren die Soldaten doch meistens in ihrer Kaserne... Ihre Mission bestand nur darin, sich schnell nach ihm zu erkundigen und dann Gaston zu benachrichtigen. Mehr hatte Gaston ja auch nicht gewollt. Andererseits hatte sie keine Lust, diese Alte auszufragen...

Mit einem Blick in die Glasscheibe vergewisserte sich Agathe, daß ihre violette Samtmütze auch wirklich gut auf ihren Locken

saß. Dann hob sie den Rock, um sich nicht zu beschmutzen und stieg hinauf.
Je höher man kam, desto kleiner wurden die Treppenabsätze. Als sie im dritten Stock angelangt war, klopfte sie an der erstbesten Tür.
»Herein!« rief von drinnen eine Stimme in gleichgültigem Tonfall.
Sie trat ein.
In der Ecke, ihr gegenüber, stand ein Bett, und auf dem Bett lag ausgestreckt ein Mann in Hemdsärmeln und las. Er sah zu ihr auf und erkannte sie.
»Monsieur . . .«
Er hatte sich schon erhoben.
»entschuldigt mich, ich dachte, es sei die Bedienung . . . aber . . .! Seid Ihr nicht Mademoiselle de Rougeville?«
Agathe lächelte.
»Erinnert Ihr Euch an mich?«
»Wieso sollte ich Euch vergessen haben?«
Während er sprach, hatte er geschwind die Jacke angezogen.
Er antwortete:
»Ihr wart der erste Mensch, den ich traf, als ich . . .«
Er unterbrach sich.
Das war keineswegs die Antwort, die Agathe erwartet hatte. Jeder andere Mann hätte nämlich diese Gelegenheit wahrgenommen, ihr zu erklären, daß ihr Bild ihn seitdem Tag und Nacht in Gedanken verfolgt hatte. Auch wenn man es nicht ganz glaubte, war es doch angenehm, solche Worte zu hören . . . dieser hier jedoch . . .
Agathe fühlte sich auf einmal sehr unbehaglich und sagte schnell:
»Mein Besuch erstaunt Euch sicherlich. Euer Bruder hat mich hergeschickt. Gaston macht sich große Sorgen um Euch, und . . . Ich wollte diese Frau unten nicht näher befragen . . . Also bin ich zu Euch nach oben gekommen.«
»Das ist sehr liebenswürdig von Euch«, bestätigte er höflich. »Bitte setzt Euch doch«, fügte er hinzu.
»Nein, nein, ich kam nur, um . . .«
Er wiederholte:
»Ich bitte Euch.«
Er ging zur Tür, schloß sie und nahm einen Stoß von Büchern von dem einzigen Stuhl, der sich im Zimmer befand.
Agathe beobachtete ihn.

Er hatte immer noch denselben verträumten Gesichtsausdruck, der ihr schon damals in Rougeville so gefallen hatte. Er gefiel ihr jetzt sogar noch besser als damals... Er trug seine dichte, jetzt offenbar für die Armee gestutzte Mähne aus dem Gesicht gekämmt. Die Stirn war frei, und nur im Nacken kringelten sich ein paar Locken. Seine Wangen wirkten weniger eingefallen als damals, so daß sie glaubte, sein Alter nun besser schätzen zu können. Er mochte um die dreißig sein. Doch wie er sonst aussah... Seine Jacke war schäbig und ausgefranst, das Hemd voller Löcher und die abgetragenen Stiefel hatten wohl auch schon bessere Zeiten gesehen. Auf seiner Brust war das Emblem der Ehrenlegion eingebrannt.
Sie setzte sich automatisch und fragte:
»Also, was soll ich Gaston berichten?«
Eine unbestimmte Handbewegung begleitete seine Antwort:
»Ich wollte ihm schreiben, sobald ich meinen Einsatzort erfahre, aber so wie die Dinge jetzt liegen...«
Er biß die Zähne zusammen, und sein Gesicht verfinsterte sich auf einmal.
»Und wie liegen die Dinge jetzt?«
Unwillig sah er sie an.
»Hört zu, Mademoiselle, ich glaube kaum, daß Euch meine Probleme interessieren. Ihr seid zu jung und durch Euer mondänes Leben auch zu wenig gewöhnt, Euch mit dem Unglück anderer abzugeben.«
Sein Ton klang ausgesprochen vorwurfsvoll, so daß Agathe mit bitterem Lächeln antwortete:
»Vielleicht interessiert es Euch zu erfahren, daß ich nicht immer auf Nelken und Rosen gebettet war!... Wenn man fünfzehn Jahre seines Lebens in den Armenvierteln der Emigranten verbracht hat,...«
»Ach ja, das stimmt, Ihr wart bei den Engländern... und ich während dieser Zeit bei der kaiserlichen Armee.«
Ein sarkastischer Zug umspielte seine Mundwinkel, als er fortfuhr:
»Gestern wie heute stehen wir Rücken gegen Rücken, findet Ihr nicht auch? In der derzeitigen politischen Lage zahlt es sich offenbar mehr aus, mit dem Feind zu fraternisieren, während unsere Siege, die Siege der französischen Offiziere, mehr als Niederlagen angerechnet werden!«
Unbehaglich rutschte Agathe auf ihrem Stuhl hin und her.

»Monsieur, darauf kann ich Euch nur antworten: Siege als solche haben allein noch keinen Wert, und auch Eurem General Bonaparte waren sie letztlich kaum von Nutzen. Doch ich bin nicht hierhergekommen, um mich mit Euch zu streiten, sondern um Gaston berichten zu können, daß ...«
»Nun, dann berichtet ihm!«
Spöttisch setzte er hinzu:
»Lange Zeit hat er mich totgelaubt. Zu wissen, daß ich lebe, genügt ihm anscheinend nicht? ... Obwohl mir persönlich der Tod angenehmer erscheint als das Leben, das ich im Moment führe! Sagt ihm ... Meine Eltern, die mich nicht mehr in ihrem Hause aufnehmen wollten, werden zufrieden sein, wenn sie erfahren, daß der König es ihnen gleichtut! Seine Majestät hat den Thron bestiegen, um, wie behauptet wurde, die Einigkeit aller Franzosen ohne Ausnahme herzustellen ... Und wir, Mademoiselle, wir, die Offiziere, wurden als Ausschußware beiseitegelegt! ... Zur zeitweiligen Wiederverwendung, wie man es so schön nennt. Wißt Ihr, was das für einen Soldaten bedeutet? Nein, natürlich wißt Ihr das nicht. Ihr könnt es gar nicht wissen, denn Ihr lebt in völlig anderen Verhältnissen, aber ich werde es Euch dennoch erklären. Abgesehen von der menschenunwürdigen Behandlung, die uns an den Rand des Existenzminimums bringt ... dieser Gesichtspunkt hat sicherlich nicht die größte Wichtigkeit für mich, denn an Geld liegt mir sehr wenig ... abgesehen also von diesen wirtschaftlichen Schwierigkeiten, die für jeden einzelnen von uns tragisch genug sind, hat man uns eiskalt zur völligen Passivität und Nutzlosigkeit verdammt ... wie verrostetes Werkzeug, das zu nichts mehr taugt, hat man uns weggeworfen ... Und das ist die schlimmste Strafe für einen Mann!«
»Aber ...«
»Sagt ihm auch, dem armen kleinen Gaston, und das wird ihn vielleicht beruhigen ... daß die Autoritäten dennoch über uns wachen, auch wenn wir nichts mehr darstellen und nichts mehr zu tun haben. Keiner unserer Schritte entgeht ihnen ... es ist uns sogar verboten, die Wohnung zu wechseln! könnt Ihr Euch überhaupt etwas Derartiges vorstellen? Und so etwas widerfährt Männern, die Europa wie ihre Westentasche kennen! ... Es ist uns weiterhin verboten, eine Heirat ohne die Erlaubnis der Behörden einzugehen. Wir, die wir keinen einzigen Stuhl besitzen, sind gehalten, uns Verlobte zu suchen, die mindestens zwölftausend

France Mitgift nachweisen können... Doch das ist noch lange nicht alles... Nicht genug damit, daß man uns zu Zwergen degradiert hat – man bespitzelt und verdächtigt uns auch noch. Verdächtigt ausgerechnet uns, die wir unserer Fahne stets treu gewesen sind, mangelnder Loyalität! Ich gebe Euch mein Wort, daß ich genau diese Loyalität dem König zu Füßen werfen wollte, als ich zurückkehrte, denn der König verkörpert ja schließlich unser Frankreich, das heutige Frankreich.«

»Und der König will Euch nicht?« entfuhr es Agathe, die sich diesem Wortschwall fassungslos gegenüber sah.

»Nein. Nachdem der Friede unterzeichnet wurde, soll die Armee jetzt reduziert werden. Sei's drum, doch dann sollte sich die Auswahl auch nach den Verdiensten eines jeden einzelnen richten! Schließlich haben wir uns für Frankreich geschlagen... zwar für Napoleons Frankreich, aber Frankreich bleibt Frankreich. Für sein Volk und für seine Ehre hätten wir, ohne uns zu schonen, unser Leben gegeben...«

Mit einer nervösen Geste legte er die Hand auf seine »Ehrenlegion« und fuhr fort:

»Heute wirft man uns unsere Tapferkeit als Verrat vor, man betrachtet uns als räudige Hunde, die man wohl am besten in Quarantäne legt, um jegliche Ansteckung zu vermeiden...«

»Aber die Marschälle doch nicht!« warf Agathe dazwischen. »Sie genießen doch die Gunst des Königs.«

»Weil sie kein Gewissen haben! Ja, ich weiß, einige meiner Kameraden sind in den aktiven Dienst zurückgekehrt. Das hängt alles von den politischen Beziehungen ab. Entscheidend war, welchen Standpunkt man während Napoleons Herrschaft der Hundert Tage eingenommen hatte. Je nachdem, ob man sich wieder auf die Seite Napoleons geschlagen hatte oder nicht...«

»Aber das hat mit Euch doch nichts zu tun, Ihr wart doch gar nicht hier!«

»Die Absicht wiegt genauso schwer wie die Tat«, erwiderte er. Er zog eine kleine Grimasse:

»Ich bin ein schlechter Diplomat. Ich habe nach meiner Rückkehr nicht verheimlicht, daß ich mich sofort wieder Napoleon angeschlossen hätte, wenn sich mir nur irgendeine Gelegenheit dazu ergeben hätte.«

»Ihr hättet besser daran getan zu schweigen«, warf sie lebhaft ein.

»Schweigen? Ich habe mich niemals meiner Überzeugungen ge-

schämt, Mademoiselle. Aber diese Ehrlichkeit ist eben nicht gefragt, sie schockiert nur. Im selben Moment war das Urteil über mich gefallen: Ich galt als subversives Element! Meine Aufrichtigkeit hat man mit Trotz verwechselt... Und dennoch, du lieber Gott, was konnte man von mir denn anderes erwarten, nachdem ich verwundet worden war, in Kriegsgefangenschaft geraten, von den Russen malträtiert... Ich hatte die Wölfe über mein Vaterland herfallen sehen, also wollte ich es mit all meiner Kraft verteidigen...«
Er unterbrach sich und fuhr nach einem kurzen Moment fort: »Entschuldigt mich, ich habe mich hinreißen lassen. Dieses Problem betrifft Euch nicht. Wir haben nicht dieselben Feinde. Für mich wie für alle Franzosen, die in ihrer Haut gelitten haben, findet sich der Feind im Ausland. Für Euch und Euresgleichen hingegen sieht das ganz anders aus, denn schließlich waren es die Ausländer, die sich gegen Napoleon verbündet hatten, Eure Rückkehr nach Frankreich ermöglichten und die Restauration eines Régimes betrieben, das Euren Wünschen entgegenkam. Für Euch verkörpert das Ausland daher die Alliierten, die Befreier... Wie also sollten wir beide uns verstehen, wie könnt ausgerechnet Ihr einen Mann wie mich verstehen...«
Verstehen? Nein. Es gab nur die Monarchie oder das Empire, man war entweder jeweils dafür oder dagegen, eine andere Möglichkeit existierte nicht. Dieser hier hatte sich freiwillig – denn schließlich hatte ihn niemand dazu gezwungen – zu Napoleon bekannt... Nichtsdestoweniger liebte er Frankreich genauso wie Papa, auch wenn beide nicht das gleiche Frankreich meinten, und genau wie jener vertrat dieser auch kompromißlos seine Ideen... »Die Ehre vor allem«... Wie oft hatte Papa diesen Satz in ihrer Unterkunft in Somers Town damals zitiert!
Agathe betrachtete Pierre de Fournons Behausung und entdeckte plötzlich, wie sehr sie jenem schäbigen Quartier ähnelte, das ihre Familie einst in der Emigration hatte bewohnen müssen. Die Rougevilles waren auch eines Ideals wegen verdammt worden und hatten dafür in der gleichen Armut leben müssen, die vielleicht noch schwerer zu ertragen gewesen war als diese hier... Erstaunt stellte Agathe fest, daß Pierres Unglück sie tief berührte, und daß sie weit davon entfernt war, verächtlich auf ihn herabzusehen. Welch abgrundtiefe Hoffnungslosigkeit und Einsamkeit mußten sich hinter seiner Bissigkeit und seiner Streitsucht verbergen! Obwohl sie sich sonst recht wenig um das Geschick anderer

Menschen kümmerte, fand sie dieses Dasein empörend. Ein gutaussehender junger Mann, der intelligent und mit allen möglichen Qualitäten ausgestattet war . . . Was hatte er eigentlich für welche? Sie kannte ihn zu wenig, um eine genaue Vorstellung davon zu haben, aber sicherlich handelte es sich um solche, wie man sie den tapferen Rittern zuschreibt . . . Wenn man all das also besitzt, war es überhaupt nicht zu begreifen, daß Gott so etwas zuließ . . . Und sie hörte sich auf einmal sagen:
»Ich würde Euch sehr gerne helfen. Der Schwager meiner ältesten Schwester, Alexandre de Mougeaud, ist Leutnant bei der Leibgarde, und die Tante seiner Frau, Madame d'Honfeuille, genießt das seltene Privileg, zugleich mit Monsieur und mit dem Fürsten von Talleyrand gut befreundet zu sein. Wenn Ihr wollt, so kann ich mit ihr über die Angelegenheit sprechen. Bei diesen Beziehungen stellt Eure Wiederaufnahme in die Armee überhaupt kein Problem dar . . .«
Sie sah seinen Blick und hörte unvermittelt auf zu sprechen.
»Ihr wollt es nicht?«
»Für wen haltet Ihr mich eigentlich, Mademoiselle?« herrschte er sie an. »Ich bin ein Mann, und ich habe mir zumindest eine gewisse Selbstachtung bewahrt. Ich werde niemals einen derartigen Kniefall tun, um etwas für mich zu erreichen! Meine Familie hat mich verleugnet, wie mich auch das derzeitige Frankreich verleugnet, doch all diese Erfahrungen haben mich nur darin bestärkt, meine Überzeugungen unter keinen Umständen zu verleugnen. In der Armee habe ich gelernt, daß man sich immer nur auf sich selbst verlassen soll!«
Agathe erhob sich:
»Es stand nicht in meiner Absicht, Euch zu verletzen«, betonte sie.
»Das weiß ich!«
Seine Züge entspannten sich. Mit freundlicher Miene kam er auf sie und berührte fast schüchtern ihren Arm:
»Im Gegenteil, Ihr wart sehr liebenswürdig zu mir . . . und ich habe mich wie ein grimmiger Bär aufgeführt. Was mögt Ihr wohl von meinem schlechten Benehmen halten . . .«
Er lächelte, und plötzlich entdeckte sie in seinen grünen Augen wieder jene Klarheit und Jugendlichkeit, die ihr schon bei der ersten Begegnung mit Pierre de Fournon so sehr gefallen hatten. Sie sah ihn an und wünschte sich, daß er sie noch länger anblickte.
»Verzeiht meine Offenheit, doch ich muß gestehen: Ich hatte

schon seit vielen Jahren nicht mehr Gelegenheit gehabt, mit einem so charmanten jungen Mädchen wie Euch zu plaudern. So schreibt bitte mein rüdes Benehmen der mangelnden Gewohnheit zu ...«
Agathe lachte.
»Ihr seid entschuldigt!«
Sie sah auf ihre Uhr und erklärte:
»Ich muß jetzt gehen.«
»Schon! Aber wir haben die ganze Zeit nur über mich gesprochen, ich weiß überhaupt nichts von Euch.«
Ein Anflug von Koketterie spielte um ihre Züge, als sie erwiderte:
»Ihr sagt ›schon‹! Aber was soll Eure Vermieterin denken?«
»Mademoiselle, Ihr meint doch nicht etwa ...«
Sie beobachtete ihn genau. Er war vollkommen offen und ehrlich. Es war ihm anscheinend nicht eine Sekunde in den Sinn gekommen, daß man diese Situation auch anders hätte beurteilen können. Was Madame d'Honfeuille wohl gesagt hätte, wenn sie Agathe hier in diesem schäbigen Zimmer allein mit Pierre de Fournon erwischt hätte ... In Gedanken hörte sie sie sagen: ›Wie könnt Ihr Eure Ehre und Eure Zukunft so leichtfertig aufs Spiel setzen, mein Kind!‹ Nun, was ihre Ehre und ihre Tugend betraf, so bestand bei diesem Mann ganz offensichtlich keine Gefahr ... was Agathe im übrigen fast ein wenig verärgerte, denn was gab es Schöneres als das Gefühl, von einem Mann begehrt zu werden ... Gefiel sie ihm etwa nicht? Und wie würde er sich wohl verhalten, wenn er an einer Frau Interesse hatte ... War er dann feurig, zärtlich, brutal oder verträumt ...? Ein so verführerischer Mann, ein Soldat ... Wieviel Frauen er wohl während seiner Kriegszüge durch Europa erobert haben mochte!
Erneut versicherte er ihr nun:
»Mademoiselle, es wäre mir sehr unangenehm, wenn Ihr glauben würdet ... Schließlich seid Ihr eine Freundin von Gaston und insofern ...«
»Aber ich glaube doch gar nichts dergleichen!« unterbrach sie ihn lachend.
Agathe wußte selbst nicht, welcher Teufel sie ritt, als sie dann auf einmal zu ihm sagte, während sie ihn mit sanftem und zugleich tiefgründigem Blick ansah:
»Ich werde wiederkommen ... ein andermal ... Ja, sobald ich von Gaston wieder Nachricht erhalten habe.

Kapitel 6

Während der gesamten darauffolgenden Woche sah sie das Gesicht Pierre de Fournons vor Augen, und auch seine Worte gingen ihr nicht aus dem Kopf.

Bei Madame d'Honfeuille fand ein großes Fest statt. Während Agathe die Annäherungsversuche des alten Marquis de Lasailles zurückwies wie auch die eindeutigen Angebote dreier Herren, deren Ehefrauen sich nicht weit entfernt in den Armen junger Liebhaber amüsierten, gab sich Agathe der Vorstellung hin, Pierre de Fournon auf diesem riesigen glänzenden Parkett Walzer tanzen zu sehen. Seine hohe Gestalt steckte in einem Seidengewand mit Spitzenjabot und diamantenen Knöpfen am Plastron! Er wäre von allen hier der Schönste gewesen!

Agathes Phantasie galoppierte ihr weiter davon... Im Grunde war es keineswegs erstaunlich, daß er sich hier so gut einfügte... und sei es nur in ihrer Vorstellung. War es doch von Geburt an seine Welt! Als einen räudigen Hund hatte er sich selbst bezeichnet. Nein, er war ganz einfach ein verirrtes Schaf, das schon zu lange von seiner Herde entfernt war. Nun bestand die Gefahr, daß er den Weg zurück nicht mehr finden würde. Erniedrigung oder Rebellion wäre dann sein Schicksal, falls sich nicht irgend jemand entschloß, diesem Mann zu helfen... Irgend jemand? Jene, die er zu seinen Freunden zählte, bekannten sich zu derselben Haltung und wateten im selben Dreck wie er... Nein, man mußte... Warum eigentlich nicht sie, Agathe? dachte sie plötzlich mit einer warmen Aufwallung im Herzen. Endlich hatte sie einmal Gelegenheit, eine gute Tat zu vollbringen... Louis-Marie hatte sie eine Egoistin genannt, doch es war ihr bis dahin noch nie passiert, daß ein Mensch sie brauchte... wohingegen dieser hier... Und war es nicht auch ihre Pflicht als Christin ebenso wie als Monarchistin, ihn wieder auf den rechten Weg zu bringen, ihm die Daseinsfreude und die Ambitionen eines richtig verstandenen Lebens zurückzugeben...?

Sie begeisterte sich immer mehr für diese Idee und beschloß gar nicht erst auf einen neuen Brief Gastons zu warten, wenn sie sich wirklich um Pierre kümmern wollte, denn damit verlöre sie viel zu viel Zeit.

Mit dem Eifer eines Generals, der eine wichtige Schlacht vorberei-

tet, polierte sie ihre Waffen ... Heiterkeit, eine strahlende Miene und die vorteilhafteste Garderobe, die man sich für ein junges Mädchen nur denken konnte ... Was gab es Besseres, um die Hoffnungslosigkeit eines jungen Mannes zu zerschlagen? Zwei Tage zuvor war es plötzlich Frühling geworden, und überall sah man auf einmal die schönsten Schlüsselblumen und Veilchen blühen. Die Bäume schlugen aus, der Himmel zeigte sich in seinen strahlenden Farben ... Es gab also Gründe genug, um sich wiederzusehen ... Außerdem war es eine hervorragende Gelegenheit, um ihren entzückenden neuen Hut einzuweihen. Es war ein ausladendes Modell aus hellem Stroh und mit einem schwarzen Samtband sowie mit drei Heckenröschen verziert. Ein wahres Prachtstück also, dem sie nicht hatte widerstehen können. Aber Geld war schließlich dazu da, um ausgegeben zu werden, oder ...?
›Geld von anderen, mein kleiner Spatz, kostet am wenigsten. Du hast deinen Spaß damit, und die anderen tragen die Verantwortung!‹ pflegte Großvater gern zu sagen. Lieber alter Großvater! Wie verlockend sich das anhörte! Nun, jedem seine Prinzipien ... Sie für ihren Teil suchte sich ihre Gläubiger sehr genau aus: So lieh sie sich eher bei Portal Geld aus, als daß sie die Schätze des Herrn Jérôme in Anspruch genommen hätte.
Ach! Es waren ja nur ein paar Kleinigkeiten! Ein paar Francs hier, ein paar Francs da ... ein Paar Handschuhe ... ein Fläschchen Parfum ... Bonbons, ein Blumenstrauß für Anne-Louise ... Portal war ihr sehr ergeben und stets glücklich, wenn er ihr einen Dienst erweisen konnte. Oft hatte er ein kleines Kompliment auf den Lippen. Wenn sie ihn zum Beispiel fragte:
»Portal, wie findet Ihr meinen neuen Hut?« so antwortete er:
»Dieser Strohhut kleidet Mademoiselle ganz ausgezeichnet ... Ihr seht aus wie eine Frühlingsprinzessin! Wenn Mademoiselle erlaubt ...«
»Ich erlaube, Portal, ich erlaube.«
Agathe hatte in die Hände geklatscht:
»Wie eine Frühlingsprinzessin ... Das ist sehr charmant, äußerst charmant sogar.«
Vorsichtig hatte Portal dann wissen wollen:
»Mademoiselle ist vielleicht verliebt?«
»Verliebt? In wen denn? Aber Portal, wie kommt Ihr nur darauf, wieso ...?« Sie brach in heftiges Lachen aus.
»Mademoiselle wirkt seit einigen Tagen so fröhlich.«

Der arme Portal hatte anscheinend nichts anderes im Kopf, als sie möglichst bald verheiratet zu sehen, um die Mougeauds verlassen zu können.
Verliebt, sie? Grotesk! Wenn sie sich wirklich eines Tages verlieben würde, so mußte es mindestens ein Graf sein, das hatte sie sich geschworen... Verständlicherweise konnte Portal den Grund für ihre Erregung nicht erraten. Sie vertraute ihm zwar eine Vielzahl kleiner Geheimnisse an, dieses jedoch nicht... Was die Pension Violat betraf, so wäre Portal sicherlich nicht damit einverstanden gewesen... Sie beschränkte sich also darauf, geheimnisvoll zu erwidern:
»Nicht nur die Liebe macht fröhlich und heiter, Portal. Auch gute Taten erfreuen das Herz.«

Pierre de Fournon hatte bei ihrer letzten Begegnung erklärt, er gehe morgens aus dem Haus, um seine Offizierfreunde zu treffen. Am Nachmittag... ›Was tun Arbeitslose am Nachmittag? Einige von ihnen, und ich fürchte, es ist die Mehrzahl, geben sich dem Spiel oder dem Alkohol hin. Ich möchte meine Zeit jedoch nützlicher verbringen. Daher kehre ich danach in meine Pension zurück und lese‹, hatte er gesagt. Als sie an diesem Dienstagnachmittag zu ihm kam, und er ihr die Tür öffnete, hatte er wie das letzte Mal ein Buch in der Hand.
»Ihr? Ich dachte nicht...«
»Ihr habt offenbar falsch gedacht«, unterbrach sie ihn lächelnd.
»Ich kam zufällig hier vorbei... Ich mußte für meinen Vater etwas besorgen, und da habe ich mir gesagt... Warum kommt Ihr nicht einmal in der Rue de Verneuil vorbei, wo ich wohne und lernt meine Freunde kennen, die Mougeauds?«
»Mougeaud... Habt Ihr mir nicht neulich von einem Monsieur Mougeaud erzählt, der Leutnant bei der Leibgarde ist?«
»Ihr habt ein gutes Gedächtnis!«
»Ich bedaure, aber ich hege für die Leibgarden keinerlei Sympathie.«
Sie hatte den Eindruck, als wolle er ihr sofort die Tür vor der Nase zuschlagen. Gewiß, sie hatte eine ablehnende Antwort erwartet, denn sie kannte inzwischen seine Dickköpfigkeit, und die Mougeauds waren ja auch nur eine Art Vorwand...
Sie trat näher und zwang ihn so, einen Schritt zurückzugehen:
»Laßt Ihr mich trotzdem eintreten?«

Er antwortete:
»Ja, ja . . . natürlich.«
Er ließ sie eintreten, blieb jedoch befangen mitten im Zimmer stehen.
Durch das geöffnete Fenster breitete die Sonne einen goldenen Teppich auf dem Fußboden aus, und an der Zimmerdecke erschienen zahlreiche Lichtgirlanden. Von draußen hörte man, wie ein Hahn königlich das Gegackere seiner Hennen übertönte.
»Man kommt sich vor wie auf dem Land«, meinte Agathe.
»Nicht wahr! Wenn ich morgens aufwache, fühle ich mich manchmal wie in Cantalouette . . . Es genügt schon das Zwitschern eines Vogels . . .«
Mit einem Seufzer fuhr er fort:
»Mögt Ihr das Land?«
Sie zögerte mit der Antwort, denn sie wollte sich keine Blöße geben. Sie wußte genau, daß sein Blick auf sie gerichtet war.
»Nein, Ihr könnt das Land gar nicht mögen. Es stünde Euch auch sehr schlecht zu Gesicht«, beantwortete er dann für sie seine Frage. »Was Euch gefällt, ist die Stadt mit ihren Geselligkeiten und Abwechslungen . . .«
»Sagt doch gleich, daß ich oberflächlich bin«, warf sie pikiert ein. Am liebsten wäre sie gleich wieder gegangen. Wie sollte sie eine Unterhaltung mit ihm zustandebringen, wenn er jeden ihrer Sätze verdrehte und gegen sie verwendete?
»Ich muß Euch sagen, daß Ihr ganz bezaubernd seid«, erklärte er plötzlich ungewohnt sanft.
›Daß Ihr ganze bezaubernd seid . . .‹ Das war eins von diesen Allerweltskomplimenten, die ein Salongespräch in Gang bringen, und die sie in den letzten sieben Monaten häufig gehört hatte. Sie reagierte auf derlei Komplimente ebenso ungezwungen und indifferent, wie man sie ihr entgegenbrachte. Diesmal aber, aus seinem Mund, klang es ganz anders. Sie wußte, daß er sie wirklich »bezaubernd« fand. In Gedanken widerholte sie das Wort mehrmals, hütete es gleichsam wie einen Schatz und wunderte sich darüber, welch ein absurdes Glücksgefühl dieser einfache Satz in ihr erzeugt hatte.
Dann half sie ihm, seine Bücherstöße vom Stuhl auf den Tisch zu befördern.
Mein Gott! Wie konnte man nur soviele Bücher verschlingen!

Voltaire ... Rousseau ... alles langweilige, entartete Schriftsteller, wie Papa befand ...
Sie nahm auf dem Stuhl Platz, während er sich rittlings auf die Ecke des Tisches setzte.
Wovon sollten sie reden? Vor allem nicht von Politik, entschied sie. Schließlich wollte sie seine schwarzen Gedanken vertreiben und sie nicht gemeinsam mit ihm hätscheln ...
»Erzählt mir von Euch«, sagte er.
Nun, sie erzählte. Von ihren Schwestern. »Zélie ist wie Ihr, sie liest und liest ... Clémentine ... Clémentine würde Euch gefallen ... So ein starker Wille! Und so aufrichtig! Sie besitzt viel mehr Qualitäten als ich ... Ob sie verheiratet ist? Ja. Schon zum dritten Mal. Ihre Bestimmung ist offenbar das Witwendasein. Aber mit ein wenig Glück, wird ihr der letzte ... Nein, nein, ich meine es nicht ernst. Der Baron Jérôme ist ein sehr netter Mann. Kennt Ihr ihn vom Namen her? Wir werden irgendwann einmal zusammen nach Monceau fahren. Und wenn Großvater nicht gerade im Palais Royal seiner großen Leidenschaft, dem Kartenspiel, frönt, werdet Ihr auch ihn Kennenlernen können. Er ist die geistreichste Persönlichkeit auf der Welt! ... Ob ich Freundinnen habe? ... Ja, zwei. Anne-Louise die Frau von Alexandre de Mougeaud ... nein, nein, keine Angst, ich fange nicht schon wieder an, aber Anne-Louise, sie ist so liebenswürdig ... Aber Ihr werdet ja selbst sehen, Ihr werdet sie sicher auch mögen, jeder mag sie. Und Virginie de Boischambault ... ja, das ist ihr Wagen. Sie ist sehr nett, aber ein bißchen frivol und dümmlich ... Die würde Euch bestimmt kaum gefallen ...«
Er beobachtete sie ununterbrochen und nahm mit einem Lächeln oder einer kurzen Frage jeweils Anteil an dem, was sie ihm erzählte.
Plötzlich wandte er sich zu ihr und fragte:
»Habt Ihr vor, Gaston zu ehelichen?«
Erstaunt riß Agathe die Augen auf:
»Gaston ... ehelichen? Ihr scherzt wohl!
Seine Augenbrauen zogen sich zusammen. Er hatte dichte, schwarze Brauen, die ungewöhnlich beweglich waren und jeden Ausdruck seines Körpers unterstrichen.
»Die Ehe ist für mich kein Thema zum Scherzen. Und seinem Brief nach zu urteilen ... Euer Name kommt fast auf jeder Seite vor. Ich kann es Euch jetzt wohl auch sagen, er hatte mir Eure

Adresse in der Rue de Verneuil bereits vorher mitgeteilt, und mir aufgetragen, Euch zu besuchen.«
Gaston! Dieser unbedeutende, zaghafte Dreikäsehoch! Das war einfach unglaublich, lächerlich . . . schlimmer noch . . . es war unverschämt!
»Ich habe anderes vor«, erklärte sie abweisend.
»Aha! . . . Dann entschuldigt mich, ich wollte nicht indiskret sein. Ihr paßt in der Tat nicht sehr gut zu ihm, aber Ihr selbst habt auch sehr viel von ihm gesprochen.«
»Nun gut, reden wir nicht mehr davon!«
Es entstand ein Schweigen. Nervös tippte Agathe mit dem Fuß auf den Boden. Alles war bisher so gut verlaufen, beinahe war eine freundschaftliche Atmosphäre entstanden, und nun machte ihr dieser verfluchte Gaston mit seinen Andeutungen . . . Wie konnte er nur die Frechheit besitzen und seinem Bruder einreden . . . Jedenfalls hatte sie Pierre jetzt verärgert.
Er stand auf. Ein großer Schatten fiel auf sie.
»Soll ich das Fenster schließen? Die Sonne sinkt.«
War das vielleicht ein Wink mit dem Zaunpfahl, der ihr bedeuten sollte, sie möge gehen?
Sie antwortete:
»Nein, meinetwegen nicht.«
»Seitdem ich in Sibirien war, friert es mich immer«, sagte er.
Irgend etwas schnürte Agathe die Kehle zu. Zugleich überkam sie ein schmerzliches Gefühl der Zuneigung.
»Ihr müßt sehr gelitten haben«, meinte sie sanft.
Er machte eine abwehrende Geste und erwiderte, indem er versuchte zu lächeln:
»Die Hoffnung hielt uns wenigstens aufrecht.«
»Und die Frauen dort . . . habt Ihr russische Frauen gesehen?«
»Ja, einige wenige. Es waren Leibeigene, arme Geschöpfe, jedoch herzensgut . . . eine von ihnen besonders. Ohne die Lebensmittel, die sie für mich bei den Soldaten gestohlen hat, wäre ich wahrscheinlich niemals zurückgekommen.«
»War sie schön?«
»Sie war anmutig wie ein junges Tier. Sie schenkte mir Zuneigung und ein wenig menschliche Wärme, das war alles, was ich brauchte . . . Arme Douchia!«
»Ihr bedauert sie?«
Er antwortete nicht sondern ging zum Fenster. Während er sich

entfernte, wurde es Agathe plötzlich ebenfalls kalt. Sie stand auf und folgte ihm. Sein Blick glitt über die Dächer und blieb irgendwo in der Ferne hängen. Eine Reihe kahler Pappeln, die wie Besen nebeneinander standen, begrenzten den Hof der Pension. Auf der anderen Seite erstreckte sich ein niedriges Gebäude, dessen Dachziegel mit Efeu bedeckt waren. Ein dumpfes Gemurmel stieg zu ihnen hinauf.

Um irgend etwas zu sagen, das ihn ihr näherbrachte, zeigte sie auf das Gebäude und fragte:

»Was ist das?«

»Es ist das ehemalige Kloster der »Schwestern der göttlichen Vorsehung«, heute ist es eine Spinnerei.«

Sie fragte weiter:

»Ihr kommt doch einmal mit nach Monceau zu meiner Schwester Clémentine, nicht wahr?«

Er drehte sich zu ihr um:

»Ich frage mich, warum Ihr Euch soviel Mühe gebt.«

Das war weniger eine Frage als mehr schon eine Ablehnung. Er sagte es in einem halb ironischen, halb nachsichtigen Tonfall, wie ihn Erwachsene gegenüber Kindern benutzen, um diese von ihren dickköpfigen Ideen abzubringen.

Agathe war außerstande, darauf etwas zu erwidern.

Bis dahin war es noch nie vorgekommen, daß sie um eine Antwort verlegen gewesen wäre, ob bei einer der vielen Festlichkeiten von Madame d'Honfeuille, ob im Hôtel Talleyrand oder bei der Gräfin Tyszkiewicz. Noch nie zuvor hatte ein Mann sie in eine solche Situation gebracht. Wenn man schön und anziehend war wie sie . . .! Doch hier hatte sie plötzlich das unbehagliche Gefühl, daß ihre Schönheit nichts auszurichten vermochte. Um ihn zu interessieren, mußte sie sich etwas anderes einfallen lassen . . . Aber was? Mit seiner armseligen Kleidung und seinen eingeschränkten Zukunftserwartungen verlangte er mehr als jene, die alles besitzen . . . Was verlangte er eigentlich? Sie wußte es nicht, sie wußte noch nicht einmal mehr, was sie eigentlich hier wollte. Ihr Blick war stumm auf einen entfernten Punkt am Horizont gerichtet, und vor ihr sah sie einen häßlichen, schwarzen Schornstein, aus dem eine blaue Rauchfahne in den Himmel stieg. Mit einer Hand stützte sie sich auf die alte Fensterbank. Plötzlich stellte er sich zwischen sie und diesen Schornstein und sagte:

»Erlaubt Ihr? Ich werde das Fenster schließen.«

Ihre Körper berührten sich einen Moment lang, und endlich wußte sie, was sie wollte, und warum sie eigentlich hierhergekommen war. Alles kam ihr auf einmal leicht und einfach vor, denn sie hatte nun keine Rolle mehr zu spielen, sondern konnte ganz sie selbst sein.
Sie drehte sich einmal um sich selbst, hielt den Kopf leicht zur Seite geneigt und murmelte:
»Küßt mich!«
Eine Pause entstand. Sie dauerte einige lange Sekunden. Dann ergriff Pierre de Fournon Agathes Gesicht mit beiden Händen. Seine Finger gruben sich in ihre zarte Haut, und sein Blick schien sich in sie hineinbohren zu wollen. Er zog sie ganz nah zu sich heran. Sie hatte die Augen geschlossen, doch ihr wundervoll roter Mund lud ihn wie eine reife Frucht zum Zugreifen ein. Er nahm ihr den Hut ab und umarmte sie.
Als er sie küßte, schien es Agathe, als ob die Welt um sie herum einzustürzen drohte. Mit der Zunge öffente er ihre Lippen, drang fast gewaltsam in sie ein und preßte seinen Mund fest und hart auf ihren. Sie hatte das Gefühl, vergewaltigt zu werden. Mit einem kleinen kaum hörbaren Seufzer legte sie ihre Arme um ihn und krallte sich an ihm fest. Sie war zu Tode erschrocken. Mit den anderen war die Liebe leicht und fröhlich gewesen, eine köstliche Herausforderung, ein Spiel zu zweit. Aber mit diesem ... nein, er spielte nicht. Und sie auch nicht, wie sie bemerkte. Sie hatte ihn provozieren wollen, seine Gleichgültigkeit durchbrechen wollen, doch diese wild entschlossene Umarmung, diese langen, unbarmherzigen Küsse, die sie verschlangen, ließen sie die Kontrolle über sich verlieren. Es war, als wenn man sich auf einen Spaziergang zu Fuß vorbereitet hatte, und dabei im voraus jeden Weg, jeden Halt genau kannte, sich aber plötzlich in einem rasenden Galopp wiederfand. Agathe wußte nicht mehr, wo ihr der Kopf stand. Sie war völlig außer sich, und ein Gewirr von Bildern kam ihr in den Sinn, ohne daß sie sich wehren konnte. Im Gegenteil, sie versuchte, hinter ihnen herzulaufen. Das Bett, da links ...
Es waren nur zwei Schritte bis dahin, und sie stellte sich vor, wie er sie hochhob und dorthinlegte, wie er ohne große Umstände ihre Röcke hochschieben würde, um sich dann mit seinem ganzen Gewicht auf sie zu legen und sich das zu nehmen, was sie noch nie einem Mann gewährt hatte. Denn sie wollte es so, sie spürte ein verzweifeltes, wildes Verlangen danach, ihn in sich aufzunehmen,

sich zu öffnen, sich zu unterwerfen ... Sie hatte den Kopf verloren! Alle Vorsicht war vergessen! Eine Kraft, die ihr fremd war, hatte sie ergriffen und ließ das Vergnügen ohne Risiko weit hinter sich. Bei ihren Spielchen mit Louis-Marie hatte sie immer auch ein wenig vorgetäuscht ... Bei diesem hier dagegen hatte sie keine Lust mehr, auch nur irgend etwas noch vorzutäuschen ...
Jäh ließ er sie los, bückte sich, hob ihren Strohhut auf und legte ihn in ihre Hände.
»Geht jetzt«, stieß er hervor.
Zwei kleine Worte ... Sie hatte das Gefühl, eine saftige Ohrfeige mitten ins Gesicht bekommen zu haben. Sie war völlig verwirrt, und ihr Atem stockte.
Er holte ihre Tasche und ihre Handschuhe vom Stuhl, kam zu ihr zurück und gab sie ihr. Da sie keine Anstalten machte, diese Dinge an sich zu nehmen, stopfte er sie ihr in den Hut.
»Geht jetzt«, wiederholte er.
Sie schaute ihn immer noch unverwandt an und war wie betäubt. Sie verstand gar nichts mehr.
Dieser leichenblasse Mensch mit dem bösen Zug um die Mundwinkel und dem haßerfüllten Blick – war das derselbe Mann, dem sie sich jenseits aller Vernunftsgrenzen noch eben hatte hingeben wollen?
Sie erkannte ihn nicht wieder.
»Amüsant, nicht wahr, sich mit einem Unglücklichen abzugeben? ... Doch geht und betört einen anderen, ich will Euch nicht. Da nehm ich mir lieber eine Hure für zwei Francs. Das ist ein klarer, ehrlicher Handel, und man weiß wenigstens, woran man ist. Bei Euch dagegen, Mademoiselle de Rougeville ...«
Er faßte sie am Arm und zog sie zur Tür. Dort angekommen, drehte er sie mit einem Ruck zu sich um:
»Seht mich doch an ... Seht mein Hemd an, das ich abends wasche, um es am nächsten Tag wieder anziehen zu können, meine durchlöcherte Jacke ... Revolte und Bitterkeit sind mein täglich Brot ... Seht Euch dieses Zimmer an: Ein Erdloch! Früher hätte ich nicht einmal meinen Diener so wohnen lassen! ... Und habt Ihr Euch einmal im Spiegel angesehen? In Samt und Seide gekleidet, hochkarätig wie ein wertvoller Ring, der für den reserviert ist, der am meisten dafür bietet ... Rang und Namen, Vermögen ... Ich kenne die jungen Mädchen Eurer Art. Nicht der Mann selbst interessiert Euch, sondern das, was ihn umgibt, sein Glanz, sein

Ansehen... Lieber Gott, merkt Ihr denn gar nicht, daß Eure Gegenwart so wenig hierherpaßt wie das Lachen in der Kehle eines Sterbenden?... Also seid so gut und laßt mich in Frieden! Zwischen Euch und dem armen Teufel, der ich bin, gibt es nichts Gemeinsames. Spielt woanders den verführerischen Engel der Barmherzigkeit, Ihr findet bestimmt welche, mit denen Ihr dieses Spiel treiben könnt, aber laßt Euch hier nicht mehr sehen!«
Er öffnete die Tür und schob sie nach draußen.
Sie hörte noch, wie er die Tür zuschlug, und wie sich der Schlüssel im Schloß drehte.

Agathe war außer sich. Sie zitterte am ganzen Leibe. Sie mußte ihren Hut wieder aufsetzen, die drei Etagen hinabsteigen, sich von der Vermieterin verabschieden, Virginies Kutscher freundlich anlächeln und einsteigen... »Ja, Justin, wir fahren zurück... Bitte begleitet mich«, den richtigen Ton anschlagen, um...
Unter solchen Umständen war die Erziehung ein Geschenk des Himmels, sie bewahrte einen davor, das Gesicht zu verlieren. Jesus, Maria und Josef!
Sie, Agathe de Rougeville, vor die Tür zu setzen wie einen Sack schmutziger Wäsche!
Niemand, aber wirklich niemand auf der Welt durfte das jemals erfahren...
Der Wagen fuhr an.
Verstört und zornig saß sie zwischen den Kissen und versuchte, ihre Fassung wiederzuerlangen. Mein Gott, wie sehr sie jetzt grüne Augen haßte! Allmählich erwachte sie aus ihrer dumpfen Betäubung und spürte, wie immer mehr ein Gefühl rasender Wut über sie kam. Sein Verhalten war grausam gewesen, gemein und widerlich... Ja, widerlich! Dieser Mann hatte sie verschmäht und davongejagt... Wer war er eigentlich? Ein abgehalfterter Soldat, fast ein Landstreicher. Und der verweigerte ihr... Und mit welchen Worten dazu noch!
Sie, der die reichsten Männer zu Füßen lagen, und sie mit ihrem charmantesten Lächeln zu betören versuchten, sie, die von Madame d'Honfeuille dem elegantesten und vornehmsten Fürsten Talleyrand selbst nämlich, zugedacht war... Es war schockierend und demütigend, fand sie schließlich.
Aber warum, warum nur?
Diese Frage ging ihr immer wieder brennend heiß durch den Kopf.

Es machte sie fast wahnsinnig, keine richtige Antwort darauf zu finden. Sie brauchte dringend eine Erklärung für das, was ihr zugefügt worden war. Verzweifelt suchte sie nach der Antwort, bis sie sie schließlich gefunden zu haben glaubte. Gerade, als sie in die Rue Saint-Dominique, in der Virginie wohnte, einbogen, kam ihr der rettende Gedanke: Er mußte verrückt sein. Pierre de Fournon war ein Verrückter! Geistesgestört! Die lange Gefangenschaft, die Russen, die Hoffnungslosigkeit seiner Lage ... das allein reichte schon, um seinen Zustand zu erklären. Und wenn man genauer hinschaute, bestand diese Krankheit schon seit längerer Zeit. Denn war es schließlich normal, sich nach einer verfehlten Heirat in die Arme des Korsen zu werfen? Das war sicherlich nicht die gesunde Reaktion eines echten Royalisten! ...

Wahrscheinlich hatte er diese Anfälle in bestimmten Abständen. Wenn er dann wieder zu sich kam, würde er sicher über sein Benehmen sehr erschrocken sein und ihr zweifelsohne schreiben wollen ...

Agathe richtete sich auf und glättete ihre Röcke. Endlich fühlte sie sich wieder etwas besser. Ihr Atem ging jetzt ruhig und gleichmäßig. Ihrer verletzten Eigenliebe war Genüge getan.

Ob er nun Reue zeigte oder nicht, sie wollte ihn auf keinen Fall wiedersehen. Niemals mehr! Dennoch hatte er in seiner Verrücktheit immerhin mehr Verstand bewiesen als sie, denn sie hätte für diesen hergelaufenen Soldaten ihre gesamte Zukunft aufs Spiel gesetzt. So betrachtet war sie die eigentlich Verrückte ...

Nichts Gemeinsames verbinde sie, hatte er gesagt. Und wie recht er damit hatte! Trotzdem beobachtet Agathe in den darauffolgenden Tagen jedesmal mit leichtem Herzklopfen, wenn Portal im Salon erschien und feierlich verkündete:

»Madame, die Post!« Für sie war jedoch nie etwas dabei ...

Kapitel 7

»... Da die Regierung entsprechende Maßnahmen ergriffen hat, ist in Paris das Brot selbst für arme Leute noch erschwinglich. Die Preise werden besteuert, und die Bäcker subventioniert. In der Provinz dagegen herrscht große Not...«

Clémentine stach akkurat mit ihrer Nadel ins Innere der Rose, die sie gerade stickte. Dann fuhr sie fort:

»... Nimm zum Beispiel Rougeville. Vor zwei Jahren haben diese verdammten Preußen unsere Erträge einkassiert. Vorigen Sommer war es regnerisch und kalt, so daß es fast keine Ernte gab. Ein Fehler in der Vorratshaltung, könnte man sagen. In diesem Frühjahr ist uns daher kaum noch etwas Getreide verblieben. Das ganze Département Eure ist davon betroffen, ebenso viele andere. So kam es zu diesem enormen Kursanstieg für Weizen und auch zu der großen Not, die jetzt herrscht.«

Sie zeigte mit ihrer Nadel in Richtung Agathe, die eher desinteressiert die Decke betrachtete.

»Weißt du, ich habe Burgé Anweisung gegeben, daß man dort Suppenzuteilung organisiert. Besser man gibt freiwillig etwas, bevor man bestohlen wird! Die Arbeitslöhne in den Fabriken sind um ein Drittel gesunken, und um ihre leeren Teller zu füllen, plündern die Leute jetzt die Bauernhöfe. Ebenso werden die Nahrungsmitteltransporte überfallen. Der Hunger treibt die Notleidenden zusammen und läßt sie fast zu Wölfen werden! Auf dieser Grundlage entstehen die Revolutionen. Charles erhält jeden Tag genügend Berichte darüber... Tante Lottie hat mir geschrieben. Sie und Zélie überschlagen sich gerade vor Aktivitäten. Unsere kleine Schwester besitzt mit ihren neun Jahren eine erstaunliche Reife!... Ihr Sinn für Nächstenliebe ist weit ausgeprägter als unserer, jedenfalls als deiner und meiner. Natürlich, sie hat die Härten der Emigration nicht so miterlebt wie du und ich. In ihrem Alter erträgt man Entbehrungen und Demütigungen vielleicht auch leichter. Uns hat jedenfalls die Not gezeichnet. Sie hat uns zäh und rachsüchtig gemacht... Dein verrücktes Streben nach Ansehen und Würde ist einzig und allein daraus zu erklären!«

Agathe unterdrückte mit Mühe ihr Verlangen zu gähnen.

Du lieber Himmel, Clémentine konnte einem wirklich lästig werden, wenn sie erst einmal zu reden anfing.

»Ich hätte zu gerne ein Kind wie Zélie«, fuhr Clémentine fort. Also, wirklich nicht! Zélie mit ihrer Aufopferung, ihren guten Taten... Das dankte einem ohnehin keiner! Wenn sie nur an diesen Pierre de Fournon dachte... Kein Wort, keine Entschuldigung, nichts war von ihm gekommen... Oh, sie dachte kaum noch an ihn, er war nur noch eine unangenehme Erinnerung für sie... nein, nicht einmal mehr eine Erinnerung. Sie hatte ihn ganz einfach aus ihrem Gedächtnis gestrichen, jawohl, er existierte für sie gar nicht mehr!

»Agathe, ich wollte dir sagen...«

Eine zarte Röte war in Clémentines Wangen gestiegen.

Sie hatte ihre Stricknadel niedergelegt und aus ihrem Ärmel ein Taschentuch gezogen, das sie jetzt mit ihren Händen knetete. Das war eine Angewohnheit aus ihren Witwenzeiten, die wohl eher dazu diente, ihre Befangenheit zu verbergen, als ihren Kummer, denn sie hatte weder um Antoine de Mougeaud noch um den alten Jacque de la Maillerie getrauert.

»Nun, was willst du mir sagen?« fragte Agathe ungeduldig.

»Charles und ich... ja, ich...«

Sie strahlte.

»Chérie, ich bekomme ein Kind!«

Ein Kind!

Und das gab sie auch noch frohen Mutes bekannt! An ihrer Stelle, dachte Agathe, wäre ich entsetzt... Natürlich, man mußte Kinder haben wegen des Namens und wegen der Zukunft. Aber sie zur Welt bringen... Das Schlimmste, was sie sich vorstellen konnte! Man bekam einen häßlichen Teint, rote Flecken und Ringe unter den Augen und mußte zusehen, wie sich ein kleiner Parasit im Körper breitmachte, der an der Jugend und an der Frische zehrte... Man wurde dicker und dicker, bis man keine Taille mehr hatte. Man hatte keine Lust mehr auszugehen, bis man dann schließlich unter tausend Schmerzen... Anne-Louise hatte ihr die Geburt ihres Sohnes geschildert... das Ganze war einfach ekelhaft, schauerlich geradezu... diese Schmerzen, das viele Blut, das Gefühl, nur noch ein Tier zu sein... Und wehe, wenn man sich danach vor den Spiegel stellte. Man war eine alte Frau mit Hängebrüsten und zerknittertem Bauch! Außerdem würde Clémentine ein Kind bekommen, dessen Großväter väterlicherseits Anstreicher gewesen war. Immerhin würde die Geburt für den armen Papa ein Ereignis allerersten Ranges darstellen.

»Es wird im Dezember zur Welt kommen«, erzählte Clémentine weiter. »Ich war schon beim Arzt.«
»Bei einem guten hoffentlich?«
»Beim besten. Charles selbst hat ihn ausgewählt. Es ist Deneux, er überwacht auch die Schwangerschaft der Herzogin von Berry. Er meinte zwar, mein Becken sei etwas zu eng, doch ich hätte ansonsten eine robuste Gesundheit und würde entbinden wie eine Bäuerin!«
Sie lachte stolz.
»Ich bin überglücklich!«
Agathe behielt ihre Gedanken für sich, lief auf sie zu und umarmte sie.
»Mein Liebes, wenn du glücklich bist, bin ich es auch.«
Was sollte sie sonst sagen . . .
Früher als gewohnt beendete sie an diesem Tag ihren Besuch. Sie fühlte sich nicht wohl. Zwar fühlte sie sich in diesem Haus nie besonders wohl, doch an diesem Nachmittag war es besonders schlimm.
Beim Gedanken an die eben vernommene Neuigkeit überkam sie fast eine Art Übelkeit. Clémentine hatte sich also auf ein friedliches Familienleben eingerichtet.
Agathe beobachtete sie beunruhigt. Sie war seltsam enttäuscht. Ihre Schwester hatte sich stark verändert. Bis dahin hatte sie in ihr ein quicklebendiges, temperamentvolles Wesen gesehen, das trotz ihrer zarten Erscheinung vor Energie nur so strotzte und manchmal vielleicht etwas zu herrisch war. Auch wenn man sie hin und wieder kritisierte, konnte man alles in allem gesehen Clémentine nur bewundern. Und was war aus ihr geworden? Eine biedere, bürgerliche Hausfrau, die die Ausgaben, die Angestellten, die Menüs ihres Charles und bald auch dieses Kind überwachte. Obwohl es noch gar nicht geboren war, verlieh es Clémentine schon jetzt einen mütterlich besorgten Blick . . . Nein, Agathe bemerkte, daß sie übertrieb. Im Gegenteil, Clémentine sah gerade an diesem Tag besonders schön aus. Ihre nußbraunen Haare waren zu einem leichten Knoten zusammengeschlungen, und ihr Nacken war mit einem feinen Musselinschal bedeckt. Um ihren schlanken Hals trug sie eine herrliche, mehrreihige Perlenkette, die bei jeder ihrer Bewegungen klimpernd aneinanderschlug.
Nein, was sie abstieß, war etwas anderes. Clémentine strahlte nämlich eine einfache, dümmliche Zufriedenheit aus.

Mit einem Wort, sie war ihr plötzlich zu normal, sie hatte nichts Ausgefallenes und Exquisites mehr an sich. In mißvergnügter Laune verließ Agathe das Haus.
Auf dem Rückweg von Monceau blieb der Wagen nach einigen Minuten Fahrt stehen. Julien, der Kutscher von Charles Jérôme, erhob sich schwerfällig von seinem Sitz und stieg herab.
Er war ein Koloß von Mann mit einem Gesicht voller Narben. Sein Bart hatte sich vom Tabak rostrot gefärbt. Er hatte unmögliche Manieren, und man hörte ihn nur fluchen und spucken. Sicherlich war er ein Überbleibsel der Revolution. Jedesmal wenn sie ihn sah, und das war jeden Donnerstag, wenn er sie genau um ein Uhr in der Rue de Verneuil abholte und später zurückbrachte, fragte sie sich voller Haß, wieviele Köpfe er wohl unter die Guillotine gebracht haben mochte. Sie begriff nicht, wie Clémentine mit diesem Mann auskommen konnte!
»Ein Wagenrad ist kaputt. Mademoiselle wird sich gedulden müssen, während ich es wieder in Ordnung bringe. Mademoiselle wollen bitte aussteigen ...«
Die Umgebung war sehr ländlich. Soweit das Auge reichte, blickte man auf Kleefelder. Die Bäume waren noch braun vom Winter und standen dicht gedrängt in runden Flecken zusammen. Der Weg war ebenfalls braun und trocken von der Sonne und mit Steinen übersät, außerdem holprig und voller Löcher.
Vorsichtig machte sie ein paar Schritte. Dieser Aufenthalt erschien ihr völlig überflüssig. Zu allem übrigen Verdruß spürte sie plötzlich an ihrem Fuß einen heftigen Schmerz. Ein spitzer Stein war ihr in den Schuh gerutscht. Wahrhaftig, sie und das Land, das konnte einfach nicht gutgehen!
Es gab eben Tage, wo überhaupt nichts gelang. Es hatte schon am Morgen bei Madame d'Honfeuille begonnen:
»Mein schönes Kind, der Fürst fährt im Mai nach Valencay. Ich werde ihn begleiten, und er erweist Euch die große Ehre, Euch ebenfalls einzuladen. Benachrichtigt schnell Euren Vater und bittet ihn um sein Einverständnis.«
Vor einigen Monaten noch wäre sie angesichts einer solchen Einladung vor Freude in die Luft gesprungen. Jetzt hingegen überkam sie die gräßliche Vorstellung, daß Talleyrand sie wie ein alter lüsterner Satyr in den Gängen seines Schlosses verfolgen würde. Sorgenvoll überlegte sie, mit welcher Begründung sie das Angebot ausschlagen konnte. Sie setzte sich auf einen Baum-

stumpf, schlug die Beine übereinander und zog den Schuh aus, um den Stein zu entfernen. Nachdem diese Prozedur erledigt war, schaute sie nachdenklich vor sich hin und ließ ihren Gedanken freien Lauf. Dabei betrachtete sie ihre in Seide gehüllten Beine und fand sie äußerst wohlgeformt... Louis-Marie hatte sie immer die »göttlichen Säulen des Allerheiligsten« genannt. Dieser unverschämte Kerl! Immerhin hatte er das mit einem so hinreißenden Charme gesagt, daß sie es ihm nur zu gern verzieh. Sie hatte ihm übrigens inzwischen alles vergeben. Es gab nun einmal Menschen, denen man auf die Dauer nicht böse sein konnte, Menschen, deren Spritzigkeit und Leichtigkeit es zu einem Vergnügen machte, sich mit ihnen ein wenig die Zeit zu vertreiben... Dagegen gab es andere, die widerwärtig und unverschämt waren...

Agathe biß die Zähne zusammen und seufzte... und hob auf einmal neugierig den Kopf, denn an der Wegbiegung waren zwei Reiter erschienen. In schnellem Galopp preschten sie an ihr vorbei, brachten jedoch nach einigen Metern die Tiere zum Stehen. Einer der beiden beschrieb mit seinem Pferd einen tadellosen Kreis und ritt auf Agathe zu.

»Braucht Ihr Hilfe, Mademoiselle?«

Er hatte rote Haare, was Agathe verabscheute.

Andererseits hatte sie mit einem Blick die Qualität seines Pferdes und den Wert der Ausrüstung eingeschätzt. Sie versuchte daher, ihn freundlich anzulächeln.

»Danke, Monsieur.«

Mit einer gleichgültigen Geste deutete sie auf Julien, der vor seinem Rad kniete:

»Mein Kutscher kümmert sich schon darum, es ist nichts Ernsthaftes, hat er mir versichert.«

»In dem Fall... Mademoiselle...«

Der Rothaarige grüßte und ritt zu seinem Begleiter zurück.

Der andere Reiter stand mit seinem vortrefflichen Braunen in unbeweglicher Haltung mitten auf dem Weg und fixierte Agathe mit den Augen. Er war eine Erscheinung, die augenblicklich Agathes Interesse weckte. Wo, zum Teufel, hatte sie ihn bloß gesehen...?

Als der Rothaarige bei ihm angekommen war, nahm er seinen Hut ab, schwenkte auf die galanteste Weise der Welt durch die Luft und ritt davon. Da wußte Agathe auf einmal, wo sie diesen schwarzen Lockenkopf und dieses anziehende Gesicht mit den schönen glänzenden Augen schon einmal gesehen hatte... Sie hatte niemand anderen vor sich gehabt als Seine königliche Hoheit, den Herzog von Berry persönlich! Sie fühlte sich mit einemmal schwach und zittrig. Er hier auf diesem gottverlassenen Weg fern aller Etikette!... Vielleicht war er gerade von seiner Mätresse Virginie Oreille gekommen, die hier in der Gegend wohnte... Aber das war auch gleichgültig, ein Prinz besitzt schließlich alle Rechte...

Der Herzog von Berry!

Oh, wirklich, heute hatte sie ihren Glückstag! dachte Agathe verzweifelt.

Erst jetzt, wo er davongeritten war, kam ihr in den Sinn, was sie alles hätte tun können... Sie hätte... mit einem anmutigen Lächeln auf den Lippen ihm ihre eleganteste Reverenz erweisen sollen... oder besser noch, viel besser wäre es gewesen, in Ohnmacht zu fallen, ihm direkt zu Füßen. In den Romanen von Virginie sind die simulierten Ohnmachtsanfälle immer äußerst erfolgreich... Nun, kurz und gut, wie dem auch war, sie hätte seine Aufmerksamkeit mit allen Mitteln auf sich ziehen sollen. Begegnungen wie diese, bei denen plötzlich kein Protokoll mehr zur Distanz zwang, konnten das weitere Leben eines Menschen völlig verändern... Doch war tat sie statt dessen, sie dumme Gans? Sie saß ganz ruhig auf einem Baumstumpf, nahm unbeholfen seinen Gruß entgegen und ließ ihn davonreiten, wobei sie seinen Gruß noch nicht einmal erwidert hatte...

Sie hätte sich diesen Selbstvorwürfen wohl noch weiter hingegeben, wenn nicht Julien gekommen wäre und gesagt hätte:

»Der Wagen ist fertig.«

Zu allem Überfluß stellte sie dann fest, daß ihre Röcke immer noch nach oben geschlagen waren...

Der folgende Tag war ein Freitag. Der gute Ton gebot es, freitags in die Oper zu gehen. Agathe begleitete Madame d'Honfeuille dorthin. Sie genoß das Gefühl, zu den Schönsten zu gehören und führte stolz wie ein Pfau ihr neues Satinkleid spazieren. Dann verzehrte sie ein Eis und applaudierte, wie es alle taten. Ansonsten langweilte sie jedoch die ganze Angelegenheit. Erleichtert sah sie, daß der Vorhang endlich fiel.

Sie fand die Menschenmassen beim Hinausgehen jedesmal entsetzlich. Da alle Logen zur gleichen Zeit geöffnet wurden, ström-

ten die Zuschauer auch alle gleichzeitig heraus. Nur die Vielzahl von Diamanten, Rubinen und Smaragden, die im Glanz der vielen Lüster eindrucksvoll funkelten, die Damen in ihren schulterfreien Kleidern, der Duft der exuisiten Parfums, die prachtvollen Frisuren und die Herren mit ihren Plastrons und ihren glitzernden Orden auf den Röcken, nur diese ganze Pracht, diese unvergleichliche Eleganz erinnerte daran, daß man sich nicht auf dem Jahrmarkt in Evreux befand.
Während Agathe sich durch die Menge hindurchdrängte, um Madame d'Honfeuille einzuholen, die mit ihrem großen, entschlossenen Schritt schon wieder vorn war, hielt sie jemand von rückwärts fest. Eine Hand steckte ihr ein Briefchen zu.
»Lest bitte, Mademoiselle«, flüsterte eine Stimme.
Sie drehte sich um und erkannte verwundert den rothaarigen Reiter vom Vortag wieder.
Ohne ein Wort zu sagen, öffnete sie das Briefchen:

Mademoiselle, ein Zufall hat es mir gestern ermöglicht, das hübscheste Kind unserer Hauptstadt sehen zu dürfen. Ich wage kaum zu hoffen, daß dieser überaus glückliche Zufall bei Euch gleichfalls eine Erinnerung hinterlassen hat... Euch wiederzusehen ist mein größter Wunsch. Wo und wann kann das sein? Der Überbringer dieses Briefchens wird hoffentlich Eure Zusage entgegennehmen.
Euer ergebenster Diener
Der Reiter von Monceau.

Agathes Herz begann wild zu schlagen. Es war, als wolle ihre Brust in tausend Teilchen zerspringen.
Die Menge um sie herum war plötzlich hinter einer Art Nebelschleier verschwunden, der von vielen glitzernden Sternchen durchsetzt war. In der Mitte dieses Nebels zeichnete sich ein leuchtender Schatten ab:
Ein Mann saß auf seinem Pferd und schien mit seinem Hut die Sternchen einsammeln zu wollen, um sie ihr zu überreichen...
Träumte sie? Der Herzog von Berry wollte sie, Agathe de Rougeville, wiedersehen! Indessen war weder das Briefchen in ihrer Hand, das sie nervös zerknitterte noch die ungeduldige Stimme des Rothaarigen ein Traum:
»Nun, Mademoiselle? Sagt mir etwas, ich bitte Euch... Welche Antwort soll ich überbringen?«

Ach ja, die Antwort!
Agathe versuchte ihre Gedanken zu ordnen, gleichzeitig vergewisserte sie sich, daß Madame d'Honfeuille außer Sichtweite war. Wo um Himmelswillen traf man sich mit einer Königlichen Hoheit? In der großen Allee der Tuilerien vielleicht? In den Tuilerien unter den Fenstern des Königs... Das war blanker Unsinn! Nein, es mußte ein ruhiger aber dennoch schicklicher Ort sein, wo ein junges Mädchen, ohne sich zu kompromittieren,...
»Mademoiselle, was haltet Ihr von dem Medici-Brunnen im Jardin de Luxembourg morgen um drei Uhr?«
»Der Medici-Brunnen? Ja... ja, das ist sehr gut.«
Als sie sich umdrehen wollte, um ihre Erleichterung über diesen Vorschlag kundzutun, war er schon verschwunden.
»Wo wart Ihr solange, mein schönes Kind?« fragte Madame d'Honfeuille mißtrauisch, als Agathe endlich erschien.
»Ich habe meine Freundin Virginie de Boischambault getroffen... Ah, daß ich es nicht vergesse, Madame... morgen müßt Ihr mich entschuldigen. Ich kann Euch nicht ins Hôtel Talleyrand begleiten, Virginie hat mich eingeladen.«

In dieser Nacht konnte Agathe kein Auge zutun. Sie warf sich unruhig und nervös von einer Seite auf die andere.
Wie sollte man auch schlafen, wenn man am anderen Tag ein Rendevouz mit einem Fürsten hatte! Und er war schließlich nicht einer von denen, die ihren Titel für besondere Dienste erworben hatten, sondern er war ein echter Fürst, und seine Vorfahren hatten die größten Könige Frankreichs gestellt. Und eines Tages würde er vielleicht selbst König werden... Was trennte ihn schließlich noch vom Thron?
Drei Stufen nur! Ludwig XVIII. war inzwischen dem Tod näher als dem Leben, und es war nur noch eine Frage der Zeit, wie lange er sich noch auf dem Thron halten könnte. In der Reihe der Thronfolge kam als nächstes Monsieur, der Vater des Herzogs, sowie als nächster Anwärter dessen Bruder, den Herzog von Angoulême. Dieser würde jedoch gut daran tun, seinem jüngeren Bruder den Platz freizumachen, denn er war schwächlich und impotent. Der Herzog von Berry wäre der einzige, der die Kontinuität der Bourbonen gewährleisten könnte.
Ein König! Noch dazu einer, der mit so vielen liebenswürdigen

Eigenschaften ausgestattet war, daß sie ihn in die Nähe von Heinrich IV., seinem großen Vorfahr, brachten... Er besaß jedenfalls das gleiche Feuer, und er war ebenfalls von Not und Schicksalsschlägen geprägt. Er hatte die Revolution erleben müssen und das Exil...

In einem Alter, wo er kaum ein Schwert hatte halten können, war er bereits ein kühner und draufgängerischer Kämpfer in der Armee der Prinzen* gewesen. Nachdem er sich also mit den Revolutionstruppen herumgeschlagen hatte, sammelte er anschließend dann die Armee von Condé um sich. Danach hatte er, wie viele andere junge Leute auch, ins Ausland emigrieren müssen, wo sein Interesse mehr den Damen gegolten hatte. Wenn man jung und leidenschaftlich ist und seine Kraft nirgendwo anders auslassen kann als zwischen den zarten Dessous des weiblichen Geschlechts, nun... dann passierte es einem leicht, daß man Dummheiten machte...

Er war damals den Seinen ins Londoner Exil gefolgt und hatte dort eine Engländerin namens Amy Brown geheiratet, die ihm zwei Töchter gebar. Ein Fräulein Brown...! Natürlich hatte niemand außer den Betroffenen selbst diese Heirat ernstgenommen. Man bat daher den König, der sein Einverständnis zu dieser Ehe ohnehin nicht gegeben hatte, diese zu anullieren, was der Papst selbstverständlich erlaubte...

Zurück in Frankreich – die Monarchie war inzwischen wiederhergestellt – versuchte man mehrfach, den Herzog zu einer standesgemäßen Ehe zu bewegen. Als dann jedoch Bonaparte die Insel Elba wieder verlassen hatte, um nach Frankreich zurückzukehren, wurde die königliche Familie erneut vertrieben. Der Herzog sah sich gezwungen, ihnen zu folgen, doch er wütete gegen den König und stellte eine Armee in der Nähe von Gand zusammen. Er war fest entschlossen, den Korsen mit seinen eigenen Händen erneut des Landes zu verweisen. Wellington und Blücher kamen ihm dabei jedoch in Waterloo zuvor, was sehr bedauerlich war, denn

* Diese Armee setzte sich aus zivilen und militärischen Emigranten zusammen. Führer waren die beiden Brüder von Ludwig XVI., der Graf de Provence, später Ludwig XVIII. und der Graf d'Artois, später Charles X. Es handelte sich also bei dem einen um den Onkel des Herzogs von Berry und bei dem anderen um dessen Vater. Diese Armee hatte ihren Standort in Koblenz im Kurfürstentum Trier. Im Jahre 1792 wurde sie aufgelöst.

der Herzog konnte so seine große Tapferkeit nicht mehr unter Beweis stellen.
Der Herzog war ein Mann, der ein besonders großes Bedürfnis hatte, sich auszutoben. Er liebte die Waffen, die Jagd und die Frauen. Man sagte ihm unzählige Affären nach, doch eigentlich verdiente keine dieser flüchtigen Beziehungen besonders erwähnt zu werden, denn der Herzog bediente sich der Frauen nur, um sie gleich wieder wegzuwerfen, sobald er sein Vergnügen an ihnen gehabt hatte. Natürlich kam bei dieser Art Leben sein Herz zu kurz! Hinter dieser draufgängerischen Fassade verbarg sich nämlich ein empfindsames Gemüt.
Agathe fühlte sich wie erschlagen, als sie am Morgen aufstand. Ihr Körper war wie gelähmt, und in ihrem Kopf drehte sich alles. Dennoch war sie glänzender Laune, sozusagen in Festtagsstimmung. Die Welt lag ihr zu Füßen . . .
Ihre Heiterkeit wich allerdings tiefer Bestürzung, sobald sie in den Spiegel sah.
Was sie da erblickte, war geradezu ein Bild des Jammers! Ihr Gesicht wirkte bleich und angeschwollen, die Augen waren ganz klein vor Müdigkeit, und die dunklen Ringe darunter traten umso stärker hervor. Als sie sich dann ihrer Garderobe zuwandte, wurde sie noch mißmutiger.
Als Anne-Louise ins Zimmer trat, stand Agathe mit zerzausten Haaren inmitten ihrer im ganzen Zimmer verstreuten Kleidungsstücke. Hüte und Schuhe lagen überall auf dem Fußboden herum.
»Was ist los mit dir, meine Liebe?«
»Was los ist? . . . Hast du mein Gesicht gesehen? Ich sehe entsetzlich aus! So ein Gesicht, und dann noch nicht mal etwas zum Anziehen!«
»Aber . . .«
»Nichts, sage ich dir!« fiel Agathe ihr mit pathetischem Tonfall ins Wort. »Diese Kleider hier habe ich alle schon zehnmal angehabt . . . alles Trödel. Was soll ich bloß heute nachmittag anziehen?«
»Dein weißes Kreppkleid mit dem neuen Strohhut würde doch ganz . . .
Anne-Louise meinte den Strohhut, den Agathe anläßlich ihres zweiten Besuches bei Pierre de Fournon getragen hatte.
»Nein! Den auf gar keinen Fall! Er ist abscheulich, hörst du, einfach abscheulich!« Agathe gab dem Hut einen rüden Fußtritt.

»Und ich wollte doch so schön sein! Virginies Freundinnen...«
Anne-Louise ging auf sie zu und umarmte sie.
»Aber Chérie, du bist immer schön, und Virginies Freundinnen...«
Agathe schnaufte vor Wut.
Wenn es nur um die Freundinnen von Virginie gegangen wäre! Aber sie konnte Anne-Louise unmöglich die Wahrheit sagen. Sie war lieb und nett und gutmütig wie ein Pferd, doch sobald sie etwas über ihren Horizont hinausdenken sollte, war es aus. Sie wäre außerstande, sich in eine solche Situation hineinzuversetzen. Für die arme unschuldige Anne-Louise war jeder Mann, ausgenommen natürlich der eigene, ein Wesen mit schrecklichen Gelüsten, ganz egal, ob es sich dabei um einen Herzog oder um einen Wasserträger handelte. Ein Mann war für sie immer ein Raubtier, vor dem man sich in acht nehmen mußte. Wenn nicht, so sprang es einen an... Agathe stellte sich den Herzog von Berry als Raubtier vor. Sie brach auf einmal in nervöses Gelächter aus.
Dennoch konnte sie nicht widerstehen, zumindest Portal ihr Geheimnis anzuvertrauen. Wenn sie es schon nicht aller Welt erzählen durfte, so sollte wenigstens einer von ihrem Glück erfahren.

Als sie es ihm sagte, blieben ihm Mund und Nase offenstehen. Er kam ihr vor wie ein Fisch, der nach Luft rang.
»Ja, Portal! Da seid Ihr wohl genauso überrascht wie ich!«
Sie lächelte. Inzwischen hatte sie sich wieder beruhigt, denn Anne-Louise wollte ihr die goldene Perlenkette leihen, die ihr weißes Kreppkleid wundervoll aufwerten würde.
»Überrascht? Die Schönheit von Mademoiselle verdiente es immer schon, von hochgestellten Persönlichkeiten angebetet zu werden. Obwohl...«
Portal wurde verlegen und geriet ins Stocken.
»Obwohl was?«
»Mademoiselle möge mir verzeihen, denn für Euch ist das Beste gerade gut genug. Doch wo soll das hinführen, Mademoiselle? Bedenkt bitte, der Herzog von Berry ist verheiratet...«
»Aber Portal, erzählt mir doch nichts von diesem mageren häßlichen Entlein, das Seine Königliche Hoheit nur aus Gründen der Staatsräson geehelicht hat! Was hat das zu tun... Aber das ist

auch egal ... Stellt Euch nur diesen phantastischen, unvergleichlichen ...«
Nein, das konnte Portal sich nicht vorstellen.
Das Gewaltige war eben nicht seine Dimension.

Agathe putzte sich so lange die Zähne, bis sie wie die Perlen an ihrer Kette glänzten. Sie badete ihre Augen in Kornblumenwasser und tuschte sich lange und ausgiebig die Wimpern. Mit einem in Essig getränkten Wattebausch betupfte sie ihre Wangen, um ihnen ein frisches, rosiges Aussehen zu verleihen, und ganz zum Schluß bürstete sie ihre blonde Mähne, bis diese so seidig glänzte wie noch nie. Anschließend setzte sie ihre hübsche violette Kappe auf. Der Samt war keck gerafft, und am hinteren Rand wippte eine vorwitzige Straußenfeder.
Eine große Schleife verzierte in Ohrhöhe den Verschluß des Kinnbandes. Über ihr Kleid warf sie dann einen leichten indischen Kaschmirschal mit Seidenfransen, der in wunderbaren Pastelltönen bestickt war. Ein herrliches Exemplar, das ebenfalls dem Kleiderschrank von Anne-Louise entstammte. Ganz zum Schluß zog sie ihre zierlichen Handschuhe an, besprengte sich großzügig mit *Eau de la Sainte Alliance* und schwebte, von Jasmindüften umgeben, aus dem Haus.
Glücklicherweise stand gerade eine Pferdedroschke vor der Kirche Saint-Thomas-d'Aquin. Da sie viel zu früh dran war, warf sie dem Kutscher einen unternehmungslustigen Blick zu und sagte:
»Fahrt mich bitte ein wenig spazieren ... wohin Ihr wollt, seid aber bitte genau um fünf vor drei am Tor des Jardin du Luxembourgh.«
Der Kutscher lächelte verständnisvoll, als wolle er sagen:
›Na, wir haben wohl ein Rendezvouz mit einem Liebhaber, Mademoiselle?‹ ... Liebhaber? dachte Agathe erschreckt, doch im selben Moment wurde ihr klar, daß sie sich nichts sehnlicher auf der Welt wünschte als die Liebe dieses bedeutenden Mannes zu gewinnen. Das konnte man offenbar auch auf ihren Gesichtszügen lesen, denn der Kutscher meinte auf einmal lachend:
»Der Glückliche, der Euch um drei Uhr im Jardin du Luxembourgh erwartet ... Hoffentlich weiß er sein Glück auch zu schätzen ... Sonst ist er wirklich ein Trottel!«
Die Fahrt verlief für Agathe wie im Traum. Sie sah Straßen, Boulevards, Häuser, doch alles rauschte schemenhaft an ihr vor-

über. Ihre Gedanken waren weit hinter den Dächern, geradewegs in den Wolken.
Ab und zu kam sie jedoch wieder auf die Erde zurück und sah auf die Uhr, deren Zeiger sich für sie viel zu langsam drehten, denn sie starb fast vor Ungeduld! Doch auf einmal schien es, als rasten sie vorwärts ... Da waren es nur noch fünf Minuten ... und dann nur noch drei ... Agathe wollte ihnen zurufen: Halt! ... Laßt mir bitte noch ein paar Sekunden, damit sich mein aufgeregtes Herz ein wenig beruhigen kann ...
Sie versuchte sich an all das zu erinnern, was sie ihm eigentlich hatte sagen wollen, doch nun fiel ihr überhaupt nichts mehr ein. Nur zwei kleine Sekunden wünschte sie sich noch, doch da zog der Kutscher schon die Zügel an und klopfte an die Scheibe:
»Wir sind da, Mademoiselle.«
Fieberhaft schob sie ihre Kappe zurecht, glättete ihre Handschuhe und biß sich auf die Lippen, um deren korallenrote Farbe etwas zu beleben.
Beim Aussteigen verfingen sich ihre Füße noch zu allem Überfluß in ihrem Kleid. Sie zahlte mit einem Louis, den sie sich von Portal geliehen hatte, gab dem Kutscher ein königliches Trinkgeld und entschwand geradewegs in der Allee gegenüber.
Die dichten Hecken zu beiden Seiten des Weges kamen ihr vor wie Girlandenschmuck anläßlich ihres großen Festtages. Man hörte nur das lustige Klick-Klack der Gärtner, die gerade dabei waren, die Hecken zurechtzustutzen. Rechts und links sah man überall Blumenbeete mit Vergißmeinnicht, Goldlack, Schlüsselblumen und Tulpen. Alle Blumen und Bäume, und selbst die blendend weißen Statuten, deren Fuß von Efeu überwuchert war, schienen an ihrem Vorhaben Anteil zu nehmen.
Plötzlich entdeckte sie weit hinten auf vier Säulen ein riesiges, mit Nischen und Slulpuren verschönertes barockes Denkmal, aus dessen Mitte Wasser hervorsprudelte. Neben drei kleinen Mädchen in rosafarbenen Kleidern, die mit einer Tüte Bonbons beschäftigt waren, stand ein Mann, der sich jetzt auf sie zubewegte ...

Kapitel 8

Er war in schweres dunkles Tuch gekleidet und trug auf dem Kopf einen schwarzen Filzhut mit breiter, gewölbter Krempe. Während er sich vor Agathe verneigte, sagte er:
»Wie liebenswürdig von Euch, daß Ihr hierhergekommen seid...«
»Monseigneur...« murmelte Agathe verlegen, nahm ihr Kleid zwischen die Fingerspitzen und machte einen tiefen Knicks.
Er lächelte und erwiderte:
»Habt Ihr mich wiedererkannt? Ich hätte nicht geglaubt, daß allein...«
»Eure Züge, Monseigneur, sind im Herzen eines jeden Royalisten tief eingegraben.«
Agathe war mit dieser Bemerkung nicht unzufrieden. Immerhin hatte sie das zuvor mehr als zwanzigmal wiederholt... und ihre helle, klare Stimme hatte sehr respektvoll geklungen.
»Ihr seid sehr charmant!«
»... Und auch vorsichtig«, antwortete sie mit tugendhaftem Lächeln. »Ein junges Mädchen gewährt nämlich einem Unbekannten niemals ein Rendezvous!«
Das hatte sie ihm gleich zu Anfang gesagt, damit er wußte, daß er mit ihr kein leichtes Spiel haben würde...
Er erwiderte jedoch nur:
»Gut, gut... die Hauptsache ist schließlich, daß Ihr hier seid.« Auf den Medici-Brunnen deutend meinte er dann: »Ein herrliches altes Ding, findet Ihr nicht auch? Eine Laune meiner Großmutter Florentine*. Unsere Vorfahren waren große Baumeister. Heutzutage ist es leider genau umgekehrt. Man baut nicht mehr, sondern zerstört lieber. Das trifft vor allem auf meinen guten Onkel, den König, zu. Doch genug davon, mit einem hübschen Mädchen sollte man nicht über Politik reden...«
»Oh, die Politik interessiert mich sehr!«
»Nun höre sich das einer an! So jung... Wie alt seid Ihr eigentlich?«
»Ich werde bald achtzehn.«

---

* Das war Maria von Medici, Königin von Frankreich und Witwe des Königs Heinrich IV., die 1615 die Anlage des Palais du Luxembourgh errichten ließ.

»Ein schönes Alter! Genießt es, solange Ihr könnt... Agathe. Ihr erlaubt doch, daß ich Euch mit Eurem Vornamen anrede?«
»Oh, Monseigneur! Wenn es Euch beliebt...«
»Mir belieben sehr viele Dinge, Mademoiselle«, unterbrach er sie lachend.
Durch sein Lachen ermutigt wagte Agathe zu fragen:
»Erlaubt Ihr mir, Monseigneur, Euch eine Frage zu stellen?«
»Fragt nur... Ich werde sie Euch frank und frei beantworten. Ihr werdet kaum jemanden finden, der ehrlicher ist als ich. Das wirft man mir allerdings oft genug vor...«
»Woher habt Ihr gewußt, wer ich bin?«
Er sah ihr tief in die Augen, und sie hatte Gelegenheit, festzustellen, wie wunderbar sich die blauen Augen des Herzogs von seiner gesunden, bräunlichen Hautfarbe abhoben. Aus seinem Blick sprach Mut und männliche Kraft. Seine Nase war gerade soweit nach oben gebogen, daß sie dem Gesicht einen unternehmungslustigen Ausdruck verlieh. Ein voller, weicher Mund verhieß die süßesten Liebkosungen.
»Wieso? Nun, das ist sehr einfach! Ich brauchte nur Euer Aussehen zu beschreiben, um sofort Euren Namen zu erfahren. Wer außer Euch besitzt in ganz Paris so prachtvolles blondes Haar wie Ihr, und wer ist von so unvergleichlicher Schönheit?«
Zu ihrem größten Entzücken schob er seinen Arm unter den ihren.
»Meint Ihr nicht, wir könnten uns bei einer Tasse Tee besser kennenlernen?«
Während er sie in einen Seitenweg schob, fuhr er fort:
»Im Vertrauen gesagt, es war nicht irgend jemand, der mir Euren Namen verraten hat, sondern der Baron Jérôme...«
»Charles Jérôme!«
»Ja, aber nur indirekt. Wir sind nämlich beide Pferdenarren... Das hat doch überhaupt nichts miteinander zu tun, werdet Ihr denken... Doch vor einem Monat hat mir Euer Schwager, der Schuft, vier wundervolle, gutgebaute Rotfüchse vor der Nase weggeschnappt, die der Graf de Laverne aus finanziellen Gründen abgeben wollte.«
Er unterdrückte einen Seufzer und meinte dann:
»Wenn ich daran denke, tut es mir heute noch leid! Nun, als ich neulich auf dem Weg von Monceau diese Pferde wiedersah, war mir gleich klar, wem das Gespann gehörte. Von da war es dann

nur noch ein Geringes zu erfahren, daß die Baronin Jérôme, geborene de Rougeville, eine besonders schöne Schwester hat...«
Der Weg, den sie jetzt entlanggingen, war nicht der gleiche, den Agathe zuvor genommen hatte. Dieser hier führte durch ein kleines, dunkles Tannenwäldchen, welches nur hin und wieder von einem Lichtstrahl erhellt wurde. Am Ende erblickte man einen Wagen und einen livrierten Diener, der eiligst die Trittbrettstufen herunterklappte, als er die beiden kommen sah:
Die Vorhänge waren innen zugezogen, und während sich der Herzog zu ihrer Linken niederließ, erklärte er:
»Ich hoffe, Mademoiselle, Ihr versteht, daß ich bestimmte Vorsichtsmaßnahmen treffen muß.«
Sie nickte verständnisvoll. Sie war durch die plötzliche Nähe etwas verwirrt und fragte sich, ob der Herzog von Berry jetzt versuchen würde, sie zu küssen. Sobald sie nämlich mit einem jungen Mann in einer dunklen Ecke stand... Aber ein Mann aus königlichem Geblüt beträgt sich natürlich anders, nicht wahr! Jedenfalls ließ der Herzog zwischen ihnen einen gebührenden Abstand.
Einige Minuten später hielt der Wagen an, und die Türen wurden geöffnet.
Sie befand sich in einem viereckigen, gepflasterten Hof, der nach außen von einem bewachsenen Holzgitter begrenzt wurde. Innen wurde der Hof u-förmig von den drei Gebäudeteilen eines Palastes umschlossen. Die Kutsche war durch eine Art Vorhalle hereingefahren, die sich am oberen Rand des U's befand. In nischenähnlichen Einbuchtungen hingen zwischen den hohen Fenstern zahlreiche Portraits der königlichen Familie. Oberhalb der Türen sprangen hübsche kleine Gipfel hervor. Terrassenförmige Dächer, die jeweils mit einer Ballustrade verziert waren, krönten diese anmutige, leichte Architektur, deren harmonische Eleganz das Auge zum Verweilen einlud.
Der Herzog von Berry führte Agathe durch eine Halle in einen großen, sehr hellen Raum, bei dem es sich um den Salon zu handeln schien. Agathe nahm um sich herum kaum ein Detail wahr, außer vielleicht den prachtvollen schwarzen Marmorfußboden. Innen wie außen dominierte der anmutige, verführerische Stil des Ancien Régime.
Sämtliche Holzteile waren in einer perlgrauen Farbe gestrichen und mit bäuerlichen, gefühlvollen Motiven bemalt: Schnäbelnde Vögel, Bienenkörbe, Rosengebinde und ähnliches mehr war dar-

auf zu sehen. Das Ganze zeugte von exquisitem Geschmack und höchsten Ansprüchen... Bei Madame d'Honfeuille hatte Agathe gelernt, solche Dinge zu erkennen und zu beurteilen. Am oberen Rand der Räume verliefen seidenüberzogene Leisten. Die gleiche helle Seide umrahmte die langen Fenster. Der Teppich erinnerte mit seinem Blumenfenster an die Beete im Jardin du Luxembourg. Im Kamin knisterte ein lustiges Feuer, und von den kleinen Konsolen leuchteten riesige Sträuße von weißem Flieder und purpurfarbenen Rosen. Auf dem Tisch standen die köstlichsten Naschereien und lockten zum Verzehr.
Gefolgt von einem Diener, der eine silberne Teekanne trug, traten sie ein. Geräuschlos stellte der Diener den Tee auf dem Tisch ab, verbeugte sich und verschwand wieder.
»Ich habe Euch einen Tee versprochen, hier ist er!« rief der Herzog gutgelaunt.
Er nahm Agathe Schal und Tasche ab und meinte freundlich:
»Bitte keine Zeremonien, Mademoiselle! Fühlt Euch hier ganz wie zu Hause und macht es Euch so angenehm wie möglich! Nehmt Euch ruhig eine Tasse Tee und reicht mir bitte auch eine, auf daß wir unsere Freundschaft bekräftigen können. Nichts ist anregender als dieses Getränk, wenn man miteinander plaudert. Was meint Ihr dazu?«
Agathe sagte gar nichts, denn sie war wie geblendet. Dies alles um sie herum konnte doch nicht Wirklichkeit sein! Ausgerechnet sie, Agathe de Rougeville, die jahrelang nur ein einziges Kleid besessen hatte, unterhielt sich nun teetrinkenderweise mit dem zukünftigen König von Frankreich! Wenn Papa, Tante Lottie oder Clémentine das sehen könnten, die ihr alle stets ihre hochfliegenden Pläne vorgeworfen hatten... Und erst Virginie... Virginie würde vor Neid erblassen... ganz zu schweigen von den Gebrüdern Moustrevieille und Gaston und... da fiel ihr plötzlich der Name Pierre de Fournon wieder ein, und mit triumphierendem Lächeln ging sie auf den Tisch zu, um dem Herzog von Berry eine Tasse Tee einzuschenken.
Der Herzog selbst nahm sich ein riesiges Stück Pastete. Lachend deutete er auf die große Auswahl der ausgebreiteten Patisserien: Es gab kleine Törtchen mit Kirschen, Erdbeeren oder Mandeln, Cremetörtchen, Meringuen, rosarote und grüne Zuckerstückchen... Es war wie in den Auslagen der berühmten Konditorei Rouget in der Rue de Richelieu...

»Ich überlasse Euch diese Naschereien, sie sind für zarte Damenmägen gerade richtig, für meinen Appetit sind sie jedoch weniger geeignet... vor allem nicht an Jagdtagen wie heute. Immerhin habe ich heute morgen im Bois de Boulogne in weniger als vier Stunden... unser Rendezvous hat meinen Zeitplan etwas durcheinandergebracht... Und glaubt mir, nach einer erfolgreichen Jagd hat man ebenso wie nach der Liebe einen Bärenhunger!«
Agathe fragte:
»Monseigneur, wie mögt Ihr den Tee? Etwas Milch vielleicht oder Zucker?... Was mich betrifft, so habe ich mir in England angewöhnt...«
»Ihr wart in England?«
»Ich wurde dort in der Emigration geboren. Mein Vater...«
»Das ist doch nicht möglich, dann sind wir also Leidensgenossen! Aber setzen wir uns doch wieder! Erzählt mir mehr davon... In welchem Viertel...«
»In Somers Town.«
Er verzog das Gesicht.
»Das war wohl nicht gerade das Paradies.«
»Nein, in der Tat nicht. Aber...«
Aber sie hatte gelernt, ihre Sorgen für sich zu behalten und andere nicht damit zu behelligen. »Entweder Ihr fordert die Leute zum Lachen heraus, oder Ihr unterhaltet sie, mein schönes Kind! Das ist die ganze Kunst des Gefallens.« Jeder Sou oder vielmehr jeder Penny war damals dreimal umgedreht worden; Papas schäbiger und abgetragener Rock wäre fast auseinandergefallen, und die Abende hatte man um eine einzige Kerze herum verbracht. Im Winter fror man sich fast zu Tode, weil man nicht genug Kohlen hatte, und im Sommer glaubte man vor Hitze zu vergehen. Zu acht hatten sie sich damals eine Wohnung teilen müssen, die nicht größer gewesen war als eine Tabaksdose. Später waren sie nur noch zu siebt gewesen, denn Mama hatte all die Entbehrungen und Härten dieses Daseins nicht überlebt. Mamas Tod war etwas, über das Agathe nie sprach. Sie fühlte es zwar in ihrem Herzen, doch sie versuchte so gut sie konnte, dieses tragische Ereignis in ihrem jungen Leben zu verdrängen.
All das war jedoch für den Herzog überhaupt nicht von Interesse. Solche Geschichten hatte er wahrscheinlich schon hundertmal gehört. Außerdem haßte sie Larmoyanz.
»Ach wißt Ihr«, begann sie, »was uns betrifft, so aßen wir täglich

statt trockenem Brot wunderbare frische Brioches, eine Spezialität meiner ältesten Schwester. Sie unterhielt damit in unserer Küche einen kleinen Kommerz. Es waren die besten Brioches von ganz London! Das Rezept stammte vom Herzog von Noailles ... oder vielmehr von seinem Chefkonditor, der ein Bruder unseres alten Dieners war ...«
»Habt Ihr sie dabei unterstützt?«
»Ich? Oh, nein! Für diese Art von Zeitvertreib war ich noch nie sehr geeignet.«
Darüber mußten sie beide schrecklich lachen. Agathe fühlte sich entspannt und war bester Laune. Der Herzog war wirklich sehr liebenswürdig und unprätenziös!
Da sie nun einmal begonnen hatte, fuhr sie fort, über die Mißgeschicke ihres Vaters zu berichten. Er hatte die wunderbaren Brioches nämlich ausliefern müssen und zwar an die hohen Herrschaften des Hyde Parks, des Kensington Square oder des Marylebone ... Das eine Mal war ein Korb umgekippt, das andere Mal waren die Adressen vertauscht worden ... Gewiß, in der Rückschau konnte man sich darüber amüsieren, doch damals hatten sie unter diesen kleinen Dramen sehr zu leiden gehabt, denn irgendwie mußte ja das Geld zum Überleben verdient werden, nicht wahr ...
Agathe erzählte weiter von Großvater und von Tante Lottie, mit der sie einmal zusammen einen ganzen Sack voll Sachen gestickt hatte ... Sie schilderte, wie sie schon im Alter von sechs Jahren auf einem Hocker gesessen und Stoff zurechtgeschnitten hatte ... Ja, und dann hatte es noch den Gemischtwarenladen von Madame de Genloup gegeben! Madame hatte während der Arbeit einen ausladenden Reifrock und ein Häubchen aus Mechelner Spitzen getragen, als habe sie zu einem Ball gehen wollen. Besonders komisch war sie immer gewesen, wenn sie inmitten ihrer Trockenbohnensäcke und Bratheringsfässer gesessen hatte und mit den feinsten Versailler Manieren zum Tee einlud ...
Agathe und der Herzog saßen und plauderten, tauschten ihr Englisch aus und amüsierten sich über die absichtlich verdrehten Redewendungen des Herzogs. Er nahm noch zwei weitere Stücke Pastete, während sie sich mit einem Plätzchen begnügte. Nachdenklich meinte der Herzog:
»Ihr müßt eine harte Jugend gehabt haben!«
Sofort begriff sie, daß sie ihn mit ihrer vermeintlich lockeren Art

zu erzählen nicht hatte täuschen können. Statt dessen hatte er sich die Mühe gemacht, ihr genau zuzuhören und zwischen den Zeilen zu lesen. Das erfüllte sie mit einem warmen, dankbaren Gefühl.
Er stand auf, stocherte zerstreut im Feuer herum und schlug dann vor:
»Habt Ihr Lust, das Haus anzuschauen? Nur wenige kennen dieses Palais. Eine Handvoll Getreuer vielleicht... Ihr seid übrigens die erste Dame, die ihren hübschen Fuß hierhersetzt. Ich habe es erst vor kurzem erworben, um mich ein wenig entspannen zu können... Erzählt mir nichts von den Tuilerien! Die Luft dort riecht immer noch nach Bonaparte, und dieser Geruch verfolgt mich bis in meinen Elysée-Palast... Und dieses Protokoll... Jede kleine Äußerung wird weitergetragen... Die Spione des Königs sind überall. Der einzige Krieg, den er führt, ist der gegen seine eigene Familie! Hier kann ich wenigstens ich selbst sein.«
Er öffnete eine Tür, und nach der Helligkeit des Salons erschien es Agathe, als ob sie in eine nächtliche Dunkelheit hineintauchte. Nur ein dreiflammiger Kerzenleuchter spendete etwas Licht.
Allmählich gewöhnten sich ihre Augen jedoch an die Dunkelheit, und dann tappte sie im Schein der Kerzen vorwärts, um sich ein Stück nach dem anderen genau anzusehen... die Möbel, die Gegenstände...
Gleich rechts stand ein herrlich verzierter Sekretär, und zwei mit kostbarem Stoff bespannte Lehnstühle unmittelbar daneben luden zum Verweilen ein. Auf der linken Seite entdeckte sie eine niedrige, geriffelte, goldene Säule, auf deren Postament die Büste eines Kindes ruhte; etwas davon entfernt sah sie eine Kommode mit einem niedlichen, dicken Elefanten aus Bronze, auf dessen Rücken das Zifferblatt einer Uhr sichtbar wurde; ganz hinten, am Ende des Raumes, erkannte sie einen riesigen, alkovenartigen Aufbau, dessen Holzteile gepolstert und mit Satin überzogen waren. Schwer und majestätisch fiel von der Decke ein Baldachin herab, dessen mit Goldtressen geraffte Seitenteile den Blick auf das Bett freigaben.
Erschrocken stellte sie sogleich ihre weiteren Nachforschungen ein. Auf einmal war ihr nämlich klargeworden, daß sie sich in einem Schlafzimmer befand...
Der Herzog, der ein wenig vorausgegangen war, rief:
»Kommt her, meine Liebe, ich möchte Euch jemand vorstellen...«

Er wollte sie vorstellen? Aber wem denn bloß? Sie drehte sich um und sah ihn vor einem Gemälde stehen. Als sie nähertrat, nahm er sie beim Arm und schob selbstverständlich den seinen unter ihren: »Das ist mein geliebter Großvater. Ihr kennt ihn natürlich, aber er kennt Euch noch nicht ... Dieses Portrait gab ich während des Exils keine Minute aus der Hand. Im Kampf habe ich es aufgerollt in meine Halfter gesteckt ...«

Es war nur eine einfache Skizze, die einige flüchtige Linien auf Leinwand zeigte.

Heinrich von Navarra trug weder Harnisch noch Helm und saß auch auf keinem weißen Pferd. Dennoch war diese plötzliche Begegnung mit ihm, am Arm seines letzten Abkömmlings, für Agathe ein Moment von größter Erhabenheit. Der große König betrachtete sie, Agathe de Rougeville, und schien ihr zu sagen: Na, meine Kleine! Das hättet Ihr Euch wohl niemals träumen lassen, in unsere Kreise aufgenommen zu werden ...

»Ihr hättet ihm sicherlich gefallen. Er liebte den Frohsinn und die Schönheit ... und Ihr, Ihr seid die Schönste ...«

Seine Stimme schien von sehr weit her zu kommen, sie klang irgendwie atemlos, und Agathe konnte auf einmal so etwas wie ein zärtliches Verlangen heraushören.

Sie starrte weiterhin fasziniert auf Heinrich IV., und als sie spürte, wie zwei starke Arme sich um sie legten, glaubte sie eine Sekunde lang, Heinrich persönlich stünde hinter ihr. Diese kurze Verwirrung benutzte der Herzog, um sich ihrer Lippen zu bemächtigen und sie mit einem Kuß zu verschließen.

Seine wilde Entschlossenheit, mit der er sie so überraschend überfallen hatte, erzeugte in Agathe ein Gefühl höchster Wonne. Widersteht man etwa so einem so charmanten Fürsten? ... Außerdem hatte sie in den letzten Monaten schon so oft widerstanden ... zu oft, wie Agathe fand ... Solche Überlegungen gingen ihr jedoch in diesem Moment nur verschwommen durch den Kopf, denn das Denken wich einem köstlichen Erschauern, das ihren ganzen Körper ergriffen hatte. Ihre Brüste strafften sich unter dem leichten Kleid.

Dennoch meldete sich auf einmal ihr Verstand, als der Herzog ihr das Oberteil aufknöpfte, ihre nackten Schultern berührte und dann langsam zu ihrem Hals hinabglitt. Einen Kuß würde sie ihm schon erlauben, doch wenn sie ihm mehr gewährte, so würde er sie gewiß als leichte Beute betrachten, als eine, die willig und bereit war, sich ihm hinzugeben. Anders als Théo de Moustrevieille oder Louis-Marie de Saint-Ferrieux würde er sich sicher nicht auf halbem Wege oder durch ein einfaches, kurzes Nein aufhalten lassen. Sie mußte ihm daher jetzt und sofort zeigen, daß sie noch ein unschuldiges junges Mädchen war . . . Sie würde ihm zwar ihre Lippen darbieten, und sie wollte ihn auch ihr Herz öffnen, mehr würde sie ihm jedoch nicht gewähren . . .

Als er dann aber ihre Brüste entblößte, sah er sie mit jener Verwunderung im Blick an, die sie immer schon hatte schwach werden lassen, und dann hörte sie ihn sagen:

»Ah, schaut Euch diese kleinen frechen Zwillinge an! . . . Diese beiden königlichen Liebesäpfelchen sind geradezu zum Reinbeißen gemacht . . .«

Und er biß tatsächlich vorsichtig hinein, zärtlich zwar, doch zugleich mit einer Leidenschaft, die ihr das Blut in den Kopf steigen ließ. Mit den Augen liebkoste sie einen schönen, dunklen Lockenkopf, den sie schon als gekröntes Haupt Frankreichs sah. All das machte sie trunken vor Glück, und in einer Art von besinnungslosem Rauschzustand überließ sie sich ihm nun völlig. Dann überschlugen sich plötzlich die Ereignisse. Ohne zu wissen, wie ihr geschah, fand Agathe sich auf seinem Bett liegend mit hochgerafften Röcken wieder. Sie wollte sich aufrichten, sich verteidigen, sich von seinen Schenkeln, die ihr die Beine auseinanderzudrücken versuchten, befreien, aber es war vergebens. Sein unbändiges Verlangen duldete keinen Widerstand. Erst als sie einen entsetzlich stechenden Schmerz verspürte, stieß sie einen einzigen, langen Schrei hervor und öffnete wieder die Augen.

Der Herzog erhob sich und sagte:

»Ich hätte niemals gedacht, daß du noch Jungfrau bist, du kleine Kratzbürste, du! Aimée d'Honfeuilles Freundinnen stehen eigentlich nicht in dem Ruf, besonders widerspenstig zu sein. Dabei warst du zu Beginn so hingebungsvoll . . .«

In wilder Entschlossenheit schlug Agathe ihre Röcke hinunter und stieß heftig hervor:

»Wollen Monseigneur mir das etwa vorwerfen? Jungfräulichkeit verhindert schließlich nicht das Aufwallen der Gefühle.«

»Dir das vorwerfen! Aber ganz und gar nicht, nein, überhaupt nicht . . .«

Sie hörte ihm nicht mehr zu. Sie war unendlich aufgebracht und hatte große Lust, um sich zu schlagen, zu beißen und zu schreien.

Oh, was ihr da passiert war, das geschah ihr eigentlich ganz recht. Wie hatte sie nur so dumm sein können! Sie hätte mit ihm im Jardin du Luxembourg bleiben sollen.
Romantische Spaziergänge im Park, ein paar Küsse, all das hätte sie ihm gewähren können, doch das Endgültige hätte sie möglichst lange hinauszögern müssen. König hin, König her – er war schließlich auch nur ein Mann wie alle anderen. Er war verheiratet und versessen auf kleine Abenteuer! Und sie hatte sich hinreißen lassen, ihm alles zu geben ... Jesus, Maria und Josef! So lange Zeit hatte sie sich zurückgehalten, und jetzt hatte sie sich innerhalb von zwei Minuten wie eine Dienstmagd überrumpeln lassen! Das war wirklich die vollendete Katastrophe! ... Und dieser Schmerz dazu! Wie hatte sie sich stets lustig gemacht, wenn Clémentine, Anne-Louise und Virginie von ihrer Hochzeitsnacht berichteten ... »Bitte laß uns von etwas anderem sprechen«, hatte Virginie jedesmal gesagt. »Es war qualvoll, meine Kleine! Man muß die Männer wirklich lieben, um sich nicht ganz von ihnen abzuwenden!« ... und sie, sie hatte immer geglaubt, die anderen seien eben ein bißchen dumm und ängstlich, ihr, Agathe de Rougeville, könne das nicht passieren, sie würde alles mit größtem Vergnügen hinter sich bringen ... Nun gut, jetzt hatte sie ihre Hochzeitsnacht! Mit dem Gatten einer anderen, am hellichten Nachmittag, ohne jegliches Vergnügen, aber dafür unter schrecklichen Schmerzen ...
Was ihr von all dem blieb, war ein Gefühl unsagbaren Gekränktseins!
Agathe stand auf und brachte ihr Kleid in Ordnung. So schnell wie möglich wollte sie fortgehen, ehe sie darum gebeten wurde!
»Was machst du da?«
Entschlossen blickte sie ihm in die Augen, denn er beeindruckte sie jetzt überhaupt nicht mehr.
»Ich gehe!«
»Du ...!«
Entgeistert sah der Herzog sie an:
»Zum Teufel nochmal ...! Im allgemeinen wird man in so einem Fall beschimpft, die Mädchen schluchzen und vergießen Ströme von Tränen ... und du, du gehst einfach!«
Agathe schüttelte ihre wilde Mähne, so daß ihr Gesicht fast ganz verdeckt wurde.
»Was die anderen machen, ist mir egal!« zischte sie zwischen den

Zähnen. »Was nützt mir das, wenn ich anfange zu heulen? Und warum sollte ich Euch beschimpfen? Es war schließlich mein Fehler. Ich hätte nicht mit Euch ...«

Er ging auf sie zu, legte ihr seine Hand aufs Haar und suchte ihren Blick:

»Verzeih mir bitte, ich glaube, ich habe mich wie ein Tier über dich hergemacht, habe dir wehgetan ...«

Und ganz sanft, fast demütig bat er dann:

»Bleib, meine Kleine. Die Liebe ist wunderschön, wenn man sie zusammen erlebt. Ich werde es dir zeigen ...«

Kapitel 9

Agathes Glück war unermeßlich.
Sie dankte Gott für jeden Tag, der verging. Die Katastrophe hatte sich ins Gegenteil verkehrt, sie war zum Triumph geworden.
Sie hatte tatsächlich erreicht, was bis dahin nur in ihren Träumen Wirklichkeit geworden war.
Ihr Geliebter war ein Mann aus königlichem Geblüt, und er liebte sie mit einer Leidenschaft, die bei jedem Rendezvous heftiger wurde.
Niemand konnte es hübscher ausdrücken als er selbst:
»Ich habe nie in meinem Leben eine Frau wie dich getroffen ...«
Das klang fast banal, denn solche Worte flüsterte man jeder ins Ohr, doch der Herzog fuhr fort:
»... und ich habe Frauen von verschiedenstem Temperament kennengelernt – fröhliche und rassige. Den Fröhlichen fehlte es meist an Rasse, und die Rassigen besaßen zu wenig Fröhlichkeit. Du kannst dir nicht vorstellen, wie langweilig eine sogenannte Dame im Bett sein kann ... Manche sind ganz einfach auch nur hysterisch, was noch schlimmer ist! Du mein Kätzchen, hast alles ... Du bist warmherzig, lebendig und unkompliziert, ein Prachtstück von Weib ... Nach außen hin wirkst du aber wie eine echte Prinzessin ...«
Aus seinem Mund solche Sätze zu hören, ließ Agathe das Herz höherschlagen.
Sie trafen sich zweimal die Woche in dem bezaubernden Hôtel in der Rue de Vaugirard.
Teetrinken oder vorherige Konversation hatten sie einfach abgeschafft. Kaum daß sie angekommen war, pflegte er sie in die Arme zu nehmen und zum Bett zu tragen. Das Zimmer war stets nur von Kerzen erleuchtet, die eine warme Atmosphäre schufen. Dann entkleidete er sie jedesmal hastig mit ungeduldigen Gesten, die auf die so sorgsam zusammengestellte Toilette und die kunstvolle Frisur keinerlei Rücksicht nahmen ... Und sie hatte soviel Zeit vor dem Spiegel zugebracht ... »Das ist verlorene Zeit! So liebe ich dich, mit deiner weißen, makellosen Haut, deinen schönen, jungen Brüsten und mit deiner wundervollen Haarpracht, in die ich so gerne hineingreife«, sagte er dann und verschloß ihr den Mund mit seinen Küssen. Er überschüttete sie mit Liebkosungen,

und im Schutz der blauen Vorhänge liebten sie sich lange und heftig.
Zweimal drei Stunden in der Woche ... das war nicht viel. Mehr wäre allerdings unvorsichtig gewesen.
Die dicke Adélaïde oder Madame d'Honfeuille ... Oh, im Moment war ihr Madame d'Honfeuille ziemlich gleichgültig. Dennoch durften sie nicht leichtsinnig werden ... Wenn zum Beispiel die Mougeauds erst einmal Verdacht schöpften, so hätte dies zur Folge, daß Papa einen alles enthüllenden Brief bekäme, und er sie auf schnellstem Wege nach Rougeville zurückbeordern würde. Papa würde ein intimes Verhältnis seiner Tochter mit einem Mann außerhalb der Ehe, selbst wenn es sich um den Erben Frankreichs handelte, niemals billigen. Seine Moralvorstellungen waren zu streng.
Virginie war Agathe in dieser Situation von großem Nutzen. Sie freute sich, Agathe ein Alibi liefern zu können, das sie allerdings immer noch im Zusammenhang mit der Pension Violat sah ... Agathe hatte gut daran getan, Virginie in dem Glauben zu lassen und sie nicht eines Besseres zu belehren, obwohl sie natürlich den Namen ihres illustren Geliebten zu gern in alle Welt hinausposaunt hätte ...
Die Pension Violat und alles, was damit zusammenhing, gehörte für Agathe längst der Vergangenheit an.
Virginie war jedoch geschwätzig, und es wäre zu riskant gewesen, ihr dieses kostbare Geheimnis anzuvertrauen. Es galt, den Schein zu wahren, denn immerhin war da noch die Herzogin ... wenn sie auch nur eine Art Strohpuppe war, die der König und der Staat dem Herzog beigegeben hatten, damit er in der Oper, im Théâtre-Français oder auf Jagd die richtige Begleitung hatte. Um das Volk zufriedenzustellen, hatte der Herzog seine Frau geschwängert ... Kinder zu gebären, gehörte schließlich zu ihren Aufgaben, und viel mehr hatte die arme Caroline auch nicht zu tun! Und als Portal Agathe wieder einmal seine larmoyante Standardfrage stellte: »Wo soll das alles noch hinführen, Mademoiselle?« hob Agathe nur die Schultern und lachte herzlich.
Wenn man im Olymp thront, denkt man nicht daran, von ihm herabzusteigen!

Es war Mitte Mai. Agathe wurde immer häufiger von einer lästigen Übelkeit geplagt. Sie wurde nachdenklich ... Gewiß, es

gab viele Gründe und Ursachen dafür: das ungewohnt heiße Wetter, die Küchengerüche im Hause Mougeaud, die verpestete Luft in den Straßen, ihre körperliche Veränderung vom Mädchen zur Frau . . . alles war möglich. Obwohl sie sich ihre Beschwerden nicht recht eingestehen wollte, war sie dennoch beunruhigt und beschloß daher, einen Arzt aufzusuchen.
Sie wandte sich an Portal . . . Wen sonst hätte sie fragen sollen . . . Sie brauche einen gewissenhaften Praktiker, der außerdem vor allem diskret war . . .
Portal also, dessen düsterer Gesichtsausdruck »es mußte ja so kommen« zu sagen schien, half ihr aus der Verlegenheit und empfahl ihr eine Adresse.
»Bitte, Portal, macht doch nicht so ein Gesicht!«
Mit einem Lächeln versuchte sie, seine Ängste zu beschwichtigen.
»Ich sage Euch doch, es ist nichts Ernsthaftes! Der liebe Gott würde eine solche Strafe niemals zulassen. Immerhin verrichte ich täglich mein Morgen- und Abendgebet, gehe jeden Sonntag zur Messe, beichte und kommuniziere regelmäßig, lüge niemanden an . . . Warum also sollte er? Sündigen? Ihr sprecht von Sündigen! Portal, mein lieber Freund, Ihr kennt Euch überhaupt nicht aus. Eine gemeinsam empfundene Lust ist doch keine Sünde! Ich jedenfalls habe überhaupt keine Bedenken, mich untersuchen zu lassen. Ich will nur sichergehen . . .«
Als sie die Arztpraxis wieder verließ, war sie fast erstaunt, daß der Himmel immer noch an derselben Stelle wie vorher war, nämlich strahlend blau ohne ein einziges Wölkchen, und daß die Passanten an ihr vorbeieilten wie gewöhnlich. Sahen sie denn nicht, daß sie . . .? Nein, sie sahen gar nichts, denn für alle anderen Menschen drehte sich die Erde weiter wie immer. Nur für Agathe war eine Welt zusammengestürzt.
»Verehrte Madame, das freudige Ereignis wird Euch im Januar beschieden sein.«
Freudig? Entsetzlich! Lieber die Pest oder die Lepra, alles lieber als dieses kleine Ungeheuer, das in ihrem Bauch heranwachsen sollte!
Sie rief eine Droschke herbei und verkroch sich auf die hintere Sitzbank. Es ging ihr gar nicht gut, Arme und Beine waren völlig gefühllos, und auf der Stirn stand ihr der kalte Schweiß . . . Schwanger! Auf einen Schlag fühlte sie sich unendlich allein. Natürlich, es gab Portal, aber was verstand der arme Portal schon

von all dem ... Wer überhaupt verstand etwas? Madame d'Honfeuille vielleicht. Nur von ihr, die ebenso leichtsinnig war, konnte sie möglicherweise eine gewisse Nachsicht erwarten. Dummerweise war sie aber vorige Woche mit ihrem teuren Talleyrand nach Valencay abgereist, äußerst aufgebracht überdies, denn Agathe hätte sie begleiten sollen ... Außer Madame d'Honfeuille sah Agathe um sich herum leider nur Tugendsame, und zwar von einer solchen Tugend, daß ihr übel wurde ...

Anne-Louise, oh! Anne-Louise würde sie nicht verurteilen, aber sie würde Ströme von Tränen vergießen, und was nützten ihr schon Tränen? Man bekam ein nasses Taschentuch davon, das war alles! ... Und Clémentine ... Clémentine, das war so sicher wie das Amen in der Kirche, würde sie in Grund und Boden verdammen. Beim Gedanken an die Vorhaltungen ihrer Schwester ballte Agathe ihre kleinen Fäuste zusammen: Man erntet, was man gesät hat ... Wenn man mit dem Feuer spielt, verbrennt man sich ... Und Papa? ... Hast du eigentlich an Papa gedacht? Oh ja, daran hatte sie gedacht. Wenn Papa erfahren würde ... Sie, unverheiratet und Mutter eines Kindes, das wäre die größte Schande für die ganze Familie. Er würde sie verfluchen, verjagen oder sogar vor lauter Kummer einen Herzschlag bekommen! Und der Herzog ... Oh, er würde ihr keine Vorwürfe machen, dessen war sie sicher ... Doch allein schon die Tatsache würde unweigerlich sofort zum Bruch führen. So waren die Männer nun einmal! Unannehmlichkeiten waren ihnen verhaßt ... Der Herzog liebte ihre zierliche Figur, ihren schlanken Körper und ihre leidenschaftliche Hingabe. Bald aber würde sie sich zu einem dickbäuchigen Ungetüm verwandelt haben, das so appetitlich wäre wie ein Sack Kartoffeln. Wen konnte es da noch reizen, einem solchen Ungeheuer den Hof zu machen, geschweige denn ... Ein trockenes Schluchzen schüttelte Agathe, und während die Kutsche über die Pont des Arts fuhr, konnte Agathe nur mühsam die Versuchung unterdrücken, sofort in die Seine zu springen. Sterben! Das wäre für alle Beteiligten die eleganteste Lösung! Sie wollte den Wagen schon anhalten, als sie durchs Fenster plötzlich das schmutzige Flußwasser sah. Sterben ja! Aber daß ihr hübscher kleiner Körper aufgedunsen in dieser Dreckbrühe schwimmen sollte ... diese Vorstellung war ihr äußerst zuwider, da wollte sie schon lieber ihre Schande ertragen! In der Rue de Verneuil angekommen, schlich sie sich durch die Ställe und über die hintere Terrasse ins Haus. Sie wollte auf keinen

Fall Portal begegnen. Überhaupt wollte sie niemand sehen und in ihrem Unglück ganz allein bleiben. In ihrem Zimmer vermied sie es peinlich, in den Spiegel zu sehen. Untröstlich legte sie sich aufs Bett.

Kaum zwei Monate war es her, daß sie Clémentine wegen ihrer Schwangerschaft bedauert hatte! Aber was gab es da eigentlich zu bedauern ... Mit einem Ehemann war ein Kind ja doch nur ein geringes Übel. Clémentine würde es neun Monate lang stolz und erhaben unter dem Herzen tragen, es mit Glockengeläut zur Welt bringen, und überall würde es nur Jubel und Freude darüber geben ... Was machte es da schon, daß es nur zur Hälfte wirklich von Adel war! Sein Wert war in den Augen der Gesellschaft immer noch höher als der eines Bastards! Nur, Bastard war nicht gleich Bastard!

Wie neugeboren richtete sich Agathe auf einmal auf, und sie war mehr als verwundert, daß ihr dieser Gedanke nicht schon früher gekommen war. Gewiß, ihr Kind würde ein Bastard sein, aber was für einer ...! Ein königlicher Bastard immerhin, einer, in dessen Adern das Blut Heinrich IV. und Ludwig XIV. floß. Das machte schließlich einen gewaltigen Unterschied, denn wieviele solcher Bastarde hatten nicht den Verlauf der Geschichte entscheidend beeinflußt! Sie lief zu ihrem Spiegel, um sich zu betrachten. Wie sah man als zukünftige Mutter eines Bourbonen aus?

Erstaunt stellte sie fest, daß sie immer noch genauso hübsch war wie zuvor, sah man einmal von ihrer sorgenvollen Blässe ab. Sie hatte nach wie vor den samtigen Blick, das schöne, ovale Gesicht, die feine Gesichtshaut, ihre kecke Ausstrahlung, ihre Lebhaftigkeit – alles war unverändert ... Besaß man das Recht, zu verzweifeln oder sogar an Selbstmord zu denken, wenn man mit solchen Attributen ausgestattet war? Nein! Man mußte sich etwas einfallen lassen ... Agathe blieb lange reglos vor dem Spiegel stehen. Nachdenklich blickte sie in ihre eigenen Augen.

Als sie sich wieder gesetzt hatte, wußte sie, daß sie nicht mehr dieselbe war wie zuvor. Ein Teil ihrer Jugendlichkeit war dahin, ein Anflug von Härte und Entschlossenheit jedoch hinzugekommen.

Bis dahin, das war ihr in diesen Momenten klargeworden, hatte sie eigentlich immer nur als Zuschauerin gelebt. Not, Elend und wirtschaftliche Probleme hatte es zwar immer gegeben, sie aber nie berührt. Menschen wie Papa oder Clémentine ließen sich von solchen Schwierigkeiten beeindrucken und setzten dann ihre ganze Kraft darein, diese zu überwinden, doch sie, Agathe, war anders. Vielleicht war es eine Frage des Alters, vielleicht aber auch des Charakters... Unangenehme und schwierige Dinge belasteten sie, und instinktiv floh sie in die sorglose Welt der Mode und der Vergnügungen. Graziös schwebte sie über ihr seidenes Hochseil und verachtete jene, die mit beiden Beinen fest auf dem Boden standen... Oh, natürlich, wenn es darum ging, zwischen einem Mädchenpensionat in Pecy-sur-Eure und Paris oder zwischen Madame d'Honfeuille und einer jämmerlichen Rückkehr in den familiären Schoß zu wählen, so konnte sich Agathe sehr wohl ihrer Haut erwehren und mit sehr viel Energie und Willenskraft den Gang der Dinge in ihrem Sinne beeinflussen... Aber mit solchen Situationen fertig zu werden, war recht unproblematisch, denn immerhin boten sich dann ja zwei Möglichkeiten an, von denen man sich nur eine aussuchen mußte.

Jetzt hingegen bot sich überhaupt keine an, denn das Seil, auf dem sie sich bislang bewegt hatte, war gerissen. Aus heiterem Himmel war sie auf die Erde gefallen, und niemand streckte ihr eine hilfreiche Hand entgegen, niemand leistete ihr Beistand. Sie mußte ihren Weg jetzt alleine finden. Alles würde jetzt von ihrer Geschicklichkeit und ihren Einfällen abhängen. Zum ersten Mal in ihrem Leben begriff sie, daß die Fähigkeiten, mit denen der liebe Gott sie versehen hatte, ebenso wertvoll waren wie ihre Schönheit. Denn das eine ohne das andere...

Was hatte der Herzog doch neulich zu ihr gesagt?

»Ich glaube, mein Kleines, ich habe mich gleich am ersten Tag in dich verliebt. Obwohl... Nein, du wirst es nie erraten können, wann... Später erst, als... als... Nun gut, als du mich mit deinem Engelsgesicht ansahst und erklärtest: ›Ich gehe...‹ Da hatte deine Stimme alles andere als schmeichelhaft geklungen, vielmehr lag Stolz und Entschlossenheit darin... Eine andere hätte geheult und Theater gemacht... Und du kennst mich ja, ich bin kein gemeiner Schuft, ich hätte das arme Kind schon getröstet, und ihr die Tränen mit einem kleinen Geschenk getrocknet, aber am nächsten Tag hätte ich sie bestimmt vergessen gehabt... Du siehst, wir Männer sind verdammt üble Gesellen! Wir halten fest, was sich uns entzieht und entziehen uns dem, was uns festhalten will...«

Das sollte ihr eine Lehre sein! Agathe lächelte und strich zärtlich über ihren Bauch. Auf einmal wußte sie: Sie war nicht mehr allein auf dieser Welt. Der kleine Bourbone gehörte jetzt zu ihr. Sie beide...

»Ein Kind, meine Kleine!... Hoffentlich wird es ein schönes Baby, ich liebe Kinder!«
Agathe hatte alles andere erwartet als diesen Begeisterungssturm, doch sie bewertete ihn mit äußerster Skepsis. Schließlich zeugte diese Bemerkung von gewaltigem Egoismus und bewies ihr auch, wie gleichgültig er ihren Ängsten gegenüberstand.
Sie entzog sich seiner Umarmung und blieb in der Mitte des Zimmers stehen.
»Auch mein Vater liebt kleine Kinder«, antwortete sie kalt, »aber ob er einen Bastard haben möchte, bezweifle ich stark.«
»Ein Bastard!«
Er fuhr hoch:
»Wer spricht von einem Bastard? Ihr Frauen seht immer gleich die Tragödie, die Schande! Denkt doch mal ein bißchen weiter, mit etwas Logik... Versucht doch, für dieses Kind einen Vater zu finden! Das kann doch nicht so schwer sein...«
Er setzte sich auf den Bettrand und schaute sie eindringlich an:
»Also hör mal, du wirst doch in Paris irgendeinen Mann kennen...?«
»Was wollt Ihr damit sagen, Monseigneur?«
»Nun ja, bei deinem Charme gibt es doch bestimmt mehr als einen, der versucht hat, dich zu erobern. Du heiratest ihn...«
Die Ehe!
Es war die einzige Lösung. Alles hing jetzt davon ab, mit wem und unter welchen Bedingungen eine solche Ehe zustandekäme. So leicht allerdings würde der Herzog sie nicht loswerden!
Ihr Herz begann wild zu schlagen.
»Nein«, sagte sie.
»Wie nein?«
»Ihr könnt Euch doch wohl denken, Monseigneur, daß mich die Vorstellung einer Verheiratung gegen meinen Willen und gegen mein Gefühl mich kaum zum Lachen bringt. Außerdem kenne ich keinen einzigen Mann, der dafür in Frage käme...«
»Hör bitte auf mit deinem ewigen ›Monseigneur‹! Keinen? Du willst mir doch nicht einreden... Man verheimlicht mir nichts, ich weiß alles! Seit acht Monaten hängst du an den Rockzipfeln der

Madame d'Honfeuille, und unsere liebe Aimée ... Sagen wir's doch, wie es ist: Diese Hure wurde vom halben Ancien Régime gevögelt!*Dem neuen Régime war sie nicht mehr frisch genug, und so hat sie sich mit diesen hübschen kleinen Abbés eingedeckt, die ihr für Geld alles machen. Aber da ihr das nicht genügt, macht sie sich auch noch daran, andere zu verkuppeln. Ah! Wie stolz ist sie auf ihre erfolgreichen Empfänge ... mit Recht, denn jeder Kerl findet dort mit Gewißheit einen Hintern nach seiner Kragenweite ...«

Agathe warf ihm einen angewiderten Blick zu.

»Habt Ihr möglicherweise vergessen, daß Ihr der erste wart?«

»Zum Teufel nein! Ich meine doch nicht dich, mein Kätzchen, aber in diesem Milieu ... Schließlich wollte diese Schlampe dich doch ...«

»Niemand, sage ich Euch! Im Gegenteil, sie hat niemandem erlaubt ... Das schwöre ich Euch im Namen meines Vaters!«

Der Herzog brach in schallendes Gelächter aus.

»Natürlich, wenn es so war, hat sie vorgehabt, dich später an irgendwelche alten Lüstlinge zu verschachern ... Glücklicherweise hast du mich gefunden ...«

Nervös schlug Agathe die Augen nieder.

»Nur weil Ihr und ich ... deswegen habt Ihr noch lange nicht das Recht, mir nahezulegen ...«

»Ich lege dir gar nichts nahe, ich versuche nur, deine Angelegenheiten zu regeln ... vergessen wir also Madame d'Honfeuille, wenn dir das mißfällt, und schauen wir woanders. Es muß ja nicht Paris sein, vielleicht hast du in der Normandie einen kleinen verliebten Burschen zurückgelassen, der sich nach dir sehnt?«

»Vielleicht.«

»Aha! ... Gut, wir lassen deinen Freier also kommen, verschaffen ihm eine gute Position und die Sache ist in Ordnung. Das Kind bekommt einen Namen, und an unserer Beziehung hat sich nichts verändert.«

Er lachte wieder:

»Wir können dem Kleinen höchstens noch ein paar Brüderchen und Schwesterchen dazumachen!«

---

* Die Autorin hat bewußt das deftige Umgangsfranzösisch des Herzogs von Berry wiedergegeben, um seine Persönlichkeit möglichst genau nachzuzeichnen.

Sie war außer sich:
»Vielen Dank! Glaubt Ihr, daß mich das Ganze amüsiert? Ich bin doch keine Legehenne. Dieses eine ja, dann aber nie wieder eins.«
»Das sagst du jetzt. Warte nur ab, bis du's erst hast...«
Mit der flachen Hand schlug er einladend auf die Steppdecke:
»Komm zu mir und setz dich, steh nicht so förmlich herum, als wenn du einen offiziellen Besuch machst, das regt mich auf!«
Agathe rührte sich nicht von der Stelle.
»Was hast du denn?« fragte er ungeduldig.
»Es ist wegen...«
Agathe seufzte schwer.
»Wie könnt Ihr es dem Zufall überlassen, welchen Namen Euer Kind bekommt?«
»Zufall?... Ich setze mein ganzes Vertrauen in dich! Du bist schließlich nicht jemand, der sich mit den Knechten im Heu vergnügt!«
»Erstens pflege ich mich nicht im Heu zu vergnügen«, erwiderte sie, ohne die Ruhe zu verlieren, »und wenn ich Eurem Verlangen nachgegeben habe, so braucht Ihr daraus nicht zu schließen...«
»Aber Agathe! Vergiß nicht, daß ich ein erfahrener Mann bin! Du bist ein wunderschönes Mädchen mit herrlichen Haaren, einem hingebungsvollen Mund und einem prachtvollen jungen Körper! Du willst mir doch nicht im Ernst erzählen, du hättest mit anderen Männern überhaupt keine Erfahrung! Ich würde es dir auch überhaupt nicht übelnehmen... im Gegenteil! Wir profitieren doch nur davon, denn alle früheren Erfahrungen, die du gemacht hast, können unsere Lust und unser Vergnügen nur steigern...«
Seine Stimme wurde wieder ernster.
»Nun laß das mal, mit der Zeit wird sich alles von alleine regeln... Komm, meine Süße, komm schnell zu mir... Schon der Gedanke an deine Küsse und Liebkosungen weckt in mir ein teuflisches Verlangen nach dir...«
Agathe senkte den Kopf und erwiderte leise:
»Ich... Ich kann nicht... Mir ist nicht danach.«
»Was willst du also?«
Er wurde wütend:
»Du willst doch nicht etwa, daß ich diesen Knirps zu mir in den Elysée-Palast nehme?«
»Oh, nein!«
Und scharf fügte sie hinzu:

»Außerdem erwartet die Frau Herzogin ja auch ein Kind von Euch, das bald geboren sein wird. Beides sind Eure Kinder... Eines ist der zukünftige König, das andere, meines, ist ein armer Landjunker... Monseigneur! Ihr seid ein so gutherziger Mensch... Wie könnt Ihr da eine solche Ungerechtigkeit dulden...«

Er erhob sich:

»Guter Gott! Was willst du denn?«

»Ich verlange für ihn nur das, was angemessen ist«, antwortete sie mit fester Stimme. »Ich wünsche für dieses Kind einen ehrenvollen Namen, einen Rang...«

Sie unterbrach sich, denn er war in spöttisches Gelächter ausgebrochen. Dann meinte er:

»Und ich habe geglaubt, du hättest nichts anderes im Kopf als Liebesabenteuer... Aber du bist auch nicht anders als die anderen, nämlich ehrgeizig, berechnend und ruhmsüchtig!«

Ruhig und gefaßt hörte sie sich seine Vorwürfe an. »Monseigneur, Ihr begeht den gleichen Fehler wie vorher«, erwiderte sie sanft. »Hättet nicht gerade Ihr mich ausgewählt, hätte ich nicht gerade Euch kennen und lieben gelernt... Aber wie soll ich mich jetzt noch mit irgendeinem Mann abfinden?«

Sie machte bewußt eine Pause und fuhr dann fort:

»Daß Ihr es nur wißt: Ehe ich mich zu einer Verbindung zwingen lasse, kehre ich lieber zurück nach Rougeville, gestehe meiner Familie alles und bleibe unverheiratet. Auf diese Weise falle ich Euch auch dann nicht mehr zur Last. Lieber allein als mit einem verhaßten Ehemann verheiratet zu sein!«

»Du willst deiner Familie alles gestehen!... Also wirklich, du bist verrückt!«

Mit ironischem Lächeln antwortete Agathe:

»Nein, Monseigneur, ich bin nicht verrückt, ich bin nur schwanger... Was wollt Ihr denn, das ich meinem Vater erzähle? Die volle Wahrheit würde ihn vielleicht besänftigen...«

»Die volle Wahrheit... zum Teufel damit!«

Der Herzog war vor Wut rot angelaufen. Mit einer heftigen Gebärde riß er sich das Hemd vom Leib, so daß die Knöpfe durchs Zimmer flogen.

»Auf daß dein Vater... Er ist ein unzugänglicher Fanatiker, das hast du mir selbst hundertmal erzählt! Ich kenne diese Sorte. Sie nehmen ihre Rechte genauso ernst wie ihre Pflichten, sie sind zielstrebig und rigoros – nichts kann sie aufhalten, wenn sie sich einmal ein Ziel in den Kopf gesetzt haben ... Dein unglücklicher Vater wird uns einen wunderschönen Skandal bescheren ... Er wird bis zum König vordringen und dort sicher ein aufmerksames Ohr finden. Mein guter Onkel wäre hocherfreut, wenn er erführe, daß ... Und ganz besonders, wenn es sich um ... natürlich, dieser alte Bock, er haßt mich ... und ausgerechnet jetzt, wo Caroline kurz vor der Niederkunft steht ... Die Geburt dieses Kindes würde die Volksmeinung sehr günstig für uns stimmen ... Und dann dein lieber Schwager! Dieser hergelaufene Empire-Baron hätte doch nichts besseres zu tun, als sofort sämtliche Gazetten aufzuhetzen, so daß diese verdammten Liberalen und Bonapartisten leichtes Spiel mit mir hätten ... Und das Schlimme ist, daß man sich den nicht einmal kaufen kann, der hat mehr Gold als wir alle zusammen! ... Verdammt nochmal, siehst du nicht, was das für uns alle bedeuten würde, wenn du deinem Vater die Wahrheit erzählst? Ich verbiete es dir, hörst du, ich verbiete es dir einfach! Ich ...«

Er war außer sich vor Zorn. Mit völlig verzerrtem Gesicht, nacktem Oberkörper und einem bösartigen Ausdruck in den Augen stürzte er sich auf sie. Er sah so wütend aus, als wäre er zu allem fähig ...! Wie konnte sich ein Mensch, der sonst freundlich und zärtlich war, nur dermaßen verändern ...

Trotz dieses fürchterlichen Wutanfalls rührte sich Agathe jedoch nicht von der Stelle.

Jetzt oder nie! Wenn sie jetzt nachgab, war alles verloren. Was er kann, kann ich auch, dachte sie. Sie würde sich nicht damit zufriedengeben, daß er der Herr war und sie die Dienerin, selbst dann nicht, wenn dieser Herr einem Königsgeschlecht entstammte!

Stolz und entschlossen bereitete sie sich zum Angriff vor. Sie wog genau ab, was sie verlieren und was sie gewinnen konnte. Eine heftige innere Erregung trieb sie zum Handeln an und ließ sie alles auf eine Karte setzen. Immer noch rasend vor Zorn packte er sie bei den Schultern, so daß ihre Haube herunterrutschte und nur noch durch die beiden Samtbänder am Hals festgehalten wurde.

Ihr Kopf baumelte wie besinnungslos hin und her, und ihre völlig aufgelösten Haare bedeckten das Gesicht, nachdem er nicht aufhörte, sie zu schütteln. Atemlos flüsterte sie:

»Mein Vater wird nichts sagen ... und Charles Jérôme ... Meine

Schwester wird schon dafür sorgen, daß er nichts erfährt... Nein, alles wird gut werden, Ihr sollt mich nicht wiedersehen... Und Ihr werdet keinen Ärger mehr mit mir haben.«
Er ließ sie los, entfernte sich einige Schritte, um sich ihr dann erneut zuzuwenden. Sein Atem ging schwer. Er wirkte wie ein großer Bär.
»Für wen hältst du dich eigentlich? Glaubst du denn, du bist die einzige, der ich ein Kind gemacht habe? Aber keine von den anderen hat auch nur annähernd so ein Theater gemacht wie du... Du dramatisierst, du übertreibst alles...«
»Von welchen anderen sprecht Ihr?« Agathe warf den Kopf nach hinten, setzte sich ihre Haube wieder auf und sah ihn hochmütig an:
»Ihr wollt mich doch nicht etwa mit Mademoiselle Virginie Oreille, ihres Zeichens Tänzerin an der Oper oder Fräulein Bourgoing, Schauspielerin an der Comédie Française, auf eine Stufe stellen?«
»Du weißt davon?«
»Ganz Paris weiß davon«, schleuderte sie ihm eiskalt entgegen. »Ihr habt sie geschwängert, und jetzt sind sie so berühmt, daß jeder ihren Namen kennt. Wahrhaftig eine grandiose Ehre für diese beiden Damen, die sich gewöhnlich mit jedem abgeben!«
»Jetzt wirst du auch noch bösartig!«
»Nicht bösartig, nur ehrlich. Wie könnt Ihr mich bloß mit diesen beiden Damen vergleichen? Die Familie der Rougevilles geht bis ins 14. Jahrhundert zurück, und ihre Vorfahren... Auch Ihr habt diese Ahnenreihe um ein weiteres Glied bereichert! Das Blut, Monseigneur, weist jedem seinen wahren Platz zu.«
»Und du? Kannst du nicht mit deinem Platz ganz zufrieden sein? Mit diesen beiden anderen habe ich mich schließlich nur vergnügt, du jedoch...«
Er suchte ihren Blick:
»Nun komm, mein Kätzchen, sei nicht so dickköpfig, laß uns diesen Streit beenden! Wir müssen dich verehelichen... Hör zu, ich verspreche dir, daß ich für deinen Normannen alles tun werde! Er wird eine große Karriere machen, Titel, Rang und Namen besitzen... Wie heißt er denn eigentlich?«
Agathe biß die Zähne zusammen. Dann erwiderte sie:
»Das ist ganz unwichtig! Ich will es nicht, sage ich Euch noch einmal, ich will nicht zehn, zwanzig Jahre auf einen Rang warten,

den ich schon längst vorher hätte haben können, auf den ich sogar ein Recht habe ... Schließlich ... habe ich nicht nur Euch gefallen ... sondern auch anderen! Einer wäre bestimmt darunter gewesen, den ich hätte heiraten können, einer, der frei wäre, und der mir alle meine Wünsche erfüllt hätte ... Leider aber seid Ihr gekommen und habt mir den Kopf verdreht. Für Euch ist die Geschichte ganz einfach, Ihr regelt alles nach Eurem Ermessen in einer Minute. Eure Existenz ist ja auch nicht bedroht. Wenn ich hingegen an meine Zukunft denke ... Falls ich Euren Vorschlag annehmen würde, müßte ich akzeptieren, wovor ich am meisten Angst habe: ein mittelmäßiges Leben in der Provinz zu führen ... denn wer garantiert mir, daß dieser besagte Mann eines Tages nicht wieder zu seinen Feldern zurück möchte? Dorthin, wo er immer gelebt hat, wo seine Wurzeln sind! Von der Möglichkeit eines häßlichen Äußeren will ich erst gar nicht reden ...«

Agathe seufzte tief und fuhr fort:

»Ach, das ist alles nicht so einfach, denn wer auch immer dieser Mann sein mag, den ich heiraten muß, früher oder später wird er mir dieses Kind ja doch vorwerfen ... Und wenn auch Ihr meiner eines Tages überdrüssig seid, was bleibt mir dann noch zum Glücklichsein?«

Der Herzog begann erneut, wortlos wie ein Raubtier durchs Zimmer zu schleichen.

Agathe war auf einmal übel, ihre Kehle fühlte sich trocken an, und ihr Kopf schmerzte zum Zerspringen. Sie war so unglücklich wie noch nie in ihrem Leben. Was sie ihm gesagt hatte, hatte sie sagen müssen, denn es entsprach der Wahrheit. Ihre Zukunft war zuvor so vielversprechend gewesen, alles Glück dieser Erde hatte ihr zum Greifen nah erschienen, und nun auf einmal ... Er liebte sie ja gar nicht, er hatte sie nur begehrt, er hatte mit ihr wie mit den anderen auch nur gespielt. Sie hatte geglaubt ... Aber das war nur ihre Naivität gewesen, eine Illusion, eine Verirrung ihres verdammten Stolzes! ... Dieses Kind in ihr war hingegen eine Realität, eine Realität, die sie haßte. Am liebsten hätte sie es sich aus dem Leib gerissen. Und in diesem Moment haßte sie auch den Herzog mit aller Kraft, derer sie fähig war. Vor ihrem geistigen Auge sah sie bereits das, was unweigerlich folgen würde: Ihre umgehende Rückkehr nach Rougeville, ihren zunehmenden Leibesumfang, die Leute, die auf sie mit Fingern zeigten, es sei denn sie heiratete in aller Heimlichkeit irgendeinen alten Knacker, den

die Familie ihr aussuchen würde, ... irgendeinen eben, den erstbesten, denn schließlich konnte man nichts verlangen, man mußte vielmehr froh sein, daß man überhaupt noch einen bekam ... Sollte sie also nachgeben? Théo oder Gaston? Zumindest einer von beiden würde sie trotz ihres Zustands noch nehmen, je nachdem, wie großzügig sich der Herzog erweisen würde ... Oh, auch diese Großzügigkeit würde nicht von langer Dauer sein, denn sie glaubte nicht mehr an seine Güte ... Nachgeben? Agathe gab sich einen Ruck. Nein! Alles oder nichts! Sie wollte vom Herzog keine Barmherzigkeit, sondern einen Liebesbeweis ... Sie wollte seine Liebe! Wenn man sich sehr viel erhofft hat, kann man sich nicht mit wenig begnügen, ohne an sich selbst zu zweifeln. Agathe hatte keine Lust, vor ihm auf die Knie zu fallen ... Einmal in ihrem Leben hatte sie es fast getan ... und das genügte ihr ... nämlich vor Pierre de Fournon. Die Erinnerung daran brachte sie immer noch fast um. Niemals mehr, weder vor einem Mann noch vor ihrer Familie würde sie etwas Derartiges tun!
Und auf einmal kristallisierte sich aus all ihren wirren Gedanken einer heraus. Sie würde fliehen! Nach England! Das Reisegeld würde sie von Portal leihen, und dort könnte sie bei Emigranten bleiben, die nicht zurückgekehrt waren ... Bei Madame de Genloup zum Beispiel ... Sie würde dort ihr Kind bekommen, und dann unter falschem Namen ein neues Leben beginnen. Dann wäre sie niemand mehr Rechenschaft schuldig, und sie würde immer noch schön genug sein, um ...
Agathe beugte sich herab, um ihre Tasche vom Stuhl zu nehmen ... Machte es die plötzliche Bewegung, daß ihr schwindlig wurde? Jedenfalls fühlte sie sich auf einmal ganz weich in den Knien, das Bett und die Wände begannen sich zu drehen, eine Eiseskälte stieg ihr in die Brust, und sie hörte sich mit einem ganz kleinen Stimmchen sagen: »Ich glaube, ich werde ohnmächtig!«
Dann versank alles in Nebel ...
Unmittelbar darauf drang der Schrei des Herzogs zu ihr, dessen Arme sie auffingen. Angstvoll fragte er:
»Geht es dir jetzt besser? Du bist ganz blaß. Komm, leg dich hin!«
Mit einer Kopfbewegung deutete sie an, daß sie sich nicht hinlegen wollte und murmelte dann kläglich:
»Ihr habt mich zu sehr verletzt, ich möchte gehen!«

»Verletzt? Du bist eine dumme Gans! Du redest und redest und gibst nur Dummheiten von dir... Und gehen willst du? Wer erlaubt dir...? Ich erlaube dir jedenfalls nicht zu gehen, du wirst hierbleiben, hörst du!«
Er umarmte und küßte sie leidenschaftlich. Seine Hände verloren sich in ihrem Kleid. Wieder und wieder küßte er sie, auf den Mund, auf die Augen, auf die Haare, bis er sie schließlich zu seinem Bett trug. Mit Tränen der Rührung in den Augen beugte er sich über sie und sagte:
»Verdammter kleiner Dickschädel! Eine Tracht Prügel hättest du verdient! Ein Kind wie du... Deinem Fürsten so die Stirn zu bieten!... Nun lächle wieder, mein Kleines, und wenn dir dein Normanne nicht gefällt, dann werde ich nachdenken und dir einen anderen aussuchen. Ich möchte doch nur das Beste für dich, glaub mir!«

Einige Tage später trafen sie sich wieder zu ihrem gewohnten Rendezvous. Es verlief wie immer. Sie liebten sich, kaum daß Agathe angekommen war. Diesesmal hatte sie jedoch nicht soviel Spaß daran wie sonst, denn sie war nicht in der Lage, sich von all den Sorgen zu lösen, die ihr Tag und Nacht durch den Kopf gingen. Selbst jetzt, wo sie erschöpft und entspannt an der Seite des Herzogs lag, kam sie nicht umhin zu überlegen, zu verwerfen, wieder zu überlegen... bis der Herzog ihren Gedankengang unterbrach und sie wie nebenbei fragte:
»Kennst du Vincent de Seurolles?«
»Seurolles?... Nein, warum? Sollte ich?«
Sie stützte sich auf ihren Ellenbogen auf und blickte ihn fragend an.
»Hätte ja sein können. Nein, nein... Er verkehrt weder bei der d'Honfeuille noch im Hôtel Talleyrand, aber der Schwiegervater deiner Freundin Virginie de Boischambault gehört zu seinen Bekannten... Oder du hättest ihn auch einmal in meiner Begleitung sehen können. Er ist oft dabei, wenn die Herzogin und ich in die Oper gehen, zu den Italienern...«
»Wenn Ihr erscheint, sehe ich nur Euch!... Aber warum stellt Ihr mir solche Fragen?« wollte sie wissen. Plötzlich hatte sie eine unangenehme Vorahnung. Ihr Magen tat wieder weh. Obwohl sie nur etwas Leichtes zu sich genommen hatte, lag ihr die letzte Mahlzeit wie Blei im Magen.

Da erklärte er mit triumphierender Miene:
»Ich habe für dich einen Mann gefunden! Ging es dir schnell genug?«
»Dieser . . . Sérolles?«
»Seurolles! Mit u. Der Graf de Seurolles, bitteschön! Ein vornehmes provençalisches Adelsgeschlecht, ein herrliches Gut in der Nähe von Aix-en-Provence und mit einem Hôtel in der Rue de Bourbon. Ich habe ihn gefragt, und er ist bereit, dich zu heiraten.«
Sein Mund hatte sich zu einem breiten Lachen verzogen. Gespannt wollte er dann von ihr Wissen:
»Was sagst du zu dieser Neuigkeit?«
»Nun ja . . .«
»Nun ja was?«
Agathe sah ihn ungläubig an.
»Er hat so viele Vorzüge, ehrlich gesagt zuviele. Noch dazu ist er nicht verheiratet. Er muß doch irgendwelche schwerwiegenden Nachteile haben! Was verschweigt Ihr mir? Hat er etwa einen Buckel? Oder nur einen Arm? Oder ist er schon achtzig? Man nimmt schließlich nicht einfach eine schwangere Frau ohne Mitgift, und überdies . . .«
»Ach, hör auf, du unterschätzt dich vollständig, mein Kätzchen . . . Du würdest selbst den Teufel in der Hölle, wo es doch von hübschen Mädchen nur so wimmelt, noch in Versuchung führen . . .«
»Aber er kennt mich doch gar nicht!«
»Er wird dich schon kennenlernen . . . Und ich kann dir versichern, daß Vincent völlig gesund ist.«
Er lachte und fuhr dann fort:
»Im Gegenteil, er ist ausgesprochen gut gebaut und einige Jahre jünger als ich. Er dürfte ungefähr zweiunddreißig Jahre alt sein.«
Agathe war immer noch mißtrauisch.
»Also, ich versteh das alles nicht!«
»Verstehen, was willst du denn verstehen? Es haben nun mal nicht alle Männer das Verlangen, sich ein Nest zu suchen! Es gibt auch welche, die brauchen mehr die Freiheit als den heimischen Herd . . .«
»Wie ist es denn nun wirklich . . . Warum verzichtet er denn zu meinen Gunsten?«
Verärgert stand der Herzog auf:

»Du gehst mir auf die Nerven! Du bist doch schließlich diejenige, die einen Mann braucht, ja oder nein? Da treibe ich dir schließlich einen auf, und du rümpfst nur die Nase und spielst die Angeekelte. Jede andere würde mir um den Hals fallen, wenn ich ihr so einen Mann daherbrächte!«

Schnell hüpfte Agathe aus dem Bett, lief zu ihm hin und zog schmeichelnd seine Hand an ihre Wange.

»Nicht zornig werden, bitte! Ich möchte doch nur wissen, was aus mir wird, sonst nichts.«

»Das weißt du doch jetzt!«

»Nein«, rief sie erregt. »Wieso ist er damit einverstanden, mich zur Frau zu nehmen?«

Abweisend antwortete der Herzog:

»Ich habe ihm früher einmal einen Dienst erwiesen.«

»Was für einen Dienst?«

»Darüber redet man nicht mehr nach so vielen Jahren«, gab er trocken zurück. Und um sie am Weiterfragen zu hindern, fügte er schnell hinzu:

»Außerdem habe ich ihm den ersten freien Posten in der Reihe meines Ehrengefolges versprochen. Wir sind seit unserer gemeinsamen Zeit in London sehr eng befreundet. Er ist meinem Vater und mir sehr verbunden. Wenn mein guter Onkel eines Tages das Zeitliche segnet, wird Vincent einer der wichtigsten Mitstreiter bei der Vernichtung dieser Scheiß-Liberalen und dieser verdammten Bonapartisten sein!«

»Und warum gehört er nicht jetzt schon zu Eurem Haus?«

Sie hatte diese Frage völlig unbefangen gestellt, er aber reagierte mit jäher Heftigkeit.

»Schon wieder ein Warum, ich dreh dir noch den Hals um!« brüllte er und zog sie brutal am Handgelenk durchs Zimmer.

»Monseigneur!« bettelte sie sanft, »bitte, laßt mich los ...! Ihr habt mit diesem Monsieur de Seurolles sicher eine sehr gute Wahl für mich getroffen.«

»Und dann hältst du mich auch noch für einen Dummkopf! Du bist wirklich erst dann zufrieden, wenn man all deine Forderungen erfüllt hat, du kleines Schlitzohr ...« Er zwickte sie ins Ohr und brach plötzlich in sein gewohntes Lachen aus.

So war er eben! Sie fürchtete ihn nun nicht mehr, denn sie kannte ihn inzwischen. Seine fürchterlichen Wutausbrüche waren nur eine vorübergehende Erscheinung, die sie unbeteiligt über sich ergehen ließ, denn hinterher war er wieder freundlich und gütig, als wäre nichts gewesen.

»Hör zu, ich werde dir erklären ... weshalb er bislang nicht zur Familie gehörte ...«

Er sprach langsam und bedächtig, gleichsam als drehe er jedes Wort dreimal im Munde herum, bevor er es aussprach. »Damit du Bescheid weißt: Vincent führt alles andere als ein vorbildliches Leben. In unserer Familie ist Madame* die unumschränkte Herrscherin. Aufgrund ihrer unglücklichen Vergangenheit kann sie es überhaupt nicht ertragen, wenn jemand sich laut amüsiert, lacht oder ganz einfach nur lustig ist. Sie duldet in ihrer Umgebung keinerlei Ausgelassenheit! ... Selbst meine arme Caroline hat darunter zu leiden! Wie sollte ich ihr also Vincent vorstellen! ... Ich habe daher zu Vincent gesagt: Mein Lieber, wenn du jemals von diesem Dragoner, der meine Schwägerin ist, akzeptiert werden willst, mußt du zumindest anfangen, eine Familie zu gründen. Als dein Freund liefere ich sie dir gleich komplett ...«

»Und was hat er geantwortet?«

»Äh, ich erinnere mich nicht mehr! ... Ach doch! Er sagte: Ist der Paravent wenigstens hübsch?«

»Der Paravent?«

»Aber ja ... Du! Aber er wird nichts von dir verlangen, denn schließlich unterzeichnet ihr beide den gleichen Vertrag. Oder kannst du dir vorstellen, daß du mich mit deinem Ehemann betrügst?«

Nein, nein, sie versicherte ihm sofort, daß er nur ein Ehemann auf dem Papier sein würde, sonst nichts!

»Gut, dann wäre diese unangenehme Geschichte endlich abgeschlossen. Bist du jetzt zufrieden?«

Zufrieden? Ja, das war sie. Ein bißchen seltsam kam ihr das Ganze schon vor ... Sie würde die Gräfin de Seurolles ... Sie konnte es noch nicht fassen ... Ein hoher Name, ein Titel, ein Vermögen, das Hôtel in der Rue de Bourbon und das Gut in Aix-en-Provence, alles auf einmal, für sie! Sie war zwar immer der Meinung gewesen, für sie sei das Beste gerade gut genug,

---

* Mit Madame ist die Tochter von Ludwig XVI. und Marie-Antoinette gemeint. Sie war mit dem älteren Bruder des Herzogs von Berry, dem Herzog von Angoulême verheiratet.

doch jetzt, wo es sich ihr präsentierte, war sie sehr beeindruckt. Eine Art Schwindel erfaßte sie, fast so etwas wie Angst ...
»Wann werde ich ihn treffen?« wollte sie wissen.
»Morgen. Caroline und ich gehen in die Oper und Vincent kommt mit. Sieh zu, daß deine Freunde, die Mougeauds, dich mitnehmen ... Und jetzt mein Kätzchen, laß uns ein wenig an uns denken! Es drängt mich, dich in deiner ganzen Schönheit zu sehen!«
Er war ihre Sonne, er war eine wunderbare Quelle, die jeden Durst stillte ... Er war ihr Held.
Sie flog in seine Arme.

Kapitel 10

»Anne-Louise! Ich flehe dich an, bitte komm mit, ich flehe dich an!« bat Agathe. Sie war mit ihren Nerven völlig am Ende.
Anne-Louise beugte sich über die Wiege ihres Sohnes Antoine und zupfte vorsichtig die feinen Schleier und Spitzen des beschützenden Himmels zurecht. Erst als sie sich wieder in ihren Sessel zurückgesetzt hatte, wandte sie sich mit einem besorgten Blick an Agathe:
»Psst, du weckst ihn auf!«
»Anne-Louise!«
»Aber Liebes, wie soll ich denn . . . ich bin kein einziges Mal mehr ausgegangen seit . . . Ja, im letzten Juli, das ist jetzt bald ein Jahr her, mit dir . . . Und jetzt willst du plötzlich von heute auf morgen mit mir in die Oper gehen! . . . Heilige Jungfrau Maria, wenn ich Alexandre einfach so bitte, uns hinzubringen, wird er mich bestimmt für verrückt halten!«
». . . oder ganz einfach für eine normale Frau, die auch einmal Lust hat, mit ihrem Mann auszugehen, statt ihn jeden Abend wer weiß wohin gehen zu lassen!«
Agathe unterbrach sich sofort, lief zu Anne-Louise und schlang schuldbewußt die Arme um den Hals:
»Entschuldige bitte, mein Liebes, ich wollte dich nicht . . .«
Anne-Louise seufzte:
»Das macht nichts . . . Ich weiß selbst, daß Alexandre sich nicht um mich kümmert . . . Wahrscheinlich betrügt er mich sogar . . .«
»Nein, nein, sag das nicht! Man muß ja nicht immer gleich das Schlimmste denken, wo findet er schließlich eine bessere . . .«
Anne-Louise umarmte Agathe und erwiderte dann mit einem traurigen Lächeln:
»Das ist sehr lieb von dir. Aber für die Männer sind nicht die inneren Werte einer Frau begehrenswert, sondern ihr Aussehen . . . und was das betrifft, habe ich ihn sicherlich enttäuscht . . . es gibt Dinge, die eine sittsame Gattin nicht zulassen kann.«
»Was für Dinge?« fragte Agathe unschuldig.
Anne-Louise errötete.
»Über diese Dinge spricht man nicht. Aber wenn ich mir vorstelle, daß manche verheiratete Frauen sich einfach einen Liebhaber nehmen und mit ins Bett . . .«

»Wo sollen sie denn sonst mit ihm hingehen?«
»Agathe! Ein junges Mädchen ...«
»Auf diese Weise haben sie wenigstens Vergleichsmöglichkeiten«, meinte Agathe. »Und du solltest dir vielleicht einmal etwas überlegen, wenn Alexandre Schwierigkeiten hat ...«
»Agathe!«
Sie zuckte nur mit den Achseln und meinte:
»Was ich dir sage, meine Liebe, ist nur zu deinem Besten. Unter der Frivolität verbirgt sich oft große Weisheit. Schau dich nur einmal im Spiegel an! Du solltest wirklich mehr auf deine Linie achten, und ein Hauch von Koketterie täte deinem Eheleben besser als dein schlecht gesteckter Knoten oder dein immer gleiches Kleid ... und dieses triste Grau ... Wenn man keinen schönen Teint hat, dann hilft man eben ein bißchen nach! ... Und überhaupt, du mit deinem Vermögen brauchst doch nicht den ganzen Tag um dein Kind herumzutanzen ...«
»Mein Sohn füllt mich vollkommen aus ... Aber sag mal, warum willst du morgen unbedingt in die Oper gehen?«
»Weil ... nein, ich kann es dir nicht sagen, ich würde ein Geheimnis verraten. Du wirst mich doch nicht dazu zwingen wollen, oder?«
Einschmeichelnd fuhr Agathe fort:
»Bitte, Anne-Louise, du bist meine einzige Freundin ...«
»Und was ist mit Virginie? Du bist doch oft und gern mit ihr zusammen.«
»Virginie? Puh! Das ist doch ganz etwas anderes! Sie amüsiert mich, du aber ... dich habe ich sehr gern! Wenn du mich brauchen würdest, wäre ich bestimmt immer für dich da ... deshalb ...«
Agathe unternahm einen letzten Vorstoß. Mit ernster Miene und tragischer Stimme verkündete sie:
»Du bist dafür verantwortlich, wenn ich morgen nicht in die Oper kann. Meine ganze Zukunft hängt davon ab ...«
»Es ist also sehr wichtig?«
»Ja, natürlich, davon rede ich doch seit einer halben Stunde!«
»Du hast doch nicht etwa irgendwelche Dummheiten vor? Manchmal denke ich mir, ich sollte mir die Zeit nehmen, dich zu begleiten, wenn du Virginie besuchst. Einfach um zu wissen, mit wem du verkehrst ...«
Lachend erwiderte Agathe:
»Tu das lieber nicht! Du würdest dich mit Virginies Freunden

tödlich langweilen ... Außerdem, mein Liebes, sehe ich vielleicht wie jemand aus, der Dummheiten begeht?«
Anne-Louise betrachtete sie einen Moment lang und erwiderte dann:
»Nein, ich glaube nicht. Wahrscheinlich begeht man eher Dummheiten, wenn man sehr brav aussieht.« Sie verzog den Mund und fuhr fort:
»... Wie ich zum Beispiel. Ich war ganz naiv und unbedarft, als ich Alexandre kennenlernte. Er hatte leichtes Spiel mit mir, als er mir schöne Augen machte ... Also gut, da du unbedingt gehen willst, werde ich es ihm sagen. Außerdem hast du ja vollkommen recht, es wäre sehr ungehörig von ihm, unserem Wunsch nicht zu entsprechen.«

Madame d'Honfeuille hatte Anne-Louise freundlicherweise ihre Loge zur Verfügung gestellt. Agathe saß stolz und aufrecht hinter der Brüstung und beobachtete aufmerksam jene Plätze, die dem Königshause vorbehalten waren. Dieser Bereich fiel besonders durch seine luxuriöse Ausstattung auf und war dem eigentlichen Zuschauerraum wie eine Insel vorgelagert, umschloß ihn aber auch gleichzeitig an drei Seiten. Er war mit wunderbarem blauen Taft ausgeschlagen und mit zahlreichen Liliensträußen geschmückt. Die fürstlichen Sessel, mit kostbarem Samt bezogen, waren vorerst leer, wie Agathe feststellte.
Sie liebte den Moment, bevor sich der Vorhang hob, ganz besonders, denn so hatte sie Gelegenheit, sich möglichst auffällig nach allen Seiten zu zeigen. Dazu ließ sie ihr glockenreines Lachen vernehmlich hörbar erklingen und raschelte geräuschvoll mit ihren Seidenröcken. Kritisch betrachtete sie dann mit der Lorgnette, die Madame d'Honfeuille ihr geliehen hatte, die Damen in den anderen Logen. Die meisten von ihnen erinnerten sie an kostbare Marionetten, die ihr Spiel in einem Schaukasten vorführten. Alle spielten das selbe alte Spiel, und alle versuchten, sich möglichst vorteilhaft zur Geltung zu bringen. Meistens kam Agathe zu dem Ergebnis, daß sie die Schönste von allen war. Heute nahm Agathe allerdings an diesem Wettstreit der Eitelkeit nicht teil, denn sie hatte anderes im Kopf. Stumm und unbeweglich, mit nervös im Schoß gefalteten Händen, wartete sie voller Ungeduld und mit zunehmender Besorgnis auf das Erscheinen des Herzogs.
Gräfin de Seurolles! Das klang sehr schön ... Wie würde ihr

zukünftiger Ehemann wohl aussehen? fragte sie sich. Auf das Urteil des Herzogs wollte sie sich diesbezüglich lieber nicht allzusehr verlassen. Er hatte den Grafen zwar als eine vollkommene Erscheinung geschildert, doch vielleicht wollte der Herzog ihr nur »Honig um den Bart schmieren«, wie Großvater zu sagen pflegte. Zudem wußte sie, daß Männer in dieser Hinsicht vollkommen anders dachten als Frauen. Bei ihnen stand die Männlichkeit im Vordergrund. Ein Stiernacken beeindruckte sie mehr als ein feines Profil ... Eigentlich konnte ihr das ja ganz gleichgültig sein, redete Agathe sich schnell ein, denn der Graf brauchte ihr keineswegs zu gefallen ... Andererseits würde sie sich mit diesem Ehemann auch in der Öffentlichkeit zeigen, ganz zu schweigen von gemeinsamen Mahlzeiten und Verpflichtungen im eigenen Haus. Sie konnte sich schlecht vorstellen ... Beim Gedanken an einen häßlichen Mann überlief sie eine Gänsehaut!
Neben ihr saß Anne-Louise, die sich wie immer in der Öffentlichkeit unbehaglich fühlte und sich nervös Luft zufächelte. Alexandre, der seine schönste Ausgehuniform angelegt hatte, saß mit Märtyrergesicht hinter ihr.
Agathe mußte unwillkürlich an ihren ersten Opernbesuch zurückdenken. Hier, an diesem Platz, hatte sie damals gesessen und war wie geblendet gewesen von all dem glitzernden Luxus und der Eleganz um sie herum. In ihrer treuherzigen Naivität hatte sie damals geglaubt, Gott stünde ihr bei und sie könne die Kluft, die sie von all diesen Luxusgeschöpfen trennte, mit spielerischer Leichtigkeit überwinden. In gewisser Weise hatte sie recht behalten. Sie war kurz davor, diese Kluft tatsächlich zu überwinden. Nicht mehr lange, und sie würde selbst eine eigene Loge besitzen, Leroy würde sie einkleiden, und eine von diesen eisernen Equipagen, die sie in London immer bespritzt hatten, wenn sie zu Fuß durch die schlammigen Straßen gegangen war, würde sie am Ausgang erwarten. Alles, was sie sich so sehr gewünscht hatte, würde sie bekommen, und eines wußte sie inzwischen ganz genau: Allein der Glaube daran und ein freundliches Lächeln genügten nicht, um ein solches Ziel zu erreichen.
»Ist er nicht da?« murmelte Anne-Louise.
»Wen meist du bitte mit »er«?«
»Chérie, ich vermute doch ... Du hast dermaßen darauf bestanden hierherzukommen, daß ich annehme ...«
»Sei still, schau ...«

Eine große Unruhe erfaßte plötzlich das Theater. Stühle knarrten, viele hundert Füße kratzten und scharrten über den Boden, ein allgemeines Getuschel und Gemurmel machte sich breit: Alle Zuschauer erhoben sich von ihren Plätzen ... Nach einer erwartungsvollen Stille erklangen aus dem Orchestergraben die ersten Takte von »Es lebe Heinrich IV.«. Während das Publikum in diese Begrüßung singend miteinfiel, hielten der Herzog und die Herzogin von Berry ihren Einzug.
Auch sie, Agathe, sang mit. Ganz automatisch ... und im Rhythmus ihres Herzens, das plötzlich wild zu schlagen begonnen hatte.
»Agathe, beug dich doch nicht so weit vor, du fällst sonst noch hinunter«, flüsterte Anne-Louise ihr zu ... »Sieht unsere kleine Herzogin nicht ganz reizend aus? Und wie vorteilhaft sie gekleidet ist ... Als ich mit Antoine im siebten Monat war, sah ich aus wie eine Tonne. Bei ihr dagegen bemerkt man es kaum. Schau ...«
Agathe streifte sie nur mit einem verächtlichen Blick. Rosa gefiel ihr überhaupt nicht, es war eine Farbe für kleine Mädchen. Aber genau das war die Herzogin in ihren Augen – ein kleines Mädchen, mit ihren struppigen roten Haaren und ihren dünnen Ärmchen, die an zwei Baguettes erinnerten. Sie hatte sie so auf ihren Bauch gelegt, als hielten sie einen großen, unter dem Rock versteckten Ball ...
Der Herzog selbst erstrahlte in einem festlichen braunen Seidengewand. Das gezackte Spitzenplastron betonte seine kraftvolle Männlichkeit, die so gar nicht zu der jämmerlichen Erscheinung seiner Gattin paßte. Er verkörperte in jeder Hinsicht die Größe und Herrlichkeit eines Fürsten. Erfüllt von Besitzerstolz hatte Agathe große Lust, allen, die sich inbrünstig vor ihm niederwarfen, zuzurufen, daß dieser Gott ihr allein gehörte! Daß sie gestern noch in leidenschaftlicher Umarmung beisammengewesen waren ... Aber niemand durfte es erfahren, deshalb ja dieser Graf de Seurolles ... Nachdem sich die fürstlichen Herrschaften gesetzt hatten, und man der Herzogin zum Schutz vor der Hitze taftbespannte Stellwände hingeschoben hatte, erloschen die Lichter, und der Vorhang begann sich langsam zu heben. »Erlaubst du?« Agathe nahm Anne-Louise die Lorgnette aus der Hand, um sich die Personen unten genauer anzusehen. Sie erkannte den Grafen de Clermont-Lodève und den Grafen de Choiseul, beides Herren, die bei Madame d'Honfeuille verkehrten, aber die anderen ... Mein Gott, sie hätte sich wirklich vom Herzog eine Beschreibung

des Grafen geben lassen sollen. Er mußte so um die dreißig sein ... das war alles, was sie wußte. Sie erblickte zwei Herren, die etwa in diesem Alter waren. Der eine war blond und hatte einen leichten Anflug von Pferdegesicht. Aufgrund seiner hohen Gestalt und seines seidigen Lockenhaares konnte man ihn vielleicht als gutaussehend bezeichnen. Der andere war dunkelhaarig ... Während sie den Blonden betrachtet hatte, war dieser dem Blickfeld ihrer Lorgnette entschwunden. Er plauderte jetzt mit der Herzogin von Reggio, der Ehrendame Ihrer königlichen Hoheit, doch da wurde auf einmal die Bühne strahlend hell erleuchtet, so daß der Zuschauerraum in völliger Dunkelheit versank.
»Glaubst du, daß es stimmt, was die Leute sagen?« flüsterte Anne-Louise.
»Was denn?«
»Daß der Herzog von Berry seine Leidenschaft mit einer Ballett-tänzerin hat, mit einer gewissen Virginie ... Virginie ... Der Name fällt mir jetzt nicht mehr ein, aber es war ein komischer Name ...«
»Virginie Oreille.«
»Ja, genau!«
»Hatte er, aber jetzt nicht mehr!« antwortete Agathe kurz.
»Aha! Und woher weißt du das?«
»Weil ... weil ... deine Tante hat es mir gesagt.«
»Umso besser!« seufzte Anne-Louise.
»Sie sind so ein schönes Paar, die Herzogin und er, es wäre schade gewesen ...«
Was sollte Agathe darauf erwidern?
Der Herzog hatte zu ihr gesagt: ›Laß dich in der Pause im Voyer sehen, damit mein Freund Vincent dich dort treffen kann ...‹
Kaum begann sich der Vorhang zu senken, als Agathe auch schon ihr Kleid zurechtzupfte, ihre Halskette zurechtschob und sich dann erhob:
»Gehen wir ins Voyer?«
»Liebes, geh mit Alexandre«, erwiderte Anne-Louise. »Die vielen Leute, du weißt ja, ich ...«
Ohne Anne-Louise und noch keine fünf Schritte von der Loge entfernt war Alexandre ein völlig anderer Mensch. Strahlend wie früher, keck und fröhlich, mit stolzgeschwellter Brust zog er mit seinem Goldhaar wie ein Magnet die Blicke der Frauen auf sich. Galant verbeugte er sich bei jedem Schritt, drückte lange ausdau-

ernde Küsse auf zarte kleine Hände, die sich ihm entgegenstreckten und hatte für jede ein charmantes Lächeln oder eine geistreiche Bemerkung.

Agathe dagegen war viel zu aufgeregt, um nach allen Seiten zu lächeln. Sie setzte ihre Füße ganz automatisch voreinander und spürte nur ein dumpfes, schweres Gefühl in der Magengegend. Das ganze war wirklich zu dumm, denn sie hatte diesmal mehr Angst als vor dem ersten Rendezvous mit dem Herzog im Jardin du Luxembourg. Sie begegnete vielen Leuten, die sie bei Madame d'Honfeuille kennengelernt hatte. Sie waren alle äußerst erstaunt, Agathe hier anzutreffen. Scheinheilig bemerkten sie bei der Begrüßung: »Ach, seid Ihr nicht mit Aimée in Valencey?«... Was soviel bedeutet wie: Ach, Ihr seid also immer noch nicht im Bett dieses alten Knackers Talleyrand gelandet?

Agathe, die ihnen ein kurzes, knappes Nein entgegensetzte, dachte sich im Stillen: Wartet nur, ihr scheinheilige Brut, ihr werdet noch staunen!...

In diesem Augenblick hörte sie von hinten eine Stimme sagen:

»Mougeaud, mein Alter, sei kein solcher Egoist... Du kannst dieses wunderbare Geschöpf nicht für dich allein beanspruchen! Stell sie uns doch einmal vor.«

Alles ging sehr schnell. Alexandre drehte sich um und Agathe tat es ihm gleich.

Vor ihr standen der Blonde und der Dunkelhaarige von unten. Das Herz blieb ihr fast stehen. Sie lächelte dem Blonden zu.

»Ach, Bareuil!... Agathe, das ist François de Bareuil... Mademoiselle de Rougeville.«

Der Dunkelhaarige kam einen Schritt auf sie zu.

»Mademoiselle, erlaubt, daß ich mich selbst vorstelle: Vincent de Seurolles.«

»He!« sagte der Blonde. »Hütet Euch vor diesem Herrn, Mademoiselle, er ist äußerst gefährlich!«

»Eine Dame wie Mademoiselle fürchtet weder Tod noch Teufel«, erwiderte Vincent de Seurolles.

Alexandre unterbrach sie lachend:

»Halt, halt, meine Herren, einen Moment! Dieses zarte Geschöpf ist fast meine kleine Schwester, erschreckt sie doch nicht so!«

»Habe ich Euch erschreckt, Mademoiselle?«

Der unverschämte Unterton dieser Frage war Agathe nicht entgangen. Dennoch lächelte sie. Was sie da vor sich sah, übertraf ihre kühnsten Erwartungen.
Zwei glühende Augen in einem hellen Gesicht, eine hohe Stirn, umrahmt von stark gewelltem dunkelm Haar, ein schöner großer Mund, der zu den sonst eher feinen Zügen nicht recht paßte... Aber ein Mund, der, wie Agathe gleich registrierte, das Prickeln im Nacken schon ahnen ließ... Ein Gedanke, den sie sich aber gleich wieder verbat, sie mußte ihn sogar schnellstens vergessen... Der Graf de Seurolles war mehr als gutaussehend... Sie konnte nicht umhin, es zuzugeben: Er war unglaublich anziehend, mehr noch, er war sehr, sehr verführerisch...
Er und Alexandre begannen eine Unterhaltung, während Agathe sich geschickt zurückhielt. In ihrem Kopf schwirrte alles nur so durcheinander. Sie war nicht in der Lage, auch nur einen klaren Gedanken zu fassen. So begnügte sie sich damit, ihn durch ihre langen Wimpern hindurch zu beobachten. Er trug – und mit welcher Eleganz! – ein blaßgraues, fast weißes Samtgewand von göttlichem Zuschnitt. Herrliche Rubine faßten die haselnußgroßen Diamantknöpfe ein, von denen jeder einzelne für sich genommen schon ein Juwel war. Der Gesamteindruck ließe auf eine affektierte, eitle Person schließen, ahnte man nicht darunter verborgen einen festen, muskulösen und wohlgestalteten Körper... Das schrille Pausenzeichen machte Agathes Beobachtungen ein Ende.
Bevor jeder zu seiner Loge ging, beeilte er sich, sie noch etwas zu fragen. Sein etwas singender Tonfall fiel Agathe angenehm auf.
»Mademoiselle, seid Ihr nicht irgendwie mit der jungen Madame de Boischambault verwandt?«
»Irgendwie schon, ja. Virginie ist die Tochter von Monsieur de La Maillerie, dem zweiten Ehemann meiner ältesten Schwester.«
»Baron Jérôme ist der dritte, nicht wahr?«
»Ja.«
»Drei Ehemänner... Donnerwetter!« Und lachend wollte er wissen:
»Wollt Ihr ihrem Beispiel folgen?«
Er verzichtete auf eine Antwort und fuhr fort:
»Um auf die Boischambaults zurückzukommen... Der Schwie-

gervater Eurer Freundin, der Marquis, gehört zu meinen Freunden und lädt am Donnerstag zu einem Ball ein. Werde ich das Vergnügen haben, Euch dort zu treffen?«
»Zweifellos, Monsieur.«
Er verabschiedete sich mit einer tiefen Verbeugung und sagte:
»Es freut mich, Euch dort zu sehen.«
Wieder in ihrer Loge angekommen, wollte Agathe von Alexandre wissen:
»Wie findest du den Graf de Seurolles?«
»Warum? Interessiert er dich?«
»Er sieht blendend aus . . .«
»Es gibt giftige Pflanzen, die trotzdem sehr schön aussehen, und ich fürchte, der liebe Vincent gehört zu dieser Sorte«, antwortet Alexandre.«
»Wieso, was meinst du damit?« fragte sie aufgebracht.
»Das ist schwer zu erklären. Er ist eben eine seltsame Person. Ich glaube, mich nicht zu täuschen, wenn ich sage, daß sich hinter seiner vorgetäuschten Nonchalance eine tödliche Traurigkeit verbirgt. Er ist ein Mann, für den das Leben eine große Last darstellt.«
»Traurig? Aber wenn man doch schön, reich und . . .«
Alexandre unterbrach sie ironisch:
»Wenn du meinst, daß das schon reicht . . .!«
»Mir kam er jedenfalls recht fröhlich vor.«
Alexandre lächelte spöttisch: »Ihr Frauen! Sobald euch ein Mann auch nur eines Blicks würdigt, schmelzt ihr dahin.«
»Wieso denn?« protestierte Agathe. »Für wen hältst du mich eigentlich?«
»Gut, gut, wie du willst . . . Aber hast du nicht bemerkt . . . hast du nicht den Überdruß in seinem Blick gesehen und dieses sorgenvolle Lächeln . . .?«
Nein, sie hatte nichts gesehen außer dem, was sie sehen wollte und was sie brauchte: Eine Fassade. Diese war hervorragend, und mehr wollte sie nicht.

Als der Graf de Seurolles den Salon im Hause Boischambault betrat, sah er Agathe von Verehrern umringt. Für Agathe, die an diesem Tag zum ersten Mal seit längerem frei von Sorgen war und außerdem nicht unter Madame d'Honfeuilles Fuchtel stand, hatte der Abend äußerst amüsant begonnen.

Alle jungen Männer hatten sich wie Fliegen auf ein Stück Zucker auf sie gestürzt. Sie war dermaßen umworben, daß sich zwei von ihnen fast duelliert hätten, als sie dem einen einen Tanz abschlug, dem anderen jedoch einen Tanz gewährte. Virginies Freunde waren wirklich sehr charmant. Und jung...Agathe stellte sich vor, wie sie mit solchen Gästen in der Rue de Bourbon rauschende Feste feiern würde ... Und Vincent de Seurolles? Vielleicht würde er es ihr nicht gestatten? Obwohl man doch eigentlich erwarten konnte, daß man die Freunde des anderen akzeptierte! ... Aber was hatte er für Freunde, was für einen Geschmack hatte er, was für eine Lebensart und was für einen Charakter?
Jedesmal, wenn Agathe von derartigen Fragen geplagt wurde, fielen ihr Alexandres abwertende Äußerungen über den Grafen wieder ein. Dann sagte sie sich jedoch, daß die Mehrzahl der jungen Mädchen ohnehin in totaler Unkenntnis ihrer Zukunft heiratete. Die Ehe beschloß im allgemeinen den Bund zweier Familien, zweier Titel, zweier Vermögen, oder aber Titel gegen Vermögen und umgekehrt.
Um sich näherzukommen, so war es üblich, durfte sich das junge Paar dann drei bis vier Wochen lang unter der Aufsicht einer Anstandsdame treffen, um Belanglosigkeiten auszutauschen. Erst in der Hochzeitsnacht, also unter nicht gerade erfreulichen Umständen, hatten die unglücklichen Mädchen zum ersten Mal die Gelegenheit, den Mann, den sie nun geheiratet hatten, etwas näher kennenzulernen. Diese Art von Prüfung brauchte sie, Agathe, zumindest nicht mehr abzulegen, denn im Nachhinein gesehen war ihre »Hochzeitsnacht« eine phantastische Sache gewesen ...! Sie hatten sie jedenfalls hinter sich. Vincent und sie würden sich also in aller Freundschaft begegnen, und den zahllosen Beispielen in ihrer Umgebung nach zu urteilen, würde man eine Verbindung eingehen, wie viele andere auch ...
An diesem Abend fühlte Agathe sich ganz ausgezeichnet. Die weißen Rosen in ihrem Haar standen ihr besonders gut und erhöhten ihr Selbstbewußtsein. Das wunderbare Tüllkleid, das sie wie eine Wolke umgab, hatte sie bei Anne-Louise ganz hinten im Kleiderschrank gefunden und mit ein paar Stichen zu einem Traum von Ballkleid verwandelt. Als besonderen Clou hatte sie sich dazu ein schwarzes Samtband, das sie wie ein Collier trug, um ihren langen, schlanken Hals gebunden. Der Effekt war einfach ... umwerfend! Er wurde selbst von den juwelengeschmück-

ten Damen bewundert. Eine neue Mode war anscheinend kreiert...
Sobald sie den Grafen de Seurolles bemerkte, gab sie ihm ein kleines Handzeichen, das ihn sofort zu ihr lockte. Seine Frage: »Tanzt Ihr?« verursachte ein großes Gezeter bei den sie umgebenden Herren Antoine de Lansac, Maxime de Rieux und Henri d'Arbonne, die alle drei ungeduldig darauf warteten, daß Agathe ihr Glas leerte und einem von ihnen den nächsten Walzer gewährte.
Tony, Maxime und Henri waren stolz darauf, »Dandy« genannt zu werden. Das war etwas Neues. »Hütet Euch vor denen«, hatte Madame d'Honfeuille geschimpft. »Diese Verrückten haben nichts anderes im Kopf als ihre Aufmachung und ihr affektiertes Gehabe und Getue, sie wollen um jeden Preis auffallen. Dabei sind sie Nichtstuer, die von ihren Erbschaften leben und obendrein dumm wie Bohnenstroh. Das einzig Erstrebenswerte für sie ist eine reiche Frau.«
Vielleicht... aber jetzt, wo sie keinen Ehemann mehr zu suchen brauchte, konnte sich Agathe beruhigt mit den »Dandies« abgeben.
Und um ehrlich zu sein wollte sie auch ganz bewußt dem Grafen de Seurolles einen Beweis ihrer Verführungskünste liefern.
»Dieser Walzer gehört uns, Monsieur!« tönten Tony, Maxime und Henri laut. Sie standen jedoch auf hoffnungslosem Posten, denn weder ihre drohende Haltung noch ihr streitsüchtiger Blick konnten den Grafen beeindrucken. Er sah sie nur abschätzig an und erwiderte mit beißender Ironie:
»Meine Herren, Ihr irrt Euch. Ich weiß zwar, wie man sich zu viert auf ganz reizende Weise die Zeit vertreiben kann, doch ich muß gestehen, bis zum heutigen Tage nicht gewußt zu haben, daß man Walzer auch mit mehr als zwei Personen tanzen kann...«
Agathe stand schnell auf, reichte Tony ihr Glas und besänftigte ihn:
»Tony, ich schwöre, daß der nächste Tanz Euch gehören wird. Aber der Graf de Seurolles ist ein alter Freund von mir, und ich hatte ihm diesen Tanz schon vorher versprochen.«
Während sie tanzten, meinte er vielsagend:
»Glaubt Ihr, dieses Trio junger Löwen, das bereit ist, jeden zu zerreißen, der sich Euch nähert, würde unserem gemeinsamen Freund gefallen?«

Agathe warf sich zurück.
»Ihr spioniert mir wohl nach, Monsieur? Seid versichert, daß ich erwachsen genug bin, um auf mich selbst aufzupassen und zu entscheiden, was für mich angemessen ist.«
Weshalb mischte er sich hier ein? Vermutlich hatte er genau wie sie gute Gründe, sich auf diese Ehe einzulassen, wahrscheinlich sogar noch bessere als die, die der Herzog vorgebracht hatte. Sie fragte ihn auch nicht danach. Aber wie immer dem war, dieser Handel war nun einmal ein Handel, und er gab ihm keineswegs das Recht zu irgend etwas, schon gar nicht dazu, sich als Mentor aufzuspielen.
Sanft lächelte er sie an:
»Sollte das etwa unser erster Streit sein? Doch seid Eurerseits versichert, daß ich nie und nimmer jemand eine Moralpredigt halten würde. Die Moral ist eine Erfindung unserer entwickelten Zivilisation, die sie ihrerseits dazu benutzt, die natürlichen menschlichen Instinkte zu zerstören und eine von ihr aufgestellte Ordnung, die der Mensch zu befolgen hat, an deren Stelle zu setzen. Ich hasse jedweden Zwang ... Meine Bemerkung war nur als Scherz gemeint – aber ich stimme Euch zu, daß es sicher ein schlechter Scherz war.«
Der Walzer hatte das Seinige dazugetan, um Agathe zu besänftigen, denn Vincent de Seurolles war ein wunderbarer Tänzer. Von seinem Schritt geführt und seinen kräftigen Armen gehalten fühlte man sich von Drehung zu Drehung leichter und hob sich schließlich einem Vogel gleich in die Luft. Mitten im Tanz hielt er jedoch inne, blieb stehen und erklärte:
»Wir sollten miteinander reden, folgt mir bitte!«
Er bahnte ihr einen Weg durch die tanzenden Paare und führte sie zu einem geöffneten Fenster. Dort sagte er zu ihr:
»Meinem Vater wurde von dem revolutionärem Gesindel der Kopf abgeschlagen, und meiner armen Mutter geht's ... nicht gut, deshalb werde ich gleich am Montag bei Monsieur de Rougeville um Eure Hand anhalten, falls es Euch recht ist.«
Er sah ihr tief in die Augen und fuhr fort:
»Wie man mir gesagt hat, ist es eilig, nicht wahr?«
Agathe nickte. Plötzlich war sie puterrot im Gesicht. Wie entsetzlich! Niemals in ihrem Leben, selbst nicht, als Madame d'Honfeuille sie halbnackt mit Louis-Marie erwischt hatte, hatte sie sich so geschämt wie jetzt.

Er schien es jedoch nicht zu bemerken und redete weiter:
»Obwohl ich ein großer Liebhaber unserer guten alten Hauptstadt bin, begebe ich mich auf den beschwerlichen Weg in die Provinz, um Euch zu erobern. Ich hoffe, Mademoiselle, Ihr wißt dieses Opfer zu schätzen!«
»Monsieur, ich bitte Euch . . .!« unterbrach ihn Agathe.
Er nahm ihre Hand, und sie ließ es zu.
»Hört zu, Mademoiselle, wir kennen uns nicht, der eine ist dem anderen fremd, aber nach dem zu urteilen, wie es Euch gelungen ist, Ihr wißt schon wen . . . einzuwickeln . . . nein, laßt mich zu Ende sprechen . . . verfügt Ihr über ebensoviel Verstand wie Anmut. Verhalten wir uns also weiter wie verstandesbegabte Menschen und spielen ganz einfach das Spiel mit den Karten, die man uns gegeben hat. Unsere Heirat ist ohnehin lächerlich. Nun denn, in Gottes Namen, lachen wir also!«
Das Leben von seiner besten Seite zu nehmen und es mit Humor zu bewältigen, hatte sie das nicht immer angestrebt? Aber es mußte erst einer kommen, der sie dazu aufforderte. Und das hatte er unmißverständlich getan, er hatte ihr eine kleine Brücke über den Graben gebaut, der sie voneinander trennte. Sie war ihm sehr dankbar dafür. Ihr Herz war leichter, und sie konnte wieder frei atmen.
Über die Schulter von Vincent de Seurolles hinweg fing sie Virginies neugierigen Blick auf. Diese tanzte engumschlungen mit ihrer neuesten Eroberung, mit René de Puitseyrac. Er kam aus der Gascogne, war häßlich und dunkelhäutig, aber offensichtlich mit allen Wassern gewaschen . . . Es ging das Gerücht, daß besagter Puitseyrac wegen hunderttausend France Schulden gegenwärtig in Sainte-Pélagie, dem Schuldgefängnis, sitzen würde, hätte er nicht Virginie. »Er betet mich an«, schwärmte sie von ihm, »und als Liebhaber, sage ich dir . . .« Gewiß, mit hunderttausend Francs konnte man schon einiges leisten! Agathe mußte plötzlich lachen. Arme Virginie! Wenn sie wüßte . . . Aber das hatte natürlich kaum noch etwas mit ihrem armseligen kleinen Seitensprung zu tun!
Vincent de Seurolles sagte ernsthaft:
»Mich interessiert nicht, weswegen Ihr lacht, aber lacht noch einmal so. Wenn nämlich eine Frau, die mit einem Mann etwas abseits steht, auf diese Weise lacht, so denkt man sofort an etwas Kompromittierendes . . . Und wenn Ihr jetzt noch, nachdem ich

Euch die Hand geküßt habe, mit ähnlich hingebungsvoller Geste Euer hübsches Gesicht pudert...

Er führte ihre Hand an seine Lippen, ohne sie aus den Augen zu lassen. Sie tat, wie ihr geheißen, und er fuhr fort:

»Ja, so, sehr schön ... Mein Kompliment, Mademoiselle, ich sehe, wir werden uns gut verstehen. Es ist ein besonders amüsanter Zeitvertreib, den Dummen eine Komödie vorzuspielen. Schaut sie Euch an, wie sie ... Ich wette, sie sind schon alle dabei, uns zu verloben ... Oder aber man unterstellt mir noch Schlimmeres!«

Sie ließ ihre Hand sinken.

»Mission erfüllt. Ich gehe.«

»Ihr geht? Schon?«

»Das »schon« ist sehr liebenswürdig von Euch, aber unter uns gesagt finde ich diese Art von Einladungen unerträglich.«

»Aber ich dachte ...« murmelte Agathe, »ich hatte gehört ... feiert Ihr nicht gern Feste?«

»Feiern ja, Mademoiselle. Man darf die Dinge nicht verwechseln! Die Feste werden meist von einer Horde Idioten und einem Labyrinth neureicher Wichtigtuer bevölkert, feiern ...«

Er brach abrupt ab, zog sein weißes Seidenwestchen glatt und verbeugte sich:

»Guten Abend. Eure keuschen Jungmädchenohren haben jetzt genug gehört. Wir können diese Unterhaltung ja fortsetzen ... Wenn wir verheiratet sind, können wir ... überhaupt, habe ich Euch schon gesagt, daß die Gräfinnen de Seurolles alle für ihre überragende Schönheit bekannt waren? Die Tradition wird weiterleben, wie ich sehe! Ihr werdet in Eurer Rolle geradezu perfekt sein.«

Mit funkelnden Augen und spöttischem Lächeln drehte er sich schwungvoll um und verließ sie.

Kapitel 11

Am darauffolgenden Mittwoch kamen Papa, Tante Lottie und Zélie mit der Postkutsche nach Paris.

Papa hatte an Umfang zugenommen, was ihm aber mit seinen fünfzig Jahren durchaus gut zu Gesicht stand. Er wirkte glücklich und zufrieden und schien endlich die Erfüllung seines Lebens gefunden zu haben. Auf sein Äußeres legte er ganz offensichtlich wieder mehr Wert. Er trug einen Rock aus zimtfarbenem Tuch von hervorragender Qualität, war ausgezeichnet rasiert und hatte einen leichten Hauch von Lavendelparfum aufgelegt. Sein rotblondes Haar war ziemlich kurz geschnitten, und ein etwas längerer Backenbart verlieh seinem runden Gesicht eine besondere Note.

Außer der Hochzeit seiner Tochter gab es für ihn nur ein einziges ihm wichtiges Gesprächsthema, nämlich die Angelegenheiten seiner Gemeinde. Wie ein König pflegte er von ›Ich, der Bürgermeister von Rougeville‹, zu sprechen. Er war zwar ein kleiner König, denn er war nur fünf Fuß groß, doch das war ja nicht so wichtig. Hauptsache, es machte ihm Spaß. Sein neues Amt ließ ihn dafür zum Ausgleich größer erscheinen.

»Kleine Geheimniskrämerin!« nannte er Agathe, als er sie strahlend umarmte. Niemand von ihrer Familie glaubte, daß es Liebe auf den ersten Blick gewesen war, sondern daß offenbar schon seit längerer Zeit zarte Bande zwischen ihr und Vincent de Seurolles geknüpft worden waren.

»Aber ich sage Euch doch . . .!«

»Sag nichts, meine Tochter. Ich weiß, die Liebe hat nun mal ihre kleinen Geheimnisse. Ich bin auf jeden Fall stolz auf dich! Auf meine alten Tage machst du mich noch sehr glücklich.«

Einen Moment lang war sein Blick wie von einem Schatten getrübt, den er aber gleich wieder mit den Schultern abzuschütteln schien:

»Endlich ein Schwiegersohn aus vornehmen Hause!«

»Und ein so schöner Mann!« plapperte Tante Lottie.

Die arme Lottie war wirklich alt geworden. Bei der kleinsten Bewegung schmolzen Kinn und Hals zu einem wackelpuddingartigen Gebilde zusammen. Ihr Haar wurde immer spärlicher, was sie auch nicht dadurch kaschieren konnte, daß sie ihre viel zu blonden

Löckchen alle wie zu einem Turban nach oben frisiert hatte. Beim Anblick des lilafarbenen Satinkleides, das ihre dickliche Figur mehr oder weniger gut umfing, konnte einem geradezu schlecht werden.
Zélie dagegen war inzwischen mächtig in die Höhe geschossen.
»Zélie, mein Kleines, du bist ja fast ein junges Mädchen! Ich wette, daß der Bruder von Lucien d'Ambert . . . Mist! Wie heißt er nochmal, dieser Schlingel? . . . Ach ja, Georges . . . dir den Hof macht, nicht wahr?«
Zélie errötete nicht wie die anderen jungen Mädchen ihres Alters, sondern erwiderte mit ruhiger Stimme und großem klaren Blick:
»Aber Agathe, ich bin noch viel zu jung! Ich lese lieber, als daß ich mich mit diesen Burschen abgebe, die nichts anderes im Sinn haben als meine Katzen zu ärgern oder mich an meinen Zöpfen zu ziehen!«
»Das wird sich aber bald ändern, wenn es in deiner Bluse ein wenig runder wird . . .«
»Agathe!« protestierte Tante Lottie aufgebracht.
»Aber liebe Tante, so sagt man eben in Paris!«
Agathe mußte lachen, und die anderen fielen in ihr Lachen ein. Es tat gut, sie alle wiederzusehen und ihre Zuneigung zu spüren. Ganz offensichtlich waren alle sehr stolz auf sie. Auch Großvater war sehr zufrieden:
»Ich schlage gern mein Winterquartier bei dir auf, meine Süße, wenn du mich einlädst. Die Fahrt nach Monceau ist in der Kälte immer sehr unangenehm. Von der Rue de Bourbon aus könnte ich hingegen zu Fuß meine heißgeliebten Mätressen besuchen. Also, Lottie, mach doch nicht so ein Gesicht, ich rede selbstverständlich von meinen Karten . . .«
»Ich würde mich sehr, sehr freuen, Großvater, wenn Ihr kämt.«
»Wenn das so ist, einverstanden. Das Viertel gefällt mir gut, und wie mir scheint, ist es ein herrliches Hôtel . . . Ich bin ja auch nicht so anspruchsvoll, das weißt du. Wenn ich meinen kleinen Komfort habe, komme ich auch mit deinem Ehemann gut aus . . . Ein guter Freund des Herzogs von Berry, sagst du?«
Großvater schlug anerkennend mit seinem Stock mehrmals auf den Boden und rief:
»Donnerwetter, mein Kind, du hast dir ein hohes Ziel gesteckt und bist vor nichts zurückgescheut.«
Das stimmte, sie war tatsächlich vor nichts und niemand zurückge-

scheut, nicht einmal vor dem Herzog! Und während sie ihnen so zuhörte, fand sie Papa und Großvater doch sehr naiv.
Davon abgesehen war jedoch anscheinend keiner von ihnen erstaunt oder verwundert über ihr Glück. Sie schienen es vielmehr alle ganz normal zu finden, daß man einfach so, ohne einen kleinen Finger zu führen, das schier Unmögliche möglich machen konnte.
Clémentine meldete als einzige Bedenken an. Vielleicht war sie auch einfach nur eifersüchtig, denn ihr Charles hatte seinerzeit gewiß nicht dieselbe Begeisterung ausgelöst.
»Bist du auch ganz sicher, daß du diese Ehe eingehen willst, Agathe? Das Ganze kommt mir jedenfalls sehr überstürzt vor. Sicher, ich weiß schon, dieser Monsieur de Seurolles...«
»Der Graf de Seurolles, bitte sehr!«
»... also der Graf de Seurolles ist der intime Freund des Herzogs von Berry, du betonst es so oft, daß es niemand überhören kann, aber der Herzog von Berry...«
»Was ist denn mit dem Herzog von Berry? Was hast du gegen ihn?« warf Agathe ärgerlich dazwischen. »Er genießt allgemein ein hohes Ansehen...«
»Das mag zum Teil wohl berechtigt sein, doch was ihn als Menschen, als Gatten betrifft... Die Geschichten von seinen Tänzerinnen, Schauspielerinnen und sonstigen Straßenmädchen, sind nicht gerade dazu angetan, ihn als gutes Beispiel darzustellen, meine Liebe.«
Agathe preßte die Lippen zusammen:
»Wenn du natürlich auf diese verleumderischen Gerüchte gewisser niederer Chargen hörst, die alle nur im Sinn haben, die königliche Familie schlechtzumachen...«
»Das sind keine verleumderischen Geschichten, aber laß uns damit aufhören, schließlich interessiert uns ja hier nicht der Herzog von Berry, nicht wahr? Um aber auf den Grafen de Seurolles zurückzukommen: Bei ihm scheint es auch nicht viel anders zu sein. Charles hat Erkundigungen über ihn eingezogen...«
»In was mischt er sich eigentlich ein? Ich dulde nicht, daß dein Mann seine Nase in Dinge steckt...«
»... nun, es gibt keine eindeutigen Aussagen über den Grafen. Das ist es ja gerade, er scheint nämlich ein recht undurchsichtiges Leben zu führen.«
Nach kurzer Pause fügte Clémentine mit leiser Stimme hinzu:

»Die Gerüchte gehen sogar soweit zu behaupten, er bewege sich in schlechter Gesellschaft.«
»Darüber kann ich nur lachen!«
»Agathe, ich bitte dich, die Ehe ist eine schwerwiegende Entscheidung ...«
»Machst du dich etwa über mich lustig?« fragte Agathe und lächelte ironisch. Dann meinte sie weiter:
»Ausgerechnet du willst andere kritisieren, wo du doch selbst drei verpfuschte Ehen in weniger als zwei ... Und was für ein Elend hast du erlebt, meine Arme! Dein erster war nicht in der Lage, dich zu ernähren, dein zweiter ...«
»Jacques de la Maillerie habe ich schließlich euch zuliebe geheiratet, damit Papa endlich Rougeville zurückerhielt, damit ...«
»Na, wohl nicht nur uns zuliebe sondern auch um deiner selbst willen. Du hattest doch lange genug am Hungertuch genagt, ich verstehe dich gut ... Außerdem war er alt und geizig, und sein Tod war deine einzige Rettung!«
»Agathe!«
»Liebe Schwester, das ist doch die Wahrheit, was soll also diese Scheinheiligkeit?«
Betreten sah Clémentine vor sich hin und erwiderte dann:
»Du kannst das alles überhaupt nicht beurteilen. Das Schicksal war dir bisher immer wohlgesonnen. Du begegnest einem Mann, du liebst ihn, und sofort wollt ihr heiraten. Ich ...«
Agathe unterbrach sie:
»Oh nein, hör auf damit! Liebe ... Wer spricht denn von Liebe? Die Liebe, meine teure Schwester, ist eine Krankheit, vor der man sich hüten sollte!«
»Wie! Du bist nicht verliebt ...?«
»Warum? Ist das unbedingt notwendig? Du bist auch nicht immer dieser Meinung gewesen, meine Gute. Die Liebe, die Liebe ... Ich kann's schon nicht mehr hören. Diese Sentimentalität kann man sich leisten, wenn man sonst nichts anderes hat. In unseren Kreisen dagegen heiratet man nicht aus Liebe ...«
»Hört, hört! Man könnte meinen, du hättest ein halbes Jahrhundert lang Erfahrungen gesammelt. Nehmen wir an, es stimmt, was du sagst, wie beurteilst du dann das, was Mama und Papa erlebt haben ...?«
»Meiner Meinung nach hat die Emigration diese romantische Wendung begünstigt. Sei ehrlich, glaubst du vielleicht, daß sich die

sehr pariserisch angehauchte Tochter des Vicomte d'Ovepoix in einen kleinen Edelmann aus der Normandie vergafft hätte, wenn nicht die Wirren der Zeit sie zusammengeführt hätten?«
»Es gibt immer Ausnahmen, selbst heute. Ich und ...«
»Natürlich gibt es Ausnahmen, das ist doch ganz klar. Man hat sich sein Glück eben zurechtgezimmert ... Dafür hat der liebe Gott uns schließlich auf die Welt gebracht, oder? ... Die Basis für dieses Gück ist ebenso unsicher wie Gefühle ... Gefühle sind wie Ebbe und Flut, sie kommen und gehen. Und die Männer ... Nun, ich habe sie sicherlich häufiger beobachtet als du, und es ist überall das gleiche, ob bei Madame d'Honfeuille oder im Hôtel Talleyrand ... Die Gefühle der Männer sind nicht etwa im Herzen angesiedelt, sondern sehr viel tiefer ... und es bedarf nur einer Kleinigkeit, um die Frauen rumzukriegen.«
Sie lachte.
»Agathe! Wie kannst du, ein junges Mädchen, dich dermaßen ausdrücken!«
»Ich drücke mich aus, wie es mir gefällt, und ich schaffe mir mein Glück auf eben diese Weise ... Hier ist das Rezept: Einen schönen Rahmen auswählen, ihn mit Luxus garnieren und vorsichtig, Stück für Stück, jeden Tag eine neue kleine Köstlichkeit ausprobieren ... Denn merke dir, abgesehen von ihrem Egoismus, ihren Schwächen und ihrem Hang, uns mit ihrer vermeintlichen sakrosankten Überlegenheit zu unterdrücken, liebe ich sie abgöttisch, die Männer!«
»Du redest puren Blödsinn! Die Liebe läßt sich nicht bestimmen. Entweder sie kommt, oder sie kommt nicht.«
Agathe fuhr sich durch die Haare und erwiderte:
»Jedenfalls würde ich weit weglaufen, wenn mir die Liebe begegnete ... so schnell ich könnte ... guck mich nicht so an! Die wahre Weisheit besteht doch wohl darin zu wissen, was einem gefällt und es sich dann auch zu nehmen, oder? Und welcher Frau würde Vincent de Seurolles nicht gefallen? Er hat einfach alles.«
Clémentine seufzte:
»Wir sind wohl zu verschieden, als daß ich dich verstehen könnte. Jedenfalls wünsche ich dir nicht, daß du es bereust, wenn es zu spät ist.«
Es entstand eine Pause. Dann erhob sich Clémentine, ging zu ihrem Sekretär und durchstöberte die Schubladen. Mit einem Bündel Papieren kam sie zurück.

»Laß uns von etwas anderem reden. Papa sagte mir, daß dein Ehevertrag vom König unterzeichnet würde?«
»Ja. Der Herzog von Berry hat sich für uns um diese Ehre bemüht. Er selbst wird bei der Unterzeichnung zugegen sein, außerdem die Herzogin, der Herzog von Angoulême und ...«
»Aber du kannst doch nicht einfach ohne etwas daherkommen, du brauchst doch eine Mitgift.«
Ein flüchtiges, vielsagendes Lächeln ging über Agathes Gesicht. »Das ist sehr freundlich von dir, daß du daran denkst, aber ich werde das wenige, was Papa hat, sicherlich nicht beanspruchen. Ansonsten gehört die einzige Goldgrube in der Familie deinem Ehemann, und von ihm werde ich wohl kaum ...«
Sogleich fiel Clémentine ihr ins Wort:
»Ich habe nicht die Absicht, dir Charles' Geld anzubieten, denn ich kenne deine Einstellung. Ich weiß etwas Besseres.«
Sie legte Agathe das Bündel Papier auf die Knie. »Nimm, das ist für dich. Du bist jetzt Gutsbesitzerin.«
»Gutsbesitzerin?«
Agathe war völlig verdutzt und sah Clémentine fragend an.
»Ich habe die Besitzverhältnisse von Rougeville geändert. Das Gut gehört nun uns drei Schwestern. Für jede ein Drittel, und dein Drittel wird im Ehevertrag erscheinen. Ich weiß, du schätzt Rougeville nicht sehr, aber es ist ein schönes Stück Land, mit dem du gut dastehst. Das nimmst du doch an, oder ...? Und noch eine Klausel habe ich einfügen lassen: Im Falle, daß einer von euch beiden, Zélie oder du, verkaufen möchte, habe ich oder meine Erben ein Vorkaufsrecht, denn Rougeville soll in unseren Händen bleiben.«
»Aber ... aber ...«, stammelte Agathe, »aber warum hast du das getan? Wie konntest du Rougeville dreiteilen und dich davon trennen ..., wo gerade du soviel für diesen Besitz getan hast und dir soviel daran liegt ...«
»Ja, ich liebe Rougeville sehr.«
Während sie das sagte, nahmen ihre Augen einen eigenartigen Glanz an. Mit gerührter Stimme wiederholte sie dann:
»Ja, ich liebe dieses Haus, es wird immer meins sein ... aber ich liebe auch dich, obwohl ich es dir nie habe richtig zeigen können.«
»Clémentine ...«, sagte Agathe, und plötzlich begann sie fürchterlich zu schluchzen. Seit dem Tod ihrer Mutter und der Verhaf-

tung ihres Vaters durch die Preußen vor zwei Jahren hatte sie niemals mehr so geweint.
»Und ich war so gemein zu dir!« schluchzte sie.
»Nein, mein Kleines«, beruhigte sie Clémentine, »du bist nur impulsiv. Das war ich auch. Erinnerst du dich nicht, wie Großvater immer sagte: Clémentine hat eine spitze Zunge . . .«
Zwischen den beiden Schwestern war auf einmal ein Gefühl des gegenseitigen Verstehens, der Freundschaft und der Wärme. Clémentines Arme hielten Agathe zärtlich umschlungen und gaben ihr ein Gefühl von Geborgenheit, ähnlich dem Gefühl, das sie in der Umarmung eines Mannes empfand. Aber bei den Männern war es immer eine flüchtige Zärtlichkeit, eigentlich mehr eine Begierde. Clémentines Zärtlichkeit war hingegen wie ein großer schützender Mantel, in dem sie sich verbergen konnte, ohne Angst haben zu müssen, daß er fortgenommen würde. Sie war uneigennützig wie die mütterliche Liebe, die Agathe oft genug schmerzlich entbehrt hatte. Vielleicht hatte ihr diese Wärme und Zuneigung immer gefehlt. Ganz langsam und zufrieden überließ sie sich der schwesterlichen Umarmung. Clémentine streichelte ihre Haare und fragte leise:
»Bist du sicher, Liebes, daß du diese Ehe wirklich willst? Du könntest hier leben, bei mir, wir würden uns gut verstehen. Jetzt hast du noch Zeit.«
Agathe rieb sich die Wangen, verzog das Gesicht und erwiderte Clémentine:
»Auf den Graf de Seurolles verzichten . . . Wirklich, meine arme Schwester, wir werden uns wohl nie verstehen . . .«

Es war höchste Eile geboten, denn der kleine Bourbone wuchs und wuchs.
Die Unterzeichnung des Ehevertrags wurde deshalb mit Unterstützung des Herzogs auf den 22. Juni gelegt. Die kirchliche Trauung sollte dann wie üblich einige Stunden später erfolgen. Zunächst aber war zu überlegen, wo die Hochzeit überhaupt stattfinden sollte.
Tante Lottie sagte:
»Cherie, du bringst uns um vor Eile. Heilige Jungfrau Maria, welch eine Ungeduld!«
Sie hatte schon ganz rote Augen. Papa rieb sich unternehmungslustig die Hände und meinte:

»Es wird ein schönes Hochzeitsfest, meine Tochter. Wir laden den Präfekten ein und die Moustrevieilles und die ...«

»Aber Papa, macht Euch doch jetzt noch keine Gedanken darüber«, protestierte Agathe. Die Hochzeit in Rougeville? Sie war entsetzt. Es war undenkbar! Ihre Gäste sollten kein Arme-Leute-Bankett ... Schnell unterbrach sie ihren Vater:

»Habt Ihr denn vergessen, wen ich heirate?«

»Die Hochzeit wird hier, in der Rue de Verneuil, stattfinden, meine Lieben!« entschied die dicke Adélaïde. »Agathe hat recht, Louis. Ein zukünftiger Schwiegersohn ...«

»In der Rue de Verneuil, niemals«, protestierte Clémentine. »Soviel ich weiß, hast du eine Familie. Und dort, das heißt also bei mir in Monceau, soll das Essen und der Ball stattfinden. Du kannst doch deine Hochzeit nicht in Alexandres Haus feiern ...«

»Was hat dir Alexandre eigentlich getan? Das kann doch nicht nur die kleine Liebelei sein, die ihr damals in England miteinander hattet ...«

»Eine Liebelei!«

Clémentine biß die Zähne zusammen und fuhrt fort:

»Mit Liebeleien gibst du dich vielleicht ab, ich hingegen nicht. Ich habe ihn geliebt, stell dir vor!«

»Und, war es sein Fehler?«

»Ja, alles war sein Fehler.«

Clémentine ließ sich auf einen Stuhl fallen, während sich ihr Blick in der Ferne verlor.

»Ich habe noch nie mit jemand darüber gesprochen, aber du hast ihn ja jetzt auch kennengelernt und weißt, wie er ist. Er ist ein Lügner und ein Angeber ... Wir wollten zusammenbleiben, das ganze Leben, und ...«

Sie mußte schluchzen, als sie leise hinzufügte:

»Alexandre war der erste.«

Agathes Augen wurden groß:

»Du hast mit Alexandre geschlafen? Ausgerechnet du, die Prüde, hast es soweit kommen lassen ...«

»Oh, es war nicht, wie du es dir wahrscheinlich vorstellst. Er hat mich immer wieder angefleht, und da habe ich ihm schließlich nachgegeben. Anschließend ist er nach Frankreich zurückgekehrt, und als wir uns wiedersahen ...«

»Hast du von seinem Verlöbnis mit Anne-Louise erfahren. Sie hatte ein Vermögen und du nicht.«

»Genauso war's.«
»Vor lauter Kummer hast du dann seinen Bruder verführt, und als Antoine tot war, hat sich der schöne Alexandre gedacht, die Witwe ist genau appetitlich wie das junge Mädchen und hat sich nochmal an dich rangemacht.«
Clémentine senkte den Kopf:
»Laß uns aufhören davon zu reden. Es ist zuviel vorgefallen.«
»Deshalb also glorifizierst du die Liebe so! Eigentlich müßtest du für alle Zeiten genug davon haben«, meinte Agathe, die sich zu ihrer Schwester gesetzt hatte.
»Das hatte ich auch geglaubt, aber Charles . . .«
Beim Gedanken an seine wunderbaren Eigenschaften und Fähigkeiten stieg Clémentine gleich wieder eine zarte Röte ins Gesicht. Leider aber war Charles Jérôme in der Politik zu stark engagiert, als daß der Graf de Seurolles, seinerseits Angehöriger der Ultras*, seine Hochzeit in einem Haus hätte feiern können, in dem das Feuer des Liberalismus brannte.
»Versteh mich doch bitte richtig, meine Liebe, das ist kein böser Wille von mir. Aber dein Mann hat sich, wie Papa mir sagte, bei der nächsten Wahl zur Legislative im September aufstellen lassen. Er kandidiert für die Opposition im Departement Eure. Bedenk doch einmal, was das bedeutet! Jesus, was für ein Ärger! Aber irgendwo muß ich schließlich meine Hochzeit feiern . . .«
»Ich habe eine Idee«, rief Clémentine plötzlich. »Wir feiern in Rougeville . . . nein, nein, sei still. Ich werde mich um alles kümmern. Wir bestellen das Essen bei Chevet** und lassen es von meinem Personal, das ich einfach nach Rougeville mitnehmen werde, servieren. Außerdem werde ich versuchen, die Musiker zu engagieren, die immer in Monceau zum Ball aufspielen. Sie sind ganz ausgezeichnet, du wirst sehen. Es wird ein glanzvoller Empfang werden, das verspreche ich dir . . . Und dann, Cherie, müssen wir uns über dein Kleid Gedanken machen. Ich habe Madame Follange schon Bescheid gegeben, ihr gesamtes Atelier

---

* Die Ultras oder Ultraroyalisten waren die Partei von Monsieur, dem späteren Karl X. und seinen Söhnen. Sie verlangten die Rückkehr zur absoluten Monarchie.

** Chevet: Berühmter Delikatessenlieferant während des Empire und der Restauration.

steht dir zur Verfügung. Bitte sag nicht nein dazu, laß mir doch das Vergnügen. Erinnerst du dich noch an meine Hochzeit mit Antoine... dieses ärmliche Essen, und dieses Kleid, das Tante Lottie selbst genäht hatte... und den Stoff hatte sie doch vom Erlös ihrer Goldkette erstanden... Du sollst alles haben, was ich damals nicht hatte.«

In der Familie wurde immer behauptet: Clémentine hatte immer das letzte Wort. So war es auch diesmal. Allerdings hatte sich Clémentine inzwischen verändert. Sie kämpfte nicht mehr mit Fußestampfen und lauten Worten, sondern versuchte es mit Feinfühligkeit und Güte, und dagegen war man schließlich machtlos.

Samstag, der 21., Vorabend der Unterzeichnung des Ehevertrages... Die Hochzeit war schließlich auf Mittwoch, den 25. verschoben worden. Man hatte die herkömmlichen Gepflogenheiten etwas ändern müssen, da man nicht eine Stunde nach der besagten Unterzeichnung hundert Kilometer weiter zum Essen gehen konnte. So aß man Samstagabend in der Rue de Bourbon.

»Ich werde Euch meiner Mutter vorstellen«, hatte Vincent de Seurolles erklärt, »und Ihr könnt Eure zukünftige Residenz ein wenig in Augenschein nehmen.«

Oh, damit hatte sie gar nicht gerechnet, aber sie kannte das Hôtel de Seurolles schon, jedenfalls von außen.

Am Tag, nachdem sie dem Grafen erstmals in der Oper begegnet war, hatte sie sich, ihr Gesicht vorsorglich hinter einem Schleier versteckt, sofort zur Rue de Bourbon begeben. Da die Straße parallel zur Rue de Verneuil verlief, brauchte sie also nur bis zur Ecke Rue de Bourbon zu gehen, und schon stand sie drei Minuten später vor dem Hôtel de Seurolles.

Es war ein gewaltiges Gebäude mit herrlichen Pilastern, die der korinthischen Säule nachempfunden waren. Über dem Erdgeschoß lag zunächst ein Zwischenstock, ehe die beiden Prachtstockwerke mit ihren breiten, ausladenden Fenstern folgten. Jedes einzelne davon war wiederum mit einem Gesimsvorsprung versehen. Den Abschluß, sozusagen die Krone der Fassade bildete eine Reihe spitzgiebeliger Fenster, die in ihrer Anordnung wie die Zähne einer Säge in den Himmel ragten. Es war großartig! Vielleicht ein wenig vernachlässigt, aber trotzdem großartig.

In der darauffolgenden Woche fuhr sie mit Portal in der Pferdedroschke noch einmal hin.

»So, da sind wir. Dort werden wir also bald wohnen, mein lieber Portal. Na, seid Ihr zufrieden mit mir, habe ich gut gearbeitet?«
»Ich gestehe, Mademoiselle ... Mademoiselle verzeihe mir tausendmal, daß ich meine kleinen Zweifel hatte.«
Der Kutscher tat, wie ihm geheißen, verlangsamte das Tempo und fuhr gemächlichen Schrittes am Hôtel vorbei.
Portal, sehr gediegen, trug ein bronzegrünes Gewand, ein mehrmals um den Hals geschlungenes Tuch, aus dem sein längliches, bleiches Gesicht herausragte, ein Piquéwestchen, eine goldene Uhr, die Kette gerade soweit sichtbar, wie es sich gehörte, schwarze Seidenhandschuhe und Schnallenschuhe – allem Anschein nach ein stattlicher Bürger. Mit prüfendem Blick betrachtete er das Hôtel.
Ängstlich erwartete Agathe sein Urteil.
»Beeindruckende Architektur«, beschloß er schließlich. »Renaissance, kein Zweifel. Aber ...«
»Aber?«
»Ich nehme doch an, der Herr Graf ist im Begriff, das Hôtel instandsetzen zu lassen.«
»Darüber haben wir noch nicht gesprochen.«
»Aber Mademoiselle sieht doch wohl genau wie ich, daß eine vollständige Renovierung dringend geboten ist. Das Mauerwerk müßte unbedingt vom Schmutz befreit werden, die Steine gehören abgekratzt und abgeschliffen ... Offenbar fürchtet der Herr Graf keinen Durchzug, denn ich sehe mindestens zehn Stellen, an denen Steine zu ersetzen wären. Wenn Mademoiselle meine Meinung hören will, so scheint mir, daß sich das Personal dieses Hauses offenbar nicht sehr sorgfältig um das Gebäude kümmert.
»Aber wir, Portal, werden alles verändern«, beeilte sich Agathe hinzuzufügen. »Ihr und ich, wir werden wieder Leben in dieses Haus bringen.«
»Mademoiselle hat genau die richtigen Worte getroffen. Dieses Hôtel scheint seit hundert Jahren in einem Dornröschenschlaf zu liegen. Wenn das Innere so aussieht wie das Äußere ... Mir ist das Ganze unverständlich, der Herr Graf in seiner Stellung ...«
»Aber er ist Junggeselle, Portal! Jeder weiß doch, daß Junggesellen sich nur in den Häusern ihrer Freunde aufhalten. Und nachdem, was ich gehört habe, geht es Madame de Seurolles gesundheitlich nicht so gut, daß sie dieses Haus führen könnte.«
»Um ehrlich zu sein, auch wenn es der armen Dame gegenüber

nicht sehr freundlich ist, umso besser für Mademoiselle... Andernfalls hätten wir nämlich schwerwiegende Probleme. Das Leiden der Schwiegermutter hört meist in dem Moment auf, wo eine andere Frau in den Bereich eindringt, der bis dahin der ihrige war. Und wenn die Frau Gräfin, wie es allen Anschein hat, an ihrer Gebrechlichkeit Gefallen findet...«

Wie recht er hatte. Derlei Bedenken waren Agathe auch schon durch den Kopf gegangen. Es war der einzig dunkle Punkt am wolkenlosen Himmel! In neun von zehn Fällen war die Schwiegermutter der Erzfeind, vor allem dann, wenn man darauf bedacht war, seinen eigenen Willen durchzusetzen. Agathe versuchte immer wieder, allerdings ohne selbst davon überzeugt zu sein, sich einzureden, daß diese Schwiegermutter bestimmt sehr charmant und sanft sein würde. Innerlich hatte sie allerdings mehr die Vorstellung einer großen stattlichen Dame in altmodischen Spitzen, die nicht bereit war, auch nur eine Kleinigkeit zu verändern.

An diesem Samstagabend empfing Vincent de Seurolles Agathe und deren Familie, das heißt Großvater, Papa, Tante Lottie und Clémentine, erstmals in seinem Stadtpalais. Charles Jérôme hatte zum Glück die glänzende Idee gehabt, sich am Vorabend auf eine Geschäftsreise nach Österreich zu begeben... Als Vincent ihnen erklärte, seine Mutter habe morgens wieder einen Schwächeanfall erlitten und sei daher leider nicht in der Lage zu erscheinen, war Agathe gelinde gesagt erleichtert.

»Mein Gott, das tut uns aber aufrichtig leid«, bedauerte Tante Lottie. »Ich hoffe aber doch, daß Madame de Seurolles wieder wohlauf sein wird, um bei Eurer Hochzeit dabei zu sein?«

»Ich fürchte nein, Mademoiselle, denn bei ihrem Zustand ist an eine Ortsveränderung gar nicht zu denken«, erwiderte er zwar höflich lächelnd, doch mit sorgenvollem Blick. Die Treppe, die sie zusammen hinaufstiegen, hatte imposante Ausmaße. Während Vincent de Seurolles, der vorausging, ein paar Worte mit Papa wechselte, flüsterte Tante Lottie Agathe zu:

»Er scheint sich schreckliche Sorgen um seine Frau Mutter zu machen. Er ist ein guter Sohn, dein Verlobter.«

»Ich habe eher den Eindruck, daß ihm diese kleine familiäre Zusammenkunft nicht ganz angenehm ist«, wandte Clémentine ein.

Diesen Eindruck hatte auch Agathe.

Im gleichen Tonfall fuhr Clémentine dann fort:

»Meine Liebe, hier wirst du die Zügel in die Hand nehmen müssen. Sieh mal...«

Ja, ja, ja! Clémentine mußte sie nicht erst darauf aufmerksam machen. Sie sah selbst die Spinnweben, die wie Schleier von dem riesigen Lampion, mit dem die Treppe beleuchtet wurde, herabhingen; die dicke Kruste von Schmutz auf den Stufen; den Rost, der langsam aber sicher das ornamentenreiche Treppengeländer angefressen hatte und nicht zuletzt den völlig verwilderten Garten, den sie kurz im Vorbeigehen durch ein Fenster erblickt hatte.

Andererseits aber... bewunderungswürdig diese Galerie im Zwischengeschoß, welche in leichtem, anmutigen Bogen über der Eingangshalle schwebte sowie die in Stein gearbeiteten Friese oder auch die Stuckarbeiten an der Decke... Das Gebäude selbst war von großer Eleganz und Schönheit, und mit ein paar guten Handwerkern und einem verantwortungsvollen Personal... Voraussetzung war natürlich, daß man dieser Madame de Seurolles, die selbst jetzt schon, obwohl unsichtbar, die Atmosphäre ungut beeinflußte, die Notwendigkeit einer Modernisierung klarmachen konnte.

Von Seiten ihres Sohnes waren sicher keine Einwände zu erwarten.

Als sie den ersten Stock erreicht hatten, wandte er sich an Tante Lottie, die ziemlich außer Atem geraten war:

»Ich bitte Euch, Mademoiselle, diesen Empfang zu entschuldigen, aber seit der Revolution hat dieses Haus keine Gelegenheit mehr gehabt, Gäste zu empfangen. Meine Mutter hat viele schwere Schicksalsschläge erleben müssen... den Tod meines Vaters auf dem Schaffott und den Tod meiner Schwester während der Emigration in London... Soviel Unglück hat sie nicht verkraftet... Und ich..., nun, ein Mann hat wohl nicht den erforderlichen Geschmack... Es wird daher Mademoiselle, Eurer Nichte, zukommen, hier das Ihrige zu tun, wenn sie es wünscht.«

Papa antwortete mit bewegter Stimme:

»Monsieur, seid unserer lebhaften Anteilnahme versichert. Uns ist dieses Unheil auch nicht erspart geblieben, wir haben ebenso wie Ihr unsere Leidensgeschichte. Da Ihr ebenfalls in London wart, habt Ihr also eine gemeinsame Vergangenheit mit meiner Tochter.«

»Die Vergangenheit interessiert mich nicht«, bemerkte Vincent de Seurolles fast brutal, »ich lebe ausschließlich in der Gegenwart.«

Das Essen wurde in einem Raum serviert, der seiner Größe nach früher eine Biblothek oder ein kleiner Salon gewesen war.
»Meine Räumlichkeiten befinden sich im Zwischengeschoß und die meiner Mutter im zweiten Stock. Dieser Stock hier bleibt für gewöhnlich unbenutzt.«
Die im Raum verteilten Möbel waren zwar, wie Agathes Kennerblick sofort erkannte, außergewöhnlich schön, paßten jedoch überhaupt nicht zueinander. Es wirkte vielmehr, als hätten die Diener in aller Eile und auf gut Glück ein Mobiliar zusammengestellt... Hier stand ein großes Renaissancebuffet, gegenüber eine wertvolle Louis-Seize-Kommode, sowie ein Kanapé der gleichen Zeit neben zwei Louis-treize-Sesseln. Stoffe und Vorhänge waren von verblichener, trauriger Farbe, einzig das prachtvoll bestickte Tischtuch erstrahlte in makelloser Frische.
Vor allem Tante Lottie ergötzte sich daran laut und vernehmlich, so daß bis zum Eintreffen des Essens keine unangenehme Stille entstehen konnte.
Die Fülle der angebotenen Speisen überstieg bei weitem Agathes Appetit. Es gab vier verschiedene Suppen, wohl ein Dutzend unterschiedlicher Vorspeisen, Schinken in Aspik, Gänseleberpastete, Forellen in Kapernsoße, Steinbutt in Tomatensoße und nach alledem noch das Hauptgericht, ein vorzügliches Wildbret... Das Ganze war von hervorragender Qualität, ganz köstlich zubereitet und wurde in schwerem, prunkvollem Silber serviert. Allerdings waren die warmen Gerichte nicht einmal lauwarm.
Der Graf entschuldigte sich:
»Da ich Stammkunde bei Very bin, habe ich Madame Very gebeten, ein Menü zusammenzustellen und es hierherzuliefern. Ich fürchte dennoch, daß unsere Angestellten nicht in der Lage waren, es entsprechend warmzuhalten. Das ist mir äußerst unangenehm.«
Er sah nicht danach aus.
Tante Lottie jedoch, die ununterbrochen bemüht war, ihre Sympathie zu zeigen, erwiderte hastig:
»Aber Monsieur! Das macht doch nichts! Es ist doch nur zu verständlich, daß die Krankheit Ihrer lieben Frau Mutter die Gewohnheiten ein wenig durcheinanderbringt. Das Personal muß eben ständig überwacht werden.«
Tante Lottie hielt einen Moment inne, schlug die Augen nieder, um dann mit triumphierender Miene zu verkünden:

»Meine Nichte wird Euch eine hervorragende Gattin sein. Ihr werdet sehen, wie sie es versteht, Eure Leute zu dirigieren.«
»Tante Lottie, was erzählt Ihr denn da?« entrüstete sich Agathe. »Ich soll die Dienstboten überwachen? Dazu bin ich viel zu faul, und im übrigen, das wißt Ihr doch, liegen mir diese Dinge überhaupt nicht. Das ist Aufgabe der Haushälterin oder des Maître d'Hôtel ... Ja, von Portal. Der Graf de Seurolles ist damit einverstanden, daß ich Portal mitnehme. Aber meine Aufgabe ist es bestimmt nicht.«
Jetzt schaltete sich Großvater ein:
»Monsieur, Ihr seid ein glücklicher Mann! Normalerweise geben die Frauen, meine jedenfalls, die erste, Gott hab sie selig, denn sie hat mich lang genug hienieden ertragen, nun, sie geben selten ihre kleinen Schwächen zu. Dieses hübsche Kind spielt aber überhaupt kein Versteckspiel mit seinen Nachteilen, obwohl sie über genügend Vorteile verfügt, genügend ... Sie hat zwar hochfliegende Pläne, steht jedoch mit beiden Beinen auf dem Boden, das garantiere ich Euch.«
»Ich zweifle nicht daran, Monsieur. Mademoiselle de Rougeville hat sehr viel Charme, weshalb sie mir auch ausnehmend gut gefällt. Übrigens bin ich mit ihr einer Meinung, daß hübsche Frauen nicht dazu bestimmt sind, sich mit den niederen, untergeordneten Aufgaben eines Haushaltes zu befassen.«
Wozu waren sie meiner Meinung nach wohl da? fragte sich Agathe insgeheim. Vielleicht, um ihnen den Hof zu machen, sie zu packen und ins Bett zu tragen? Verschämt schlug Agathe die Augen nieder.
Offenbar etwas erschöpft von dem galanten Beitrag, den er soeben geleistet hatte, fiel der Graf wieder über seinen Teller her und stocherte unwillig in seiner getrüffelten Taube herum. Essen schien für ihn eine fürchterliche Strafe zu sein. Trinken hingegen war er offenbar gewöhnt. In Windeseile leerte er ein Glas nach dem anderen, ohne daß man eine Veränderung an ihm wahrnahm. Die Weine entsprachen höchsten Ansprüchen: Château-Margeaux, Château-Lafite, Clos-Vougeot von 1788 und ein prächtiger weißer Montrachet. Die Karaffen, in denen sie präsentiert wurden, hätten selbst Monsieur de Talleyrand ausnehmend gut gefallen.
»Ihr seid ein Connaisseur, Monsieur«, meinte Großvater bewundernd, »... ebenso wie Baron Jérôme, der Gatte meiner Enkelin

Clémentine. Er ist zwar ein Baron d'Empire, das hat man Euch vermutlich schon wissen lassen, aber was für ein Mensch! Er besitzt eine Noblesse des Herzens, das muß einmal gesagt werden, die der unseren keineswegs nachsteht.«

Großvaters Benehmen war empörend, aber ebenso das Vincent de Seurolles. Anstatt mit irgendeiner Banalität die Sache zu überspielen, wie es seine Pflicht als Gastgeber gewesen wäre, erwiderte er zwar lächelnd, doch immerhin in so beißendem Tonfall, daß er Clémentine am Weiteressen hinderte:

»Monsieur, ich will gerne Eurem Urteil Glauben schenken, nur zähle ich persönlich keinen Baron d'Empire zu meinem Bekanntenkreis.«

Die beiden Diener, die sich um das Wohl der Gäste kümmerten, hielten unwillkürlich in ihrer Bewegung inne. Agathe spürte ihr Herz schlagen und beeilte sich, die Situation zu retten:

»Papa, erzählt doch dem Grafen de Seurolles einige von Euren Geschichten über die Folgen der Verpflegungskrise im Département Eure. Wir hier in Paris sind über die Vorgänge in der Provinz schlecht informiert, das interessiert bestimmt jeden.«

»Ja...«, begann Papa sofort, »...eine äußerst beunruhigende Situation. Wenn für acht Pfund Brot der stolze Preis von 76 Sous verlangt wird, ist die Mehrzahl der Arbeiter gezwungen, sich mit Kohl und Erbsenmehlbrei zu ernähren. Noch ist es nicht soweit, aber die Politik geht doch über den Magen, und Ihr wißt so gut wie ich, daß bei den einfachen Leuten oft genug mit dem Magen gedacht wird.«

Papa seufzte:

»Zum Teufel auch, wie oft hat mich der Hunger in der schlechten Zeit gequält. Deshalb kam ich aber noch nicht auf die Idee, über die Bessergestellten herzufallen und sie auszuplündern. Seit der Revolution hat die moralische Haltung des Volkes sehr gelitten. Nicht wahr, mein Schwiegersohn, früher hat man sie ihm noch mit dem Stock eingeprügelt! Früher ging das Volk in die Kirche und betete. Die Gebete halfen ihnen, bescheiden zu bleiben und vermittelten ihnen gleichzeitig die Kraft, ihr Leben in Sitte und Anstand zu führen. Heute aber... Hört zu, wie weit das heutzutage geht... Stellt Euch vor, der Präfekt hat angeordnet, in Rougeville die Taue der Kirchenglocken zu entfernen und sie nur zu Gottesdienstzeiten wieder anzubringen. Warum werdet Ihr fragen. Nun, mein lieber Monsieur, man wollte bestimmte Unruhestifter, die vor nichts zurückschrecken, daran hindern, die Sturmglocke zu läuten. Dieser Trick hatte Schule gemacht, um die Bauern von ihren Feldern und Höfen zu locken und diese währenddessen ausplündern zu können. Und ich kann Euch Hunderte solcher Beispiele nennen . . .«

Wenn Papa einmal über sein geliebtes Département zu reden begonnen hatte, hörte er so schnell nicht mehr auf. Auf die Dauer war das zwar langweilig, in diesem Fall konnte man dadurch aber ruhig zu Ende essen, ohne daß Großvater weitere Ungehörigkeiten von sich gegeben hätte, oder Clémentine vielleicht am Ende doch noch explodiert wäre.

Nach Kaffee und Likör warf Clémentine Tante Lottie einen auffordernden Blick zu, der diese veranlaßte, sich zu erheben.

»Monsieur, wir möchten diesen reizenden Abend nicht unnötig hinauszögern, Eure liebe Frau Mutter wartet sicher schon auf Euch.«

Er stand seinerseits ebenfalls auf und verbeugte sich:

»Das ist sehr freundlich von Euch, Mademoiselle, daran zu denken.«

Beim Hinuntergehen meinte Vincent de Seurolles zu Agathe:

»Mögt Ihr, bevor Ihr geht, einen Blick in den Garten werfen?«

Papa war in guter Laune, weil man ihm bei seinen Ausführungen aufmerksam zugehört hatte und meinte mit einem nachsichtigen Lächeln:

»Geht nur, wir warten auf euch.«

Während Vincent de Seurolles eine Glastür öffnete, die offensichtlich in den Garten führte, hörte Agathe Tante Lottie flüstern:

»Louis, haltet Ihr das für schicklich?«

Draußen war es fast dunkel, und die plötzliche Ruhe wirkte etwas beklemmend.

Als sie an den Ställen vorbeikamen, bemerkte Agathe die frisch gestrichenen Türen und die glänzenden Schlösser. Auch die Bullaugen entlang der Mauer waren erstaunlich sauber.

Er sagte:

»Im Gegensatz zum Herzog liegt mir nichts an der Jagd. Ich halte nichts davon, Tiere zu töten. Das erste Tier, das getötet werden sollte, ist der Mensch! . . . Aber wir teilen die Leidenschaft für das Reiten. Reitet Ihr auch?«

»Ja.«

»Dann könnt Ihr euch alles aussuchen. Ich habe sehr schöne

Pferde. Allerdings würde ich gern vorher sehen, wie Ihr mit den Tieren umgeht, ich ertrage es nämlich nicht, wenn man meine Pferde falsch anfaßt.«

Agathe stolperte über einen Stein und stieß dabei einen kurzen Schrei aus.

Er fing sie gerade noch auf und meinte anzüglich lächelnd:

»Psst, Eure Familie wird meinen, ich vergewaltigte Euch.«

»So dumm ist meine Familie auch nicht!« entgegnete Agathe nachdrücklich. »Außer Tante Lottie, die vielleicht ein bißchen naiv ist, sind alle anderen, daß Ihr es nur wißt, sehr starke Persönlichkeiten!«

»Aber das bezweifle ich doch gar nicht, Mademoiselle ... insbesondere, was Eure Schwester betrifft. Du lieber Himmel! Was für ein entzückendes Raubtier, mit ihren goldenen Augen ... Es muß ein Vergnügen sein, bei ihr Dompteur zu spielen! Dieser Baron d'Empire ist ein verdammter Glückspilz. Ich habe sie beobachtet, wie sie zum Sprung auf mich ansetzte, um ihn zu verteidigen, nachdem Euer Großvater, vermutlich um mir einen kleinen Seitenhieb zu verpassen, diese Lobrede auf ihn gehalten hatte. Aber um darauf zurückzukommen ... Es ist überhaupt nicht Eure Familie, die mich stört, meine Liebe. Im Gegenteil, ich finde sie äußerst rührend, wie sie die Komödie, die wir ihnen vorspielen, für bare Münze nehmen. Aber ich kann mir nicht helfen, all diese Zeremonien und das ganze Getue, um ein unschuldiges Kind dem Bett eines Mannes zuzuführen und es seinem Zugriff auszuliefern, zeugte für mich schon immer von unermeßlicher Dummheit und unter diesen Umständen ganz besonders.«

»Glaubt Ihr vielleicht, ich hätte mich amüsiert?«

Sie bogen in die große Allee ein, die in früheren Zeiten sicherlich ein stattlicher breiter Weg mit sorgfältig geschnittenen Strauchreihen gewesen sein mußte. Mittlerweile war daraus jedoch ein zugewachsener und von herumliegendem Gestrüpp überdeckter Weg geworden, der nur noch kläglich an seine einstige Pracht erinnerte.

Plötzlich blieb der Graf stehen:

»Ich habe Euch hierhergeführt, um Euch ein Geständnis zu machen.«

»Oh!«

»Meine Mutter ist nicht krank. Es ist nicht ihr Körper, es ist ihr Kopf, der nicht mehr funktioniert.«

»Was meint Ihr damit?«
»Nun, Mademoiselle, ohne Umschweife, meine Mutter ist verrück. Es ist nur eine sehr leichte Störung, aber wie dem auch sei, ich wollte Eure Familie damit nicht unnötig belasten. Diese verfluchte Revolution mit ihren entsetzlichen Folgen für die königliche Familie ... Meine Mutter war mit der Königin Marie-Antoinette sehr verbunden ... Und der Mord an meinem Vater, das war alles zuviel für sie. Meine Mutter ist ein Gefühlsmensch, sehr sensibel, sie hat das alles nicht mehr verkraftet. Ihr Gehirn hat einfach nicht mehr mitgemacht, als der Schmerz zu groß wurde. Es ist sogar noch genau feststellbar, zu welchem Zeitpunkt der Kummer sie zerbrochen hat. Sie bewegt sich immer noch in der Welt des Ancien Régime, verbringt ihre Tage damit, sich für irgendeinen imaginären Ball in Versailles oder für ein Jagdvergnügen in Trianon zurechtzumachen, spricht von Seiner Majestät, als hätte sie ihn am Vorabend noch gesehen, und ihr Sündenbock ist unser König, den sie immer noch Graf de Provence nennt, und den sie offen des Komplotts gegen Ludwig XVI. bezichtigt. Das hat mich schon verschiedentlich in äußerst heikle Situationen gebracht. Deshalb bin ich froh, wenn sie in ihren Räumen bleibt.«
»Das tut mir aufrichtig leid«, antwortete Agathe, »aber seit wann ...«
»Als wir 1792 nach England flohen und sie gerade meinen Vater, Graf Gauillaume, verloren hatte, begannen ihre geistigen Kräfte nachzulassen. Sie war wie ein Kind, das von zwei anderen Kindern behütet wurde ... Ich war damals zehn Jahre alt und meine Schwester Diane zwölf. Wir hofften, weit weg von all dem Ruhe zu finden ... Aber in London hat sich die Unausgeglichenheit meiner Mutter noch verschlimmert, und bald starb auch Diane, und ich war mit meiner Mutter allein.«
»Mein Gott!«
Agathe schluckte. Sie hätte ihm gern ihr Mitgefühl ausgesprochen, doch sie war wie gelähmt. Sein Gesicht und sein Körper waren hart und verschlossen, es schien, als ließe er nichts an sich herankommen. Verschämt murmelte sie:
»Das muß für Euch furchtbar gewesen sein.«
Aber brüsk fiel er ihr ins Wort:
»Glück oder Unglück! Man muß das eine wie das andere hinnehmen! Nur die Optik und die Konzeption sind verschieden. Im Unglück braucht man sich wenigstens nicht den herrschenden

Prinzipien und Vorteilen zu unterwerfen, sondern kann dieses verdammte Drecksleben auskosten, wie man will ... Eine andere Bezeichnung verdient es doch nicht ... Es gibt übrigens Momente, wo ich meine Mutter um ihr Los beneide, denn durch den Verlust des Geistes ist ihr die Liebenswürdigkeit des Herzens erhalten geblieben.«

Er lächelte, und es war auf einmal ein ganz zärtliches Lächeln, das sie noch nie an ihm gesehen hatte.

»Ihr werdet sie kennenlernen ... ein ganz außergewöhnliches Geschöpf, sie spielt wie ein junges Mädchen mit ihren Haaren, ihren Perücken und ihrem Puder ...«

Die ideale Schwiegermutter, ganz weit weg! dachte Agathe. Unverhofft erkannte sie die daraus erwachsenden Vorteile. Lieber eine leicht Verrückte als eine alte Hexe, die ihr das Leben schwermachte. Zum ersten Mal an diesem Abend konnte sie frei und ungehindert atmen, so als hätte Vincent de Seurolles ihr eben Haus und Garten vermacht. Nun war sie in der Lage, sich zu Hause zu fühlen, sie wußte, daß sie hier schalten und walten konnte, wie sie wollte. Der kleine Bourbone würde seinen Palast bekommen.

Langsam erwiderte sie:

»Ich verspreche Euch, sie zu lieben.«

Er wollte gehen.

»Kehren wir um. Zehn Minuten ohne Bewachung sind zehn Minuten mehr, als es der Anstand einem glücklich verlobten Paar erlaubt.«

Er hatte seine Fassung zurückgewonnen und sah sie an:

»Stellt Euch vor, meine Liebe, es sind noch vier lange Tage bis zu unserer Hochzeit. Weder Gesetz noch Kirche, die Krücken unserer schwächlichen Gesellschaft, erlauben uns zuvor die geringste Dummheit.«

Sein Blick fiel auf Agathes Bauch, und er fuhr fort:

»Nun, was Euch betrifft, so ist die Dummheit ja bereits geschehen. Außerdem geht Ihr eine Josefsehe ein ...«

Er unterbrach sich kurz, und mit sarkastischem Tonfall fügte er hinzu:

»... Allerdings kann ich mir nur schwer vorstellen, daß der Herzog der Heilige Geist sein soll und ich der tugendsame Josef!«

KAPITEL 12

Der Himmel strahlte in seinem schönsten Blau, als Agathe de Seurolles am Arm ihres Gatten unter festlichem Glockengeläut die Kirche verließ.
Das ganze Dorf schien sich vor ihnen auf dem Platz versammelt zu haben: Die Männer in ihren blauen und roten Sonntagsgewändern, aufrecht und feierlich mit ihrem Hut in beiden Händen, die Frauen in scharlachroten Jacken und schwarz-weiß-gestreiften Röcken.
»Hoch lebe die Braut! Hoch lebe . . .«
Die Hochrufe der Menge wollten nicht enden.
»Armes Volk!« flüsterte Vincent de Seurolles. »Wenn sie nur wüßten . . . Sie würden sofort aufhören zu schreien!«
Agathe biß sich betreten auf die Lippen, beeilte sich jedoch, sogleich wieder ihr gewohntes Lächeln zu zeigen. Seit Vincents Ankunft schien er sich den Kopf darüber zu zerbrechen, wie er diesen Tag am besten hinter sich bringen könnte. Überhaupt, was war das für eine Ankunft gewesen! Der Tag hatte schon mit einer beträchtlichen Verspätung des Bräutigams begonnen. Zélie war alle fünf Minuten zum Fenster gelaufen, um nachzuschauen.
»Wo bleibt er bloß, dein Bräutigam?« hatte sie ungeduldig wissen wollen.
Tante Lottie, die in ein blaues Satinkleid eingezwängt war, und die Haare wie zu einem Strohnest zusammengesteckt und mit Federn geschmückt hatte, war nicht müde geworden zu wiederholen:
»Heilige Jungfrau Maria, beschütze uns! Hoffentlich ist er nicht von einer dieser Räuberbanden überfallen worden, die unsere Wege jetzt unsicher machen . . .«
Madame Follange, die persönlich gekommen war, hatte vor sich hingemurmelt:
»Ich erinnere mich an ein armes junges Mädchen, das am Tag seiner Hochzeit . . .«, und während sie den Sitz des weiten, silbrig schimmernden Tüllschleiers begutachtete, hatte sie hinzugefügt:
»Mademoiselle sieht hinreißend aus, alle Welt wird von Euch sprechen . . .«
Das Kleid war eine Nachbildung des Hochzeitskleides der Herzogin von Berry. Agathe hatte dieses und kein anderes gewollt! Aber jetzt, wo sie es trug, verfügte sie weder über die Geduld, sich zu

bewundern noch war sie in der Stimmung, Vergleiche mit der Herzogin anzustellen. Ihre Nerven waren vielmehr aufs Höchste gespannt. Schließlich war Clémentine explodiert:
»Seid endlich still! Ihr bringt sie ja völlig durcheinander ... Reg dich nicht auf, meine Liebe. Es ist noch eine gute Stunde Zeit. Der Graf de Seurolles wird uns sicher alles erklären ...«
Plötzlich hatte Zélie aufgeschrien:
»Dein Bräutigam! Da ist dein Bräutigam!«
Agathe war ans Fenster gestürzt und hatte gesehen, wie er beim Aussteigen aus der Kutsche über das Trittbrett stolperte und sich gerade noch an seinem Diener festhalten konnte. Sein Gesicht war fahl gewesen, unrasiert noch dazu, und die Augen umschattet ...
»Jesus! Aber ... aber er ist krank!«
»Krank? Wohl eher ...«
Clémentine hatte das richtige Wort vermieden, dann jedoch hinzugefügt:
»Ich gehe hinaus und kümmere mich um ihn. Gütiger Gott! Jetzt fehlen nur noch die Moustrevieilles oder die dicke Adélaïde ...«
Sie hatte Agathe noch schnell über die Wange gestrichen und war dann in höchster Eile davongeeilt. Agathe mochte solche Mitleidsgesten nicht, und in diesem Moment haßte sie Vincent de Seurolles umso mehr.
Er selbst war einige Zeit später erschienen. Seine Aufmerksamkeit hatte jetzt nichts mehr zu wünschen übrig gelassen, denn er war frisch rasiert und in seinem Hochzeitsgewand erschienen. Kühl und distanziert hatte Agathe ihn begrüßt:
»Ah, endlich, Monsieur! Ich dachte schon, Ihr hättet Eure Meinung geändert!«
Liebenswürdig hatte er sie daraufhin angelächelt:
»Ich konnte der Versuchung nicht widerstehen.«
»Ihr riecht nach Madeira!«
»Den habe ich bei Eurem Vater getrunken. Er ist übrigens ausgezeichnet. Wißt Ihr, man soll ein Übel immer mit demselben Übel bekämpfen ... Eure Schwester, eine äußerst intelligente Frau, hat die Situation sofort erkannt und gewußt, was zu tun war ...«
Sie hatte ihn entsetzt angeguckt:
»Ihr wart also ...«
»Ja, betrunken, meine Liebe, betrunken ... Verzieht Euer Gesicht nicht so, das macht sogar ein so schönes Gesicht wie

Eures häßlich. Ihr wißt doch, es ist allgemein üblich, von seinem Junggesellendasein Abschied zu nehmen!«
Je leichtfertiger er dahergeredet hatte, umso zorniger war Agathe geworden:
»Ihr hättet mich beinahe vor den Augen meiner Familie und meiner Freunde bloßgestellt!« hatte sie wütend gezischt.
»Wenn man etwas verspricht, dann muß man es auch halten.«
»Der Alkohol hat mir ein wenig geholfen, mich auf dieses romantische Ereignis vorzubereiten!« Und dann hatte er gelacht, so laut, daß Papa und einige Gäste neugierig zu ihnen herübergeschaut hatten.
Welch großartiges Vorzeichen ehelichen Glücks, wenn der Bräutigam so herzlich lachte!
Obwohl innerlich vor Zorn bebend hatte sich Agathe ein engelhaftes Lächeln abgerungen.
Am Fuß der Treppe hatte eine mit weißen Rosen und Lilien geschmückte Kalesche auf sie gewartet.
Doch weder die anschließende Messe mit ihren Feierlichkeiten noch der reizende Kirchenchor noch die prachtvollen Blumenarragements hatten Agathe zu besänftigen vermocht.
Ihr Zorn war grenzenlos, und sie war außerstande, ihre Umwelt richtig wahrzunehmen, als sie die Kirche verließ.
Von den begeisterten Hochrufen der Dorfbewohner begleitet fuhr dann das frisch vermählte Paar im Wagen von Vincent de Seurolles nach Rougeville zurück. Er war sehr schweigsam, während sie immer noch steif und gereizt neben ihm saß. Sie hielt ihren wunderschönen Orangenblütenstrauß krampfhaft mit den Händen fest, doch da sagte er gelassen, ohne sie anzusehen:
»Nun hört doch endlich auf, die Beleidigte zu spielen! Eure Anmut leidet darunter!«
»Ich spiele nicht beleidigt«, entgegnete sie ihm schroff.
»Ihr ... warum habt Ihr bloß dieser Heirat zugestimmt, wenn sie Euch dermaßen zuwider ist? Das ist doch unehrlich!«
»Wenn ich Euch versichern würde, daß dem keineswegs so ist, um Euch zu beruhigen, würdet Ihr mein Verhalten dennoch als unverschämt bezeichnen ... Aber sagt selbst, habe ich Euch vorhin in irgendeiner Form angegriffen? Sollte dies doch der Fall gewesen sein, so bitte ich Euch um Entschuldigung. Diese ländlichen Ausflüge bekommen meiner Laune eben sehr schlecht.«
Da Agathe weiterhin stumm blieb, fuhr er fort:

»Habe ich Euch eigentlich schon gesagt, daß Ihr als Braut noch schöner seid als sonst ... Allerdings entsprecht Ihr nicht gerade der Vorstellung von einer strahlend glücklichen Braut. Normalerweise weiß eine junge Frau doch gar nicht wohin vor Glück, wenn sie diesen großen Tag erlebt ... Nun, so laßt es doch auch ein wenig sehen, dieses Glück!«
Agathe biß die Zähne zusammen. Irgendwann würde sie ihm das heimzahlen, ebenso seine Verspätung. Sie wußte zwar noch nicht so recht wie, aber irgendeine schwache Stelle mußte sich hinter diesem Panzer doch auch verbergen, und diese schwache Stelle würde sie finden. Nicht einmal der Herzog hätte sich erlaubt, sie so zu behandeln! Der Herzog ... Sie wurde sich plötzlich bewußt, daß sie ihn in den letzten Tagen fast vergessen hatte, aber der Gedanke an ihn heiterte sie jetzt augenblicklich wieder auf. Er schob sich wie eine zärtlich schützende, allmächtige Fee zwischen sie und diesen Herrn. Dieser Herr hier war schließlich nur ein Strohmann, der keine Bedeutung hatte, daran mußte sie immer denken. Um den Herzog ging es ihr, und zwar ausschließlich! Er allein war wichtig in ihrem Leben! Der Gedanke an ihn und seine leidenschaftlichen Worte zuletzt besänftigte sie wieder. »Oh, mein Kätzchen, ich kann es kaum erwarten, bis du verheiratet bist, denn dann werde ich deinen Zeitplan bestimmen. Statt zweimal werde ich dich dreimal in der Woche lieben können, und wir werden uns die süßesten Spiele gönnen ... Mir läuft jetzt schon das Wasser im Mund zusammen ...«
Er hatte hinzugefügt:
»Ich habe Vincent gesagt, daß ich mich um das Hochzeitsgeschenk kümmere.«
»Aber nein, das sollt Ihr nicht, Ihr habt soviel für mich getan.«
»Soviel für dich getan! Aber mein süßes Kleines, du warst doch diejenige, die mir alles gegeben hat, ich habe dir überhaupt noch nichts geschenkt, nicht einmal eine Anstecknadel!«
»Die hätte ich auch nicht angenommen. Man sagt, sie verletzen das Herz.«
Er war in sein typisches lautes und herzliches Lachen ausgebrochen.
Am Sonntagmorgen war das Hochzeitsgeschenk in der Rue de Verneuil angekommen. Es war ein herrlicher Sekretär mit Blumen- und Vogelmotiven, der vor allem wegen seiner wunderbaren Intarsien bewundert wurde. Voller Stolz und in höchster Erwar-

tung hatte sie die Klappe und beide Türen geöffnet. Allerdings hatte sie vergeblich in Schubladen und Fächern nach den kostbaren Kleinigkeiten gesucht, mit denen ein Bräutigam seine Braut zu beschenken pflegt. Anne-Louise und Tante Lottie hatten versucht, sie zu trösten:

»Aber schau doch, Chérie, der Sekretär allein hat schon einen ungeheuren Wert. Dein Bräutigam ist ein Mann, der sich weder auf den Rat seiner armen Mutter noch einer Schwester verlassen konnte. Anstatt sein Geld für irgend etwas auszugeben, was dir vielleicht gar nicht gefallen hätte, hat er es in dieses Möbelstück gesteckt...«

Da hatte Agathe auf einmal in der allerletzten Schublade ein großes, schweres Schmuckkästchen aus Leder gefunden.

»Nun mach schon auf!« hatte Zélie voller Ungeduld gedrängt.

Agathe hatte dann andächtig den Deckel geöffnet, ... und war vom Funkeln unzähliger Edelsteine so geblendet gewesen, daß sie einen Moment lang die Augen hatte schließen müssen.

»Diamanten!« hatte Zélie voller Bewunderung geflüstert. »Wunderschön, dieses unvergleichliche Weiß...«

Und Großvater hatte bemerkt:

»Du scheinst gut gewählt zu haben, meine Süße. Der Graf weiß, was sich gehört. Das ist wahrlich ein fürstliches Geschenk.«

Wenn Großvater wüßte, wie recht er hatte...

Inmitten der allgemeinen Bewunderung hatte Agathe dann schweigend und atemlos vor Staunen ihr Geschenk betrachtet. Das alles sollte ihr gehören? Zärtlich hatte sie die beiden Armbänder gestreichelt, die zwei Broschen, das Halsband, das Halbdiadem und die langen Ohrgehänge.

Einige Stunden später hatte sie den Herzog bei der Unterzeichnung des Ehevertrages getroffen.

Auf der einen Seite waren der Notar, die Familie und Vincent de Seurolles versammelt gewesen. Auf der anderen Seite Seine Majestät in seinem Spezialsessel und die beiden Herzöge.

Der Notar war feierlich auf Seine Majestät zugeschritten und hatte dem König den Vertrag überreicht. Nachdem der König unterzeichnet hatte, waren der Herzog und die Herzogin von Berry und der Herzog und die Herzogin von Angoulême gefolgt.

Nach dieser Zeremonie war Agathe in eine höfliche Verbeugung niedergesunken, die der Herzog protokollgemäß beantwortet hatte:

»Mademoiselle, wir wünschen Euch viel Glück.«
Wie gern hätte sie sich ihm lachend in die Arme geworfen, um ihm zu versichern, daß dieses Glück durch seine Liebe allein schon in Erfüllung gegangen sei. Was wollte sie schließlich mehr als diese Liebe und dieses Glück?«
Wie konnte man sich angesichts eines solch außergewöhnlichen Schicksals an Kleinigkeiten stören? Nein, diese Kleinigkeiten gehörten ignoriert, damit der Blick wieder stolz und erhaben wurde, und man das Gesicht wieder nach vorne richten konnte. Durch diese großartige Schlußfolgerung tüchtig aufgemuntert richtete Agathe sich auf ihrem Sitz in der Hochzeitskutsche wieder auf.
Gerade fuhren sie durch die Tore von Rougeville und bogen in die Allee ein.
Rechts und links hatte Clémentine zwei riesige, grün-weiß gestreifte Zelte errichten lassen, und auf jedem von ihnen wehte lustig im Winde flatternd das Lilienbanner. Dieses Grün-Weiß der Zelte war in Verbindung mit dem saftigen Grün des Rasens so heiter und lebendig, daß Agathe nun ihre gute Laune endgültig wiederfand.

Vincent de Seurolles hatte gesagt:
»François de Bareuil, den Monsieur de Mougeaud Euch damals in der Oper vorgestellt hat, wird kommen. Aber außer ihm ... Ich habe keine so guten Freunde, daß ich ihnen diese unangenehme Verpflichtung zumuten könnte ...«
»Ihr habt keine Freunde!« hatte Agathe entsetzt erwidert, so als hätte er ihr gerade gestanden, keinen einzigen Louisdor in der Tasche zu haben.
»Je älter man wird, mein liebes Kind, desto klarer wird einem, welche Enttäuschungen mit Freundschaften verbunden sind. Darüber bin ich nun glücklicherweise hinweg. Und im übrigen, wozu braucht man überhaupt Freunde? Ich habe kein Verlangen danach, jemand anderem mein Herz auszuschütten, und es bereitet mir nicht das geringste Vergnügen, als Sammelbecken für das Unglück anderer zu dienen. Außerdem besitze ich weder die Fähigkeit noch den Wunsch, anderen zu helfen. Im allgemeinen erfordert eine Freundschaft sehr viel Anstrengung, und ich habe schon Schwierigkeiten genug, mit mir selbst zurechtzukommen.«
»Wenn man Euch so zuhört, könnte man wirklich meinen, daß

Menschen nur im Hinblick auf Probleme miteinander befreundet sein können. Aber es gibt doch auch soviele angenehme Dinge, die man teilen kann . . .«
»Oh ja! Da stimme ich Euch durchaus zu!«
Er hatte vieldeutig gelächelt und hinzugefügt:
»Wißt Ihr, ich unterhalte viele Beziehungen nur meiner Mutter zuliebe, die bestimmten Traditionen noch sehr verbunden ist . . . Ich hoffe, ich kann offen mit Euch sprechen, ohne Euch zu kränken!«
Obwohl sie ihn dann mit gleichgültiger Miene zum Weitersprechen ermuntert hatte, war ihr im Magen ganz flau geworden.
»Ob es nun die Prinzessin de la Trémoille aus der Rue de Bourbon ist oder die Polignacs oder der nette La Rouchefoucauld oder sonstwer, all diese Personen laden Euch gern zu sich ein, doch könnt Ihr Euch umgekehrt die Herrschaften auf einem Landsitz vorstellen, selbst wenn er noch so bezaubernd ist? Meiner Mutter zuliebe würden sie so etwas tun, aber ich selbst kann ihnen diese Mühe nicht zumuten.«
Deutlicher hatte man es wirklich nicht sagen können. Andererseits mußte Agathe doch zugeben, daß weder Rougeville noch das Gasthaus in Evreux geeignet gewesen wären, diese hochberühmten Persönlichkeiten gebührend zu empfangen. So hatte sie die Diskussion mit perfekt gespielter Gelassenheit beendet:
»Wie Ihr meint. Ich jedenfalls habe meine Familie und meine Freunde um mich, und das genügt mir.«
Sie waren tatsächlich alle versammelt. Die Mougeauds, die Boischambaults, Virginie, sehr offenherzig in einem duftigen Kleid aus rosaroter Gaze – sie hatte sich sofort an François de Bareuil herangemacht –, ferner René de la Maillerie, ihr Bruder, der sich überhaupt nicht verändert hatte und nach wie vor guter Laune versprühte. Neben ihm saß seine Gattin Julie, deren Schmuck man früher stets zu allen Gelegenheiten bewundert hatte, der jetzt jedoch im Vergleich zu den Diamanten des Herzogs eher armselig wirkte. Dann waren natürlich die Moustrevieilles erschienen, und die Söhne Sosthène und Théo verschlangen Agathe während des Essens mit ihren Blicken. Auch die Fournons waren da, und der arme Gaston stammelte mit bleicher Miene immer wieder: »Agathe, Agathe!« Und zu guter Letzt waren natürlich auch die d'Amberts anwesend, der alte Herr inzwischen ziemlich krank und schwach in Begleitung seines Sohnes Lucien.

Dieser säuselte aus den Tiefen seiner Dichterseele: »Süße, anbetungswürdige Verräterin, für dich geb ich mich qualvoller Traurigkeit hin ...«

Die Anwesenheit ihrer alten Freunde erfüllte Agathe mit sanfter Genugtuung. Es war schön, sich ihrer Gunst nach wie vor gewiß zu sein. Während sie alle der Reihe nach ansah, wußte sie auf einmal, daß der Weg, den sie im vergangenen Jahr eingeschlagen hatte, der richtige gewesen war. Diese braven Leute hatten sich überhaupt nicht verändert; sie waren immer noch naiv, einfältig und engstirnig, und selbst die schönen neuen Gewänder konnten über ihre ländliche Derbheit nicht hinwegtäuschen.

Außerdem waren der Graf de Goyon, der den früheren Präfekten des Departements Eure vertrat und Monsieur du Meilet, der Bürgermeister von Evreux, sowie einige andere wichtige Persönlichkeiten des öffentlichen Lebens zugegen. Papa, dessen Wangen vor Aufregung rot glühten, ging von Grüppchen zu Grüppchen, um jeden zu begrüßen.

Am oberen Ende des Tisches saß zwischen den Vettern Fournon und Moustrevieille eine junge, blonde Dame, die Agathe nicht kannte. Sie war ungewöhnlich dick, hatte einen rosafarbenen Teint und trug ein Kleid aus violettem Krepp. Bescheiden und unauffällig reihte sie sich in die Tischrunde ein.

Am Vorabend war sie auch schon einmal kurz erschienen, und nachdem sie wieder gegangen war, hatte Agathe sich sofort neugierig bei Tante Lottie erkundigt:

»Woher kommt eigentlich diese Rose de Bosquelle, die Papa mir gerade vorgestellt hat?«

Tante Lottie hatte auf einmal ein finsteres Gesicht gemacht.

»Chérie, ich wollte dir deinen schönen Tag nicht verderben, aber stell dir bloß vor, dein Vater ... dein Vater ...«

»Nun, was ist mit Papa?«

»Diese Frau ist im Begriff, ihn uns wegzunehmen. Sie ist eine Witwe, die er in Evreux kennengelernt hat. Sie verfügt über tausend Francs Rente und ein kleines Haus in der Nähe der Place de la Vierge. Sie ist wirklich nichts Besonderes, sondern eine berechnende ...«

»Wollt Ihr damit sagen, daß Papa sie aushält?«

Tante Lottie war entrüstet gewesen:

»Dein Vater ist bei Gott ein ehrenwerter Mann, der sich niemals versündigen würde ... Nein, du hast mich falsch verstanden.

Diese Frau hat es darauf abgesehen, ihn zu heiraten. Das hätte ich niemals von Louis erwartet, nachdem er stets im Gedenken an eure liebe Mutter, meine arme Schwester, gelebt hat... Nun denn, dieses Individuum hat noch nicht einmal sechs Monate gebraucht, um ihn rumzukriegen!«
Papa... Papa würde wieder heiraten! Diese Ankündigung war wirklich wie aus heiterem Himmel gekommen... Einfach unglaublich!
Nachdem sich Agathe von ihrer ersten Verwunderung erholt hatte, wurde ihr im nachhinein vieles klar: Es war diese Romanze, die Papa so verändert hatte. Wieso hätte er sonst plötzlich auf sein Äußeres derartigen Wert legen wollen? Und dann vor allem die Tatsache, daß Papa während des ganzen Frühlings nicht ein einziges Mal von ihr verlangt hatte, nach Rougeville zurückzukehren... Letztlich verdankte sie also dieser Rose ihren königlichen Frieden und die Freiheit zu tun, wozu sie Lust hatte. Diese Dame verdiente daher eine gewisse Nachsicht!
»Du lieber Gott, Tante Lottie, er hat doch wohl auch das Recht, ein wenig glücklich zu sein. Armer Papa! Sieben Jahre lang war er ohne Frau...«
»Dann soll er sich gefälligst eine bessere aussuchen!« hatte Tante Lottie mit ungewohnter Strenge geantwortet.
»Und wen denn bitte schön? Eure Freundin Adélaïde etwa? In Papas Alter, liebe Tante, bevorzugen die Männer junge Frauen, und wenn diese Frau noch dazu von hohem Adel...«
»Junge Frauen, junge Frauen! Aber auf die Liebe kommt es doch schließlich an!«
Als Agathe diesen Aufschrei gehört hatte, war ihr schlagartig klargeworden, daß sich hinter dem pathetischen Gerede von Tante Lottie nichts anderes als Angst verbarg.
Deshalb hatte sie ihr geantwortet:
»Vielleicht ist es ja nichts als eine vorübergehende Schwärmerei...«
»Bei deinem Vater? Eine vorübergehende Schwärmerei?... Nein, im Gegenteil, er wird sie heiraten!«
Tante Lottie hatte ihr Taschentuch herausgezogen, um die Tränenströme, die ihr plötzlich aus den Augen quollen, zu trocknen. Sie hatte immer schon gern geweint und damit nicht selten Anlaß zu spöttischem Lächeln gegeben, doch diesmal war es ernst gewesen, und Agathe hatte verzweifelt ausgerufen:

»Ich will nicht, daß Ihr leidet. Kommt doch zu mir nach Paris und wohnt bei mir.«
»Und wer soll sich dann um die Garderobe deines Vaters kümmern? Wer bringt ihm seine abendliche Tasse Tee auf sein Zimmer, wer stellt seine Pfeifen, seinen Stock und seinen Hut wieder an den richtigen Platz? ... Du kennst ihn, er verlegt doch alles ...«
Tante Lottie hatte ihr Taschentuch wieder eingesteckt und nur noch geschluchzt:
»Seit fast zwanzig Jahren wasche ich ihm die Wäsche, nähe ihm die Knöpfe an und schneidere ihm seine Hemden. Das kann sie mir doch nicht nehmen, diese Frau. Ich kann einfach nicht ohne ihn leben, verstehst du? Es ist nett von dir, aber ich wüßte nicht ... Und versprich mir bitte, darüber kein Sterbenswörtchen gegenüber Clémentine zu verlieren. Louis fürchtet ... Du kennst ja deine Schwester ... Und ihre unberechenbare Ausbrüche! Sie wäre in der Lage, einen Skandal daraus zu machen. Das ist auch der Grund, warum dein Vater diese Neuigkeit bislang verschwiegen hat und zunächst deine Hochzeit in aller Ruhe feiern wollte.«
Dennoch mußten Tante Lottie irgendwelche bissigen Bemerkungen herausgerutscht sein, denn jedesmal, wenn Clémentines Blick auf Rose de Bosquelle fiel, verengten sich ihre Augen gefährlich, und ihre Finger krampften sich um ihre Perlenkette.
»Ich gäbe zwei Sous für Eure Gedanken«, flüsterte Vincent de Seurolles, der dies bemerkte, Clémentine ins Ohr.
Während des Essens hatte er kaum geredet, obwohl der Präfekt und Monsieur du Meilet wiederholt versucht hatten, sich bei ihm, einem engen Freund des Herzogs von Berry, einzuschmeicheln ... Und gegessen hatte er noch weniger. Als er sein Glas an die Lippen führte, bemerkte Agathe, daß seine Hand leicht zitterte. Er sah erschöpft aus, und sie fragte sich, ob dieser Zustand die Folge des nächtlichen Festgelages sei, oder ob er sich vielleicht langweile. Zum Glück konnte man seine Schweigsamkeit als Dünkel auslegen, und als sie zufällig die sehnsüchtigen Blicke Virginies und Julies registrierte, wußte sie, daß er dennoch sehr gut aussah. Die Mattigkeit ließ sein Gesicht weicher und schöner erscheinen und verstärkte dadurch seine würdevolle Ausstrahlung.
»Was ich gerade dachte?« wiederholte Clémentine streitsüchtig. »Nun, wenn Ihr es unbedingt wissen wollt, ich finde, daß Charles

Jérôme sich ganz einfach besser benimmt als Ihr. Auch wenn er sich langweilt, bemüht er sich zumindest, es nicht zu zeigen!«
Lächelnd versuchte Vincent, ihren Angriff abzuwehren:
»Verteidigt Ihr die Bonapartisten, meine Liebe?«
»Ich, sie verteidigen? Ich hasse sie! Und genau gesagt ist es mir ausgesprochen unangenehm, feststellen zu müssen...« antwortete sie, doch das Ende ihrer Bemerkung ging in lautem Beifall unter, der dem soeben hereingetragenen Hochzeitskuchen galt.
Es war ein riesiger »Liebesbrunnen«, auf dessen oberen Rand zwei weiße Zuckertauben saßen und Drageebonbons im Schnabel hielten. Agathe hatte sich dagegen gewehrt, weil sie einen solchen Hochzeitskuchen für grotesk hielt, doch Clémentine hatte darauf bestanden.
Der Kuchen gab denn auch, wie erwartet, genügend Anlaß zu allerlei sentimentalen Kommentaren, die Agathe schlichtweg zuwider waren. Anschließend stieß man mit Champagner an und wünschte dem jungen Paar Glück, Glück und immer wieder aus aller Munde viel Glück, bis man ins andere Zelt wechselte.
Dort empfing die Hochzeitsgesellschaft der betäubende Duft von vielen tausend Rosen, welche zu Girlanden zusammengebunden waren. Der Parkettfußboden glänzte wie eine Eisfläche, und die Musiker standen bereits erwartungsvoll auf dem Podium.
Agathe eröffnete mit ihrem Gatten den Ball. Nachdem sie dann mit Papa, Großvater, dem Präfekten, Charles Jérôme und den anderen namhaften Persönlichkeiten getanzt hatte, stützte sich Théo auf sie.
Nicht ohne Vergnügen genoß Agathe seine kräftige Umarmung und seinen Geruch nach Heu und Sonne, den sie nur zu gut kannte. Unwillkürlich kamen ihr all die anderen, weniger unschuldigen Liebesspiele in den Sinn, die sie ihm jetzt zeigen könnte, doch Théo verdarb alles mit zwei Sätzen:
»Na, mußtest du denn unbedingt nach Paris gehen, um dir einen Ehemann zu angeln? Wir Normannen waren dir wohl nicht gut genug...«
Ohne sich ihren Ärger anmerken zu lassen, unterbrach sie ihn:
»Théo, ich bitte dich! Die Tatsache, daß wir viel Spaß miteinander gehabt haben, berechtigt dich noch lange nicht...«
»Ach, das war also alles für dich... Mademoiselle hat ihren Spaß gehabt... Und ich dreifacher Idiot war sterblich in dich verliebt!«
»Hör auf, man beobachtet uns«, zischte sie ihm zu. »Wenn du

schon das ganze Jahr über nichts als Bauern siehst, so brauchst du dir nicht auch gleich ihre Manieren anzueignen.«
Widerwillig und ohne ein Wort zu sagen setzte er den Tanz mit ihr fort, und erst zum Schluß, als sie gehen wollte, hielt er sie zurück:
»Agathe ... Chérie ...«
»Laß mich! Das reicht mir.«
Théos Lippen wurden schmal.
»Du bist gemein, du siehst überhaupt nicht, wie sehr ich leide. Wenn ich mir vorstelle, daß dieser Mann dich bald ganz für sich allein ...«
Agathe mußte auch daran denken. Clémentine hatte ihr eigenes Schlafzimmer oben im Turm, daß das schönste Zimmer von Rougeville war, für die Jungvermählten herrichten lassen. Am Vorabend hatte sie ihre Schwester oben an der Treppe abgefangen.
»Agathe ... Mama weilt nicht mehr unter uns, und so obliegt es mir ...«
An der Art, wie Clémentine sprach und an ihrem vor Scham hochroten Gesicht erkannte Agathe sofort, worum es sich handelte. Frech und ungezwungen erwiderte sie ihr:
»Der Sorge kann ich dich entheben, meine Liebe. Es ist zwar sehr lieb von dir, daß du mir aus deinem reichen Erfahrungsschatz vertrauliche Ratschläge für meine Hochzeitsnacht geben willst, aber ... Sei mir nicht böse, ich glaube, da kenne ich mich besser aus als du ...«
Und um weiteren Fragen auszuweichen, hatte sie die völlig verwirrte Clémentine stehenlassen, um schnellsten die Treppe hinabzueilen.
Das hieß jedoch nicht, daß sie sich ihrerseits darüber noch keine Gedanken gemacht hatte. Ganz im Gegenteil!
Man würde sie heute abend, in wenigen Stunden schon, zum Turmzimmer geleiten, die Tür hinter ihnen schließen und sie mit ihrem frisch angetrauten Ehemann alleinlassen. Wie würde Vincent de Seurolles sich verhalten?
Vor lauter Angst war sie außerstande, eine Antwort zu finden.
»Du wirst mich doch hoffentlich nicht mit deinem Ehemann betrügen, kleine Hexe?«
Jedesmal, wenn der Herzog sie so neckte, protestierte sie heftig, schüttelte abwehrend ihren Lockenkopf und gab der Unterhaltung sofort eine andere Wendung, um dieses Thema ganz bewußt frei im Raum stehenzulassen. Das bereute sie jetzt, denn sie hatte den

Eindruck, daß der Graf einen höllischen Gefallen daran fand, ihre Hochzeit als Farce und nichts anderes zu nehmen. Es wäre daher besser gewesen, sich damals vom Herzog versichern zu lassen, daß sie diesem Mann gegenüber keinerlei Verpflichtungen hatte!
»Agathe ... Agathe!«
Gaston de Fournon, der ihr nächster Tänzer war, riß sie aus ihren Gedanken.
Armer kleiner Gaston! Die Zeit war spurlos an ihm vorübergegangen. Er war schmalbrüstig wie immer, und auch seine Augen hatten nach wie vor denselben weichen Ausdruck. Insgesamt hatte sich an seiner femininen Ausstrahlung nichts verändert. Dazu trug er jetzt einen geradezu rührend anmutenden Schnurrbart, den er, wohl in der Annahme, er wirke so männlicher, ununterbrochen zwirbelte. Seine drei Haare, die wie ein Accent Circonflex* seine unscheinbaren Züge betonten, verliehen ihm ein sehr sonderbares Aussehen. Sie fragte:
»Was? Was hast du gesagt?«
»Wie geht's Pierre?«
»Pierre ...?«
»Ja, Pierre, mein Bruder. Von welchem Pierre sollte ich sonst wohl sprechen! Ende März habe ich deinen Brief erhalten, nachdem du ihn in der Pension Violat besucht hattest. Du wolltest mir dann wieder schreiben, aber seitdem habe ich nichts mehr von dir gehört ...«
»Weil es nichts zu schreiben gab.«
»Wieso, nichts?«
Mittlerweile hatte keiner der Hochzeitsgäste der Musik widerstehen können, und alle tanzten. Vincent de Seurolles hatte gerade Virginie im Arm, Clémentine tanzte mit ihrem Charles, Sosthène de Moustrevieille wirbelte Julie de la Maillerie herum, und Renè schob die langweilige Anne-Louise übers Parkett, während der Präfekt die dicke Adélaïde mit vollkommener Eleganz an den anderen Paaren vorbeibewegte ... Fröhliches Lachen erscholl, Champagnerkorken knallten, und die Musik spielte ausgelassene Tänze; in den großen Bronzeleuchtern flackerten lustige Lichter, während die Girlanden ihre vibrierenden Schatten auf die grünweißen Streifen des Zeltdachs warfen ...
Aus völlig unerfindlichen Gründen fühlte sich Agathe inmitten

* Accent Circonflex: Französisches Betonungszeichen – in Form eines Daches.

dieser Heiterkeit plötzlich sehr elend, und es befiel sie eine traurige Erinnerung, gegen die anzukämpfen sie nicht in der Lage war . . . Sie trug sie weit, weit weg, vor ein enges Fenster, draußen nichts als Dächer, der Schrei eines Hahnes und Pierre de Fournon mit seinen klaren, leuchtenden Augen vor ihr, eine Stille zwischen ihnen und dann eine leichte Berührung, bis sie zu ihm sagte: »Küßt mich . . .«, einfach so, weil sie ihm nichts anderes als dies sagen wollte, denn sie begehrte diesen Mann über alle Maßen. Und er hatte sie mit wilder Gier rücksichtslos gepackt und . . .

»Wieso nichts? Erklär mir das bitte!« insistierte Gaston.

Agathe murmelte:

»Pierre . . .« Sie hielt inne, denn sie stellte plötzlich fest, daß all ihr Groll verflogen war, daß nur eine furchtbare Traurigkeit, ein schmerzliches Gefühl des Verlustes in ihr zurückgeblieben waren.

»Pierre?« wiederholte Gaston.

Schnell antwortete sie ihm:

»Deinem Bruder geht es gut, er braucht niemand. Anstelle von Reichtum und Glück besitzt er seine Überzeugungen.«

»Was für Überzeugungen?«

»Überzeugungen . . . Überzeugungen, die überhaupt nichts mit den unsrigen gemeinsam haben. Ich hatte ihm angeboten, meine Beziehungen spielen zu lassen, um ihm die Rückkehr in die Armee zu erleichtern, doch er hat strikt abgelehnt. Er ist innerlich voller Bitterkeit und Rebellion und Einsamkeit . . . Außerdem hat er eine eigenwillige Auffassung von persönlichem Stolz . . .«

Es bereitete ihr Mühe, von ihm zu sprechen. Daher war sie froh, als der Walzer zu Ende war. Es war spät geworden, und eine allgemeine Müdigkeit breitete sich aus. Doch während alle anderen matt in sich zusammensanken, lebte Vincent de Seurolles jetzt erst richtig auf. Seine müden Augen waren immer lebendiger geworden, die Falten seines Gesichtes schienen sich geglättet zu haben, und sein Schritt wirkte leicht und federnd. Es war, als ob für dieses wunderliche, bizarre Wesen aus einer anderen Welt der Tag erst jetzt begonnen hatte.

Mit einem Glas Champagner in der Hand lächelte er Agathe zu . . . liebenswürdig und freundschaftlich. Es war ein Lächeln, in dem nichts mehr von jener verfluchten Ironie zu lesen war, die einem Lust machte, ihm ins Gesicht zu schlagen. Agathe wußte zwar nicht, was ihn so verändert hatte, doch sie fand dieses Lächeln sehr anziehend. Als er sie dann aufforderte: »Da, trinkt noch ein wenig und laßt uns tanzen«, war sie wie verzaubert und gehorchte ihm gern.

»Chérie« ... Agathe öffnete die Augen und blickte in Clémentines freundlich lächelndes Gesicht. Sie hob ihren Kopf kurz an, ließ ihn dann aber gleich wieder aufs Kopfkissen zurückfallen.
»Was tust du denn hier?« fragte sie mit leidender Stimme. Ihr Kopf schmerzte zum Zerspringen.
»Du solltest dich lieber selbst fragen, was du in Tante Lotties Schlafzimmer zu suchen hast«, erwiderte Clémentine scherzhaft.
»In Tante Lotties Schlafzimmer?«
»Sieh mal, Chérie, gestern abend ...«
»Gestern abend! Wie spät ist es denn jetzt?«
»Zwei Uhr nachmittags. Du hast geschlafen wie ein Murmeltier. Der Ball, die Aufregung ... Dein Gatte, und ich muß gestehen, das war sehr anständig von ihm, hielt es für besser, wenn du ...«
»Er hat mich ...?«
»Ja, er hat dich hierhergetragen. Erinnerst du dich denn nicht mehr?«
Nein, sie erinnerte sich an überhaupt nichts mehr. Vincent de Seurolles hatte ihr ein Glas Champagner nach dem anderen eingeschenkt, sie hatte getanzt und gelacht und wieder Champagner getrunken, und je mehr sie getrunken hatte, desto leichter war ihr ums Herz geworden, bis sie schließlich ganz leicht, leicht wie eine Seifenblase ...
Sehr vorsichtig richtete Agathe sich auf und hielt den schmerzenden Kopf mit beiden Händen fest. Sie kicherte:
»Was redest du so um den heißen Brei herum, meine liebe Schwester, was heißt hier todmüde ... Da mußt du doch selber lachen ... blau war ich, ja, blau wie ein Veilchen!«
»So etwas sagt eine Dame nicht!«
»Das ist mir egal! Ich kann tun, was ich will, und ich werde mich trotzdem immer als Dame fühlen. Das hängt nur von meiner Einstellung ab und zwar ausschließlich! Nimm doch zum Beispiel Anne-Louise ... Wenn irgendwann eines Tages einmal ein Mann ihr den Hof machen sollte, so würde sie sich sofort wie eine Hure vorkommen. Wenn mir hingegen ein Mann gefällt, so bin ich dem lieben Gott dafür dankbar, daß ich so normal empfinde.«
»Schämst du dich denn gar nicht? ... Am Tag nach deiner Hochzeit ... Was würde der Graf de Seurolles von dir denken, wenn er

das wüßte? A propos, steh lieber auf, statt solche Abscheulichkeiten von dir zu geben, er erwartet dich schon. Ihr fahrt gleich nach Paris zurück. Ich habe dir ein schönes Frühstück zubereiten lassen . . .«

Agathe hielt sich die Ohren zu:

»Oh, hab Mitleid mit mir! Wenn ich nur an Essen denke, wird mir schon übel . . . Nein, nur eine Tasse Tee, eine große Tasse Tee, und wenn ich ein Bad nehmen könnte, ein schönes heißes Bad . . . Aber wahrscheinlich besetzen René und Julie mein Zimmer . . .«

»Sie sind schon vormittags abgefahren. Die Domestiken lassen dir gerade ein Bad ein.«

Agathe legte ihren Arm um Clémentines Hals:

»Weißt du, trotz deiner moralischen Anwandlungen bist du doch die beste aller Schwestern!«

Nachdem sie gebadet und sich frisiert hatte, zog sie ein Kleid an, das eigens für diesen Tag nach der Hochzeit angefertigt worden war. Es war ein großzügig dekolletiertes weißes Kaschmirkleid mit bis zu den Ellbogen reichenden Puffärmeln. Ein Gürtel, der mit einer kübschen, korallenfarbenen Seidenschleife verziert war, betonte ihre schlanke Taille. Auf ihren Lockenkopf hatte sie einen allerliebsten kleinen Turban gesetzt, und dieser wurde ebenfalls von einer korallenfarbenen Schleife zusammengehalten. Agathe liebte solche exklusiven kleinen Extras, die für sie wie das Salz in der Suppe waren und einer Garderobe erst den nötigen Pfiff gaben. An diesem Tag war sie allerdings keineswegs dazu aufgelegt, jemand zu verführen. Sie fühlte sich erschöpft und litt unter entsetzlichen Kopfschmerzen. Nachdem sie ihre Verwandten zum Abschied umarmt hatte, stieg sie, gestützt von Vincent de Seurolles, in den Wagen und sank ermattet auf die Sitzbank.

Kaum hatten sie das Dorf hinter sich gelassen, als Vincent ein kleines Schränkchen öffnete, aus dem er einen zisilierten Silberflakon herausholte. Er schraubte den Verschluß ab, der gleichzeitig als Trinkbecher diente und fragte Agathe:

»Kann ich Euch davon etwas anbieten?«

»Was ist das?«

Außer einem förmlichen Guten Morgen hatten sie bis dahin noch kein Wort miteinander gewechselt. Agathe fühlte sich auch noch viel zu elend, als daß sie sich Gedanken um irgend etwas gemacht hätte.

»Es ist ein Eau-de-vie*, das auf meinem Gut in der Provence gebrannt wird. Ein ausgezeichneter Aufmunterer ...«
»Eau-de-vie! Jetzt, um diese Tageszeit?«
»Jede Zeit ist gut. Wollt Ihr versuchen?«
Da sie heftig den Kopf schüttelte, hob er lächelnd den kleinen Becher und meinte:
»Die Gewohnheit fehlt Euch eben noch, meine Liebe.«
Er verschloß den Flakon wieder und stellte ihn zurück. Unwillkürlich begutachtete Agathe die innere Ausstattung des Wagens: Die wertvolle Holzverkleidung, die eleganten Spiegel, eine raffinierte Anordnung von Schubladen, die mit auffallend schönen Bronzeknöpfen versehen waren, die mit mandelgrünem Leder überzogene Sitzbank, die niedlichen Taftvorhänge in der gleichen Farbe ...
Erklärend bemerkte er:
»Ich liebe es, mich mit Raffinement und Luxus zu umgeben. All das erleichtert mir das Leben.«
»Was werft Ihr dem Leben eigentlich vor?«
»Euch das zu erklären, würde jetzt zu weit führen ... Ein andernmal vielleicht.«
Er klappte einen kleinen gepolsterten Hocker, der mit dem gleichen Samt wie die Kissen der Sitzbank bezogen war, auseinander und meinte:
»Hier, streckt Euch aus, dann geht's besser ... Ihr braucht Euch vor mir nicht zu genieren, Ihr könnt ruhig schlafen, wenn Euch danach zumute ist. Ihr seht völlig mitgenommen aus.«
Er lachte und fuhr fort:
»Ihr könnt ganz beruhigt sein, ich werde keine bissigen Bemerkungen über Euren Zustand am gestrigen Abend von mir geben. Trunkenheit schockiert mich nicht. Ich kann Euch allerdings ein paar nützliche Ratschläge erteilen.«
Es war Agathe sehr peinlich, und sie erwiderte schnell:
»Das ist mir nur einmal passiert. Ihr könnt Euch wahrscheinlich nicht vorstellen ... Jesus! Daß man sich am nächsten Tag so schlecht fühlt! Nie wieder ...«
»Nach meinem ersten Rausch habe ich genau das gleiche gesagt. Das war vor zwanzig Jahren, als ich fünfzehn war.«
Agathe bettet ihren armen, schmerzenden Kopf auf ein weiches

* Eau-de-vie: klarer Schnaps

Kissen. Vor ihr, hinter der Glasscheibe, sah sie, wie sich die glänzenden Kruppen der Pferde im Takt ihrer Gangart hin- und herbewegten. Das Bild verschwamm vor ihren Augen, und sie schlief ein.
Als sie wieder erwachte, bemerkte sie, wie Vincent sie mit seinen dunklen Augen betrachtete.
»Habe ich geschlafen?«
»Ja. Hat man Euch eigentlich schon einmal gesagt, daß Ihr im Schlaf sehr, sehr schön seid?«
»Nein, aus dem einfachen Grund, weil Ihr der erste seid ...«
Sie hielt inne.
»Wie schön, wenigstens etwas, worin ich der erste bin ...«
Sie biß sich auf die Lippen, und er fuhr fort:
»Genau genommen habe ich Euch gerade geweckt.«
»Sind wir da?«
»Meine Equipage ist zwar eine der schnellsten in der ganzen Stadt, aber fliegen kann sie noch nicht. Wir sind in Mantes und ... sagt, was haltet Ihr davon: Hier in der Gegend gibt es einen hübschen Gasthof, und in Anbetracht Eurer gestrigen schweren Reise habe ich mir die Freiheit genommen, meinen Diener heute morgen dorthin zu entsenden, um für uns die besten Zimmer reservieren zu lassen. So habt Ihr einerseits Gelegenheit, Euch ein wenig zu erholen, und andererseits müssen wir, bevor wir wieder in Paris sind, ein ernsthaftes Gespräch miteinander führen, das keinen Aufschub mehr duldet.«
»Die besten Zimmer ...« Also für jeden eins. Das war schon die Antwort auf die Frage, die sie sich fortwährend gestellt hatte. Und dennoch, obwohl die Tatsache eigentlich für eine ruhige Nacht sprach, war sie davon doch noch nicht vollständig überzeugt. Denn welcher Mann würde aus Rücksicht auf einen Vertrag nicht trotzdem versuchen ... Dieser Gedanke beschäftigte sie den ganzen Weg über, bis sie schließlich im Gasthof ankamen.

Kapitel 13

Der Wirt stieß eine Tür auf, trat devot einen Schritt zurück und zeigte ihnen die Zimmer:
»Dies ist das Schlafgemach für die Frau Gräfin. Daneben ist ein kleiner Salon, der eine Verbindungstür zum Schlafgemach des Herrn Grafen hat ...«
Vincent de Seurolles unterbrach ihn:
»Es gefällt uns. Ihr könnt gehen.«
Während Flambert, sein Diener, Agathes Reisegepäck hereinbrachte, sagte Vincent:
»Ist es Euch recht, wenn wir um neun Uhr zu Abend essen?«
»Wie Ihr wollt.«
»Also um neun im – wie sagte doch der gute Wirt – Prunksalon.«
Lächelnd fuhr er dann fort:
»Das ist ein neutraler Ort für eine Unterredung. Braucht Ihr eine Zofe?«
»Ja, bitte.«
Agathe zog schnell ihr Kleid aus, übergab es dem Mädchen zum Bügeln und bat diese, die Vorhänge zuzuziehen. Dann fiel Agathe mit einem Seufzer der Erleichterung aufs Bett.
Sie litt erneut unter Kopfschmerzen und fühlte sich immer noch matt und erschöpft. Allerdings wollte sie unter keinen Umständen einschlafen, sondern sich nur ein paar Minuten auf ihrem frischbezogenen Bett ausruhen. Danach wollte sie sich in Ruhe zurechtmachen, denn zumindest ihre Eitelkeit war gekränkt, seitdem ihr klar wer, daß dieser Herr offenbar nicht das geringste Interesse an ihr hatte. Kaum hatte sie sich jedoch hingelegt, als ihr auch schon die Augen zufielen ...
Als sie erwachte, war es dunkel, und auf ihrem Nachttischchen brannte eine Kerze. Ihr Kleid hing blendend weiß und frisch gebügelt am Kleiderständer. Mit einem Satz erhob sie sich und sah auf ihre Uhr. Es war genau fünf Minuten vor halb zehn. Entsetzlich! Sie wollte sich schnellstens fertigmachen, doch als sie ihre verquollenen Augen sah und ihre zerzausten Haare, besann sie sich anders. Schließlich kam sie immer und überall zu spät – außer natürlich, wenn sie ein Rendezvous mit dem Herzog hatte – weshalb sollte sie sich also beeilen und ihre Gewohnheiten für jemand über den Haufen werfen, der die seinen ganz offensichtlich auch

nicht zu verändern bereit war! Um fünf nach zehn erschien sie also frisch ausgeruht im kleinen Salon. Ihre Locken glänzten silber, und ein verführerischer Duft von Iris und Sandelholz umgab sie. Vincent de Seurolles saß in einem Sessel und wartete. Zu seiner Rechten, zwischen ihm und dem Kamin, standen auf einem runden Tischchen eine Reihe verschiedener Flakons. Als er Agathe eintreten sah, erhob er sich und sagte:
»Ich fragte mich schon, ob Ihr vielleicht Abendessen und Frühstück verwechselt hättet.«
»Kaum. Ein knappes Stündchen.«
»Es tut mir leid«, meinte sie gleichgültig.
»Das braucht Euch nicht leid zu tun«, antwortete er und hob dabei sein Glas, »ein Mann kann in keiner besseren Gesellschaft sein als dieser...«
Nach einer kurzen Pause fuhr er fort:
»Im übrigen habt Ihr doch gestern sicher schon bemerkt, daß ich meinerseits ebenfalls große Probleme mit Uhren und Zeiten habe.«
Galant schob er ihr einen Sessel hin, nahm dann ebenfalls wieder Platz und trank sein Glas aus. Sofort öffnete er eine neue Flasche.
»Ich nehme an, Ihr habt genug von diesem Getränk...«
Beim Anblick der Flasche Champagner, die er in der Hand hielt, dachte Agathe mit Schrecken an ihren morgendlichen Kater, als sie aber seinen ironisch herablassenden Blick sah... offenbar meinte er, er hätte es mit einem dummen kleinen Gör zu tun... entgegnete sie ihm forsch:
»Champagner? Ja, gern!«
Er blickte erstaunt auf.
»Ich dachte...«
»Großvater sagt immer, daß nur Dumme ihre Meinung nie ändern.«
Der erste Schluck wollte noch nicht so recht schmecken, obwohl es ein ausgezeichneter Champagner war, der prickelnd wie frisches Quellwasser durch ihre ausgetrocknete Kehle rann, doch schon nach dem zweiten Glas überkam sie ein angenehmes Wohligkeitsgefühl. Ihre Kräfte kehrten wie durch ein Wunder langsam wieder zurück, und sie begann, sich ein wenig in dem kleinen Salon umzusehen.
Braune Samttapeten, gedämpftes Licht und zierlich hübsche Möbel ließen den Raum warm und anheimelnd wirken. Als Agathes

Blick auf den gedeckten Tisch fiel, bekam sie plötzlich Hunger. Der Anblick von verschiedenen Pasteten, kaltem Fleisch, zartem Endiviensalat, einer Bisquitpyramide und verschiedenen Schalen mit Erdbeeren und Kirschen ließ ihr das Wasser im Mund zusammenlaufen.
»Nun, meine Liebe, nehmt Platz und eßt. Ich habe es vorgezogen, während dieser Unterhaltung auf die Anwesenheit von Bediensteten zu verzichten. Sie würden uns nur unnötig belästigen. Ich persönlich möchte mich darauf beschränken, Euch beim Essen zuzusehen, denn das gestrige Festmahl war einfach zu viel für mich.«
»Gestern? Aber Ihr habt doch fast gar nichts gegessen!«
»Immer noch zehnmal mehr, als es meinem Appetit entsprochen hätte.«
»Ich gestehe, daß ich ebenfalls keinen großen Appetit hatte. Zum Entsetzen meiner Familie!« Agathe amüsierte sich noch im Nachhinein darüber.
»Ich esse gern zwischendurch, wenn ich Lust dazu habe. Aber wenn ich gezwungen werde, mich um elf Uhr und um sechs Uhr an den Tisch zu setzen, weil irgend jemand sich irgend wann einmal ausgedacht hat, daß der Mensch zwei große Mahlzeiten am Tag zu sich nehmen muß, das nenne ich . . .«
»Tyrannei?«
»Genau! Außerdem, wenn es Euch nichts ausmacht . . .«
Sie hatte ihre Serviette sorgfältig auseinandergefaltet und auf ihren Schoß gelegt. Dann begann sie zu essen. Sie nahm ein wenig gefülltes Wild, zwei Scheiben Lende, einige Blätter Endiviensalat, ein Schüsselchen voll Erdbeeren und ein Bisquit.
Er saß ihr gelangweilt mit übereinandergeschlagenen Beinen gegenüber. Von Zeit zu Zeit nahm er die Champagnerflasche zur Hand, um die Gläser wieder aufzufüllen.
Als sie ihre Mahlzeit beendet hatte, räumte er galant ihren Teller zur Seite, erhob sich und blieb an dem Kamin angelehnt stehen.
»Nachdem Ihr Euch gestärkt habt, können wir jetzt miteinander reden.«
Er hatte plötzlich einen sehr ernsthaften Ton angeschlagen, so daß sich die Stimmung auf einmal veränderte. Agathe bedauerte es, ihre Mahlzeit nicht länger ausgedehnt zu haben. Sie seufzte unauffällig und sagte dann:
»Ich höre.«

»Mit unserer Eheschließung haben wir eine Art Gemeinschaft gegründet, und es erscheint mir unbedingt notwendig, die Bedingungen dafür von Anfang an klar und deutlich festzulegen.«

»Die Bedingungen? Ihr redet wie ein Notar!« Agathe versuchte, der Sache eine heitere Note zu verleihen, stieß aber nicht auf Gegenliebe.

»Ein Notar würde Euch darüber zwanzig Seiten schreiben. Ich aber sage es Euch in einem Satz. Keine Zwänge, weder für Euch noch für mich, und als Auflage für beide: keine Skandale!«

Er hielt kurz inne und fuhr dann fort:

»Ich habe mich bisher mit Erfolg bemüht, unseren Namen nicht zu entehren und bitte Euch, da Ihr nun auch meinen Namen tragt, es ebenso zu halten.«

Agathe runzelte die Stirn, und eher verwirrt als gekränkt wiederholte sie:

»Skandale? Was für Skandale? Ich verstehe nicht...«

»Aber ich. Um es offen zu sagen, meine Liebste, es interessiert mich nicht im geringsten, wenn Ihr Euch fünfzehn oder zwanzig Liebhaber zulegt, solange Ihr diese Affären mit Diskretion behandelt.«

Agathe war entsetzt. Sie krallte sich an den Armlehnen ihres Sessels fest und fragte ihn zornig:

»Wie kommt Ihr bloß auf solche absurden Vorstellungen? Ich... Ich habe nicht die geringste Absicht...«

»Aber Ihr werdet sie eines Tages haben«, versuchte er ihr ruhig klarzumachen. »Ihr seid jung, schön, charmant...«

Es schien ihr, als zählte er ihre Nachteile auf.

»Vergeßt Ihr, daß der Herzog...«

»Ich will Euch weder beleidigen noch kränken. Ich möchte nur allen Möglichkeiten vorbeugen, damit unser Zusammenleben erleichtert wird... Nein, ich vergesse den Herzog keineswegs, aber es könnte ja sein, daß Ihr ihn einem Tages vergeßt...«

»Wie könnt Ihr es wagen! Er ist so gütig!«

»Mit Güte allein hat es noch kein Mann erreicht, daß eine Frau bei ihm blieb. Dennoch rate ich Euch, die Güte des Herzogs nie zu vergessen. Die Diskretion, um die ich Euch vorhin bat, bezieht sich ebenso auf Eure fürstliche Beziehung wie auch auf die Ehre der Seurolles. Ich habe keinerlei Verständnis dafür, wenn Ihr Euch in irgendeinen Süßholzraspler verliebt, und ich die Konsequenzen tragen darf. Dafür habe ich Euch nicht geheiratet.«

»Warum habt Ihr mich denn geheiratet?«
»Die Gründe dafür gehen Euch nichts an. Ich habe Euch ja auch nie gefragt, wieso Ihr mit dem Herzog befreundet seid. Sagen wir mal, daß mein Interesse vor allem mit ihm zu tun hat, daß Ihr dem Ganzen aber eine besonders charmante Note verleiht. Wir beide, Ihr ebenso wie ich, würden sehr viel verlieren, wenn wir den Herzog vor den Kopf stießen.«
»Ihr könnt ganz beruhigt sein«, erklärte sie mit hocherhobenem Haupt ...« Ihr könnt Euch Eure dummen Überlegungen sparen! Seine Königliche Hoheit bedeutet mir alles!«
»Seht zu, daß dies so bleibt, und daß auch Ihr ihm weiterhin viel bedeutet. Das ist das einzige, was ich von Euch verlange. Jedem sein Teil. Schließlich habt Ihr jetzt einen Vater für Euer Kind, ein Hôtel in Saint-Germain und den Zugang zu den besten Kreisen unserer Gesellschaft gefunden. Dafür muß man schon bereit sein zu bezahlen!«
»Es erscheint mir nicht gerade sehr taktvoll von Euch ...«
»Takt, meine Liebste, gilt im Geschäftsleben als Schwäche, und es handelt sich hier doch wohl um ein Geschäft, oder?«
»Abgesehen davon, daß ich sehr wohl weiß, was Ihr mir bietet, würde ich niemals ...«
»Beklagt Euch nur! Ihr habt nun einmal die Katze im Sack gekauft. Nicht viele können sich andererseits rühmen, die ...«
»Ihr scheint eine Kleinigkeit zu übersehen«, unterbrach sie ihn kühl, »nämlich, daß der Herzog meiner überdrüssig werden könnte, und er sich eine neue Mätresse zulegt.«
»Das würde nichts verändern, er hätte dann nur eine mehr. Der Herzog ist ein Sammler schöner Frauen und trennt sich von keiner, die er erst einmal besitzt. Oder glaubt Ihr etwa, daß er sich Euretwegen von all Euren Vorgängerinnen losgesagt hat?« Fragend sah er Agathe an.
»Du lieber Gott, ja, sie hat es tatsächlich geglaubt! ... Mein armes Kind! Keine Woche vergeht, ohne daß er in der Rue Blanche seine kleine englische Gattin Amy Brown aufsucht, die er unbedingt nach Paris hatte mitnehmen wollen ... Und Virginie Oreille, und ... Aber was soll's, ich will Euch den Rest ersparen. Doch einer Sache könnt Ihr gewiß sein: Wenn eine Frau ein Kind von ihm bekommt, bleibt er ihr ein Leben lang verbunden.« Er lächelte.
»Eifersüchtig?«

Agathe machte es sich in ihrem Sessel bequem und antwortete schneidend:
»Was unter meinem Niveau liegt, hat mich noch nie interessiert.«
»Eine gut Antwort! ... Aber davon abgesehen muß ich Euch sagen, daß Ihr mit Abstand die hübscheste Eroberung des Herzogs seid ... Ohne indiskret sein zu wollen: Wart Ihr eigentlich noch Jungfrau?«
»Wie könnt Ihr Euch erlauben ...? Natürlich!«
Amüsiert ging er auf sie zu:
»Na, na, beruhigt Euch doch zum Teufel! Meine Frage war nicht böse gemeint. Ich weiß, ich weiß, ich habe Euch gekränkt, und es tut mir leid. Nichtsdestotrotz mußten bestimmte Dinge einmal gesagt werden, und Offenheit spart ganz einfach manchmal Zeit. Nachdem sie jetzt gesagt worden sind, könnt Ihr Euch entspannen und mich als Freund betrachten ...«
»Ich dachte, Ihr haltet nicht viel von Freundschaft?«
»Jede Regel hat ihre Ausnahmen. Und ich bin im Begriff, zu Euren Gunsten eine solche Ausnahme zu machen.«
»Und welcher Tatsache verdanke ich dieses Privileg?«
»Mir gefällt eben die Vorstellung, eher der Freund als der Gatte meiner Frau zu sein. Das Alltagsleben von Ehepaaren hat mich immer schon ungeheuer abgestoßen. Dieser hinterhältige Krieg gegeneinander, die Laschheiten, die Kompromisse und die Scheinheiligkeit ... Zwischen uns wird es wenigstens auch Richtigkeit und Klarheit geben ... Ihr werdet wahrscheinlich überrascht sein, wenn ich das sage, aber wenn man sich charakterlich ähnelt, kann man viel leichter miteinander auskommen, und wir sind uns sehr ähnlich ...«
»Wir! Wir sollen uns ähnlich sein?«
»Ja, Ihr werdet sehen, wenn Ihr mich erst besser kennt ...«
Er sprach mit leiser, zärtlicher Stimme, war ihr sehr nah und mit seinen leuchtenden Augen sehr schön anzusehen. Agathe fühlte sich plötzlich unwohl. Sie starrte ihn an und fragte dann:
»Könnte ich noch ein wenig Champagner bekommen?«
»Oh, wie unverzeihlich von mir! Ausgerechnet ich, Seurolles, lasse Euch verdursten! Wo habe ich nur meine Gedanken?«
Er mußte lachen.
Was war er nur für eine merkwürdige Persönlichkeit! Aussehen und Laune wechselten wie die Haut eines Chamäleons. Mal wirkte er wie zwanzig, mal wie fünfzig, mal herzlich, mal unnah-

bar, mal verbittert und mal heiter. Ihm zu folgen, schien unmöglich.

Er ging zum Tischchen, füllte die Gläser und kam wieder auf sie zu:

»Haltet Ihr es für gesund, daß sich zwei Menschen aus Fleisch und Blut wie wir nur wie zwei Porzellanhunde gegenübersitzen und sich anstarren? Stellt Euch einmal vor . . . Dazu werden wir tagtäglich verdammt sein! Welche Perversion! . . . Ich werde wie ein seniler Greis ständig versuchen, Euch unter die Röcke zu schielen . . . Ihr braucht nicht rot zu werden, meine Liebe . . . Nicht daß ich keine anderweitigen Gelegenheiten hätte, nein, das ist es nicht. Aber man ist auf diejenige fixiert, die die Neugierde noch unbefriedigt gelassen hat . . . Und Ihr, Ihr werdet Euch ebenso fragen: Wie mag der wohl im Bett sein? Schscht, behauptet nicht das Gegenteil! Alle Frauen denken so, sobald sie einem männlichen Wesen gegenüberstehen, vorausgesetzt natürlich, daß es keinen Buckel oder Klumpfuß hat, und selbst da kenne ich Verrückte . . . Aber lassen wir das, Ihr seid noch ein Unschuldslamm . . . Alle Frauen sagte ich, denken so, jedenfalls alle richtigen Frauen, und das sind solche, die die Liebe lieben. Mit Eurem Mund, der ständig auf Liebkosungen zu warten scheint, und diesen Augen und diesem aufreizenden Gang, macht Ihr mir nicht weis . . . Ihr liebt die Liebe und die Männer, oder?«

Sie hatte gute Lust, ihn zum Teufel zu schicken. Ein Geschäft sei das zwischen ihnen, hatte er ihr vorhin erklärt. Sollte er doch dabei bleiben! Weshalb glaubte er, daß es sie interessierte, wie gut er im Bett war? Sie liebte den Herzog und nicht ihn. Das versuchte sie sich jedenfalls krampfhaft einzureden, und sie hielt sich an diesem Gedanken fest wie an einer Leine, von deren Haltbarkeit sie nicht ganz überzeugt war.

»Es stimmt also«, entschied er. »Keine Antwort ist auch eine Antwort! Und deshalb, mein lieber, unschuldiger Engel, muß es nicht nur der Herzog . . . Es stimmt natürlich, und jeder weiß es, daß der Herzog ein gewisses Temperament besitzt, aber die kleinen Mädchen an der Oper verlangen kaum Geniales, und der Arme verrichtet seine Arbeit wohl mehr wie ein Holzfäller. Während ich . . . Soll ich Euch erzählen, wie ich es mache?«

Schnell legte er seine Hände links und rechts von Agathes Kopf auf den Sessel, so daß er sie mit seinen Armen einrahmte und seine Knie die ihren berührten. Es war zwar nur ein leichter Kontakt, doch sein vornübergebeugter Körper verstellte ihr das Licht, so daß sie sich gefangen fühlte. Sie sah und hörte nichts mehr, spürte nur noch dieses Gewicht und diese Kraft, und auf einmal geriet ihr Blut in Wallung.

Um der Versuchung zu widerstehen und ihren Stolz zu bewahren, solange noch Zeit dazu war, stieß sie ihn mit aller Kraft zurück, sprang auf und lief zur Tür.

Er bewegte sich nicht von der Stelle und machte auch keinen Versuch, sie festzuhalten. Sein einziger Kommentar war:

»Man flieht nur, wenn man besiegt ist. Wie oft noch, mein sanftes Kätzchen, findet Ihr wohl die Kraft, mir zu entfliehen?«

Sie blieb stehen und sagte leise:

»Laßt mich, Ihr liebt mich doch nicht.«

Kaum hatte sie diese Worte ausgesprochen, als sie sie auch schon wieder bereute.

Er wandte sich ihr zu:

»Ich habe Euch meine Freundschaft angeboten, und jetzt mache ich Euch den Vorschlag, ein kurzfristiges Vergnügen mit mir zu teilen. Ist das nicht schon sehr viel? Was habt Ihr erwartet? Daß ich Euch zu Füßen liege? Oder gehört Ihr zu jenen, die sich erst nach einem Haufen Platitüden eines Mannes erbarmen? Oder ist etwa das Vergnügen für Euch eine so niedrige Angelegenheit, daß man es Euch mit Gefühlen angereichert darbieten muß? Ich hätte Euch anders eingeschätzt.«

»Ihr habt wohl gemeint, Ihr könntet mich leicht verführen. Ihr wißt, daß der Herzog mein Geliebter ist und habt mir aufgrund dieser Tatsache gleich fünfzehn, dreißig . . . ja, warum nicht, sogar fünfzig weitere Liebhaber angedichtet!«

»Ach, das ist es!« rief er. »Und warum eigentlich nicht fünfzig? Was ist daran schlecht, frage ich Euch? Schlecht ist, meine Teuerste, um es grob auszudrücken, wenn man seinen Unterleib vergewaltigt. Richtet Euch doch nicht nach der Hammelherde mit ihren engen konventionellen Schranken! Sollen sie doch darin verrekken! Und außerdem, guter Gott, denkt ein bißchen weiter! Das Leben . . . Habt Ihr schon darüver nachgedacht, wie kurz es ist? Nein. Wenn man achtzehn Jahre ist, denkt man nicht darüber nach. Man geht vorwärts und glaubt die Unendlichkeit vor sich zu haben. Aber was ist es, das Leben? Es ist ein Korridor zwischen zwei Türen. Für Euch wie für mich hat sich die eine Tür irgendwann geöffnet, und die andere wird sich irgendwann schließen. Ob man geboren wird, hängt vom Zufall ab, es ist eine mehr oder weniger heitere Laune der Natur, sterben hingegen ist unausweichlich! Das sind die einzigen, absoluten Gewißheiten auf dieser Welt. Wir werden krepieren, mein schönes Kind. Wann? Das, ja, das wissen wir nicht, aber es kann schon morgen sein. Und auf diesem kurzen Weg sollte man mitnehmen, was nur mitzunehmen ist...«

Er hörte auf zu reden und war mit wenigen Schritten bei ihr, ergriff sie und preßte sie heftig an sich:

»Wenn Ihr es wagt, mir zu schwören, daß Ihr in diesem Augenblick nicht dasselbe Verlangen habt wie ich... Los, schwört... Dann gebe ich Euch mein Wort, daß wir in Zukunft keusch und rein wie Bruder und Schwester zusammenleben und ich Euch nie mehr berühren werde...«

Bei diesen Worten beugte er sich über sie und küßte sie auf ihr Halsgrübchen. Agathe fühlte sich wie von einer Woge emporgehoben und davongetragen. Sie schrie laut:

»Vincent!«, während seine Hände leidenschaftlich ihre Brüste umfaßten, und er sein Gesicht darin vergrub. Sie küßte seine Haare und hauchte: »Vincent«, immer wieder und in ihr war nur noch jenes leidenschaftliche Verlangen, das sie so lange Zeit zurückgehalten hatte.

Er hob den Kopf, sah sie voller Zärtlichkeit an und sagte:

»Wollt Ihr es wirklich, mein süßer Engel?«, und nahm sie auf seine Arme, um sie behutsam ins Schlafgemach zu tragen.

Kapitel 14

Die Sonne schien golden durch die Vorhänge, so daß die darauf abgebildeten ländlichen Szenerien wie in Morgenröte getauchte Landschaften wirkten.
Noch halb im Schlaf murmelte Agathe: »Vincent«, und tastete mit der Hand neben sich, um festzustellen, daß er nicht da war. Glücklich lächelte sie vor sich hin und legte sich wieder zurück. »Heute abend, morgen abend, immer ...«, frohlockte sie, und ihr von der Liebe noch wohlig warmer Körper kuschelte sich tiefer in die Kissen.
Sie schloß die Augen und ließ die Bilder der Nacht noch einmal an sich vorbeiziehen. Wie himmlisch war es gewesen! Vincent hatte recht, er war ein Gott. Sie hatte bis dahin geglaubt, alles zu kennen, aber in Wirklichkeit hatte sie nichts gekannt. Sie war ein Kind gewesen, das zwar das Alphabet beherrschte, das aber nichts davon geahnt hatte, welche dunklen und süßen Geheimnisse es in einer bis dahin noch verborgenen Welt zu entdecken gab, und dem diese Geheimnisse mit einemmal entschleiert wurden. Aufgelöst in Schweiß und Tränen hatte sie bei ihm gelegen, fast besinnungslos von seinen Zärtlichkeiten. Immer mehr Zärtlichkeiten und immer Küsse ... wollüstige Küsse, die vor nichts Halt machten, die ihr auch weh taten, die sie bis ins Mark aufwühlten, und sie Himmel und Hölle zugleich erleben ließen! Sie hatte in die Bettücher gebissen, ins Kissen, in Vincents Schulter und ihn angefleht: »Komm, komm!«, doch seine rauhe Stimme hatte ihr befohlen: »Warte, warte, das ist erst der Anfang«, und dann hatte sich sein unersättlicher Mund von neuem ihrer bemächtigt, um sie einzuatmen, sie aufzusaugen ... um sich gleich wieder von ihr zurückzuziehen, bis sie völlig außer sich gewesen war, bis sie geweint und ihn inbrünstig angefleht hatte ... und bis er sie endlich erlöst hatte. Erschöpft und ermattet hatte sie dann wie eine schöne Tote in seinen Armen gelegen.
Niemals zuvor hatte Agathe die Liebe so erlebt – so leidenschaftlich, so raffiniert und so heftig zugleich.
Es klopfte.
Sie erhob sich schnell, doch es war nur Flambert, der Diener, der geisterhaft bleich, gleichsam alters- und geschlechtslos in der Tür stand.

»Der Herr Graf schickt mich . . . Beliebt es der Frau Gräfin, um zehn Uhr die Rückreise anzutreten?«
»Ja, wunderbar, ich werde bereit sein, Flambert.«
Alles an diesem schönen Morgen war wunderbar. Sie fühlte sich unbeschwert wie ein junges Fohlen.
Mit einem kleinen Lied auf den Lippen stand sie auf und zog sich an. Die Sonne schien warm und hell ins Fenster hinein und erfüllte ihr Herz und Sinne.
Genau um zehn Uhr holte er sie ab, und sie war bereit. Diese beiderseitige Pünktlichkeit schien ein gutes Ohmen zu sein.
Er gab ihr einen flüchtigen Handkuß. Ihr Atem stockte bei dieser leichten Berührung. Sie blickte in seine dunklen Augen und suchte dort einen kleinen Widerschein der nächtlichen Erlebnisse, aber sie sah nichts anderes darin als unverbindliche Höflichkeit.
»Wie habt Ihr geschlafen?« erkundigte er sich.
»Wenig, aber himmlisch.«
Mit einem kleinen Lächeln gab sie die Frage zurück:
»Und Ihr?«
»Schlecht. Ich hasse diese abscheulichen Gasthausbetten.«
Nachdem das Gepäck verstaut war, verließen sie die Herberge und nahmen in der Kutsche ihre Plätze ein.
Mit unpersönlicher Eilfertigkeit klappte er ihr das Trittbrett herunter und schob ihr ein Kissen in den Rücken.
»Ist es gut so?«
Wie sehr wünschte sie sich, daß er sie zumindest einmal anlächelte, vielleicht auch etwas näher zu ihr rückte und seine Hände auf ihre legte . . . Doch er tat nichts dergleichen, und natürlich sagte sie ihm nichts von ihren wirklichen Gefühlen in diesem Moment. Es war eben ein Unterschied, ob man nachts nackt und liebestrunken miteinander im Bett lag, oder ob man angekleidet in einer Kutsche saß . . . Sie paßte sich seiner reservierten Art an und antwortete höflich:
»Ja, danke.« Währenddessen zog er sich in seine Ecke ihr gegenüber zurück.
Hinter Mantes öffnete er seinen kleinen Schrank und zog wieder das Eau-de-vie hervor. Wie schon am Vortag reichte er ihr die gefüllte Verschlußkappe und fragte sie:
»Darf ich Euch etwas davon anbieten?«
»Nein, nein«, antwortete sie ablehnend, empfand aber zugleich eine Art Mitleid mit ihm und nahm sich vor, ihm diese verabscheu-

ungswürdige Gewohnheit sobald als möglich auszureden und ein bißchen Ordnung in sein chaotisches Dasein zu bringen.
Oh! Er war um Entschuldigungen nie verlegen ... Wie kam es nur, daß sie seinen wahren Seelenzustand nicht früher erkannt hatte? Sie wußte schließlich von seiner tragischen Kindheit ... von seinem Vater, seiner Schwester ... seiner bedauernswerter Mutter ... Die Gründe für seinen unausgeglichenen Charakter und seine Ziellosigkeit, die sich in seinen irrigen, von Bitterkeit geprägten Zukunftsvisionen widerspiegelten, lagen offen auf der Hand. Alles zusammengenommen hatte ihn dies unausweichlich zu einem sehr einsamen Menschen werden lassen. Aber sie kannte inzwischen auch andere Seiten an ihm! Hatte er nicht in der vergangenen Nacht seine düstere Teilnahmslosigkeit über Bord geworfen und sich bedingungslos der Liebe mit ihr hingegeben? Sie hatte diese verzückten Momente und seine zärtliche Hinwendung zu ihr doch nicht geträumt! ... Wie aber sollte sie sich jetzt dem Herzog gegenüber verhalten? dachte sie beunruhigt. Vielleicht könnte sie mit beiden ... Aber kaum, daß ihr dieser unverfrorene Gedanke in den Sinn gekommen war, als sie ihn sich auch schon wieder verbat. Sie wollte nichts anderes, als an Vincent denken und den Tag genießen. All dies ging ihr unaufhörlich durch den Kopf, bis sie Paris erreicht hatten.
Als sie durch das gewaltige Holzportal in den gepflasterten Innenhof einfuhren, hatten sich sämtliche Angestellte des Hôtels in doppelter Reihe rechts und links vom Eingang zur Begrüßung versammelt.
Vincent de Seurolles stellte sie Agathe ohne viel Aufhebens vor: »Anna, die Köchin.«
Vor ihr stand eine dicke Alte mit schmuddeliger Schürze und unordentlichen Haaren, neben sich ein rothaariges Mädchen mit auffallend weißer Haut. Sie stieß die Kleine grob und rücksichtslos nach vorne:
»Nun mach schon deine Aufwartung, dumme Gans! Frau Gräfin möge entschuldigen ... Das da ist Finette, meine rechte Hand.«
Hinter der dürren Finette standen zwei Zimmermädchen mit dem dreisten Blick leichter Mädchen, ganz der Schlag, wie man ihn keine fünf Minuten ertragen konnte. Lambelle, der Concierge, trug eigentlich eine recht ansehnliche Livrée mit hellen Ärmelaufschlägen und roten Tressen, die leider jedoch genauso fettig aussah wie das Essen in einer billigen Gastwirtschaft. Dann gab es

noch den Stallknecht und die beiden Diener, die am Samstag das Essen serviert hatten.
»Meine Mutter hat ihr eigenes Personal«, erklärte Vincent.
Das war verständlich. Portal hielt sich ein wenig im Abseits, als wollte er mit all diesen Leuten nichts zu tun haben.
»Frau Gräfin...«
»Mein lieber Portal!«
Sie lächelte ihn freundlich an. Es tat gut, ihn wiederzusehen.
»Ich fand die Garderobe von Frau Gräfin ausgepackt und entsprechend der Anweisung des Herrn Grafen...«
»Ja, ich habe Portal gesagt, er soll Eure Sachen im Zwischengeschoß unterbringen. Eure Räume liegen genau gegenüber von meinen. Sie gehen unmittelbar auf den Garten hinaus... Wenn Ihr allerdings andere Räume bevorzugt...«
»Nein, keineswegs, ich werde mich dort sicher sehr wohl fühlen.«
»Sehr wohl?... Nun, Ihr werdet sehen!«
Vincent de Seurolles verbeugte sich:
»Ihr seid glücklich angekommen, meine Pflicht ist getan. Ich verschwinde jetzt.«
»Ihr geht weg?«
»Ja«, erwiderte er.
Es war ein kurzes klares Ja, das keine Frage mehr erlaubte.
»Betrachtet dieses Haus als Eures und tut ganz, was Ihr für richtig und nötig erachtet. Ihr habt für alle Veränderungen mein volles Einverständnis. Ich bitte Euch lediglich, die Gemächer meiner Mutter im dritten Stock... Ihr werdet sie morgen sehen... und die meinigen unberührt zu lassen. Wenn Ihr allerdings Lust verspürt, einen Blick in meine Höhle zu werfen, so könnt Ihr das gerne tun. Nehmt Euch jedoch vor Léo und Léa in Acht!«
»Léo und Léa?«
»Das sind meine Katzen«, erklärte er und fügte dann mit einem kurzen, trockenen Lachen hinzu:
»Zwei kleine Teufel! Also, macht Euch noch einen schönen Nachmittag.«
»Um wieviel Uhr kommt Ihr zurück?«
»Uhrzeiten gibt es für mich nicht... Flambert, laß Springer satteln! Ich muß mich noch umziehen...«
Agathe sah ihm nach, wie er drei Treppenstufen auf einmal nahm und hinaufeilte.
Portal fragte:

»Wünscht die Frau Gräfin, jetzt das Haus zu besichtigen oder erst einmal ein wenig auszuruhen?«
»Sehen wir uns das Haus an, Portal!«
Sie war jetzt überhaupt nicht in der Lage, sich ihren Gedanken weiter hinzugeben, im Gegenteil, sie wollte ihnen entfliehen.

Von oben bis unten, vom Keller bis zum Dachstuhl durchstreiften sie das ganze Hôtel.
Im Keller befand sich die Küche mit geräumigen, gut belüfteten und mit allen notwendigen Einrichtungen versehenen Wirtschaftsräumen. Als Besonderheit gab es eine Art Aufzug, mit dem man leicht sämtliche Geschosse bedienen konnte.
»Das einzige, was fehlt, Madame, ist ein guter Küchenchef. Jemand, der, abgesehen von seiner beruflichen Qualifikation als Koch, auch verstärkten Nachdruck auf Sauberkeit und Ordnung legen müßte. Madame sollte . . . ich nehme doch an, daß Madame diese Köchin nicht behalten will.«
»Aber Portal, ich habe mir überhaupt noch keine Gedanken . . .«
»Madame sollte sich gut umsehen . . . Seit Montag, dem Tag meiner Ankunft, bin ich gezwungen gewesen, mir meine Mahlzeiten selbst zuzubereiten. Das ist ein Skandal! . . . Ich sage es offen zu Madame, keine zehn Pferde können mich dazu bringen, auch nur eine Speise, die diese Frau zubereitet hat, anzurühren. Ihre Fingernägel sind mehr als unappetitlich, eine . . .«
»Ich verspreche Euch, Portal, ich werde mich um einen Küchenchef kümmern.«
Das Erdgeschoß schien als Möbellager zu dienen.
Sämtliche Stile, von der Renaisannce bis zu Louis-Seize waren hier vertreten. Jedes einzelne Stück, selbst der geringste Beistelltisch, trug die Signatur eines berühmten Mögelschreiners . . . Portal lebte von Moment zu Moment mehr auf, je länger er den geheiligten Staub dieses Museums einatmete.
Ein anderes Zimmer war angefüllt mit Teppichen und aufgerollten Wandbehängen.
»Einige davon habe ich überprüft, Madame. Es sind sehr schöne und wertvolle Stücke dabei, Millefleurs, echte Gobelins, Wandteppiche aus Arras und Brüssel . . .«
»Millefleurs . . . das hört sich hübsch an. Was ist das?«
Portal war stolz, Agathe belehren zu können.
»Mit Millefleurs bezeichnet man sehr seltene Wandteppiche des

ausgehenden 15. Jahrhunderts, auf denen sehr feine Blumenmuster auf dunkelblauem Grund abgebildet sind.«
In einem anderen Zimmer stapelten sich kistenweise Silber und Geschirr.
»Hier könnte man das Eßzimmer einrichten und daran angrenzend den kleinen und großen Salon. Für festliche Anlässe sollte man die Räume des ersten Stocks zugänglich machen. Ihre Ausmaße sind imposant. Und wenn Madame meine unmaßgebliche Meinung hören möchte, so glaube ich, daß diese einmalige Anordnung der Räume den Erfolg von Madames Gesellschaften gewährleisten wird. Madame wird sehen, daß der ganze Faubourg davon spricht.«
Vor ihrem geistigen Auge malte sich Agathe bereits ihre zukünftigen Festlichkeiten aus ... Die Treppe lichtüberflutet, die Diener elegant livriert und mit Perücken, der feierliche Aufmarsch der Gäste begleitet von Musik, das Rascheln der Kleider, das Funkeln der Schmuckstücke, Lachen ... Allein die Vorstellung versetzte sie in solche Aufregung, daß ihre Wangen zu glühen begannen. Im gleichen Maße ließ allmählich ihre Enttäuschung über die Abwesenheit Vincents nach, der sich weiß Gott wo herumtrieb.
»Portal, führt mich in die Gemächer des Herrn Grafen.«
»Madame werden hocherstaunt sein.«
Hocherstaunt? Das war untertrieben!
Nicht einmal im Hôtel Talleyrand hatte sie einen solchen Luxus gesehen! Allerdings konnte man diese beiden Palais' überhaupt nicht miteinander vergleichen. Bei Monsieur de Talleyrand herrschte eher eine harmonische, klassische Eleganz, wohingegen man sich hier, kaum daß man über die Schwelle überschritten hatte, in ein Märchen aus Tausendundeinernacht versetzt fühlte. Zweifellos entstand dieser Eindruck in erster Linie dadurch, daß die Räume mit glänzender Seide ausgeschlagen waren, der Salon türkis-blau, das Schlafzimmer schwarz und das Arbeitszimmer safrangelb. Der Stoff war in der Mitte der Decke gerafft und fiel an den Wänden in weich fließenden Linien herab. Das Ganze vermittelte den Eindruck eines prachtvollen Zeltes. Es gab weder Stühle noch Sessel, sondern ausschließlich niedere Divans, die mit den unterschidlichsten exotischen Fellen bedeckt waren: Wolf, Fuchs, Panther und viele andere, die weder Agathe noch Portal mit seinen Kenntnissen hätten benennen können. Auf dem etwas erhöht stehenden Bett aus Ebenholz lag ein Leopardenfell, und

der Baldachin war aus schwarzem Samt. Beides zusammen wirkte wie ein prunkvoller, heidnischer Katafalk. Als Agathe bewundernd davorstand, verspürte sie ein heimliches Verlangen... Wenn er abends nicht in ihre Gemächer kam... Heute abend in diesem Bett... Die Tische mit ihren kurzen, geschwungenen Silberfüßen bestachen durch besonders reizvolle Intarsien aus Perlmutt und Elfenbein. Als Agathe sich hinabbeugte, um die Motive darauf von Nahem zu betrachten, entdeckte sie auf jedem anderen erotische Szenen. Schnell erhob sie sich wieder und vermied den Blickwechsel mit Portal. Ebenfalls aus massivem Silber waren die Arme der Wandlämpchen. Sie stellten graziöse Frauen- oder Jünglingskörper dar, die mit einer lasziven Handbewegung die Kerzen hielten. Von der Decke hing an Ketten befestigt ein riesiges Duftgefäß herab. Es war mit Amethysten, Türkisen, barocken Perlen und Lapislazuli verziert. Süße, undefinierbare Duftschwaden quollen aus ihm hervor.

»Wünscht Madame auch das Bad zu sehen? Ich mache Madame vor allem auf einen besonders sehenswerten Paravent aus Schildpattschuppen aufmerksam.

»Nein, Portal, laßt uns weitergehen. Ich ersticke zwischen all diesen Stoffen und Pelzen und inmitten dieser Düfte vor lauter Hitze...«

Sie fühlte sich wie benommen von der drückend schwülen Atmosphäre der Räume. Eine solche Orgie der Sinnlichkeit erschien ihr geradezu pervers, jenseits allen gesunden Empfindens. Wer einmal darin eingetaucht war, vergaß alles andere um sich herum und war nicht mehr in der Lage, sich diesem ausschweifenden Sinnestaumel zu entziehen. Der Mensch, so sagte man, schuf sich immer den Raum, der ihm entsprach. Agathe erschrak auf einmal, denn sie fragte sich, was sie von diesem Mann wohl noch alles zu erwarten hatte, und welche Abgründe sich mit ihm noch auftun würden.

»Vorsicht, Madame!«

Zwei dunkle Schatten waren lautlos hinter einem Diwan hervorgesprungen und verstellten ihr den Weg. Zwei schwarze Ungeheuer mit orangenroten, wilden Augen und gesträubtem Fell, die sich wie ein Ei dem anderen glichen. Das mußten die besagten Katzen Léo und Léa sein!

»Verdammte Viecher!« rief Portal.

»Sie können einem schon Angst machen. Aber wie unglaublich schön sie sind! Ich glaubte, es sind Perserkatzen.«
Agathe beugte sich zu ihnen hinunter und versuchte, sie sich mit zärtlichen Lockrufen gefügig zu machen, doch dies hatte lediglich zur Folge, daß die beiden Untiere ein bedrohlich klingendes Fauchen von sich gaben.
»Gehen wir lieber weiter«, meinte Portal etwas nervös. »Die Angestellten haben mich gewarnt und mir gesagt, daß die beiden nur die Gegenwart des Herrn Grafen dulden. Er scheint ganz in sie vernarrt zu sein. Eine verrückte Idee, sich mit solchen Raubtieren zu umgeben.«
Dieser Meinung war Agathe ebenfalls.
Andererseits... Versteckte sich nicht unter seinen Samtkleidern, seinen Spitzen und Ringen, seinen Diamamten und seiner Nonchalance ebenfalls etwas Raubtierhaftes?
Nach diesem Ausflug in das exotisch-luxuriöse Reich des Grafen erschien ihnen der verfallene erste Stock umso bedrückender. Glücklicherweise hatte Portal alle Fenster geöffnet, so daß die Sonne diese Szenerie romantisch verklärte. Man bemerkte so nicht mehr den Staub auf der Deckenvertäfelung und den schmutzigen Marmorsäulen, und selbst die Wände erschienen freundlich und hell...
»Und dieses Parkett... Madame! Eine hervorragende ungarische Arbeit... Was für ein Blick, wenn alle Türen der drei Salons geöffnet sind! Ohne aufdringlich sein zu wollen, Madame, ich glaube, daß man in ganz Paris von Euren Empfängen reden wird.«
Als sie in den dritten Stock gelangten, fiel ihnen lediglich die frische Bemalung auf.
Eine helles, etwas überzogenes weibliches Lachen drang an ihr Ohr wie das Klirren von Kristall.
Die Wohnräume der Angestellten im vierten Stock erinnerten schlichtweg an Unterkünfte für Schweine.
»Sie verdienen auch nichts Besseres«, erklärte Portal mit Nachdruck.
»Ich nehme an, Madame ist mit einer strengen Neuorganisation des Personals einverstanden?«
»Natürlich. Bitte kümmert Euch in erster Linie um eine Zofe für mich, mein lieber Portal. Sie sollte höflich und diskret sein und etwas vom Frisieren, Nähen und so weiter verstehen... Nun ja, Ihr wißt schon.«

»Zu Euren Diensten, Madame.«
»Was meint Ihr, wieviele...?«
»Das Hôtel ist weitläufig und deshalb nicht leicht in Ordnung zu halten... Hat Madame mit dem Herrn Grafen schon darüber gesprochen?«
»Er hat mir gesagt, ich könne nach Belieben verfahren. Ich nehme jedoch an, daß er Flambert in jedem Fall behalten wird.«
»Das ist selbstverständlich. Er ist ein guter Diener.
»Sie sollten ebenfalls den Stallknecht und den Concierge behalten... und außerdem den Kutscher des Herrn Grafen, und dann brauchen wir natürlich einen zweiten Kutscher für die Equipage von Madame. Auf den Rest kann man verzichten. Wir brauchen also einen Koch, zwei Gehilfen... Außerdem wäre es gut, einen Boten zu haben, der sich um die Einladungen und ähnliches kümmert.«
Agathe mußte an ihr armseliges Dasein in Somers Town denken, an all die niedrigen Arbeiten, die sie dort hatte verrichten müssen, von denen man rissige, rote Hände bekam, und empfand es daher jetzt als besonderes Vergnügen, Portals Ausführungen zu lauschen. Er war dabei, ein richtiges kleines Volk von kompetenten, angelernten Kräften zusammenzustellen, deren einzige Aufgabe darin bestand, den geringsten ihrer Wünsche zu erfüllen.
»Ah! Ich vergaß, Madame... Wir sollten selbstverständlich auch noch zwei Gärtner einstellen. Ist Madame geneigt, einen kurzen Gang durch den Park zu machen? Ich habe einige Pläne...«
Agathe mußte lachen.
»Wollt Ihr mich vielleicht umbringen? Ihr vergeßt wohl, daß ich eine strapaziöse Reise hinter mir habe. Den Garten nehmen wir uns für morgen vor. Jetzt laßt uns in meine Gemächer gehen und alles weitere besprechen.«

—

Kaum hatte Agathe ihre Räume betreten, als sie auch schon ihre Sandalen auszog und sie quer durchs Zimmer feuerte. Während Portal sie beflissen wieder einsammelte, ließ sie sich mit einem Seufzer der Erleichterung auf ihr Bett fallen.
»Ich habe mein Bestes getan«, sagte Portal, »aber dieses Zimmer...«
Mit einem flüchtigen Blick streifte Agathe die verblichenen Vor-

hänge, das ausgebleichte Bettzeug und die Risse in den Wänden, die mehr recht als schlecht durch die schönen Möbel, welche man davorgestellt hatte, verdeckt wurden.
»Im Moment läßt es sich hier aushalten, mein guter Portal. Regt Euch nicht darüber auf, laßt uns lieber ... Was glaubt Ihr, wie hoch werden die gesamten Restraurationskosten sein?«
Portal erklärte mit stolzer Stimme:
»Gestützt auf die Erfahrungen im Dienst meines verstorbenen Herrn habe ich mir in den vergangenen drei Tagen ausgerechnet, ohne Euch jetzt auf den Centime genau eine Rechnung präsentieren zu können, daß man ungefähr fünfhunderttausend Francs veranschlagen muß ...«
»Fünfhunderttausend Francs!«
Obwohl sie die einzelnen Posten nicht kannte, erschienen ihr fünfhunderttausend Francs doch sehr viel Geld.
Etwas pikiert fuhr Portal fort:
»Das gesamte Haus ist zu renovieren, Madame, innen und außen, außerdem ist der Park ... Sogar die Möbel müßten aufgearbeitet werden. Wenn Madame es wünscht, können wir gern über Einzelheiten sprechen.«
»Nein, nein, das ist nicht notwendig! Sobald der Herr Graf zurück ist, werde ich mit ihm darüber reden ... Vielen Dank, Portal, vielen Dank für alles. Wenn ich Euch nicht hätte!«
Ein erfreutes Lächeln ging über seine Züge.
»Madame weiß, daß ich alles in meiner Macht Stehende tun werde.«
Er trat näher und flüsterte ihr zu:
»Wenn Madame es wünscht, bringe ich ihr ein kleines Tablett hoch. Ich hätte eine wunderbare Pastete ... mit ein wenig Chester und einigen Aprikosen ...«
Als Portal gegangen war, verschwand sie im Bad ... Oder was man dafür halten sollte, der Schüssel und dem winzigen Krug nach zu urteilen.
Als Agathe zum ersten Mal die privaten Gemächer von Madame d'Honfeuille gesehen hatte, war in ihr sofort der heftige Wunsch geweckt worden, eines Tages ein genauso schönes und luxuriöses Bad zu besitzen wie diese. Es mußten daher noch einige entscheidende Veränderungen vorgenommen werden: Sie wollte ebenfalls Wandbehänge aus Musselin, Marmor und viele Spiegel ... Sie wusch sich, parfümierte sich ausgiebig und kämmte ihre blonden

Locken, die sie anschließend mit einem Silberband zusammenhielt. Dann schlüpfte sie in ein atemberaubendes Négligé aus Voile, das mit vielen Silberfäden durchwirkt war, und das sich an den Ärmeln und im Saum in bezaubernde Falten auflöste. Entzückt betrachtete sie sich im Spiegel, fand sich in ihrem durchsichtigen Gewand äußerst reizvoll und dachte plötzlich, daß die hohe Summe, die Portal ihr genannt hatte, vielleicht doch nicht so ungeheuerlich war, wie sie zunächst geglaubt hatte. Wenn man bedachte, in welch verschwenderischem Luxus Vincent de Seurolles selbst schwelgte. Ihm mußte das Gold doch nur so aus den Fingern rinnen! Sie legte sich wieder aufs Bett und wartete auf ihn.

Es war inzwischen Nacht, und alle Bewohner des Hauses hatten sich schlafengelegt, doch Agathe wartete immer noch und blickte alle fünf Minuten zur Uhr.
Jesus! Was machte er bloß? Wenn er doch nur bei ihr sein könnte und sie in diesem Négligé... Solche verführerischen Gewänder legte man doch ohnehin nur an, um sie recht bald wieder auszuziehen... Und sie malte sich aus, wie sie nackt in seinen Armen liegen würde, schluchzend vor Glück... Zu dumm, sie war dem Weinen nahe.
Aber lieber biß sie sich auf die Lippen, als daß sie für einen Mann, und schon gar nicht für diesen hier, auch nur eine einzige Träne vergossen hätte. Dieses Monster, wie konnte er sie nach einer solchen Nacht nur allein lassen! Oder trieb er es womöglich mit anderen genauso, waren diese Ekstasen für ihn gar nichts Besonderes, sondern vielleicht an der Tagesordnung? Aber das konnte sie nicht glauben, sie konnte sich doch nicht so getäuscht haben, denn seine Hingabe war tief und echt gewesen. Er würde kommen und ihr alles erklären...
Sie erwachte, wie sie eingeschlafen war, eingewickelt in ihren Morgenmantel, das Silberband noch im Haar, die Arme ums Kopfkissen geschlungen.
Sie klingelte nach der Zofe, die auch sogleich erschien und die Vorhänge öffnete. Ein strahlend blauer Himmel!
»Das wird ein schöner Tag für Frau Gräfin!« meinte das Mädchen freundlich.
»Sag dem Herrn Grafen, sobald er aufgestanden ist, daß ich ihn sprechen möchte.«
Das Mädchen blieb verdutzt stehen und stammelte:

»Der Herr Graf . . .«
»Was ist?«
»Der Herr Graf ist nicht da.«
»Ist er schon ausgegangen?«
»Madame meint wohl, er ist noch nicht heimgekehrt . . . Der Herr Graf ist selten nachts zu Hause, eher . . .«
»Schon gut, du kannst wieder gehen!«
Auf keinen Fall wollte sie sich dazu herablassen, sich den Klatsch des Personals anzuhören. Sie würde ihn selber fragen, den Herrn Grafen.
Um viertel nach zehn vernahm sie den Hufschlag eines Pferdes im Hof.
Sie unterbrach ihren ruhelosen Gang durchs Zimmer, stürzte ans Fenster und beobachtete, wie er gerade dem Reitknecht die Zügel zuwarf, sich umdrehte und aufs Haus zuging.
Eine kalte Wut stieg plötzlich in ihr auf.
Einige Minuten später erschien er oben an der Treppe. Er sah schrecklich mitgenommen aus. Sein Gesicht war müde und faltig, die Kleidung verstaubt und schmutzig, als hätte er sich im Dreck gewälzt.
Sie ging auf ihn zu.
»Kann ich Euch sprechen?«
Er blinzelte müde mit den Augen und schien sich nur krampfhaft wachhalten zu können.
»Jetzt? Ich fürchte, dies ist kaum der geeignete Moment.«
»Ich erwarte Euch seit gestern abend«, antwortete sie so gelassen wie möglich.
»Ihr habt mich erwartet?« fragte er erstaunt und lächelte spöttisch.
»Wartet niemals auf mich! Ihr vergeudet nur Eure Zeit.«
»Das ist es ja gerade, die Zeit drängt. Ich habe nicht vor, zu Eurer Orientierung, Monate über Monate hier in diesem Mausoleum zuzubringen! Und um irgendwelche Instandsetzungen voranzutreiben, brauche ich Euer Einverständnis.«
»Ach, das ist alles? Nun, Ihr wißt doch, daß Ihr für alle Veränderungen meinen Segen habt. Kann ich mich jetzt vielleicht zurückziehen?«
»Ich hielt es für angebracht«, fuhr sie kühl fort, »Euch in dieser Angelegenheit noch einmal zu konsultieren, denn die Kosten sind schließlich nicht unerheblich . . .«

»Die Kosten?«
Er sah sie entgeistert an:
»Welche Kosten . . .? Ach so, die Kosten für . . .! Meine Liebe, das ist ganz allein Eure Sache.«
»Meine Sache?«
Er fuhr sich mit der Hand übers Gesicht, als wolle er etwas wegwischen und seufzte:
»Du lieber Gott! Wenn ich etwas verabscheue, dann ist es, über Geld zu diskutieren, und vor allem dann, wenn ich nicht geschlafen habe. Doch . . . Habt Ihr denn immer noch nicht verstanden, mein Engel?«
»Nein, ich verstehe gar nichts«, erwiderte sie spitz.
»Ich werde es Euch erklären.«
Er öffnete die Tür zu seinen Gemächern, nahm sie am Arm und schob sie hinein.
»Setzt Euch bitte. Wir wollen es kurz machen, denn ich habe nicht viel Zeit.«
Nachdem er sein Gewand gegen einen dunkelblauen, mit silbernen Blumen verzierten Satinschlafrock vertauscht hatte, kam er mit einer seiner beiden Katzen, die ihm hocherhobenen Schwanzes folgte, zurück. Doch Agathe hatte jetzt alles andere im Sinn, als seine Eleganz zu bewundern. Seine zuletzt gemachten Äußerungen lagen ihr wie Blei im Magen, und sie weigerte sich, seinen Andeutungen Glauben zu schenken.
»Ich verstehe überhaupt nichts«, wiederholte sie, »Ihr habt mir doch so oft versichert . . .«
»Was habe ich versichert? Ich habe Euch gesagt, daß Ihr über dieses Hôtel frei verfügen könnt. Oder etwa nicht?«
»Meint Ihr etwa, der gegenwärtige Zustand wäre geeignet, um Gäste zu empfangen . . .«
»In unseren Kreisen, mein Kind, ist der Name wichtiger als äußerer Luxus. Ihr könnt ohne Schwierigkeiten, und das dürft Ihr mir wirklich glauben, die vornehmsten Familien Frankreichs hier empfangen. Ihr hängt ein paar schöne Wandteppiche auf, bietet Orgeat, Bisquit de Savoie und Milchreis an . . .«
»Orgeat und Milchreis . . .?«
»Ihr braucht gar nicht so das Gesicht zu verziehen! Das verstößt keineswegs gegen den guten Ton, Ihr werdet niemand verärgern, man wird Euch dennoch schätzen . . . Nein? Gefallen Euch meine Vorschläge nicht? Nun, ich gebe zu, daß Orgeat nicht gerade das

exquisiteste Getränk ist... Dann stellt Euch eben selbst in den Mittelpunkt, so daß Eure Mitschwestern vor Neid erblassen. Man darf das Ganze jedenfalls nicht so streng sehen. Ich für meinen Teil stelle den Rahmen zur Verfügung und erlaube Euch jegliche Verschönerung, wie ich bereits sagte, aber darüberhinaus... Was das Geld angeht, mein Kleines, so laßt Euch eben etwas einfallen!«

»Ich soll mir etwas einfallen lassen? Wie soll ich das denn anstellen?«

Ihr wurde fast übel, und sie fühlte sich einer Ohnmacht nahe.

»Glaubt mir, wenn ich könnte, so würde ich selbstverständlich Eure liebenswerten Kapricen unterstützen... Nicht wahr, mein kleiner Léo, das täten wir doch›«

Während er die Katze in seinem Schoß streichelte, fuhr er fort:

»Unglücklicherweise ist jeder sich selbst der Nächste, und meine Vergnügungen... Nun, ich will Euch nicht alle im einzelnen aufzählen, es sei nur eins erwähnt, das Glücksspiel... Ja, so ist es, ich spiele, ich trinke, ich ärgere gern die Weiber, wie sich der von Euch so hochgeschätzte König Heinrich auszudrücken pflegte, ich... kurz, diese Amüsements verschlingen all meine Mittel. Mir bleibt auch nichts anderes übrig. Welche ehrenvolle Beschäftigung sollte es abgesehen vom Krieg für mich geben? Ich bin dazu verdammt, ein ausschweifendes Leben zu führen. Ein Jakobinermonarch wie der unsere ist es doch nicht wert, daß man sich für ihn schlägt! Nun, die Zeiten werden sich hoffentlich ändern... Ich warte auf den Augenblick, wo dieses Ungeziefer von Liberalen und Bonapartisten ausgerottet wird und man für eine absolute Monarchie, wie meine Vorfahren sie hatten, eintreten kann... In der Zwischenzeit wähle ich das geringste Übel... Und dann habe ich meine Mutter. Die arme Seele hat die verschwenderischsten Gepflogenheiten des früheren Hoflebens beibehalten. Mit ihren Zofen zelebriert sie mal eine Polonaise, mal eine Circassienne... Und sie ist entzückt von den ausgefallenen, femininen Kleidern, wie sie die Königin Marie-Antoinette getragen hat, doch leider ist dieses Entzücken jeweils sehr kurzlebig. Sie möchte immer wieder etwas Neues haben. Die Juweliere, die ihre Vorliebe kennen, fertigen ihr ständig neue Kreationen an. Und warum soll sie ihr Spielzeug nicht haben? Es bereitet ihr soviel Vergnügen... Für dieses Vergnügen gebe ich alles!«

Vincents Ton hatte sich plötzlich verhärtet, doch Agathe hörte ihm kaum zu. Was interessierte sie das Vergnügen von Madame de Seurolles. Es war seine Angelegenheit, ganz allein seine ...! Wie sollte sie bloß inmitten dieser verstaubten, verblichenen Pracht, mit erbärmlichen Einladungen und ohne große Toiletten ihr Glück finden? ... Gewiß, sie hatte ihr Erbteil, aber sie wollte sich doch nicht von Madame Follange ihre Kleider nähen lassen ... Bei Leroy hatte sie sich einkleiden wollen ... Und nun sollte sie auf einmal auf elegante Kleider und Pelze verzichten, auf kostbare Juwelen und eine prachtvolle Equipage, kurz, auf alles ... denn er wollte ihr anscheinend nicht mal einen Sou geben, nicht einmal für ihre täglichen Ausgaben. Entsetzlich! Überhaupt nicht auszudenken ... Und Portal ... Jesus, Maria und Josef! Portal! Was sollte sie ihm sagen? Wenn Portal das alles erführe ... Lieber wollte sie gleich sterben vor Scham!«

»Ihr habt mich getäuscht!« schrie sie. Ihre Stimme war kaum wiederzuerkennen.

»Überhaupt nicht. Bleibt bei der Wahrheit! Ihr habt Euch Illusionen hingegeben. Überlegt doch einmal! Es ist mir ja unangenehm, Euch die Tatsachen noch einmal ins Gedächtnis zurückzurufen, aber ... Ihr kommt hier an, mit einem Kind im Bauch und einem Liebhaber am Arm und verlangt von mir, daß ich mich für Euch krummlege! Ich gewähre Euch gern ein Dach über dem Kopf und das Nötige, damit Ihr nicht verhungert, doch den Rest ... Dafür müßt Ihr Euch an ihn wenden, meine Liebe.«

»An ihn? An wen?«

Entgeistert sah sie ihn an.

Er lächelte.

»Nun schaut nicht so entsetzt, mein Kind. Man könnte meinen, wenn man Euch so sieht, daß für Euch soeben die ganze Welt zusammengestürzt ist. Dabei seid Ihr doch reich, sehr reich sogar.«

»Reich?«

»Der Herzog ist es, und das kommt nun auf dasselbe hinaus.«

»Der Herzog?«

»Aber ja, der Herzog. Was seid Ihr nur für ein Unschuldslamm! Er ist dafür zuständig. Wußtet Ihr, daß er und sein Bruder im Jahr über eine Summe von sieben Millionen verfügen? Sieben Millionen für zwei! ... Überlegt einmal, was man mit sieben Millionen ...«

Bleich vor Zorn unterbrach sie ihn:

»Schweigt! . . . Ist Euch eigentlich klar, was Ihr da sagt? Ich soll mich aushalten lassen . . . Aber das ist natürlich für die . . . die . . .«
Er lächelte überheblich und erwiderte:
»Und daß ich Euch aushalten soll, nachdem ich nicht einmal der Vater Eures Kindes bin, das findet Ihr anscheinend ganz logisch und korrekt! Entschuldigt, meine Liebe, aber diesem Gedankengang kann ich nicht folgen. Wäre es nicht vielmehr ganz normal, daß er, der Euch geschwängert hat, und den Ihr mit Eurer Liebe beglückt, auch für Eure Bedürfnisse aufkommt und Euch das Leben verschönert?«
Nach einem Achselzucken fuhr er fort:
»Das alles war für mich dermaßen selbstverständlich, daß ich nicht im entferntesten auf die Idee gekommen wäre, Ihr könntet meine Meinung vielleicht nicht teilen. Aber jetzt, wie ich schon sagte . . . Es ist ganz allein Eure Angelegenheit! Gott behüte mich, Euch etwas entgegen Euren Prinzipien einreden zu wollen . . . falls es so etwas überhaupt gibt. Doch erlaubt mir noch diese Anmerkung: Die Großzügigkeit eines Fürsten hat nichts, aber auch gar nichts mit der eines normalen Menschen gemeinsam. Im Gegenteil, seine Gunstbezeugungen verleihen demjenigen, dem sie gewidmet sind, eine Art Heiligenschein und sichern ihm höchstes Ansehen. Dazu kann ich Euch genügend Beispiele nennen . . . Um nur eines herauszugreifen, möchte ich Euch an die schöne Gabrielle d'Estrée erinnern. Sie war ebenso begehrenswert wie Ihr es seid, und der gute Heinrich hat sie mit Perlen und Diamanten nur so überschüttet. Wenn Ihr nun glaubt, daß sie deshalb in Verruf geraten wäre, so täuscht Ihr Euch gewaltig. Die Historie, die im allgemeinen wenig geneigt ist, nachsichtig mit jemand umzugehen, behandelt sie wie eine Königin. Um in die Gegenwart zurückzukehren . . . Der Herzog wirft sein Geld zu Gunsten der hübschen kleinen Virginie Oreille nur so aus dem Fenster . . . Wißt Ihr eigentlich, daß sich diese Dame alles erlauben kann? Selbst der verrückteste kleine Einfall ist ihr schon im voraus bewilligt. Pferde, Equipagen, Kleider, ein Hôtel in der Rue Saint-Honoré, ein Haus in der Rue Richepanse, sie braucht nur ein Wort zu sagen! Und Amy Brown . . . die bescheidene, kleine, verstoßene Ehefrau . . . Ihr solltet nur aus Neugierde einmal in die Rue Blanche gehen und einen Blick in jene herrlichen Anlagen werfen, die Seine Hoheit ihr geschenkt hat! Allein die Gärten ziehen sich bis zur Rue de Clichy hin . . . Und Ihr seid all diesen Frauen an

Schönheit, Charme und Geburt hundertmal überlegen ... Aber ich wiederhole, Ihr könnt frei entscheiden! Ich verspreche Euch, daß Ihr bei mir bestimmt keinen Hunger leiden müßt, Euer Kind täglich seine Milch bekommt, Ihr meinen Wagen zur Verfügung habt, ein Haufen schöner Möbelstücke herumstehen, mit deren Hilfe Ihr hübsche Bälle bei Kerzenlicht organisieren könnt, und wenn Ihr Euch damit begnügen wollt ... Im Leben bekommt eben jeder das, was er verdient. Und Ihr verdient offenbar nicht mehr.«
Er legte sich die Katze auf die Schulter, streichelte sie zärtlich und erhob sich:
»Ich nehme an, ich habe Euch die Situation jetzt ausführlich genug geschildert. Denkt darüber nach und wägt die Vor- und Nachteile gut gegeneinander ab, bevor Ihr einen Entschluß faßt.«
Nun erhob sich Agathe ihrerseits, warf ihm einen Blick zu, der nur schwer zu deuten war und antwortete:
»Vielen Dank für Ihren Ratschlag. Genau das werde ich tun.«
Woraufhin er zur Tür ging, sie öffnete und sich noch einmal umdrehte. Ein seltsames Lächeln spielte um seinen Mund.
»Es tut mir leid, mein Engel. Ob Ihr es glaubt oder nicht, aber um ehrlich zu sein, ich beneide den Herzog.«
»Wo wart Ihr vergangene Nacht?«
Sie hatte sich zwar geschworen, ihre Neugier zu bezähmen, doch jetzt konnte sie nicht mehr an sich halten, sie mußte es einfach wissen!
Vincents Lächeln erstarrte auf der Stelle, und sein Gesicht verdüsterte sich:
»Sind wir nicht übereingekommen, gegenseitig keine Fragen zu stellen? Erinnert Euch doch!«
Sein Gesicht verzog sich jetzt zu einem ironischen Lächeln, das sie bis ins Mark verletzte, so daß sie erneut Lust verspürte, ihm ins Gesicht zu schlagen.
»Nun, Ihr werdet zwar Eure unschuldigen Ohren verstopfen wollen, wenn ich Euch von meinen nächtlichen Erlebnissen erzähle, aber bitte, wenn Ihr unbedingt wollt ...«
»Nein, danke, es interessiert mich nicht mehr.«
Er stand jetzt genau vor ihr.
In übertrieben höflichem Ton bat sie ihn:
»Würdet Ihr mich bitte vorbeilassen?«
Und hoch erhobenen Hauptes schritt sie davon.

Als Agathe sich nachmittags für ihr Treffen mit dem Herzog in der Rue de Vaugirard herrichtete, entdeckte sie auf ihrer Stirn eine kleine Falte, die so groß war wie ein Kratzer mit dem Fingernagel. Es war ein winziger, aber dennoch deutlicher harter Strich zwischen den Augen.

Kapitel 15

»Sechshunderttausend Francs ... Donnerwetter! Und du stehst da mit einer Unschuldsmiene, als handle es sich darum, dir einen Louisdor zu geben ...«

»Ihr könnt versichert sein, daß ich Euch um einen Louisdor kaum gebeten hätte«, erwiderte sie ihm höflich, »den hätte ich mir nämlich von meinem Maître d'Hôtel ausgeliehen.«

»Und auch noch geistreiche Bemerkungen machen wollen! Du verlangst von mir sechshunderttausend Francs, um vier Steine wieder zurechtzurücken, drei Bäume zu pflanzen und ein paar Ellen Seide zu spannen ... Ist dir eigentlich klar, was du verlangst? Willst du mir nicht gleich das Blut aussaugen?«

Der Herzog lief puterrot an, was bei ihm stets das Zeichen eines herannahenden Gewitters war.

Während Agathe in aller Ruhe vor dem Spiegel ihren hellen, mit Seidenspitzen verzierten Strohhut ablegte und gekonnt mit flinken Fingern die Locken zurechtzupfte, behielt sie ihn ständig im Auge. Sollte er doch schreien und toben, er würde sie überhaupt nicht damit beeindrucken. Nach dem, was Vincent ihr erzählt hatte, war ihr klar, daß der Herzog versuchen würde, sie mit Hilfe eines Wutausbruchs einzuschüchtern.

Vincent ... Bloß nicht an ihn denken, sonst kam sie vor Scham noch um! Wie dumm war sie doch bloß gewesen, sich mit all ihren Plänen und Vorhaben an ihn zu wenden! Aber davon war sie jetzt geheilt. Sie war zuvor mit Scheuklappen durchs Leben gegangen, doch nun wußte sie, was sie zu tun hatte, denn man durfte von Männern nur das verlangen, was sie zu geben imstande waren: Ein bißchen Verlangen, eine gewisse Rücksichtsnahme ... und Geld. Das mußte man allerdings geschickt anfangen ... Geld ... Agathe hatte nie mit Geld umgehen können. Es war wohl ein instinktiver Widerwille gewesen. Wahrscheinlich rührte dies noch aus der Londoner Zeit her, als man sich tagtäglich über diesen Tyrannen, der ihr aller Leben bestimmt hatte, Rechenschaft ablegen mußte. Clémentine hatte damals streng Buch geführt. Sie war es gewesen, die darüber entschied, wie lange man ein Kleid tragen mußte, wieviel Kohlen auf eine Schaufel kamen, um den Ofen zu heizen, wieviele Kerzen benutzt wurden, und wieviel Essen sich ein jeder auf den Teller geben durfte. Rechnen, kürzen, sparen am Alltäglichen, dieses Thema hatte das Leben der Familie in jener Zeit ständig beherrscht. Nur mit Großvater war es anders gewesen. Ähnlich wie Agathe schwebte er in einer anderen Welt, wo man das Geld mit beiden Händen zum Fenster hinauswarf, und wo das Alltägliche im Überfluß vorhanden war. Allerdings gab es einen gewaltigen Unterschied zwischen ihr und Großvater: Für Großvater repräsentierte diese Welt die Vergangenheit, in der er gelebt hatte. Für sie, Agathe, hingegen war es die Zukunft, in der sie leben wollte. Doch was hatte sie bis jetzt eigentlich dafür getan? Nichts... Nachdem sie in ihre Heimat zurückgekehrt war, hatte sie Geldangelegenheiten weiterhin mit sorgloser Verachtung behandelt, indem sie sich auf andere verlassen hatte... Eine Dame gab sich schließlich nicht mit diesen niederen Dingen ab, sie hätte sich ja die hübschen Hände beschmutzen können... Aber was war die Folge davon...? Man behandelte sie wie einen armen kleinen Hund! Vincent de Seurolles versprach ihr großzügig Orgeat und Milchreis, und der Herzog, dem sie sich vertrauensselig hingegeben hatte, kümmerte sich nicht einmal darum, nachdem er sie mit diesem Lebemann verkuppelt hatte, ob sie auch ein ordentliches Dach über dem Kopf besaß... Das war also das Ergebnis ihrer Leichtfertigkeit und ihres Desinteresses! Denn von sich aus würde der Herzog bestimmt nicht... Gestern noch war sie ein dummes, unschuldiges Ding gewesen, das sich eher die Zunge abgebissen hätte, als dem Herzog gegenüber dieses Thema zu erwähnen. Allein die Vorstellung, daß ein Mann, egal ob Fürst oder König, sie aushalten könnte, hätte sie vor Scham in den Boden versinken lassen! Es war für sie undenkbar gewesen, von einem anderen als ihrem Ehemann Geld anzunehmen... Doch genaugenommen hatte Vincent ja recht, wenn er meinte, daß dieser momentan rot angelaufene, vor Wut schäumende und gar nicht würdevolle Herzog so etwas ähnliches wie ihr Gatte war. Schließlich war sie ihm damals rein und unschuldig wie eine reife Frucht in den Schoß gefallen, und er hatte sich nicht gescheut, ihr schnellstens ein Kind zu machen, was ihre Zukunft immerhin nicht unwesentlich verändert hatte. Dann sollte er für diese Zukunft auch Sorge tragen!

»Keine Rechte ohne Pflichten« war Papas bevorzugter Wahlspruch, und alles, was Fragen der Moral betraf, konnte man von Papa blindlings übernehmen...

Sie sagte also:

»Habe ich bis zum heutigen Tag jemals etwas von Euch verlangt? Gott ist mein Zeuge, daß ich mich Euch völlig uneigennützig hingab und nur das einzige Verlangen hatte, die Eure zu sein.«
»Ich weiß, meine Kleine, ich weiß! Aber ...«
»Aber was? Wenn der Graf de Seurolles mir jegliche Zahlung verweigert, an wen soll ich mich denn sonst wenden? Diese Heirat ist doch Euer Werk, oder etwa nicht? Und wenn ich durch die Umstände gezwungen bin ...«
»Diese Umstände haben dir einen hervorragenden Namen, einen Rang und den Zugang zu den besten Häusern des Faubourg Saint-Germain eingebracht. War es nicht genau das, was du wolltest?«
»Was nützen Rang und Namen, wenn man nicht die Mittel hat, sie würdevoll zu repräsentieren ...?«
»Würde ... sechshunderttausend Francs ... Deine Würde ist verdammt teuer! Hast du überhaupt eine Ahnung, du Unglückswurm, wieviel das ist, sechshunderttausend Francs? Für die Mehrzahl der Leute ist bereits ein Zehntel davon ein großes Vermögen.«
Stolz drehte sich Agathe um:
»Ich bin aber nicht die anderen, ich bin ich, und wenn Ihr mich auserwählt habt, so glaube ich kaum, daß es Euch recht ist, wenn mein Kind, das auch Eures ist, in einem Rattennest geboren wird ...«
»Ein Rattennest, das Hôtel de Seurolles! Eins der herrlichsten Hotels, das uns die Renaissance hinterlassen hat ... Wie kannst du nur so etwas sagen, mein Kätzchen!«
Sein Lachen ging erneut in Zorn über, er kam auf sie zu und ergriff ihre Hände:
»Also, jetzt hör schon damit auf. Ich habe mich so auf dich gefreut, so nach dir gesehnt ... Eine Woche war ich ohne deine süßen, runden Zwillinge, die du kleines Luder mir in deiner Bluse vorenthälst! ... Statt daß wir unsere Zeit so angenehm wie möglich verbringen, redest du seit deiner Ankunft nur über solche niederen, schmutzigen ...«
Agathe trat einen Schritt zurück:
»Wir diskutieren«, erwiderte sie tonlos, »und wenn Ihr das schmutzig nennt ...«
»Ich diskutiere nicht, ich möchte dich glücklich machen! Nun sei vernünftig ... Sechsshunderttausend Francs! Ich bin doch kein Krösus! Was ich für meinen eigenen Lebensstil und den der

Herzogin ausgebe, ist schließlich auch nicht gerade wenig, und dann die Summen, die meine liebe Gattin zur Unterstützung der Armen ausgibt...«

»Ich bin auch arm.«

»Du, arm?«

Der Herzog mußte schallend lachen:

»Nun hör mal, meine Kleine, mit einem niedlichen Gesicht wie dem deinen kann man gar nicht arm sein!«

»Meint Ihr vielleicht, daß ich jederzeit günstige Abnehmer finden könnte?« fragte sie scheinbar gelassen doch mit flammenden Augen.

Das Lachen des Herzogs erstarrte unvermittelt.

»Was hast du dir denn für eine Sprache angeeignet? Wo hast du bloß solche Ausdrücke aufgeschnappt? Das ist doch geradezu absurd, was du da eben... Ich habe es einfach nur so dahingesagt... Es gibt eben Menschen, denen das Elend schicksalhaft im Gesicht geschrieben steht, während andere noch strahlen, wenn es ihnen...«

»Wenn es ihnen schlecht geht. Dankeschön, aber was nützt mir ein strahlendes Gesicht, wenn ich in einem Haus wohnen muß, das dem Zerfallen nahe ist...! Mir genügt das jedenfalls nicht!«

»Du regst mich allmählich auf. Mehr kann ich dazu nicht sagen!«

Die Hände hinter dem Rücken verschränkt stand er groß und mächtig vor ihr und betrachtete sie. Eigensinnig und ohne sich von der Stelle zu rühren biß sie sich nervös auf ihre vollen Lippen, so daß ihre schönen weißen Zähne sichtbar wurden. Ihre Haut war zwar wie eine Kamelienblüte, und ihre blonden Locken sahen aus wie über den Finger gewickelte Seidenfäden...

Der Herzog hüstelte:

»Hör zu, mein Kätzchen, laß uns damit aufhören. Ich gebe dir die Hälfte, was schon eine enorme Summe ist, mit der du...«

Agathe drehte sich auf dem Absatz und nahm ihren Hut.

»Was machst du?«

»Ich gehe. Ihr habt recht, Monseigneur, dies alles ist niederträchtig und gemein, und ich will mich nicht länger damit abgeben... Dieses Herumgestreite mit Euch und dieses Almosen...«

»Almosen? Ihr nennt dreihunderttausend Francs ein Almosen?«

»Ja, das meine ich. Eine lächerliche Summe für Euch! Und dann auch noch in einer Art und Weise gewährt, die nur den Ausdruck Almosen zuläßt!«

Sie sah, wie er sich an den Hals faßte, als wäre er dem Ersticken nahe. Ihr Herz klopfte heftig, und sie spürte all die Wut hochsteigen, die Vincent in ihr geschürt hatte. Schließlich konnte sie nicht länger an sich halten:
»Merkt Ihr denn nicht, wie sehr Ihr mich demütigt... Habe ich jemals irgendwelche Berechnungen angestellt, als ich mich Euch hingab? Aber nachdem ich Euch eben von dieser Seite kennengelernt habe, verzichte ich auf Euer Geld... Behaltet es und beglückt andere damit! Ich würde meine Selbstachtung ganz verlieren, wenn ich eines Tages Eurem Kind erklären müßte, daß sein Vater, ein Bourbone, nicht bereit war, ihm ein komfortables Leben zu ermöglichen, und ich, die Mutter, damit einverstanden war. Wie sehr sich doch die Gefühle verändern können! Ich hätte Euer Angebot angenommen, wenn es der Liebe und der Sorge um mich und das Kind entsprungen wäre, doch so, auf diese schäbige Art und Weise, nein danke, da ziehe ich vor zu gehen!«
»Nun gut, dann geh zum Teufel!«
War sie es, die er meinte? War sie es, die Tasche und Handschuh nahm, den Raum durchquerte und die Tür öffnete...? Sie verstand gar nichts mehr; ihr war, als ob die Katastrophe über eine andere hereinbrach, über eine kalte, stolze Person, der es völlig gleichgültig war, ob sie etwas verlor, denn es war besser, alles zu verlieren, als sich mit wenigem zufriedenzugeben... Es war eine andere, die hart und entschlossen auf die Tür zugeeilt war, während sie, Agathe, mit Tränen in den Augen voller Schmerz die Erinnerungen an sich vorbeiziehen ließ, die sie mit diesem Raum verband... Das Bett, ein majestätisches Schiff, in dem sie und der Herzog glücklich und aneinandergeschmiegt im dunklen Schatten seiner golddurchwirkten blauen Satinsegel gelegen hatten, sein verzücktes, jungenhaftes Gesicht, wenn er mit ihren Haaren spielte, dieses stets abgedunkelte Zimmer mit seinen drei Kerzen, die ihr warmes Licht verteilten, wo sie die Liebe in all ihrer Lust und Zärtlichkeit kennengelernt hatte, wo sie geglaubt hatte, sie brauche nur »ich möchte« zu sagen, und alle Wünsche würden ihr erfüllt...
»Agathe! Agathe, komm in Gottes Namen zurück!«
Der Schrei drang durch die Stille und hallte zwischen den hohen rauhen Mauern wider. Agathe erschrak und blieb stehen.
Doch die andere, die Stolze, die nichts als ihre verletzte Eigenliebe kannte, die lieber sterben würde als auch nur einen einzigen

Schritt rückwärts zu tun, stieß sie vorwärts und zwang sie, die zweite Tür, die in die große Halle hinausführte, zu öffnen.
Sie ging weiter, fast automatisch einen Fuß vor den anderen setzend, mit steifem, durchgedrücktem Kreuz, den Blick hartnäkkig geradeaus auf den Hof gerichtet, wo der Wagen mit den beiden kleinen hübschen Füchsen auf sie wartete. Der Kutscher rauchte gelassen sein Pfeifchen, und der Diener vertrieb sich die Zeit, indem er auf der Straße auf und abging. Kaum hatten sie Agathe bemerkt, steckte der Kutscher eiligst seine Pfeife weg und sprang auf seinen Sitz, während der Diener das Trittbrett herunterklappte und respektvoll hinter ihr die Portiere schloß. Die Equipage setzte sich in Bewegung und fuhr unter dem Torbogen hindurch in die Rue de Vaugirard. Niemals, niemals mehr ...
Plötzlich hörte sie hinter sich einen furchtbaren Lärm, als ob hundert Mann gegen die beiden Tore träten, aber als sie sich umdrehte, sah sie undeutlich, mit verschwommenem Blick nur einen einzigen ... Völlig aufgelöst stand er da, Weste, Hemd und Halstuch waren verknittert und in Fetzen zerrissen, seine Locken zerzaust, und auf seinen Wangen sah sie zwei dicke Tränen ...
»Wie hast du das nur tun können? Wie hast du das nur tun können ...«
»Ihr wart es doch ...«
»Ich? ... Aber du kennst mich doch, du weißt, daß ich mich zwar manchmal wie ein wildes Tier gebärde, aber ...! Und du wärst tatsächlich gegangen, du hättest mich wirklich alleingelassen?«
»Ja.«
Sie sahen sich tief in die Augen.
Dann nahm er mit ungewohnter Zärtlichkeit Agathes Hand und preßte sie an sein Gesicht. Seine Wange war wie immer etwas kratzig ...« Das sind die Borsten von Blaubarts Bart!« rief er laut aus, und sie mußten beide lachen. Plötzlich aber erstarb ihr das Lachen auf den Lippen, und sie merkte, daß ihr Mund ganz trocken war und ihre Knie weich wie Pudding. Sie hatte das deutliche Gefühl, soeben einer schrecklichen Gefahr entronnen zu sein.
»Bitte verlaß mich nie mehr«, flüsterte er, »ich hatte solche Angst ...«
Am liebsten hätte sie sich ihm jetzt an den Hals geworfen und gerufen: »Nein, nein, ich werde dich niemals mehr verlassen!« Aber die ANDERE hielt sie immer noch fest im Griff. Und so

antwortete sie nur würdevoll und herablassend, als ob sie ihm eine große Gunst gewährte:
»Ich verspreche es Euch!«

Kapitel 16

Es war Ende Oktober, als Agathe Louis-Marie wiedertraf. Sie fuhr gerade mit ihrer Equipage über die Pont des Arts und kam von einer Anprobe bei Leroy. Ein heftiges Unwetter hatte die Straßen leergefegt, nur eine einsame Gestalt beugte sich über das Geländer...

»Louis-Marie!«

Agathe hatte die Kutsche anhalten lassen und stand nun schön wie eine Rose im Türrahmen des Wagens. Sie blickte zu ihm hinüber, und als erstes fiel ihr auf, daß er immer noch dieselbe widerspenstige Stirnlocke hatte...

Er stand wie angewurzelt da und schaute sie erstaunt an, während Maurice, Agathes Diener, respektvoll drei Schritte hinter seiner Herrin wartete.

»Welch eine Überraschung, meine Liebe! Als ich dieses prächtige Coupé kommen sah, fragte ich mich...«

»Maurice! Worauf wartet Ihr noch! Klappt das Trittbrett herunter... Steigt ein, Louis-Marie, kommt, steigt ein! Jesus! Seit Januar... Wir werden uns viel zu erzählen haben!«

Die Sitzpolster aus weißem Samt schienen ihm viel zu luxuriös, und er fragte scherzhaft:

»Sagt, kann man sich wirklich darauf setzen?«

Agathe mußte lachen und schlug einladend auf die Sitzbank.

»Natürlich«, erwiderte sie, »kommt, setzt Euch zu mir.« Er nahm neben ihr Platz und legte seinen Hut auf den Schoß.

»Agathe... Aber vielleicht sollte ich Euch jetzt mit »Madame« ansprechen?«

»Seid Ihr bereits unterrichtet?«

»Du lieber Himmel, Ihr werdet doch wohl nicht behaupten wollen, daß Ihr nicht wißt, wie man in ganz Paris über Euch spricht? Nachdem die Gazetten bereits im Juli und August ständig über den neuesten Stand der Dinge berichteten, sorgt Ihr auch weiterhin in den Salons für Gesprächsstoff. Alle Welt interessiert sich für die hübsche junge Gräfin de Seurolles, die Restauration des Hôtels, die phantastischen Summen, die der Graf dafür auszugeben scheint...«

»Sagen wir mal, ich gebe sie aus, ich«, betonte sie.

Sie unterhielten sich beide eine Weile sehr gut miteinander, bis

Louis-Marie sie einen Moment lang vielsagend ansah und dann fragte:
»Agathe, seid Ihr mir eigentlich noch böse?«
»Ich, Euch böse?«
»Erinnert Euch doch an die unangenehmen Umstände, unter denen wir uns getrennt haben. Vor lauter Wut hättet Ihr mich damals am liebsten umgebracht!«
Agathe machte eine abwehrende Handbewegung und erwiderte:
»Ja, ja, ich erinnere mich noch genau ... Madame d'Honfeuille und ihre absurden Pläne, mich mit dem Fürsten von Talleyrand ... Mein armer Louis-Marie! Man hat Euch übel mitgespielt ... Wie naiv und unerfahren war ich doch damals, mich dermaßen dumm aufzuführen!«
»Ich habe Euch sehr gemocht damals, als Ihr so naiv und unerfahren wart«, sagte er leise.
»Also wirklich, mein Lieber, jetzt ist es an mir, Euch verändert zu finden! Wart Ihr nicht der erste, der mir ständig wiederholte, daß sich zur Schönheit auch die Klugheit gesellen muß, wenn man im Leben etwas erreichen will? ...«
»Ihr wart äußerst begierig, die Stufenleiter des Erfolgs emporzuklimmen. Jetzt gleicht Ihr einem hübschen kleinen Kolibri, dem die Flügel eines Adlers gewachsen sind ... Seid Ihr wenigstens glücklich, nachdem Ihr es so weit gebracht habt?«
»Sehe ich nicht so aus?«
Zum Beweis zeigte sie ihm ihr strahlendstes Lächeln.
Er sah sie an und meinte:
»Ich hatte vergessen, daß es so vollendete Schönheit gibt!«
»Schmeichler!«
Sie lachte kokett und fuhr fort:
»Und Ihr, wie geht es Euch? Was macht Ihr? Ich habe oft versucht, etwas über Euch in Erfahrung zu bringen, doch ...«
Mit einem Achselzucken antwortete er:
»Man schlägt sich so durch. Von Zeit zu Zeit zelebriere ich eine schwarze Messe über dem faltigen Bauch irgendeiner Bürgerlichen ...«
»Louis-Marie!«
»Ihr habt mich gefragt, und ich gebe Euch Antwort. Was soll ich sonst machen? Eine Junge bezahlt meine Dienste längst nicht so gut, es sei denn, ich würde zusätzlich noch Süßholz raspeln, und dafür bin ich nun wirklich nicht geeignet. Bei einer Alten ist das

alles viel leichter. Sie will nur, daß man es ihr ordentlich besorgt, und damit hat sich's. Guten Tag, Auf Wiedersehen!«

»Louis-Marie! Das ist ja abscheulich! Dabei seid Ihr ein so kultivierter Mann mit soviel Qualitäten!«

Er lächelte spöttisch:

»Ich bin unermeßlich faul, und jede ist mir recht. Die Tätigkeit bei Madame d'Honfeuille war genau das Richtige für mich. Immer schön Männchenmachen und den Weibern zu Diensten sein... Das ist im Grunde genommen mein Los... Außerdem kann ich gar nichts anderes... Mit der Hoffnung, irgendwann einmal eine häßliche, reiche Erbin zu erwischen... Habt Ihr übrigens schon bemerkt, daß das Vermögen solcher Frauen umso größer ist, je häßlicher sie sind?«

»Ihr sprecht immer von Madame d'Honfeuille, als wenn es nur sie gäbe... Habt Ihr Euch denn schon einmal nach einer anderen Stellung umgesehen?«

»Jede fürchtet das Gift dieser alten Hexe. Keine würde wagen, mich einzustellen.«

Wenn er nicht mehr lächelte, verloren seine blauen Augen an Glanz, und sein Blick verhärtete sich. Er war deutlich magerer geworden, so daß ihm der Kragen um den Hals schlotterte. Er trug immer noch dasselbe pflaumenblaue Gewand, das sie von früher kannte. Wie schäbig es jetzt aussah!

»Ich gebe Euch mein Wort, ich werde mich für Euch um eine häßliche Alte kümmern, die nur so im Gelde schwimmt«, versprach Agathe enthusiastisch... »Für den Anfang, mein Lieber, nehme ich Euch jetzt mit und zeige Euch mein Reich.«

Sie gab dem Diener durchs Fenster ein kleines Handzeichen, und augenblicklich ertönte dessen Tentorstimme: »Zum Hôtel!«

Jedesmal, wenn Agathe diesen majestätischen Befehl an den Kutscher vernahm, schmolz sie vor Entzücken dahin.

Es hatte zu regnen aufgehört, und als sie in der Rue de Bourbon ankamen, empfing sie sogar ein winziger, herbstlicher Sonnenstrahl.

Louis-Marie schaute zum Fenster hinaus und betrachtete die Fassade. Unwillkürlich entschlüpfte ihm ein bewundernder Pfiff:

»Phänomenal, meine Liebe!«

Das große, frisch gestrichene Portal war geöffnet. Beim Passieren des Wagens stieß Lamballe in seiner imposanten Schweizer Uniform seine Hellebarde dreimal aufs Pflaster.

Sie stiegen aus.
In jeder Ecke des Innenhofes standen niedrige Steinpfosten, die durch Ketten miteinander verbunden waren. Davor zogen hübsche Buchsbaumreihen den Blick auf sich. Blumenbeete mit gelben und violetten Chrysanthemen sorgten für Farbtupfer.
Verträumt blickende Statuen und sorgfältig beschnittene Bäume, die in kleinen Gruppen beieinanderstanden, rundeten den Eindruck ab.
Agathe sagte:
»Der Park ist noch nicht fertig. Wir haben nicht die richtige Jahreszeit erwischt... Um mir das Warten bis zum Frühling zu erleichtern, waren die Gärtner so freundlich und haben drei Blumenbeete bereits angelegt.«
Lachend erzählte sie weiter:
»Ihr könnt Euch nicht vorstellen, was für ein Dickicht ich bei meiner Ankunft hier vorgefunden habe. Aber jetzt wird es sehr schön. Das Gelände soll sich bis zur Seine hinunter erstrecken, so daß wir von der Terrasse aus, die ich noch anlegen lasse, den gleichen Blick haben werden wie die Prinzessin de la Trémoïlle... Ah, da ist ja Portal! Erinnert Ihr Euch noch an Portal, Louis-Marie? Portal, Monsieur de Saint-Ferrieux wird mit uns dinieren... Aber ja, Louis-Marie, ich bestehe darauf, Ihr müßt!«
Portal verbeugte sich, schien aber nicht sehr begeistert.
»Frau Gräfin sollte nicht soviel stehen, der Arzt hat angeordnet...«
Agathe seufzte.
»Ja, ja Portal, wir gehen schon hinauf... Ihr müßt nämlich wissen, Louis-Marie, daß Portal mein Schutzengel ist. Im Übrigen ist das Haus, so wie Ihr es vorfindet, hauptsächlich sein Werk.«
»Zu gütig, Madame! Aber ich habe mich ausschließlich von Madames gutem Geschmack leiten lassen...«
»Aber, aber! Keine falsche Bescheidenheit gegenüber Monsieur de Saint-Ferrieux, Portal! Wir sind weder in England noch in Rougeville... Zweifellos kommt man entweder mit oder ohne Geschmack auf die Welt, doch später zählt dann nur noch die Erfahrung! Und ich habe zum Glück die Klugheit besessen, wenn ich das so sagen darf, von Euren Erfahrungen zu profitieren... Ist übrigens der Herr Graf schon zurück?«
»Nein, Madame.«

»Mein Kompliment«, bemerkte Louis-Marie, als sie die Treppe hinaufgingen.
»Gefällt es Euch?«
Der Treppenaufgang mit seinen blendend weißen Steinen, den vielen Nischen, die alle mit kleinen Lämpchen versehen waren, dem spiegelnden Marmor und den hohen Fenstern war zu einem Symbol der Heiterkeit geworden.
»Das hat alles sehr viel Stil«, lobte Louis-Marie. »Aber das meinte ich vorhin gar nicht ... Ich sprach vielmehr von Portal. Was habt Ihr mit diesem ehrenwerten Mann bloß angestellt? Ich erinnere mich, daß er früher die Zurückhaltung in Person war, während er jetzt plötzlich voller Leben ist, so als ob er hundert Jahre jünger geworden wäre.«
Louis-Marie faltete die Hände wie in der Kirche und bemerkte anzüglich schmunzelnd: »Mein schönes Kind, ich vermute, ohne Euch zu nahe treten zu wollen, daß Ihr an dieser Veränderung nicht ganz unschuldig seid!«
»Portal ist wunderbar, und Ihr, Ihr habt eine sehr, sehr böse Zunge!«
Aber sie mußte dabei schallend lachen. Es tat wohl, so unbeschwert lachen zu können, einfach so, um des Lachens willen. Schon lange hatte sie sich nicht mehr so amüsiert.
Dann betraten sie Agathes Räume.
Sie zeigte ihm das Schlafzimmer, das Boudoir, das große Bad. Es war ihr Reich und ihr ganzer Stolz zugleich. Vor allem das Schlafzimmer. Sie hatte die Einrichtung ganz allein ausgewählt und sich dabei zum ersten und einzigen Mal gegen Portal durchsetzen können, der gänzlich andere Vorstellungen gehabt hatte. Sie erinnerte sich noch genau, wie er, den Blick verlegen zu Boden gesenkt, bloß gestammelt hatte:
»Spiegel? Madame denkt doch nicht im Ernst ...?«
»Aber warum denn nicht, ich bitte Euch? Warum soll ich immer zu meinem Spiegel hinlaufen, statt daß er mich begleitet? ... Ah, stellt Euch bloß vor, Portal! Ein Spiegel vermag eine hübsche Frau doch immer zu trösten! Und erst ein ganzes Schlafzimmer aus Spiegeln ...«
Die Wände wurden also ebenso wie die Türen ausschließlich mit Spiegeln verkleidet. Zwischen den einzelnen Teilen verliefen lediglich kleine Zierleisten. Wenn man das Zimmer betrat, war der Effekt geradezu phantastisch.

Eine solche Ausstattung erlaubte natürlich nur wenig Möbelstücke. Alles beherrschend war das mit Musselin drapierte Bett, das mit seinem Baldachin wie ein zarter, weißer Hauch wirkte; gegenüber befand sich ein reizendes, venezianisches Kabinettschränkchen, daneben zwei kleine Stühle, die ebenso wie der bequeme Ohrensessel mit violettem Stoff bezogen waren, was dem Raum eine warme Atmosphäre verlieh. Der weiche Teppich, der im ganzen Zimmer verlegt war, nahm diesen Violetton in all seinen Varianten auf. Weiße Satinvorhänge an den blumengeschmückten Fenstern ergänzten den Gesamteindruck in harmonischer Weise. –
»... Und stellt Euch vor, Louis-Marie, ich pflege sie ganz allein«, bemerkte Agathe stolz und schwenkte dabei eine winzige silberne Gießkanne... »Was sagt Ihr dazu?«
Er sah sie scharf an und erwiderte:
»Ich finde, Ihr seid ein fürchterlicher Folterknecht! Was schleppt Ihr mich armen Teufel, der sich sonst nur in den düsteren Ehegemächern von Bürgerlichen herumtreibt, in dieses paradiesische Luxusschlafzimmer! Das ist unerhört, ich protestiere!«
»Louis-Marie, Ihr seid unverbesserlich!«
Agathe mußte sich in diesem Moment zu einem Lächeln zwingen, denn plötzlich war ihr wieder eingefallen, wie Vincent reagiert hatte. Er war begeistert gewesen:
»Bravo, bravissimo! Zuerst waren es meine orientalischen Verirrungen, die im gesamten Faubourg ein heimliches Getuschel hervorgerufen haben, und nun Eure zugegebenermaßen kühne Idee mit den Spiegeln... Die Seurolles werden auf jeden Fall als sehr außergewöhnlich gelten...«
»So außergewöhnlich ist es nun auch wieder nicht. Der Glaser hat mir gesagt, daß Juliette de Récamier im Hôtel Necker unter Napoleon die gleiche Idee gehabt hatte.«
Vincent betrachtete sie einen Moment und meinte dann:
»Wißt Ihr eigentlich, nein, Ihr wißt es natürlich nicht, denn Ihr seid ein Unschuldslamm, also, wißt Ihr, daß in gewissen luxuriösen Etablissements, in sogenannten Freudenhäusern, Spiegel ebensosehr geschätzt sind?«
»Das kümmert mich nicht. Ich liebe es eben, mich zu betrachten...«
»Sich zu zweit zu betrachten ist viel reizvoller...«
Er nahm sie und zog sie fest und warm an sich. Weich und ohne

Überzeugung antwortete sie: »Laßt mich«, doch das sagte sie jedesmal in dieser Situation, und jedesmal ignorierte er ihre scheinbare Weigerung, was ihr, wenn sie ehrlich war, auch ganz recht war.

Die Liebe mit Vincent war wie eine Droge. Wenn die Ekstase vorbei und die Lust befriedigt war, schwor sie sich jedesmal: Nie, nie wieder! Dieses perverse Vergnügen und diese Exzesse sollte sie sich besser ersparen, denn wo blieb schließlich ihr Stolz und ihre Würde? Wie konnte sich eine so schöne Frau wie sie, die von einem Fürsten geliebt wurde, für einen Mann hergeben, der es jede Nacht mit einer anderen trieb? Und dennoch ... Zwei Tage nach jener schrecklichen Auseinandersetzung, in deren Verlauf er sie voller Sarkasmus über ihre wahre Situation aufgeklärt hatte, war sie überraschend von ihm in seine Gemächer eingeladen worden. Obwohl sie noch jede seiner gräßlichen Bemerkungen genau im Kopf gehabt hatte, war sie seiner Bitte nachgekommen, um dem Gerede der Angestellten keinen Vorschub zu leisten. Oder hatte sie sich da eine Ausrede zurechtgelegt ...? Denn kaum hatte er sie angerührt ... Seitdem trafen sie sich in unregelmäßigen Abständen. Vincent war zärtlich und einfühlsam und betörte sie jedesmal aufs Neue. Sie verging dann förmlich vor Wonne und Lust. Doch sie wußte genau, daß sie das und nicht mehr von ihm erwarten konnte.

»Verliebt?« fragte Louis-Marie leise.

Sie fuhr auf:

»Ich verliebt? In wen?«

»Man sagt, der Graf de Seurolles sähe sehr gut aus.«

»Das stimmt, aber ...«

Agathe lachte nervös:

»Aber Louis-Marie, ist man denn in den eigenen Ehemann verliebt?«

»Die Frage müßt Ihr schon selbst beantworten.«

»Nun gut, nein. Wir sind lediglich gute Freunde, das ist beständiger.«

»Aha, ich verstehe.«

Sarkastisch lächelnd fragte er weiter:

»Dieses Kind wurde also vom Heiligen Geist gezeugt?«

Verlegen strich Agathe über ihre Hüften und erwiderte:

»Sieht man es denn schon? Leroy hat mir geschworen, daß man mit diesem Schnitt ...«

»Der Couturier Leroy hat Euch wohl früher nicht gekannt. Eure Taille war so schmal...«
Mit veränderter Stimme fuhr er fort:
»Erinnert Ihr Euch nicht mehr, daß ich sie mit meinen Händen umspannen konnte?«
Wieso kam er immer wieder auf die Vergangenheit zu sprechen? Die Vergangenheit interessierte sie überhaupt nicht mehr. Sie schlug vor:
»Kommt, gehen wir ins Boudoir.«
Das Boudoir war nüchterner.
Die bemalte Holzvertäfelung im Régence-Stil zeigte eine goldbraune Landschaft mit Rehen, lilafarbene Taftvorhänge fielen in großen Falten zu Boden, und einige Lampen verbreiteten ein weiches, angenehmes Licht. Der Sekretär, das Geschenk des Herzogs, stand an einem angemessenen Platz, wo er besonders gut zur Geltung kam. In der Nähe davon befand sich ein runder kleiner Tisch, der von vier Sesseln umringt wurde, und auf dem rosafarbenen Marmorsims des Kamins tickte eine mit Blumen und Vögeln verzierte Standuhr. Vor dem gleichmäßig flackernden Feuer befand sich ein Sofa, auf dem sich Agathe tagsüber gern ausruhte. Auf diesem Sofa lag eine traumhaft schöne Pelzdecke aus Zobel, die Vincent ihr verehrt hatte. Ein Geschenk, wie es wirklich nur von ihm kommen konnte! Er hatte sich zwar geweigert, Agathe auch nur einen Sous für ihre täglichen Ausgaben zu geben, andererseits legte er ihr jedoch ohne mit der Wimper zu zucken in Form dieser kostbaren Felldecke ein kleines Vermögen zu Füßen...
Mit einem wohligen Seufzer streckte sich Agathe auf der Chaiselonge aus und meinte:
»Wie wohltuend!... Diese Schwangerschaft...«
»Meine Liebe, das ist ein Thema, über das man nicht spricht.«
Er hatte sich einen Sessel herangezogen und sich neben sie gesetzt. Seine Augen funkelten komplizenhaft spöttisch.
Sie lächelte:
»Ja, aber mit Euch kann ich doch darüber reden! Ich freue mich so, daß Ihr hier seid, Louis-Marie. Wißt Ihr, ich langweile mich nämlich sehr.«
»Ihr langweilt Euch? Das kann doch nicht wahr sein! Im Hôtel d'Honfeuille wart Ihr immer lustig und guter Laune.«
Agathe erhob sich:

»Das bin ich auch immer noch! Nur diese Schwangerschaft ... Im Juli hätte ich beinahe eine Fehlgeburt gehabt und seitdem hat Deneux, der Gynäkologe Ihrer Königlichen Hoheit ...«
»Habt Ihr vergessen, daß ich Paris in- und auswendig kenne?«
»... Deneux hat mir absolute Schonung verordnet. Ich darf nicht reiten, nicht viel stehen, kaum tanzen und soll möglichst früh schlafengehen. Vor allem soll ich möglichst viel auf der Chaiselonge liegen.«
Agathe seufzte wieder und fuhrt fort:
»Was kann man auf einer Chaiselonge schon tun?«
»Sehr viel, meine Verehrteste!«
»Bleibt bitte ernst, Louis-Marie!«
»Wenn es so ist ... mein Gott, dann empfangt doch Eure Freundinnen.«
»Welche? Virginie de Boischambault ... die Tochter von Jacques de la Maillerie ... hat sich zu sehr mit diesem Ganoven aus der Gascogne eingelassen ... Wie kann man sich nur für einen Liebhaber ruinieren! ... So daß ihr gehörnter Ehemann sie kurzerhand in die Touraine geschickt hat.«
»Und Anne-Louise?«
»Anne-Louise ist eine Seele von Mensch, aber das ewige Gerede über Windeln und Babys hebt auch nicht gerade meine Stimmung.«
»Was ist mit Eurer Schwester?«
»Clémentine? Wenn sie mich besucht, wirft sie mir immer nur meine Verschwendungssucht vor und kritisiert mich ... Oh, natürlich würde ich gern die Damen des Faubourg in meinen Salon einladen. Aber worüber soll ich mit diesen Frauen reden? Ein Mann ist immer noch zu einem kleinen Flirt bereit, und je hübscher man ist, desto mehr Gefallen findet er daran, wohingegen diese Frauen ... Wie es sich gehört, hat der Graf sich gleich nach unserer Heirat geopfert und mit mir bei allen Witwen von Stand die Pflichtrunde gemacht. Ich kann sie nicht mehr sehen, diese Damen de Matignon, de Narbonne, de Malherbe, de Damas, de la Fare ... eine einzige Tour, sage ich Euch! Es sind alles Prachtexemplare aus dem vorigen Jahrhundert, die jetzt nur noch welk und zittrig dasitzen. Sie geben einem herablassend einen leichten Klaps mit dem Fächer, mustern einen minutenlang mit ihrer gnadenlosen Lorgnette, und schon ist man auseinandergenommen und abgeurteilt! Vincent und ich haben nicht weniger als drei

Flaschen Champagner gebraucht, um uns von diesem Schock zu erholen... Und die jüngeren sind auch nicht viel besser. Neid und Mißgunst stinken da nur so zum Himmel! Ich würde niemals auf die Idee kommen, diesen Frauen meine kleinen Wehwehchen anzuvertrauen, oh nein, vielen Dank! Hoffentlich ersticken sie irgendwann an ihrer eigenen Verbiesterung!... Im Übrigen möchte ich Euch jetzt schon fürs kommende Jahr die aufregendsten Bälle ankündigen, die Ihr je...«

»Der Graf ist hoffentlich nicht eifersüchtig?«

»Nein, das ist er nicht.«

»Alles in allem habt Ihr also den Himmel auf Erden! Er scheint ja sehr entgegenkommend zu sein und Euch maßlos zu verwöhnen...«

»In der Tat, ich werde sehr verwöhnt.«

Tatsache war, daß sie über ihre Ausgaben keinen Überblick mehr hatte. Das Geld floß unaufhaltsam durch ihre zarten Hände. Sie hatte gelernt, daß man alles erreichen konnte, wenn man nur mit einem Fingerzeig seinen Reichtum andeutete. Damit folgte sie einem von Vincents klugen Ratschlägen. Außer Zobel und Champagner vergab er nur Ratschläge, aber, das mußte man ihm lassen, seine Ratschläge waren ausgezeichnet. Von den 600000 Francs des Herzogs hatte sie bislang 300000 Francs für die Wiederinstandsetzung des Hôtels ausgegeben. Dies war allerdings nur ein Vorschuß, denn kaum wußten die Leute, daß man genug Geld hatte, begnügten sie sich mit dem, was man ihnen vorerst gab.

Ansonsten hatte sie sich drei traumhafte Kleider und zwei Redingotes bei Leroy bestellt... Ah, welch ein Hochgefühl, endlich Kundin bei Leroy sein zu können!... Sie hatte sich einen weichen Morgenmantel gekauft, der an Kragen, Saum und Ärmeln mit Hermelin besetzt war, und aus einer plötzlichen Laune heraus leistete sie sich zusätzlich ein wundervolles Cape aus demselben Pelz, leicht und weit wie ein Königsmantel! Außerdem hatte sie ein Coupé erworben, das mit zwei herrlichen Apfelschimmeln bespannt war. Und einige Perlen... Sie hatte jetzt überall Kredit. Beim Couturier, beim Kürschner, beim Juwelier, beim Schuhmacher, beim Handschuhmacher, beim Parfumeur... »Schreibt es auf meine Rechnung!« Der Ton genügte.

Ein Armer, der selbstverständlich seine Rechnung bezahlte, wurde nicht einmal zur Tür geleitet, ein Reicher dagegen, dessen

Schulden sich anhäuften, konnte sich jede Auffälligkeit erlauben. »Die Moral von der Geschicht', mein Engel, ist: Macht soviel Schulden wie möglich!« riet Vincent. Er grinste dabei so unwiderstehlich, daß man nicht umhin konnte, ihm lachend zuzustimmen. Der Herzog hatte seine Pflichten akzeptiert und tat meistens sogar noch etwas darüber hinaus. Sie hatte es ja immer schon gewußt, er war der beste aller Männer! Bei jedem Treffen überraschte er sie aufs Neue mit wertvollen Geschenken ... Ein Gemälde von Fragonard, das jetzt dort an der Wand hing, oder diese Standuhr auf dem Kamin, die erlesenen Malereien auf der Holzvertäfelung, Flacons aus Opalin ... Oh, das alles kostete ihn nicht einmal einen einzigen Sous, denn er »lieh« es ganz einfach in Versailles oder in den Tuilerien aus. Aber es war eben eine charmante Geste. Schenkte er ihr ein Schmuckkästchen oder eine Vase, so waren diese Gegenstände mit Goldstücken angefüllt, so daß das Thema Geld endgültig erledigt war. Für dieses Entgegenkommen war sie ihm überaus dankbar. Armer Darling! ... Sie nannte ihn jetzt Darling. »Du regst mich auf, mein Kätzchen, mit deinem ewigen Monseigneur, nenn mich doch Charles«, hatte er gesagt. Sie war entsetzt gewesen. Charles ... Charles Jérôme, nein, auf keinen Fall Charles, dieser Vorname saß ihr wie ein Kloß in der Kehle. Nachdem sie hin- und herüberlegt hatten, war Agathe dieser englische Kosename eingefallen, nachdem sie ohnehin oft scherzhaft ein paar englische Sätze miteinander vertauschten. Darling ... Das klang doch sehr sanft und zärtlich, und der Herzog hatte gesagt: »Darling? Wenn du meinst, Kleines. Das erinnert mich an meine Jugendzeit in London« ... Und er hatte gelacht.
»Habt Ihr bemerkt, wie unglücklich die Mitglieder der königlichen Familie aussehen?« wollte sie plötzlich von Louis-Marie wissen.
»Ja, arme kleine Herzogin! Zuerst die Enttäuschung darüber, daß sie nur ein Mädchen zur Welt gebracht hat und dann stirbt das Kind auch noch am übernächsten Tag ...«
»Vincent und ich sind im Elysée-Palast gewesen. Schrecklich traurig, dieser kleine Sarg mit dem weißen Tuch!«
»Man sagt, das Kind sei zu früh zur Welt gekommen, und die Herzogin sei sehr unvernünftig gewesen. Wenn man die Hoffnung einer ganzen Dynastie, ich meine die der Royalisten, unter dem Herzen trägt, geht man eben nicht zur Jagd und besucht keine Bälle, man macht es wie Ihr ...«
»Oh, seid still«, unterbrach sie ihn mit leuchtenden Augen, »ich

werde den schönsten und gesündesten Jungen auf der ganzen Welt haben.«

Er entgegenete:

»Ich kann mir noch gar nicht vorstellen, Agathe, wie das sein wird, wenn Ihr erst ein Kind habt!«

Nachdenklich schüttelte er den Kopf und fuhr fort:

»Und Eure Familie, wie geht es ihr?«

»Gut. Ach ja, das wißt Ihr ja noch gar nicht...! Papa hat wieder geheiratet.«

»Monsieur de Rougeville?«

»Ich habe nur einen Vater, mein Lieber!... Ja, eine hübsche, kleine Witwe, ganz rosig und pummelig. Vor einem Monat war die Hochzeit in Rougeville. Aus Paris war niemand dort. Ich wäre gern dabeigewesen, denn ich habe nichts gegen diese Person, Hauptsache ist schließlich, sie gefällt meinem armen Papa, aber Deneux hat es mir verboten... Clémentine, die im Dezember niederkommt, hat sich hinter dem selben Vorwand verschanzt. Ihr Zorn ist unverändert. Ihr hättet sie sehen sollen, als sie von der Neuigkeit erfuhr! Sie hat gebrüllt und getobt vor Wut über diesen Frevel, und es war wohl das einzige Mal in ihrem Leben, daß Adélaïde de Mougeaud mit ihrer Ex-Schwiegertochter einer Meinung war. Oh! Ich bin sicher, daß ihre Entrüstung nicht viel mit dem Andenken an Mama zu tun hat! Es ist eher eine Art Eifersucht... Ja, ja, mein Lieber, ich bin auch erstaunt gewesen, aber offenbar ist Papa trotz seiner etwas unbeholfenen Art ein großer Charmeur.«

»Und Euer Großvater?«

»Großvater? Er wohnt hier.«

»Ich würde ihn gern begrüßen.«

»Gehen wir zu ihm. Um diese Zeit hält er sich immer bei meiner Schwiegermutter auf... Louis-Marie, Ihre Hand! Dieses Sofa ist furchtbar tief.«

Mit seiner Hilfe erhob sie sich: »Wißt Ihr eigentlich, daß ich eine ganz außergewöhnliche Schwiegermutter habe?«

»Ein seltenes Kompliment von einer Schwiegertochter! Man sagt, sie habe sich von allen weltlichen Dingen zurückgezogen...«

»Das hätte Vincent gern, daß man das glaubt! Die Wahrheit ist... Nein, urteilt selbst. Seid nicht erstaunt über das, was Ihr gleich sehen werdet, und vor allem, vor allem versprecht es mir, behaltet es für Euch und erzählt nichts weiter. Vincent haßt das Gerede ...«

Er drückte Agathe fest die Hand, die er immer noch in seiner hielt, warf ihr einen vorwurfsvollen Blick zu und sagte:

»Habe ich Euch nicht schon einen Beweis für meine Verschwiegenheit erbracht? Seit dem mich die gute Aimée damals rausgeworfen hat, brauche ich nur noch Euren Namen zu erwähnen, und schon habe ich die Lacher auf meiner Seite, aber auf meine Kosten. Dabei wart Ihr auch nicht ganz unschuldig ...«

»Ich habe oft darüber nachgedacht«, erwiderte sie leise.

Sie wandte sich zu ihm um und drückte ihm einen Kuß auf die Wange:

»Ich danke Euch sehr. Ihr seid mein Freund, nicht wahr?«

Louis-Marie ließ ihre Hand los, trat einen Schritt zurück und brach plötzlich in schallendes Gelächter aus, das so gar nicht zu ihm passen wollte:

»Du Schlingel du, spiel dich nicht so groß auf, fang dir deine Fliegen, wie du's immer getan hast!«

»Was erzählt Ihr da?«

Er fühlte sich anscheinend plötzlich sehr unbehaglich in seiner Haut und antwortete schnell:

»Ist schon gut, mein Schatz. Laßt uns Freunde sein, es ehrt mich sehr ...«

Bréhat öffnete ihnen die Tür.

Bréhat und Jeanne de Seurolles hatten als Säuglinge dieselbe Ammenmilch erhalten. Bréhat war riesengroß. In ihrem fleischigen Gesicht konnte man zwei kleine, runde und sehr tiefliegende Augen von undefinierbarer Farbe ausmachen, eine eher abgeplattete Nase und einen schmalen Mund, der verkniffen wirkte wie der eines Geizhalses. Keine liebenswürdige Erscheinung! Bréhats einziger Daseinsgrund hieß: Jeanne und Vincent de Seurolles.

Sie schwang das Zepter über eine kleine Schar ältlicher Bediensteter, die lautlos und unauffällig ihre Arbeit verrichteten. Sie bestanden aus einem Diener, einer Zofe und einer Köchin. Und dann war da noch Duprez, eine hutzlige kleine Alte, die etwas von einem Reisigweiblein an sich hatte.

Duprez war für die Perücken der Frau Gräfin verantwortlich und beschäftigte sich den lieben langen Tag mit nichts anderem als

mit einer Handvoll unechter Haare, die sie kämmen, bürsten, zu Locken aufwickeln und pudern mußte.
Bréhat musterte Louis-Marie mißtrauisch und brummte:
»Madame Jeune*, ich glaube nicht, daß Monsieur Vincent einverstanden wäre ...«
»Monsieur ist ein Freund von mir«, unterbrach Agathe sie, »... kommt, Louis-Marie!«
Der Salon von Jeanne de Seurolles strahlte sehr viel Weiblichkeit, Anmut und Harmonie aus.
Es war ein wahres Schmuckkästchen aus goldbemaltem Holz, in dem unordentlich verstreut die herrlichsten Schätze aufbewahrt wurden: Es gab Bahnen von pfirsichfarbener Seide, Gemälde von Watteau, einen prachtvollen blauen chinesischen Teppich, kleine Figuren, Schalen und Bonbonnieren, und alles war aus wertvollstem Material wie Perlmutt, Kristall, Schildpatt oder Koralle.
Zur Linken stand ein halbgeöffneter Spieltisch mit achtlos liegengelassenen Würfelbechern und Steinen, etwas weiter hinten ein Cembalo und eine mit hellblauem Samt überzogene Chaiselonge.
Großvater sah zu einem der Fenster hinaus.
»Großvater!« rief Agathe.
Er drehte sich um. Seine Frisur erinnerte an einen prächtigen, majestätischen Vogel. Großvater trug einen braunen Rock mit Goldknöpfen, Seidenstrümpfe und Schnallenschuhe und stützte seine schöne weiße Hand auf den elegant geschwungenen Knauf eines Stockes.
»Erinnert Ihr Euch noch an Monsieur de Saint-Ferrieux, Großvater?«
»Der Abbé? ... Guten Tag, mein guter Abbé! Schön Euch wiederzusehen. Wie geht es Madame d'Honfeuille?«
»Nein, nein, Großvater, Monsieur de Saint-Ferrieux wohnt nicht mehr bei Madame d'Honfeuille!«
Dem reichlich verwunderten Louis-Marie erklärte Agathe dann:
»Großvater trägt diese Perücke und diese altmodische Verkleidung meiner Schwiegermutter zuliebe.«
Louis-Marie verbeugte sich daraufhin und sagte voller Bewunderung:

---

* Mit »Madame Jeune« ist die junge Frau Gräfin gemeint.

»Wenn man Euch so sieht, Monsieur le Vicomte, wird einem klar, daß die Eleganz der heutigen Zeit auch nicht mehr das ist, was sie einmal war.«
»Danke, mein Junge, danke.«
»Geht Ihr immer noch so häufig ins Palais Royal, Monsieur?«
»Nur noch sehr selten.«
»Könnt Ihr Euch das vorstellen, Louis-Marie?« meinte Agathe ironisch. »Großvater verläßt Monceau, um sich wieder seinem geliebten Kartenspiel hingeben zu können, und was passiert statt dessen? ... Er lernt meine Schwiegermutter kennen!«
Großvater war bester Laune und erwiderte:
»Ja, ja, mein lieber Abbé! Vor Euch steht ein verliebter alter Narr!«
Er schlug seinen Stock gegen die Beine:
»Es klingt sicher mehr als unwahrscheinlich, daß man sich in meinem Alter, mit diesem schon fast aus dem Verkehr gezogenen Gestell noch einmal verlieben kann ... Und doch stehe ich ... Vicomte d'Ovepoix, mit meinen 77 Jahren vor Euch und erlebe zum ersten Mal in meinem Leben die Liebe in ihrer reinsten Form: In aller Heiterkeit und Ruhe, mein Junge, und dieses Glück ist mehr wert als alle wilden Ausschweifungen der Jugend!«
»Diane, Liebling, bist du es?« rief eine helle, melodische Stimme.
»Ja, Mutter«, sagte Agathe.
»Diane?« flüsterte Louis-Marie.
»Sie hält mich für ihre Tochter, die während der Emigration gestorben ist«, flüsterte Agathe zurück. »Manchmal auch ... Lacht nicht! ... hält sie mich für Königin Marie-Antoinette, mit der sie sehr eng befreundet war. Schmeichelhaft, nicht wahr?«
Louis-Maries Augen weiteten sich:
»Also ist ... sie ist also ...«
»Psst!« unterbrach Agathe ihn sofort, »sagen wir lieber, sie ist ... Sie ist ein Traum. Ein charmanter Traum.«
Die beiden Flügel der Tür im Hintergrund öffneten sich und gaben den Weg für die weitausladenden Reifröcke frei, die Madame wie einen Bauchladen vor sich herschob. Auf die vier, mit rosarotem, gesmokten satinüberspannten Reifen waren Ornamente aus silbrig glänzendem Stoff drapiert. Eine kleine Hand von göttlicher Grazie lag zwischen den Falten. Aus dem engen, mit Amethysten und Perlen bestickten Oberteil ragte ein

runder, perlmuttschimmernder Hals hervor. Und darüber erstrahlte das liebreizende Gesicht von Jeanne de Seurolles.
Jeanne de Seurolles und Vincent glichen sich außerordentlich. Beide besaßen dieselbe Feinheit der Züge, dasselbe zärtliche Feuer in den Augen, dieselben sinnlichen Lippen und auch denselben undefinierbaren Charme, der ihnen eine so ungewöhnliche Ausstrahlung verlieh!
Während allerdings bei Vincent der Alkohol, das frühe Leid und natürlich sein unsolider Lebenswandel deutliche Spuren auf seinem Gesicht hinterlassen hatten, war Jeanne de Seurolles Haut matt und makellos geblieben. Sie erinnerte an zartes Porzellan, dem die Zeit nichts hatte anhaben können. Im Alter von dreißig Jahren war ihr bis dahin ruhiges Leben vom Chaos der Revolution durcheinandergebracht worden. Seitdem jedoch war sie von jeglichem Kummer, Leid und sogar von Krankheit verschont geblieben. Sie widmete sich ausschließlich den glücklichen Schattenbildern ihrer Vergangenheit und war so nicht um ein Jahr älter geworden.
Sie faßte Agathe um die Taille, küßte sie auf die Schläfen und fragte sie kokett:
»Chérie, wie findest du mein Kleid? Seine Majestät hat heute abend vor, mit dem Grafen d'Artois, den Polignacs und dem Baron de Besenval einen Abend in der Oper zu verbringen . . .«
»Ihr werdet bestimmt die Schönste sein, Mama.«
Jedesmal, wenn Agathe dieses Wort in den Mund nahm, ergriff sie eine zärtliche und zugleich traurige Rührung.
»Vicomte, begleitet Ihr mich?«
»Geht sie wirklich in diesem altmodischen Aufzug in die Oper?« hatte sich Louis-Marie mit leiser Stimme an Agathe gewandt.
»Aber nein! In einer halben Stunde läßt sie sich von ihren Bediensteten wieder auskleiden, und Bréhat bringt ihr dann ein großes Buch, in dem all ihre Roben mit genauer Beschreibung vermerkt sind . . . Sie hat mindestens zweihundert davon . . . Und während sie sich ausführlich über den Abend in der Oper ausläßt, als wäre sie wirklich dort gewesen, macht sie sich erneut darüber Gedanken, welchem Amüsement sie als nächstes nachgehen könnte. Kommt, ich stelle Euch vor . . . Liebe Mutter, erlaubt . . . Monsieur de Saint-Ferrieux ist ein sehr guter Freund . . .«
Jeanne de Seurolles drehte sich um:
»Monsieur de Saint-Ferrieux? Monsieur, hatte ich nicht schon

einmal das Vergnügen, Euch im Trianon beim Fest der Königin begegnet zu sein?«
»Ich glaube nicht«, erwiderte Louis-Marie ruhig.
»Diane, Liebling, wir sollten diesen Herrn einladen. Seine Majestät liebt die Gesellschaft liebenswürdiger junger Menschen... Nein, bedankt Euch nicht, das tue ich doch meinem Kind zuliebe... Vicomte, sind sie nicht ein schönes Paar?... Vicomte! Ich spreche mit Euch!«
»Hmm!... Ja, ja, sicherlich, meine Liebe, sicherlich«, beeilte sich Großvater zu antworten, während Louis-Marie etwas pikiert zur Seite schaute.
In diesem Moment wurde die Tür aufgerissen und Vincent erschien in Begleitung von Bréhat.
Er war kreidebleich, die Augen klein und umschattet und wirkte völlig übernächtigt, doch Jeanne rief fröhlich: »Mein Sohn!«, und als hätte ein Engel ihn mit seinem Flügelschlag berührt, kam sofort wieder Leben in seine müden Züge.
»Mutter!« sagte er und nahm ihre kleinen Hände, die sich ihm entgegenstreckten, in die seinen.
Agathe beobachtete ihn.
Auf einmal war er wieder jung, sein Blick heiter und entspannt. Er war einfach ein anderer Mensch. Wieviele unbekannte Seiten mochte Vincent wohl noch haben, fragte sie sich. Ob er wohl in Gesellschaft seiner nächtlichen Gespielinnen genauso wild und leidenschaftlich war wie mit ihr? Und wer waren diese Frauen, war es eine oder waren es mehrere? Agathe stellte plötzlich fest, daß sie Vincent nach vier Monaten kaum besser kannte als vorher...
»Nun, meine Verehrte, wollt Ihr uns nicht vorstellen?«
»Aber ja doch... mein Gatte... Monsieur de Saint-Ferrieux. Monsieur de Saint-Ferrieux ist ein enger Freund der Mougeauds.«
Vincent fragte:
»Könnt Ihr mir einige Augenblicke gewähren?... Monsieur de Saint-Ferrieux, entschuldigt, daß ich Euch meine Frau für eine kurze Weile entziehe.«
»Geht nur«, meinte Großvater etwas verärgert, »aber bringt uns dieses hübsche Kind so schnell wie möglich zurück, denn man soll von seinen Rechten keinen zu ausgiebigen Gebrauch machen.«
Großvater mochte Vincent nicht besonders, obwohl er selbst es mindestens genauso schlimm getrieben hatte wie Vincent, als er in dessen Alter gewesen war.

Damals war er ein in allen Alkoven, besonders in denen reicher Damen, gerngesehener Gast und dazu ein fanatischer Spieler, der, wenn es sein mußte, sein letztes Hemd einsetzte...

»... Und ich habe es verspielt, mein Kind, ich habe alles verspielt! Unser Schloß in Anjou, das Hôtel in der Rue de Saint-Honoré, alles, und dennoch gehört es sich nicht, daß du mir... Wie dem auch sei, für mein Geld habe ich mich ausgezeichnet amüsiert! Wohingegen Vincent etwas Krankhaftes an sich hat... Daß ein Mann sich wissentlich dermaßen ruinieren kann, ist mir unverständlich! Und dann... Ich war ein unausstehlicher Ehemann, aber ich habe es zumindest immer so einrichten können, jeden Morgen neben deiner Großmutter im Bett zu liegen.«

Agathe hatte mit einem Achselzucken geantwortet:

»Das war eben eine andere Zeit gewesen!«

»Eine andere Zeit? Das ist doch Unsinn! Sieh dir Charles Jérôme und Clémentine an...«

»Ihr vergeßt, daß Clémentine bereits zwei Ehemänner unter die Erde gebracht hat, bevor sie diesen Phönix traf!«

Und damit war die Diskussion beendet gewesen...

Im Vorzimmer fragte sie Vincent:

»Was gibt es denn so Dringendes...?«

Agathe war darauf gefaßt, sich Vorhaltungen wegen Louis-Marie anhören zu müssen und hatte die Antworten darauf schon parat.

»Ich komme aus dem Elysée.«

»Aus dem Elysée?«

»Bitte unterbrecht mich nicht. Der Herzog ist soeben einem Attentat entgangen.«

»Einem Attentat!« Agathe verschlug es schier den Atem, und bestürzt klammerte sie sich an Vincents Arm:

»Aber das ist doch unmöglich! Wer könnte ihm...? Er wird von allen geliebt, er ist so gütig...«

Vincent lächelte spöttisch:

»Vielleicht könnt Ihr Euer Vorstellungsvermögen einmal ein wenig erweitern. Wenn Ihr vom Herzog redet, höre ich immer nur dieses »gütig«, »sehr gütig«, »so gütig«... Das grenzt schon fast an eine Beleidigung, denn schließlich ist Güte für einen zukünftigen König nicht gerade ein Qualitätsmerkmal.«

»Also, ich bitte Euch! Erklärt mir lieber ... Ist er verletzt?«
»Nein, kein Haar wurde ihm gekrümmt. Er ist bereit zur Weiterverwendung.«
Agathe war entsetzt:
»Wie könnt Ihr nur so daherreden!«
»Ich? Ich wollte Euch nur versichern ... Hört Ihr mir jetzt endlich zu?«
»Ja, ja, redet weiter! Wie ist es passiert, und wer, warum ...?«
»Wer und warum fragt Ihr? Aber meine Liebe, diese Nachricht hat Euch wohl ganz und gar um den Verstand gebracht! Die Gründe sind doch nicht so schwer zu finden ...!«
Agathe ballte ihre Fäuste zusammen:
»Ein Angriff auf die Dynastie?«
»Genau! Unsere Feinde kommen nämlich zu denselben Schlußfolgerungen wie wir, die Royalisten. Unser gegenwärtiger Ludwig kann schließlich von heute auf morgen aus seinem verfluchten Sessel ins Grab fallen, sein Nachfolger ist dann Monsieur ... mit Monsieur wären wir wieder an der Macht, und die absolute Monarchie, also eine Monarchie ohne Verfassung und ohne beschämende Einschränkungen könnte wieder erstehen ... Nichtsdestotrotz muß sich aber eine Monarchie, die lebensfähig sein will, auf eine solide Erbfolge stützen können. Angenommen, es gäbe den Herzog von Berry nicht mehr, wen haben wir dann als Nachfolger von Monsieur? Doch wohl kaum den unglückseligen Herzog von Angoulême, der wegen seiner Impotenz ohnehin nicht ernsthaft in Erwägung gezogen wird. Also, Vorhang zu für die Bourbonen! Ein unwiderrufliches Ende! Ein Ende, das jeden Tag eintreten kann. So dreht sich alles um Euren Herzog, und solange er seine kleine Herzogin nicht ordentlich schwängert, sind die Krone und er selbst äußerst gefährdet ... Was die Attentäter betrifft, so haben wir die Auswahl unter mehreren Gruppierungen: die Schweinehunde von Bonapartisten, die ihren Imperator von seinem Felsen auf St. Helena herunterholen wollen, kommen ebenso in Frage wie die Republikaner oder die Liberalen ...«
Agathe wurde ärgerlich:
»Ihr braucht mir keinen Geschichtsvortrag zu halten ... Dieses Attentat ... Wo hat es sich ereignet?«
»Heute morgen im Bois de Boulogne, bei der Jagd. Sein Gewehr ... Der Lauf sollte explodieren, so war es zumindest

geplant gewesen, wie es scheint. Letztlich ist jedoch nur die Spitze explodiert. Ein Wunder! Andernfalls wäre er sofort tot gewesen!«
»Mein Gott!«
Agathe mußte sich an die Wand lehnen, denn ihr wurde schwindelig. Der Boden schien ihr unter den Füßen zu schwanken.
»Außerdcm weigert er sich kategorisch, an ein Attentat zu glauben. Seiner Meinung war ein wenig Erde in das Rohr hineingeraten und hatte den Lauf verstopft...«
»Und wenn es wirklich so war?«
»Ach, das glaubt Ihr doch wohl selbst nicht! Er geht jeden Tag zur Jagd, und noch niemals hat sich ein solches Mißgeschick ereignet.«
»Hat man die Wachen befragt?«
»Danach habe ich mich gerade erkundigt. Derjenige, der den Herzog für gewöhnlich bei der Jagd begleitet und seine Gewehre nachlädt, hatte sich krank gemeldet und war durch einen anderen ersetzt worden. Als man diesen Mann befragte, wurde er bleich vor Angst und stotterte wirres Zeug daher. Er war der Neffe des Mannes, der dem königlichen Marstall vorsteht. Der Herzog hat ihn laufenlassen.«
»Und das Gewehr?«
»Ihr könnt Euch doch vorstellen, daß in der Aufregung niemand daran gedacht hat, es aufzuheben! Bei der Untersuchung hat man natürlich Spuren von Erde gefunden, so daß der Herzog bei seiner Version geblieben ist. Des weiteren hat er verlangt, daß die Angelegenheit absolut geheim bleibt, und wenn ich Euch davon berichtet habe, so nur, um Euch zu bitten, ihm etwas mehr Vorsicht nahezulegen. Manchmal nimmt ein Mann eben von einer Frau, in die er verliebt ist, eher einen Rat an als von anderen.«
»Ihr könnt Euch auf mich verlassen«, versprach ihm Agathe entschlossen, »ich werde es ihm sagen.«
Armer Darling! Ein so kraftvoller Mann, der das Leben wie eine Fackel vor sich hertrug... Und sie, was würde aus ihr in einem solchen Unglücksfall werden? Sie fühlte sich auf einmal vollkommen mutlos, und in ihrem Kopf gingen tausend Gedanken durcheinander. Was sollte dann vor allem aus dem Kleinen werden, den sie unter dem Herzen trug...
Vincent sah sie scharf an.

»Wer ist dieser Herr?« wollte er wissen.
»Welcher Herr?« wiederholte sie abwesend.
»Dieser Herr, den Ihr Euch erlaubt habt, bei meiner Mutter einzuführen.«
»Ach, Monsieur de Saint-Ferrieux! Er wünschte Großvater zu sehen, und Großvater ist selten geneigt, den dritten Stock zu verlassen . . . Es ist ein Freund von mir, und er ist sehr diskret . . .«
»Ein Freund!«
Vincents Augen verengten sich zu kleinen Schlitzen:
»Seit wann sind Mann und Frau Freunde? Es gibt keine Freundschaft zwischen . . .«
»Sind wir es nicht auch, Ihr und ich? Zumindest redet Ihr es mir oft genug ein!«
»Laßt mich zu Ende führen. Eine Freundschaft zwischen Mann und Frau beginnt immer im Bett. Habt Ihr etwa mit diesem Saint-Dingsda geschlafen?«
Agathe spürte, wie sie errötete und ärgerte sich über ihre Reaktion. Schließlich hätte sie ihm ja dieselben Vorhaltungen machen können! Aufs Äußerste gereizt erwiderte sie:
»Soll das ein Verhör sein?«
»Keineswegs . . . Aber wollt Ihr mit bitte meine Frage beantworten?«
»Ich sage Euch nein, nein und nochmals nein!«
Sie stampfte mit dem Fuß auf:
»Jesus! Alles dreht sich immer nur um . . .«
»Ganz recht, meine Verehrte, alles dreht sich immer nur um eins, nämlich ums Bett! Und Ihr wißt das besser als irgend jemand sonst.«
»Seid Ihr etwa eifersüchtig?«
»Ich eifersüchtig? Ihr scherzt wohl! . . . Eifersüchtig . . . Das wäre ja das Letzte, was mir einfiele!«
Agathe sah ihn lange an und sagte dann mit süßem Lächeln und in einlenkendem Tonfall:
»Umso besser! Ich hatte schon gefürchtet, Ihr . . . Aber wenn es so ist, nehme ich an, daß Ihr nichts dagegen habt, wenn . . . Ich möchte nämlich Monsieur de Saint-Ferrieux als Sekretär einstellen.«
Mit dieser Idee hatte sie schon zuvor gespielt. Es wäre angenehm und lustig, Louis-Marie um sich zu haben, und außerdem würde sie damit gleich eine gute Tat vollbringen. Aber es war bis dahin

nicht mehr als eine Idee gewesen ... Erst Vincents Verhalten hatte plötzlich den Ausschlag gegeben. Sie hatte Lust gehabt, ihn zu provozieren, um zu sehen, wie weit sie bei ihm gehen konnte.
Vincent lächelte spöttisch:
»Ein Sekretär? Wo Ihr vielleicht alle drei Monate einmal einen Brief an Eure Tante schreibt ...«
»Ein Sekretär hat auch andere Funktionen. Bei Madame d'Honfeuille kümmerte sich Louis ... Monsieur Saint-Ferrieux ... um sämtliche Empfänge, um die Diners sowie um die abendlichen Gesellschaften, und um alle Detailfragen, mit denen sich die Dame des Hauses nicht abgeben kann. Ich habe mich nämlich entschlossen, schon sehr bald nach der Niederkunft möglichst viele Einladungen zu geben und mich ausgiebig zu amüsieren, ich auch, stellt Euch vor! Da Monsieur de Saint-Ferrieux die Gepflogenheiten des Faubourg genauestens kennt, wird er mir helfen, Ungeschicklichkeiten zu vermeiden ... Schließlich kann ich mit Euch, der dieses Haus ja nur mit Siebenmeilenstiefeln durchmißt, wohl kaum rechnen, oder?«
»Er war bei dieser Hure d'Honfeuille? ... Ihr Liebhaber also?«
Gleichmütig erwiderte Agathe:
»Sicherlich. Aber was soll's ...«
Vincent machte einen Schritt auf sie zu:
»Ich will keinen Dritten in Eurem Bett! Der Herzog reicht mir ...«
Sie verbesserte ihn:
»Wenn einer von uns beiden betrogen wird, Vincent, dann wohl nicht Ihr ...«
Er überhörte diesen Einwand.
»Außerhalb meines Hauses könnt Ihr tun, was Ihr wollt, aber in meinen vier Wänden gelten andere Gesetze. Falls ich diesen jungen Springinsfeld einmal dabei erwischen sollte, wie er ...«
»Junger Springinsfeld! Er ist an die dreißig.«
»Ein Grund mehr! Wenn ich diesen jungen Herrn also einmal dabei erwische, wie er seine Krallen nach Euch ausstreckt, drehe ich ihm den Hals um. Laßt Euch das gesagt sein!«

Kapitel 17

Am 21. Januar 1818 brachte Agathe einen Knaben zur Welt. Nach den Worten des Arztes Deneux, der Agathe von Anfang an beigestanden hatte, erfreute sich das Neugeborene bester Gesundheit und war schlichtweg betrachtet ein Prachtkind.
In völliger Ignoranz dieses Ereignisses wohnten der Herzog von Berry und Vincent de Seurolles der Totenmesse bei, die jährlich* eingedenk des Todes von Ludwig XVI. in der Basilika Saint-Denis abgehalten wurde.
Erst Louis-Marie unterrichtete Vincent von dem freudigen Ereignis, als er in die Rue de Bourbon zurückkehrte.
Vincent ging hinauf, beglückwünschte höflich Großvater, Clémentine, Adélaïde und Anne-Louise, trat dann an Agathes Bett, küßte sie auf die Stirn und sagte nur: »Es freut mich, Euch glücklich und wohlauf zu sehen, meine Liebe.« Ohne einen Blick auf das Kind zu werfen, drehte er sich wieder um und verließ das Zimmer.
»Sei nicht traurig, Chérie, das ist die übergroße Freude, die ihn so sprachlos macht!« versuchte Anne-Louise Agathe zu trösten, während die anderen starr vor Entsetzen dastanden... »Ein so süßer, kleiner Engel, der uns nach sieben Monaten geradezu vom Himmel gefallen ist! Die Väter reagieren häufig unvorhersehbar. Bei der Geburt von Antoine zum Beispiel war Alexandre in Tränen aufgelöst. Ein Sohn ist für einen Mann...«
»Hör auf!« wurde sie von Clémentine unterbrochen. »Ob es ein Sohn ist oder eine Tochter... Wenn man sich gut versteht, meine Kleine, ist man über beides glücklich. Als im Dezember Victoire zur Welt kam, war Charles außer sich vor Freude! Man mußte sie ihm geradezu entreißen, sonst hätte er sie noch erdrückt...«
Großvater saß in dem violetten Ohrensessel und ordnete mit seinem Stock die Teppichfransen:
»Dein Gatte, Agathe, hätte wenigstens... Mein erster Urenkel, in dessen Adern das Blut der d'Ovepoix fließt, hat, verflixt nochmal, mehr verdient als diese Pirouette!«

---

* Am 21. Januar 1815 wurde auf Geheiß Ludwig XVIII. die Asche Ludwigs XVI., der Königin Marie-Antoinette und von Madame Elisabeth vom Friedhof de la Madeleine feierlich nach Saint-Denis getragen.

Agathe schwieg. Sie fühlte sich zwar auch von Vincents Verhalten sehr getroffen, doch letztlich konnte dies ihrem Glück keinen Abbruch tun.

Natürlich hatte Großvater nicht ganz recht. Aber schließlich konnte sie von Vincent nicht erwarten, daß er weinte und lachte wie ein richtiger Vater! Allerdings hätte er sich ruhig zu einer freundlichen Geste und einem kleinen Kompliment zwingen können, um niemand vor den Kopf zu stoßen. Man hätte ihn dann eben für etwas schüchtern und reserviert gehalten ... Doch sie kannte ihn gut genug, um zu wissen, daß er sich selten den Umständen entsprechend verhielt. Bei seinem Charakter genügte ein nichtiger Anlaß, wie Adélaïdes abscheulicher schwarzer Satinhut oder Clémentines verkrampftes Lächeln, und er war nicht mehr in der Lage, sich den allgemeinen Höflichkeitsregeln zu unterwerfen. Er pflegte dann entweder zu verschwinden, oder aber ... Agathe lachte überschwenglich ... Was sollte sie weiter über ihn nachdenken, wo ihr doch selbst ein so großes Glück widerfahren war? Selbstverständlich hatte sie sich auch auf das Kind gefreut, doch eher als einen kleinen Komplizen oder einer Art Zukunftssicherung. »Ihr seid die Bruthenne mit dem goldenen Ei«, hatte Vincent einmal spöttisch bemerkt. Mit diesem Vergleich hatte er gar nicht so unrecht ... Als sie sich vor der Geburt im Spiegel betrachtet hatte, rund, aufgedunsen und formlos wie eine Kugel, waren ihr Vincents Worte wieder in den Sinn gekommen, und sie hatte sich wütend geschworen, daß dieses »Ei« den Herzog gar nicht teuer genug zu stehen kommen könnte, soviele Entbehrungen hatte sie auf sich nehmen müssen ... Selbst noch zur Stunde der Geburt, inmitten der Wehen ... Kurz und gut, Mutter wollte sie auf gar keinen Fall sein!

Doch eine Sekunde, der Bruchteil einer Sekunde hatte genügt, um alles zu verändern.

Man ist diese eine, einzigartige, höchst wichtige Persönlichkeit, Agathe de Rougeville, und dann legt einem die Schwester ein winziges, verhutzeltes, rotes Paket in die Arme, das man instinktiv an sich drückt. In diesem Augenblick vollzog sich das Wunder. Man war auf einmal zu zweit und doch eins, ein zweites Wesen von gleichem Fleisch und Blut klammerte sich an einen, und man wußte, daß man ein Leben lang zusammen gehören würde. Tränen der Rührung und ein merkwürdiges Schwächegefühl kamen auf. Gleichzeitig aber erwachten neue Kräfte, gepaart mit einem

Bedürfnis, dieses Etwas ganz fest an sich zu nehmen und zu beschützen. Und ganz unbemerkt entbrannte das Herz in mütterlicher Liebe und Zuneigung.
Das war die eigentliche Überraschung! Wenn ihr zuvor jemand etwas von mütterlichen Gefühlen erzählt hätte ... Diese Veränderung war ganz ungeheuerlich für sie, ungeheuerlicher auf jeden Fall als Vincents Verhalten, und am liebsten hätte sie allen Anwesenden ihr Glück laut entgegengeschrien. Aber, nicht wahr, wenn man nicht gewohnt war, mit großen Worten umzugehen und als unfähig galt, tiefe Gefühle zu entwickeln, dann hatte man Angst, davon zu sprechen und sich der Lächerlichkeit preiszugeben. Also schwieg sie lieber und behielt das, was in ihr vorging, für sich.

Gegen Ende der Woche statteten Ihre Königliche Hoheiten, der Herzog und die Herzogin von Berry, der jungen Gräfin de Seurolles in der Rue de Bourbon ihren Besuch ab, um ihr zu gratulieren. Während die Herzogin lebhaft und voller Anteilnahme wie immer ihre Bemerkungen machte, ... oh, im Grunde sehr charmant! ... erschien Vincent. Im selben Augenblick hatte der Herzog gerade den kleinen Henri mit seinen breiten Händen hochgehoben und dabei zufrieden gelacht.
»Was für ein prächtiges Kerlchen, Madame!« sagte er zu Agathe. Für beide war dies ein Moment, in dem sie großen Stolz und zugleich auch eine große Zärtlichkeit empfanden.

Kapitel 18

Kaum war Agathe nach Henris Geburt wieder auf den Beinen, als sie sich wie eine vom Tode Auferstandene erneut ins gesellschaftliche Leben stürzte.

Sie hatte ihre Loge in der Oper, besuchte die Italiener und war häufig zu Gast bei der Herzogin von Berry, die eine Schwäche für Vincents sarkastische Bemerkungen hatte, und die die Seurolles daher oft und gern zu ihren charmanten kleinen Empfängen in den Elysée-Palast einlud. Agathe war überall dort, wo man hinzugehen pflegte. Bald schon drängte sich auch ein jeder danach, in ihren Salons gesehen zu werden.

An jedem Dienstag und Donnerstag erstrahlte das Hôtel de Seurolles in voller Festbeleuchtung. Die Angestellten trugen an diesen Tagen scharlachrote, mit Tressen geschmückte Röcke, seidene Handschuhe und als Krönung eine Perücke. Agathe empfing . . .

Ihre Diners boten das Feinste vom Feinen! Portal stellte die Menüs gekonnt und raffiniert zusammen, die von einem Schüler des göttlichen Carême meisterhaft zubereitet wurden. Die Begeisterung ihrer Gäste rechtfertigte hinlänglich die astronomische Größenordnung des Honorars. Nach dem Essen spielte man mit Leidenschaft Karten und zwar alle Spiele der Reihe nach durch: Bouilotte, Reversi, Ecarté und Whist.

Um elf Uhr, wenn von Saint-Thomas-d'Aquin die Glocken ertönten, unterbrachen die Diener die Kartenpartien und schoben diverse, mit Kristalltellern bedeckte und mit Blumen geschmückte Tische herein, auf denen die verführerischsten Leckereien standen: Es gab Gebäck, Plätzchen, Süßigkeiten aller Art, Früchte, Eis und Marascinogelee. Inmitten dieser Köstlichkeiten thronte eine kristallene Schüssel mit Punch.

Einmal im Monat gab Agathe einen großen Ball, zu dem jeder, der etwas auf sich hielt, geladen war. Die geistreichsten Köpfe unterhielten sich mit den schönsten Frauen von Paris . . .

Als Agathe mit Louis-Marie ihre erste Einladungsliste zusammenstellte, gab es hier und da Meinungsverschiedenheiten:

»Warum gerade die, und die, und diese und nicht eine andere?« wollte sie von Louis-Marie wissen, der sorgfältig bestimmte Namen ankreuzte.

»Diese Personen können sich gerade eben den Schneider leisten, sind aber nicht in der Lage, selbst Feste zu veranstalten. Sie sind zu nichts nütze, außer daß sie eine reizende Statisterie abgeben«, hatte Agathe gemeint.
»Genau darauf kommt es ja an! ... Es sei denn, Ihr fürchtet sie als Konkurrenz?«
Entrüstet schüttelte sie ihre blonde Mähne.
»Wie könnt Ihr nur glauben ... Natürlich nicht! ... Obwohl ... Ihr kennt mich gut genug, Louis-Marie, um zu wissen, daß ich mich lieber mit Männern umgebe ...«
»Ihr sollt sie haben, kleines Luder! Vorausgesetzt, Ihr klettert nicht auf einen Tisch und versammelt alle männlichen Wesen um Euch herum ...«
»Ihr seid töricht!«
»Ich weiß nicht. Das hättet Ihr doch am liebsten, oder nicht? Aber im Ernst, man kann sich keinen Bekanntheitsgrad verschaffen, was Ihr doch schließlich wollt, wenn man nur häßliche Witwen einlädt. Schaut mal, Ihr würdet doch auch nicht einen Festsaal ausschließlich mit schummrigen Lampen ausrüsten, oder? Nein, nicht wahr! Genauso verhält es sich mit Frauen: Die hübschen sind wie helle Lichter, welche die Aufmerksamkeit auf sich ziehen und Erfolg gewährleisten. Also solltet Ihr Eure Empfänge ausreichend mit ihnen garnieren ...«
Wie immer hatte er natürlich recht, und sie dankte dem Himmel für den Tag, an dem sie ihn wiedergetroffen hatte.
Mit Portal hinter den Kulissen und dem charmanten Louis-Marie davor konnte sie ihrem Debüt als Gastgeberin gelassen entgegensehen. Abgesehen von einigen kleinen Zwischenfällen verlief der Ball denn auch unter Louis-Maries Regie glänzend, so daß Agathe ihren ersten Erfolg verbuchen konnte.
Allerdings war Louis-Marie weder bei Portal noch bei Vincent besonders gut gelitten. Portal verabscheute ihn geradezu, und Vincent nannte ihn bissig »Euren Affen«.
Als sie dem Herzog die Neuigkeit mitteilte, daß sie ihn als Sekretär eingestellt habe, zog er mißbilligend seine dichten schwarzen Augenbrauen zusammen und meinte:
»Mein Kätzchen, das gefällt mir überhaupt nicht. Warum stellst du nicht eine Dame ein, die dir bei deinen ersten Schritten im Faubourg zur Seite steht ...?«
»Die Frauen regen mich auf ... Und außerdem ... Könnt Ihr

Euch vorstellen, daß ich mit einer dieser Gesellschaftsdamen, die doch nur alte Weiber sind, wirklich etwas anfangen kann? Mit ihren grauen oder schwarzen Kleidern, die sie immer tragen, heitern sie mein langweiliges Dasein auch nicht gerade auf.«

»Und der da amüsiert dich wohl mehr, was? Er wird den ganzen Tag nichts anderes zu tun haben, als dir unter die Röcke zu schielen . . .«

»Aber Darling, er ist ein früherer Seminarist!«

». . . Den die d'Honfeuille eingestellt hatte? Ach so ist das! Sag mal, hältst du mich eigentlich für einen Schwachkopf?«

»Madame d'Honfeuille, Madame d'Honfeuille . . .! Ihr könnt mich doch nicht mit ihr vergleichen! Was sollte ich mit dieser geilen, fetten Alten gemeinsam haben? Schließlich habe ich doch Euch, den zärtlichsten, liebenswürdigsten Geliebten, den es nur gibt!«

Doch mit der Zeit ließ der anfängliche Liebestaumel, der Agathe immer wieder in die Arme des französischen Thronerben getrieben hatte, allmählich nach. Ein Fürst, der seine herrlichen Gewänder ablegte, sah eben auch nur wie jeder andere Mann aus.

Ihr Verlangen nach ihm war nicht mehr dasselbe. Aber sie war weit davon entfernt, es ihm zu zeigen, denn damit hätte sie ihm zuviel Kummer bereitet. Nur sich selbst konnte man natürlich nicht darüber hinwegtäuschen, nicht wahr? Eine tiefe Zuneigung blieb dennoch weiterhin bestehen, eine Zuneigung, die von jener Heiterkeit und Ruhe geprägt war, wie man sie häufig bei älteren Ehepaaren antrifft. Die Leidenschaft des Herzogs war allerdings unverändert heftig. Darüberhinaus empfand der Herzog mittlerweile sogar noch eine Zärtlichkeit, die sich selbst außerhalb des Schlafzimmers zeigte. Er sagte oft: »Ach, mein Kleines, wenn ich dich nicht hätte . . .!«

Er hatte selbstverständlich noch andere Mätressen, doch das berührte Agathe jetzt nicht mehr. Es waren irgendwelche jungen Mädchen ohne besonderen Stellenwert, die ihrem Verhältnis zu ihm nichts anhaben konnten. Es war von dem einfachen Glück gekennzeichnet, zusammen sein zu dürfen. Sie genossen die zärtlichen Stunden nach der Liebe, wenn er über seine bevorzugten Beschäftigungen, Jagd und Pferde, sprach, und sie den neuesten Klatsch aus dem Faubourg erzählte, den sie bei ihren Einladungen gehört hatte. Witzig und humorvoll kommentierte Agathe dann ihre eigenen Empfänge, so daß beide sehr viel lachten.

Manchmal allerdings waren seine Züge sorgenvoll getrübt. Seit einigen Monaten erhielt er nämlich Drohbriefe, die man nicht ernst genug nehmen konnte, da auf das erste fehlgeschlagene Attentat im Bois de Boulogne – selbstverständlich hatte es sich um ein solches gehandelt – ein weiteres gefolgt war. Ein Unbekannter hatte vom Dach herab auf den Herzog und die Herzogin geschossen, als beide zu Fuß durch die Rue Saint-Honoré gegangen waren. Beide Schüsse, sowohl der erste wie der zweite, waren sorgfältig gedämpft worden. Der Herzog schimpfte:

»Zum Teufel mit diesen Drecksschweinen von Liberalen und Bonapartisten! Wenn meine arme Caroline nicht bald einen Thronfolger zur Welt bringt, werden sie mich wohl in Kürze umlegen!« Woraufhin Agathe kreidebleich wurde und ihn anflehte, die Sicherheitsmaßnahmen zu verstärken. Als er ihren verängstigten Blick sah, drückte er sie lächelnd an sich und meinte:

»Keine Angst, mein Kätzchen! Die Polizei paßt schon auf. Doch wenn das Schicksal es will... Dieses üble Gesindel wird mich überall verfolgen.«

Von Zeit zu Zeit brachte Agathe ihm heimlich seinen Sohn mit. Darling verhätschelte und verwöhnte ihn, worüber Agathe sehr glücklich war.

Henri war das süßeste und unkomplizierteste Baby, das man sich vorstellen konnte. Er hatte schon jetzt besonders großen Charme...

»Er gleicht Euch«, stellte Agathe fest.

»Mir? Der Ärmste!«

»Ja, er hat Eure Haare. Seht euch seine schwarzen Löckchen an...«

»Aber er hat deine Augen...«

Der Herzog mußte schallend lachen und fügte hinzu:

»Schwarze Haare, schwarze Augen... Haben wir diesen Knirps nicht schön hingekriegt... Er ist ganz das Abbild Seurolles!«

Das war eine Anspielung, die Vincent nicht hätte zu Ohren kommen dürfen.

Sie hatte Vincents Verhalten damals, kurz nach der Geburt Henris, als sie von diesem neuen wunderbaren Gefühl, Mutter zu sein, wie betäubt gewesen war, ganz falsch eingeschätzt. Sehr bald wurde ihr klar, daß Vincent in Wirklichkeit Henri haßte; ja, er versuchte sogar nicht einmal, seine Aversion zu verbergen.

Zuerst hatte es sie arg geschmerzt, danach aber war ihr Gekränktsein in blanken Zorn umgeschlagen.

»Was hat er Euch eigentlich getan? ... Es kann unserem Ruf doch nur ... Die Leute werden endlich aufhören zu glauben ...«
»Was zu glauben? Redet nur weiter! ... Daß er nicht von mir ist, oder? Die Leute haben eben den richtigen Riecher!«
»Aber das kann doch nicht in Eurem Sinne sein, wenn sie es erfahren!«
»Meine Liebe, Ihr täuscht Euch, wenn Ihr glaubt, diese Art von Handel mit mir betreiben zu können. Ich gebe Euch einen Rat: Laßt mich in Frieden und schafft mir Euren Bastard vom Hals! Ich habe ihm meinen Namen gegeben und mehr nicht. Was zärtliche Gefühle betrifft, so müßt Ihr Euch schon an den richtigen Vater wenden!«
In der Folgezeit vermied sie es, in seiner Gegenwart über Henri zu sprechen.
Dennoch blieb in ihr ein ungutes Gefühl, das schwer wie ein Sack Blei auf ihr lastete. Bis dahin hatte sie keinerlei Gewissensbisse gekannt, doch jetzt wußte sie, was das war. Eine Ehe, wie sie sie geschlossen hatte, war noch zu ertragen, denn sie hatte ja mehr oder weniger gewußt, was sie erwartete, doch daß dieses unschuldige Wesen darunter leiden sollte ... Zwar versuchte sie sich klarzumachen, daß eigentlich alles zu seinem Wohl geschehe, damit das Kind einen Vater vorweisen konnte ... Ihre mütterliche Liebe war jedoch stärker. Vincent sollte sich unterstehen, ihren Sohn jemals anzurühren, andernfalls ...! Sie wagte es nicht, den Gedanken zu Ende zu führen.
Wenn ihre Gemütsverfassung besonders pessimistisch wurde, klammerte sie sich an den Herzog. Er war stark und mächtig, und er liebte sie. Henri würde es an nichts fehlen, dafür sorgte der Herzog sicherlich. Im Übrigen würde die Zeit das ihrige tun ...
Die Beziehung zu Vincent war auch nicht gerade aufs Beste bestellt. Abgesehen von den Empfängen, wo er zu erscheinen geruhte und seine Rolle als Ehemann spielte, ignorierte er sie völlig. Vier Monate zuvor war es zum entscheidenden Bruch zwischen ihnen gekommen. Vier Monate, das war genau das Alter von Henri. Agathe erwiderte Vincents unnahbare Haltung mit dergleichen kühlen Zurückhaltung, doch ihr Körper war schwach und revoltierte, denn er erinnerte sich zu genau der betörenden Nächte ...
»Nun, meine Liebe, beim wievielten Liebhaber sind wir angelangt?«

Es war seine neueste Angewohnheit, meist in der Halle oder im Treppenaufgang, wenn sie sich in der Früh begegneten, sie mit diesen boshaften Anzüglichkeiten zu ärgern. Etwas Besseres fiel ihm anscheinend nicht ein!

Wenn er bei solchen Gelegenheiten von seinen nächtlichen Ausflügen zurückkam, und mit roten Augen und zerknittertem Gesicht vor ihr stand, pflegte sie ihm nie zu antworten, sondern ihre Wut hinunterzuschlucken, um stolz an ihm vorbeizugehen. Er pflegte ihr dann seinerseits spöttisch nachzulächeln:

»Nein? Noch nicht? . . . Na, das wird schon noch werden. Und nach dem ersten macht Ihr es dann wie alle anderen auch . . . Ihr werdet sie dann nicht einmal mehr zählen . . .«

Unter gar keinen Umständen! Sie würde nicht wie die anderen sein. Allein schon, um dieses Scheusal ins Unrecht zu setzen, widerstand sie brav und regelmäßig den Verführungskünsten ihrer zahlreichen Verehrer . . . Dem schönen Tony de Lansac zum Beispiel oder dem Marquis de Villamay, Maxime de Rieux oder . . . du lieber Gott, wer die Wahl hatte, hatte auch die Qual, und anstatt sich mit einer kleinen Ablenkung die Sorgen zu vertreiben, verzichtete Agathe tugendhaft auf jegliche Liebelei am Rande. Es gab Momente, in denen sie sich deswegen schon sehr töricht vorkam . . .

An einem Junimorgen begab sich Agathe zu Madame Tessier am Boulevard Montmartre. Madame Tessier besaß ein Strumpfwarengeschäft, dessen berühmteste Kundin die Schwiegertochter des Korsen, die Königin Hortense, gewesen war.

Diese ärgerliche Tatsache vergaß man jedoch, sobald man die Schwelle ihres Ladens betreten hatte. In ganz Paris gab es keine schöneren Strümpfe als bei ihr!

Nachdem Agathe sich alles angesehen und ihre Bestellung gemacht hatte, verließ sie das Geschäft wieder.

Verglichen mit der verträumten Idylle des Faubourg Saint-Germain, wo das Leben in den Straßen erst gegen zwei Uhr nachmittags begann, war hier auf dem Boulevard Montmartre ein lärmendes, geschäftiges Treiben im Gange.

Durch die geöffneten Tore der Häuser, in denen man zu dieser Stunde nur Domestiken und einige Frühaufsteher antraf, holperten alle Arten von Kutschen hinaus aufs Pflaster, von der elegantesten Equipage mit Wappenzeichen bis zum einfachsten

Gemüsekarren, der nur aus vier Brettern und zwei Rädern bestand.
Und dann die Geschäfte! Eins war neben dem anderen, mit Waren vollgestopft bis obenhin und in jedem ein Kommen und Gehen wie in einem Bienenschwarm. Es fehlten nur die vielen fliegenden Händler, die eigentlich zum Bild einer Geschäftsstraße gehörten: Scherenschleifer, Kupferwarenhändler, Stuhlflechter, Schuhputzer, Losverkäufer sowie Verkäufer von Besen, Nadeln, Schachteln, Bürsten, Bonbons, Kokosnüssen, gebrannten Mandeln, und vielem anderen mehr... von allem eben, was es zu verkaufen gab! Die Polizei hatte sie jedoch ebenso wie die Gaukler, die Straßenmusikanten, die Dompteure und die Jongleure in die weniger vornehmen Stadtviertel von Paris verbannt. Die Boulevards sollten elegant und gepflegt wirken... Vor allem der Abschnitt zwischen der Rue Taitbout und der Rue de Peletier, von den Parisern stolz »Le Boulevard« genannt.
»Le Boulevard« glich einem breiten, von Bäumen eingerahmten Samtteppich, der ausschließlich den Spaziergängern vorbehalten war. Im Sommer erstreckten sich zu beiden Seiten zwei Stuhlreihen, die zum Café Tortoni gehörten... Hier versammelten sich die berufsmäßigen Gaffer, die dieses Terrain geradezu gepachtet hatten und jeden Passanten als potentiellen Hausfriedensbrecher betrachteten.
Agathe ging zu ihrem Coupé zurück, das keine zehn Schritte entfernt unter einem Baum auf sie wartete.
Sie trug ein wundervolles, auberginefarbenes Leibchen, welches ihre schmale Taille vorteilhaft unterstrich, dazu einen enganliegenden weißen Kaschmirrock und ein keckes Levkojengesteck auf ihrem Lockenkopf. Sie war sich ihrer eleganten Erscheinung vollkommen bewußt und bewegte sich mit selbstverständlicher Anmut auf ihr Gefährt zu. Doch plötzlich nahm sie dort hinten eine Gestalt wahr, die ihr bekannt vorkam. Der schwarze Hut und der schwarze Redingote-Mantel deuteten ebenso wie der aufrechte, militärische Gang auf einen Demi-Solde* hin. Sie wollte sich gerade verächtlich abwenden, als diese Person sich

* Demi-Solde: Ehemalige Angehörige der napoleonischen Armee, die auf halben Sold gesetzt waren und auf Abruf bereitstehen mußten, jedoch in der neuen Armee keine Funktionen innehatten.

anschickte, den Boulevard Montmartre zu überqueren. Beim Anblick seines Profils blieb sie wie angewurzelt stehen...

Wie sonderbar! Man ging an einem strahlenden Morgen einfach so dahin, und rekapitulierte noch einmal sein nachmittägliches Programm, das aus Zeichenunterricht bei Monsieur Storelli und der Tanzstunde bei Monsieur Abraham bestand... Sie hatte noch nie soviel Unterricht genommen, doch Louis-Marie erachtete dies als unbedingt notwendig, denn schließlich tat es die Herzogin von Berry ebenfalls, nicht wahr!... Am Abend standen ihr dann zwei Bälle bevor... Maurice hielt ihr den Wagenschlag auf, der Kutscher saß bereits auf seinem Bock, und gleich würde man losfahren, so daß sie in wenigen Minuten wieder ihren kleinen Sohn Henri in den Armen halten konnte... Und da passierte es! Da fiel ihr Blick plötzlich auf ein Profil, auf eins unter Tausenden, das mit einem Schlag alles veränderte und längst vergessene Zeiten heraufbeschwor. Pierre... Pierre de Fournon... Eine unglückliche, gescheiterte Existenz, wie Tante Lottie behauptete, und doch war Agathe von einer unvermittelten Aufregung und Freude ergriffen, die ihr das Herz bis zum Halse schlagen ließ und sie drängte, ihm nachzueilen...

»Wartet auf mich, ich komme gleich wieder«, rief sie Maurice zu. Während der Diener verdutzt zurückblieb, überquerte sie hastig den Boulevard und eilte ungeachtet der Passanten der schwarzen Gestalt nach, die sich langsam entfernte.

Der einzige Gedanke, der sie antrieb, war, ihn nur nicht aus den Augen zu verlieren.

Pierre de Fournon... Eigentlich hatte sie ihn schon fast vergessen, er gehörte zu jenen Erinnerungen, die sie am liebsten ganz aus ihrem Gedächtnis gestrichen hätte. Und plötzlich gab es für sie auf der Welt nichts Wichtigeres, als ihn wiederzusehen und mit ihm zu sprechen...

Doch was sollte sie ihm sagen? Sie wußte es selbst nicht, eigentlich hatte sie ihm nichts zu sagen...

Während er an der nächsten Ecke in eine kleine Seitenstraße einbog, blieb sie nachdenklich stehen und überlegte, ob sie nicht besser umkehren solle. Als er sie in der Pension Violat so niederträchtig hinausgeworfen hatte, war ihr deutlich genug bewußt geworden, daß es in ihrer beider Leben keinerlei Gemeinsamkeiten gäbe... Aber vielleicht sollte sie gerade deshalb... überlegte sie mit neu erwachtem Stolz... Wäre es nicht eine hübsche kleine

Rache, sich in seiner ganzen Pracht diesem Herrn zu präsentieren, der sie so schmählich behandelt hatte? Pierre de Fournon, dem Tugend wichtiger war als aller Reichtum, sollte wie geblendet sein, wenn er sie mit ihrer vierreihigen Perlenkette und ihrer exquisiten Kreation von Leroy erblickte! . . . Doch nein, dazu wollte sie sich lieber doch nicht versteigen, denn vielleicht hatte er sich mittlerweile verändert und auch zum Geld ein anderes Verhältnis gewonnen?

Die Straße verlief zwischen zwei düsteren Häuserreihen, in denen sich in den unteren Geschossen Kramläden und kleine Handwerksbetriebe eher bescheidener Natur befanden. Auf der Straße standen Hausfrauen mit ihren Einkaufskörben beieinander und hielten ein Schwätzchen. Ein abgerissener Musiker mit langem Bart sang ein Klagelied, woraufhin Pierre de Fournon ihm ein Geldstück zuwarf. Nur noch ein Haus weiter, und sie würde ihn eingeholt haben . . . Sie beschleunigte ihren Schritt, und während sie sich sein überraschtes Gesicht vorstellte, wenn sie sich gleich rein zufällig nach ihm umdrehen würde, ging er bereits auf ein Haus zu, stieß die Tür auf und verschwand im Hausgang.

Sie stürzte ihm nach.

Auf der Eingangstür hing ein frischgemalter Hinweis: »Verein der Kunstfreunde«.

Agathe öffnete die Tür.

Beim Eintreten schlugen ihr Rauchschwaden von zehn oder zwanzig brennenden Pfeifen entgegen, und ein entsetzlicher Gestank, der mit dem Geruch von kaltem Tabak vermischt war, drang an ihre Nase.

Der vor ihr liegende Raum wirkte eng und niedrig, was zweifellos auf den Rauch und die vielen dort versammelten Männer zurückzuführen war. Agathe sah ausschließlich Männer, die alle die gleiche Uniform wie Pierre trugen: Schwarzer Hut und schwarzer Redingote-Mantel.

Das plötzliche Erscheinen Agathes unterbrach jäh das Getuschel ihrer Unterhaltung. Stiefel scharrten über den Fußboden und alle wandten ihr in schöner Gleichzeitigkeit den Blick zu. Doch Agathe genügte der Anblick eines einzigen, um zu wissen, um was für eine Runde es sich hier handelte. Es waren alles Männer mit düsteren, harten Gesichtszügen, ausgeprägten Wangenknochen und einem bitteren, aggressiven Zug um den Mund, so als hielten sie ein scharfes Messer zwischen den Zähnen. Damit nicht genug

trug ein jeder auf seiner Brust das flammendrote Band der Ehrenlegion.
Sie dachte: Jesus! Lauter Demi-soldes in ihrer Verschwörerhöhle!
Im Faubourg verglich man die Demi-soldes mit einer vielköpfigen Hydra, die bestimmte Viertel von Paris unsicher machte, und die man am liebsten zermalmen würde. Es kam sogar vor, daß man über sie spottete. Indessen war es eine vollkommen andere Sache, ihnen zu begegnen...
Agathe wich jedoch keinen Zentimeter zurück. Im Gegenteil. Eine Art Haß trieb sie wie jemand, der ihr in den Rücken stieß, vorwärts.
»Wen sucht Ihr, Madame...?« fragte einer.
Erhobenen Hauptes erwiderte sie ungeniert:
»Einen Herrn... den Herrn, der gerade als Letzter hereingekommen ist.«
Und um zu sagen, daß sie ihn kannte, nannte sie seinen Namen:
»Monsieur Pierre de Fournon.«
»Fournon? Kenn ich nicht. Ihr müßt Euch irren.«
Agathe empörte sich:
»Aber ich bitte Euch, Monsieur! Schließlich habe ich Augen im Kopf! Ich wiederhole noch einmal, er ist unmittelbar vor mir hereingekommen.«
Der Mann sah sie streng und abweisend an:
»Ich bedaure, Madame. Ihr befindet Euch hier in einer Lesestube, die nur Mitgliedern zugänglich ist. Ich versichere Euch nochmals, daß niemand dieses Namens hier bekannt ist.«
Mit einem kurzen, abschätzenden Blick auf ihre blumige Kopfbedeckung, die von ein paar blonden Locken umspielt wurde, bemerkte er abschließend:
»Im übrigen seid Ihr mit Sicherheit hier am falschen Platze.«
»Ja, mit Sicherheit«, hätte sie am liebsten erwidert, doch sie unterließ diese Bemerkung, da sie kein Verlangen verspürte, sich mit einem ehemaligen Anhänger des Korsen anzulegen... Sie betrachtete einen nach dem anderen... Aber sie hatte das Ganze doch nicht geträumt! Warum belog dieser Mann sie also?... Bis sie plötzlich halbverdeckt durch die hohen Bücherregale eine kleine Tür erblickte, über dessen Rahmen »Leseraum« gekritzelt war...
Kaum, daß sie sich anschickte, dorthin zu gehen, als sie jemand ergriff, am Arm festhielt und höflich aber bestimmt zurückhielt:

»Besteht nicht weiter auf Eurem Anliegen, meine Dame, Ihr seid hier falsch.«
Abrupt schüttelte Agathe ihn ab:
»Laßt mich gefälligst los!« verlangte sie wütend.
»Die Person, die ich suche ...«
»Sucht sie woanders! Ihr habt doch selbst gesehen ...«
»Aber ich sage Euch doch ...«
Ärgerlich stampfte Agathe mit dem Fuß auf. Sie hatte ihr anfängliches Unbehagen überwunden und war in diesem Moment aufs Äußerste verärgert.
»Beruhigt Euch!« meinte der Mann ... »Fournon ... Monsieur de Fournon ...«
Sein dichter Schnurrbart hob sich:
»Adelige haben bei uns nichts verloren, meine Dame, wir sind arme Schlucker und sonst nichts. Ihr solltet lieber in den Tuilerien nachsehen ...«
In seiner Bissigkeit schien er dennoch aufrichtig, und Agathe begann allmählich, an sich selbst zu zweifeln, als plötzlich die Tür im Hintergrund knarrte, und eine Stimme durch den Türspalt rief:
»Was ist denn hier los?«
Der Mann mit dem Schnurrbart antwortete kurz:
»Nichts, Duval. Eine Dame, die sich verirrt hat, aber sie geht schon wieder.«
Die Tür öffnete sich jetzt ganz, und Pierre de Fournon erschien. Sie merkte an seinem Blick, daß er sie sofort erkannt hatte. Doch ohne dies offenkundig werden zu lassen, sagte er zu seinem Kameraden:
»Laß nur, Lafresne, ich komme schon.«
»Aber Duval, es ist nicht der Mühe wert, sie geht doch schon wieder.«
»Laß nur!«
Er kam auf sie zu, verbeugte sich und sagte:
»Folgt mir!«
Als sie in einem kleinen Nebenraum mit ihm allein war, meinte sie lachend:
»Mein Gott, welch geheimnisvolle Wege man gehen muß, um Euch endlich zu finden, mein Lieber!«
Er erwiderte ihr Lachen jedoch keineswegs, ja, er rang sich noch nicht einmal ein Lächeln ab. Statt dessen fragte er sie nur:
»Was tut Ihr hier?«

Ja, in der Tat, was wollte sie hier eigentlich? Was hatte sie mit dieser unfreundlichen, argwöhnischen Person zu tun, die sie wie eine Kriminelle verhörte? Sie kam sich plötzlich völlig fehl am Platze vor und drehte sich um.
Er hielt sie auf:
»Erklärt Euch!«
Sich jedes ihrer Worte genau überlegend erwiderte sie mit kühlem Ton:
»Ich bitte um Entschuldigung. Ich hatte mir eingebildet, einen gewissen Pierre de Fournon gesehen zu haben, wie er in diesem Haus verschwand. Da ich ihm mehr als ein Jahr nicht mehr begegnet bin, war ich neugierig und wollte gern erfahren, wie es ihm geht, und was aus ihm geworden ist. Seid Ihr nie neugierig? ... Aber Monsieur Duval ... Duval, nein, den kenne ich nicht! Auf Wiedersehen, Monsieur.«
Er fuhr sich mit der Hand übers Gesicht und seufzte:
»Verzeiht mir. Aber zu uns kommen ständig ungebetene Gäste. Immer wieder schnüffelt die Polizei hier herum, selbst die ehrenwertesten Aktivitäten erscheinen ihr verdächtig. Ich fürchte, daß sich dieses Mißtrauen, dem wir dauernd ausgesetzt sind, schon in unserem Verhalten niederschlägt. Gewiß, ich hätte mich nicht ... Für gewöhnlich ist die Polizei auch nicht so hübsch.«
Er lächelte, diesmal offen und klar, ein Lächeln aus tiefster Seele, das sie bisher bei keinem anderen Menschen gesehen hatte. Dann fuhr er fort:
»Bleibt noch einen Augenblick. Geht nicht wieder verärgert davon wie das letzte Mal ...«
Er schwieg.
Es war dieselbe Schweigsamkeit wie damals ...
Erinnerte er sich ihrer Umarmung?
Agathe spielte verlegen mit ihrer Perlenkette und wollte um jeden Preis diese unangenehme Stille unterbrechen. Sie fragte ihn:
»Und um welche Aktivitäten handelt es sich hier, von denen Ihr sprecht?«
»Oh, um sehr bescheidene! Ich habe mit ein paar Freunden eine Lesestube eröffnet.«
»Und was macht man dort, in Eurer Lesestube?«
»Man liest.«
»Das kann ich mir denken!« entfuhr es ihr. »Für was haltet Ihr mich eigentlich? Ich meinte ... Worin besteht ...«

»Nun, könnt Ihr Euch vorstellen, daß man zum Beispiel nicht die siebzig oder achtzig Francs für ein Jahresabonnement einer Zeitung, die man gern lesen möchte, aufbringen kann . . .«
Er hielt einen Moment inne und warf einen Blick auf ihre Kleidung:
»Das ist für Euch wahrscheinlich eine lächerliche Summe, nicht wahr?«
»In der Tat! Großer Gott, was kann man heutzutage mit achtzig Francs anfangen?« sagte sie absichtlich in übertrieben herablassendem Ton.
Doch ohne darauf einzugehen fuhr er ruhig fort:
»Wißt Ihr, daß ein Maurer für elf Stunden Arbeit am Tag zwischen drei und drei Francs fünfzig verdient? Wenn man die Sonn- und Feiertage abzieht, kommt er im Monat auf nicht mehr als . . . Manchmal ist es sogar noch weniger, und davon muß er eine ganze Familie ernähren.«
»Sehr interessant. Nein, das wußte ich nicht. Ich halte mich weniger in Maurerkreisen auf, müßt Ihr wissen . . . Außerdem wollen diese Leute auch nichts anderes, sonst würden sie sich doch darum bemühen, oder? Wenn es mir gefallen hätte, in diesem Nest auf dem Land zu hocken, Kühe zu zählen und meinen Teint zu pflegen, hätte ich sicherlich nicht alles daran gesetzt, um von Rougeville wegzukommen, ich wäre wahrscheinlich immer noch dort. Man hat eben das Leben, das man verdient . . .«
»Und das Milieu, in das man durch Zufall hineingeboren wird! . . . Nun, seid nicht gleich wieder eingeschnappt. Ich habe natürlich insofern Unrecht, als ich von Dingen rede, die Euch gänzlich unbekannt sind, was allerdings nicht Euer Fehler ist, sondern der Eurer Umwelt.«
Warum hatte sie ihm gegenüber nur immer dieses merkwürdige Unterlegenheitsgefühl?
»Kurzum«, erklärte er weiter, »wir stellen dem Leser Bücher und Zeitungen zur Verfügung, die er für wenig Geld ausleihen kann. Die Bibliothek ist noch nicht gut ausgerüstet. Wir haben erst vierhundert Bücher. Ein normaler Bestand liegt zwischen zwei und fünftausend Büchern . . . Aber was soll's, wir hoffen, daß es bald mehr werden. Die Hauptsache ist, wir können davon leben.«
Leben? Wahrscheinlich mehr schlecht als recht, vermutete sie.
Er trug immer noch denselben Redingote-Mantel und dieselben abgenützten Stiefel. Sein Gesicht dagegen wirkte frischer und

zeigte weniger Falten als beim letzten Mal. Auch der überdrüssige Zug um den Mund herum war verschwunden. Einerseits erschien er jünger, andererseits aber auch wiederum älter, denn er zeigte eine Härte, wie sie sie in den Pension Violat noch nicht wahrgenommen hatte. Das Ganze war jedoch gepaart mit einer Lebendigkeit des Körpers und einer selbstsicheren Souveränität, wie man sie nur bei denen findet, die genau wissen, was sie wollen... Andererseits fragte sich Agathe verwundert, was zum Teufel er in seiner schäbigen Behausung groß unternehmen konnte, in einer Behausung, die nicht einmal ein Fenster hatte...
»Warum nennt Ihr Euch Duval?« wollte sie wissen. »Ist es in Euren Kreisen schändlich, wenn man adelige Vorfahren hat?«
Er lachte und erwiderte:
»Wie Ihr das sagt! Überhaupt nicht. Nur kennen sie mich anders. Als ich unter Napoleon diente, hatte ich dieses Pseudonym angenommen. Duval ist sozusagen mein Kriegsname, meine Liebe!«
Er lachte mit einer Überschwenglichkeit, die sie an ihm ebenfalls nicht kannte. Sonderbarerweise ärgerte sie sich über diesen Elan.
»Wollt Ihr Euch nicht setzen?«
»Nein, nein, ich... Ich muß gehen.«
Von einem weißen Holztisch, der neben einigen schmutzigen Hockern das einzige Möbelstück des Raumes war, nahm er zwei oder drei Zeitungen und sah sie verbindlich an:
»Gaston hat mir von Eurer Hochzeit geschrieben. Meine Glückwünsche!«
»Danke!«
Und unvermittelt sagte sie – Oh, eigentlich hatte sie nicht die geringste Absicht gehabt, lieber hätte sie sich auf die Zunge gebissen, als diese Angelegenheit zur Sprache zu bringen, über die man gemeinhin ein Kreuz macht, um sie dann tief, tief in der Erde zu vergraben! – aber die Worte waren schneller als der Wille, und ganz im Gegensatz zu ihrer sonstigen Art fragte sie ihn wie ein unverstandenes Kind:
»Warum habt Ihr mich das letzte Mal so niederträchtig behandelt?«
»Warum?«
Er hatte sich zurückgelehnt, so daß sein Gesicht im Schatten der Lampe lag, und sie nur noch seine Hände sah.
»Warum?« wiederholte er.
Erneut machte er eine Pause und fuhr fort:

»Nun denn, Ihr seid jetzt verheiratet und kennt die Wünsche der Männer besser als zuvor. Gewiß, einige von ihnen begnügen sich mit Küssen und harmlosen Zärtlichkeiten, wie Ihr es von mir vielleicht auch erwartet habt. Ein Soldat hat jedoch nicht die Manieren eines Edelmannes, der sich eher in den Salons zu Hause fühlt als auf dem Schlachtfeld. Was er will, nimmt er sich. Und als Mann von Ehre wollte ich mich lieber zurückhalten ... ehe es zu spät war, und deshalb habe ich vorgezogen ...«

»Ich habe nicht mit Euch geflirtet«, sagte sie leise. »Was Ihr wünschtet, wünschte ich auch.«

Er ging auf sie zu.

Das konnte nicht wahr sein! Ihr Herz schlug bis zum Halse.

Aber er berührte sie nicht, sondern stand mit auf dem Rücken verschränkten Armen vor ihr und erklärte ihr leidenschaftslos:

»Ich habe es Euch damals schon gesagt, und ich sage es Euch heute wieder: Agathe, es ist besser, wenn wir uns nicht mehr sehen. Voriges Jahr waren es die Zukunftsaussichten, die uns getrennt haben. Heute ist die Zukunft in der Weise Wirklichkeit geworden, die unsere Charaktere vorgezeichnet haben. Ich habe ... meine Freunde und meine Ideen. Ihr ... habt jetzt einen hervorragenden Namen, direkte Beziehung zum Hof, einen prunkvollen Wohnsitz, Empfänge ... die glanzvollsten in der Hauptstadt, wie man sagt ...«

»Lest Ihr etwa derartige Gazetten?«

»Nein, ich informiere mich lediglich über alles. Diejenigen, denen die Ungerechtigkeit des Schicksals alle Träume zerstört hat, und deren Verdienste ihnen plötzlich als ihr Verschulden angerechnet werden, können aus dem Leben derjenigen, die für dieses Schicksal verantwortlich sind, immer noch etwas lernen ...«

»Dieser Satz hat ebenso für jene Gültigkeit, welche in die Emigration getrieben wurden!« unterbrach sie ihn barsch.

»Wollt Ihr mir vielleicht vorwerfen, daß ich die Sonne dem Schatten vorgezogen habe, daß ich auf Seiten der Sieger bin dank der Opfer meiner Familie ... Und zu welcher Seite gehört Ihr denn in Wirklichkeit ... wenn Ihr Eure Geburt und Eure Erziehung bedenkt, selbst wenn Ihr Euch darauf versteift, zu den Besiegten zu gehören?«

»Jetzt sind wir wieder beim gleichen Streit angelangt«, stellte er lapidar fest.

Agathe biß sich auf die Lippen, zögerte und sagte dann:

»Hört zu, Pierre, mein Angebot besteht immer noch.«
»Welches Angebot?«
»Euch zu helfen, wieder in die Armee integriert zu werden. Und diesmal bedürfte es nicht einmal einer Mittelsperson, denn ich würde unmittelbar selbst mit dem Herzog von Berry sprechen. Er gewährt mir die Ehre seiner Freundschaft, und ich weiß, daß er seinerseits Offiziere sehr schätzt. Ihr könntet schon morgen Euren Dienstgrad zurückerhalten, vielleicht sogar einen noch höheren, dafür würde ich mich einsetzen. Ihr hättet also erneut die Möglichkeit, Frankreich in allen Ehren zu dienen. Das ist doch Euer Ideal, nicht wahr, zu dienen! ... Oder glaubt Ihr etwa, daß Euer jetziger Dienst unter diesen düsteren, eingeschränkten Bedingungen zu irgend etwas führen könnte ...? Wenn Ihr hingegen meinen Vorschlag akzeptiert ...«
Er lächelte sie nur traurig an und erwiderte:
»Ihr seid immer noch ein kleines Mädchen. Meint Ihr denn wirklich, man könnte seine Überzeugungen wechseln wie sein Hemd? Ein Ehrenmann, der seinen Namen zu Recht trägt, folgt ausschließlich seinem Gewissen und seinen Grundsätzen ...«
»Ihr könnt auch nichts anderes als immer dieselben Dinge wiederholen!«
»Weil ich an nichts anderes glaube!«
»Ich auch nicht!« protestierte sie heftig. »Niemals könntet Ihr mich dazu bringen, vor dem Korsen auf die Knie zu fallen. Wenn überhaupt irgend jemand eine Lektion verdient, dann doch der, der seine eigenen Leute verrät: Die Monarchie der Bourbonen wurde seit ihrem Bestehen von Euren Vorfahren hoch verehrt, sie haben für sie gekämpft und Kriege geführt ...«
»Sie haben sich leider getäuscht. Das Land ist dabei zugrundegegangen. Für mich zählt jedoch einzig und allein das Wohl Frankreichs, das meine ist dagegen unerheblich.«
»Glaubt Ihr, daß Bonaparte, dieser blutrünstige Despot, in diesem Sinn gehandelt hat?«
Er seufzte.
»Ich werde stets die Tyrannei bekämpfen, und käme er heute zurück, so würde ich vielleicht auch ihn bekämpfen. Andererseits aber hat er, wie nie jemand zuvor, Frankreich zu Ruhm und Ehren geführt, und seinen Soldaten hat er überaus erhabene Momente geschenkt. Das ist es, was ihn über die Jahrhunderte hinweg so einzigartig gemacht hat. Es ist schön, wenn jemand Menschen zu

begeistern weiß und sie für ein hohes Ideal gewinnen kann. Sterben ist leicht, der Tod erwartet uns schließlich alle ...«

»Ihr sprecht von Ruhm! Aber was haltet Ihr von Ludwig XIV. und Heinrich IV.?«

»Heinrich IV. war ein großer König und dem Volk sehr verbunden ... Aber Eure derzeitigen Bourbonen haben abgesehen von ihrer Abstammung nichts mit ihm gemein ... Hampelmänner sind sie, wenn Ihr erlaubt ...«

»Wie könnt Ihr es wagen ...?«

Sie sah ihn mit weit aufgerissenen Augen an.

»Ich wage es! Ich möchte sogar noch hinzufügen, daß es sich bei ihnen um gefährliche Hampelmänner handelt, deren Drahtzieher ausländische Mächte sind ... Drei Jahre nach Napoleons Abdankung sind die Grenzen unseres Landes immer noch von Feinden besetzt, die Kriegsreperationskosten steigen von Tag zu Tag ... Und wer bezahlt das alles? Frankreich ... Eine gedemütigte Armee, die im Dreck steckt und ein Volk, das fast verhungert ... Die Bilanz Eurer Monarchie wiegt schwer. Und die Bourbonen nehmen sie auf die leichte Schulter. Um an der Macht bleiben zu können, haben sie sich sogar mit dem Teufel selbst verbündet! Dabei verlangt man gar nicht viel von ihnen, sondern nur, daß sie die Freiheit des einzelnen nicht mit Füßen treten, und daß sie Frankreich ein wenig verkleinern ... Und Ihr, du lieber Himmel, wollt tatsächlich, daß ich ...«

»Aber nein«, unterbrach sie ihn höflich aber entschieden, »ich will gar nichts, gar nichts mehr. Entschuldigt, daß ich Euch überhaupt gestört habe. Auf Wiedersehen.«

Und während er sie unbewegt ansah, wandte sich Agathe zur Tür, öffnete sie leise und ging.

An diesem Abend, den sie bei der Prinzessin de la Trémoïlle bei einer Partie Whist verbrachte, gewährte Agathe dem jungen Tony de Lansac das Rendezvous, um das er sie seit drei Monaten inständig bat.

Am Tag darauf wollte sie sich um zwei Uhr in der Wohnung des jungen Mannes in der Rue Saint-Honoré einfinden.

Kapitel 19

Tony de Lansac gehörte zu der Kategorie junger Männer, deren Karriere schon bis aufs I-Tüpfelchen vorgezeichnet war. Vorausgesetzt, sie wurden nicht in einem Duell vorzeitig hinweggerafft, würden sie mit Sicherheit eine glänzende Partie machen und irgendwann schließlich Pair von Frankreich werden.
Mit seinem aschblonden, kräftigen Haar, seinen grauen Katzenaugen, dem vollen, sinnlichen Mund und der stattlichen Größe glich er einem wunderschönen Raubtier. Es gab kaum ein Talent, das er nicht besaß! Er konnte reiten wie ein junger Gott, war geschickt im Degenfechten wie ein Musketier, spielte aber ebenso anmutig Klavier und verfügte dazu noch über eine herrliche Baritonstimme.
Möglicherweise besaß er auch gewisse geistige Fähigkeiten. Jedenfalls genügte diese Vielzahl von Qualitäten, um ihn zu einem der meistbegehrten junger Männer zu machen.
Sobald er auf einem Ball erschien, umringten ihn schon eifrig die Damen. Er war stets nach der neuesten Mode gekleidet und ließ nur bei *Castel*, dem besten Herrenschneider von Paris, arbeiten. Für dieses Vergnügen gab er Unsummen aus, zahlte jedoch nur, wenn ihm das Glück hold war, denn Tony war Spieler. Das war eine Leidenschaft, von der er nicht lassen konnte. Man traf ihn meistens im *Salon des Etrangers* in der Rue Grange-Batelière, dem elegantesten Etablissement dieser Art in der Hauptstadt, wo die Einsätze ebenso wie die Öffnungszeiten unbegrenzt waren. Oder aber er ging ins Palais-Royal Nr. 154, wo er sich mit Vorliebe an den »goldenen Tisch« setzte, der so genannt wurde, weil hier nur Goldmünzen zum Einsatz gebracht werden durften. Wenn er gewann, so genehmigte er sich eines der Freudenmädchen, die sich zahlreich draußen im Schatten der Holzgalerie herumtrieben, und er bezahlte sie königlich für all die exzessiven Spielchen, die sie mit ihm trieben, und die er von seinen vornehmen Freundinnen des Faubourg Saint-Germain nicht erwarten konnte. Obwohl er der Liebling aller Frauen war, verachtete er sie im Grund genommen aus tiefstem Herzen . . .
Das war jedenfalls Louis-Maries Meinung über ihn! Louis-Maries Gedächtnis war mit einer unglaublichen Vielzahl von kleinen Schubladen ausgestattet. Brauchte man Auskunft über eine

x-beliebige Person, so öffnete Louis-Marie eine seiner unschätzbaren Schubladen und lieferte einem jedes gewünschte Detail über diesen Menschen, ob es sich nun um Vorfahren, Fehler, Vorzüge, politische Ansichten, Freundschaften, Affären oder sonst etwas handelte.
Manchmal pflegte Louis-Marie seine Informationen noch mit ganz besonderen Zutaten auszustatten, vor allem dann, wenn es sich um hübsche junge Männer wie Tony handelte, die Agathe den Hof machten.
Tony sollte die Frauen verachten? Du lieber Gott, das erschien Agathe doch etwas weit hergeholt . . .
Mit größter Sicherheit aber verachtete er, Louis-Marie, diesen Tony de Lansac.

Tony de Lansac wohnte in der Rue Saint-Honoré in einem alten Hôtel, das in der Zeit Heinrich IV. errichtet worden war. Da sein Besitzer, der Marquis de Sain-Joux, derzeit in einer Zwangslage war, hatte er ihm die Wohnung im zweiten Stock sowie zwei Zimmer für seine Diener und einen Platz in den Ställen für sein zitronengelbes Cabriolet und seine fünf Pferde vermietet.
Agathe ließ sich zu Leroy fahren, hielt sich aber nur wenige Minuten dort auf, um sein Atelier gleich wieder zu verlassen und zu Fuß zum Boulevard zu gehen.
In der Rue Le Peletier nahm sie sich eine Droschke und ließ sich in die Rue Saint-Honoré zu Tony kutschieren. Er empfing sie im Hof des Hotels Saint-Joux und eilte gleich auf sie zu:
»Endlich seid Ihr da!«
»Komme ich zu spät?« fragte sie lächelnd.
»Ein wenig. Aber wir werden die Zeit schon nachholen, meine Teure«, flüsterte er ihr zärtlich ins Ohr.
Er zog sie ins Innere des Hauses und reichte ihr beim Hinaufgehen seinen Arm.
Der Raum, den sie betraten, war anscheinend der Salon. Es gab Blumensträuße in diversen Vasen, eine Sammlung antiker Waffen an der Wand und granatrote, halbgeöffnete Vorhänge, die für ein gedämpftes Licht sorgten. Über allem lag der Geruch von schwerem Parfüm und eine unendliche Stille.
»Es ist sehr hübsch hier«, sagte Agathe.
»Eine Junggesellenwohnung«, meinte er.

»Aber wohl auch der Ort, an dem so manche Pariser Unschuld zu Grabe getragen wurde, oder?«
Er lächelte selbstgefällig.
»Lassen wir die Vergangenheit ruhen ... Ich will jetzt nur noch an Euch denken.«
Er ergriff Agathes Hand und zog ihr langsam den Handschuh aus. Dann drückte er einen zärtlichen Kuß auf ihre Handinnenfläche. Das war eine Liebkosung, die Agathe bislang jedesmal ungeheuer aufregend gefunden hatte. Jetzt empfand sie jedoch gar nichts, nicht die geringste Erregung. Als sie Tonys wimpernumflorten, tiefgründigen Blick sah, wußte sie, daß der Vorstellung erster Akt jetzt wohl begann.
Tony war bereit.
Sie zog ihre Hand zurück und setzte sich aufs Sofa.
Daneben stand ein kleines Tischchen, auf dem ein aufgeschlagenes Buch lag. Sie warf einen Blick darauf und meinte:
»... *Saint-Simon* ... Louis-Marie sagt viel Gutes über seine Memoiren. Louis-Marie liest alles, er ist ein Ausbund an Gelehrsamkeit! ... Und Ihr, lest Ihr auch manchmal?«
»Wir wollen uns doch hier nicht über Literatur oder über die Verdienste Eures Sekretärs unterhalten«, wies er sie mit beleidigter Miene zurück.
Sie brachte ihn ganz offensichtlich aus dem Konzept.
Ziemlich nervös fuhr er dann fort:
»Ich habe einen sehr guten Tokaier. Wollt Ihr ihn probieren?«
»Gern.« Agathe leerte ihr Glas in einem Zug und reichte es ihm gleich wieder zurück.
»Wirklich ausgezeichnet. Ich hätte gern noch eins.«
Während er ihr Glas von neuem füllte, ging er hinters Sofa.
»Agathe ...«, hauchte er ihr ins Ohr.
Sie spürte, wie seine Hände die Bänder ihres Strohhutes lösten. Er nahm ihn ab, beugte sich zu ihr hinunter und drückte ihr einen flüchtigen Kuß auf die Lippen.
»Von Euren Lippen schmeckt der Tokaier noch köstlicher.«
Eine gekonnte Bemerkung! Wie oft er sie wohl schon gebraucht hatte?
Er setzte sich zu ihr und wollte ihr das Glas aus der Hand nehmen.
»Wartet«, unterbrach sie ihn und trank es erst leer. Sie spürte schon die Wirkung des Tokaiers, und widerstandslos ließ sie ihn mit ihren Händen spielen.

»Meine Teure, Euch endlich hier zu haben! ... Ihr könnt Euch nicht vorstellen ... Erinnert Ihr Euch noch, wie wir uns zum ersten Mal bei den Boischambaults gesehen haben?«
Oh ja, sie erinnerte sich genau! Denn bei der Gelegenheit hatte sie Vincent zum zweiten Mal gesehen. Faszinierend und merkwürdig hatte sie ihn damals gefunden, vor allem aber faszinierend. Heute erwartete sie nichts mehr von Vincent. Sie hatte ihn sich aus dem Kopf geschlagen.
»Ihr erschient in einer Wolke aus weißem Tüll und um den Hals trugt Ihr ein Stück schmales Samtbändchen ... Es war einfach hinreißend ... Diese Grazie!« fuhr Tony enthusiastisch fort.
Aber sein Enthusiasmus klang forciert und aufgesetzt. Offenbar gehörte diese Art auch zu seinem Verführungsritual.
»Was habt Ihr für ein fabelhaftes Gedächtnis, mein Guter!« stellte sie lächelnd fest.
»Es war für mich ein unvergeßlicher Abend! Seit jenem Ball, Agathe, begehre ich Euch ... Ein Jahr schon! Und ich habe nicht aufgehört, von Euch zu träumen, Euretwegen zu leiden ...«
»Es freut mich dennoch, daß Ihr immerhin dieses Jahr nicht allzuschlecht überlebt habt.«
Sie lachte wieder, woraufhin Tony ihre Hände noch fester in seine nahm und etwas vorwurfsvoll bemerkte:
»Das ist nicht gerade sehr freundlich von Euch, daß Ihr Euch über meine Gefühle lustig macht.«
»Ich mache mich doch nicht über Euch lustig, im Gegenteil, ich finde Euch sehr charmant«, antwortete sie ohne große Überzeugung.
Flink glitten jetzt Tonys Lippen an ihrem Arm entlang. Agathes Gedanken waren anderswo, doch sie ließ es sich gefallen. Was war nur mit ihr los? fragte sie sich selbst. Am Abend zuvor noch hatte sie diesem Jungen schöne Augen gemacht und sich mit ihm verabredet. Sie wollte sich ihm nur körperlich, keineswegs jedoch mit ihrer ganzen Person hingeben, denn die Vorstellung, nicht denken zu müssen, war ihr sehr angenehm. Statt dessen passierte jetzt genau das Gegenteil! Ihr Körper reagierte überhaupt nicht, und ihr Verstand war hellwach. Sie hatte den Eindruck, als säße eine andere auf dem Sofa und ließe sich von Tony streicheln und küssen, und sie, Agathe, beobachtete dieses Schauspiel wie eine Zuschauerin ...

Der zweite Akt vollzog sich wortlos auf dem Sofa. Tony entkleidete sie gekonnt, und sie ließ es geschehen. Schließlich war sie ja deshalb zu ihm gekommen, nicht wahr? wiederholte sie sich unentwegt. Aber wann würde endlich der kleine Funken überspringen, der sie in die richtige Verfassung brachte?
Sie lauerte innerlich immer noch auf diesen Moment, als er sie wie eine Trophäe in sein Schlafzimmer trug.
Die Vorhänge waren zugezogen, so daß der Raum in sanftem Halbdunkel lag. Ein leichter Sandelholzduft umgab sie. Er legte sie auf sein riesiges, mit rotem Satin drapiertes Bett ... Oh! Es gab nichts, was man Tony hätte vorwerfen können! Er wußte genau, was er in dieser Situation zu tun hatte, denn schließlich bewegte er sich auf einem Terrain, das er lange und ausgiebig studiert hatte. Er war sehr feurig und leidenschaftlich, doch was hatte man schon davon, wenn man innerlich selbst so unbeteiligt blieb? Es war, als ob man sich appetitlos an einen Tisch voller Leckerbissen setzte ...
Als er von ihr ließ, bemerkte er galant:
»Meine Teure, das war betörend!«
Agathe antwortete nur mit einem höflichen Lächeln.
Er legte sich neben sie, und während er mit ihren Haaren spielte, fragte er:
»War es ebenso schön wie mit dem Grafen de Seurolles?«
»Bitte laßt ihn aus dem Spiel.«
»Euer Gatte scheint eine sonderbare Art Mensch zu sein. In Faubourg erzählt man sich, daß er sich am liebsten mit dem Pöbel herumtreibt. Ist das wahr?«
»Ich weiß es nicht. Wir sprechen nie darüber. Außerdem macht Vincent ohnehin, was ihm gefällt.«
»Ihr doch auch, oder! Habt Ihr ihn schon einmal betrogen?«
»Ihr seid hoffentlich diskret!«
Tony mußte lachen.
»Also habt Ihr ihn schon einmal betrogen!«
»Was tue ich denn im Moment anderes? ... Hat es Euch denn gefallen?« wollte sie wissen und sah ihn herausfordernd an.
Er mußte wieder lachen und stürzte sich ein zweites Mal auf sie. Danach sank er auf das rote Satinbett zurück, und sie hatte Gelegenheit, seinen herrlichen, muskulösen Körper zu betrachten, der an einen römischen Krieger erinnerte.
Er sagte leise zu ihr:

»Glücklich?«
Verärgert biß Agathe die Zähne zusammen. Dieser Dummkopf! Er merkte nicht einmal, daß er statt eines Duos ein Solo gespielt hatte.
»Überglücklich!« antwortete sie, und liebenswürdig fügte sie hinzu:
»Wenn ich Euch das Gegenteil sagen würde, würdet Ihr es mir doch nicht glauben, oder?«
Tony lächelte verunsichert.
Agathe gestand ihm noch fünf weitere Minuten zu, um dann, nach der plötzlichen Erkenntnis, daß Höflichkeit auch ihre Grenzen habe, aus dem Bett zu springen und zu ihm zu sagen: »Ich komme gleich zurück!« Sie rannte in den Salon, packte ihre Unterwäsche und ihr Kleid, zog alles in Windeseile an, schlüpfte in Strümpfe und Schuhe und ergriff ihren Hut. Sie stülpte ihn auf ihre Locken, ohne einen Blick in den Spiegel zu werfen und hatte nur noch den einen Gedanken: Weg von hier, so schnell wie möglich fort aus diesem Haus...
Sie nahm Handschuhe und Tasche mit und kam atemlos ins Schlafzimmer zurück:
Tony sah sie entgeistert an:
»Aber... aber, was habt Ihr vor?«
»Ich gehe.«
»Aber... aber wir sind doch gerade...«
»Ich kann nicht zu lange wegbleiben, versteht Ihr?«
Mit einem Satz sprang er auf, so wie er war und kam auf sie zu. Während er seinen Arm um sie legte, fragte er:
»Liebt Ihr mich denn ein ganz klein wenig?«
»Mein Teurer, entweder man liebt unsäglich oder gar nicht.«
»Oh, wie boshaft! Das ist keine Antwort!... Wann werde ich Euch wiedersehen?«
»Ich weiß noch nicht, Tony.«
»Wann?«
Um ihn schnell loszuwerden und aus diesem Haus herauszukommen, sagte sie leichthin:
»Sobald ich kann, gebe ich Euch Nachricht.«
Er zog sie an sich und meinte in schmeichelndem Tonfall:
»Ja, wenn es denn unbedingt sein muß, meine Teure... dann geht... Aber kommt bald wieder!«
Agathes überstürzter Aufbruch hatte ihn offenbar aus der Fassung

gebracht. Nun klammerte er sich an sein vertrautes Repertoire. Abschiedsszene, Ende des dritten Aktes... Gemessen an den billigen Mitteln, die er anwandte, waren seine Erfolge beeindrukkend. Sie, Agathe, wollte hingegen nicht zu den Frauen gehören, die er auf diese Weise erobert hatte. Sie war zwar neugierig und frivol, aber so etwas wie Tony war nun doch unter ihrer Würde. Er war nicht mehr als ein gutgehender Automat!
Agathe verbarg ihr Mißfallen, löste sich aus seiner Umarmung, murmelte noch »Auf Wiedersehen« und ging... Sie war unsäglich erleichtert, nicht länger bei ihm sein zu müssen...

Das Gefühl tiefer Erleichterung war immer noch in ihr, als sie in die Rue de Bourbon zurückkehrte. Sie nahm ein Bad und zog das neue Négligé an, das man ihr am Morgen gebracht hatte. Es war aus hauchdünnem Moiréstoff, dessen zartes Rosé ihrem Teint besondere Lebhaftigkeit und Frische verlieh.
Anschließend ließ sie dem Kutscher Bescheid sagen, daß sie wegen ihrer Migräne an diesem Abend nicht in die Oper gehen würde.
Nachdem sie sich eine gute Weile ihrem kleinen Sohn gewidmet hatte, besuchte sie noch kurz ihre Schwiegermutter im dritten Stock, aß eine Kleinigkeit, um dann den Rest des Abends mit Louis-Marie bei einer Flasche Champagner zu verbringen.
Sie hatte das Gefühl, einer großen Gefahr entronnen zu sein. Eigentlich dumm, nicht wahr, denn was hatte ihr der arme Tony getan? Er war mit ihr im Bett gewesen und hatte sich als sehr leidenschaftlicher Liebhaber gezeigt... in einer Art und Weise, die die meisten Frauen entflammt hätte. Außerdem besaß er einen Körper, wie ihn der liebe Gott nicht schöner hätte gestalten können. Warum also war sie plötzlich so aggressiv und abweisend gewesen? Sie konnte es sich nicht erklären, oder vielmehr wollte sie die Erklärungen, die sich anboten, nicht zur Kenntnis nehmen... Sie war nicht bereit, dem Gedanken an Vincent oder Pierre de Fournon erneut Raum zu geben. Nur einem Phantom nachzurennen, kam für sie überhaupt nicht in Frage! Sie war nicht zum Leiden geschaffen, das paßte nicht zu ihrem Lebensstil!... Agathe begnügte sich schließlich vor sich selbst mit der Erklärung, daß dann eben die Umstände schuld gewesen waren... Sie hatte von diesem Zusammensein zuviel erwartet, und jeder wußte doch außerdem, daß sich Gefühle von Lust und

Erregung am wenigsten einstellten, wenn man diese herbeizwingen wollte.
Da Agathe in dieser Woche fast jeden Abend ausging und darüberhinaus sehr mit den Vorbereitungen für ihre Bälle Ende Juni beschäftigt war, vergaß sie Tony sehr schnell.
Umsomehr war sie überrascht, als sich zehn Tage nach ihrem Rendezvous ein Diener im Hôtel de Seurolles einfand und ihr folgende Nachricht überbrachte:
»Meine Teure! Warum laßt Ihr nichts von Euch hören? Ich erwarte Euch. Kommt bitte. Es sei denn, Ihr zieht es vor, mich in der Rue de Bourbon zu empfangen?
Untertänigst Euer Tony«

Agathe zerknüllte das Briefchen.
Er sollte zum Teufel gehen! war ihre erste Reaktion. Dann aber nahm sie es noch einmal zur Hand und las es erneut. Was versteckte sich hinter diesen lakonischen Worten eigentlich? War es Ärger, war es Wut? Vielleicht hatte sie viel zu vorschnell geurteilt, vielleicht bedeutete dieses kurze Abenteuer ihm mehr als nur ein Vergnügen? Wie lästig, wenn es sich tatsächlich so verhielt..., dachte sie verdrossen.
Wenn sie jetzt seinen Diener ohne Antwort mit leeren Händen zurückschickte, käme er vermutlich höchstpersönlich hierher. Als sie sich einen möglichen Skandal ausmalte, begann sie sich eines Besseren und entschloß sich, ihm zu antworten. Sie wollte ihm in aller Deutlichkeit die Wahrheit sagen, damit er wußte ... Aber ob er wohl akzeptieren würde, daß er ihr zur Last fiel und sein Charme sie nicht betört hatte?... Sie wollte ihm dies doch nicht alles per Brief mitteilen...
Mit einem Seufzer ging sie zu ihrem Schreibtisch, nahm eine Feder zur Hand und schrieb:
»Ich komme. Morgen, um zwei Uhr.«
Alles weitere würde sie ihm mündlich mitteilen. Da ihr keine passende Unterschrift einfiel, setzte sie einfach ein A mit einem großen Punkt unter diese Zeile, doch der Punkt neben ihrem Anfangsbuchstaben geriet in der Aufregung zu einem großen Tintenfleck.

Als er ihr öffnete, fiel ihr als erstes sein geblümter Hausmantel auf. Sie ging schnell an ihm vorbei, um jegliche Berührung zu vermeiden.

»Agathe, meine Teure, wie sehr habe ich Euch vermißt!« sagte er bedeutungsvoll zu ihr.
Ernst sah sie ihn an. »Tony, ich bin gekommen, um Euch zu sagen, daß wir uns nicht mehr sehen können.«
Diese Mitteilung verschlug ihm fast den Atem, es war, als hätte sie ihm eine Ohrfeige gegeben.
»Es tut mir leid«, fuhr sie in etwas sanfterem Ton fort, »aber es hat keinen Sinn mit uns. Diese Heimlichkeiten und dieses Versteckspiel, zu dem ich gezwungen bin, entsprechen überhaupt nicht meinem Charakter.«
»Was habe ich Euch angetan?«
»Nichts, ich sagte es doch bereits!
Entschlossen kam er auf sie zu. Der seidene Hausmantel brachte seinen gutgewachsenen Körper hervorragend zur Geltung.
»Aber, Agathe, diese Skrupel sind doch absurd, sind doch geradezu kindisch! Das paßt auch gar nicht zu Euch. Wen kümmert es schon, wenn heutzutage eine hübsche junge Frau einen Liebhaber hat?«
»Es geht nicht darum, was andere Leute denken können.« Tony blickte sie ganz entsetzt an.
»Und ich? Was sind Euch denn meine Gefühle wert? Man begegnet sich doch nicht, um sich gleich wieder zu verlassen.«
Sie war eiskalt, entschlossener denn je.
»Ich bitte Euch, macht die Sache doch nicht noch komplizierter.«
»Meine Teure . . .«
Und als er wieder auf sie zuging und sie in seine Arme nehmen wollte, sagte sie mit fester Stimme:
»Nein, bitte insistiert nicht weiter! Ich möchte jetzt gehen.«
Er wich einige Schritte zurück und lehnte sich an ein Tischchen, den Kopf auf die Brust gesenkt. Mit einem tiefen Seufzer gab er ihr zu verstehen:
»Es wird schwer sein, Euch zu vergessen.«
Er schien die Angelegenheit ruhig und gelassen hinzunehmen.
Behutsam nahm er dann ihre Hände:
»Wenn Ihr mich schon als Liebhaber ablehnt, könntet Ihr mich doch wenigstens als Freund behalten . . . als einen sehr guten Freund?« fragte er sie, wobei er den Kopf etwas zur Seite neigte und charmant lächelte.
»Ja, natürlich, ich würde mich freuen, Tony«, erwiderte sie mit größter Erleichterung.

Uff! Sie hatte alles andere als diesen eleganten Rückzug erwartet, denn sie war auf Flehen, Drohungen, Bitten, kurz auf eine Szene gefaßt gewesen. Aber Tony wußte sich eben zu benehmen.
Er sagte:
»Erlaubt Ihr mir, da wir jetzt Freunde sind, Euch um einen Gefallen zu bitten?«
»Wenn es in meinen Möglichkeiten liegt...«, antwortete sie bereitwillig.
»Ich brauche eintausend Louis.«
Das sagte er einfach so dahin, als sei es das Alltäglichste von der Welt.
Entgeistert blickte sie ihn an:
»Das ist eine sehr große Summe!«
Er lächelte:
»Aber doch nicht für Euch!«
In der Tat. Louis-Marie stöhnte jedesmal, wenn eine der vielen Rechnungen ins Haus flatterte... vom Schneider, vom Juwelier, vom Schuhmacher und so fort... Sie alle wollten bezahlt werden. Das war wie ein Faß ohne Boden! Doch sie wußte, wenn das Geld verbraucht wäre, würde sie neues bekommen, und sie hätte Tony gern die tausend Louis geliehen, wenn da nicht dieser seltsame Tonfall in seiner Stimme gewesen wäre, der ihr aufs Äußerste mißfiel.
Dreist und unverschämt, als sei er seinerseits der Schuldner... und sie hätte eine Rechnung zu begleichen!
Wie ein Blitz aus heiterem Himmel kam ihr die Erkenntnis:
»Ach so, jetzt wird mir auch der Sinn Eures Schreibens klar!«
»Aber, aber! Ich bitte Euch, Ihr unterschätzt Eure Reize!«
Er verbeugte sich mit einer ausholenden Handbewegung, als wolle er sie zum Tanz bitten:
»Ihr würdet einem teuren Freund einen sehr großen Dienst erweisen!«
»Einem sehr teuren Freund sogar... Dieses Adjektiv trifft auf jeden Fall zu«, erwiderte sie umgehend. »Tausend Louis für einen Nachmittag, mein Lieber, ich glaube, Ihr überschätzt Euch gewaltig!«
Er mußte lachen:
»Nun, darüber kann man geteilter Meinung sein... Aber ich bin ein Ehrenmann, daran zweifelt Ihr doch hoffentlich nicht?«
»Bis heute nicht. Jetzt allerdings...«

Mit mühsam unterdrücktem Lächeln fuhr er fort:
»Ich brauche dieses Geld unbedingt, Agathe. Die Karten haben mich im Stich gelassen, Ihr wißt, was das heißt...«
»Nein, das weiß ich nicht«, unterbrach sie ihn abweisend. »Ich setze nur soviel ein, wie ich verlieren kann. Und was diese Summe angeht... Ich bedaure. Ihr seid an der falschen Adresse. Eine Frau ist kein Bankier.«
»Aber es wäre doch nur eine Anleihe. Ich erwarte demnächst Gelder von meiner Mutter... Außerdem könntet Ihr auf diese Weise einiges gutmachen...«
»Schmerzen!«
Sie hatte Lust, ihn zu ohrfeigen:
»Ihr scheut wohl vor keiner Unverschämtheit zurück! Haltet Ihr mich eigentlich für schwachsinnig?«
»Nein, im Gegenteil, für eine höchst vernünftige junge Dame«, besänftigte er sie. »Und deshalb erlaube ich mir auch, darauf zu beharren. Wenn Ihr die tausend Louis nicht habt, so laßt sie Euch von Eurem Gatten geben. Nach Eurem Lebensaufwand zu urteilen, verwöhnt dieser Mann Euch nicht schlecht!«
»Ich verbiete Euch diese Einmischung...«
Tony brach in unverschämtes Gelächter aus:
»Ich wette, daß der Graf de Seurolles nicht zögern würde, diese Summe herauszurücken, um zu verhindern, daß ganz Paris vom Seitensprung seiner Frau erfährt!«
»Ich verstehe nicht!«
Tony sah sie dreist an:
»Schulden zu haben und Euch noch dazu zu verlieren, das verkrafte ich nicht. Ihr treibt mich zwangsläufig in eine Hoffnungslosigkeit, die es mir nicht leicht macht, freundliche Dinge über Euch zu sagen. Ihr überseht offenbar, zu welcher Niedertracht der Mensch fähig ist. Er ist jederzeit bereit, den guten Ruf eines anderen genüßlich zu zerstören. Verzeiht mir den Vergleich, aber Ihr seid sozusagen das gefundene Fressen für einen Aasgeier.«
Eiskalt gab sie ihm zurück:
»Eine Dame zu verleumden, würde Euch das Genick brechen.«
Er zuckte nur mit den Achseln:
»So ist die Welt nun einmal! Zwischen der Unschuld und der Niedertracht ist kein ausgewogenes Verhältnis. Die Niedertracht, das werdet Ihr feststellen, wiegt stets schwerer. Ebenso verhält es sich mit einem Ehemann. Wenn Ihr ihm erklärt, daß Ihr ihn

betrogen habt, so wird er es Euch unbedingt abnehmen. Aber versucht einmal, ihn davon zu überzeugen, daß Ihr ihn nicht betrogen habt...! Wieso sprecht Ihr eigentlich von verleumden, meine Teuerste, dieser Begriff scheint mir doch nicht ganz zutreffend zu sein. Erinnert Euch gefälligst an Euer Briefchen, das Ihr mir durch einen Diener geschickt habt.«
Agathe war entsetzt.
»Vincent wird Euch umbringen«, flüsterte sie.
»...und Euch auch, vielleicht sogar noch vor mir! Wieso eigentlich nicht?« amüsierte er sich.
Nein, das würde Vincent natürlich nicht tun, welch ein idiotischer Gedanke, Vincent scherte sich den Teufel darum... Aber plötzlich... Tonys Angriff war so schnell und unvorhergesehen gekommen, daß sie fast automatisch reagiert hatte. Gleichzeitig wurde ihr jetzt die ganze Tragweite der Angelegenheit bewußt, und Vincent hatte sehr wohl damit zu tun! Wenn der Herzog... Die Angst schnürte ihr die Kehle zu.
»Übrigens bleibt noch dahingestellt, ob Euer Gatte mich tatsächlich töten würde«, meinte Tony anzüglich. »Jeder weiß, daß er dem Alkohol übermäßig zuspricht, was nicht geradezu geeignet ist, eine ruhige Hand zu verleihen. Und wie auch immer ein Duell ausgeht, die Schande fällt ohnehin auf die Frau zurück. Seid Euch dessen gewiß, Teuerste.«
Er verbeugte sich:
»Ehre gegen Ehre! Helft mir, meine Spielschulden zu begleichen, und Ihr rettet ebenso meine Ehre wie die Eurige!«
»Die Ehre, die Ehre!... Ach, hört doch auf, wenn ich dieses Wort aus Eurem Munde höre, wird mir ganz schlecht!«
Wieder lächelte er überheblich:
»Regt Euch nicht so auf! Ihr seid doch schließlich an allem schuld. Hättet Ihr mit der großzügigen Spontanität geantwortet, die ich von Euch erwartete, so hätte es niemals diese... unerfreuliche Auseinandersetzung gegeben. Ich habe Euch angebetet! Aber Ihr, egoistisch wie Ihr seid, wolltet nur Euer Vergnügen...«
»Mein Vergnügen!«
Agathe fuhr auf, und mit riesigen, blitzenden Augen fiel sie über ihn her:
»Mein Vergnügen! Was meint Ihr eigentlich damit? Aber jetzt kann ich es Euch genau sagen: Eure kleinen Spielchen haben mich vollkommen kalt gelassen!«

»Da seid Ihr die erste«, bemerkte er.
»Das ehrt mich! Ich habe mich in Eurem Bett zu Tode gelangweilt. Das ist übrigens auch der Grund, warum ich nicht mehr wiedergekommen bin. Ich habe es Euch ... aus Rücksicht auf Eure Gefühle vorenthalten, aber von Rücksicht kann jetzt zwischen uns nicht mehr ...«
Mit Genugtuung stellte sie fest, daß sie ihn getroffen hatte, war jedoch noch nicht fertig:
»Euer Süßholzraspeln und Eure Muskelpakete allein genügen nicht, es fehlt noch etwas ... Ich weiß nicht recht, ... ein wenig Herz, etwas mehr Gefühl! Ihr hingegen seid wie ein Tier. Eine richtige Frau verlangt mehr. Für diejenigen, die hier waren, ist das, was ich sage, wenig schmeichelhaft ... Aber es können nur läufige Hündinnen gewesen sein, und unter denen müßt Ihr Euch Eure Opfer suchen. Ich bin nicht die Richtige für Euch. Und wenn Ihr versuchen solltet, mich schlecht zu machen, so zerquetsche ich Euch wie eine elende Kröte! ... Und jetzt laßt uns mit diesen Kindereien aufhören, und gebt mir mein Briefchen zurück.«
Ihr Ton war entschlossen und autoritär gewesen, doch Tony, bleich wie ein Handtuch, verschränkte lässig die Arme und sah sie höhnisch an:
»Das kostet Euch tausend Louis! Ich erwarte sie übermorgen zur gleichen Zeit hier! Wenn nicht ... Und was Eure Bemerkungen über meine Liebesfähigkeiten betrifft, so habt Ihr richtig festgestellt, daß alle Frauen Hündinnen sind ...
Ich ...«
Seine Obszönitaten gingen im Knall der Tür, die Agathe hinter sich zuschlug, unter.

Kapitel 20

»Ausgerechnet dieser Tony de Lansac!«

Louis -Marie betrachtete Agathe, wie sie da mitten in ihrem Boudoir bleich, mit hartem Mund und tragischem Gesichtsausdruck vor ihm saß. Sie machte eine ungeduldige Fußbewegung und erwiderte:

»Hört auf, so ein Gesicht zu machen! Ich brauche einen Rat und keine Lektion in Sachen Moral.«

Mit wütendem Blick begann sie erneut, im Zimmer auf- und abzugehen.

»Dieser elende Halunke! Zuerst tat er so, als ob er sich vor Liebe zu mir fast umbringen würde!«

»Habt Ihr das etwa geglaubt?«

»Also bitte, werdet nicht auch noch ironisch! Und weshalb hätte ich nicht ein wenig daran glauben dürfen? Bin ich denn häßlich und so wenig liebenswert?«

»Das habe ich nicht behauptet«, erwiderte Louis-Marie mit leiser Stimme. »Aber diese Art Menschen ...«

»Ich bringe ihn um! Hört Ihr, ich werde ihn wirklich umbringen!«

»Das ist ohne Zweifel eine radikale Lösung. Seid Ihr jedoch auch sicher, daß dies die beste Lösung ist?«

»Er verdient nichts anderes.«

»Sehr richtig! Doch ich weiß nicht so recht, ob Ihr gern bereit seid, Euer luxuriöses Leben mit dem Aufenthalt im Kerker zu vertauschen ...«

»Ich bitte Euch, sagt mir jetzt endlich Eure wahre Meinung! Was schlagt Ihr mir statt dessen vor, nachdem Ihr doch für alles einen Rat wißt? Soll ich etwa bezahlen? Ausgerechnet dieses kleine Miststück bezahlen! Ich würde ihn lieber ...«

Agathe stieß einen tiefen Seufzer aus und fuhr fort: »Und dennoch, wenn ich es mir so recht überlege, ziehe ich doch meine Ruhe und meinen Frieden vor. Ihn zu bezahlen ist vielleicht immer noch das einfachste Mittel, um beides wieder zu erlangen.«

»Wenn Ihr jetzt auf seine Forderungen eingeht, wird er Euch noch bis aufs Blut auspressen. Woher wollt Ihr schließlich wissen, daß dieser Bursche dann auch sein Wort hält?«

»Nun, immerhin bezieht er doch wohl von seiner Mutter eine Art Rente.«

»Eine Rente von drei Liar. Die verwitwete Madame de Lancac verwaltet in der Auvergne nur das, was nach der Revolution vom Familienbesitz übriggeblieben ist, und das ist nicht mehr als hundertfünfzig Hektar steiniger Grundbesitz und einige Viehherden. Darüberhinaus hat sie zwei Töchter, die sie unter diesen Umständen wohl kaum noch an den Mann bringen wird. Mit dem Wenigen, was ihr Besitz noch abwirft, muß Madame de Lansac sich selbst und ihre beiden Töchter recht und schlecht versorgen, so daß sie die ganze Zeit in der Hoffnung lebt, daß Tony eine reiche Erbin an Land ziehen wird. Dieser denkt jedoch nicht daran, denn die Zukunft des Schlosses von Lansac ist ihm herzlich gleichgültig. Er will sein Leben in vollen Zügen genießen, und wenn er auch nichts in den Taschen hat, so besitzt er doch genügend andere Attribute, die bei den Frauen sehr gut ankommen. Doch Frauen sind für Tony eine Quelle, die er immer wieder anzapfen kann. Gewiß, auch ich habe in meinem früheren Leben manchmal von dieser Quelle Gebrauch gemacht, doch zu meiner Entschludigung muß gesagt werden, daß ich mich dabei niemals auf Tonys Ebene hinabbegeben habe. Mit Tonys Erpressermentalität habe ich nichts gemeinsam. Außerdem, und das muß ebenfalls gesagt werden, besitze ich natürlich nicht Tonys Muskeln! Tony betreibt sein Geschäft jedenfalls sehr gründlich. Er hat immer wieder Opfer gefunden, die nur allzu bereitwillig bezahlt haben, wenn er ihnen mit dem klassischen Mittel gedroht hat, ihren Ehemann zu informieren und einen Skandal hervorzurufen. Diese Drohung hat ihre Wirkung nie verfehlt.«

»Woher seid Ihr so gut informiert? Tony wird schließlich überall empfangen, er hat einen ausgezeichneten Ruf.«

»Nun, ich eigne mich eben besonders gut zum Beichtvater. In dieser Hinsicht hat mir das Seminar gute Dienste geleistet. So manche unglückliche Schöne hat sich Erleichterung verschafft, indem sie mir anvertraute, was sie nicht vor aller Welt laut hinausschreien konnte. Wie soll man Tony anklagen, ohne daß seine Opfer sich selbst anklagen! So kommt es, daß man ihn in aller Gelassenheit durch die Pariser Salons paradieren sieht.«

»Weshalb habt Ihr mich nicht vor ihm gewarnt?« fragte Agathe grollend.

»Also, ich muß doch sehr bitten! Jedesmal, wenn ich auch nur wagte, ein Wort gegen diesen Schönling vorzubringen, habt Ihr gleich Gift und Galle gespuckt. Außerdem – woher hätte ich wissen sollen, daß Ihr die Dummheit begehen würdet, Euch gleich an seinen Hals zu werfen?«

»Nun, das Malheur ist passiert. Es ist unnötig, weiter darüber zu reden!«

Mit bleichem Gesicht ließ Agathe sich auf eine Liege fallen und meinte dann:

»Wenn es weder möglich ist, Tony aus dem Weg zu räumen, noch ihn zu bezahlen, was können wir dann also tun ...? Louis-Marie, Ihr habt einen so guten Kopf, laßt Euch etwas einfallen!«

»Ich überlege ja schon.«

»Überlegen, überlegen!« stieß Agathe ärgerlich hervor.

Jäh erhob sie sich.

»Halt, genug der Überlegungen. Wir könnten diesen Schurken doch mit seinen eigenen Waffen besiegen. Angriff ist manchmal die beste Verteidigung! Im Grunde genommen muß man seine spitze Zunge mehr fürchten als dieses lächerliche Billet. Schließlich ist darin nichts zu lesen, was mich wirklich kompromittiert. Ich hätte mich mit ihm doch genausogut verabreden können, um mit ihm gemeinsam einen Spaziergang zu machen! Meine Zeilen enthielten doch nichts Persönliches! Also könnte ich doch jetzt dem Herzog erzählen, daß Tony mir Avancen gemacht hat, und daß er nun versucht, sich an mir zu rächen, indem er bösartige Gerüchte verbreitet, nachdem ich ihn abgewiesen habe ... Der Herzog würde ihn in der Luft zerreißen, dessen bin ich sicher. Ihr wißt, wie sehr er mir zugetan ist.«

Ja, das wußte Louis-Marie, er wußte alles.

Eines Morgens hatte Louis-Marie ihr wieder einmal Vorwürfe wegen ihrer Ausgaben gemacht: »Wenn das so weitergeht, werdet Ihr Euren Gemahl noch ins Schuldgefängnis gringen! Vielleicht seid Ihr nicht darüber informiert, daß das Einkommen des Grafen gerade ausreicht, um die Launen der Gräfin Jeanne zu finanzieren. Man muß schon ein Vermögen wie Euer Schwager Jérôme besitzen, um so leben zu können! ...«

An jenem Tag hatte Agathe ihm alles gestanden. Alles über den Herzog, über Henri, und über die Gründe, die zu ihrer Eheschließung geführt hatten. Im übrigen hatte Louis-Marie längst bemerkt, daß sie nicht mehr die besten Beziehungen zum Grafen unterhielt. Es war besser, sich ihm freiwillig anzuvertrauen, bevor er von allein die Wahrheit entdeckte. Außerdem tat es ihr sehr gut, ihm endlich alles gestehen zu können. Sie fühlte, daß Louis-Marie

ihr Vertrauen voll und ganz verdiente. Nichtsdestotrotz hatte sich Louis-Marie zu folgender Stellungnahme hinreißen lassen:
»Nun ja, für eine so ehrgeizige junge Frau wie Ihr seid, die davon träumt, Herzogin zu werden, ist es immerhin schon ein erster Schritt, mit einem Herzog ins Bett zu gehen. Damit ist zumindest ein Anfang gemacht!«
Von dieser Äußerung abgesehen hatte Louis-Marie sie gleich darauf beschworen, etwas Geld beiseite zu legen, da schließlich jede Quelle einmal versiegen könne. Armer Louis-Marie! Der Umgang mit diesen Bürgerlichen hatte ihn verändert. Er war jetzt schon wie Clémentine geworden und geriet bereits bei der bloßen Vorstellung, das Geld könne knapp werden, in eine Art Panik...
Lebhaft erwiderte er jetzt:
»Dem Herzog? Ihr müßt verrückt sein! Ich warne Euch sehr davor, ihm alles anzuvertrauen. Er würde nur mißtrauisch werden, und dann würde er diesen Verdacht nicht mehr los. Er würde Tony sehr eingehend befragen, und Ihr könnt mir glauben, daß jeder Mann in seinem solchem Fall seinem Geschlechtsgenossen mehr Glauben schenkt als der Frau, die er liebt. Das kommt also überhaupt nicht in Frage!«
Nachdenklich rieb er die Hände gegeneinander. Er hatte sehr weiße, sehr gepflegte Hände, die stets ein wenig nach Eau à la Maréchale dufteten.
»Man müßte Tony eher...« murmelte Louis-Marie vor sich hin. Dann vollendete er den Satz:
»Ein Mann von Tonys Naturell hat sich in der Vergangenheit ganz sicher noch mehr zuschulden kommen lassen, und wenn man dies alles ans Licht zerren könnte, müßte er sich wohl oder übel wieder in die Auvergne zurückziehen. Wir könnten versuchen, Druck auf ihn auszuüben, versteht Ihr? Allerdings glaube ich nicht, daß man eines seiner weiblichen Opfer dazu bewegen kann...«
»Ich hab's!« rief Agathe auf einmal. »Tony ist ein Spieler. Das ist sein eigentliches Laster. Angenommen, er hat einmal beim Spiel betrogen, was ich mir bei ihm gut vorstellen könnte, so müßte man ihm nur nachweisen können, daß er mit Tricks arbeitet. So etwas verzeiht man in unseren Kreisen nicht.«
Mit einem Seufzer fügte sie dann hinzu:
»Aber wie soll man ihm auf die Schliche kommen? Die einzigen Spielsäle, die ich kenne, sind die ehrbaren Salons des Faubourg. Dort hat er sicher niemals gewagt, falsch zu spielen!«

Louis-Marie unterbrach sie:
»Laßt nur, die Idee ist sehr gut. Ich werde mich darum kümmern.«
Mit boshaftem Gesichtsausdruck erklärte er weiter:
»Beunruhigt Euch nicht weiter deshalb. Ich verspreche Euch, daß ich ihn mundtot machen werde.«
Agathe betrachtete ihn voller Zuneigung und sagte dann:
»Mein lieber Louis-Marie! Was sollte ich bloß ohne Euch anfangen?«
Louis-Marie blickte zur Decke und antwortete:
»Wenn ich es nicht wäre, hättet Ihr einen anderen Dummen gefunden. Mit solchen Augen würdet Ihr immer jemanden finden, der Euch aus der Patsche hilft.«
Agathe wollte noch etwas sagen, doch er hatte das Zimmer bereits verlassen.

Am darauffolgenden Tag stattete Agathe dem Herzog nachmittags einen Besuch in der Rue de Vaugirard ab.
Sie hatte Henri mitgenommen. Unterwegs begegnete sie Louis-Marie.
»Ich bin immer noch auf der Suche nach einem Beweisstück gegen ihn«, hatte er ausweichend erklärt.
Und wenn er nun nichts finden würde? Immerhin blieb ihnen nur noch eine Frist von vierundzwanzig Stunden.
Wenn Louis-Marie tatsächlich nichts finden würde, müßte sie bezahlen. Wenn es nur um sie allein ginge, hätte sie sich Tonys Forderung niemals gebeugt. Sie war sicher, daß ihr Wort vor der Welt mehr Gewicht hatte als das von Tony, und daß nur wenige es gewagt hätten, ihre Tugend in Zweifel zu ziehen. Und was bedeutete schon die Tugend! Jeder hatte doch irgend etwas zu verbergen, jeder präsentierte nach außen hin eine untadelige Fassade, die keineswegs der Wirklichkeit entsprach. Doch sie, Agathe, war eben nicht allein, sie mußte auch an Henri denken, an dieses arme Kind, das nun gleichsam zwei Väter besaß, und für das dadurch sehr viel mehr auf dem Spiel stand als für irgendein anderes Kind. Sie als Mutter hatte hier eine besonders große Verantwortung. Wenn sie die Zuneigung und das Vertrauen des Herzogs verlöre, so bedeutete dies auch, ihrem Sohn die väterliche Liebe zu entziehen. Die Zukunft ihres Sohnes wäre zerstört. Es würde bedeuten, Henri mehr oder weniger Vincent auszuliefern, und bei dieser Vorstellung schauderte es Agathe. Agathe war jung und schön,

und sie hatte sich stets für stark gehalten, doch nun mußte sie erkennen, wie schwach sie sich in Wirklichkeit angesichts dieser großen Verantwortung gegenüber ihrem Kind fühlte. Die Liebe zu ihrem Sohn entwaffnete Agathe und führte ihr vor Augen, wie sehr die Bande des Gefühls aus einem starken Menschen einen schwachen machen können.
Tief in Gedanken kam Agathe schließlich beim Herzog an.
»Aber, aber, kleiner Mann... ich glaube, jetzt müßt Ihr schlafen«, sagte der Herzog zärtlich zu seinem Sohn und legte ihn vorsichtig in die spitzenbesetzte Wiege, die er eigens für die Besuche seines Sohnes im Schlafzimmer hatte aufstellen lassen.
Agathe war sehr glücklich darüber, ihren Sohn während ihrer Besuche beim Herzog so nah bei sich zu haben. Außerdem war dies wohl doch der beste Beweis dafür, daß der Herzog außer ihr keine andere Frau in seinem Schlafzimmer empfing, nicht wahr? Allerdings war man beim Herzog nie so ganz sicher, denn er konnte weiblichen Reizen nur schwer widerstehen, wie sie wußte...
Er hatte das Kind in die Wiege zurückgelegt und die kleinen Vorhänge der Wiege mit behutsamen Fingern geschlossen.
Agathe fand es unsagbar rührend, welches Zartgefühl er im Umgang mit dem Kind zeigte. Dann drehte sich der Herzog zu ihr um und meinte:
»So ein kleines Wesen kann einem wirklich den Glauben an die Unschuld wiedergeben!«
Ein unwillkürliches Zittern durchlief Agathe, und sie fragte:
»Habt Ihr etwa erneut Drohbriefe erhalten?«
»Nein, das nicht. Diese Schweinehunde geben im Moment Ruhe. Doch heute morgen erst ist ein schreckliches Verbrechen geschehen. Einer unserer besten jungen Männer...«
»Ja?« fragte sie gleichgültig.
»Es handelt sich um einen scheußlichen Mord, meine Kleine.«
Der Herzog ließ sich neben ihr im Sessel nieder und spielte zerstreut mit einem Spielzeug von Henri. Dann fuhr er fort:
»Verdammt nochmal! Er war einer unserer besten Leute, und er konnte fechten wie kaum ein zweiter! Du hast ihn übrigens auch gut gekannt.«
»Wer ist es denn?« fragte sie, und ihre Stimme klang auf einmal gespannt.
»Antoine de Lansac. Seine Diener haben ihn heute morgen

gefunden . . ., doch es ist wohl besser, ich erspar dir die weiteren Details.«
Agathe saß einen Moment reglos da. Dann fragte sie mit tonloser Stimme:
»Wofür haltet Ihr mich denn? Ich kann schon etwas aushalten. Was ist also geschehen?«
»Er ist erwürgt worden. Mit einer Vorhangschnur.«
Agathe biß sich auf die Lippen. Sie durfte jetzt keinen Fehler begehen. Sie mußte ganz natürlich erscheinen, ein paar Worte des Bedauerns äußern und gerade soviel Neugier zeigen, wie sich gebot. Es war nicht der Moment, um über alles nachzudenken. Nachdenken konnte sie später. Sie wollte versuchen, die Gedanken aus ihrem Kopf zu vertreiben, bis sie ihre Fassung wiedergewonnen hatte. Dennoch konnte sie das Bild von Louis-Marie vor ihrem inneren Auge nicht loswerden. Wie er ausgesehen hatte, als sie ihm am Morgen begegnet war, und wie ängstlich er sich bemüht hatte, ihrem Blick auszuweichen . . .
Agathe spürte, wie sich ihr Magen zusammenkrampfte. Dann erwiderte sie:
»Mein Gott!«
Und dann:
»Weiß man schon wer . . .?«
»Die Polizei scheint einen Raubmord auszuschließen. Immerhin besaß er eine wunderbare Sammlung alter Pistolen und sehr viel wertvollen Schmuck, doch nichts davon ist berührt worden. Die Polizei wird es nicht leicht haben, den Täter zu finden. Wenn du meine Meinung hören willst, so glaube ich, daß es irgendein eifersüchtiger Ehemann sein muß. Lansac konnte seine Eroberungen ja schon gar nicht mehr zählen. Darauf verstand sich dieser Kerl wirklich!«
Die Andeutung eines Lächelns erschien auf den Zügen des Herzogs, doch dann wurde er sofort wieder ernst, hüstelte ein wenig und meinte:
»Nun ja, man soll den Toten ihren Frieden lassen! Doch du bist auch sehr still geworden, mein Kleines. Hat dich die Neuigkeit so erschreckt? Die Damen im Elysée waren jedenfalls alle in Tränen aufgelöst, sogar meine liebe Caroline! Mehrmals hat sie wiederholt, was für ein charmanter Bursche und was für ein guter Tänzer er gewesen sei. Und beim Essen hat sie von ihrem Teller kaum etwas angerührt.«

Agathe drohte die Stimme zu versagen, doch dann hatte sie wieder Gewalt über sich, daß sie immerhin hervorbringen konnte:
»Man kann sich eben nur schwer vorstellen, daß jemand, den man gestern noch voller Elan und Lebensmut gesehen hat, auf einmal nicht mehr dasein soll... Vorgestern war er noch bei Sosthéme de la Rochefoucauld in der Rue de Varennes...«
»Aber Leben und Tod liegen nun mal sehr dicht beieinander!«
»Ihr sprecht wie Vincent.«
»Vincent ist ein Verrückter, der sehr viel Weisheit besitzt.«
»Er ist ein Verrückter und weiter nichts!« entgegnete sie bitter.
»Aber was ist denn mit dir, meine Kleine?«
Zärtlich berührte der Herzog Agathes Nacken:
»Ich weiß natürlich, daß unser Freund Vincent nicht gerade ein sehr sanftmütiges Temperament besitzt, doch ich hatte geglaubt, ihr würdet euch besser aneinander gewöhnen. Habe ich nicht betan, was ich konnte?«
»Ja, gewiß, Ihr seid sehr gütig gewesen, ich...«
Auf einmal brach Agathe in Tränen aus.
Sofort kniete der Herzog vor ihrem Sessel und nahm sie in die Arme.
»Agathe, meine allerliebste Agathe, weine doch nicht. Was hast du denn bloß? Du verlierst doch sonst nicht so schnell die Nerven, du bist doch sonst stets stark gewesen. Wirklich, ich erkenne dich kaum wieder! Also hör bitte auf zu weinen, du brichst mir das Herz damit!«
Agathe holte tief Luft und versuchte Haltung anzunehmen. Dann sagte sie:
»Verzeiht mir. Es ist nur, weil wir von Vincent gesprochen haben. Ich bemühe mich so sehr, mich mit der Situation abzufinden, ich sage mir immer wieder, daß ich ja schließlich Euch habe, und daß ein derartiges Glück nun einmal seinen Preis besitzt, doch es gibt Momente, in denen es schwer fällt... Es ist wirklich sehr hart, wenn man dazu verdammt ist, eine derartige Komödie zu spielen!«
Während Agathe dem Herzog diese Erklärung abgab, dachte sie insgeheim voller Wut, daß Vincent wenigstens dazu noch gut gewesen war. Ihr wurde klar, wie sehr sie Vincent haßte. Alles war seine Schuld gewesen. Seine Gleichgültigkeit und seine Grausamkeiten hatten sie in Tonys Arme getrieben, und sie hatte sich ihrerseits daraufhin Louis-Marie anvertraut. Niemals hätte sie das tun dürfen, denn Louis-Marie liebte sie! Vor dieser Tatsache hatte

sie stets die Augen verschlossen, doch nun sah sie, was sie angerichtet hatte. Wer liebte, war zu fast allem fähig... Louis-Marie hatte ihr versprochen, Tony unschädlich zu machen, aber was er wirklich damit gemeint hatte, wäre ihr niemals in den Sinn gekommen. Nun mußte sie nicht mehr Tony fürchten, sondern die Polizei.

»Nun, geht es dir besser? Lächle doch einmal! Du hast mich so erschreckt. Ich habe dich von dieser Seite nicht gekannt, denn bisher hast du dich nie von deinen Gemütsbewegungen hinreißen lassen.«

Der Herzog kniete immer noch vor Agathe, und während er so mit ihr sprach, verirrten sich seine Hände in Agathes Kleid.

Agathe trug nichts unter ihrem Kleid. Zu Beginn ihrer Liaison hatte der Herzog sie gebeten: »Wenn du wüßtest, mein Kätzchen, wie sehr mich der Gedanke erregt, daß du unter deinem Kleid ganz nackt bist, wenn du zu unserem Rendezvous erscheinst!« Auch Agathe hatte diese Vorstellung damals sehr aufregend gefunden, doch im Moment dachte Agathe an ganz etwas anderes...

Sie ergriff die suchenden Hände des Herzogs, um ihnen Einhalt zu gebieten und murmelte dann in einem leidenden Tonfall:

»Liebster, ich fühle mich heute nicht besonders wohl.«

»Aber das hättest du mir doch sagen sollen, du Dummkopf!«

Ebenso sanft wie zuvor seinen kleinen Sohn Henri hob er nun Agathes Körper aus dem Sessel und trug sie zum Bett, wo er sich dicht neben ihr ausstreckte.

»Ruh dich aus, mein Herz.«

Dann ging plötzlich ein Strahlen über sein Gesicht. Er stützte sich auf einen Ellenbogen und meinte zu ihr:

»Vielleicht solltest du Deneux konsultieren?«

»Deneux?«

»Aber ja, natürlich! Wäre es denn so verwunderlich? Und überhaupt, wär es nicht sehr hübsch, nachdem meine Caroline auch bereits im dritten Monat ist? Dann würde mir jede von euch beiden zum Jahresbeginn ein Kind schenken.«

Sie erwiderte:

»Ich möchte kein Kind mehr.«

Er lachte:

»Du bist selbst ganz schön kindisch! Als wenn man Mutter Natur kommandieren könnte!«

Er runzelte die Augenbrauen und fuhr fort:
»Was soll das heißen, du willst kein Kind mehr? Liebst du unseren Sohn etwa nicht?«
Agathe schloß die Augen und antwortete:
»Doch, natürlich liebe ich ihn, das ist es ja gerade. Die Liebe hindert einen am Leben.«

Kaum war Agathe in die Rue de Bourbon zurückgekehrt, als sie Henri auch schon der Amme übergab und zu Louis-Marie stürzte. Er bewohnte zwei Zimmer in der zweiten Etage, ein Schlafzimmer und ein Büro. Das ganze war von mönchischer Strenge, mit weiß gekalkten Wänden, dunkelbraunen Vorhängen und einigen Louis-Treize-Möbeln, die allesamt sehr schlicht wirkten. Obwohl Agathe ihm damals gerne andere Möbel zur Verfügung gestellt hätte, war er auf ihren Vorschlag nicht eingegangen. »Ich bin nichts weiter als ein Sekretär«, hatte er zu ihr gesagt.
Er saß an seinem Schreibtisch, als sie hereinkam. Sofort erhob er sich: »Ich habe Euch erwartet. Tony de Lansac ...«
»... ist ermordet worden. Ich weiß es bereits. Der Herzog hat es mir gesagt. Und Ihr, woher wußtet Ihr es?«
»Ich bin in der Rue Saint-Honoré spazierengegangen ...«
»Wann?«
»Heute nachmittag. Ich habe auf der Straße die Gerüchte gehört. ...«
Er verzog das Gesicht und sah Agathe scharf an:
»Was ist mit Euch? Ich hätte schwören können, daß die Nachricht vom Tod dieses Halunken Euch mehr als glücklich macht ...«
Sie gab keine Antwort sondern wich seinem Blick aus und fingerte nervös an ihren Handschuhen.
Mit drei Schritten war er bei ihr und faßte sie hart bei den Handgelenken:
»Ihr denkt doch nicht etwa ...? Große Güte! Doch, genau das denkt Ihr!«
Jäh ließ er sie los. Er wollte sich von ihr abwenden, doch sie trat nahe zu ihm heran und begann mit zögernder Stimme:
»Louis-Marie, sagt mir die Wahrheit, ich muß es einfach wissen! Ich habe geglaubt, ich verliere den Verstand, als mir der Herzog berichtet hat, daß ... Habt Ihr ...«
»... Ob ich diesen Schurken umgebracht habe? Ist es das, was Ihr wissen wollt?«

Er machte eine heftige Bewegung und blickte ihr voll ins Gesicht. Erregt fragte er sie dann:
»Und weshalb soll ich das getan haben? Was für ein Motiv unterstellt Ihr mir dabei?«
»Weil . . . weil . . .«
»Ich will es Euch sagen: Weil Ihr glaubt, daß man für Euch immer alles zu tun hat. Da taucht jemand auf wie dieser Tony de Lansac, und schon wird er von dem guten Louis-Marie aus dem Weg geräumt, bevor er Eure ehrgeizigen Pläne durchkreuzen kann. Das ist doch ganz natürlich, nicht wahr? Ihr habt mich engagiert, damit ich Euren unaufhaltsamen gesellschaftlichen Aufstieg fördere, und wenn dabei Hindernisse auftauchen, so werden sie eben weggewischt. Einfach so . . .«
Er machte eine Bewegung mit der Hand.
Noch nie hatte Louis-Marie so zu ihr gesprochen, noch nie hatte sie eine derartige kalte Wut an ihm erlebt. Verwirrt antwortete sie:
»Ich habe an nichts Derartiges gedacht. Ich habe einfach nur Angst gehabt. Angst um Euch und um uns. Denn auch wenn Ihr es nicht gewesen seid, bleibt es doch ein seltsames Zusammentreffen . . .«
»Wer weiß, vielleicht hat jemand anderes Euch diesen Dienst erwiesen? Geht doch einmal die Liste Eurer Verehrer durch. Von Tony de Lansac hatte ich zunächst auch nichts gewußt. Ich besitze lediglich die Liste Eurer Lieferanten, nicht die Eurer Liebhaber.«
»Aber Louis-Marie!«
Er kehrte zu seinem Schreibtisch zurück und ließ sich dort nieder. Dann hörte sie ihn sagen:
»Hättet Ihr wohl die Güte, diesen Raum jetzt zu verlassen? Es muß nicht unbedingt sein, daß Euer Gemahl Euch hier antrifft . . .«
»Würde das etwas ausmachen?«
»Nein, natürlich nicht. Ich vergaß, daß ich für Euch ja kein Mann bin.«
Agathe trat zu seinem Schreibtisch und erwiderte:
»Was habe ich Euch bloß getan? Weshalb sprecht Ihr auf einmal so mit mir?«
Louis-Marie seufzte.
Auf einmal bemerkte Agathe, wie schlecht er aussah. Er hatte

tiefe Schaten unter den Augen, und seine Augen waren trübe und matt. Louis-Marie bemühte sich sichtlich um Haltung und erklärte dann:
»Verzeiht mir bitte. Es tut mir sehr leid. Ihr seid stets äußerst großzügig zu mir gewesen. Ich habe kein Recht, so mit Euch zu sprechen.«
Leise erwiderte sie:
»Die Geschehnisse der jüngsten Zeit haben uns wohl beide etwas durcheinandergebracht.«
Sie beugte sich vor, küßte ihn sacht auf die Wange und verließ das Zimmer.

An den Tagen darauf ging Agathe zwar ihrem gewohnten Leben nach, das heißt, sie besuchte Empfänge, tanzte, lachte und plauderte mit ihren Bekannten, doch ihr Herz war nicht bei der Sache. Nichts machte ihr wirklich Spaß. Ganz plötzlich ließen all die Dinge, an denen sie zuvor soviel Freude gehabt hatte, sie im Innern kalt. Es war wie bei einem Feinschmecker, der plötzlich den Appetit verloren hatte.
Die polizeilichen Ermittlungen bezüglich der Ermordung von Tony de Lansac waren bis jetzt zu keinem Ergebnis gekommen. Der Herzog hatte erklärt, es sei wohl besser, den Dingen nicht allzusehr auf den Grund zu gehen. Er fürchtete ganz offensichtlich, man könnte bei einer zu eingehenden Untersuchung auf bekannte Namen stoßen, die die Feinde der Monarchie nur zu gerne kompromittiert gesehen hätten. So war Tony in aller Stille in der Auvergne beerdigt worden, damit Gras über die Sache wachsen konnte.
Nichtsdestotrotz mußte Agathe sehr oft daran denken. Louis-Maries Reaktion hatte sie an jenem Tag keineswegs überzeugt. Sie empfand ihm gegenüber seitdem stets ein gewisses Unbehagen. Sie hatte bis dahin geglaubt, ihn gut zu kennen, doch nun mußte sie feststellen, wie wenig sie wirklich von ihm wußte.
Sie selbst mußte ebenfalls feststellen, daß sie sich verändert hatte. Sie kam sich älter vor, und sie empfand erstmals, wie schwer manche Last auf ihren Schultern ruhte. Außerdem fühlte sie sich sehr allein.
Bevor der Herzog im Juli zu seinem Schloß in Rosny aufbrach, das er kürzlich erst erworben hatte, beschloß Agathe, mit ihrem Sohn nach Rougeville zu fahren. Portal und Louis-Marie wollten in

Paris bleiben, um sich dort um alles zu kümmern. Was Vincent betraf...

Als sie ihn aus Höflichkeit über ihre Pläne informierte, brach Vincent in Lachen aus und meinte:

»Nanu, habt Ihr plötzlich Appetit aufs Landleben? Nun, wenn Ihr unbedingt wieder wissen wollt, wie sich weiches Gras anfühlt, so versucht Euer Glück. Aber kommt mir nicht mit einem Bauernbastard nach Hause!«

Kapitel 21

»Meine kleine Geliebte, ohne Dich wird mir die Zeit lang. Ich verbringe sie so gut ich kann. Rosny ist sehr angenehm, und mit guten Pferden können wir in vier Stunden in Paris sein. Die Jagd bereitet mir hier große Freude. Die Herzogin begleitet mich dabei. Du kennst sie ja, sie kann sich für alles so begeistern. Und wie geht es Dir, mein Kätzchen? Fühlst du Dich wohl im Kreis Deiner Familie? Bekommt Dir das Landleben gut? Ich hoffe, Du bist brav. Wie Du weißt, wird am 25. August das neue Standbild unseres verehrten Ahnen der Öffentlichkeit vorgestellt. Wir alle müssen unserem geliebten Heinrich IV. die nötige Ehre erweisen, und ich erwarte, daß du gemeinsam mit Vincent der Zeremonie beiwohnen wirst. Am meisten aber wünsche ich mir, daß du schon vorher ganz schnell zu mir zurückkehrst, denn ich liebe Dich und verzehre mich vor Sehnsucht nach Dir. Gib dem Kleinen einen Kuß von mir! Und du selbst sei überall dort von mir geküßt, wo Du es am liebsten hast ...

Darling

Ich habe zwei wunderbare englische Pferde gekauft. Sie sollen Dir gehören.«

»Von wem ist der Brief, meine Liebe?« wollte Tante Lottie wissen.
»Von Vincent. Er wünscht, daß ich zurückkehre.«
»Jetzt schon!« rief Papa erstaunt. »Aber liebes Kind, Du bist doch gerade erst einen Monat bei uns. Weshalb kommt dein Gemahl nicht nach Rougeville, um uns hier Gesellschaft zu leisten?«
»Das wäre wirklich wunderbar«, meinte Tante Lottie zustimmend.
Agathe verkniff sich ein Grinsen.
Sich vorzustellen, Vincent würde nach Rougeville kommen ... Er würde es mit Sicherheit noch nicht mal einen Tag lang hier aushalten! Und was das Schlimme war, sie konnte ihn darin nur zu gut verstehen. Mit einemmal fühlte sie sich ihm sehr viel näher als den ihren, trotz seiner schrecklichen Manieren.
Rose, Papas neue Frau, fragte sie nun mit honigsüßer Stimme:
»Meine liebe Agathe, dürfte ich mir wohl erlauben, Euch zu

bitten, ein paar Einkäufe für mich zu erledigen, wenn Ihr zurück in Paris seid? Wenn man Eure Eleganz sieht, weiß man erst, was uns Provinzlerinnen alles fehlt . . .«
»So wartet doch, Agathe ist doch noch gar nicht abgereist«, schnitt Tante Lottie ihr verärgert das Wort ab.
Die arme Lottie, dachte Agathe bei sich. Sie war nun endgültig das geworden, das man eine alte Jungfer nannte. Obwohl sie noch gar nicht so alt war, wirkte sie ältlich, und man sah ihr an, daß sie endgültig jeglichen Wunsch aufgegeben hatte, ihrer Umwelt und speziell den Angehörigen des anderen Geschlechts zu gefallen. Die arme Tante Lottie kleidete sich nun ganz ihrem Seelenzustand entsprechend in tristes Grau und trug die Haare in einem strengen Knoten. Ihre Augen blickten stumpf und traurig. ihre Wangen wirkten eingefallen. In jeder Familie gab es eine Vertreterin dieses Typs, der einen Teil des Dekors ausmachte.
Papa hatte gar nicht bemerkt, wie sehr Lottie sich in den vergangenen Monaten immer mehr zu ihrem Nachteil verändert hatte. Sein eigenes Glück machte ihn blind für das Unglück anderer. Statt dessen pflegte er zu Tante Lottie Sätze zu sagen wie etwa diesen: »Ach, Lottie, jetzt habe ich doch schon wieder meine Pfeife verlegt! Ob Ihr wohl die Güte hättet . . .?« Und die brave Lottie setzte sich wie ein treues Pferd in Bewegung, um Papa seine Pfeife zurückzubringen . . . oder seinen Hut oder seinen Spazierstock, während Papa verliebte Blicke mit Rose tauschte, die in der Tat ihrem Namen alle Ehre machte, denn sie saß rosig und üppig und ganz in pastellfarbene Seide gehüllt da.
Einige Tage nach Agathes Ankunft war ihr Papa mit verlegener Miene ins Zimmer gekommen und hatte gesagt:
»Mein Kind, ob du mir wohl etwas aushelfen könntest . . .? Du mußt wissen, daß meine liebe kleine Rose zwar eine sehr vernünftige Ehefrau ist, doch ich würde ihr so gerne ein Geschnek machen. Ihr Frauen liebt es doch, euch mit schönem Geschmeide zu schmücken, und es gibt nun einen besonderen Anlaß für mich, ihr . . . Ich habe dir nämlich noch nicht gesagt, das heißt, es ist jetzt der Moment gekommen, wo ich dir sagen muß, daß . . .«
Verwirrt brach Papa den angefangenen Satz ab.
»Was habt Ihr mir noch nicht gesagt?«
»Meine kleine Rose befindet sich in anderen Umständen.«
Nun war es heraus. Papa plusterte sich bei diesem Geständnis auf wie ein junger Gockel. Wenn man ihn so sah, hätte man denken

können, er würde zum ersten Mal Vater! Agathe wußte im Moment nicht, was sie antworten sollte und stotterte daher: »Aber natürlich, Papa, sagt mir nur, wie hoch die Summe sein soll...«

Agathe wagte nicht einmal, ihn anzusehen. Sie, die sonst so großzügig dachte, ertappte sich dabei, daß alles in ihr heftig revoltierte, wenn sie sich nur vorstellte, daß Papa... nein, es gab Dinge, die man sich noch nicht einmal vorstellen mochte!

Die Neuigkeit hatte Agathe ziemlich durcheinandergebracht. Außerdem fiel ihr das ewige Gezänk zwischen Tante Lottie und Rose allmählich auf die Nerven. Mit einem Wort, das Leben in Rougeville war unerfreulich und fade wie eh und je. Sie hatte das Gefühl, dabei einzuschlafen. Es war, als wenn das Leben dort nicht weiterging. Wie früher auch wurden die Mahlzeiten stets um elf und um sechs Uhr eingenommen. Das Essen selbst war für Agathes verwöhnte Zunge die reinste Zumutung. Außerdem erschienen die Dienstboten in einem sehr ungepflegten Aufzug. Man konnte die vielen Flecken auf ihren Gewändern schon gar nicht mehr zählen. An den Sonntagen pflegten die Honorationen der Gegend ihre Aufwartung zu machen, und sie brachten selbstverständlich ihre Ehefrauen dazu mit. Auch der Pfarrer durfte in diesem Kreis nicht fehlen. Die Männer diskutierten über Politik und unterhielten sich über die letzte Ernte. Agathe langweilte sich fast zu Tode dabei. Und worüber auch hätte sie mit den Frauen reden sollen? Schließlich gab es für diese nur das Haus, die Kinder und die guten Werke, die sie taten. All diese Menschen hatten einen viel zu engen Horizont, als daß Agathe mit ihnen etwas hätte anfangen können. Einzig und allein Rose hatte ganz offensichtlich Ambitionen, die darüber hinausgingen. Agathe spürte, daß Rose sich vom Leben auch etwas mehr erhoffte, als das triste Einerlei in Rougeville ihr zu bieten hatte. Sobald Papa ihr einmal den Rücken kehrte, kokettierte sie ganz offen mit den übrigen Herren. Da es sich jedoch hier um ihre Stiefmutter handelte, empfand Agathe dieses Betragen eher als ungehörig denn als amüsant.

An den Wochentagen pflegte man mit den Hühnern schlafenzugehen. Die Abende waren so ereignislos, daß es sich kaum gelohnt hätte, länger aufzubleiben. Papa war ohnehin vollends damit beschäftigt, seine wunderbare Rose anzubeten, während Tante Lottie nicht müde wurde, von ihren guten Werken zu

berichten. Zélie war schweigsam wie immer und versenkte sich ganz in ihre jeweilige Lektüre.
Agathe ärgerte sich darüber, daß ihre kleine Schwester offenbar nichts anderes im Kopf hatte als ihre Bücher und schlug ihr daher eines Abends ärgerlich das Buch vor der Nase zu.
»Sobald ich zurück bin, meine Kleine, werde ich dich im Sacre-Coeur in der Rue de Varennes einschreiben, damit du nächstes Jahr dort eintreten kannst.«
»Was ist das, Sacre-Coeur?«
»Du hast aber wirklich von gar nichts eine Ahnung! Das ist das beste Pensionat von ganz Paris! Sämtliche junge Mädchen des Faubourg lernen dort gute Manieren.«
»Das interessiert mich nicht. Ich bleibe lieber in Rougeville.«
Der liebevolle Ausdruck in Zélies Augen zeigte, wie sehr sie an ihrem Zuhause hing.
»Rougeville, Rougeville! Aber wie kannst du nur hier versauern wollen ...«
»Ich habe hier alles, was ich brauche, und vor allem habe ich meine Bücher«, erwiderte Zélie in entschiedenem Tonfall.
»Deine Bücher! Glaubst du etwa, daß man in Büchern das Rezept für ein glückliches Leben finden kann?«
»Und du, meine liebe Schwester, hast du das Rezept dafür gefunden?«
Nein, das vollkommene Glück hatte sie auch noch nicht gefunden. Nichtsdestotrotz ...
»Was für eine Frage, mein Liebes!« mischte sich Rose jetzt ein. »Unsere liebe Agathe hat doch alles, was man sich nur wünschen kann: Schönheit, Reichtum und Erfolg.«
Rose verstand es wie kaum eine Zweite, ihrer Umwelt zu schmeicheln. Da sie andererseits nie versäumte, mit schmerzlichem Blick darauf hinzuweisen, daß sie sich aufgrund des bescheidenen Einkommens ihres Gemahls nur eine bescheidene Garderobe leisten könne, erhielt sie vor allem von Agathe des öfteren ein kleines Geschenk. Wenn Rose mit allzu begehrlichen Augen auf Agathes prächtige Garderobe schaute, wechselte so mancher Schal, so manches Paar Handschuhe und so manches Parfum die Besitzerin, denn Agathe wollte sich nicht ständig anhören müssen, worauf Rose Papa zuliebe alles verzichtete.
Gewiß, Rose setzte ihre Waffen recht geschickt ein, um auch so manches kleine Stück vom großen Kuchen des Lebens zu erwi-

schen, doch war sie weder dumm noch bösartig und hatte es immerhin fertiggebracht, Papas graue Existenz mit einem Schlag zu verschönen.

Clémentine war allerdings anderer Meinung. Sie fand, mit dieser Wahl habe Papa das Andenken von Mama entehrt. Zwar mußte sie zugeben, daß Rose einer erstklassigen Familie aus der Normandie entstammte, doch sie bezeichnete Rose trotzdem als vulgär und meinte, sie passe nicht zur Familie Rougeville.

Clémentine kam kaum noch nach Rougeville. Sie hatte jedoch ihr Sommerquartier in Haut-Buisson aufgeschlagen, einem Besitz in einiger Entfernung von Rougeville, den Charles Jérôme kürzlich erworben hatte. Es war ein sehr schöner und sehr großer Besitz, der immerhin 300 Hektar Land umfaßte. Dieser Mann machte wirklich alles in großem Stil, dachte Agathe bei sich. Und nach wie vor verband ihn mit Clémentine eine ebenso innige wie zärtliche Liebe. Glücklicherweise besaß er genügend Taktgefühl, nur samstags und sonntags auf dem Landsitz zu erscheinen. Seine Geschäfte und seine Bank beanspruchten ihn eben sehr! An den übrigen Wochentagen besuchte Agathe ihre Schwester regelmäßig in Haut-Buisson.

Wann immer sie mit ihrer prächtigen Kutsche durch das Dorf fuhr, stürzten sämtliche Bewohnerinnen des Dorfes aus ihren Häusern, um sich dieses Schauspiel nicht entgehen zu lassen.

Nicht ohne Genugtuung hatte Clémentine eines Tages zu ihr gesagt:

»Ich sehe, daß die Ehe dich sehr zu deinem Vorteil verändert hat, meine Liebe. Früher hättest du bestimmt einen wilden Ritt mit den beiden Moustrevieille-Söhnen vorgezogen, oder du hättest diesen kleinen Dummkopf Gaston schikaniert.« Agathe hatte ihre ehemaligen Gespielen wiedergesehen. Als erster war ihr Théo in Rougeville begegnet. Sie hatten gemeinsam einen kleinen Spaziergang über die Wiese unternommen, und dann war Theo nach Hause zurückgekehrt. Er hatte sie zweifellos als sehr distanziert und auch als etwas gekünstelt empfunden. In Wirklichkeit hatte sie jedoch nicht gewußt, worüber sie mit ihm hätte reden sollen. Was Théos Bruder Sosthène betraf, so hatte er Agathe gleichermaßen gelangweilt. Beide waren für sie nach wie vor Kinder. Hundert Jahre Erfahrung trennten sie. Agathe war es sogar schwergefallen, sich daran zu erinnern, daß diese beiden großen Jungs einst recht intime Liebkosungen mit ihr ausgetauscht hatten.

Was Gaston betraf...
Aus Höflichkeit war sie einmal nach Cantalouette gefahren, um der Familie Fournon einen Besuch abzustatten. Es war schrecklich gewesen. Im Salon hatte man die Möbel mit Schonbezügen zugedeckt und die Fensterläden halb geschlossen, als wolle man alles Leben aussperren. Die Fournons hatten wie zwei Wachsfiguren auf ihren Stühlen gesessen mit Gaston in der Mitte.
Er hatte sie anschließend zum Wagen begleitet und mit jäh erwachter Lebhaftigkeit erzählt:
»Stell dir vor, ich habe Nachricht von meinem Bruder erhalten. Du wirst es nicht erraten, aber Pierre hat tatsächlich eine Buchhandlung eröffnet. Ein Fournon als Ladeninhaber, stell dir das bloß einmal vor! Und es scheint auch noch, als ob er damit zufrieden wäre! Ich werde ihn wohl nie verstehen. Ich werde dich demnächst in Rougeville besuchen, dann können wir uns in Ruhe über alles unterhalten. Ich kann nur mit dir darüber reden. Du siehst ja, in welchem Zustand sich meine Eltern befinden! Mit diesem neuen Schicksalsschlag sind sie nicht fertig geworden.«
Agathe hatte sich schnell von ihm verabschiedet, und als Gaston kurz darauf in Rougeville vorstellig wurde, hatte sie ihm durch Maurice ausrichten lassen, sie sei nicht zu Hause. Der arme Gaston hatte es daraufhin kein zweites Mal versucht. Es tat ihr zwar leid für ihn, doch sich anhören zu müssen, wie er den Namen Pierre de Fournon aussprach, ging über ihre Kräfte.
Clémentine fügte jetzt hinzu:
»Es wurde wirklich Zeit, daß du endlich einmal bemerkst, was für Schwachköpfe die beiden Moustrevieilles und Gaston doch sind...«
»Meine arme Schwester, wenn deine Jugend genauso verlaufen wäre wie die anderer junger Mädchen, so wüßtest du, wie unwichtig einem in dem Alter das Gehirn eines gutaussehenden jungen Burschen ist. Alles was ich von ihnen wollte, war, mich von ihnen bewundern zu lassen!«
Agathe schüttelte ihr Haar und brach in lautes Lachen aus. Ein paar Sekunden lang war sie wieder so sorglos und unbeschwert wie in jenen Jugendjahren, von denen sie erzählte.
Clémentine schob verbissen das Kinn vor und erwiderte: »Ich hatte in dem Alter leider weder das Glück noch die Zeit, mir derartige Verehrer zu suchen. Ich mußte vielmehr dafür sorgen, daß unsere Familie etwas zu essen hatte. Doch das ist vorbei,

reden wir von etwas anderem. Es ist ganz klar, daß eine junge Frau in deiner Position sich nicht mit dummen Jungen wie den Moustrevieilles oder mit Gaston abgeben kann. Doch weshalb kapselst du dich hier so ab, ausgerechnet du, die in Paris keinen Ball ausläßt? Du hättest doch zumindest die Einladung des Grafen de Goyon annehmen können. Papa war über deine Ablehnung sicherlich sehr gekränkt. Nicht, daß ich Papa verteidigen will, aber . . .«
»Der Graf von Goyon gehört zum Kreis des Monsieur Descazes. Und Monsieur Descazes mag zwar ein Favorit des Königs sein, doch dies ändert nichts daran, daß er ein elender Schurke ist, der alles tut, um der Monarchie zu schaden.«
»Hat dir dein Ehemann derartige Gedanken in den Kopf gesetzt?«
»Ich brauche keinen Ehemann, um mir in politischen Fragen eine Meinung zu bilden. Was deine politische Haltung betrifft, so hast du sie gewechselt wie einen Handschuh, je nachdem, wie es für deine Finanzen am günstigsten war . . . Und komm mir nicht mit dem Argument, daß du lediglich aus der Not eine Tugend gemacht hast! Man muß zu seinen Überzeugungen stehen, liebe Schwester, man dreht sich nicht ständig nach dem Wind. Ich habe meine Überzeugungen jedenfalls noch nie aufgegeben. Ich stehe voll und ganz zur Monarchie, so wie wir sie von unseren Vorfahren übernommen haben. Und wenn die Monarchie erneut zerbricht, so würde ich erneut ins Exil gehen. Aus diesem Grunde ist jemand wie Monsieur de Goyon für mich gänzlich undiskutabel! Ich will von seinen liberalen Ideen nichts wissen.«
Agathe unterbrach ihren Redefluß für einen Moment und fuhr dann in sanfterem Tonfall fort:
»Und außerdem bin ich hier, um mich zu erholen. Ich fühle mich in deiner Gesellschaft sehr wohl. Es ist sehr schön hier.«
Clémentine blickte zärtlich auf ihre kleine Tochter Victoire und auf Henri, die Seite an Seite in der großen hölzernen Wiege schliefen. Dann antwortete sie mit einem kleinen Seufzer:
»Ja, es ist wirklich schön hier. Ich genieße den Aufenthalt hier umso mehr, als Papa mir die Besuche in Rougeville etwas verleidet hat, seitdem er mit dieser Frau verheiratet ist. Und außerdem fehlt mir Charles so sehr! Wenn ich mit ihm in Paris bin, hat er zwar dieselben Verpflichtungen, doch ich fühle mich ihm dann trotzdem sehr nahe. Ich wache über sein Wohlbefinden, organisiere die Einladungen für seine Gäste, stelle die Menüs zusammen . . . Unser gemeinsames Glück ist wirklich vollkommen.«

Sollte das Glück wirklich so aussehen? Im Schatten eines Mannes zu leben und sich nur noch um den häuslichen Herd zu kümmern, wenn er auch dermaßen vergoldet war wie bei Clémentine, das war nichts für Agathe! Nein, vielen Dank, auf ein derartiges sogenanntes Glück konnte sie gut verzichten, dachte sie bei sich. Außerdem, was hieß das schon – Glück? Ein solches Glück war nur etwas für kleine Geister, hatte Vincent gemeint. Für die Großen dieser Welt sah seiner Meinung nach das Glück ganz anders aus. Diese Art von zufriedener Genügsamkeit konnte es für sie jedenfalls nicht geben, hatte er Agathe eines Abends erklärt. Er, Vincent, lebte eine Existenz, die sich über sämtliche Regeln der Konvention hinwegsetzte. Dies hinderte ihn jedoch nicht daran, sehr klare und entschiedene Meinungen zu vertreten. Glücklichsein zu wollen, so hatte er weiter erklärt, bedeute daher meist nichts anderes, als jeden Anspruch nach Höherem aufzugeben. Es bedeutete, sich Grenzen zu setzen und in Monotonie und Mittelmäßigkeit zu verharren, und das war genau das, was Agathe am meisten verabscheute. Dem hatte sie letztlich entfliehen wollen, als sie Rougeville verließ, und nachdem sie nun fast vier Wochen an die Stätte ihrer Kindheit zurückgekehrt war, sah sie sich in ihrer Überzeugung nur bestätigt. Gewiß, in jüngster Zeit waren ihr in Paris die seltsamsten Gedanken durch den Kopf gegangen. Sie hatte sich gefragt, wie es wohl wäre, die wirkliche Liebe kennenzulernen und ein echtes Familienleben zu führen statt einer Ehe, die nur zum Schein und nur auf dem Papier existierte. Doch dann hatte sie sich diese törichten Ideen schnell wieder aus dem Kopf geschlagen. Für ein solches Dasein war sie nicht geschaffen, ebensowenig wie für jene Art von Glück, das die meisten Menschen anstrebten. Man muß sich im Leben entscheiden. Sie hätte genausogut Théo wählen können, um Madame de Moistrevieille zu werden. Dann hätte sie sich vor den Anfechtungen der Welt in den ruhigen Mauern eines Herrenhauses zurückziehen können. Sie hätte einen Ehemann und eine ganze Horde von Kindern an ihren Rockzipfeln gehabt, und in ihren wenigen Mußestunden hätte sie Marmelade eingekocht. Sie hatte jedoch mehr gewollt, und der gütige Gott schien dies erraten zu haben, als er ihr einen Geliebten aus fürstlichem Geblüte geschickt hatte. Wer weiß, vielleicht würde er einst König werden, und sie war dann fast so etwas wie eine Königin. Diese Träume von Liebe und häuslichem Glück waren töricht, denn die Liebe verging, und Träume konnte man nicht ernst nehmen. Sicher, es mochte so etwas wie die vollkommene eheliche Liebe geben, doch die Chance, dies zu erleben, stand 1 zu 1000!

Langsam faltete Agathe den Brief des Herzogs zusammen und sagte dann zu Rose:

»Wenn Ihr mir eine Liste Eurer Einkäufe zusammenstellt, so wird es mir ein Vergnügen sein, Euch alles zu besorgen. Papa, ich werde morgen nach Paris zurückkehren.«

»Morgen schon, mein Kind!«

»Aber, Chérie . . .« begann Tante Lottie.

»Euch, Tante Lotti, werde ich mitnehmen . . . nein, nein, keine Diskussion. Ihr kommt mit!«

»Aber ich in deinem schönen Hôtel . . .«

Agathe schnitt ihr das Wort ab:

»Ihr braucht Luftveränderung, Ihr seht gar nicht gut aus.«

»Also ich finde, daß unsere gute Lottie wie immer aussieht«, meinte Papa.

Tante Lotties Augen füllten sich mit Tränen, und sie zog ihr Taschentuch hervor.

»Liebe Tante, es gibt kein Aber. Ich entführe Euch einfach.«

»Heilige Jungfrau, morgen schon! Wenn ich das nur früher gewußt hätte. Dann hätte ich mir in Evreux noch etwas Stoff kaufen können, um mir ein neues Kleid zu schneidern . . .«

»Evreux! Wer spricht von Evreux? Wir gehen natürlich zu Leroy! Ihr bekommt eine wunderbare neue Garderobe!«

»Leroy!« wiederholte Rose mit spitzem Tonfall. »Was Ihr für ein Glück habt, Lottie! Wenn ich nur . . .«

»Man kann nun einmal nicht alles haben«, erwiderte Agathe mit strahlendem Lächeln. »Ihr habt schließlich Papa.«

Seit der Hochzeit ihrer Nichte war Tante Lottie nicht mehr in Paris gewesen.

Ihre Begeisterung kannte keine Grenzen, als sie sah, wie sehr sich das Hôtel de Seurolles inzwischen zu seinem Vorteil verändert hatte. Agathes eigene Freude über ihre Heimkehr nach Paris wurde dadurch nur noch größer. Gegenüber der Schlichtheit von Rougeville erschien ihr das Hôtel ganz besonders luxuriös. Sie sah ihr neues Zuhause gleichsam mit den Augen von Tante Lottie, was ihr eigenes Entzücken noch um einiges steigerte. Die großzügig angelegten Räumlichkeiten, der majestätische Treppenaufgang, die kostbaren Stoffe überall, die Bilder und die Statuen, kurz, alles war von vollkommener Schönheit, und jedes Ding war an seinem richtigen Platz. Hier herrschten Eleganz und Anmut, und das Auge konnte sich kaum sattsehen angesichts dieses erlesenen Raffinements.

Und wie sie sich freute, Portal und Louis-Marie wieder um sich zu haben! Der liebe Louis-Marie! Endlich war er wieder ganz der alte, strahlte vor guter Laune und Humor. Und erst Jeanne de Seurolles, Großvater und...

»Was hat Vincent denn während meiner Abwesenheit alles getrieben?« hatte sie von Louis-Marie wissen wollen, als sie einen Moment mit ihm allein war.

»Er hat sich benommen wie sonst auch. Allerdings scheint er sich immer mehr dem Alkohol zu ergeben. Wenn er gegen Morgen nachhausekam, hat sein Pferd von allein den Weg finden müssen.«

Wenig später begegnete sie Vincent auf der Treppe.

»Na so etwas! Die Schönste der Schönen ist zurückgekehrt!... Nun meine Liebe, wie fandet Ihr das Landleben?«

»Sehr erholsam und amüsant.«

Und sie ging an ihm vorbei.

»Leistet uns Dein Gemahl nicht Gesellschaft?« fragte Tante Lottie verwundert, als sie beim Abendessen saßen.

»Nein.«

Über Agathes Züge ging ein Lächeln.

»In diesem Hause herrscht vollkommene Freiheit! Jeder lebt, wie er mag. Es gibt keine festen Regeln und keine Stundenpläne. Ich kann Euch nur ermutigen, es ebenso zu machen.«

Diese Offenheit ließ Tante Lottie verstummen.

Sie gingen an diesem Abend früh ins Bett, und Agathe schlief bald ein. Mitten in der Nacht wurde sie von einem Geräusch geweckt. Jemand rüttelte heftig an ihrer Schlafzimmertür.

»Macht auf, ich bin es, Vincent.«

»Was wollt Ihr?«

Sie hörte ihn lachen.

»Wenn ein Mann an die Tür seiner Ehefrau klopft...«

Er ließ weiterhin sein höllisches Gelächter ertönen und rief dann:

»Also, macht endlich auf!«

Agathe verspürte plötzlich eine seltsame Hitze in ihrem Körper... und am liebsten wäre sie aufgesprungen und zu ihm gelaufen . . ., direkt in seine Arme. Doch sie wußte, daß sie verloren wäre, sobald seine Hände sie erst einmal berührten . . .

Sie erwiderte daher:

»Ich bitte Euch, geht!«

Da Vincent jedoch nach wie vor hartnäckig an der Türklinke rüttelte, sagte sie kurz darauf in hartem Ton:

»Geht endlich. Oder glaubt Ihr, daß ich meine Tür einem Mann öffne, der sich nach sieben Monaten zum ersten Mal wieder an mich erinnert, und das auch nur, weil er betrunken ist? . . .«

»Ihr habt die Monate gezählt?«

Die Vorstellung schien ihn zu amüsieren.

»Ja. Ein großes Kompliment für mich, wahrhaftig! Lassen wir es also dabei bewenden und spielen wir weiterhin in der Öffentlichkeit Komödie. Wenn Ihr jedoch hinter den Kulissen eine Fortsetzung wollt, so braucht Ihr auf mich nicht zu zählen!«

Er ließ die Türklinke los, und sie hörte, wie sich seine Schritte entfernten.

Nach Luft ringend lauschte sie einen Moment, um sich dann wieder in ihre Kissen sinken zu lassen.

Es herrschte wieder Schweigen. Doch nach einer Weile vernahm sie plötzlich ein Geräusch, das aus dem angrenzenden Ankleidezimmer kam. Man konnte diesen kleinen Raum durch die Dienstbotentreppe erreichen, und die Tür dazu war nie abgeschlossen, damit das Hauspersonal in das Ankleidezimmer gelangen konnte, ohne seine Herrin zu wecken.

Wie sonst meistens auch hatte Agathe an diesem Abend aus Nachlässigkeit vergessen, die Verbindungstür zwischen Schlaf- und Ankleidezimmer zu verschließen.

Im nächsten Augenblick stand Vincent schon auf der Schwelle.

Sie sah nur seine dunkle Silhouette und die Umrisse seiner bleichen Gesichtszüge. Man hätte ihn für ein Gespenst halten können.

Agathe versuchte, ihre Stimme so entschlossen wie möglich klingen zu lassen, als sie ihm entgegenschleuderte:

»Verlaßt auf der Stelle mein Schlafzimmer!«

Doch Vincent fixierte sie mit seinem Blick und kam dabei immer näher. Agathe war wie hypnotisiert. Ihr war, als wenn sie sich nicht von der Stelle rühren konnte. Sein Blick schien durch sie hindurchzugehen, so, als ob er sie gar nicht sähe.

Dann war er ganz nahe, hob seinen Arm und packte sie an ihrem spitzenbesetzten Dekolleté, um sie im nächsten Moment heftig an sich zu reißen.

»Laßt mich! Ihr seid nicht bei Sinnen... Laßt mich los, Vincent, oder...«

Er grinste:

»Oder was, mein geliebter Engel? Wollt Ihr die Domestiken wecken und einen Skandal verursachen, von dem morgen ganz Paris weiß? Eine Frau, die um Hilfe ruft, wiel ihr Ehemann sich ihr nähern will... Denn, falls Ihr es vergessen habt... vor Gott und den Menschen bin ich Euer Ehemann, und wenn es mir beliebt, meine ehelichen Rechte zu fordern, so nehme ich mir nur etwas, das mir ohnehin zusteht, damit Ihr Bescheid wißt, kleine Kratzbürste!«

»Euer Recht! Habt Ihr unsere Übereinkunft vergessen? Ihr habt kein derartiges Recht! Ich werde mich beim Herzog beschweren, ich...«

»Das werdet Ihr nicht tun. Oder wollt Ihr Euer luxuriöses Leben aufgeben? Ihr seid eine Gefangene Eurer hohen Ansprüche und Ambitionen, Ihr braucht Eure Perlen und Diamanten, Eure Kleider und Pelze, Euren Diener und Euren Sekretär...«

Der Graf schüttelte sie mit jäher Wut und stieß dann zwischen den Zähnen hervor:

»Wenn Ihr es wagt, Euch beim Herzog zu beklagen, werdet Ihr all das verlieren. Dann zerstöre ich Euch, so wahr ich Seurolles heiße!«

»Ihr würdet mich zerstören...?«

»Einige Details über unsere gemeinsamen Vergnügungen würden bereits genügen. Die Eigenliebe siegt bei fast jedem Mann über die Liebe zu einer Frau, vor allem, wenn es um seine sakrosankte Männlichkeit geht.«

»Er würde Euch nicht glauben.«

»Oh, doch, das würde er. Er kennt meine Überzeugungskünste ebensogut wie Euer hitziges Temperament. Und wenn ich unsere Liebesspiele mit dem vergleiche, was Euch der Herzog zu bieten hat...«

»Nicht nur ich würde alles verlieren... auch Ihr...«

»Gewiß, ich weiß, jedes Ding hat seinen Preis.«

Er hatte diese letzten Worte mit seltsam müder Stimme ausgesprochen, und sie plötzlich losgelassen.

Da versuchte Agathe mit unendlicher Vorsicht und ganz langsam

zur Tür zurückzuweichen, doch er holte sie auf halbem Wege ein und warf sie so heftig zu Boden, daß sie sich den Schädel gebrochen hätte, wenn der Teppich ihren Sturz nicht gemildert hätte. Dennoch wäre Agathe in diesem Moment lieber tot gewesen als seinem schrecklichen, irren Blick begegnen zu müssen.
Sie schrie:
»Vincent, nein! . . . Ich flehe Euch an . . .«
Und dann sagte sie leise:
»Erspart uns das.«
Die Tränen liefen ihr die Wangen hinunter, und auf einmal hatte sie große Angst, doch es war keine physische Angst vor ihm, sondern ein tiefes Entsetzen in ihrer Seele, das sie nicht zu definieren gewußt hätte.
Sie flüsterte nur noch:
»Nein, tut das nicht, nicht so . . . nein, nein . . .«
Und während er sie zwang, ihm zu Willen sein, flüsterte sie immer wieder dieses Nein, bis es auf ihren Lippen erstarb.

Am nächsten Tag ließ sich Agathe zu einem Waffenmacher fahren und erwarb dort eine Pistole.
Sie hatte sehr viel Wangenrouge auflegen müssen, um die tödliche Blässe ihrer Züge zu kaschieren, und ihr Körper schmerzte, als wäre sie geschlagen worden, doch zugleich war sie von einer ruhigen, kalten Entschlossenheit. Ein zweites Mal würde sie eine solche Demütigung nicht ertragen können, das wußte sie genau. Falls Vincent versuchen würde, erneut . . .
Als sie zurückkehrte, erwartete er sie in der Eingangshalle.
Sie wollte an ihm vorbeigehen, als ob er nicht existierte, doch er stellte sich ihr in den Weg.
»Agathe . . .«
»Laßt mich vorbei.«
»Ich bitte Euch vielmals um Vergebung. Ich fürchte, ich habe mich vergangene Nacht sehr schlecht benommen, denn ich war furchtbar betrunken.«
Sie konnte in seinem Tonfall keine Spur von Bedauern entdecken, eher sogar eine neutrale Gleichgültigkeit, die den Inhalt seiner Worte Lügen strafte.
Da Agathe nichts erwiderte und mit hocherhobenem Haupte stumm vor ihm stand, fügte er dann mit einer höflichen Kopfbewegung hinzu:

»Ihr könnt beruhigt sein, es wird nicht wieder vorkommen. Darauf gebe ich Euch mein Wort.«
Sie sah ihm fest in die Augen und gab zurück:
»Was geschehen ist, kann nicht einfach ausgelöscht werden. Ich werde Euch das niemals verzeihen.«

Im September kehrten die adligen Familien von ihren Sommerresidenzen zurück in die Hauptstadt. In den Salons unterhielt man sich fast nur über drei brennend interessante Themen.
Das erste war sehr trauriger Natur, denn die Herzogin von Berry hatte im sechsten Monat ihrer Schwangerschaft erneut eine Fehlgeburt erlitten. Das Kind war männlichen Geschlechts gewesen und hatte nur zwei Stunden gelebt. So waren die Hoffnungen der Royalisten auf einen neuen Thronerben jäh zerstört worden, und man versäumte nicht, der etwas leichtsinnigen jungen Herzogin einen schweren Vorwurf zu machen, denn dieser war ganz offensichtlich mehr an Bällen gelegen als an der Zukunft der Monarchie.
Das nächste Ereignis, das die Gespräche allerseits beherrschte, hing indirekt damit zusammen. Es war zwar weniger tragisch, dafür aber umso ärgerlicher.
Von einer Verschwörung war die Rede!
Im allgemeinen wurde dieses Wort stets mit den Vertretern der politischen Linken in Zusammenhang gebracht, also mit den Liberalen und den Bonapartisten, doch diesmal lagen die Dinge anders. Es wurde behauptet, gewisse ultra-royalistische Kreise, genau gesagt, Anhänger von Monsieur, dem Bruder des Königs ... hätten einen Plan ausgeheckt ... Zumindest wurde derartiges von gewissen ausländischen Zeitungen wie der britischen *Times* und dem *Morning Chronicle* verbreitet, die auch nicht davor zurückschreckten, Monsieur selbst mit dem angeblichen Komplott in Verbindung zu bringen.
»Zum Teufel nochmal«, schäumte der Herzog. »Wie können diese Leute nur wagen, meinen Vater zu kompromittieren! Das kann nur von Elie Descazes inszeniert worden sein ... dieser elende Schurke! Stell dir vor, mein Kätzchen, er bezahlt doch tatsächlich diese ausländischen Zeitungsschreiber dafür, daß sie solche Verleumdungen gegen meinen Vater in ihr Blatt setzen. Dieser verdammte Emporkömmling macht wirklich vor gar nichts Halt, wenn er damit erreichen kann, den König gegen uns aufzuhetzen,

selbst wenn er dafür sein Vermögen ofpern muß. Und mein lieber Onkel kauft ihm diese Lügengeschichten auch noch ab, er glaubt ihm eher als den Mitgliedern seiner eigenen Familie, er glaubt ihm sogar dieses Märchen, wonach wir angeblich... wenn ich sage Wir, meine ich natürlich all diejenigen, die der Monarchie treu ergeben sind, der wahren Monarchie und nicht der...«

»Aber Darling, regt Euch nicht so auf«, meinte Agathe besänftigend, »das bekommt eurer Gesundheit nicht... Es wird so viel von dieser Affäre geredet, daß man schon gar nicht mehr weiß... Die ganze Sache ist reine Erfindung, sagt Ihr?«

Es wäre sehr schade, dachte Agathe, wenn es sich nur um eine erfundene Verschwörung handeln würde, denn falls tatsächlich ein solcher Plan existiert hätte und dazu noch gelungen wäre, so hätte dies die Verhältnisse mit einem Schlag verändert...

Es wurde behauptet, die Kürassiere von la Rochejaquelein hätten Monsieur Descazes entführen sollen, während eine Abordnung von Königstreuen sich gleichzeitig zu den wichtigsten Regierungsmitgliedern begeben hätte, um diese zu verhaften. Nachdem die Regierung solcherart handlungsunfähig gemacht worden wäre, hätte man in allem Respekt jedoch sehr nachdrücklich den König aufgefordert, eine neue Regierung zu ernennen, an der zuverlässige Persönlichkeiten wie Chateaubriand, La Bourdonnaye oder Fitz-James beteiligt werden sollten... Falls der König in seiner Verblendung sich diesem Plan widersetzt hätte, wäre dies der Moment gewesen, ihm sanft aber endgültig die Herrschaft aus den Händen zu nehmen, nachdem er ohnehin längst ein Monarch war, der keine wirkliche Macht mehr besaß, und der unfähig war, ein Volk zu regieren... Das Volk hingegen wünschte sich eine feste Hand, einen Monarchen, der diese Bezeichnung wirklich verdiente, und genau das würde das Volk auch bekommen, nämlich in der Person von Monsieur... der zusammen mit seinen beiden Söhnen, dem Herzog von Berry und dem Herzog von Angoulême, die Herrschaft hätte übernehmen sollen. Der Vater und seine Söhne... eine schöne Vorstellung, fand Agathe. Der Herzog von Angoulême zählte dabei kaum, wie jeder wußte, wohingegen der Herzog von Berry...

»Ach, Darling«, rief Agathe begeistert, »wenn ein solcher Plan gelungen wäre...«

»Wie hätte er gelingen können, wenn es ihn in Wirklichkeit gar nicht gab! Ich sag es dir noch einmal, er existierte lediglich in der

Einbildung von gewissen Leuten, die besser daran getan hätten, ihr vorlautes Maul zu halten! Alles, was sie mit ihrem Geschwätz erreicht haben, ist, daß man sie verhaftet hat, und Descazes jetzt noch mehr Lügen verbreiten kann.«
»Er wäre gelungen«, erwiderte Agathe stur. »Ihr wärt praktisch morgen schon König geworden. Ihr könntet ...«
Er könnte alles! Er wäre allmächtig. Und sie ... sie sah sich schon in einer Linie mit Gabrielle d'Estrées oder mit Madame de Pompadour ...
Nervös lockerte der Herzog den Kragen seines Spitzenhemdes, seufzte und meinte:
»Ich fürchte, meine Kleine, wir werden uns mit den Dingen abfinden müssen. Der König ist nun einmal Wachs in der Hand dieses verfluchten Schmeichlers. Und überhaupt: Wie kann einer regieren wollen, der sogar zum Vögeln zu dämlich war! Aber mach das einmal meinem Vater begreiflich! Er will nur mit legitimen Mitteln an die Macht gelangen, die Krone nur entgegennehmen, wenn es Gottes Wille ist. Jede andere Möglichkeit lehnt er ab ... Ein Heiliger!«
Auch ein Heiliger wird gelegentlich von Versuchungen heimgesucht, dachte Agathe, und vielleicht wußte der Herzog mehr, als er im Moment zuzugeben bereit war. Als Agathe jedenfalls leidenschaftlich erwiderte: »Muß man überhaupt Monsieurs Zustimmung einholen? Wenn man ihn vor die vollendete Tatsache stellte, würde sein Gewissen ja rein bleiben. Ach! Wäre ich ein Mann ...«, ging der Herzog nicht näher darauf ein und beeilte sich andererseits ihr schnellstens zu beweisen, daß sie keineswegs ein Mann war ... und dann wurde über die Angelegenheit nicht weiter geredet.
Wie dem auch war – der Gedanke an das, was hätte passieren können, was möglich gewesen wäre, machte Agathe umso deutlicher, in welcher Situation sie sich selbst befand. Ein außergewöhnliches Schicksal hätte sie erwartet. Sie hatte ja immer schon daran geglaubt, daß das Leben Besonderes mit ihr vorhatte, und nun sah sie, wie es Schritt für Schritt aufwärtsging ...
Erst Anfang November sollten die Ermittlungen über die sogenannte Verschwörung schließlich eingestellt werden. Die Zeitungen der Opposition behaupteten inzwischen, Seine Majestät habe es vorgezogen, die Sache nicht zur Kenntnis zu nehmen, da er den Gedanken an einen derartigen Verrat von Seiten der Seinen nicht

ertragen könne. Insgesamt gesehen hatte die Sache schlimme Folgen. Die Fronten zwischen dem König und seinem Bruder verhärteten sich, und die politischen Gruppierungen im Land nahmen ebenfalls noch radikalere Standpunkte ein. Die Opposition wurde gestärkt, und die Royalisten fanden sich noch mehr als zuvor in zwei feindliche Lager gespalten, also in eines, das auf Seiten von Monsieur und seiner beiden Söhne stand und in eines, das sich für den König stark machte.
Die Entrüstung hatte Ende September ihren Höhepunkt erreicht, als aufgrund eines Königlichen Erlasses Monsieur die Befehlsgewalt über die Nationalgarde entzogen wurde. Die Absicht dahinter lag auf der Hand: Auf diesem Umweg sollten die Ultras an weiterer Einflußnahme gehindert werden, was ihnen bei den im Oktober stattfindenden Wahlen zur Deputiertenkammer sehr schaden würde. Dieser Effekt trat tatsächlich ein, denn zahlreiche Anhänger der Rechten gingen daraufhin nicht zur Wahl, und die extreme Linke triumphierte. Statt dessen war Monsieur La Fayette wieder auf den Plan getreten, der bereits 1789 kräftig dazu beigetragen hatte, der Monarchie ihr Grab zu schaufeln.
In Saint-Germain waren viele Menschen, darunter auch Agathe, der Meinung, daß sich beim nächsten Mal nicht das Volk gegen den König erheben würde, sondern die Vertreter dieser wiederauferstandenen Monarchie . . .
Nachdem in den Salons immer hitziger über die politischen Ereignisse diskutiert wurde, und fast nur noch die Worte »Krise« und »Revolution« zu hören waren, beeilten sich allerorts die Damen des Hauses, ein sehr viel charmanteres Gesprächsthema zu lancieren, nämlich das wichtigste gesellschaftliche Ereignis des Jahres: die Versöhnung zwischen Aimée d'Honfeuille und Agathe de Seurolles.
Besagtes Ereignis war durch Vermittlung der Gräfin Tyszkiewicz zustandegekommen.
Eines Nachmittags im September hatte Agathe die Gräfin zufällig bei Leroy getroffen.
»Meine liebe kleine Freundin! Laßt Euch umarmen! Mein Gott, wieviel Zeit ist doch vergangen . . . Wir haben uns seit mehr als einem Jahr nicht gesehen! Allerdings gehe ich kaum noch aus. Abgesehen von den Besuchen bei unserem lieben Fürsten . . .«
»Wie geht es Monsieur Talleyrand?«
»Sehr gut. Stellt Euch vor, diesen Sommer hat er Aimée und mich

sogar nach Bagnères-de-Bigorre mitgeschleppt. Ah! Dieser wunderbare Frieden in den Bergen! Man kam sich beinahe vor wie eine Schäferin.«

Es fiel schwer, sich die arme Gräfin Tyskiewicz als Schäferin vorstellen, so wie sie inzwischen aussah, und doch hieß es, sie sei einst eine große Schönheit gewesen.

Da unterbrach die Gräfin jäh ihre lyrischen Schilderungen:

»Sagt, meine Liebe, wann kommt es endlich zu einer Versöhnung zwischen Euch und meiner guten Aimée?«

Kühl erwiderte Agathe:

»Ich bin an dem jetzigen Zustand nicht schuld, Madame. Als ich den Grafen de Seurolles heiratete, schrieb ich Madame d'Honfeuille, die sich damals beim Fürsten von Talleyrand in Valencay aufhielt, um sie darüber in Kenntnis zu setzen, aber sie hat bisher nicht geruht, mir zu antworten. Daraus konnte ich nur den Schluß ziehen, daß ihr mein Glück mißfällt.«

»Aber Kind! In Eurem Alter zieht man wirklich voreilige Schlüsse! Aimée betet Euch geradezu an. Doch versetzt Euch einmal in ihre Lage: Schließlich hat sie Euch wie ihre eigene Tochter behandelt, und es wäre ihr daher lieber gewesen, wenn Ihr sie etwas mehr über Eure Pläne auf dem laufenden gehalten hättet. Das ist jedoch kein Grund, jetzt nicht... wartet, erst gestern... hat sie mir wiederholt erklärt, wie gern sie die freundschaftlichen Beziehungen zu Euch wiederaufleben lassen würde.«

»Aber ich ebenfalls, Madame. Ich bin Madame d'Honfeuille zu großem Dank verpflichtet.«

Die Gräfin Tyskiewicz klatschte in die Hände.

»Wenn das so ist, gibt es kein Problem mehr. Wann...?«

»Falls es Madame d'Honfeuille recht ist, werde ich sie bei der Prinzessin de La Trémoille treffen. Die Prinzessin, deren Hôtel sich ganz in der Nähe von meinem befindet, ist nicht nur meine Nachbarin sondern beehrt mich auch mit ihrer Freundschaft. Und bei einem ersten Treffen scheint mir ein neutrales Terrain...«

»In der Tat, meine Liebe, eine sehr gute Idee!«

»... Louis-Marie de Saint-Ferrieux wird mich begleiten. Es würde mich freuen, wenn Madame d'Honfeuille ein paar liebenswürdige Worte für ihn übrig hätte. Es kursieren da leider gewisse Gerüchte über ihn, seitdem er das Haus von Madame verlassen hat. Ein solches Schicksal hat er nicht verdient. Ich weiß, wie sehr er darunter gelitten hat, und er wäre gewiß froh, wenn...«

Die Gräfin Tyskiewicz runzelte die Brauen und meinte:
»Ist das etwa eine Bedingung?«
Agathe lächelte:
»Madame d'Honfieuille wird das schon richtig verstehen.«

»Aimée d'Honfeuille!« schäumte der Herzog. »Ich verbiete dir das! Was ist dir bloß in den Sinn gekommen? Ausgerechnet diese alte Schlampfe wiedersehen zu wollen...«
»Ein sehr kluger Gedanke ist mir in den Sinn gekommen«, hatte Agathe geduldig zurückgegeben. »Ich versuche, Euch nützlich zu sein. Obwohl Monsieur de Talleyrand nicht mehr Mitglied der Regierung ist, bleibt er doch weiterhin ein führender politischer Kopf. Und er haßt Descazes, den er dafür verantwortlich macht, daß er selbst in Ungnade gefallen ist. Das sind zwei ausreichende Gründe, um eine Wiederannäherung an Talleyrand anzustreben und ebenso mit all jenen wieder in Kontakt zu treten, die ich nicht empfangen konnte, solange die Verstimmung zwischen Madame d'Honfeuille und mir anhielt. Bei der gegenwärtigen Situation kann es von großem Nutzen sein, die allgemeine Stimmung gut zu kennen und die Unentschlossenen um sich zu sammeln, selbst, wenn es sich um einen Talleyrand handelt!«
»Und warum sollte deiner Meinung nach dieser verdammten Kuppelmutter an einer Versöhnung zwischen euch beiden gelegen sein? Was glaubt sie dabei zu gewinnen?«
»Fast all die jungen Leute unseres Viertels sind nach und nach in meinen Salon übergelaufen, nachdem sie zwischen ihr und mir wählen mußten. Und ein Salon ohne Jugend... würde Euch das etwa Spaß machen?... Für die Dame eines Hauses ist das der Anfang vom Ende.«
Der Herzog betrachtete sie.
»Du bist sehr klug und sehr weitsichtig, mein Kleines.«
Zärtlich lächelte sie ihn an:
»Durch das Zusammensein mit Euch habe ich vieles gelernt.«
In jenem Oktober des Jahres 1818 fühlte sich Agathe so wohl wie noch nie in ihrem Leben. Endlich verlief alles – oder zumindest fast alles – in den richtigen Bahnen, und sie hatte, wie es schien, auch ihr Gleichgewicht wiedergefunden. Gewiß, manches hätte sie sich anders gewünscht, doch dafür standen ihr die strahlendsten Zukunftsmöglichkeiten offen. Ihr Kopf war endlich wieder klar, nachdem sie sich nur noch auf ihren eigentlichen, festumrissenen

Weg besonnen hatte, und ihr Körper war zufrieden. Mittlerweile machte es ihr auch nichts mehr aus, Vincent zu begegnen oder zufällig jemand seinen Namen aussprechen zu hören. Seine brutale, aggressive Art erleichterte ihr jetzt sogar manches. Sie litt nicht mehr darunter ... und sie begehrte ihn nicht mehr. Es ging ihr gut. Sie hatte den Herzog, ihren Sohn und ein kleines Königreich ganz für sie allein, in dem nur Schönheit, Raffinement und Geist regierten. Außerdem gab es genügend ehrgeizige Pläne, die ihr Herz höher schlagen ließen. Kurz, es fehlte ihr an nichts ... und sie hatte sich obendrein eine etwas kühne, jedoch sehr hübsche Idee in den Kopf gesetzt, eine Laune zwar, aber unverzichtbar als Ausgleich für ihre neugewonnene Klugheit ...

»Eine Frau ohne Kapricen ist geradezu ein Ungeheuer«, pflegte Großvater oft zu sagen.

Er war es übrigens gewesen, der ihr besagte Idee eingegeben hatte.

Eines Tages, nur wenig später, nachdem sie aus Rougeville zurückgekommen war, hatten sie miteinander von alten Zeiten gesprochen, und auf einmal hatte Großvater wie nebenbei erklärt: »Zu schade, daß die Seurolles ihr Stammschloß ausgerechnet in der Provence haben müssen! Warum nicht gleich in Afrika! ... Wenn sich ihr Schloß hingegen in der Nähe von Paris befände ... Stell dir nur vor, was für glanzvolle Feste wir dort während des Sommers geben könnten ...«

Und sogleich hatte Agathes Phantasie zu arbeiten begonnen ... Nur ein kleines Schloß mit hübschen Proportionen, ein paar zierlichen Türmchen, einem See, einer Jagd und würziger Wiesenluft für Henri ...

Am folgenden Tag hatte sie Louis-Marie beauftragt, sich in der Umgebung von Paris umzusehen ...

Leider gab es immer irgendeinen Haken. Entweder war das Schloß zu pompös, zu weit entfernt gelegen, zu teuer, zu ...

Sie war schon nahe daran gewesen, aufzugeben, als Louis-Marie eines Tages durch Zufall doch noch das Schloß ihrer Träume entdeckte: es war ein kleines Renaissance-Schloß, genau gesagt ein Wasserschlößchen mit einem dazugehörenden Wäldchen. Es befand sich in Sèvres und war geradezu ein Juwel!

Man schrieb den 2. November. Agathe beschloß, bis zum Nachmittag des 5. November zu warten, um dem Herzog davon zu erzählen.

Sie hatten die unveränderte Gewohnheit, sich zweimal wöchentlich, nämlich donnerstags und samstags, in der Rue de Vaugirard zu treffen. Der 5. November fiel auf einen Donnerstag. Am selben Abend gaben der Herzog und die Herzogin einen großen Ball im Elysée-Palast. Der Herzog liebte Bälle und würde guter Laune sein.
Der 5. November kam ...

Kapitel 22

»Ein Schloß!«
»Ach, nur ein ganz kleines, Darling.«
»Klein, sagst du... Bei dem Preis scheint es sich doch um ein etwas größeres Schloß zu handeln.«
»Wieso? Es ist eine einmalige Gelegenheit...«
»Für wen?«
»Darling! Ich bitte Euch!... Ihr wollt doch sicher nicht, daß ich in einem Hühnerstall wohnen muß!«
»Ich will gar nichts, du willst vielmehr etwas. Ein Schloß... großer Gott! Es ist wirklich nicht der richtige Moment, um ausgerechnet von so etwas zu reden!«
In der Tat, Agathe schien für ihr Vorhaben doch nicht den günstigsten Moment erwischt zu haben. Es gab eben Tage, an denen alles eine negative Wendung nahm, was man sich zuvor schon in den schönsten Farben ausgemalt hatte.
Der Herzog war wütend und aufgebracht in der Rue de Vaugirard erschienen: »Weißt du, wer heute abend ebenfalls in den Ellysée kommen wird? Le Gouvion!«
»Gouvion-Saint-Cyr?«
»Ja, genau der, mein Kätzchen. Dieser verdammte Maréchal d'Empire. Nicht genug damit, daß er schon unter Bonaparte Maréchal gewesen ist, dann Pair, Marquis und Kriegsminister durch des Königs Gunst wurde... man stelle sich vor, ein ehemaliger Mitstreiter als Kriegsminister... wirklich, mit unserer Monarchie ist es weit gekommen... nicht genug, mit all dem hat er uns auch noch dieses gottverfluchte neue Militärgesetz untergejubelt... Kann man so etwas vielleicht hinnehmen? Bis dahin hatten sich unsere Könige das Recht vorbehalten, jemand zum Obersten oder zum General zu machen, wie es ihnen beliebte. Wer dem König treu diente, wurde dafür entsprechend belohnt, doch heutzutage ist das anders, denn Le Gouvin hat beschlossen, daß man zuvor die Militärschule besuchen muß, daß niemand Hauptmann werden darf, der nicht zuvor Leutnant gewesen ist, und so weiter. Die Armee wird schließlich nur noch eine Hammelherde von Funktionären sein, aller Glanz wird verschwinden... und schon wieder sind wir eins von unseren Privilegien los!... Und da besitzt dieser Witzbold auch noch die Frechheit, abends bei uns zu erscheinen!«

»Aber ich dachte, Ihr habt Euch geweigert, ihn einzuladen?«
»Das stimmt auch. Aber daraufhin hat der Mistkerl den Beleidigten gespielt und sich bei Descazes beklagt, und der liebe Descazes hat das wiederum meinem Onkel erzählt. Der hat sich furchtbar aufgeregt ... wenn ihn doch nur der Schlag getroffen hätte ... und mich zur Rede gestellt. Trotz seines körperlichen Verfalls hat er den Hintern immer noch fest auf dem Thron! Ich sage dir, ich bin nicht mehr Herr in meinem eigenen Hause, und das mir, einem Bourbonen!«
Erst nach vielen sanften Liebkosungen hatte sich der Herzog wieder beruhigt. Außerdem hatte Agathe ihm zu Bedenken gegeben, daß er durchaus seine Möglichkeiten habe, Le Gouvion einen geeigneten Empfang zu bereiten, eine Vorstellung, die ihn am Ende sogar zum Lachen brachte.
Vorsichtig kehrte Agathe dann wieder zu ihrem eigentlichen Anliegen zurück:
»Ich muß an Henri denken.«
»Weil er im zarten Alter von neun Monaten natürlich schon sein Schloß haben muß, nicht wahr? Wenn ich nur daran denke, was mich sein Unterhalt bereits jetzt kostet ...«
Agathes Augen funkelten zornig:
»Hatten wir nicht beschlossen, über dieses Thema nicht mehr zu reden?«
»Aber du bist doch selbst schuld, wenn wir wieder davon reden, du mit deinen großen Ansprüchen! Dein Lebensstil steht dem der Herzogin kaum nach ...«
»Aber ich verlange doch gar nichts für mich selbst!«
»Ich weiß, du willst gar nichts für dich selbst, nur für dein Vergnügen ... Aber das ist nicht schlimm. Es macht mir Spaß, dich zu verwöhnen. Dennoch, ein Schloß ... Warum nicht gleich eine ganze Provinz? Du verwechselst mich mit dem König. Manchmal hat er ja sogar großzügige Momente, außer im Bett, wo er nur mit falscher Währung zahlt!«
Der Herzog amüsierte sich über die geistreiche Wendung, die ihm da zuletzt eingefallen war, doch Agathe ging nicht darauf ein und erwiderte statt dessen trocken:
»Lassen wir es gut sein, vergessen wir das Thema. Ich werde schon eine andere Lösung finden.«
»Eine andere Lösung?«
»Man findet immer eine andere Lösung. Wenn ich auch selbst kein

Schloß habe, so werde ich sicherlich im nächsten Sommer auf dem Schloß von irgendwelchen Freunden eine Zeitlang wohnen können. Es fehlt mir nicht an entsprechenden Einladungen. Ach ja, die Frenillys bestehen darauf, daß ich im Juli ... Sie wollen unbedingt, daß ich auf ihr Gut in Bourneville mitkomme, und Sosthène de la Rochefoucauld hat mir schon angeboten, zu seinem Vater, dem Herzog von Doudeauville, nach Montmirail zu fahren ... und Ihr müßt zugeben, daß ich mich kaum in besserer Gesellschaft befinden könnte! Ich hätte es natürlich vorgezogen, in Eurer Nähe zu bleiben, aber Henri ... Ihr wißt, was für eine schlimme Erkältung er kürzlich hatte. Der Arzt hat gesagt, er dürfe auf keinen Fall den Sommer in Paris verbringen ... in diesem Gestank und in dieser schlechten Luft ... Und ehe ich mit ihm nach Rougeville gehe, lasse ich mich lieber im Kloster einsperren! Dafür bin ich noch zu jung! Deshalb hat mich Sèvres so verlockt. Es ist ja nahe bei Saint-Cloud, und wenn sich Seine Majestät und Monsieur während der heißen Monate dort aufhalten, könntet Ihr geschwind zu mir reiten, und wir wären nicht so lange getrennt. Nichtsdestotrotz will ich Euch nicht länger darum bitten. Das ist nicht meine Art, wie Ihr wißt ...«

Wie zur Bekräftigung ihrer Worte schüttelte Agathe den Kopf und fuhr dann fort:

»Ich bedaure lediglich, daß wir so auf viele schöne Stunden verzichten müssen, die wir dort gemeinsam hätten verbringen können. Das Leben ist so kurz. Es ist schade, wenn man nicht ...«

»Kurz? Hat man so was schon gehört. Mit neunzehn Jahren ...«

»Manche Menschen sind mit neunzehn schon alt ...«

»Blödsinn! Was soll ich denn sagen? Schließlich bin ich letzten Januar schon vierzig geworden ...«

»Ach, Ihr! Ihr werdet immer jung bleiben!«

Der Herzog seufzte:

»Sag lieber, daß ich wahrscheinlich nicht sehr alt werde!«

»Nein, ich erlaube nicht, daß Ihr solche Töne anschlagt! Weshalb gebt Ihr Euch solchen Gedanken hin ... Das ist ungesund, gefährlich sogar. Man muß den Tod ignorieren, so tun, als existierte er nicht. Wenn man von ihm spricht, erinnert er sich womöglich an einen, und schon ist er da ... Und wie sollte ich ohne Euch leben können, Darling?«

Leidenschaftlich warf sie sich über ihn, bedeckte ihn mit ihrem

Körper und ihrer blonden Haarmähne. Ihre Haut duftete nach Veilchen.
Er murmelte:
»Willst du dieses Schloß wirklich haben?«
»Euch will ich, nur Euch. Alles andere ist mir egal.«
Er nahm sie bei den Schultern, drehte sie sanft um, bis sie unter ihm zu liegen kam, strich ihre Locken glatt und hauchte einen Kuß auf ihre Augenlider.
Er lächelte sie zärtlich an und sagte:
»Weißt du eigentlich, wie glücklich du mich machst? Ich finde oft nicht die richtigen Worte dafür, aber glaube mir, mein Kleines, ich liebe dich.«
Eine heiße Woge von Zärtlichkeit stieg in ihr hoch, und sie verspürte den heftigen Wunsch, ihm etwas zu geben, ihm etwas zu schenken, doch sie hatte nichts anderes mehr zu verschenken als ihr Herz, nachdem sie ihm alles andere schon längst überlassen hatte, und so erwiderte sie ganz leise:
»Ich liebe Euch ebenfalls.«

Wegen des bevorstehenden Balles konnten sie ihr Rendezvous nicht so lange ausdehnen wie sonst.
Für gewöhnlich faulenzten sie viele Stunden im großen Bett herum, doch an diesem Nachmittag waren sie bereits um halb fünf wieder fertig angezogen.
Er war dabei, seinen Überrock zuzuknöpfen, und Agathe richtete trällernd vor dem Spiegel ihren Hut.
Dieser war aus dunkelrotem Samt und hatte genau dieselbe Farbe wie ihre neuen Rubine ... die Monsieur Bontemps, ihr Juwelier, ihr »erst einmal zur Ansicht« mitgegeben hatte, wie er sich auszudrücken pflegte. »Die Frau Gräfin möge sie so lange behalten, wie es ihr beliebt«, hatte er gemeint, dieser schlaue Fuchs ... Die Steine sollten ein kleines Vermögen kosten, doch sie funkelten und leuchteten wunderbar und harmonierten so gut mit ihrem blonden Haar ... Wenn sie immer nur mit ihrem Brillantdiadem und ihren Perlen gesehen wurde, würde man sie am Ende noch für arm halten, und außerdem ... Und außerdem wollte sie sie haben! Sie würde sie behalten, jawohl.
Agathe lachte still in sich hinein und wollte sich gerade zu ihrem Frisiertisch begeben, als sie vom Salon her ein Geräusch vernahm. Es klang wie Schritte, und sie lauschte erneut, doch nachdem alles

still blieb, zuckte sie die Schultern und achtete nicht weiter darauf. Wahrscheinlich war es Laplanche gewesen, der Diener. In Zeiten, wo so viel von Attentaten und Verschwörungen die Rede war, waren die Nerven ziemlich überreizt.

Wer hätte auch hier ...?

Schließlich wurden ihre Rendezvous an diesem Ort von den größtmöglichen Vorsichtsmaßnahmen begleitet. Anfangs hatte sie sich darüber amüsiert: jedesmal der Wagenwechsel, bei dem man sie zunächst zu einer beliebigen Adresse fuhr – immer zu einer anderen, versteht sich – um sie dann in einer anderen Kutsche mit verhängten Fenstern in die Rue de Vaugirard zu bringen und dies stets auf diversen Umwegen. Wenn sie in den Hof einfuhr, durfte sie von niemand gesehen und von niemand erkannt werden. Der Herzog machte es ebenso, denn er wollte nichts dem Zufall überlassen. Das Palais war im Namen eines Lord Hardley, eines Freundes des Herzogs, gekauft worden, und das Personal bestand aus sorgsam ausgewählten alten Dienern, die der Herzog schon seit langem kannte und denen er vertraute.

Agathe stand jetzt vor dem Frisiertisch, einem hübschen kleinen Möbel, auf dem jeder Gegenstand an seinem richtigen Platz lag: ein großer Kamm aus Elfenbein, eine mit kostbarem Silber verzierte Bürste, eine niedliche kleine Vase, die Laplanche stets mit frischen Blumen füllte ... Laplanche war ihr sehr ergeben, und sie hatte obendrein sein Gehalt verdoppelt ... sowie drei wertvolle Parfümflacons.

Agathe hatte gerade einen der Flacons zur Hand genommen, als sie auf einmal im Spiegel sah, wie die Tür zum Salon vorsichtig geöffnet wurde, und die Silhouette eines Mannes erschien.

Es war nicht Laplanche. Laplanche kam nur, wenn man ihm läutete, Laplanche trug weder einen solchen Gehrock noch einen so tief ins Gesicht gezogenen Hut, und Laplanche wäre auch nicht mit einer Pistole in der Hand hereingekommen.

All dies nahm Agathe in Sekundenschnelle wahr, während sie zugleich von einer geradezu lähmenden Angst ergriffen wurde.

Ihre vor Entsetzen weit aufgerissenen Augen suchten den Herzog, der noch nichts bemerkt hatte. Er wandte ihr den Rücken zu und war dabei, in aller Seelenruhe seinen Hut aufzusetzen. Agathe sah, daß die Pistole des Eindringlings mittlerweile auf den Herzog gerichtet war, und einem Instinkt folgend, ohne nachzudenken, warf sie mit aller Kraft den Flacon in Richtung des Unbekannten.

Der Flacon traf den Mann an der Schulter und brachte ihn einen Moment lang aus dem Gleichgewicht.
Unwillkürlich machte er zwei Schritte auf sie zu, so daß er jetzt vom Schein des Kandelabers beleuchtet wurde.
Fassungslos sahen sie sich an . . . und erkannten sich. Im nächsten Augenblick war der Mann auch schon wieder in der Dunkelheit des Raumes verschwunden . . .
»Elender!« schrie der Herzog außer sich.
Und dann ging alles sehr schnell.
»Ich rate Euch vor allem, keine Dummheiten zu machen, Monseigneur. Bleibt, wo Ihr seid«, erklärte Pierre de Fournon trocken und richtete erneut seine Pistole auf den Herzog.
»Was willst du? Mich töten?«
In diesem Moment wußte Agathe, was zu tun war. Trotz der Panik, die sie erfaßt hatte, kannte sie jetzt nur noch eines. Mit drei Schritten stürzte sie auf den Herzog und stellte sich schützend vor ihn.
»Agathe! Bitte, tu das nicht!« rief dieser angstvoll.
»Nichts kann mich von hier wegbringen«, erklärte sie entschlossen.
»Wenn er Euch töten will, muß er zuvor mich umbringen.«
Sie sah Pierre de Fournon an:
»Würdet Ihr so weit gehen?«
Ein furchtbares Schweigen trat ein. Dann wich Pierre de Fournon langsam zurück, zog den Schlüssel heraus und rief dem Herzog zu:
»Wir sehen uns wieder, Monseigneur!«
Er schloß die Tür hinter sich, verriegelte von außen, und man hörte, wie sich seine Schritte entfernten.
Das Ganze hatte höchstens eine Minute gedauert.
Der Herzog stieß einen Seufzer aus:
»Großer Gott! Ohne dich, Agathe . . .«
Er drückte sie heftig an sich, um sie dann gleich wieder loszulassen und zur Tür zu eilen. Nachdem er vergeblich an der Klinke gerüttelt hatte, ging er zum Kamin, holte sich einen Schürhaken und bearbeitete die Tür so lange, bis diese schließlich nachgab. Der Vorgang wurde von wütenden Flüchen und Verwünschungen begleitet. Dann verschwand er und ließ Agathe, die wie betäubt dastand, allein zurück.
Ihr war kalt, und die Knie zitterten ihr. Erst jetzt kam die Reaktion auf den tödlichen Schrecken. Sie hatte dem Tod ins Auge gesehen,

und sie war ihm wieder entkommen, doch während die Menschen sonst nach einem so glücklichen Ausgang tiefe Erleichterung verspüren, denn schließlich war die Gefahr vorbei, wurde Agathe von einem sich immer mehr steigernden Entsetzen geschüttelt. Pierre de Fournon ein Mörder! Sie konnte keinen klaren Gedanken mehr fassen bis auf einen: Immer wieder fragte sie sich, ob er wohl fähig gewesen wäre, sie zu töten. Agathe fand keine Antwort auf diese Frage.

Als der Herzog zurückkam, stand Agathe immer noch an derselben Stelle, den Blick ins Weite gerichtet.
»Ich habe Laplanche gefunden und den Portier und die anderen Diener. Sie waren gefesselt und geknebelt. Diese Halunken waren zu viert! Die Domestiken wurden überrascht. Überhaupt deutet alles auf einen vorbereiteten Plan... Und natürlich haben sie keine Spuren hinterlassen... Wie soll man sie jetzt wiederfinden... Agathe! Agathe, hörst du mir zu?«
»Mir ist kalt«, sagte sie.
Er schlang die Arme um sie, führte sie zum Sessel, ging dann zu dem kleinen Tisch in der Mitte des Zimmers und füllte zwei Gläser. Er leere seins auf einen Zug und brachte Agathe das andere.
»Trink!« forderte er sie auf.
Sie trank und spürte, wie die scharfe Flüssigkeit in ihren Eingeweiden brannte. Allmählich wurde ihr wärmer.
Der Herzog ergriff Agathes Hände:
»Ich weiß nicht, wie ich dir... du warst einfach... du warst einfach wunderbar! Was wäre mit mir geschehen ohne deine Geistesgegenwart und deinen Mut?«
Oh, nein, dachte Agathe. Nicht Geistesgegenwart hatte ihr Handeln bestimmt, sondern ein aus der Panik geborener Impuls...
»Das war so ein verdammter Bonapartist, ein Demi-solde... Sein Mantel hat ihn verraten«, fuhr der Herzog fort.
Sie müßte ihn anzeigen, seinen Namen und seine Adresse nennen. Er verdiente es nicht anders. Er verdiente es sogar doppelt, denn er war nobler Abstammung, und sein Verrat wog daher besonders schwer.
Agathes Körper glühte auf einmal. Ihr war, als hätte sie Fieber.
»Ein Demi-solde«, wiederholte der Herzog. »Es ist jedenfalls seltsam... Ich hätte geschworen, daß diese Leute vor nichts Halt machen, daß sie selbst ihre eigene Mutter umbringen würden,

wenn man es ihnen befiehlt, und dennoch hat er nicht... Es muß an deiner Jugend und an deiner Schönheit gelegen haben... Übrigens hatte er irgend etwas an sich... sein Ton und seine Manieren... waren die Manieren eines Edelmannes würde ich sogar sagen, falls man jemand noch so nennen kann, der sich für dieses schmutzige Geschäft hergibt! Was meinst du? Ist dir das nicht auch aufgefallen?«

»Ich habe nicht darauf geachtet, alles war so schnell gegangen«, murmelte Agathe.

»Du hast ihn doch besser sehen können als ich. Wärst du in der Lage, ihn zu identifizieren?«

»Ich habe ihn kaum gesehen. Er hatte den Hut auf, und im Zimmer war es ziemlich dunkel, und wenn man Angst hat, sehen alle Menschen gleich aus. Ich hatte so große Angst...«

Er preßte ihre Hände:

»Du mußt dich deswegen nicht schämen, mein Kätzchen! Ich hatte auch Angst. Auf dem Schlachtfeld, im Feuergefecht, da ist das ganz anders, da treibt einen der Kampfwille und die Wut vorwärts. Da greift man an, geht wieder in Deckung, greift erneut an... aber in einer Situation wie vorhin... Verflucht nochmal! Wenn einem der Tod so ruhig ins Auge sieht, und man keine Möglichkeit hat sich zu wehren... Nur ein Dummkopf hätte es da nicht mit der Angst zu tun bekommen! Doch wahres Heldentum zeigt sich erst, wenn man diese Angst überwinden kann... Ich wußte, wieviele gute Eigenschaften du besitzt, doch dieser Mut... Ach! Wenn ich diese Schweinehunde nur erwischen könnte...«

Agathe hatte ihre Hände zurückgezogen.

Der Herzog wanderte wütend im Zimmer auf und ab. Auf seinem Gesicht erschienen rote Flecken, während er eine Verwünschung nach der anderen an die Adresse der unbekannten Übeltäter richtete und ihnen die fürchterlichsten Strafen in Aussicht stellte. Agathe hörte sich alles schweigend an, doch sie hätte viel darum gegeben, wenn sie in diesem Moment allein gewesen wäre.

Allein mit ihren Gedanken, die immer wieder um den *anderen* kreisten. Verzweifelt versuchte sie zu verstehen. Aber was zu verstehen? Pierre de Fournon war ein Mörder, und sie war die dümmste aller Kreaturen! Sie hätte es gleich wissen müssen, als sie ihn in diesem Laden sah... Der Laden diente nur als äußere Fassade, als Deckmantel für seine finsteren Machenschaften... Er hatte den ehrbaren Bürger gespielt, den kleinen Ladeninhaber, der abends seine Einnahmen zählt... Dabei war er doch schon ganz verändert gewesen... sein Lachen und seine plötzliche Selbstsicherheit, die Fragen, die er ihr stellte... und sie hatte nicht erraten, wozu das in Wirklichkeit alles gut war. Dieser bedauernswerte Schwachkopf! Er gehörte zu der Art von Männern, die nur dann ihren Stolz wiederfinden, wenn sie für etwas kämpfen können, wenn sie ihre Hände mit Blut beschmutzen...

Der Herzog ging wieder auf sie zu:

»Jedenfalls sind wir noch am Leben, mein Kätzchen! Gott sei gepriesen! Er hat nicht zugelassen, daß...«

Er hielt einen Moment in seiner Rede inne und meinte dann:

»Wie schön das Leben doch ist! Wenn man kurz davor ist, es zu verlieren, ist es hinterher umso schöner, und man liebt es viel mehr als zuvor... Das ist wie mit einer Frau...«

Er unterbrach sich und sah Agathe voller Besorgnis an:

»So sag doch etwas Kleine! Du bist ja totenbleich! Steckt dir der Schreck noch so in den Gliedern? Übrigens kommt mir da gerade ein Gedanke: Wie haben dieser Mann und seine Komplizen nur das Hôtel entdeckt?«

Dieselbe Frage war auch Agathe soeben durch den Kopf gegangen. Wer hatte Pierre de Fournon informiert? Ganz offensichtlich hatte dieser nicht nur die genaue Adresse gekannt sondern auch gewußt, zu welchen Zeiten der Herzog sich im Hôtel aufhielt. Schließlich hatte niemand von ihren heimlichen Rendezvous gewußt. Niemand außer den Domestiken, die über jeden Verdacht erhaben waren, und natürlich Vincent und Louis-Marie. Doch Vincent oder Louis-Marie zu verdächtigen, war genauso absurd wie die Vorstellung, daß jemand in seinem eigenen Hause Feuer legte. Abgesehen davon, daß beide von ihrer Gunst und der des Herzogs abhingen, waren beide überzeugte Monarchisten und Anhänger der vom Herzog vertretenen Überzeugungen.

»Ich finde auf diese Frage einfach keine Antwort«, meinte der Herzog.

»Sie sind Euch wahrscheinlich gefolgt, ohne daß Ihr es bemerkt habt«, antwortete Agathe.

»Mir gefolgt? Das ist unmöglich...«

»Ich sehe keine andere Erklärung. Und woher sollte jemand meine Identität kennen? Die Welt weiß nichts von unserer Beziehung.«

»Deshalb habe ich auch die Polizei nicht gerufen! Wenn ich

nämlich die Polizei informiere, weiß in einer Stunde der liebe Descazes alles über uns, und bald darauf wüßte auch mein Onkel und ...«

Der Herzog hüstelte und fuhr fort:

»Wegen irgendwelcher kleinen Abenteuer würde mir niemand einen Vorwurf machen. So etwas hat keine Folgen und ist unter Männern allgemein üblich. Aber du ... du ...! Der König, die Herzogin, mein Vater, sie alle würden ... sofort erraten, daß zwischen uns etwas viel Ernsthafteres ist als ein kleiner Flirt, daß ich nicht nur deine zarte Haut liebe und diese wunderhübschen kleinen Äpfel ...«

Seine Stimme wurde leise, und er öffnete mit beiden Händen Agathes Kleid, um ihre nackten Brüste zu umspannen.

Schnell erhob sie sich. Am liebsten wäre sie geflohen.

»Darling, wir müssen gehen. Habt Ihr den Ball vergessen? Und habt Ihr Euch schon eine Ausrede für Eure Verspätung gegenüber der Herzogin überlegt, nach dem Ihr ja nicht wollt, daß jemand von dem Vorfall erfährt?«

Sein Körper straffte sich.

»Der verdammte Ball ... Und le Gouvion ... An den hatte ich auch nicht mehr gedacht. In dieser Welt ist eben alles relativ! Man regt sich über Kleinigkeiten auf, ohne zu ahnen, daß man in diesem Moment bereits mit einem Fuß im Grab steht ... Oh! Diese elenden Schurken hatten sich genau den richtigen Tag ausgesucht! Heute abend hätte gleich ganz Paris von meinem Ableben erfahren!«

Nachdenklich rieb er sich die Nase und meinte dann:

»Nein, ganz entschieden nein! Es kommt nicht in Frage, daß die Polizei sich hier einmischt. Außerdem: Was hätten wir ihr schon für Angaben machen können? Wir haben ja kaum alle etwas gesehen. Andererseits wäre es vielleicht meine Pflicht, meine persönliche Sicherheit vor meine privaten Interessen zu stellen. Wenn ich nicht mehr da bin, ist es aus mit der Monarchie. Wer soll ihr dann noch Kinder machen?«

Er seufzte und sah Agathe zu, wie sie ihre Handschuhe und ihre Tasche an sich nahm. Dann fuhr er mit düsterem Tonfall fort:

»Vier vermummte Männer ... Das ist etwa so, als wenn man im Bois de Boulogne einen Hasen finden will, der einem auf den Kopf geschissen hat! ... Und sie werden es noch einmal versuchen ...«

Agathe erstarrte:

»Sie werden es noch einmal versuchen?«
»Hast du denn nicht gehört? ›Wir sehen uns wieder‹ hat mir dieser Mann zuletzt entgegengeschleudert. Das ist unmißverständlich, oder?«
Sie fixierte ihn mit weit aufgerissenen Augen, doch sie schien ihn nicht zu sehen, so, als ob sie durch ihn hindurchblickte.
»Agathe, was ist mit dir?«
Mit mühsam unterdrücktem Zorn in der Stimme erwiderte sie:
»Woher wollt Ihr das wissen ...? Warum sagt Ihr so schreckliche Dinge? Kaum daß wir dem Tod entronnen sind, macht Ihr mir erneut Angst ...«
»Verzeih! Du kannst ganz ruhig sein, es wird nicht wieder vorkommen, mein Kätzchen ...«
Er umarmte sie zärtlich:
»Ich bin wirklich ein Rohling, ich erschrecke dich ... Als wenn du heute noch nicht genug Fruchtbares erlebt hättest! Aber das sieht mir mal wieder ähnlich ... Du rettest mir das Leben, und statt dir zu danken ...«
Agathe machte sich los und flüsterte:
»Gehen wir, wir kommen ohnehin zu spät.«
Und während sie die Tür öffnete, fühlte sie, wie schwer ihr ums Herz war. Aufgrund des dunklen Geheimnisses, das sie in den Tiefen ihrer Seele hütete, kam sie sich auf einmal selbst wie eine Verbrecherin vor.

Als sie in der Rue de Bourbon ankam, fand sie Portal und Tante Lottie in heller Aufregung vor.
Monsieur Hippolyte, der Friseur, wartete schon seit einer Stunde ungeduldig auf sie, und die Gehilfinnen von Leroy hielten ebenfalls seit längerem ihr Ballkleid für sie bereit, das ausgebreitet auf dem Bett lag.
Agathe schickte alle hinaus und eilte zu Henri.
Er schlief.
Trotz des heftigen Protestes der Amme nahm sie ihn aus der Wiege und drückte ihn heftig an sich. Dann setzte sie sich mit ihm in einen Sessel.
Als sie seinen weichen, schlafwarmen kleinen Körper spürte, legte sich der Aufruhr in ihrem Inneren, und ihr Kopf wurde allmählich wieder klar.
Ein Mörder, fast sogar ein Königsmörder! Solche Leute gehörten

gevierteilt. Statt dessen deckte sie ihn. Und wenn sie weiterhin nichts verraten würde und tatenlos zusah... Eine gebieterische Stimme in ihr forderte: Zeig ihn an! Diese Stimme empörte sich über das ungeheuerliche Geschehen und erinnerte sie an ihre Überzeugungen, ihre Loyalität, an... Es konnte nur eine richtige Entscheidung für sie geben! Weshalb also zögerte sie, weshalb hatte sie ihn nicht sofort verraten?

Agathe seufzte und drückte Henri noch fester an sich.

Ein Gesicht erschien vor ihrem geistigen Auge... nicht jenes, das sie zuletzt gesehen hatte, und dessen Züge hart und grausam gewirkt hatten, sondern das andere, das sie inzwischen auch so gut kannte... mit seinen leuchtenden, aufrichtigen Augen, in denen nichts als Güte und Reinheit zu lesen war... Wollte sie ihn dem Henker ausliefern? Schließlich hatte er sie geschont... Und erneut durchlebte sie die Szene... das Eindringen Pierre de Fournons, die Pistole in seiner Hand, den Flacon, ihr gemeinsames Erschrecken, als sie sich erkannten, und dann den Herzog, wie er wütend aufgeschrien hatte, bis sich die Pistole wieder auf ihn richtete. In jenem Moment hätte Pierre abdrücken und den Herzog töten können. Weshalb hatte er es nicht getan? Ob ihn wohl im letzten Augenblick ein Anflug von Anstand und Ehrenhaftigkeit gehindert hatte, ob er sich wohl auf einmal seiner Abstammung erinnert hatte und ihm das Schreckliche seines Vorhabens zu Bewußtsein gekommen war... Vielleicht war es sogar möglich, ihn vor dem Ärgsten noch zu bewahren und seine Seele zu retten. Wäre es richtig, ihn kalt zu verdammen, ohne ihn anzuhören, ohne ihm auch nur die geringste Chance zu lassen...? Und plötzlich wußte Agathe, was sie zu tun hatte.

Ihr Sohn lächelte sie an, und dieses Lächeln erwärmte ihr geplagtes Herz.

Die Zofen hatten ihr ein Bad eingelassen.

Das Wasser duftete nach Sandelholz und Iris. Draußen hörte sie einen Vogel singen. Es war schön zu leben, selbst wenn man Angst hatte. Darling hatte recht. Am Schlimmsten war das Gefühl der Ohnmacht, der Hilflosigkeit. Wenn man hingegen die Möglichkeit besaß, die Dinge selbst in die Hand zu nehmen... Zumindest konnte sie einen Versuch machen, um den Herzog vor einem weiteren Attentat zu bewahren und Pierre de Fournon zu retten. Allerdings zu ihren Bedingungen, zu denen, die sie ihm

diktieren würde. Sollte er sich weigern ... Nun, so würde sie ihre Pflicht tun.
Auf einmal empfand sie das Wasser in der Badewanne als kalt, und sie fröstelte.
Schnell stieg sie hinaus, schlüpfte in einen Frisiermantel und begann sich zu schminken. Ihre Gesten hatten etwas Mechanisches, und lustlos trug sie die Farbe auf: etwas Weiß für die Schatten unter den Augen, Wangenrouge, um ihre Blässe zu verdecken und sehr viel Puder, den sie wütend über das Gesicht verteilte. Ja, sie war wütend, auf sich selbst, auf Pierre, auf alles.
Dann erschien Monsieur Hippolyte, packte seine Kämme und Bürsten aus und überschattete sie mit lästigen Komplimenten, während er sie frisierte. Immer wieder rühmte er überschwenglich ihre Schönheit, doch an diesem Abend hatte Agathe keinen Blick für ihr Äußeres, auch wenn auf dem bevorstehenden Ball die gesamte Aristokratie versammelt sein würde.
Als sie fertig frisiert war, kamen die Gehilfinnen von Leroy an die Reihe, die darüber wachten, daß ihr Kleid aus weißem Mousseline perfekt saß. Dann zog Agathe darüber den golddurchwirkten Mantel, der mit Zobelpelz verziert war, und zuguterletzt suchte sie noch den dazu passenden Schmuck heraus.
»Göttlich! Einfach göttlich!« skandierten Leroys Angestellte.
»Cherie, du bist ... du bist ...«
Tante Lottie fand vor Begeisterung keine Worte.
»Meine Liebe, die übrigen Damen auf dem Ball werden Mordgelüste empfinden angesichts derartiger Schönheit«, kommentierte Louis-Marie ihre Aufmachung.
Für gewöhnlich hatte Agathe sehr viel Sinn für die Originalität von Louis-Maries Komplimenten, doch was er soeben geäußert hatte, fand sie alles andere als komisch.
Portal erschien.
»Der Herr Graf läßt fragen, ob Madame ...«
»Ich komme.«
Vincent sah sehr gut aus.
Er war ganz in weißen Samt gekleidet, und sein Rock wurde von herrlichen Perlenknöpfen gehalten.
Gemeinsam fuhren sie los, doch zwischen ihnen war eine Mauer des Schweigens.
Erst viel später, als sie den ersten Walzer zusammen tanzten, richtete er das Wort an sie:

»Lächelt, mein Engel. Alle hier versammelten Paare sterben vor Neid bei unserem Anblick. Amüsant, nicht wahr? Ihr seid wirklich sehr, sehr schön... Schön, reich, mit einem Fürsten zu Euren Füßen... Ihr müßt mehr als glücklich sein, oder? Laßt uns also den Schein wahren, was uns beide betrifft und lächelt ein wenig. Selbst wenn Euer Lächeln einem anderen gilt. Ich bin nicht eifersüchtig... Aber wenn man Euren Gesichtsausdruck sieht, könnte man meinen, daß Ihr heute auf einen Schlag Eure Jugend und all Eure Illusionen verloren habt.«

»Falls ich jemals welche gehabt habe, so habt Ihr schon dafür gesorgt, daß sie mir genommen wurden.«

»Ich?«

Er brach in Lachen aus.

Damit war ihre Unterhaltung beendet.

Agathe trank sehr viel Champagner, um in andere Stimmung zu kommen, und das gelang ihr schließlich auch. Sie tanzte, scherzte, tauschte mit der Herzogin von Reggio Komplimente aus, plauderte mit der Gräfin von Béthisy und mit den anderen Ehrendamen der Herzogin von Berry.

Als der Herzog sie erblickte, zog er sie unauffällig in Richtung Tanzfläche und flüsterte ihr ins Ohr:

»Wir können uns in der Rue de Vaugirard nicht mehr treffen. Ich gebe dir Bescheid, sobald ich einen anderen Ort für uns gefunden habe.« Dann verbeugte er sich zeremoniell vor ihr und begann mit ihr zu tanzen. Für Agathe war es ein seltsames Gefühl, sich tanzenderweise in seinen Armen zu wiegen, während all die Leute um sie herum sie beobachteten. Und noch seltsamer war der Kontrast dieser Heiterkeit, der Musik und den tanzenden Paaren und der tödlichen Gefahr, in der sie sich beide nur wenige Stunden zuvor befunden hatten.

»Ich habe nachgedacht. Ich werde doch die Polizei verständigen. Es ist gar nicht erforderlich, deinen Namen anzugeben. Statt dessen werde ich den Namen irgendeiner anderen nennen.

Die Demi-Soldes werden alle überwacht, und sie bestehen ja nicht alle aus Verschwörern. Gewiß sind auch einige von ihnen wirkliche Ehrenmänner. Man muß eben versuchen, in ihren Reihen die Schuldigen zu finden. Ich weiß, es ist eine mühselige Arbeit, aber vielleicht hat die Polizei mehr Möglichkeiten...«

Laut meinte er dann zu Agathe:

»Ein wunderbares Fest, nicht wahr, Gräfin?«

»Ja, wirklich wunderbar, Monseigneur.«
»Übermorgen gehen wir in Saint-Germain-en-Laye auf die Jagd. Die Herzogin wünscht, daß Ihr uns begleitet.«
»Es wird mir eine große Ehre sein, Monseigneur.«
Mit demselben höflichen Ausdruck und demselben Lächeln sagte er dann kaum hörbar:
»Ich bete dich an, mein Kleines, du bist die Vollkommenheit in Person.«
Dann entfuhr ihm plötzlich ein »Großer Gott«, und Agathe wandte den Kopf in dieselbe Richtung wie der Herzog.
Der Maréchel Gouvion-Saint-Cyr war soeben erschienen.
Neben ihm erblickte man einen noch jungen Mann mit gefälligen Gesichtszügen und besonders stramm geschnürter Taille: Elie Descazes*. »Dieser verdammte Kerl! . . . Er wagt es . . . Er scheut sich nicht, mit einer Hand Schmutz auf uns zu werfen und uns gleichzeitig die andere Hand entgegenzustrecken!« grollte der Herzog.
Der Tanz war zu Ende, und der Herzog mußte Agathe loslassen. Dieses Mal war Agathe über das Auftauchen Monsieurs Descazes sehr froh, denn sie war mit ihren Gedanken woanders und hatte wenig Lust, den Monologen des Herzogs weiter zuzuhören.
Um welche Zeit wohl eine solche Bücherei, wie Pierre de Fournon sie betrieb, öffnen möchte . . .?
Während alle um sie herum mit gehässigen Äußerungen den Auftritt von Descazes kommentierten, zählte Agathe bereits die Stunden . . .

* Elie Descazes war ein kleiner Advokat aus Libourne, der unter Napoleon Karriere machte. Er wurde besonders von den weiblichen Mitgliedern in Napoleons Familie geschätzt. Während der Restauration verbündete er sich wieder mit den Bourbonen. Im Jahre 1815 wurde er Polizeiminister, dann, 1819, Innenminister und noch im selben Jahr Präsident des Staatsrates. Anfang 1820 zwang ihn ein tragisches Ereignis, das an späterer Stelle dieses Romans berichtet wird, von seinen Ämtern zurückzutreten.

Kapitel 23

An der Tür der Buchhandlung hing ein Schild mit der Aufschrift:
Wegen Todesfall geschlossen
Agathe konnte sich schon vorstellen, um wessen Ableben es sich dabei handelt oder vielmehr hätte handeln sollen . . .
Ganz offensichtlich hielt Pierre de Fournon den Tod des Herzogs für beschlossene Sache, die nur noch eine Frage der Zeit und der nächsten Gelegenheit war, und diese Art von schwarzer Ironie machte Agathe nur noch wütender als sie ohnehin schon war.
Sie eilte sofort zum Portier, um sich nach dem Aufenthalt von Pierre de Fournon zu erkundigen.
»Mein liebes junges Fräulein, ich weiß darüber auch nicht mehr als Ihr«, nuschelte der Portier, ein kleiner alter Mann, der sich von oben bis unten in wollene Tücher eingehüllt hatte. »Diese Herren haben das gestern an die Tür gehängt, den Laden zugeschlossen und sind fortgegangen . . . Es sind alles altgediente Soldaten. Ich selbst mußte zum Glück nicht zur Armee. Wegen meines Beins . . .«
»Bitte«, schnitt Agathe ihm schnell das Wort ab, »könnt Ihr mir wohl sagen, wo Monsieur jetzt wohnt . . .«
»Ach ja, derjenige, den Ihr sprechen wollt. Das ist der junge Bursche, der so aussieht, als hätte man ihm Salz und Pfeffer auf die Haare geschüttet . . . Aber, mein Gott, woher soll ich wissen, wo der jetzt . . .«
Duval! . . . Genauso hatten ihn die anderen Soldaten genannt, als sie ihm zum ersten Mal in diese verdammte Buchhandlung gefolgt war. Agathe erinnerte sich sofort wieder an daran.
»Ja, Monsieur Duval«, wiederholte sie. »Wo wohnt er?«
»Ich habe keine Ahnung. Alles, was ich weiß, ist, daß er mir die Miete für den Laden bezahlt. Aber sonst . . .! Oh, er zahlt immer pünktlich, ist immer höflich und wenig gesprächig. Diese Leute sind eben sehr zugeknöpft, man erfährt kaum etwas von ihnen.«
Agathe gab es auf, den Alten weiter auszufragen. Vielleicht wohnte Pierre de Fournon noch immer in der Pension Violat. Es war ihre einzige Hoffnung.
Sie zog einen Louis aus ihrer Tasche und fragte den Portier:
»Könnt Ihr mir einen Wagen besorgen?«
Gierig streckte er die Hand aus und sagte:

»Für einen Louis kann ich Euch sogar zehn Wagen auftreiben ...«
»Einer genügt«.
»Sofort, Mademoiselle.«
Sie mußte jedoch noch eine Viertelstunde warten, bis der Mann für sie eine Kutsche gefunden hatte. Ein eisiger Wind ging draußen, und Agathe, die sich für ihr Vorhaben betont schlicht gekleidet hatte, fror in ihrem leichten Mantel. Als sie in der Rue de l'Arbalète ankam, war sie jedoch nicht nur völlig durchgefroren sondern so unruhig und aufgeregt wie selten in ihrem Leben.
Mehr als anderthalb Jahre waren vergangen, seit sie damals von Pierre de Fournon einfach so vor die Tür gesetzt worden war, und sie erinnerte sich noch an jedes Detail jener demütigenden Szene. Ihre Wut steigerte sich dadurch umso mehr.
Die Pension Violat hatte sich nicht verändert.
Alles war wie vor anderthalb Jahren, der Schmutz, der verwahrloste Innenhof und die häßliche Fassade.
Agathe bat den Kutscher, auf sie zu warten, ging auf die Eingangstür zu und zog kräftig an der Glockenschnur.
Inzwischen hatte sich ein Unwetter zusammengebraut, und in dem Moment, als Agathe vor der Tür auf das Erscheinen der Frau wartete, die ihr damals Auskunft gegeben hatte, ging ein heftiger Schauer nieder. Bis die Frau endlich geruhte, die Tür zu öffnen, war Agathes Mantel bereits ziemlich durchnäßt.
»Was wollt Ihr?«
»Wohnt Monsieur de Fournon noch hier?«
»Fournon? Kenne ich nicht.«
»Aber natürlich, Ihr müßt ihn kennen!«
Laut und ungeduldig fuhr sie fort:
»Monsieur Pierre de Fournon. Letztes Jahr hat er ein Zimmer in der dritten Etage bewohnt ...«
»Ihr braucht nicht zu schreien, ich bin nicht taub! Fournon ... Ja, jetzt erinnere ich mich. Das war ein ganz Stolzer, der seine Bücher verschlungen hat, weil er sonst nichts zwischen die Zähne kriegte.«
»Wohnt er nicht bei Euch?«
»Schon seit langem nicht mehr!«
»Könnt Ihr mir bitte sagen, wo ...«
»Ich habe keine Ahnung. Wenn ein Gast auszieht, kümmere ich mich nicht darum, wo er dann hingeht ...«

Sie war schon dabei, Agathe die Tür vor der Nase zuzumachen, doch Agathe war diesmal schneller. Rasch trat sie an der Frau vorbei ins Innere des Hauses und sagte hastig:

»Wenn Ihr irgend etwas wißt, das mir weiterhelfen könnte, bin ich bereit, dafür zu bezahlen.«

Die Frau fuhr sich mit einer Hand durch ihre gelben Haare und fragte dann: »Wieviel, meine junge Dame?«

»Das kommt darauf an.«

»Ich will einmal nachsehen, vielleicht ... Als er ausgezogen ist, hat mir dieser Monsieur de Fournon eine Adresse auf ein Stück Papier geschrieben ... wegen seiner Post, versteht Ihr? Ich müßte es noch aufbewahrt haben. Interessiert Euch das?«

»Wenn Ihr mir das Papier überlaßt, gebe ich Euch drei Louis.«

Die harten, kleinen Augen der Frau musterten Agathe abschätzend.

»Ich will fünf«, erklärte sie. »Meine Zeit ist kostbar. Ich habe keine Hilfe im Haus und muß für meine Gäste pünktlich das Essen bereiten.«

»Gebt mir die Adresse, bitte.«

»Ich geh ja schon, ich geh ja schon.«

Sie verzog den Mund zu einer Grimasse:

»Es muß Euch ja mächtig viel daran liegen ... Einfach hundert Francs für so einen Hungerleider lockerzumachen ... Ich kenne diese Sorte. Den Kopf haben sie voller Flausen, und am Ende haben sie nichts mehr zu beißen. Na ja, jedem das seine, wie ich immer sage ... Aber setzt Euch doch!«

Agathe folgte der Aufforderung nicht, sondern ging nervös hin und her, bis die Frau zurückkam. Sie hielt ihr ein zerknülltes Stück Papier hin:

»Ihr habt Glück. Ich hätte es beinahe weggeschmissen.«

Agathe streckte die Hand danach aus, doch die Frau sagte:

»Bei uns, Madame, zahlt man im voraus.«

Am liebsten hätte Agathe die Frau geohrfeigt, doch dann gab sie ihr das Geld. Sie nahm den Zettel und las:

Jean Passeur
5, Rue des Poulies

»Aber das ist nicht die Adresse von Monsieur de Fournon!«

»Habe ich etwa behauptet, daß ich seine Adresse habe? Es ist die Adresse, an die seine Post geschickt werden soll, habe ich gesagt. Fehlt nur noch, daß Ihr mich eine Lügnerin nennt, was?«

Agathe nahm sich zusammen:
»Habt Ihr ihm viele Briefe an diese Adresse nachgeschickt?«
»Anfangs ja, einen oder zwei ... sie kamen aus der Provinz.«
»Anfangs ... Wann hat er Eure Pension verlassen?«
»Wartet mal ... Monsieur Jules ... sein Nachfolger wohnt seit einem Jahr hier ...«
Ein Jahr!
Agathe fühlte sich auf einmal ganz schwach in den Knien.
Die Frau ging zur Tür und öffnete sie:
»So ein Mistwetter! Trägt einem nur Dreck ins Haus ... Meine junge Dame, ich wünsche einen Guten Tag. Ich habe zu arbeiten!«
Der Kutscher meinte besorgt:
»Rue des Poulies? Das ist kaum der richtige Ort für eine junge Dame, wie Ihr es seid. Dort wimmelt es von üblem Gesindel ... Ich rate Euch, nicht dorthin zu fahren ...«
»Beeilt Euch, ich habe wenig Zeit.«
Die Rue des Poulies mündete in die Rue Saint-Honoré.
Sie fuhren am Hôtel Saint-Joux vorbei.
Seit der Ermordung von Tony de Lansac blieben die Läden im zweiten Stock geschlossen. Agathe wandte den Kopf ab.
Das Haus Nr. 5 in der Rue des Poulies war ein vierstöckiges Gebäude mit einer sehr armseligen Fassade. Im Erdgeschoß befand sich die Werkstatt eines Schuhmachers. Zwei Frauen kamen gerade aus dem Haus. Sie lachten laut und vulgär beim Hinausgehen, und an ihren offenherzigen, grellbunten Kleidern und ihren stark geschminkten Gesichtern erkannte man sofort, welchem Gewerbe sie nachgingen.
Agathe nahm all ihren Mut zusammen und trat auf das Haus zu. Sie mußte ihn einfach finden! Wenn sie ihn nämlich nicht fand, und sich seine Spur an dieser Stelle verlor, so wäre sie gezwungen ... Nein, solange noch ein wenig Hoffnung blieb, weigerte sie sich darüber nachzudenken, was sie in dem Fall zu tun hätte ...
Im Innenhof des Gebäudes traf sie auf einen jungen Mann, der einen Vogelkäfig in der Hand hielt und ebenso fröhlich pfiff wie die Vögel in dem Käfig.
»Kann ich Euch irgendwie zu Diensten sein, meine Schöne?«
Er hatte ein freundliches Gesicht und sehr viele Sommersprossen auf der kühn geschwungenen Nase.

»Ich möchte zu Monsieur Passeur. Ist er hier?«
»Passeur? Das ist doch der Mieter im vierten Stock ... Aber den haben wir hier schon seit einem halben Jahr nicht mehr gesehen.«
Er lachte laut und fuhr fort:
»Ehrlich gesagt hat man auch früher nie sehr viel von ihm zu sehen bekommen. So ein Journalist führt eben kein sehr geregeltes Leben, so einer schläft und ißt, wenn er Zeit hat. Mir würde so etwas gut gefallen. Man bekommt Freikarten fürs Theater, verkehrt mit bekannten Schauspielerinnen, sieht viele schöne Frauen ... Leider braucht man eine Ausbildung, um Journalist zu werden, und eine solche Ausbildung kostet Geld ... Übrigens, wißt Ihr eigentlich, daß Ihr ganz entzückend seid?«
»Er wohnt also nicht mehr hier?«
Der junge Mann lächelte sie immer noch strahlend an und meinte dann:
»Macht Euch nichts draus, meine Liebe. Auf Euch warten bestimmt schon zehn andere!«
Agathe biß sich auf die Lippen.
»Ich kenne ihn gar nicht. Ich suche vielmehr einen seiner Freunde, der ...«
»Ah so! In dem Fall kann ich Euch vielleicht weiterhelfen ... Meine Mutter ist hier Hausmeisterin, und daher weiß ich über alles gut Bescheid. Wie sieht er, den Ihr sucht, denn aus?«
Agathe beschrieb Pierre de Fournon so gut sie konnte.
»Das kann niemand anderes sein als Monsieur Duval!«
»Monsieur Duval ... ja ... Kennt Ihr ihn?«
Vor Aufregung wurden Agathes Handflächen plötzlich feucht. Sie war ihrem Ziel auf einmal sehr nah ...
»Natürlich kenne ich ihn«, erwiderte der junge Bursche. »Als Monsieur Passeur ausgezogen war, hatte er sein Zimmer einem Freund überlassen, und als der nach einer Weile auch wieder abreiste, kam ein anderer Freund und dann wieder ein anderer, und so ging das die ganze Zeit. Da die Miete stets bezahlt wurde, hatte niemand etwas dagegen ... Monsieur Duval dürfte jetzt seit etwa drei Wochen dort wohnen. Er ist ein sehr netter Mann, und er hat so gütige Augen!«
»Er wohnt also wirklich hier?«
»Mein Gott, was habt Ihr denn, Ihr seid ja ganz bleich geworden! Ist er Euer Geliebter?«
»Nein.«

Er lachte:
»Wie Ihr das sagt! . . . Hattet Ihr Streit mit ihm?«
Und da Agathe nichts erwiderte, fuhr er mit träumerischer Miene fort: »Was für schönes Haar Ihr habt! Es muß ein wunderbares Gefühl sein, es zu berühren.«
Agathe faßte den jungen Mann am Arm:
»Ich bitte Euch, antwortet mir doch! Wohnt er hier?«
»Aber ja, das habe ich Euch bereits gesagt! Erst vor einer halben Stunde habe ich noch mit ihm gesprochen, denn ich war gerade dabei, den Hof zu fegen, als er ausgehen wollte . . .«
»Er ist ausgegangen?«
»Deshalb braucht Ihr mich nicht so entsetzt anzusehen, als ob gerade der Himmel eingestützt wäre! Er kommt doch wieder, Euer Monsieur Duval! Ihr habt wirklich Pech, denn für gewöhnlich bleibt er tagsüber zuhause . . .
Er stellte seinen Vogelkäfig zu Boden und meinte auf einmal:
»Hört zu, ich habe ein Herz für Liebespaare, denn nur die Liebe bringt etwas Glanz in diese graue Welt . . . Außerdem seid Ihr ein so zauberhaftes Wesen . . . Ich will Euch helfen . . . Er hat mir nämlich seinen Schlüssel dagelassen, und wenn Ihr wollt, könnt Ihr mit mir nach oben gehen und ihn auf seinem Zimmer erwarten . . . Das wird sicher eine schöne Überraschung für ihn sein!«
»Und Ihr seid ganz sicher, daß er wiederkommt?«
Agathe wußte selbst nicht, wieso ihr auf einmal zum Weinen zumute war.
Doch als sie dann dem jungen Mann die Treppe hinauffolgte, verspürte sie wieder etwas von ihrer früheren Wut. Was sie wegen dieses Pierre de Fournon alles tun mußte! Allerdings . . . hatte sie niemand dazu gezwungen . . ., mußte sie andererseits zugeben.
Im vierten Stock angelangt, stieß der Junge die Tür auf und meinte:
»Hier ist es.«
Agathe öffnete ihre Tasche und wollte ein Geldstück herausziehen, um sich erkenntlich zu zeigen, doch er wehrte mit einer Handbewegung ab.:
»Behaltet bitte Euer Geld, oder wollt Ihr mich beleidigen? Der Reichtum von armen Leuten, wie ich es bin, besteht in der Fähigkeit, anderen Menschen einen Dienst erweisen zu können.«
Agathe sah den jungen Burschen an und fragte ihn:
»Wie ist Euer Name?«

»Lucien.«
»Nun gut, Lucien, wenn das so ist, seid Ihr sehr reich, denn Ihr habt mir soeben einen sehr großen Dienst erwiesen.«
Sie schenkte ihm ein dankbares Lächeln. Der, welcher sich Lucien nannte, hatte keine Ahnung, daß es Agathe bei ihrem derzeitigen Seelenzustand sehr viel größere Überwindung kostete zu lächeln als eine Handvoll Geldstücke aus der Tasche zu ziehen.
Er stieß einen anerkennenden Pfiff aus und sagte:
»Großer Gott! Wie schön Ihr erst seid, wenn Ihr lächelt! Bei einem solchen Lächeln wird Monsieur Duvals Ärger im Nu verfliegen!«
Agathes Lächeln erstarb.

Verglichen mit dieser Behausung war Pierre de Fournons früheres Zimmer in der Pension Violat geradezu fürstlich gewesen.
Dort hatte es immerhin ein paar ganz brauchbare Möbelstücke gegeben, Vorhänge, ein Kissen auf dem Stuhl, verstreute Bücher überall und eine Umgebung, die romantische Seelen bei einigem guten Willen als »malerisch« bezeichnet hätten. Man hatte zumindest eine gewisse Bemühung erkennen können, den Raum ein wenig wohnlich zu machen.
Hier hingegen gab es so gut wie nichts. Kein einziger Gegenstand war zu entdecken, der auch nur den Anschein einer etwas persönlicheren Atmosphäre geweckt hätte, nichts, rein gar nichts deutete auf die Präsenz des Menschen hin, der diesen Raum bewohnte. Alles war vielmehr auf das absolute Minimum dessen reduziert, was man zum Leben brauchte, das heißt, um essen und schlafen zu können. Es gab ein Bett, einen Schemel und eine Truhe und ansonsten nur nackte Wände.
Der Gedanke, daß Pierre de Fournon in einer solchen Unterkunft hauste, während er mit ihrer Hilfe längst wieder in die Armee hätte aufgenommen werden können, als geachtetes Mitglied der Gesellschaft, dem sich alle Türen wieder öffneten, dieser Gedanke nahm Agathe fast den Atem.
An einer der Wände entdeckte sie einen billigen Spiegel. Sie blickte hinein und erschrak: Das sollte sie sein, dieses häßliche Geschöpf mit den aufgelösten Locken, dem verstörten Blick und dem verbissenen Mund ...?
Mit einer Art boshaften Vergnügens betrachtete sie sich ein paar Sekunden lang. Umso besser, wenn er sie so sah! Schließlich hatte sie nicht vor, ihm eine raffinierte Komödie vorzuspielen oder ihn

gar zu verführen. Sie wollte ihm vielmehr die brutale Wahrheit ins Gesicht schleudern und ihm sagen, daß... Nein, es war nicht nötig, all das zu rekapitulieren, was sie längst auswendig wußte. Eine ganze Nacht lang hatte sie sich die Worte überlegt, die sie an seine Adresse richten wollte.

Es war eine schreckliche Nacht für sie gewesen! Zunächst hatte sie den Ball hinter sich bringen müssen und war gezwungen gewesen, eine heitere Miene zur Schau zu tragen. Danach, als sie endlich wieder in der Abgeschiedenheit ihrer Räume angelangt war, hatte sie lange keine Ruhe finden können. Wieder und wieder waren die furchtbaren Geschehnisse des Tages an ihrem inneren Auge vorübergezogen, wieder und wieder hatte sie sich angstvoll gefragt, was der darauffolgende Tag wohl bringen mochte... Auf einmal spürte Agathe, wie sehr all dies bereits an ihren Kräften gezehrt hatte, und wie erschöpft sie im Grunde war. Nicht mehr denken zu müssen, sich niedersetztem zu können, ein wenig auszuruhen, bis... Wie lange würde sie wohl noch auf ihn warten müssen, nachdem sie ihn unter so vielen Mühen endlich wiedergefunden hatte?

Sie setzte sich auf den Schemel, doch sie merkte, daß ihr durchweichter Mantel auf ihrer Haut klebte. Sie erhob sich und zog den Mantel aus, doch nun fror sie plötzlich ganz erbärmlich. Wenn sie sich hier auch noch eine Lungenentzündung holen würde! dachte sie wütend. Weshalb hatte sie ihn bloß nicht angezeigt? Sie hätte ihre Pflicht tun sollen, statt törichter Gefühlsaufwallungen nachzugeben, denn letztlich verdiente dieser Pierre de Fournon ihre Nachsicht gar nicht. Er war ein gewissenloser Bursche, dem das letzte bißchen Anstand und Ehre sicher längst abhanden gekommen war... Ja, sie hätte ihn anzeigen sollen. Dann könnte sie jetzt ruhig und friedlich in ihrem Bett liegen und sich in ihre seidenen Laken kuscheln...

Agathe ging auf das Bett zu und betrachtete die Decke mit argwöhnischem Blick. Sie war aus grober Wolle, doch offensichtlich sauber. Kurzentschlossen faltete sie die Decke auseinander und wickelte sich in sie ein. Es war unsagbar wohltuend, sich ausstrecken zu können... Agathe wollte nur einen Moment lang die Augen schließen. Sobald sie ihn kommen hörte, würde sie...

»Wacht auf!«

Dieser brutale Ton hatte nichts mit jenen leisen und sanften

Weckrufen gemeinsam, die Agathes Zofe Louise für gewöhnlich des Morgens ans Ohr ihrer Herrin dringen ließ, um sie vom Land der Träume behutsam in die rauhe Wirklichkeit hinübergleiten zu lassen . . .
Agathe sprang mit einem Satz aus dem Bett, kaum daß sie ihn erblickte. Ihr war überhaupt nicht mehr kalt, im Gegenteil, ihr war heiß, sehr heiß sogar.
Schnell wickelte sie sich aus der Decke und sagte:
»Ich hatte mich nur ein wenig ausruhen wollen, während ich auf Euch wartete. Lucien hat mir aufgemacht.«
»Ich weiß. Er hat es mir gesagt.«
Er trat einen Schritt vor und betrachtete sie.
»Woher wußtet Ihr meine Adresse?«
»Ich war in der Rue de l'Arbalète und habe mich bei Eurer früheren Vermieterin erkundigt.«
»Weshalb seid Ihr gekommen? Ihr habt an diesem Ort nichts zu suchen!«
Oh nein, dachte sie. Diesmal war es an ihr, Fragen zu stellen, und er war derjenige, der ihr Rechenschaft ablegen mußte!
»Ist das alles, was Ihr mir zu sagen habt? Sagt mir lieber, was Ihr in der Rue de Vaugirard zu suchen hattet! Schließlich weiß ich inzwischen, daß Ihr ein Mörder seid . . .«
»Was habt Ihr beim Herzog von Berry gemacht?« schnitt er ihr das Wort ab.
»Ich bin nicht hierhergekommen, um mich mit Euch darüber zu unterhalten, was ich dort gemacht habe, sondern darüber, was Ihr dort vorhattet«, schleuderte sie ihm wütend entgegen . . . »Ihr hättet ihn kaltblütig umgebracht, wenn ich nicht dazwischengekommen wäre, nicht wahr?«
»Ja, ich hätte ihn getötet.«
Während er ihr dies sagte, blickte er ihr unverwandt fest ins Auge.
»Und das wagt Ihr auch noch offen zuzugeben, ohne Euch zu schämen! Ihr hättet tatsächlich die Hand gegen den Herzog erhoben, Ihr, ein Fournon, dessen Familie . . .«
»Ich habe keine Familie mehr.«
»Oh! Ich bitte Euch! Eure Familie besteht nicht nur aus Eurem Vater und Eurer Mutter, Eure Familie, das ist vielmehr eine lange Reihe von Vorfahren, denen Ihr etwas schuldig seid. Diese Vorfahren haben für die Bourbonen ihr Blut hingegeben . . . Es waren loyale und treue Männer . . . Und Ihr . . . was tut Ihr statt des-

sen . . .! Ihr wart dabei, ein Verbrechen zu begehen, das schwerer wiegt als jedes andere, denn Ihr wolltet mit Eurer Tat nicht nur den Herzog aus dem Weg räumen sondern die Monarchie ausrotten!«

Atemlos hielt sie inne.

Pierre de Fournon machte eine müde Geste.

»Spart Euch die vielen großen Worte. Ihr klagt mich an, und Ihr sprecht über Dinge, von denen Ihr nichts versteht. Aber woher solltet Ihr auch? Ihr lebt auf der Sonnenseite des Daseins und wißt nichts von denen, die im Schatten vegetieren müssen. Ihr kennt von Frankreich nur die Straßen des Faubourg Saint-Germain, den Hof des Königs und Euren Couturier . . . Doch dieses Land besteht nicht nur aus den wenigen Privilegierten, mit denen Ihr Euch umgebt, sondern dieses Land besteht aus einem ausgebeuteten, armselig dahinlebenden Volk. Davon wißt Ihr natürlich nichts, schlimmer noch, wenn Ihr mit diesem Elend in Berührung kämt, würde es Euch wahrscheinlich völlig kaltlassen . . . Dabei seid Ihr intelligent und feinfühlig, zumindest halte ich Euch dafür.«

»Ein Verbrecher, der sich als Moralist gibt! Laßt uns lieber beim eigentlichen Thema bleiben . . .! Die wenigen Male, so wir uns begegnet sind, habt Ihr Euch stets bemüht, mir zu beweisen, daß ich nur eine dumme Gans bin, die nichts als eitle Vergnügungen im Kopf hatte . . . Dabei seid Ihr mit Euren großartigen Ideen und Überzeugungen viel gefährlicher, denn Ihr seid ein Traumtänzer, der sich törichten Illusionen hingibt! Das Volk, von dem Ihr so gerne sprecht, ist nämlich keineswegs so aufgeklärt und reif, wie Ihr glauben möchtet. Das Volk ist in Wahrheit wie ein unmündiges Kind, dem man zwar helfen muß, das aber zugleich eine feste Hand braucht, eine Orientierung, etwas, woran es sich festklammern kann. Im übrigen besitzt das Volk mehr Verstand als Ihr, da es von allein seine Grenzen erkannt hat und sich sehr schnell wieder einem Herrscher zu unterwerfen bereit war. Leider ist das Volk nicht fähig, zu unterscheiden und eine richtige Wahl zu treffen, denn kaum hatte es seine sogenannte Freiheit erlangt, als es sie auch schon einem blutrünstigen Tyrannen opferte . . . Ich spreche von Eurem verdammten Kaiser!«

»Zu der Zeit, von der Ihr jetzt redet, war das Volk noch nicht so weit, daß es eine richtige Entscheidung hätte treffen können. Vergeßt das nicht! Das Volk mußte erst lernen, mit der neugewonnenen Freiheit umzugehen ... Diese Freiheit gibt es schließlich erst seit der Revolution!«

»Ich vergesse vor allem nicht, daß dieser Revolution viele der unseren zum Opfer gefallen sind!«

»Weil sie ihre Rechte mißbraucht hatten, statt sich um ihre Pflichten zu kümmern!«

»Rechte! Pflichten! Das ist leicht gesagt. Dabei lebte mein Vater ... und Euer Vater ebenfalls ... keineswegs besser als seine Bauern. Im Jahre 1791 hatte Papa Frankreich verlassen, um sich der Armee der Königstreuen anzuschließen, und er hatte nur 5 Louis in der Tasche ... Nennt Ihr das etwa Ausbeutung? Ihr behauptet, ich liefe mit Scheuklappen durchs Leben, doch das trifft ebensogut auf Euch selber zu. Wenn Ihr ans Ancien Régime denkt, seht Ihr nur große Feste und Ausgaben vor Augen, und dabei vergeßt Ihr, daß sich die Größe eines Staates auch in seiner Prachtentfaltung, seiner Kultur und seinem Raffinement zeigt, und daß darüberhinaus unsere Vorfahren in beispielhafter Weise Mut und Tapferkeit bewiesen haben. Mit Anmut und Würde zu sterben, ist etwas, das man nicht einfach so lernen kann! ... Viele dieser Männer mußten während der Revolution ihr Leben lassen, und da wollt Ihr diese verdammte Revolution auch noch verteidigen?«

Agathe holte tief Luft und brach dann in ein verächtliches Lächeln aus. »Ganz offensichtlich berührt Euch nicht, welche Verbrechen im Namen dieser Revolution begangen worden sind!«

»Immerhin hat sie einem ganzen Volk ermöglicht, aufzuwachen und sich seiner wahren Möglichkeiten bewußt zu werden. Daß dafür ein hoher Preis bezahlt werden mußte, will ich nicht übersehen, doch das Resultat rechtfertigt hier die Wahl der Mittel. Allein dieses Ergebnis zählt für mich. Gewiß, es ist furchtbar, gegen seinen Landsmann die Hand zu erheben und nur durch Blut und Gewalt sein Ziel zu erreichen, doch ist derjenige, der mich unterjocht, noch mein Bruder? Es gibt schlimmere und grausamere Möglichkeiten, einen Menschen auszulöschen als mit einer Pistole auf ihn zu zielen. Der Tod ist kurz, das Leben hingegen kann unerträglich lang sein, wenn man ohne Hoffnung lebt. Dieser Zustand konnte nicht weiter bestehen. Deshalb mußte etwas geschehen, notfalls eben auch mit Gewalt. Persönlich habe ich nichts gegen den Herzog von Berry. Ich weiß, daß er ein tapferer Mann ist, einer der Besten unter den Seinen, dem die Geschichte

bedauerlicherweise bis jetzt den Platz verwehrt hat, der ihm eigentlich gebührt...«
»Dies war wohl der Grund dafür, daß Ihr ihn töten wolltet... Damit diese Ungerechtigkeit der Geschichte korrigiert wird und sein Name auch noch Jahrhunderte nach seinem Tod nicht in Vergessenheit gerät!«
»Was redet Ihr da nur! Ich sagte Euch doch bereits, wie ich persönlich über ihn denke. Aber die Monarchie, oder vielmehr, das, was aus ihr geworden ist, ruht derzeit ausschließlich auf ihm, und diese Monarchie ist es in der Tat, die ich beseitigen will!«
Einen kurzen Moment lang belebten sich seine düsteren, unbewegten Züge, und er fuhr fort:
»Ein Regime, das zuläßt, daß der Reichtum seines Landes von einigen wenigen ausgebeutet wird, die von diesem Reichtum ausschließlich profitieren, ein solches Regime ist mit dem heutigen Frankreich unvereinbar. Das französische Volk, so wie wir es seit der Revolution kennen, existiert in dieser Form zwar erst seit etwa dreißig Jahren und hat noch vieles zu lernen, doch es stecken gewaltige Kräfte und Möglichkeiten in ihm. Man muß ihm helfen, diese Kräfte zu entwickeln, muß sie fördern und ermutigen, damit sie sich voll entfalten können. Andernfalls, wenn man es nämlich im Stich läßt, ist dieses Volk nichts als ein seelenloses Instrument... Für Frankreich, meine Kameraden und mich...«
»Sprecht mir nicht von Euren Kameraden. Diese Leute haben nicht dieselbe Herkunft wie Ihr. Sie stammen aus dem Volk, von dem Ihr sprecht, und es ist leicht, Gründe der Entschuldigung für sie zu finden. Ihr hingegen seid bereits mit Pflichten auf die Welt gekommen, mit einem Gewissen... Und wenn man ein Gewissen hat, wendet man sich nicht gegen die Seinen, man tötet nicht...«
»Darauf kann ich Euch nur antworten, daß es bereits vor mir Männer hervorragender Abstammung gegeben hat, die gegen den Machtmißbrauch ihrer Vorfahren aufgestanden sind und diesen Zuständen ein Ende bereiten wollten. Ihr braucht nur die Geschichtsbücher zu studieren, um dies zu entdecken... Und da Seine Königliche Hoheit wohl kaum zu einem Duell mit mir bereit wäre, bleibt mir keine andere Wahl als... Mein Leben ist ohnehin verpfuscht...«
»Und die Tatsache, daß Ihr ein anderes Leben vernichten würdet, hat Euer Gewissen nicht belastet? Wo doch offenbar Eure Motive von soviel Nächstenliebe bestimmt werden...?«

Mit ätzender Schärfe fügte sie hinzu:
»Mit einer Pistole in der Hand bei einem Mann einzudringen, der unbewaffnet ist und sich nicht wehren kann und ihn kaltblütig zu ermorden . . . könnt Ihr das mit Eurer Ehre vereinbaren? Wie oft habt Ihr mir früher von Eurer Ehre erzählt, und wo ist sie jetzt geblieben, Eure Ehre?«
Doch Picrre de Fournon ließ sich nicht aus der Ruhe bringen, so sehr Agathe ihn mit Anschuldigungen überschüttete, so heftig sie an sein Gewissen appelieren mochte. Mit steinernem Gesicht antwortete er dann:
»Geht es um große Ziele, so muß man in der Lage sein, sich selbst zu überwinden, auch, wenn dies mit Leiden und Gewissensqualen verbunden ist. Diese Art von Gewissen zählt wenig, nachdem es hier darum geht, Millionen von Menschen zu einem angemessenen Dasein zu verhelfen, aber wie wollt Ihr das verstehen?«
Er hob eine Hand an die Stirn und seufzte tief:
»Ich weiß, wie schwer es für Euch ist, diese Gedankengänge nachzuvollziehen. Ihr kennt nur Euresgleichen, das heißt, Menschen, die Rang und Namen besitzen.«
»Es ist doch ganz natürlich, daß sich gleich und gleich zusammenfindet!«
Er lächelte traurig:
»Seht Ihr . . .! Seit dem Mittelalter hat sich die Welt kaum weiterentwickelt. Jetzt sind die Menschen weniger auf Eroberung aus und halten statt dessen umso mehr an ihren Vorurteilen und ihren Privilegien fest. Die Vorurteile sind im Laufe der Jahrhunderte immer mehr gewachsen und bilden ebenso wie die Privilegien eine unüberwindbare Mauer zwischen denen, die die oberen Stufen der Leiter erreicht haben und jenen, welche sich irgendwo da unten wie eine formlose Masse im Staub wälzen. Auch ich bin im Glauben an solche Prinzipien aufgewachsen, bis ich zum ersten Mal erlebte, was Standesschranken wirklich bedeuten, und was sie dem Menschen antun können. Der Sturz war für mich sehr tief . . . ein sehr schönes junges Mädchen war die Ursache. Ihre Eltern hielten Cantalouette für nicht gut genug und widersetzten sich einer Heirat. Auch in diesen Kreisen gibt es eben solche unüberwindbare Schranken. Ich habe damals schrecklich gelitten, doch ich erkannte bald, daß es mehr mein törichter Stolz war als wahre Liebe. Zunächst war mein Unglück allerdings so groß, daß ich am liebsten sterben wollte. Da ich ein gläubiger Mensch war, und

unsere Religion den Selbstmord verdammt, stürzte ich mich todesmutig in den Krieg, um meinem Dasein auf diese Weise ein schnelles Ende zu bereiten. So kam ich zur kaiserlichen Armee.«

»Dann war es also mehr Eure Eigenliebe, die Euch in die Arme des Korsen trieb!«

Agathe hätte gern noch eine ironische Bemerkung hinzugefügt, verkniff sie sich jedoch.

Sie war auf einmal dieses Wortwechsels müde, bei dem keiner den anderen zu überzeugen vermochte, und bei dem sie sich nur immer wieder im Kreis drehten. Es war an der Zeit, daß sie zum Ausgangspunkt zurückkehrten, zu jener Tatsache, wegen derer sie überhaupt gekommen war. Er sollte ihr zuhören, bis sie ihm das Versprechen entrungen haben würde . . .

»Ihr habt recht«, fuhr er fort, »nicht Napoleon hatte ich mich ausgeliefert, sondern dem Tod, doch der Tod hat nichts von mir wissen wollen. Andererseits trug diese Tollkühnheit mir unter den Soldaten große Achtung und Anerkennung ein, denn für diese Männer zählt ein adeliger Name gar nichts, Mut und Tapferkeit hingegen alles. Wer wußte schon, daß ich damals gar nicht schnell genug aus diesem Leben scheiden konnte . . .? Dennoch machte ich nach und nach einige sehr wichtige Erfahrungen . . . ich verstand erstmals, was Kameraderie und Großzügigkeit bedeuten, und was es heißt, sich ganz einer Sache und einem Ideal hinzugeben. Und zum Schluß, als ich mich auf den Straßen Preußens mühsam durchschlug, um nach Frankreich zurückkehren zu können, begriff ich auch endlich, was das Wort ›Vaterland‹ bedeutet.«

»Das habt Ihr zuvor nicht gewußt?« fragte sie aggressiv.

»Nein . . . Und Ihr wißt es ebenfalls nicht.«

Empört machte Agathe einen Schritt auf ihn zu, bremste sich dann jedoch und schleuderte ihm entgegen:

»Ich verbiete Euch, so etwas zu sagen! Glaubt Ihr denn, man könne nur dann Gefühle haben, wenn man ein Leben geführt hat wie Ihr . . .? Was wißt Ihr schon von unserem Dasein in England, in der Emigration . . .! Wir haben nichts anderes getan als von Frankreich zu träumen. Meine arme Mutter hat jedesmal geweint, wenn von Frankreich die Rede war, und mein Vater . . . Hat er nicht schließlich während der Revolution alles aufgegeben, um seines Landes willen?«

»Euerem Vater ging es nicht um Frankreich, sondern um eine

bestimmte Lebensform, eine Tradition und vor allem um die Monarchie. Der beste Beweis dafür ist wohl die Tatsache, daß die Emigranten den fremden Truppen sogar zugejubelt haben, als diese französischen Boden betraten. Es war Euch gleichgültig, ob unser Land in Flammen stand, Euch interessierte nur, ob sich erneut ein König auf seinen Thron setzte.«

»Weshalb hätten wir mit einem Volk Mitgefühl haben sollen, das uns ruiniert hat und so viele von uns aufs Schaffott brachte? Ihr hingegen ergreift die Partei dieser Schlächter und bemitleidet sie auch noch ... Nein, was man uns angetan hat, können wir nicht vergessen!«

»Das unterscheidet uns eben ...«

»In der Tat! Ich habe meine Kindheit im Exil verbracht, ich hatte oft genug nichts zum Essen und nichts Warmes zum Anziehen ... Ich habe erfahren müssen, was Armut bedeutet, während Ihr bequem auf Eurem Besitz gelebt habt, wo es Euch an nichts fehlte ...«

»Was wißt Ihr, wie wir damals gelebt haben ...? Auch wir haben Entbehrungen erlitten ... Aber nicht das ist es, was uns unterscheidet ... Ihr habt Euren Haß niemals überwinden können, ich hingegen habe Erfahrungen gemacht, die meinen Haß besiegten. Ich weiß seitdem, was Menschlichkeit bedeutet, ich weiß, welche tiefen Werte in diesen einfachen Menschen verborgen sind, wenn man sich nur die Mühe macht, danach zu suchen! Diese Entdekkung hat mir die Lust am Leben wiedergegeben, hat mir neue Hoffnung gemacht! Dank ihrer habe ich die Gefangenschaft ertragen und mir immer wieder gesagt: Halte durch! Wenn du erst wieder zuhause bist ... Und was habe ich vorgefunden, als ich zurück in Frankreich war? Nichts als Intoleranz und Vorurteile ...«

Heftig warf er den Kopf zurück und fuhr in anklagendem Tonfall fort: »Nicht ich, sondern Ihr wart es, Ihr Royalisten, die es mir unmöglich gemacht haben, mich weiterhin zur Monarchie zu bekennen! Und wenn man ein Mensch von Ehre ist, der zu seinen Überzeugungen steht, muß man auch bereit sein, sich dafür zu schlagen.«

Resigniert erwiderte Agathe:

»Ich bin es leid, weiter mit Euch zu streiten. Eure Ohren sind taub ...«

»Und Ihr seid blind!«

Agathe gab sich einen Ruck und erklärte:
»Ich bin gekommen, um Euch zu bitten, daß Ihr auf Euer Vorhaben verzichtet. Ich will, daß Ihr den Herzog verschont.«
»Ach«, entfuhr es ihm, und dann:
»Ist Er Euer Liebhaber?«
»Er ist mein Freund. Ein mir sehr teurer Freund, dem ich vieles verdanke ...«
»Er muß Euch in der Tat sehr am Herzen liegen, wenn Ihr ihn so leidenschaftlich verteidigt ...«
»Jeder Royalist würde sich genauso für ihn einsetzten«, antwortete sie heftig.
»Ich wußte gar nicht, daß Ihr so viel Mut besitzt.«
»Ihr wißt ohnehin überhaupt nichts von mir!«
Sie bemühte sich, ihre Stimme fest und entschlossen klingen zu lassen:
»Ich hätte Euch anzeigen können ... was eigentlich meine Pflicht gewesen wäre ...«
»Und warum habt Ihr es nicht getan?« schnitt er ihr brutal das Wort ab.
»Weil Ihr, was auch immer Ihr vorgebt zu sein, für mich einer der unseren seid ... Und außerdem ...«
Sie zögerte einen Moment und sagte dann:
»... Und außerdem kenne ich Euch persönlich ... Wenn man jemand persönlich kennt, fällt so etwas viel schwerer ... Andererseits ist mir der Gedanke unerträglich, daß womöglich der Herzog durch meine Schuld ...«
Sie sah ihm jetzt direkt in die Augen:
»Die Entscheidung liegt bei Euch. Mein Schweigen gegen Euer Wort ... Trotz allem, was ich über Euch weiß, bin ich bereit, Euch zu vertrauen. Wenn Ihr darauf jedoch nicht eingeht, so bin ich gezwungen ...«
Pierre de Fournon begann auf einmal, ruhelos im Zimmer auf- und abzugehen.
Agathe folgte ihm mit dem Blick. Ihre Kehle war mit einemmal trocken, und ihr Magen rebellierte. Zweifellos war der viele Champagner vom Vorabend daran schuld ... Ihre linke Hand zitterte, und schnell legte sie die andere Hand darüber, um dann beide Hände in den Falten ihres Kleides zu verstecken.
Pierre de Fournon blieb stehen:
»Ob Ihr mich anzeigt oder nicht, spielt gar keine Rolle. Auch wenn

die Polizei meine Identität kennt, habe ich genügend Möglichkeiten, mich zu verbergen... Glaubt Ihr ernsthaft, daß mich Eure Drohung von meinem Plan abbringen könnte? Gestern habe ich ihn verschont...«
»Warum habt Ihr ihn verschont?« wollte Agathe wissen, doch es gelang ihr nur mit Mühe, die Worte zu artikulieren.
»Aus Schwäche.«
Er sah sie an, und seine Stimme klang seltsam gepreßt:
»Ihr habt mich in einen grausamen Zwiespalt gebracht. Grausamer könnte meine Lage gar nicht sein...«, wiederholte er. »Ich bedeute Euch nichts, doch Ihr...«
Er hielt inne, und ein heftiger Schmerz war plötzlich auf seinen Zügen zu lesen:
»Ich liebe Euch, Agathe. Vom ersten Tage an. Seitdem Ihr damals in der Rue de l'Arbalète erschienen seid. Ihr wart die Sonne, und ich war die Nacht. Wahrscheinlich liebe ich Euch deshalb, wahrscheinlich habe ich mich deshalb aber auch von Euch abgewandt. Die Sonne ist nicht für die Nacht geschaffen.«
Sie hörte ihm zu, lauschte dieser Erklärung, die er sich fast gegen seinen Willen abzuringen schien, und nun zitterte nicht nur ihre Hand, nun begann der ganze Boden unter ihren Füßen zu schwanken, die Wände, alles, was sie umgab, drohte zusammenzustürzen und damit auch jene Welt, der sie entstammte, ihre Ideale und ihre Überzeugungen, ihr Stolz und all das, wofür sie so hartnäckig gekämpft hatte...
Ihr Herz begann heftig zu schlagen, und ihr Innerstes geriet in wilden Aufruhr. Endlich wollte ihr Herz nicht mehr auf jene Stimme hören, die stets wiederholt hatte: Sei klug, sei vorsichtig! Die Liebe ist nur etwas für törichte Naturen, sie ist gefährlich und vergänglich... Hüte dich vor ihr. Was braucht man die Liebe, wenn man alles andere hat... Mit einem Schlag befreite sich ihr Herz von dieser gebieterischen Stimme und forderte, was ihm zustand...
Gewiß, sie hatte sonst fast alles erreicht, doch plötzlich erschien es ihr nichtig und wertlos, und sie verspürte nur noch den einen Wunsch, dieses andere Herz, nach dem sie sich so sehr sehnte, zu gewinnen...
Pierre de Fournon sagte:
»Ihr hättet nicht zu kommen brauchen. Kaum hatte ich Euch gestern in diesem Hôtel in der Rue de Vaugirard wiedergesehen,

als ich auch schon wußte, daß ich nicht in der Lage sein werde, meinen Plan zu verwirklichen.«

Er senkte den Kopf, und seine Stimme klang hart, als er wiederholte:

»Es ist eine Schwäche. Eine unverzeihliche Schwäche sogar, wie ich zugeben muß. Doch wenn man nicht mit vollem Herzen bei der Sache ist, kann ein solcher Plan nur mißlingen. Schon aus Loyalität gegenüber meinen Kameraden muß ich auf dieses Vorhaben verzichten. Außerdem warten noch andere Aufgaben auf mich, Aufgaben, bei denen ich von größerem Nutzen sein kann. Oh! Ihr könnt beruhigt sein, zur Zeit ist der Herzog in Sicherheit. Zumindest diesen Dienst habe ich Euch erweisen können. Und da Eure Mission nun erfüllt ist, geht bitte, ich beschwöre Euch!«

Er nahm Agathes Mantel vom Haken, doch als er sich umdrehte . . .

»Aber, was . . .«

Sie hatte ihren Hut abgenommen, so daß ihre üppige blonde Mähne weich auf ihre Schultern herabfiel, und ihre Augen . . . ihre Augen glänzten so, als ob auf einmal Tränen darinstanden . . .

Langsam ging sie auf ihn zu:

»Pierre, Ihr habt mich bereits einmal weggeschickt. Wenn ich jetzt gehe, werden wir uns nie wiedersehen . . . Wollt Ihr nicht doch, daß ich bei Euch bleibe?«

Kapitel 24

Worte, nichts als Worte hatten immer zwischen ihnen gestanden, hatten Abgründe zwischen ihnen aufgerissen und verhindert, daß sie zueinander finden konnten.
Und als sich dann endlich ihre Herzen und ihre Körper vereinten, war für Worte kein Raum mehr. Wenn man sich so sehr nacheinander gesehnt und sich so begehrt hatte, um jedesmal erneut voreinander zu fliehen, gab es nur noch Raum für das übergroße Glück ihrer Seelen ... doch vielleicht war es gar nicht Glück, was sie empfanden, denn auch dieses Wort wird von den Menschen oft so leichtfertig gebraucht. Es war vielmehr ein allumfassendes Gefühl inneren Friedens und innerer Klarheit, das von Agathe Besitz ergriffen hatte. Ihr schien, als wäre sie neugeboren worden, als wäre ein neuer Mensch in seinen Armen geschaffen worden, den sie zuvor nicht gekannt hatte.
Die Liebe mit Pierre war anders als alles, was sie bis dahin erlebt hatte. Bis zu diesem Tag war die Liebe für Agathe nichts als ein Vergnügen gewesen, etwas, das einem wohltat wie ein exquisites Mahl, ein flüchtiger sinnlicher Genuß... Pierre lehrte sie die Liebe neu. Er zeigte ihr, daß die Liebe – die wirkliche Liebe – nicht darauf aus ist, den Kitzel der Sinne zu immer neuen Höhepunkten zu treiben, sondern daß sie aus Hingabe besteht. Sie waren ein Mann und eine Frau, die sich an die Hand nahmen, weil ihr Gefühl stärker war als jegliche Vernunft, und weil dieses Gefühl für sie längst entschieden hatte.
In Pierre war ein schier unstillbares Verlangen nach ihr, so, als könne seine leidenschaftliche Begierde niemals befriedigt werden. Doch er fragte nicht wie die anderen: »War es schön für dich? Hat es dir gefallen?« Nein, er murmelte nur immer wieder, während er sie umarmte: »Du bist mein.« Ein Leuchten war in seinen grünen Augen, wenn er sie ansah, und Agathe seufzte voller Zärtlichkeit jene uralten beschwörenden Worte: ... »Ich liebe dich«, schmiegte ich wie ein kleines Kätzchen an ihn und wiederholte: »Ich liebe dich, ich liebe dich« ...
Später rückte sie ein Stückchen von ihm ab, um ihn betrachten zu können. Er war schön wie ein Romanheld, schöner noch als die aus Virginies Romanen, von denen man sich mit etwas Phantasie ein genaues Bild machen konnte: Sie hatten alle breite Schultern

und eine schmale Taille, und sie waren entweder verwegene Reiter oder unwiderstehliche Korsaren. Doch sie, Agathe, hatte beide vor sich ... den Reiter und den Korsaren. Sein sehniger, muskulöser Körper wurde von samtweicher, glatter Haut bedeckt, die nach Frische und Jugend roch.

Zart berührte sie ihn mit den Lippen und flüsterte:

»Du bist schön.«

»Schön?«

Er lachte, wohl, um seine Verlegenheit zu verbergen, und fügte hinzu:

»Weißt du, ein Mann muß nicht schön sein. Auf sein Inneres kommt es an. Es genügt, wenn er tapfer und großmütig ist und seinen Idealen treu bleibt ...«

In gebieterischem Ton schnitt Agathe ihm das Wort ab:

»Ich bin aber froh, daß du schön bist, ich mag nur schöne Männer ...«

Sie biß sich fast auf die Zunge, um das Ende ihres Satzes herunterzuschlucken, doch anscheinend hatte er nicht darauf geachtet, denn er fuhr mit ernster Stimme fort:

»Gewiß, der Körper ist nicht unwichtig. Man muß dafür sorgen, daß er stets funktioniert, damit er einen nicht im entscheidenden Moment im Stich läßt. Als ich mit meinen Kameraden quer durch Europa ritt ...«

Er seufzte:

»Jedenfalls versuche ich, in Form zu bleiben. Ich gehe jeden Tag zum Reiten. Meine Kameraden und ich ...«

Sie verschloß ihm den Mund mit einem Kuß.

Seine »Kameraden« sollten diesmal draußen bleiben. Sie hatten in ihrem Bett nichts zu suchen ...

Er hatte am linken Oberschenkel eine große Narbe. Schüchtern strich sie mit den Fingern darüber. Es war seltsam, wie schüchtern sie ihm gegenüber war ... Es war wohl die Angst, er könne sie sonst für zu geschickt in der Liebe halten, für zu erfahren, denn sie befürchtete, dies würde in seinen Augen die Liste ihrer Fehler noch um einen weiteren bereichern ... Für Pierre, dessen war sie sicher, war jedes Raffinement, jede kühne Geste etwas Ungesundes ... Frivoles?

Sie hörte ihn sagen:

»Diese Verletzung hat mir einst ein Russe beigebracht ... in der Nähe von Wilna. Die Kosaken stürzten sich auf uns wie die Wölfe, und ich hatte Mühe, meine Leute zusammenzuhalten. Einer der Russen versuchte, mich von der Seite anzugreifen, und ich wäre fast dabei vom Pferd gefallen, doch es gelang mir, seinen Angriff abzuwehren ... Um uns herum sah man nur Tote ... Es war ein furchtbares Gemetzel! Wenn man in Rußland war, fürchtet man die Hölle nicht mehr! Dort, in der Nähe von Wilna, sind meine Kameraden und ich gefangengenommen worden ... Ich weiß bis heute nicht, wie ich das alles überlebt habe ...«

Agathe murmelte:

»Das ist Vergangenheit, denk nicht mehr daran.«

Sie erlebte in dem Augenblick das Paradies und war nicht bereit, sich so schnell wieder daraus vertreiben zu lassen ...

Und dennoch – so sehr ihr die Schilderung seiner früheren Leiden das Herz zerriß, so sehr sie auch spontan wünschte, ihn ganz fest an sich zu drücken, damit er die Schatten der Vergangenheit endlich vergaß – sie konnte nicht umhin zu denken, daß er sich all das hätte ersparen können, daß niemand ihn gezwungen hatte, in die kaiserliche Armee einzutreten, und daß schließlich im Namen der Revolution genausoviele Greueltaten begangen worden waren wie damals in Rußland ...

Jesus! Wie schwierig doch alles war! Jeder Gedanke, jedes Wort mußte abgewogen werden ... Aber wozu wieder soviel reden? Es genügte, sich zu sagen: »Ich liebe dich«, und schon war alles wieder gut ...

Trotzdem war sie es, die ihn auf einmal fragte ... denn etwas lag ihr die ganze Zeit auf der Seele und verlangte nach einer Antwort:

»Ich würde gern von dir wissen ... Woher kanntest du eigentlich das Hôtel in der Rue de Vaugirard? Außer mir, dem Herzog und seinen Bediensteten wußte niemand ...«

Jäh setzte er sich auf:

»Du bist also doch seine Geliebte!«

Agathe seufzte innerlich.

Sie war darauf gefaßt gewesen. Früher oder später hatte er sie fragen müssen. Natürlich hatte sie gewußt, daß ihre ausweichende Antwort weit davon entfernt gewesen war, ihn zufriedenzustellen, und daß die Stunde der Wahrheit unweigerlich kommen würde. Doch es war besser, die Dinge zwischen ihnen ein- für allemal klarzustellen, und aufrichtig zu bekennen, wie es sich tatsächlich verhielt.

Sie setzte sich ebenfalls auf.

»Ja«, erwiderte sie in neutralem Tonfall, »ich bin seine Geliebte«.

»Seit wann?«

»Ich wurde seine Geliebte ganz genau zwei Wochen, nachdem du mich aus der Pension Violat hinausgeworfen hattest... Der Zufall wollte... Wir sind uns begegnet, als ich meine Schwester in Monceau besucht hatte und mich auf dem Rückweg nach Paris befand... Du siehst, wie seltsam das Leben manchmal spielt... Wenn du mich nicht zurückgewiesen hättest, und wenn die Kutsche an jenem Tag nicht ein Rad verloren hätte...«

»Nein, ich sehe nicht...«, unterbrach er sie.

Seine Augen blickten düster.

Geduldig fuhr Agathe fort:

»Bitte hör mir zu. Ich bin dir keine Rechenschaft schuldig, aber du hast mich gefragt, und so antworte ich dir. Oder willst du, daß ich dir etwas vorlüge? Ich will dich jedenfalls nicht belügen. Ich liebe dich...«

Mit gehässigem Lächeln bemerkte er:

»Und der Herzog... kommt er auch in den Genuß deiner Wahrheitsliebe?«

»Er... das ist nicht daselbe. Er ist sehr gütig zu mir...«

»Daran zweifele ich nicht. Jeder weiß, wie sehr der Herzog seine Güte gegenüber den Frauen verströmt...«

»Würdest du mich bitte ausreden lassen? Für dich ist der Herzog der Mann, den du am liebsten aus dem Weg räumen möchtest! Für mich hingegen ist er ein Mensch von ganz besonderer Liebeswürdigkeit und Freundlichkeit, jemand, der mir sehr große Zuneigung entgegenbringt...«

Da Pierre schwieg, fügte sie noch hinzu:

»Und damit du dir eine Vorstellung von unseren momentanen Beziehungen machen kannst, laß dir gesagt sein, daß zwischen uns mittlerweile eine aufrichtige, tiefe Freundschaft besteht... so, wie zwischen manchen Eheleuten, die sich lange und gut kennen.«

Er grinste:

»Ich kann mir nur schwer vorstellen, daß es sich der Herzog von Berry in Pantoffeln bequem macht, wenn er eine Frau wie dich vor sich hat... Doch a propos Ehemann... wie verhält es sich denn mit deinem rechtmäßigen Gatten, dem Graf von Seurolles? Empfindest du für den auch nur so etwas wie Freundschaft?

Liebst du den auch nicht? Man sagt, er sei äußerst verführerisch ...«

»Du bist der, den ich liebe«, wiederholte sie hartnäckig. »Vincent ...«

Agathe hielt mitten im Satz inne.

Nein, es war unmöglich, auch nur den Versuch zu unternehmen, Pierre zu erklären, in welchen Sinnestaumel Vincent sie zu stürzen vermochte. Pierre würde das niemals verstehen, im Gegenteil, er würde sie deswegen verachten, denn er konnte mit diesen Dingen nichts anfangen. Und er hätte auch kein Verständnis für die übrigen Dinge, die sie und Vincent miteinander verbanden ... ihre leichtlebige Art, ihre Sorglosigkeit im Umgang mit Geld, ihr Hang zum Luxus, ihr Sinn für Schönheit und Eleganz ... Vincent hatte oft zu ihr gesagt: »Wir sind uns sehr ähnlich, mein Engel.«

Jäh entdeckte Agathe im Angesicht von Pierre, der so ernst und so anders war, wie recht Vincent gehabt hatte ...

»Du sagst immer nur, du liebst mich, aber das ist keine Antwort!«

Agathe runzelte die Stirn:

»Wieso ist das keine Antwort?«

»Weil du dasselbe vielleicht auch zu deinem Mann sagst ...«

Allmählich begann sie sich über ihn zu ärgern ... Sie hatte ihm gestanden, daß sie ihn sogar einem Fürsten vorzog, und er war immer noch nicht zufrieden! Sie machte ihm die wunderbarsten Liebeserklärungen, und er bedrängte sie nach wie vor mit idiotischen Fragen! Leichthin erwiderte, und sie wußte, daß er diese Art an ihr verabscheute:

»Vincent lebt sein Leben, und ich lebe meins! Um noch deutlicher zu werden, sollst du auch wissen, daß jeder von uns in einem eigenen Trakt wohnt, und daß Vincent genauestens über meine Beziehungen zum Herzog im Bilde ist, ohne daran auch nur den geringsten Anstoß zu nehmen!«

»Und das findest du in Ordnung? Hältst du das etwa für moralisch?«

Anklagend hatte er den Blick auf sie gerichtet.

Sie machte eine lässige Handbewegung.

»... So etwas kommt in unseren Kreisen doch öfter vor ...«

»In deinen Kreisen gewiß! Doch in meiner Welt, wie ich sie mir vorstelle, hat das keinen Platz!«

Plötzlich machte er ihr Angst mit seiner inneren Gewaltsamkeit, seinem harten Blick und dem strengen Zug um den Mund.

»Pierre!« rief sie entsetzt.
Und fast demütig fügte sie dann ganz leise hinzu:
»Genügt es dir denn nicht, daß ich bei dir bin, daß wir zusammen sein können?«
Sie versuchte, sich erneut in seine Arme zu schmiegen, doch er blieb reglos neben ihr im Bett sitzen und machte nicht die kleinste Geste, um der Mißstimmung zwischen ihnen ein Ende zu bereiten. Statt dessen fühlte sie, daß er auf einmal ein Fremder für sie geworden war, voller Mißtrauen und Feindseligkeit.
Jetzt spürte sie auch wieder die Kälte im Zimmer.
»Ich friere«, sagte sie mit kleiner, klagender Stimme.
Auch jetzt reagierte er immer noch nicht, sondern fuhr mit finsterem Gesichtsausdruck fort:
»Ein Ehemann, ein Liebhaber... und wieviele andere gibt es außerdem?«
»Es gibt nur dich.«
Und dann, dem Weinen nahe:
»Pierre, ich bitte dich, hör auf damit! Siehst du denn nicht...«
»Ich sehe vor allem, wie leichtfertig du mit den Dingen umgehst... und nicht nur mit den Dingen... mit allem anderen auch... mit Geld... vielleicht auch mit Menschen und Gefühlen?«
»Das ist nicht wahr! Ich bin dir gegenüber immer ehrlich gewesen.«
Das Herz schlug ihr vor Aufregung bis zum Hals. Sie merkte, wie schnell manche Worte gesagt wurden, wie diese Worte erneut einen Keil zwischen sie zu treiben drohten. Doch es waren schließlich nur Worte... Mit viel Geduld und Liebe mußte es möglich sein, all diese Mißverständnisse aus der Welt zu schaffen...
Sie suchte seinen Blick und bemühte sich, ihre Stimme wieder fest und sicher klingen zu lassen:
»Chéri, wir müssen uns so akzeptieren, wie wir nun einmal sind. Anders geht es nicht. Ist das, was uns widerfahren ist, nicht etwas ganz Außergewöhnliches? Laß es uns nicht zerstören, ich beschwöre dich. Du übst Kritik an meiner Art zu leben, aber was deine betrifft... Glaubst du denn, es fiele mir so leicht, zu begreifen, wie du lebst und denkst?«
Agathe seufzte:
»Von Anfang an hatte ich Angst, Angst, dich zu lieben, ja, ich bin sogar vor diesem Gefühl davongelaufen... Du hast recht, zweifel-

los bin ich ein wenig frivol und versuche, vom Leben das Beste zu erlangen. Ich wollte Kummer und Leid aus dem Weg gehen, denn das Leben ist so kurz, und Gott gesteht nur ein beschränktes Glück zu! . . . Dennoch bereue ich nichts! In Zukunft werde ich ständig innerlich um dich zittern, werde mich bangen Herzens fragen, welche Verrücktheit du wohl als nächstes begehst . . . Kommt dir der Gedanke denn gar nicht in den Sinn, daß deine Art von Existenz eine schwere Belastung für mich bedeutet? Hast du auch nur eine Sekunde darüber nachgedacht, in welche Lage unsere Liebe mich bringt, mich, eine Ultraroyalistin? Und meine Überzeugung, das schwöre ich dir, kommt ebenso wie deine aus tiefstem Herzen! Nichtsdestotrotz hat man eben nicht die Wahl . . .«

Er erhob sich und vermied ihren Blick:

»Doch, man hat die Wahl.«

»Man hat die Wahl?«

Er sagte:

»Agathe, es war wunderbar mit dir, doch es ist besser, wenn es keine Fortsetzung gibt.«

»Wenn es keine . . .«

Fassungslos starrte sie ihn an.

Mit verzerrtem Gesicht erklärte er:

»Zwischen uns kann es keine Liebe geben. Ich habe es immer schon gewußt . . . Hätte ich vorhin nur geschwiegen . . . und dir nicht von meinen Gefühlen erzählt. Ich bitte dich deswegen um Verzeihung. Es wäre besser gewesen, du wärst gegangen, solange noch Zeit war. Denn die Liebe, so wie ich sie verstehe, beschränkt sich nicht auf die gemeinsam verbrachten Stunden im Bett, sondern besteht vor allem aus einem echten Zusammenklang der Herzen und der Überzeugungen . . . und aus Vertrauen, einem vollständigen, grenzenlosen Vertrauen. Wir beide hingegen sind uns in nichts einig, das hast du selbst gesehen. Statt daß wir uns gegenseitig helfen würden, käme nur eine Art ständiger Kriegszustand dabei heraus. Und was das Vertrauen angeht . . . in deiner Umgebung übt man eine Art von Toleranz – oder soll ich besser sagen Nachsicht – die mir fremd ist. Solange der schöne Schein gewahrt bleibt, hat niemand etwas gegen deine Rendezvous mit dem Herzog von Berry, und niemand nimmt Anstoß daran, wenn dein Mann sich sein Vergnügen woanders holt, während die vielen Amouren des Herzogs mit seinen kleinen Ballettmädchen ebenfalls hinlänglich bekannt sind . . .«

Agathe wollte etwas sagen, doch er fuhr fort:
»Oh! Ich mache dir aus alldem keinen Vorwurf! Du bist eben so. Auf deine Weise bist du sogar aufrichtig und handelst nach einem dir eigenen Ehrenkodex. Manch einer sieht in deiner Art zu leben und zu denken nichts Böses ... Ich hingegen sehe es anders. Eine junge Frau, die ihren Mann mit ihrem Liebhaber betrügt ... oder vielleicht den Liebhaber mit ihrem Ehemann ... und diesen Liebhaber betrügt sie dann womöglich wieder mit einem anderen ...«
»Dieser andere bist du!«
Er blickte ihr geradewegs in die Augen:
»Heute bin ich es, aber wer weiß, wer morgen ...«
Wie kannst du es wagen ...?«
Agathe war auf einmal so aufgebracht, daß es ihr keineswegs nur mehr darum ging, ihre Liebe zu verteidigen und ihn von der Echtheit ihrer Gefühle zu überzeugen, sondern ihm die vielen Kränkungen Schlag für Schlag heimzuzahlen. Mit schneidender Stimme erwiderte sie:
»Du scheinst mir wenig geeignet, mir eine Lektion in Sachen Moral zu erteilen. Jemand, der nicht einmal vor einem Mord zurückschreckt, hat nicht das geringste Recht, über andere so zu urteilen ...«
»Das hat nichts miteinander zu tun«, schnitt er ihr das Wort ab. »Was immer ich tue, wird zuvor von mir genau abgewogen und überlegt. Ich übernehme für all meine Handlungen die Verantwortung und befrage zumindest mein Gewissen, bevor ich ... Du hingegen, Agathe, hast du überhaupt ein Gewissen?«
Sie zuckte die Schultern:
»Ich weiß nicht ... Ich habe mir diese Frage noch nie gestellt, denk dir nur! Louis-Marie sagt immer ... Louis-Marie ist mein Sekretär ...«
»Einen Sekretär hast du auch ...!«
»Ja, er ist ein netter Junge, den ich bei mir aufgenommen habe. Deinen Grundsätzen nach hätte ich ihn vielleicht besser Hungers sterben lassen sollen und das Geld, das mich sein Gehalt kostet, unter den Armen verteilt ... Auf meine Weise versuche ich eben auch, etwas für meine Nächsten zu tun, stell dir vor!«
»Wir haben von deinem Gewissen gesprochen!«
»Ganz recht! Louis-Marie ist ein ehemaliger Seminarist ... und ein sehr intelligenter und kultivierter Mensch ... Er sagt immer, das Gewissen sei etwas, das Gott den Schwachen als Stütze

mitgegeben habe ... als eine Art Entschädigung ... oder vielmehr als eine Krücke, wenn man nicht mehr weiß, wie man sich durchs Leben bewegen soll. Was mich betrifft, so stehe ich ganz fest auf meinen beiden Beinen! ... Könntest du mir bitte mal mein Hemd reichen?«

Wortlos gab er es ihr.

Mit zitternden Fingern kleidete sie sich an. Mit solchen Worten hatte er alle Liebe in ihrem Herzen getötet, hatte sie ihr herausgerissen und zerstört. Doch das sollte ihr nicht noch ein Mal passieren! Ihr dummes Herz hatte jetzt seine Lektion gelernt ...

Sie sprang auf und schlüpfte in ihr Kleid.

Pierre sah ihr schweigend zu, und dieses Schweigen besiegelte für Agathe sein zerstörerisches Werk ...

In ihrem Inneren brodelte es, und die heftige Wut, die in ihr tobte, öffnete ihr wieder die Augen. Erneut sah sie plötzlich die Schäbigkeit des Zimmer, das ihr einige Minuten zuvor noch wie das Paradies erschienen war ... Sie verstand sich selbst nicht mehr. Wie hatte sie nur über all das hinwegsehen können ...? So hatte sie sich das Paradies doch niemals vorgestellt ...

Doch als sie dann den Blick zu ihm wandte, und ihre Augen den seinen begegneten, bemerkte sie die tiefe Traurigkeit darin, und ihr wurde schlagartig klar, daß er sie jetzt nicht mehr verurteilte, sondern daß er voller Verzweiflung war. All die Leidenschaft, die er in ihr entfacht hatte, kehrte in ihr Herz zurück, und sie durchlebte erneut die Momente größter Verzückung, welche sie miteinander geteilt hatten ... Sie hatten sich gefunden, um sich gleich wieder zu verlieren, dachte sie entsetzt, und mit einem kleinen Schrei stürzte sie zu ihm.

»Chéri, warum sind wir nur so dumm ... Wir lieben uns doch, und nur darauf kommt es an!«

Mit einer langsamen Geste löste er sich aus ihrer Umarmung:

»Agathe, ich bitte dich ... Ich bitte dich ...«

Er wich einen Schritt zurück und wiederholte:

»Ich bitte dich! ... Wenn es nur um mich ginge, könnte ich vielleicht das Risiko eingehen. Aber ich bin in meinen Entscheidungen nicht mehr frei ... Ich habe auch auf andere Menschen Rücksicht zu nehmen, auf so viele andere! Ich habe kein Recht, diese Menschen meinen egoistischen Wünschen zu opfern, denn mein Privatleben gehört nicht mir allein. Zumindest kann ich es nicht mit einer Frau wie dir teilen ... Wenn du dich demselben

Kampf verschrieben hättest, wäre es vielleicht möglich ... aber du ... du würdest mich zerstören.«
Agathe warf den Kopf zurück. Ihre Kehle war wie ausgedörrt, doch die Wut war so groß, daß die Worte nur so aus ihr heraussprudelten:
»Du meinst wohl, daß du dabei bist, dich selbst zu zerstören! Und etwas anderes hast du auch niemals getan als dich in Selbstzerstörung zu üben ... Wer käme sonst schon auf die Idee, sich Bonaparte anzudienen, um sich auf diese Weise umzubringen ... aus Liebeskummer noch dazu ... und nicht genug damit, daß du alle Brücken zu deiner Familie und den Deinen abgebrochen hast, warst du nicht einmal bereit, meine Hilfe anzunehmen, um in eine dir gemäße Existenz zurückzufinden, nein, du hast dich lieber dem Verbrechen verschrieben ... und das ist etwas, das du mir natürlich vorziehst, denn jede Art von Unglück scheint dich magisch anzuziehen. Das nimmt bereits perverse Ausmaße an ... Du suchst ja geradezu danach ... Nun gut, mein Lieber, laß dich durch mich nicht aufhalten ... Du wirst schon noch die Frau finden, die deinem Ideal entspricht ... ein Wesen, das weder Eleganz noch Koketterie kennt und sich damit begnügt, mit dir trockenes Brot zu kauen ... Mit so einer wirst du deine kostbare Zeit nicht im Bett vergeuden müssen ... Empfange meine herzlichsten Glückwünsche dazu! Und im Grunde hast du recht ... was sollten wir schon miteinander anfangen ...«
Agathe holte zwischendurch Luft und fuhr dann fort:
»Aber ich, stell dir vor, ich liebe das Leben! Das Leben ist schön, wenn man sich die Mühe macht, davon zu kosten ... und wenn es einem gelingt, sich das Beste davon zu nehmen ... du warst für mich das Beste, was mir das Leben zu geben hatte ... Doch da du mich nicht willst, begnüge ich mich eben mit dem Rest!«
Sie stülpte sich ihren Hut auf, nahm die Tasche und ihre Handschuhe und knöpfte ihren Mantel zu. Dann wandte sie sich zur Tür ...
Er machte keinen Versuch, sie zurückzuhalten.

Kapitel 25

»Agathe, habt Ihr einen Augenblick Zeit für mich? Wir müssen über diese Einladungen sprechen.«
Mit einem Stoß Papier war Louis-Marie in ihr Boudier eingetreten.
»Hat das nicht bis morgen Zeit?«
Agathe seufzte. Sie hatte sich auf dem Sofa ausgestreckt.
Louis-Marie fragte:
»Hat Euch die Jagd so angestrengt?«
»Es war sehr amüsant. Wir waren heute vormittag um elf Uhr in Saint-Germain. Ich bin im Wagen der Herzogin mitgefahren. Sie hat gezwitschert wie ein kleines Vögelchen. Bei ihr braucht man sich keine Mühe zu geben, besonders geistreich zu sein, denn sie kann über alles lachen. Der Herzog war bester Stimmung. Er hat vier Wildschweine erlegt und acht Rehe, Fasane und einen unglückseligen kleinen Hasen, der ihm vor das Gewehr lief. Anschließend haben wir zusammen gespeist ... Und jetzt bin ich wieder hier, wie Ihr seht«, schloß sie mit müder Stimme ihren Bericht.
Wenn einem so schwer ums Herz ist, macht das Leben keinen Spaß mehr. Ihr war, als ob sie in ihrer Brust kein Herz mehr hatte, sondern einen zentnerschweren Stein. Die kleinste Bewegung schmerzte sie, und sie glaubte kaum atmen zu können. Obwohl halbtot hatte sie dann auch noch auf dieser Jagdgesellschaft heitere Laune vorgeben müssen ... und nun kam Louis-Marie mit seinen Einladungen ...
»Louis-Marie, habt Mitleid!« murmelte sie. »Ich bin erschöpft.«
»Unmöglich«, unterbrach er sie lächelnd, »die Einladungen müssen spätestens morgen verschickt werden!«
»Aber ... ich habe solche Kopfschmerzen!«
»Das geht vorbei.«
Plötzlich nahm Louis-Marie einen ernsten Ton an:
»Habt Ihr Euch mit dem Herzog gestritten?«
»Der Herzog und ich streiten uns niemals. Außerdem ... die Herzogin war schließlich die ganze Zeit anwesend ...«
»Also dann verstehe ich Euch nicht. Was habt Ihr nur? Letzte Woche hattet Ihr Euch noch so sehr auf dieses Abendessen gefreut, und es schien Euch sehr wichtig zu sein. Mit Recht

übrigens, denn Ihr wollt doch bei dieser Gelegenheit die besten Köpfe unseres Landes an Eurem Tisch versammeln, Männer wie Monsieur de Chateaubriand, Vitrolles und Villèle... Euer Gemahl hat außerdem versprochen, ebenfalls mit dabei zu sein. Es bleiben aber noch sechs Plätze frei, über die wir reden müssen, meine Liebe.«
Sie lächelte schwach und meinte:
»Wenn es unbedingt sein muß...«
Louis-Marie setzte sich neben sie und breitete die Gästeliste vor ihr aus. Louis-Maries Auswahlkriterien waren sehr streng. Er hatte die einzuladenden Gäste in drei Kategorien eingeteilt und wußte darüberhinaus über die Lebensumstände und Gewohnheiten der Gäste genau Bescheid, so daß keine Pannen passieren konnten...
Agathe hörte ihm gleichgültig zu, als er sagte:
»...Selbstverständlich gehört die Prinzessin de la Trémoïlle hierhin und die Herzogin von Duras. Monsieur de Chateaurbriand wird das sehr zu schätzen wissen...Übrigens habe ich auch Monsieur de Courchamps überreden können zu kommen! Allerdings ist im Umgang mit ihm eine gewisse Vorsicht angezeigt, denn er versteht nicht nur, wunderbar zu plaudern, er hat auch eine sehr spitze Zunge, die allgemein gefürchtet ist. Deshalb darf an diesem Abend nicht das Geringste schiefgehen... Der Küchenchef muß sich diesmal selbst übertreffen. Wenn Ihr einverstanden seid, sollten wir auch Brifaut einladen.«
»Brifaut...?«
»Ja, Brifaut, der Dichter, um den sich der ganze Faubourg nur so reißt. Ihr wißt schon, dieser dünne alte Mann mit dem seltsamen Gang...«
»Ach ja, Brifaut, ich weiß...«
»Agathe, wo habt Ihr nur Eure Gedanken?«
Agathe zwang sich zu einem Lachen und versicherte Louis-Marie, sie sei vollkommen bei der Sache. Dann fuhr dieser fort:
»Also Brifaut, nicht wahr? Die Prinzessin de la Trémoïlle wird entzückt sein, denn Brifaut zählt zu ihren engsten Vertrauten. Außerdem wird er der Unterhaltung eine heitere Note verleihen. Ihr wißt ja, daß die bedauernswerte Prinzessin auf Monsieur de Chateaubriand eine geradezu einschläfernde Wirkung hat.«
Louis-Marie nahm die Feder zur Hand, kreuzte etwas an und meinte:

»Wir sind dann also zehn Personen. Sieben Herren und drei Damen ... Ich nehme doch an, daß Eure Tante mit dem Vicomte d'Ovepoix und Madame de Seurolles in der dritten Etage dinieren wird ...?«
»Ja, natürlich, oder könnt Ihr Euch die arme Lottie inmitten all dieser brillanten Gesprächspartner vorstellen ...«
»Gut ... Was Eure Person betrifft, so zählt Ihr ohnehin für drei ...«
»Vielen Dank ... Endlich sagt Ihr mir einmal etwas Nettes!«
»... Es fehlen uns noch zwei Damen. Bei einem Abendessen sind zwölf Personen die beste Zahl. Wen schlagt Ihr vor?«
»Wo es um die Damen geht, überlasse ich Euch die Wahl.«
»Warum nicht zum Beispiel Madame de ...«
Er unterbrach sich, da an die Tür geklopft wurde. Ein Diener trat ein.
»Ein Herr hat soeben diesen Brief für die Frau Gräfin abgegeben.«
»Ein Herr ...?«
Lebhaft setzte Agathe sich auf, nahm den Brief von dem Silbertablett, das der Diener ihr reichte, hielt ihn einige Sekunden lang in den Händen fest und öffnete ihn schließlich. Er bestand nur aus einer Zeile:
Ich liebe dich. Verzeih mir. Pierre. Darunter stand eilig hingekritzelt: »Ich habe eine neue Adresse. Ich gebe dir Nachricht, sobald ich kann.«
Anscheinend glaubte er allen Ernstes, sie habe nichts schnelleres zu tun, als zu ihm zu kommen, nachdem er sie so grausam zurückgestoßen, so schändlich beleidigt hatte! Jesus, welche Anmaßung ... Doch während sich ein Teil von ihr darüber entrüstete, blieben ihre Augen wie gebannt an jenem Satz zu Anfang hängen ... »Ich liebe dich« ... Er gab es zu! Er liebte sie! Agathe atmete tief ein. Endlich konnte sie wieder Luft bekommen ... Sie hatte auf einmal das Gefühl, von den Toten wiederauferstanden zu sein, neu zu leben ... Ihre Freude war so groß, daß eine andere innere Stimme ihr vergeblich zuflüsterte: »Laß ihn! Er hat dich schon so enttäuscht, und er wird dir immer nur neuen Kummer bereiten« ...
Plötzlich wurde ihr bewußt, daß Louis-Marie mit ihr sprach. Sie fing gerade noch das Ende seines Satzes auf und erwiderte mit zerstreutem Lächeln:
»Clara de Rebecq? Aber ja, mein Lieber, ich bin vollkommen

einverstanden!« Ihre Wangen glühten jetzt rosig, und ihre Augen strahlten.

Louis-Marie erhob sich:

»Mit der kleinen Baronin Cassagnac sind wir dann Zwölf ... Und jetzt lasse ich Euch mit diesem magischen Billet allein!«

»Magisch ...?«

»Vor zwei Minuten wart Ihr noch wie eine traurige Blume, die den Kopf hängen läßt, weil sie kein Wasser bekommt, und jetzt auf einmal ... Ich ziehe daraus den Schluß, daß Euer Billet eine besonders gute Nachricht enthält ...«

»Weder gute noch schlechte«, antwortete sie in gewollt neutralem Ton.

»Ein ... ein Freund von Alexandre de Mougeaud empfiehlt sich mir durch diesen und bittet mich, zu seinen Gunsten beim Herzog zu intervenieren ...«

»Nun, ich hätte niemals für möglich gehalten, daß Alexandre de mit Leuten befreundet ist, die so abscheuliches Briefpapier benutzen ...«

»Ihr seid wirklich unerträglich. Seit wann sind solche Äußerlichkeiten für Euch entscheidend?«

»Und seit wann habt Ihr Euch aufs Philosophieren verlegt, ausgerechnet Ihr ...?«

Er lächelte ein wenig spöttisch, machte eine angedeutete Verbeugung und verschwand.

Kaum war sie allein, als Agathe sich geradezu gierig auf das Billet stürzte.

»Ich liebe dich. Verzeih mir« ...

Er brauchte sie! Nur diese Tatsache zählte. Die äußere Form war nicht wichtig, nur auf den Inhalt kam es an. Sie würde sich daran erst gewöhnen müssen, denn in ihrer Umgebung pflegte man sich in erster Linie elegant und anmutig auszudrücken. Bei Pierre war das anders. Er gebrauchte niemals Umwege sondern sagte alles direkt, ganz gleichgültig wie seine Mitmenschen auf diese Offenheit reagierten! Die Reue kam bei ihm erst hinterher ... »Ich liebe dich. Verzeih mir« ... Das genügte im Grunde. Es war nicht nötig, dem etwas hinzuzufügen. Trotz all ihrer Differenzen hatte er sich ihr jetzt offenbart und sich genau wie sie auch geschlagen gegeben, besiegt von einem Gefühl, das stärker war ...

Vierzehn Tage später ließ er ihr seine neue Adresse mitteilen, und sie sahen sich endlich wieder, diesmal in der Rue Basse-du-

Rempart. Er bewohnte dort ein dunkles kleines Zimmer, doch sie brauchten kein Licht, denn sie spiegelten sich in den Augen des anderen, und ein beredtes Schweigen, das mehr sagte als alle Worte, hüllte sie ein.

Was die Liebe betraf, so hatte Agathe stets gesagt: ›die Liebe? Nein, danke! Ich will davon nichts wissen‹, und so mochte sich der Liebesgott gedacht haben, daß er es ihr besonders heimzahlen wollte... Wo und Wann? Diese beiden Fragen beschäftigten Agathe mittlerweile Tag und Nacht, denn von da an war ein Zustand ungeduldiger Erwartung ihr Los... Und wenn sie Pierre dann endlich wiedersah, war es jedesmal nur eine kurze Begegnung, die unter vielen Schwierigkeiten zustandekam. Pierre befand sich entweder in der Provinz oder er suchte wieder einmal ein neues Quartier... Oft war Agathe am Ende ihrer Geduld und fragte sich, weshalb sie dieses Dasein nicht beendete, und weshalb es gerade Pierre sein mußte... Was hatte er bloß, das andere nicht besaßen, außer seinen vielen Träumen...? Ausgerechnet sie, Agathe de Seurolles, die stets so sehr um ihr Wohlergehen besorgt gewesen war, deren Lebenslust bis dahin immer über alle Widrigkeiten gesiegt hatte, mußte unter Tausend anderen diesen einen erwählen! Doch damit war es vorbei. Jetzt genügte ein Blick von ihm oder eine zärtliche Geste, um sie glücklich zu machen. Sie trafen sich fast nie zweimal am selben Ort. Diese Orte ähnelten sich stets. Sie waren alle trist und kalt, doch jedesmal fand Agathe einen Blumenstrauß vor, wenn sie ankam, den sie mitnahm, wenn sie sich wieder von ihm trennen mußte. Zuhause trocknete sie die Blumen und verstaute sie in einem großen Karton unten in ihrem Kleiderschrank. Sie wurde sentimental...
Jeder dieser Blumensträuße symbolisierte einen kurzen Moment des Glücks... oder manchmal auch des Streits. Jene drei Rosen hatte er ihr Ende November in der Rue Basse-du-Rempart verehrt, und diese einst tiefroten Nelken waren ein Geschenk zu Weihnachten gewesen, als sie sich im Marais, in der Rue de Normandie getroffen hatten. Die Veilchen erinnerten sie an das kleine Appartement in der Rue Saint-Denis, in dem es sogar Vorhänge an den Fenstern gegeben hatte, einen Sessel und einen Teppich... fast schon Luxus! Und die Sonne hatte ins Zimmer hineingeschienen! Dennoch war es dort beinahe zu einem ernsthaften Zerwürfnis gekommen.

Berauscht von ihren zärtlichen Umarmungen hatte sie auf einmal unwillkürlich laut geseufzt:
»Mein Liebling, wenn du nur wolltest, wäre alles so einfach . . .!«
Als sie aber seinen Gesichtsausdruck sah, hatte sie sofort wieder geschwiegen.
»Was wäre dann?« hatte er gefragt.
»Nein, nichts, gar nichts . . .«
Doch gleich darauf hatte sie sich ihrer Feigheit geschämt und trotzig hinzugefügt:
»Dieses Dasein kannst du doch nicht Leben nennen. Einen Tag hier, den anderen Tag dort . . . Du verschwendest dein Leben. Und wofür? Um das Empire wiederauferstehen zu lassen oder die Republik? Du und deine Freunde, ihr habt doch alle keinen einzigen Sous in der Tasche, und du weißt selbst, daß man sehr viel Geld benötigt, um einer politischen Bewegung, welcher Art sie auch sei, auf die Beine zu helfen. Solange du nur versuchst, Unruhe zu stiften, verstärkst du lediglich die Position des bürgerlichen Lagers, der Liberalen, all derer also, die vielleicht auch eine andere Regierung wünschen, doch dies nur zu ihrem eigenen Nutzen. Sie denken nur an sich selbst! Nein, laß mich ausreden . . .«
Er hatte sie dennoch mit veränderter Stimme unterbrochen:
»Worauf willst du hinaus?«
»Auf folgendes: Statt deine Fähigkeiten sinnlos zu verschleudern, tätest du besser daran, dir in deinen eigenen Reihen eine starke Mehrheit zu schaffen, damit du auch etwas bewirkst. Pierre! Ich bitte dich, denk einmal nach! Ich versuche nur, dir zu helfen. Ich will dich nicht ändern. Aber wenn du wünschst, daß man dir zuhört, mußt du zuerst jemand werden, dessen Wort man Bedeutung beimißt, jemand, vor dem man Achtung und Respekt hat! Wenn du meine Hilfe annimmst, kann ich aufgrund meiner Beziehungen erreichen, daß sich auch ein größerer Kreis von Menschen für das interessiert, was du zu sagen hast!«
»Wie eloquent du bist! Aber ich bitte dich, heb dir deine Beredsamkeit für deinen Salon auf, und versuch nicht, mich zu bekehren. Ich werde meine Kameraden niemals im Stich lassen, und ich werde auch niemals von dem Ziel abrücken, das ich mir gesetzt habe. Vielleicht bin ich auf ewig dazu verdammt, nur im Untergrund agieren zu können, doch das ist mir immer noch lieber als faule Kompromisse einzugehen.«

Agathe war auf einmal zum Weinen zumute gewesen, so groß war ihre Enttäuschung. Dann aber hatte sie in hartem Ton erwidert:
»Nur Dummköpfe verfolgen ein aussichtloses Ziel!«
»Nenn mich von mir aus einen Dummkopf! Aber wenn du so über mich denkst, frage ich mich, was du hier willst...«
Doch gleich darauf hatte es ihm leidgetan, und er hatte ihr die beiden Tränen von den Wangen geküßt, um ihr dann zu sagen:
»Verzeih mir, Chérie, ich bin ein Rohling! Ich weiß, du hast es nur gut gemeint!«
Allerdings war nicht allein die Politik Anlaß zu gelegentlichen Zwistigkeiten. Manchmal genügte bereits, daß einer von ihnen Mißbilligung oder Wertschätzung in einer bestimmten Situation äußerte, um den anderen zu reizen. Agathe war ihrerseits zu intelligent und auch zu hochmütig, um ihrer Meinung nicht manchmal deutlich Luft zu machen. Andererseits wußte sie, daß es zu nichts führte, wenn sie ihn kritisierte. Er war viel zu verbohrt, und sie selbst war sich der Verrücktheit ihres eigenen Handelns vollkommen bewußt. Ihre Beziehung widersprach jeglicher Vernunft. Nicht nur, weil sie aufgrund ihrer beider gegensätzlichen Charaktere von vornherein zum Scheitern verurteilt war, sondern auch, weil sie, Agathe, ein großes Risiko einging. Was würde etwa geschehen, wenn die Polizei sie eines Tages bei Pierre fand? Er wurde bestimmt gesucht, sonst müßte er nicht so oft das Quartier wechseln. In Gedanken malte sie sich die furchtbarsten Situationen aus, und die Angst drohte in ihr manches Mal übermächtig zu werden, denn jedes Rendezvous konnte das letzte sein... Und doch sagte sie immer wieder sämtliche andere Verabredungen ab, sobald sie Nachricht von ihm hatte, um so schnell wie möglich in seine Arme zu eilen und für kurze Zeit alle Angst und allen Schrecken zu vergessen...

Nachdem Agathe erkannt hatte, daß es unmöglich war, ihn in den Schoß der Monarchie zurückzuführen, klammerte sie sich an eine letzte Hoffnung ganz anderer Art.
Sie fand sich sogar damit ab, daß er Bonapartist und Republikaner war, – jawohl, soweit war es mit ihr schon gekommen – aber dann wenigstens in aller Legalität.
»Weshalb stattest du nicht einmal meinem Schwager, dem Baron Jérôme, einen Besuch ab?« hatte sie ihn eines Tages im Juni gefragt.

»Er hat während des Empire als Hauptmann gedient. Ihr würdet Euch bestimmt gut verstehen. Und er ist eine sehr einflußreiche Persönlichkeit. Er könnte dich in die politischen Kreise einführen, die . . .«

»Agathe! Haben wir uns nicht ein für allemal darauf geeinigt, nicht mehr darüber zu reden . . .! Was diese Herrschaften unter Politik verstehen, interessiert mich nicht. Diese Leute wühlen nur im Schmutz!«

»Aber ich bitte dich! Wenn ich dir versichere, daß Charles Jérôme ein sehr ehrenwerter, aufrichtiger Mann ist, kannst du mir wirklich glauben, denn ich hege nicht gerade große Sympathie für ihn. Und überleg doch mal . . . Du willst doch schließlich für deine Sache kämpfen! Nun, so kämpfe in aller Offenheit! Stell dich der Opposition zur Verfügung, zeige ihnen, wer du bist, was für eine Vergangenheit du hast, und wofür du heute eintrittst . . . Ist das nicht die wirksame Art, deiner Sache zu dienen?«

»Du, Agathe, du machst mir einen solchen Vorschlag . . .?«

Sie ließ ihre Hand in seine gleiten:

»Ich liebe dich, und ich will dich nicht verlieren. Und es ist mir immer noch lieber, daß du die Meinen in aller Offenheit bekämpfst als vom Untergrund aus. Verstehst du das? . . . Ich werde meine Schwester Clémentine treffen und ihr erklären, die Rougevilles und die Fournons seien schließlich entfernt verwandt, und du wolltest Charles Jérôme in einer bestimmten Angelegenheit sprechen. Es liegt dann ganz bei dir, was du ihm im Einzelnen erzählst.«

Agathe bestand so hartnäckig darauf, daß er am Ende einwilligte. Sie erblickte darin einen großen Sieg und eilte so schnell sie konnte nach Monceau. Ihre Eigenliebe und ihren Stolz hatte sie längst überwunden, denn zu früheren Zeiten hätte sie niemals einen derartigen Bittgang unternommen, am wenigsten für sich selbst. Da sie jedoch nicht in eigener Sache unterwegs war, sondern für den Mann, den sie liebte, war alles ganz einfach . . . Clémentine arrangierte die Zusammenkunft zwischen den beiden Männern. Vor Aufregung konnte Agathe in den Tagen davor kaum noch schlafen, doch als sie Pierre nach seinem Besuch bei Charles Jérôme wiedersah, erklärte er mit großer Wärme:

»Du hattest recht. Charles Jérôme ist wirklich ein sehr aufrechter Mann. Das viele Geld hat ihn nicht verdorben. Er hat große Ideen, und wir haben uns sehr gut verstanden.«

»Oh, mein Liebling! Ich bin so glücklich!« unterbrach sie ihn ungestüm.
»Das heißt also, du verzichtest auf . . .«
»Wer redet von verzichten? Ich habe ihn doch nur getroffen, um dir einen Gefallen zu tun.«
»Aber . . .«
Er sah sie mit eisigem Blick an:
»Du sagst, du liebst mich. Hast du deswegen auf den Herzog von Berry verzichtet?«
»Das hat nichts miteinander zu tun! Erstens kann man einen Fürsten nicht einfach so verlassen wie einen anderen Mann, und zweitens ist er der Vater meines Sohnes. Habe ich denn das Recht, die beiden auseinanderzureißen, und Henri der Sicherheit zu berauben, die . . .«
»Ich weiß, das hast du mir alles schon erzählt. Doch angenommen, es gäbe den Herzog nicht – würdest du dann auf deine soziale Stellung und auf dein Hôtel verzichten, auf deinen Komfort und dein gewohntes Leben, um meine Existenz, so wie sie ist, mit mir zu teilen? Nein, gewiß nicht, nicht wahr! Verlange also von anderen keine Opfer, zu denen du selbst nicht fähig bist . . . Du würdest dich immer auf dein Kind berufen und auf seine Zukunft . . .«
»Noch nicht einmal!«
Und in heftigem Ton fuhr sie fort:
»Glaubst du, ich muß mich hinter meinem Kind verschanzen, weil ich mich der anderen Gründe schäme? Ich schäme mich keineswegs, stell dir vor. Ja, es ist wahr, ich liebe den Luxus. Ich liebe ihn unsagbar. So liebt man ihn nur, wenn man in seiner Kindheit auf alles verzichten mußte, was das Leben angenehm macht, selbst auf das Nötigste. Wenn ein junges Mädchen von dreizehn, vierzehn Jahren nicht einmal ein einziges hübsches Kleid besitzt, sondern immer nur in Sack und Asche gehen muß – in einem Alter, wo die Eitelkeit gerade zu erwachen beginnt – prägt einen dies für das ganze restliche Leben, glaube mir. Und was für ein Dasein willst du mir statt dessen anbieten? Außerdem ist es ganz natürlich, daß man einem Menschen, den man liebt, nur das Beste wünscht und nicht das Schlechteste. Ich habe dir dazu verhelfen wollen, deine frühere gesellschaftliche Stellung zurückzugewinnen, also den Sprung nach oben zu machen und nicht nach unten. Du hingegen willst mich in eine Existenz hinabziehen, die für mich die Hölle

bedeutet ... Ich wäre nicht mehr ich, und früher oder später würde mich eine solche Existenz umbringen!«

»Zumindest bist du aufrichtig«, unterbrach er sie voller Bitterkeit.

»Ich sehe die Dinge klar, mein Lieber. Wenn du ein bißchen nachdenken würdest, kämest du dahinter, daß du mich genau wegen dem liebst, was du mir vorwirfst.«

»Willst du damit etwa behaupten, daß ich dich deiner Kleider und deines Parfüms wegen liebe?«

»Wärst du galant, hättest du wenigstens noch meine Schönheit erwähnt! Ich weiß, du verachtest die Eitelkeiten und die Äußerlichkeiten der Welt, weil sie dir mit deinen Idealen unvereinbar erscheinen, doch du machst dir etwas vor! Das kommt leider dabei heraus, wenn man sich für moralisch so vollkommen hält wie du es tust: Man ist sich selbst gegenüber nicht mehr ehrlich! Denn auch wenn du nach außen mit unserer Welt gebrochen hast, steckt dir doch nach wie vor alles das im Blut, was du einst an Geschmack und Vorlieben mitbekommen hast ... Mach aus mir äußerlich eine kleine Näherin, und in einem Monat wäre es mit deiner Liebe vorbei!«

»Was du sagst, ist für dich selbst nicht gerade schmeichelhaft. Schließlich gibt es auch innere Qualitäten ...«

»Meine Qualitäten kommen nun einmal in einem armseligen Loch nicht richtig zur Geltung. Ich kenne meine Grenzen sehr genau und mache mir diesbezüglich nichts vor. Jeder hat seine speziellen Talente und Fähigkeiten ...«

»Deine speziellen Talente kommen wohl am besten bei Männern zur Geltung, nehme ich an?«

Kaum hatte er den Satz ausgesprochen, als er ihn auch schon wieder zurücknehmen wollte. Er zog sie heftig an sich, um die Wirkung seiner Worte zu mildern, doch sie machte sich los:

»Ich verabscheue die Eifersucht, vor allem, wenn sie unbegründet und ungerecht ist. Wann wirst du wohl begreifen, welche Risiken ich deinetwegen eingehe, eben, weil ich dich liebe ...? All das, was du mir vorwirfst, wie die Beziehung zum Herzog, mein Vermögen, meine Position, würde ich auf einen Schlag verlieren, wenn man mich mit dir erwischt, und dennoch hat mich dieses Risiko nicht zurückhalten können ... Du sprichst immer von Opfern, aber was opferst du meinetwegen? Denk mal darüber nach, und wenn du zur Vernunft gekommen bist, laß es mich wissen!«

In der Rue de Bourbon wartete Louis-Marie auf sie.
»Ratet nur, wer gerade hier war!«
»Mein Lieber, wenn Ihr es mir nicht selbst sagt, werde ich es kaum wissen ... Mir ist heute nicht sehr nach Ratespielen zumute ...«
»Die Baronin Cassagnac.«
»Was wollte sie?« fragte Agathe gleichgültig.
»Sie hat gewissermaßen um meine Hand angehalten ...«
»Sie hat ...?«
Louis-Marie verzog das Gesicht zu einem amüsierten Grinsen:
»Die Arme verzehrt sich geradezu vor Liebe. Sie will mich um jeden Preis ehelichen.«
Agathe rang sich ein Lächeln ab:
»Aber mein lieber Louis-Marie, das ist ja wunderbar! Die kleine Zoé wird sich als Madame de Saint-Ferrieux sehr gut machen ... Sie ist von guter Abstammung, hat einen wunderbaren Besitz in der Gascogne und darüberhinaus von ihrem alten verstorbenen Gatten eine Summe von hunderttausend Francs geerbt, wie man hört. Außerdem ist sie noch nicht einmal häßlich oder dumm.«
Sie ging auf ihn zu und hauchte einen Kuß auf seine Wange:
»Meine herzlichen Glückwünsche. Wann soll die Hochzeit stattfinden?«
»Ihr entlaßt mich aus Euren Diensten?«
»Seid nicht albern. Ihr wollt doch schließlich ...«
»Ich habe ihren Antrag abgelehnt.«
Agathe verdrehte fassungslos die Augen:
»Ihr müßt verrückt sein!«
Louis-Marie wirkte auf einmal sehr insichgekehrt.
»So redet doch endlich, Louis-Marie. Was werft Ihr der Baronin Cassagnac denn vor?«
»Nichts außer der Tatsache, daß ich Euch nicht mehr sehen könnte, wenn ich sie heiraten würde.«
»Das ist doch töricht! Die Fesseln der Ehe sind immer nur so eng, wie man sie sich schnüren läßt! Ihr könntet doch nach wie vor zu mir kommen und mich besuchen ...«
»Ja, wir würden uns höflich bei einem Glas Champagner gegenübersitzen und wie zwei Fremde über das Wetter reden, und dann würden sich unsere Wege wieder trennen, meine Liebe!«
Trotz des tiefen Grolls, den ihre letzte Begegnung mit Pierre in ihr hervorgerufen hatte, war Agathe von Louis-Maries Worten sehr gerührt:

»Ich würde mich weiß Gott sehr ungern von Euch trennen, denn Ihr seid mir lieb und teuer. Ich würdet mir sehr fehlen ... doch gerade meine Freundschaft zu Euch verpflichtet mich, auch Eure Interessen im Auge zu haben. War es nicht Euer erklärtes Ziel, eine reiche Erbin zu angeln? Erinnert Euch doch ... Wir haben damals beide darüber gelacht ... Ihr hättet Euch sogar mit einer häßlichen alten Schachtel zufriedengegeben, und nun beschert Euch das Schicksal nicht nur eine reiche Erbin sondern dazu noch eine sehr charmante!«

»Agathe, tut nicht so, als wüßtet Ihr nicht, warum ich mich nicht von Euch trennen will. Die einzige Frau, die mir etwas bedeutet, seid Ihr. Mit Euch zu leben, unter einem Dach, Eure kleinen und großen Geheimnisse zu teilen, mit Euch zu scherzen und zu plaudern, all das aufzugeben ...«

»Louis-Marie ...«

»Nein, bitte laßt mich ausreden.«

Gedankenvoll betrachtete er seine Hände und fuhr fort:

»Es mußte wohl erst die nette kleine Zoé kommen, damit mir klar wurde, daß ich – sofern Ihr mich nicht eines Tages davonjagt – bis ans Ende meiner Tage bei Euch bleiben möchte, ganz egal, ob Ihr reich oder arm seid, jung oder alt ... Und ich bin glücklich damit. Würdet Ihr meine Gefühle für Euch erwidern und mich sogar lieben, müßte ich jede Sekunde Angst haben, Euch zu verlieren. Ich müßte stets zittern, daß ein anderer käme, der Euch mir wegnimmt ... So aber habe ich nur den einen Wunsch, dieselbe Luft zu atmen wie Ihr.«

Mit gepreßter Stimme erwiderte sie:

»Mit anderen Worten: Ihr wollt mir Eure gesamte Zukunft opfern.«

Er lachte, als wollte er die tiefe Traurigkeit in seiner Stimme damit überspielen:

»Sprecht einem Egoisten wie mir niemals von Opfer ... Das Wort allein macht mir schon Angst. Sagen wir eher, daß ich meiner inneren Stimme folge ... und diese innere Stimme gebietet mir, Euch zu lieben.«

Agathe biß sich auf die Lippen. Ihre Augen füllten sich mit Tränen, und ihre Schultern zuckten von unterdrückten Schluchzern.

»Wie einfach wäre alles, wenn ich Euch auch lieben könnte«, sagte sie sehr leise, als spräche sie mit sich selbst.

Im Juli reiste sie nach Sèvres.
Der Zustand des Schlosses hatte mehr Renovierungsarbeiten erfordert, als zunächst ersichtlich gewesen war, so daß es unmöglich war, in jenem Sommer dort Gäste zu empfangen. Doch Agathe hatte all ihre Lieben um sich versammelt: Henri, Großvater, Jeanne de Seurolles, die Vincent ihr gnädig anvertraut hatte, Louis-Marie und Portal. Von Zeit zu Zeit besuchte sie der Herzog in dem kleinen Jagdpavillon am Rande des Parks. Jeden Morgen ritt sie im Galopp durch den Wald, die Nachmittage verbrachte sie mit Großvater und Jeanne de Seurolles, und abends wurde Whist gespielt. Agathes geplagte Seele kam endlich etwas zur Ruhe. Sie erholte sich zusehends.
Von Pierre hatte sie nichts mehr gehört. Vielleicht würde sie ihn nie wiedersehen, dachte sie manchmal, und in solchen Momenten haßte sie ihn dafür, daß es ihm wieder – wenn auch aus der Ferne – gelang, in die heitere Unbeschwertheit ihres Daseins, zu der sie sich nun zwang, einen Schatten zu werfen.
Doch dann eines Tages... es war am 3. August... tauchte er plötzlich mitten im Wald vor ihr auf, und sie sprang vom Pferd, um sich in seine Arme zu werfen.
Sie verbrachten einen wunderbaren Tag miteinander. Endlich herrschte jene Harmonie zwischen ihnen, nach der sie sich immer so gesehnt hatte, ohne Vorwürfe und ohne Streitigkeiten.
Irgendwann zwischendurch bemerkte er einmal in beiläufigem Ton: »Ich habe mir das Schloß angesehen. Es ist ganz prachtvoll.«
Zum ersten Mal hatte Agathe nicht mehr das Gefühl, daß er ihr aus ihrem Vermögen und ihrem Besitz einen Vorwurf machte. Vielmehr schien er sie endlich zu akzeptieren, so, wie sie war.
Agathe schöpfte neue Hoffnung, doch sie wußte, wie schnell diese Hoffnung wieder zerstört werden konnte...
Als sie im September nach Paris zurückkehrte, suchte sie Deneux auf, ihren ehemaligen Geburtshelfer.
Er war sich seiner Sache absolut sicher. Die Schwindelanfälle und die häufige Übelkeit der letzten Zeit hatten nur eine Erklärung: Sie erwartete für den Mai des kommenden Jahres erneut ein Kind.

Kapitel 26

Mitte September kamen Papa und Rose nach Paris. Sie begleiteten Zélie, die ins Pensionat von Sarcé-Coeur eintreten sollte und hatten auch den kleinen Hippolyte, den letzten derer von Rougeville, bei sich, welcher gerade acht Monate zählte.

»Lieber Schwiegersohn, man sieht, daß dieses Kind bei Sonnenuntergang gezeugt wurde, es leuchtet ja geradezu«, bemerkte Großvater und ließ seinen Blick auf den roten Locken des Säuglings ruhen.

Papa war für diese Botschaft jedoch völlig unempfindlich und strahlte vor Stolz.

»Ist er nicht schön ... euer Bruder, meine Töchter?« wiederholte er mehrmals.

Das Wort »Bruder« tat dem Ohr zunächst noch ein wenig weh, man mußte sich zumindest erst daran gewöhnen ...

Der kleine Hippolyte war jedoch in der Tat ein sehr niedliches Kind. Er hatte eine sehr weiße Haut, ein hübsches Gesichtchen und lächelte fast immer.

»Dieses Kind wirkt so blutarm! Es sieht niemand von uns ähnlich, findest du nicht auch?« flüsterte Clémentine.

Und in spitzem Ton meinte sie zu Papa:

»Kommt es Euch nicht ein wenig seltsam vor, Papa, daß Ihr Enkelkinder habt, die älter sind als Euer Sohn?«

Tante Lottie hingegen war vor Entzücken fast dahingeschmolzen:

»Oh! Louis! Wie süß er ist ... der kleine Schatz!«

Während Papa bei ihrem Anblick begeistert ausgerufen hatte:

»Meine liebe Lottie! Ihr seid um mindest zwanzig Jahre verjüngt! Nein, nein, ich mache mich keineswegs über Euch lustig, ich schwöre Euch, daß das die Wahrheit ist! Und wie elegant Ihr seid!«

»Zu schade, daß Leroy nur das Äußere neu gestaltet«, murmelte Großvater spöttisch.

Doch Tante Lottie, deren großer Tag dies war, klammerte sich an Papa und stieß zwischen zwei freudigen Schluchzern hervor:

»Wie schön, meine Lieben, daß die Familie endlich wieder ganz beisammen ist!«

Und an der Art, wie sie Rose ostentativ den Rücken zukehrte, sah man, daß diese für Tante Lottie ganz offenbar nicht zur Familie gehörte.

Am darauffolgenden Tag begleitete Agathe ihre kleine Schwester nach Sarcé-Coeur.
Als sie das Hôtel Biron betraten, empfing sie dort die ganze Majestät dieses Gebäudes. Während sie in der Halle auf die Vorsteherin warteten, murmelte Agathe in heiterem Ton:
»Weißt du auch, mein Kleines, daß sich die besten Partien Frankreichs um deine Hand bemühen werden, wenn du dieses Haus wieder verläßt?«
»Wenn ich das Pensionat verlasse, kehre ich nach Rougeville zurück«, erklärte Zélie.
Es war das erste Mal, daß Zélie wieder etwas sagte, seitdem sie sich im Hotel des Seurolles von ihrer Familie verabschiedet hatte.
»Das glaubst du vielleicht jetzt noch, aber du wirst deine Meinung bald ändern. Du wirst hier nette Gesellschaft finden und eine Menge interessanter Dinge lernen. Man wird dich im Tanz unterrichten, in der Musik, im Zeichnen . . .«
»Ich habe nicht ein einziges Buch mitnehmen dürfen!«
Zélies Stimme klang traurig.
»Du immer mit deinen Büchern! Habe ich etwa so viel gelesen? Es kommt auf anderes an . . . Hier lernst du Anmut und Grazie, du lernst dich richtig zu bewegen und eine Unterhaltung zu führen . . .«
»Aber wozu das alles?«
Agathe lachte und umarmte ihre kleine Schwester:
»Du bist wirklich eine kleine Bäurin! Hör zu, und merke dir gut, was ich dir jetzt sage: Die Männer bestimmen, was in der Welt geschieht, das ist ihre Aufgabe, aber wenn sie erst unserem Charme erliegen, sind wir diejenigen, die bestimmen, was geschieht. Fazit: Wer bestimmt, was in der Welt geschieht?«
»Und was ist mit denen, die keinen Charme besitzen?«
Agathe mußte wieder lachen:
»Du kannst versichert sein, daß du genug davon besitzt.«
Zélie war im Laufe des vergangenen Jahres sehr gewachsen. Erste weibliche Formen zeichneten sich unter ihrem Kleid ab, das ihre schlanke Taille vorteilhaft unterstrich. Ihre Haut war samtig wie ein Pfirsich, und in ihrem hübschen, herzförmigen Gesicht strahlte ein Paar tiefblauer Augen . . . Lediglich der Ausdruck in diesen Augen störte ein wenig den Gesamteindruck, denn Zélie war für ein junges Mädchen ungewöhnlich ernst . . .
Sie sagte:

»Ich finde das ungerecht... Man kann sich doch nicht aussuchen, ob man schön oder häßlich sein will! Einen Mann zu umgarnen, um ihn sich gefügig zu machen, finde ich entwürdigend für beide.«
»Du liebe Güte, Zélie! Wo hast du bloß solche Ideen aufgeschnappt?«
»Ich weiß nicht, aber wenn ich so beobachte, wie sich die Menschen um mich herum verhalten, dann verstehe ich nicht...«
Sie hielt inne und flüsterte dann:
»Weißt du, Agathe, allmählich beginne ich an Gott zu zweifeln.«
»An Gott zu zweifeln...?«
»Heißt es nicht immer, daß vor Gott alle Menschen gleich sind? Und wieso ist dann der Herr Pfarrer so viel nachsichtiger gegenüber den Reichen, wieso verschließt er vor den Sünden der Männer die Augen, während er den Frauen Gehorsam und Bescheidenheit predigt? Warum werden von Geburt an solche Unterschiede gemacht? Den Frauen sind die meisten Türen verschlossen. Sie werden in diesem Geist erzogen und haben auf gar nichts Anspruch.«
»Willst du damit sagen, daß du dir eine Frau als Anwalt, als Journalist oder als Chirurg vorstellen kannst?«
»Liebe Schwester, Schönheit und Anmut gehen dir über alles, weil du besonders viel von beidem mitbekommen hast. Daneben gibt es aber auch Frauen, die nicht so sehr mit diesen Gütern gesegnet sind, und die statt dessen über andere Fähigkeiten verfügen. Diese Fähigkeiten muß man den Frauen immer wieder vor Augen halten, bis sie sich ihrer auch wirklich bewußt geworden sind, und die Männer müssen ihrerseits endlich einsehen, daß Frauen ebenfalls Intelligenz und Mut besitzen!«
»Aber das wissen die Männer doch, mein Kleines! Sie haben es nur nicht so gern, wenn man es ihnen sagt!«
»Das ist es ja gerade! Indem wir seit Jahrhunderten immer nur geschwiegen haben, sind die Dinge stets so geblieben, wie die Männer es wollten... Und an den Gesetzen hat sich nichts geändert. Sie sind nach wie vor zu Ungunsten der Frauen.«
»Die Gesetze! Was weißt du denn von den Gesetzen?«
»Ich kenne mich ein wenig aus«, erwiderte Zélie in ruhigem Ton. »Bei Monsieur d'Ambert gibt es eine große Bibliothek... Erinnerst du dich?«
»Oh ja, eines Tages hatte Lucien mich dorthin mitgenommen,

angeblich, um mir einen Gedichtband zu zeigen, aber in Wirklichkeit wollte er nur ...«

»Monsieur d'Ambert hat mir gestattet, mich seiner Bibliothek zu bedienen. Außerdem war er ja lange Bürgermeister von Rougeville und weiß gut Bescheid ...«

»Der alte Monsieur d'Ambert ist wohl verrückt geworden! Wie konnte er nur einem jungen Mädchen wie dir solche Bücher in die Hand geben ...«

Agathe seufzte:

»Es war höchste Zeit, daß du hierherkamst! Hier wird man dir die Dinge beibringen, die deinem Alter entsprechen. Mit Gesetzen schlägst du dich herum! Hat man so etwas schon gehört!«

Zélie betrachtete ihre Schwester und senkte dann den Kopf:

»Agathe, ich habe dich nicht verärgern wollen. Du warst sehr lieb zu mir, und dieses Pensionat kostet dich sicher schrecklich viel Geld ...«

»Oh nein, sprich nicht davon! Wenn man genug Geld hat, macht einem das doch nichts aus.«

»Du würdest auch dann Geld für andere ausgeben, wenn du selbst keins hättest«, meinte Zélie plötzlich voller Zärtlichkeit. »Weil du ein gütiger Mensch bist.«

»Ich, gütig? Ich habe eher den Eindruck, daß man mich für frivol und leichtsinnig hält ...«

»Weil du mit leichter Hand zu geben weißt, und das ist auch eine besondere Fähigkeit!«

Auf einmal hörten sie Schritte im Flur.

Zélie fügte schnell hinzu:

»Agathe, könntest du ... Wenn Papa und Rose wieder abfahren, sollte Tante Lottie am besten mit ihnen zurückkehren. Es würde mich beruhigen ...«

»Dich beruhigen! Inwiefern denn?«

»Wegen des kleinen Hippolyte. Er ist sehr empfindlich und braucht besondere Pflege.«

Zélie machte jetzt ein Gesicht, als ob sie gleich zu weinen anfangen wollte.

»Oh, Rose liebt ihn sehr! Aber Rose ...«

»Was ist mit Rose?«

»Rose langweilt sich in Rougeville. Sie ist noch jung, Papa hingegen ... Deshalb ist sie viel unterwegs, sie fährt nach Evreux, nach Pacy oder in die Umgebung, und die Amme ... Du hast sie doch

gesehen, nicht wahr? Gewiß, sie ist ein ordentliches Mädchen, aber ... Sag, versprichst du mir, dafür zu sorgen, daß Tante Lottie mit zurückfährt? Hippolyte ist so niedlich, und ich habe ihn so lieb ... Und bitte, Agathe, besuch mich doch manchmal, laß mich hier nicht ganz allein ...«
Zélie war jetzt wieder ein ängstliches kleines Mädchen, das seinen Kummer kaum zu verbergen wußte.
Agathe drückte sie fest an sich.

»Der arme Louis! Seine ›kleine Rose‹ wird ihm bald ein schönes Paar Hörner aufsetzen, sofern dies nicht inzwischen schon geschehen ist. Wie kann man aber mit dem Aussehen und dem Temperament deines Vaters auf die Idee kommen, eine so junge Frau zu heiraten ...! Oh, persönlich habe ich gar nichts gegen sie, denn sie ist appetitlich wie ein Bonbon, diese kleine Frau ... Aber so einen Bonbon nascht man zwischendurch einmal, und danach ist einem die Lust darauf erst einmal für eine Weile vergangen ... Er aber wird den Rest seines Lebens daran zu kauen haben! Wie konnte er nur ein solcher Trottel sein!«
Was Großvater da soeben geäußert hatte, entsprach ziemlich genau auch Agathes eigener Meinung.
Rose genoß das Pariser Leben in vollen Zügen. Sie ging in die Oper, machte Spaziergänge durch die Innenstadt, besuchte Bälle und erlag sogar den Versuchungen des Kartenspiels, kurz gesagt, sie amüsierte sich nach Kräften, während Papa Mühe hatte, mit ihr Schritt zu halten.
Manchmal seufzte er:
»Die Vergnügungen der Hauptstadt sind für uns Landmenschen nicht geschaffen. Alles ist hier so schnellebig, und man hat den Eindruck, daß sich die Menschen schneller verbrauchen. Wir auf dem Land hingegen ...«
»Da könnt Ihr nur für Euch selbst sprechen, mein lieber Freund«, unterbrach ihn Rose mit strahlenden Augen.
Das Hôtel de Seurolles mit seinem Park, seiner Inneneinrichtung, seinen riesigen Räumen und seinem elegantem Mobiliar hatte die arme Rose ohnehin schon in größtes Entzücken versetzt, und als Agathe sie dann auch noch zu Leroy mitnahm, kannte ihre Begeisterung keine Grenzen mehr.
»Sucht Euch etwas aus, das Euch gefällt!«
»Aber mir gefällt alles!«

Sie war den Tränen nahe, als sie zu Agathe sagte:
»Leider hat Euer Vater, meine Liebe, nicht die Mittel, mir hier etwas zu kaufen ... Leroy! ... Er könnte mir nicht einmal einen Rock schenken!«
»Aber ich habe die Mittel, und ich weiß, daß er sich sehr darüber freut, wenn ich Euch einen solchen Wunsch erfülle. Er möchte doch, daß Ihr glücklich seid!«
Mit Kaschmir und Seide von Leroy ausgestattet, wurde Rose eine sehr präsentable Erscheinung. Eine andere Frisur und dezente Schminke vervollständigten den Eindruck.
Als Louis-Marie die Rechnung von Leroy erhielt, meinte er spöttisch:
»Ich fürchte, Ihr habt eine Dummheit begangen.«
»Louis-Marie, Ihr seid ein Geizhals.«
»Das dürft Ihr nicht sagen, denn schließlich handelt es sich um Euer Geld, das ich zusammenzuhalten versuche. Aber darum geht es nicht ... So wie Madame de Rougeville vorher ausgesehen hatte, paßte sie recht gut zu Eurem Vater. Weshalb um alles in der Welt habt Ihr jetzt einen solchen Paradiesvogel aus ihr gemacht?«
»Ich hatte geglaubt, es freut Papa. Clémentine und Tante Lottie behandeln die arme Rose mit einer derartigen Geringschätzung! Außerdem macht es Spaß, die gute Fee zu spielen.«
»Manchmal schlägt eine gute Absicht genau in ihr Gegenteil um. Meiner Meinung nach habt Ihr zuviel des Guten getan. Euer Vater hat sicher nicht so viel erwartet. Und Ihr könnt mir glauben, daß es weitaus besser wäre, wenn Eure Stiefmutter recht bald wieder in die Normandie zurückkehren würde, bevor ihr das alles noch mehr zu Kopf steigt!«
»Wie kommt Ihr nur darauf? Die beiden sind noch nicht einmal einen Monat hier. Und Papa ist so froh, seine Töchter eine Zeitlang wieder in seiner Nähe zu haben!«
Louis-Marie rieb sich das Kinn:
»Ich beraube Euch nur ungern Eurer Illusionen, aber ich fürchte, Euer Vater fühlt sich hier nicht wohl. Die Besuche Eurer Schwester Clémentine erfreuen ihn ganz und gar nicht, und Ihr wißt selbst, was für eine spitze Zunge sie hat! Und was Euch betrifft, so steht Euer Vater dem Leben das Ihr hier führt, ziemlich fassungslos gegenüber. Er kommt mit all dem nicht gut zurecht, es entspricht nicht seinem Wesen ... Und ich will erst gar nicht von Euren ehelichen Beziehungen reden ...«

»Vincent gibt sich zumindest Mühe ...«
»Ja, er nimmt gelegentlich an den Mahlzeiten teil. Er hat mir übrigens anvertraut, daß er diesen Bewährungsproben nur gewachsen ist, wenn er zuvor einige Gläser Wein getrunken hat... Wir verstehen uns inzwischen besser, müßt Ihr wissen, und ich bewundere seinen Geist und seine Intelligenz sehr! Einer solchen Intelligenz vermag ich nicht zu widerstehen... Zu schade, daß er in bißchen verrückt ist und immer wieder von diesen inneren Dämonen heimgesucht wird...«
Louis-Marie hielt inne und meinte dann:
»Meine Versuche, Vincent zu analysieren, scheinen Euch nicht sehr zu gefallen, nicht wahr?«
»Früher habe ich das ebenfalls versucht, aber mittlerweile wage ich mich nicht mehr an diese Aufgabe heran.«
»Genau diese Art von Gleichgültigkeit gegenüber Vincent ist es, die Euren Vater so schockiert. Ganz zu schweigen davon, daß Ihr getrennte Räumlichkeiten bewohnt und... Was soll Euer Vater davon halten? Ich bin sogar sicher, daß ihn meine Anwesenheit stört. Wozu braucht eine Frau einen Sekretär, wird er denken. Seiner Meinung nach hat die ideale Gattin nichts anderes im Sinn als darauf zu achten, daß das Parkett auch immer schön glänzt, und widmet sich mit Hingabe solchen Aufgaben wie das Personal zu überwachen, die Kleidung des Gatten in Ordnung zu halten und ihre Verwandten zu besuchen...«
»Genau diese Art von Leben hatte er sich für mich vorgestellt!«
»Zumindest möchte er, daß seine Frau ein solches Leben führt... Mit einer Frau an seiner Seite, die seinen Vorstellungen entspricht. Dazu hat er seinen kleinen Sohn und kann auf seinem geliebten Land leben... Ihr und Clémentine seid diesem Los entkommen, und Zélie ist im Pensionat. Daher hat er versucht, sich erneut seine kleine Welt so zu schaffen, wie er sie braucht, um glücklich zu sein. Laßt ihn dorthin zurückkehren...«
Agathe seufzte:
»Ihr habt wahrscheinlich recht. Kinder machen wohl auch den Fehler, die Eltern zu sehr aus ihrer eigenen Sicht zu beurteilen...«
Sie war auf einmal sehr müde und meinte:
»Wenn sie alle abgereist sind, werden wir das erste Stockwerk für eine Weile ganz schließen. Ich habe fürs Erste genug von den Festivitäten, ich will mich lieber ausruhen.«

Deneux hatte zu ihr gesagt: »Vergeßt nicht, wie schwierig Eure erste Schwangerschaft war. Vermeidet daher jede Anstrengung.« Aber wie sollte sie es schaffen, im September, wenn der ganze Faubourg aus der Sommerfrische zurückkam, und eine Einladung auf die nächste folgte, ihre Pforten zu verschließen? Außerdem wollte sie auch nicht den ganzen Tag auf dem Sofa liegen, solange Papa und Rose noch da waren!

Dennoch war sie in letzter Zeit oft sehr müde und sehnte sich danach, im Négligé faulenzen zu können, ohne sich anziehen zu müssen, ohne irgendwelchen Verpflichtungen nachkommen zu müssen...

Man brachte ihr Henri und Hippolyte. Sie sah die beiden Bündel im Arm der Amme und dachte voller Vorfreude, daß sie bald zwei eigene Kinder haben würde. Diesmal wurde es vielleicht ein Mädchen, ein schönes, blondes Mädchen mit Pierres grünen Augen... Pierre wußte noch von nichts. Sie hatte bis dahin davor zurückgescheut, es ihm zu sagen. Oh, sie war absolut sicher, daß das Kind, das sie erwartete, von ihm war. Sie erinnerte sich noch bis in alle Einzelheiten an jenen strahlenden Augusttag... Aber ob er ihr glauben würde? Sie fürchtete seine grausamen Fragen und den Zweifel in seinen Worten. Seit dem Sommer herrschte ein Zustand wunderbarer Harmonie zwischen ihnen, und sie hatte Angst, diese Harmonie zu zerstören. Also würde sie ihm ihre Schwangerschaft so lange verschweigen, bis diese nicht mehr zu verbergen war. Mit dem Herzog machte sie es ebenso, wenn auch aus genau den entgegengesetzten Gründen.

Sie hörte Darling schon ausrufen: »Du bekommst wieder ein Kind? Wie wunderbar, mein Kätzchen! Ich kann gar nicht genug Kinder haben...« Doch Agathe brachte es nicht über sich, den Herzog zu täuschen. Sie schämte sich bei dem Gedanken. Nicht etwa, weil sie ihn mit Pierre »betrogen« hatte, denn für sie war es kein Betrug. Sie empfand für den Herzog eine ganz andere Art von Zuneigung und hatte niemals das Gefühl, ihm etwas wegzunehmen. Außerdem hatte auch der Herzog ihretwegen noch nicht ein einziges Mal auf irgendwelche anderen Amouren verzichtet, das wußte sie genau. Nein, dies war nicht der Grund für das Gefühl der Scham, das an ihr nagte. Ihm hingegen ein Kind unterzuschieben, das nicht von ihm war...

Ein solches Handeln hätte sie mit ihrem Ehrgefühl nicht vereinbaren können. Und wenn sie ihm alles beichtete? Aber das hieße, sich ihr eigenes Grab zu schaufeln. Sie war keine Heilige, auch wenn die Fairneß ihr vielleicht gebot, ihm reinen Wein einzuschenken. Dann würde sie ihn verlieren und hätte ihm darüberhinaus furchtbaren Schmerz zugefügt. Also wäre es womöglich besser, sich von beiden Männern zu trennen. Das wäre eine klare, saubere Lösung, sagte ihr eine innere Stimme. Doch diese innere Stimme wußte nicht, was Liebe ist...

Als Agathe an diesem Punkt ihrer Überlegungen angelangt war, betrachtete sie sich im Spiegel und stellte beruhigt fest, daß ihr noch eine Frist von einigen Wochen blieb, bevor sie eine Entscheidung treffen mußte. So kehrte sie zunächst zu der Frage zurück, die sich im Zusammenhang mit ihrer Stiefmutter ergeben hatte. Louis-Marie hatte ihr die Dinge schließlich mit sehr eindringlichen Worten klargemacht...

Roses Begeisterung über das Leben in Paris steigerte sich in dem Maße, wie Papas Elan nachließ.

Er hatte mittlerweile zu seinen früheren Gewohnheiten zurückgefunden. Wie sonst auch saß er am liebsten vor dem Kamin und pflegte in dem Moment, wo er eigentlich hätte ausgehen sollen, zu Tante Lottie zu sagen:

»Meine gute Lottie, was haltet Ihr davon, wenn wir ruhig zu Hause bleiben... Sofern Ihr es nicht vorzieht, der lieben Adélaïde de Mougeaud einen nachbarlichen Besuch abzustatten? Lassen wir die Jugend zu ihren Vergnügungen eilen. Ihr und ich, wir beide sind aus einer anderen Zeit.«

»Lieber Schwiegersohn, beruft Euch nicht auf so etwas! Mit der Zeit hat das nichts zu tun. Die Gründe liegen vielmehr in Eurem Temperament. Ihr habt Euch noch nie etwas aus irgendwelchen Vergnügungen gemacht, auch nicht, als Ihr jünger wart. Ihr seid schon alt geboren worden, genau wie Lottie. Die hättet Ihr heiraten sollen.«

Lottie senkte die Augen und unternahm einen schwachen Protestversuch, doch im Grunde war sie mit der Entwicklung der Dinge sehr zufrieden. Papas Ernüchterung kam ihr sehr entgegen, denn auf diese Weise bekam sie ihn zurück und zwar unter ganz unerwarteten Umständen. Endlich lernte er all das zu schätzen, was sie so gern für ihn zu tun bereit war... Er genoß ihre stets verfügbare Gegenwart, ihre kleinen Aufmerksamkeiten und ihre stumme Anbetung... lauter Dinge, die seine junge Frau ihm verweigerte.

Ende Oktober trat Louis-Marie eines Morgens in Agathes Boudoir:

»Madame de Rougeville hat mich soeben in meinem Arbeitszimmer aufgesucht. Sie hat mir mitgeteilt, daß sie beim Whist eine Summe von tausend Louis verloren hat. Ihr wißt selbst, wie das ist ... Anfangs traut man sich noch nicht so recht, doch dann gehen schnell die Pferde mit einem durch, wenn man erst auf den Geschmack gekommen ist. Jedenfalls ist sie völlig verzweifelt. Sie weint nur noch und weiß nicht mehr ein noch aus. Sie wagt nicht, Eurem Vater davon zu erzählen, und sie will sich auch nicht an Euch wenden. Deshalb hat sie mich gefragt, ob ich ihr einen Geldverleiher nennen könne.«

»Einen Geldverleiher! Und wie will sie das Geld zurückzahlen?«

»Ich glaube, sie hat gehofft, daß ich ihr die Summe vorstrecke. Sie hat mich in der Vergangenheit mehrmals um kleine Beträge gebeten ...«

Louis-Marie unterbrach sich und fuhr nach kurzer Pause fort:

»Damit Ihr genau Bescheid wißt: Die Dame hat mir zu verstehen gegeben, daß sie sich nicht undankbar zeigen würde ...«

Agathe spürte auf einmal, wie ein Gefühl der Übelkeit in ihr hochstieg. »Armer, armer Papa«, murmelte sie.

»Wenn ich Euch all das anvertraut habe, was ein galanter Mann im Allgemeinen für sich behält, so nur deshalb, weil ich meine, daß Ihr das wieder in Ordnung bringen solltet. Ich bin jedenfalls weit davon entfernt, sie zu verurteilen, und Euch geht es gewiß ebenso.«

Mit entschlossenem Ton antwortete Agathe:

»Ich werde mit ihr reden.«

Am selben Tag war ein Ausflug nach Longchamp vorgesehen. Für gewöhnlich fand Rose großen Spaß daran, im offenen Wagen zu sitzen, ihre Röcke um sich zu breiten und ihr glockenhelles Lachen erklingen zu lassen, um die Aufmerksamkeit der anderen Wagen zu erregen, doch diesmal blieb sie stumm und ernst. Offenbar hatte sie ihre Schminke in aller Eile erneuert, denn auf ihren Wangen erschienen unregelmäßige Flecken.

Im Bois de Boulogne pflegte man gemächlich dahinzufahren, um Gelegenheit zu haben, die Insassen der übrigen Kutschen zu grüßen und die Toiletten der Damen zu bewundern. Es war ein schöner Herbsttag mit blauem Himmel und mildem Sonnenschein.

Mit geheimem Bedauern wandte Agathe den Blick von dieser hübschen Szenerie und sagte zu Rose:
»Monsieur de Saint-Ferrieux hat mir von Euren Schwierigkeiten erzählt.«
»Das hätte er nicht tun dürfen.«
Sie faßte unwillkürlich mit einer Hand ihren Mantel zusammen, als wäre ihr auf einmal kalt.
»Ich werde Eure Schulden begleichen«, fuhr Agathe mit neutraler Stimme fort, »sagt mir besser gleich, ob es noch mehr sind... Es versteht sich von selbst, daß das unter uns bleibt. Mein Vater wird nichts erfahren.«
Rose ergriff überschwenglich Agathes Hand:
»Meine liebe Agathe, Ihr seid immer so gütig zu mir gewesen... Ich weiß nicht, wie ich Euch danken soll...«
»Aber ich weiß es. Heute ist Freitag... Erfindet irgendeinen Vorwand, um abreisen zu können. Sagt, daß Ihr von Paris genug habt oder sonst etwas... Am Sonntag wird mein Wagen Euch zusammen mit Papa und Tante Lottie nach Rougeville zurückbringen.«
»Aber...«
Agathe empfand Mitleid mit ihr. Sie wußte genau, was jetzt in Rose vorging.
»Es tut mir sehr leid, Rose. Ich hätte Euch gern länger bei mir gehabt«, sagte sie sanft. »Aber glaubt mir, es ist besser so. Papa fühlt sich in Paris nicht wohl. Er macht sich Sorgen wegen seiner Aufgaben als Bürgermeister, und er braucht seine geordnete, kleine Welt zuhause, ein ruhiges, geregeltes Leben, so, wie er es bis jetzt geführt hat. Dieses Leben habt Ihr mit ihm teilen wollen. Ihr wußtet, was Euch erwartet und wart damit einverstanden...«
Ein bösartiger Ausdruck trat auf einmal in Roses Augen:
»Statt mir Moralpredigten zu halten, meine Kleine, solltet Ihr lieber vor der eigenen Tür kehren!«
Mit ihrer inneren Haltung war es offenbar genauso schlecht bestellt wie mit ihrer äußeren Form, die angesichts dieses Schicksalsschlages schon um einiges gelitten hatte, dachte Agathe voller Abscheu.
»Wenn ich Eurem Vater auch nur die Hälfte dessen erzählen würde, was man hinter Eurem Rücken über Euch munkelt, wäre er auf seine kostbare Tochter wohl nicht mehr sehr stolz!

Viele sind der Meinung, daß das Geld, mit dem Ihr um Euch werft, keineswegs nur von Eurem Ehemann stammt...«

»Bis jetzt wart Ihr Euch keineswegs zu schade, dieses Geld anzunehmen.«

Agathes Stimme bekam einen harten Klang:

»Die Rücksichtnahme auf meinen Vater verbietet mir, mich weiter mit Euch zu streiten. Aber Ihr sollt immerhin wissen, daß ich keine Bittgänge bei anderen Leuten machen muß, um meine Rechnungen zu begleichen! Wir fahren jetzt zurück und werden Papa von Eurem Entschluß in Kenntnis setzen. Und ich rate Euch sehr, Euch bis zu Eurer Abreise nichts anmerken zu lassen. Das dürfte Euch nicht allzu schwerfallen, nachdem Ihr es so gut verstanden habt, mir bis heute die Rolle der guten Freundin vorzuspielen!«

Schweigend fuhren sie in die Rue de Bourbon zurück.

Nach dem Abendessen fühlte Agathe sich nicht wohl. Sie versuchte zunächst, so zu tun, als wäre nichts. War sie mittlerweile so sensibel, daß ihr das undankbare Verhalten dieser törichten Person schon auf den Magen schlug...? Als ihr Zustand sich nicht verbesserte, ging sie in ihr Schlafzimmer und streckte sich auf dem Bett aus. Ihr war abwechselnd warm und kalt. Und dann verspürte sie so heftige Schmerzen im Bauch, daß sie dachte, es zerreißt sie... Sie geriet in Panik, läutete und ließ nach Deneux schicken. Deneux war jedoch gerade bei der Herzogin von Maupert, um dieser bei ihrer Niederkunft beizustehen.

Als der Arzt Stunden später bei Agathe eintraf, die ebenso weiß wie ihre spitzenbesetzten Kissen war, sagte sie nur:

»Monsieur Deneux, ich werde Euch im Mai nächsten Jahres nicht brauchen.«

Nachdem er gegangen war, ließ Agathe die Läden und die Vorhänge schließen und erklärte, sie wolle niemanden sehen.

Sie konnte diesen großen Kummer mit keinem Menschen teilen.

Papa, Rose und der kleine Hippolyte waren abgereist. Auch Lottie war mit ihnen gefahren. Großvater meinte daraufhin:

»Uff! Endlich kann man wieder durchatmen!... Was soll ich machen, meine Süße, Menschen mit so langsamem Geist bringen mich nun einmal zur Verzweiflung! Dein Vater und deine Tante haben kein Blut in den Adern, sondern lauwarmes Wasser. Kaum zu glauben, daß Lottie meine Tochter ist! Wenn deine Großmutter nicht tatsächlich einen so beklagenswerten Mangel an Appetit in Sachen Liebe gehabt hätte, könnte ich mich zumindest mit dem Gedanken trösten, daß die arme Lottie ihr einschläferndes Wesen von jemand anderem geerbt hat, doch so... Zunächst brachte deine Großmutter eine stattliche Mitgift in die Ehe, doch als die dann verbraucht war, mußte ich jede Nacht an der Seite einer dummen Gans schlafen, die meine Eskapaden umso weniger verstand, als sie selbst von den Freuden der Liebe nicht die geringste Ahnung hatte und nie auf die Idee gekommen wäre, mich ihrerseits zu betrügen. Dabei wäre es mir viel lieber gewesen, sie hätte mich betrogen...«

»Trinken wir also auf die schönen Ungetreuen!« meinte Louis-Marie lachend und suchte Agathes Blick, um sie in das heitere Tischgespräch einzubeziehen.

Doch seit ihrer Fehlgeburt war sie traurig und ernst. Sie hatte das Gefühl, daß das Schicksal, das sie bis dahin so sehr verwöhnt hatte, ihr mit einemmal seine Gunst entzog.

Ungefähr alle vierzehn Tage traf sie sich mit Pierre. Er war sehr viel auf Reisen und meist in der Provinz unterwegs. Was er dort wohl tat? Sie fragte ihn nicht danach. Ihre gemeinsamen Stunden waren zu kurz und kostbar, um sie mit Problemen zu belasten. Er empfand offenbar genauso, denn er stellte ihr keine quälenden Fragen mehr, und auch der Herzog wurde von ihm nicht mehr erwähnt. Jeder behielt also seine Gedanken für sich, in die sich allerdings bei beiden nach wie vor ein Funken Hoffnung mischte, daß die Verhältnisse sich doch eines Tages ändern würden.

Irgendwann wird er dieses Lebens müde sein, dachte Agathe immer wieder bei sich und versuchte sich damit zu trösten.

Pierre meinte seinerseits zu ihr:

»Du wirst sehen, Chérie, einmal kommt der Tag, wo wir uns nicht mehr verstecken müssen. Dann läßt du dich scheiden...«

»Ich soll mich scheiden lassen? Aber es gibt keine Scheidung mehr. Und Gott erlaubt nicht...«

»In der neuen Gesellschaft, die wir schaffen wollen, wird jeder Mensch das Recht haben, sein Leben frei zu gestalten. Dann heiraten wir, und du wirst dich vor aller Welt zu mir bekennen können...«

Sie hatte geschwiegen und sich einen Moment lang dieser verführerischen Vorstellung hingegeben, aber es war doch wieder nur einer seiner unrealistischen Träume. Es gab viel zu viele Hinder-

nisse, die ihnen den Weg zu einem solchen Glück, wie er es sich vorstellte, versperrte. Und wie sollte sie es über sich bringen, dem Herzog, der ihr seine unveränderte Zuneigung entgegenbrachte, derartigen Schmerz zuzufügen ...
Armer Darling! Auch er wurde von schweren Sorgen geplagt!

Im September hatte die Herzogin endlich ein Kind zur Welt gebracht, doch es war nur ein Mädchen und somit nicht der langersehnte Thronfolger. Immer wieder erklärte der Herzog voller Verzweiflung: »Wenn das so weitergeht, wird die Dynastie der Bourbonen endgültig aussterben ...« Und er pflegte hinzuzusetzen: »Dieses Pack wird mich umbringen ... Ich fühle es, daß meine Tage gezählt sind ...«
Als Agathe an diesem Nachmittag das hübsche Haus in Auteuil verließ, das der Herzog für sie beide gekauft hatte, war ihr Herz schwer und angsterfüllt. Die politische Entwicklung gab zu großer Besorgnis Anlaß.
Monsieur Descazes war auf dem Höhepunkt seiner Macht und hatte die Regierungsgewalt inne. Louis XVIII. symphatisierte immer mehr mit dem linken Lager, und die Monarchie versank allmählich im Liberalismus, ohne daß von Seiten der Verantwortlichen ernsthafte Anstrengungen unternommen wurden, diese zu retten.
Der Herzog schäumte: »Da mein Vater darauf besteht, die Königskrone nur entgegenzunehmen, wenn dies auch Gottes Wille ist, wie er sich ausdrückt, sind mir die Hände gebunden ... Dabei wäre es so leicht, die Krone diesem impotenten Schwachkopf zu entreißen!« Dieser Meinung war auch Agathe. Der Bruder des Königs und seine Getreuen taten nichts anderes als über die Zustände zu lamentieren und Gottes Hilfe zu erbitten. Dabei verfügten sie über ganz andere Möglichkeiten, den König aus dem Weg zu räumen als Pierre und seine Anhänger. Leider aber fehlten Monsieur und seinen Leuten der nötige Mut und jener Elan, von dem Pierre im Gegensatz dazu nur allzuviel besaß! Und indem Agathe voller Abscheu feststellen mußte, wie schwach gerade jene im Grunde waren, deren Sache sie teilte, entdeckte sie zugleich, weshalb sie Pierre liebte ...

Einen Monat lang nahm sie keine Einladung an.
»Habt Ihr Euch von der Welt zurückgezogen, mein Engel?« fragte Vincent sie spöttisch, als sie ihm auf der Treppe begegnete.

»Ich brauche ein wenig Erholung.«
»Hat Euer Erholungsbedürfnis etwas mit dem Besuch von Deneux zu tun?«
»Ich wußte gar nicht, daß Ihr Euch noch für meinen Gesundheitszustand interessiert.«
»Der Besuch des Geburtshelfers interessiert einen Ehemann doch immer, auch wenn dieser nur dazu da ist, seinen Namen zu leihen. So sagt mir also, ob uns ein freudiges Ereignis bevorsteht, daß unsere heilige Familie vergrößern wird?«
»Ich habe eine Fehlgeburt erlitten«, schleuderte Agathe ihm ins Gesicht. Dann drehte sie ihm den Rücken zu und betrat die Gemächer von Jeanne de Seurolles.
Sie pflegte in letzter Zeit jeden Abend bei ihr zu essen. Es waren intime kleine Diners zu viert mit Großvater und Louis-Marie. Agathe hörte ihrer Unterhaltung zu und spielte eine Partie Whist mit ihnen. Nach dem Essen ging sie dann wieder hinunter in ihre eigenen Räume, umarmte Henri und legte sich schlafen. Sie hatte zu nichts anderem Lust.
Mitte Dezember kam Louis-Marie eines Tages in ihr Boudoir und hatte seine langen Gästelisten bei sich:
»Mein Schatz, in Eurem Alter vergräbt man sich nicht derart. Ihr seid blaß wie ein Handtuch. Es wird Zeit, daß Ihr etwas für Euch tut. Was haltet Ihr davon, das Neue Jahr mit einem großen Ball einzuweihen... Wir haben bald 1820... Ein neues Jahrzehnt bricht an... Das muß doch gefeiert werden, findet Ihr nicht?«
»Das hängt davon ab, was es uns bringen wird...«
Agathe seufzte:
»Es ist vielleicht dumm, aber ich habe eine böse Vorahnung... Oh ja, ich weiß, Vorahnungen können täuschen, aber...«

KAPITEL 27

Auf Agathes großen Ball zum Jahresende folgten zahlreiche andere Festivitäten, und Agathe nahm allmählich ihr früheres gesellschaftliches Leben wieder auf.
Die Wintersaison bestand fast nur aus Einladungen, und Agathe war so viel unterwegs, daß ihr zum Nachdenken kaum Zeit blieb, was ihr sehr angenehm war. Letztlich wurden ihre Probleme nur schlimmer, wenn sie sich ständig damit befaßte. Großvater hatte ganz recht, wenn er meinte: »Es ist ein Zeichen großer Dummheit, wenn jemand Vergangenheit, Gegenwart und Zukunft durcheinanderbringt. Es kommt nur auf den jeweiligen Moment an . . .«
In Frankreich ereignete sich zu dem Zeitpunkt wieder einmal eine Revolution, doch es war kein politischer Umsturz, wie Pierre ihn herbeiwünschte, sondern eine Revolution ganz anderer Art.
Der Zeitgeist hatte sich endlich von der Epoche des Empire gelöst und statt dessen die Renaissance neuentdeckt, was sich sowohl in der Mode der Damen als auch in den Ergüssen der Dichter und Poeten niederschlug.
Auch Agathe hatte sich nach anfänglicher Skepsis dieser neuen Modewelle angeschlossen und veranstaltete daher den großen Maskenball, den sie am 13. Februar gab, unter dem Motto »Renaissance«.

Das Hôtel de Seurolles galt als eines der prachtvollsten Bauwerke der Renaissance und bot so ein besonders passendes Dekor für das Fest.
Alles war auf Hochglanz poliert worden, und das Hôtel erstrahlte in all seinen vier Stockwerken, als die Gäste am Abend eintrafen. Obwohl draußen tiefster Winter herrschte, waren innen überall wunderschöne Blumenbuketts verteilt. Jeder, der dies sah, rief überrascht aus: »Welches Wunder hat es vermocht, bei dieser Jahreszeit eine solche Blumenpracht hervorzubringen?« Nun, mit Geld war vieles möglich . . . Agathe wußte selbst nicht, wie Louis-Marie es angestellt hatte, den Frühling herbeizuzaubern. Sie hatte ihm lediglich gesagt: »Ich wünsche mir als Dekoration möglichst viele Blumen«, wohlwissend, daß dies nur eine verrückte Laune von ihr war, doch Louis-Marie hatte ihren Wunsch erfüllt . . .
Damit nicht genug verteilten in weißen Samt gekleidete Pagen an

die anwesenden Damen kleine Kränze, die aus Blumen geflochten waren. Es gab drei riesige Büffets, die unter der Fülle der angebotenen Köstlichkeiten fast zusammenbrachen, und zwei Orchester spielten zum Tanz auf.

»Mein Kompliment, meine Liebe. Am Glanz dieses Festes erkennt man, wie weit du es gebracht hast. Ich hätte mir in unserem schäbigen Quartier in Somers-Town damals wirklich nicht träumen lassen, daß meine ehemalige Milchschwester einmal die Göttin des Pariser Olymps werden würde!«

Agathe lächelte Alexandre de Mougeaud an, mit dem sie gerade tanzte.

»Schmeichler! Du selbst hast es ja auch nicht schlecht getroffen.«

»Oh! Bei mir ist das anders... Ich war früher einmal ehrgeizig, aber in Wirklichkeit bin ich nur ein verwöhntes Kind, das seine Spielsachen kaputtmacht, wenn sie ihm nicht mehr gefallen... Nichts macht mir mehr Spaß... ich habe die Armee, die Pferde, die Frauen... Aber eigentlich langweilt mich das alles. Ich lebe nur so dahin.«

Agathe seufzte nachdenklich.

Alexandre fragte betont beiläufig:

»Ist Clémentine noch nicht gekommen?«

»Sie kommt überhaupt nicht. Charles Jérôme empfängt heute abend bei sich irgend einen Botschafter von ich weiß nicht wo. Deshalb haben sie absagen müssen. Dieser Botschafter sei gepriesen! So kann ich meinen übrigen Gästen die Anwesenheit von Charles Jérôme ersparen...«

»Ich frage mich immer noch, wie deine Schwester eine solche Verbindung eingehen konnte«, sagte Alexandre mit plötzlicher Heftigkeit.

»Ich frage mich das auch. Aber immerhin sind sie jetzt schon vier Jahre offenbar sehr glücklich verheiratet. Das wird wohl die Antwort sein... Anne-Louise sieht heute abend ganz reizend aus.«

»Findest du? Na, ich weiß nicht... Die Ärmste wird wohl nie lernen, sich richtig anzuziehen. Dieses Maria-Stuart-Kostüm... Sie ist einfach zu fade!«

»Du bist boshaft.«

»Zweifellos... Sag mal, dieses hübsche kleine Blondchen da neben ihr, deren Mieder fast gesprengt wird, ist das nicht die Tochter vom alten La Maillerie?«

»Ja, das ist sie. Virginie ist mal wieder aus ihrer Verbannung befreit worden. Aber diesmal ist sie anscheinend ganz brav...«
Agathe lachte und grüßte die Prinzessin de la Trémoïlle mit einer anmutigen Kopfbewegung.
Weiter hinten sah sie Vincent mit Clara de Rebecq tanzen. Sie war rothaarig und hatte Augen wie eine Katze. Ihr Oberkörper wirkte kräftig und breitschultrig wie der eines Mannes, weshalb man tuschelte, sie interessiere sich mehr für ihr eigenes Geschlecht, doch nach der Art zu schließen, wie sie Vincent gerade anlächelte, konnte man das kaum glauben.
Vincent war ganz in schwarz gekleidet. Um den düsteren Gesamteindruck zu verwischen, hatte er sich verschwenderisch mit Diamanten behängt.
Jetzt sah sie, wie sich eine Gestalt Vincent näherte, doch es war kein Gast. Der Mann in dem dunklen Gewand trat zu Vincent heran, flüsterte ihm einige Worte ins Ohr und verschwand. Vincent entschuldigte sich bei Clara und verschwand ebenfalls hinter einer Säule, so daß Agathe ihn aus dem Auge verlor.
Alexandre sagte:
»Und du, meine Schöne, in wessen Haut bist du heute geschlüpft? Nein, warte, laß mich raten...«
Leroy hatte kategorisch erklärt:
»Im sechzehnten Jahrhundert, verehrte Frau Gräfin, gab es nur eine einzige Schönheit, die man mit der Euren vergleichen könnte.«
»Wen meint ihr, mein lieber Leroy?«
»Diane de Poitiers.«
»Diane de Poitiers...«
Agathe war sehr stolz gewesen, ihr Wissen anbringen zu können:
»War sie nicht zunächst die Geliebte von Franz I. und dann die von Heinrich II.?«
»Frau Gräfin verfügt über eine Bildung, um die sie viele meiner übrigen Kundinnen beneiden würden!«
Agathe war von der Idee, die Geliebte eines Königs zu verkörpern, sehr angetan gewesen. Fieberhaft hatte sie zusammen mit Leroy in alten Büchern gestöbert, doch sie stellte zu ihrem großen Bedauern fest, daß Diane de Poitiers sich stets mit sehr schlichten Gewändern begnügt hatte, die ihren hübschen Busen nur mangelhaft bedeckten.
Der geniale Leroy hatte jedoch eine Lösung für das Problem

gefunden. Ihr Kleid war zwar von betont schlichtem Zuschnitt, bestand aber aus einem zarten Hauch von Stoff, der aus lauter Gold- und Silberfäden gewirkt war und Agathes Brüste ebenfalls mehr enthüllte als verbarg. Der Tanz war zu Ende. Die Musiker stimmten jetzt einen Walzer an. Sosthène de La Rochefoucauld kam auf sie zu.
»Mein lieber Mougeaud, gestattet, daß ich Euch unsere entzükkende Gastgeberin entführe...«
Doch auf einmal stand Vincent vor ihr, ohne daß sie ihn hatte kommen sehen.
»Sosthène, ich bitte um Entschuldigung... Agathe, ich muß Euch dringend sprechen.«
»Aber...«
»Bitte kommt mit.«
Sosthène de La Rochefouceauld erwiderte in leicht pikiertem Tonfall:
»Da es sich um Euren Gemahl handelt, muß ich mich wohl fügen... Doch der nächste Tanz, liebste Freundin...«
Vincent schloß die Tür des Gangs hinter ihnen, und sobald sie allein waren, rief Agathe verärgert:
»Würdet Ihr mir jetzt bitte erklären...«
Auf einmal bemerkte sie, daß Vincent sich all seiner Diamanten entledigt hatte, und seltsamerweise beunruhigte sie dieses Detail.
»Was gibt es?« fügte sie mit gespannter Erwartung hinzu.
Er nahm einen Umhang von einem der Kleiderhaken und sagte:
»Ich habe mir dies von Eurer Zofe bringen lassen. Der Wagen wartet...«
»Der Wagen...?«
»Wir fahren zur Oper.«
Agathe war fassungslos:
»Seid Ihr verrückt geworden?«
»Wenn Ihr mich nicht immerzu unterbrechen würdet...! Der Herzog ist soeben das Opfer eines Attentats geworden.«
»Ein Attentat!«
Ihr Mund wurde trocken, und sie spürte, wie ihre Knie zitterten.
»Beruhigt Euch«, fuhr Vincent fort. »Es scheint nichts Schlimmes passiert zu sein. Nach dem, was ich gehört habe, ist der Herzog mit einer Schramme davongekommen. Als es passiert ist, waren viele Leute um ihn herum, sodaß der Attentäter ihn nicht richtig hat treffen können.«

»Der Attentäter?«
»Ja, man hat ihn verhaftet.«
»Man hat ihn verhaftet?«
Agathes Kopf drehte sich plötzlich. Alles ging zu schnell und war zuviel für sie. Zunächst Darling ... und dann der Attentäter, den man verhaftet hatte ... War es möglich, daß Pierre sein Versprechen gebrochen hatte?
»Seid Ihr sicher, daß dem Herzog nichts Ernstes zugestoßen ist?«
Vincent legte ihr den Umhang um die Schultern:
»Kommt ... Ich habe Louis-Marie gebeten, sich um die Gäste zu kümmern.«

Der Wagen hielt an der Ecke der Rue de Richelieu und der Rue Rameau. Vincent half Agathe beim Aussteigen. Es war kalt und feucht. Vor dem Eingang standen mehrere Gestalten, die heftig diskutierten.
Einer der Leute löste sich aus der Gruppe und kam auf sie zu:
»Herr Graf ...«
»Das ist Bouchon, der Pförtner«, erklärte Vincent zu Agathe gewandt.
»Hat der Herr Graf schon gehört, was geschehen ist ...?«
»Ja, vor kurzem, mein guter Bouchon.«
»Ich war hier und habe alles gesehen, Herr Graf!«
»Wie hat es sich genau abgespielt?«
Bouchon wischte sich über die Augen und sagte dann:
»Ihre Königlichen Hoheiten sind Schlag acht Uhr hier eingetroffen. Heute abend gab es *Le Rossignol*, dann *Les Noces de Gamache* und zum Schluß ...«
»Bitte kommt zur Sache, Bouchon!«
»Es war vor ungefähr einer halben Stunde ... oder vor einer dreiviertel Stunde ... jedenfalls schlug die Uhr gerade elf, als Ihre Königlichen Hoheiten wieder nach unten kamen, doch Monseigneur wollte nur die Frau Herzogin zu ihrem Wagen begleiten, denn sie war müde, während Monseigneur bei einem Ballett immer bis zum Schluß bleibt ...«
»Monsieur«, murmelte Agathe, »ich bitte Euch, sagt uns ...«
»Madame möge entschuldigen, ich wollte nur erklären ... Kurz, sie kamen alle miteinander aus der Tür, und die Frau Herzogin stieg in ihren Wagen, gefolgt von Madame de Béthisy. Monseigneur verabschiedete sich von den Damen und war im Begriff,

wieder hineinzugehen, als plötzlich ein Mann auftauchte. Er rannte wie ein Pfeil. Ich habe noch gedacht, daß das ein sehr ungehöriges Benehmen war, denn er rempelte zuerst den Herrn Grafen de Choiseul an, der Monseigneur begleitete. Und dann war der Mann auch schon bei Monseigneur, stieß mit ihm zusammen und lief dann davon. Ein furchtbarer Schrei ertönte ... ›Ich sterbe!‹ schrie Monseigneur. ›Der Dolch steckt in meiner Brust!‹«
»Das hat er gesagt!« flüsterte Agathe entsetzt.
»Ja, Madame ... Die Frau Herzogin ist sofort aus der Kutsche gesprungen und zu Monseigneur hingestürzt. Er hat sich den Dolch aus der Brust gerissen, und überall war Blut, furchtbar viel Blut, wie ich es noch nie erlebt habe ...«
Agathe blickte Vincent durchdringend an:
»Ihr spracht doch nur von einer Schramme!«
»Ich habe Euch nicht erschrecken wollen.«
Mit einer heftigen Bewegung befreite Agathe sich von Vincents Arm und stürzte auf den Eingang zu.
»Man hat Seine Königliche Hoheit in den Salon gebracht, der an die Vorderbühne angrenzt«, informierte sie der Logenschließer.
Sie durchquerte das schmale Vestibül und stieß die Tür zum Salon auf. Der Raum war schwarz vor Menschen. Sie suchte mit den Augen in all dem Gewimmel den Herzog. Er lag auf vier zusammengestellten Stühlen, während zwei schwarzgekleidete Gestalten, offenbar Ärzte, sich um ihn bemühten.
Ihn so zu sehen, war für Agathe eine erschütterndes Erlebnis. Für sie hatte der Herzog stets Kraft und Gesundheit verkörpert, und nun erschien er ihr wie eine vom Blitz gefällte Eiche. Sie hielt sich die Hand vor den Mund und biß die Zähne zusammen, während sie verzweifelt versuchte, sich zu beherrschen. Am liebsten hätte sie sich den Weg durch all diese Leute gebahnt, um ihn in ihre Arme zu nehmen und ihm zärtliche Worte des Trostes zuzuflüstern, doch sie wußte, daß sie kein Recht dazu hatte. Er gehörte zur Herzogin, die wie ein bemitleidenswertes Häufchen Elend in ihrem blutbefleckten Kleid neben ihm saß und hemmungslos schluchzte.
Agathe wandte sich ab. Sie konnte das alles nicht länger mitansehen. Zuflucht suchend ging sie auf Madame de Béthisy zu, die in Begleitung der Herzogin gewesen war.
»Vincent und ich haben es gerade erfahren ... Was sagen die Ärzte?« stieß sie mühsam hervor.

»Bis jetzt haben sie sich nicht geäußert...«
»Sie haben sich nicht geäußert...? Aber... aber...«
»Monseigneur ist in Gottes Hand, mehr kann ich Euch nicht sagen, meine Liebe... Man hat ihm Fußbäder verabreicht und ihn zur Ader gelassen...«
»Zur Ader gelassen... wo er soviel Blut verloren hat...«
»Die Ärzte kennen sich da besser aus als wir.«
Agathe hielt sich rechts von Madame de Béthisy und näherte sich dem Herzog so unauffällig sie konnte. Wenn er sie doch nur bemerken würde! Sie vermochte im Moment nichts anderes für ihn zu tun, als ihn spüren zu lassen, wie sehr sie mit ihm litt.
Von der Bühne hörte sie auf einmal Ballettmusik, denn um keine Panik hervorzurufen, hatte man die Vorstellung weitergehen lassen.
In Agathe entstand der jähe Impuls, laut zu schreien, da sie den Kontrast zwischen dem fröhlichen Spektakel auf der Bühne und der furchtbaren Tragödie in diesem Salon nicht ertrug.
Jetzt stand sie ganz in der Nähe des Herzogs. Er war totenblaß und sein Gewand von oben bis unten voller Blut.
Ganz plötzlich erstarben die heiteren Noten des *Carneval de Venise*, und eine kurze, atemlose Stille trat ein, bis gleich darauf ein allgemeiner Aufschrei durch die Zuschauermenge ging, die anscheinend soeben von dem Attentat erfahren hatten. Mehrere Tänzer und Tänzerinnen stürmten aufgeregt in den Salon, unter ihnen eine hübsche Dunkelhaarige im rosafarbenen Tüllröckchen, deren Schminke von Tränen aufgelöst war.
Ein empörtes Raunen war in dem kleinen Salon zu vernehmen, denn bei der Tänzerin handelte es sich um Virginie Oreille, die der Herzog bis zuletzt mit seinen Aufmerksamkeiten bedacht hatte. Vielleicht hatte der Herzog ihretwegen bis zum Schluß der Vorstellung bleiben wollen? Aber was für eine Rolle spielte das letztlich noch...? In diesem Augenblick hätte Agathe die kleine Tänzerin am liebsten bei der Hand genommen und zum Krankenlager des Herzogs geführt, damit diese ihm erneut jenes Lächeln auf die Gesichtszüge zauberte, das alle Welt so gut an ihm kannte...
»Mit Erlaubnis Eurer Königlichen Hoheit wollen wir Monseigneur in das angrenzende Zimmer bringen. Dort ist mehr Platz«, hörte Agathe die Ärzte zur Herzogin sagen.
Die Menge wich respektvoll zurück, während man den Körper des

Herzogs vorsichtig hochhob, und genau in diesem Moment wandte der Verwundete den Kopf zur Seite und erblickte Agathe.
Obwohl er unter starken Schmerzen leiden mußte, lag in diesem Blick doch noch soviel Leben, daß es Agathe erschien, als wolle er ihr zurufen: »Was bist du dumm, mein Kätzchen! So schnell kriegt mich der Sensenmann nicht! Um einen Kerl wie mich zu erledigen, braucht es mehr als einen Dolchstoß ... Also weine nicht, mein Liebling, das tut mir weh ...«
Man brachte ihn nach nebenan, und Agathe wischte sich die Augen. Sie fühlte sich auf einmal wieder sicherer auf den Beinen und zwang sich dazu, diese Worte, die sie vielleicht nicht nur in ihrer Einbildung gehört hatte, solange innerlich zu wiederholen, bis sie sich tatsächlich seltsam gestärkt fühlte. Wenn nur nicht all diese Leute um ihn herum wären, die ein Gesicht machten, als handle es sich bereits um seine Beerdigung ...
»Agathe ...«
Vincent war plötzlich neben ihr, den sie in der Zwischenzeit ganz vergessen hatte.
»Wo wart Ihr?« fragte sie ihn.
»Bei den Wachposten. Sie haben den Attentäter gerade verhört. Es ist ein gewisser Louvel, der als Reitknecht in den königlichen Stallungen beschäftigt war. Ein Bonapartist ...«
»Louvel ...« wiederholte Agathe.
Sie war mehr als erleichtert, zwang sich aber zugleich, den Gedanken an Pierre sofort wieder aus ihrem Kopf zu verbannen.
»Man hat ihn verhört«, sagte Vincent, »und er hat behauptet, das Attentat ganz allein ausgeführt zu haben, doch vielleicht will er seine Komplizen nur schützen ...«
Agathe unterbrach ihn:
»Kommt und seht ... Dem Herzog scheint es besser zu gehen.«
»Besser ...? Ich habe anderes gehört.«
»Die Leute reden viel.«

An diesem Sonntagabend hatten in Paris drei große Bälle stattgefunden. Inzwischen strömten die Gäste dieser Festivitäten alle zur Oper, nachdem sie die Neuigkeit erfahren hatten. Da alle den jeweiligen Ball jäh verlassen hatten, waren sie noch kostümiert und boten nun in der Rue Rameau ein bizarres, farbenprächtiges Schauspiel.
Als Agathe und Vincent das Zimmer betraten, in das man den

Herzog mittlerweile gebracht hatte, waren soeben dessen Bruder und dessen Gemahling eingetroffen. Der Herzog von Angoulême vergoß dicke Tränen, während sich Madame mit geröteten Lidern still in eine Ecke verzogen hatte.
Vor dem Bett des Herzogs kniete jetzt Monsignore Latil, der Bischof von Chartres, und nahm ihm die Beichte ab.
Dieser Anblick machte Agathe erneut große Angst.
Ein Priester! ... Man rief einen Priester doch nur, wenn ... Sie verbot sich, den Gedanken zuende zu denken. Und welche Sünden hätte der arme Herzog schon zu gestehen gehabt? Abgesehen von seinem großen Appetit aufs Leben ... Sie sah ihn wieder vor sich, wie er ihr am Tag zuvor noch, als sie gemeinsam durch den Bois de Boulogne geritten waren, plötzlich zugerufen hatte: »Wie schön du als Amazone bist! Am liebsten würde ich dich auf der Stelle vernaschen!« War das etwa eine Sünde, daß er die angenehmen Dinge des Lebens so aus vollen Zügen zu genießen verstand? Und jetzt ... Agathe kämpfte erneut mit den Tränen.
»Monsieur kommt gerade und Jules de Polignac«, flüsterte Vincent.
Monsieur, der Bruder des Königs, der für gewöhnlich eine so aufrechte Haltung bewies, ging gramgebückt auf seinen Sohn zu. Als der Herzog ihn erblickte, versuchte er, sich aufzurichten und stieß einen kleinen Freudenschrei aus:
»Mein Vater!«
Agathe hörte Vincent neben sich sagen:
»... Alles hängt von der Schwere seiner Verletzung ab!«
Sie sah ihn an. Er trug immer noch das schwarze Gewand und kam ihr in diesem Moment wie ein unheilbringender schwarzer Vogel vor.
Zu Agathe gewandt fuhr er fort:
»Ihr solltet Euch besser keinen falschen Hoffnungen hingeben. Der Tod ist stärker als wir, wenn er jemanden holen will.«
»Schweigt!«
Agathe preßte die Lippen zusammen:
»Man darf den Tod gar nicht zur Kenntnis nehmen, man muß so tun, als gäbe es ihn nicht!«
»Ihr sprecht wie ein dummes, kleines Mädchen ... Ich möchte wetten, Ihr seht nicht einmal, daß diese Szenerie an eine der großen Tragödien von Shakespeare erinnert ...«
»Woran ...?«

»Seht doch das ganze Dekor, den Herzog in seinem Blut ... Man spürt den Geruch des Todes ... Und dann sind da die vielen Gestalten in ihren Verkleidungen, alles Persönlichkeiten von Rang mit Titel und Vermögen, und doch verkörpern sie letztlich nur die Vergänglichkeit unseres Daseins, die Ohnmacht des Menschen angesichts der einzigen Wahrheit, die es gibt: nämlich, daß wir nichts sind und jeden Moment wieder zu Staub zerfallen können ... Was zählen da noch unsere Wünsche und Triebe, unsere Anstrengungen und Pläne ...«
»Schweigt!« sagte Agathe erneut. »Da kommt Dupuytren.«
Der berühmte Arzt, den Jules de Polignac herbeigerufen hatte, bahnte sich einen Weg zu dem Kranken.
Er kam Agathe vor wie ein rettender Engel. Die anderen Ärzte waren alle Dummköpfe. Dieser hier würde wissen, was zu tun war.

Die von Dupuytren vorgenommene Operation brachte dem Verwundeten vorübergehend Erleichterung.
»Seht Ihr! Ich wußte es!« sagte Agathe zu Vincent.
Die Lebensgeister kehrten jetzt auch in sie zurück.
Doch schon bald sah man, daß der Herzog immer schwächer wurde. Erneut sank die Hoffnung der Umstehenden. Am Schlimmsten war, daß der Herzog selbst den Ärzten erklärte:
»Meine Herren, ich danke Ihnen für Ihre Bemühungen, aber ich weiß, daß diese Verletzung tödlich ist.«
Er kämpfte nicht mehr, er fand sich damit ab.
Agathe hingegen weigerte sich noch, sich damit abzufinden. Sie leugnete vor sich selbst, wie sehr sich der Zustand des Herzogs nach der Operation verschlechtert hatte. Es war unmöglich, es konnte, es durfte nicht sein! Gott durfte nicht zulassen, daß der Herzog von ihnen ging. Gott mußte ein Wunder geschehen lassen, Gott vermochte doch alles ... Sie schickte ein Stoßgebet zum Himmel, sie flehte um Gnade für den Herzog, und plötzlich kam ihr der rettende Gedanke: Sie müßte ein Opfer bringen, müßte bereit sein, das Liebste hinzugeben, das sie besaß ... Sie wollte auf Pierre verzichten ... damit der Herzog am Leben blieb ... Auf einmal fühlte sie sich besser. Endlich hatte sie etwas Nützliches und Sinnvolles getan, statt nur hilflos mit zitternden Knien dazustehen ...
Die arme kleine Herzogin kniete neben dem Krankenlager und wischte sich unablässig mit dem Bettuch die Tränen vom Gesicht.

Der Herzog sprach leise und voller Zärtlichkeit auf sie ein, um sie zu beruhigen.
Er, der das Leben so sehr geliebt hatte, schien das Leben bereits hinter sich gelassen zu haben. Er schien sich nur noch um seinen eigenen Seelenfrieden zu sorgen, weshalb er auch ein zweites Mal nach Monsignore Latil verlangte, und außerdem kreisten seine Gedanken immer wieder um den Attentäter, für den er Gnade und Schonung erbat. Er wollte auch seine kleinen Töchter noch einmal sehen . . . die kleine Prinzessin, die im September geboren worden war, und die man aus dem Elyseepalast an sein Sterbelager geholt hatte. Dann waren da noch seine beiden Töchter aus der Verbindung mit Amy Brown, welche man ebenfalls auf sein Geheiß zu ihm brachte. Er empfahl die beiden kleinen Mädchen, von deren Existenz die Herzogin bis dahin nichts gewußt hatte, deren Schutz, und mit der ihr eigenen Großzügigkeit, die einen Teil ihres Charmes ausmachte, erklärte die Herzogin daraufhin unter Tränen, sie habe von nun an eben drei Töchter . . . Und Henri? dachte Agathe traurig. Erinnerte sich der Herzog nicht mehr, daß er auch einen Sohn hatte? Sie sah die drei Töchter um sein Bett versammelt, und das Herz wurde ihr noch schwerer. Gewiß war dies unter den gegebenen Umständen eine absurde und egoistische Reaktion von ihr, doch . . . Und plötzlich fragte sie sich, ob sie für ihn überhaupt noch zählte.
In dem Moment, als der Herzog etwas zu trinken verlangte, konnte sie sich nicht länger beherrschen. Sie nahm einem der Diener das Glas aus der Hand, das dieser dem Herzog gerade bringen wollte und ging auf dessen Bett zu. Ihr Gesicht war totenbleich, doch wie hätte sie das verraten können, nachdem auch die übrigen Anwesenden aschfahl und aufgelöst vor Schrekken dastanden . . .!
Einer der Ärzte nahm ihr das Glas ab und reichte es dem Herzog. Sie war jetzt ganz nahe bei ihm, und ihr Herz klopfte wie wild . . . Wie oft waren sie einander so nahe gewesen, auf demselben Kopfkissen vereint, um zärtliche Küsse auszutauschen . . . Sie biß sich fest auf die Lippen, um ein Schluchzen zu unterdrücken. Sie betrachtete seine dichten schwarzen Haare und sein wächsernes Gesicht.
Der Herzog stieß den Arzt zurück und sagte:
»Es ist gut, daß Ihr da seid, Gräfin. Gebt auf Euch acht . . .«
Das war alles. Es hatte nur ein paar Sekunden gedauert. Dann

wandte er den Blick wieder ab. Er war schon sehr weit weg von ihr, von allem. So, als ob er bereits jene andere Welt betrat, in der es für sie keinen Platz gab. Und in diesem Moment begriff Agathe endlich, daß kein Pakt mit Gott und keine Liebe der Welt ihn zurückbringen konnte. Er war verloren. Sie hatte ihn verloren.

Das furchtbare Warten dauerte an.
Der Pfarrer von Saint-Roche war gekommen, um dem Herzog die Letzte Ölung zu geben. Inzwischen bemühten sich die Ärzte weiterhin um den Sterbenden. Die Atmosphäre in dem Raum war unerträglich geworden.
Madame de Béthisy hatte die Herzogin ins Nebenzimmer gezogen.
»Ich bitte dich, Caroline, schone dich um des Kindes willen, das du erwartest.«
Agathe hatte bereits gewußt, daß die Herzogin erneut schwanger war. Am Samstag zuvor hatte Darling ihr auf dem Maskenball der Gräfin Greffulhe ... oh, wie heiter und ausgelassen war er da noch gewesen! ... während eines Tanzes zugeflüstert:
»Morgen gehen wir in die Oper. Wir werden versuchen, danach auf einen Sprung zu dir zu kommen, aber ich kann es nicht versprechen. Die Herzogin ist sehr erschöpft.«
Und mit triumphierendem Lächeln hatte er hinzugefügt:
»Du hast richtig gehört ... Hoffen wir, daß es diesmal ein Junge wird!«
Jetzt hörte Agathe ihn gerade mit letzter Kraft rufen:
»Übt Gnade mit dem Mann!«
Und dann:
»Der König ... Kommt der König nicht? Ich möchte, daß er den Mann begnadigt!«
Dies schien seine einzige Sorge zu sein, über die er sogar seine Schmerzen vergaß.
Es war fünf Uhr morgens, als die Kutsche des Königs die Rue Rameau entlangjagte.
»Seine Majestät!« rief jemand, der aus dem Fenster blickte.
Gleichgültig nahm Agathe den Aufruhr um sie herum wahr, den die Ankunft des Königs hervorrief.
Der König wurde in seinem Spezialsessel ins Zimmer getragen und am Kopfende des Herzogs zu Boden abgesetzt.

Was mochte in ihm vorgehen? Auf seinem alten Gesicht zeigte sich keine Regung.
»Sire, ich habe Euch erwartet. Gewährt mir eine letzte Bitte. Begnadigt den Mann ...«
Und vor so viel Güte und Großherzigkeit konnte man nicht anders, als erneut den Tränen freien Lauf zu lassen. Jeder hatte die Güte des Herzogs gekannt, doch niemand hatte gewußt, welche Größe sich hinter seinem glücklichen Naturell verbarg.
»Mein Onkel, ich bitte Euch, antwortet mir«, beharrte der Herzog.
»Wir werden prüfen, ob Eure Bitte erfüllt werden kann, mein Sohn.«
Der Atem des Herzogs ging schwächer. Agathe, die selbst am Ende ihrer Kraft war, konzentrierte sich ganz auf dieses Atmen. Von Zeit zu Zeit schien er aus seinem Dämmerzustand zu erwachen, um mit kaum vernehmbarer Stimme immer wieder: »Gnade, Gnade für den Mann«, zu murmeln.
Der Morgen graute. Es war ein feuchter, nebliger Morgen, doch man ahnte schon, daß bald die ersten Sonnenstrahlen den Tag erhellen würden. Ein Morgen wie geschaffen für die Jagd ... Der Herzog wäre bestimmt mit von der Partie gewesen, und wie sonst auch hätte er sich zu Beginn der Jagd zu seinen Leuten umgedreht, tief eingeatmet und mit strahlendem Lächeln gerufen: »Auf geht's, meine Herren! Das Leben ist schön für alle, die es lieben!«
Da sah Agathe auf einmal, wie der Kopf des Herzogs zur Seite fiel und Dupuytren ihm die Augen schloß.
Majestätisch ertönte die Stimme von Ludwig XVIII.:
»Es ist vollbracht.«
Agathe blieb wie versteinert stehen.
Da nahm Vincent sie beim Arm und sagte sanft:
»Kniet nieder.«
Und alle im Raum fielen auf die Knie, sodaß Agathe ihn nicht mehr sah, nur noch Nacken und Schultern, die sich nach vorn neigten und ihr den Anblick des toten Herzogs verwehrten.

Kapitel 28

Vincent brachte sie in die Rue de Bourbon zurück.
Die Dekorationen waren von der Außenfassade des Hôtels noch nicht entfernt worden. Als Agathe eintraf, waren die Gärtner dabei, die Überreste der Blumenpracht zu beseitigen. Überall lagen einzelne Blüten verstreut. Auf der Schwelle entdeckte Agathe ein Nelkensträußchen, das einer der Gäste zweifellos in der Eile hatte fallen lassen.
Agathe bückte sich, um es aufzuheben.
»Madame . . .«
Portal und Louis-Marie kamen ihr entgegen. Sie hatten ebenfalls nicht schlafen können. Angst und Schrecken standen ihnen deutlich im Gesicht geschrieben.
Langsam sagte Agathe:
»Der Herzog ist vor einer halben Stunde gestorben. Er . . .«
Ihr versagte die Stimme, und das Nelkenbukett fiel ihr aus den Händen.
»Vincent, bitte erklärt ihnen . . . Verständigt auch Großvater. Ich . . . ich kann nicht!«
Und sie ging mit schwankendem Schritt zur Treppe.
Louis-Marie tauschte einen Blick mit Vincent und folgte ihr. Er öffnete die Tür ihres Zimmers und schloß sie hinter ihnen.
»Agathe, Liebe, ich . . .«
Mit einem kleinen Klagelaut stürzte sie in seine Arme.
»Louis-Marie, Ihr könnt Euch nicht vorstellen, wie furchtbar es war . . .«
»Erzählt mir alles später. Ihr seid jetzt viel zu erschöpft und müßt Euch erst einmal ausruhen.«
Mit sanfter Geste führte er sie zu ihrem Bett, nahm ihr den Umhang ab und zwang sie, sich hinzulegen. Doch kaum lag sie, als sie sich wieder aufrichtete. Mit Tränen in den Augen sagte sie:
»Armer, armer Darling! Er hat das Leben so geliebt. Es ist so ungerecht. Wie konnte Gott das zulassen . . .? Denkt nur, Louis-Marie, bis zuletzt hat er um Gnade für den Mörder gefleht . . .«
»Ich will jetzt gar nichts hören. Ihr quält Euch doch nur.«
Agathe fiel auf ihr Kissen zurück.
»Ich fühle mich so allein . . . so allein bin ich jetzt«, flüsterte sie.
»Allein . . . Und ich, bin ich für Euch gar nichts? Und Euer Sohn?«

Agathe begann zu schluchzen.
»Der arme Kleine ... Was soll jetzt aus ihm werden? Vincent verabscheut ihn, und jetzt, wo der Herzog nicht mehr ... Aber ich werde nicht erlauben, daß Vincent ... Wir werden ihn daran hindern, nicht wahr ...«
Sie hatte sich wieder aufgesetzt und klammerte sich an Louis-Marie, während sie am ganzen Körper zitterte.
Er sagte:
»Beruhigt Euch doch. Vincent ist besser als Ihr glaubt.«
Begütigend legte er ihr die Hand auf die Schulter und fuhr fort:
»Jetzt seid vernünftig, mein Schatz. Ich schicke Euch die Zofe, damit sie Euch auszieht. Und dann müßt Ihr schlafen.«
Agathe schüttelte heftig den Kopf:
»Ich kann jetzt nicht schlafen! Wenn Ihr ihn gesehen hättet ... das viele Blut ... und dieser Geruch ... Vincent hat gesagt, es sei der Geruch des nahenden Todes, aber ich hatte ihm nicht glauben wollen. Ich konnte nicht glauben, daß er stirbt. Ich habe so darum gebetet ... er war immer so voller Leben gewesen, so fröhlich und so stark ... Gott hatte kein Recht ...«
»Schtt! Louise soll Euch ein Schlafmittel geben, und dann werdet Ihr Euch endlich ausruhen können.«

Das Geräusch sich öffnender Vorhänge weckte Agathe aus einem tiefen, traumlosen Schlaf.
»Ich habe mir die Freiheit genommen«, sagte Louise. »Der Graf wünscht, daß Madame ihn in den Elyséepalast begleitet.«
Der Herzogin einen Besuch abzustatten, bevor diese noch am selben Abend nach Saint-Cloud abreisen würde, war eine Pflicht aber zugleich auch eine erneute Qual.
Im Palast war alles in schwarzen Stoff gehüllt, die Fensterläden blieben verschlossen, und nur einige Kandelaber mit gelben Kerzen erhellten die Szenerie.
Die Herzogin saß in einem riesigen Ohrensessel und wirkte wie ein armes, verlassenes Waisenkind, das in ein Kloster gebracht werden soll. Sie wurde nicht müde, immer aufs Neue zu wiederholen, während sie sich dazwischen mit ihrem Taschentuch die Augen trocknete:
»Wie soll ich ohne ihn weiterleben? Er war so zärtlich und gütig, er hatte nur mein Glück im Sinn!«
Aus dem Mund einer anderen zu hören, was sie selbst nicht

aussprechen durfte, steigerte Agathes Schmerz ins fast Unerträgliche.
Die Herzogin fuhr fort:
»Ich habe den König um Erlaubnis gebeten, in meine Heimat, nach Sizilien zurückkehren zu dürfen, doch er hat abgelehnt. Der König denkt nur an die Interessen von Monsieur Descazes, dabei ist dieser an der Ermordung meines Gemahls mitschuldig ...«
Vincent beugte sich zu ihr hinab:
»Elie Descazes wird noch seine wohlverdiente Strafe finden, dessen kann ich Eure Königliche Hoheit versichern.«
»Das hoffe ich von ganzem Herzen. Papa* hat es mir versprochen. Allein die Hoffnung, daß mein geliebter Gemahl gerächt wird, hält mich noch aufrecht.«
Die Herzogin faßte an ihren Bauch und sah in dem Moment aus wie ein kleines Mädchen, das zuviele Pflaumen gegessen hat:
»Wenn es nicht des Kindes wegen wäre, das ich erwarte ... Wie kann der König mir nur zumuten wollen, mich diesem Scheusal von Descazes auszuliefern ... Ich bin sicher, ich würde eine Fehlgeburt erleiden!«
Und dann fügte die Herzogin mit einem wilden Gesichtsausdruck, der ihren unscheinbaren Zügen plötzlich ein gewisses Profil verlieh, hinzu:
»Ich weiß, daß es diesmal ein Junge wird! Das ist Gott mir schuldig! ... Mein armer Charles ... Ach, wenn ich doch nur das Glück gehabt hätte wie ihr, Gräfin, schon im ersten Jahr meiner Ehe einen Jungen zu bekommen!«
Erleichtert stieg Agathe danach in ihren Wagen.
Der ganze Faubourg Saint-Honoré war in Trauer. Auf den Straßen bewegten sich die Passanten langsamer als gewöhnlich, und selbst die Pferde trabten in einer langsameren Gangart. Sämtliche Veranstaltungen waren abgesagt worden, und die Theater blieben ebenfalls alle geschlossen. Mit einem Schlag war die fröhliche Karnevalssaison zuende.
Fröstelnd zog sich Agathe ihren Pelz fester um die Schultern und meinte zu Vincent, während sie auf dem Heimweg waren:
»Glaubt Ihr wirklich, daß dieser Louvel im Auftrag von Descazes gehandelt hat, wie die Herzogin behauptet?«
Vincent drehte sich zu ihr um. Seine Augen blickten klar, und sein

* Gemeint ist Monsieur, der Vater des Herzogs von Berry.

Gesicht wirkte faltenlos und frisch. Sein schwarzes Gewand hob sich wunderbar von seinem hellen Teint ab.

»Die Herzogin gehört zu jenen Frauen, die sofort alles glauben, was man ihnen erzählt. Kaum hört sie irgendwo ein Gerücht, verbreitet sie es schon überall ... Descazes hat mit diesem Verbrechen nichts zu tun abgesehen von seinen dreifachen Funktionen als Präsident des Ministerrats, als Innenminister und als Polizeiminister. Den Monarchisten genügt das allerdings schon, um ihm zumindest moralisch die Schuld zu geben. Ich habe mich ein wenig umgehört, während Ihr schlieft ... Dieser unglückselige Descazes! Es fehlt nicht viel, und man wird ihn anklagen, selbst den Dolch geführt zu haben!«

»Wollt Ihr etwa Descazes verteidigen?«

»Keineswegs. Ihr habt mich etwas gefragt, und ich gab Euch eine Antwort. Nicht Descazes ist der Schuldige, sondern der König, dessen passive Haltung uns dahingeführt hat, wo wir jetzt sind. So betrachtet gibt es nun eine Gelegenheit, den Versuch zu unternehmen, Descazes zu stürzen. Nutzen wir sie also! Ich sage Euch, jetzt ist der Moment zum Handeln gekommen ...«

Sie unterbrach ihn mit fassungslosem Gesichtsausdruck:

»Eine Gelegenheit! Wagt Ihr vielleicht, das Attentat auf den Herzog eine Gelegenheit zu nennen?«

»Aber nein ... ich wollte nicht ...«, erwiderte er beschwichtigend. »Ich wollte Euch nur klarmachen, daß selbst das größte Unglück noch die Chance zu positiven Veränderungen in sich birgt, die eine bessere Zukunft versprechen ...«

»Die Zukunft interessiert mich nicht mehr!«

Agathe sank wieder in ihre Kissen zurück.

Der Leichnam des Herzogs von Berry wurde in den Louvre gebracht.

Vom 16. Februar an hatte das französische Volk, ihm die letzte Ehre zu erweisen.

Eine große Menge defilierte an seinem Sarg vorbei, hochgestellte Persönlichkeiten ebenso wie einfache Menschen aus dem Volk.

Agathe erschien in Begleitung von Vincent.

Sie hatte sich zuvor geschworen, ihr Herz in beide Hände zu nehmen und sich dieser erneuten Prüfung mutig zu stellen, doch als sie dann den aufgebahrten Sarg erblickte, verließen sie ihre Kräfte.

»Ich bitte Euch, bringt mich von hier fort! Ich halte es nicht aus ...«
Agathe ließ sich nach Hause fahren, legte sich sofort hin und nahm ein Schlafmittel. Nur so fand sie derzeit Schlaf, und nur im Schlaf konnte sie eine Weile ihren tiefen Schmerz vergessen.
Am 22. Februar wurde der Sarg vom Louvre nach Saint-Denis überführt. Der Herzog von Orléans führte in Vertretung des Königs den Zug an. In der Basilika von Saint-Denis angekommen, wurde der Sarg dann in einer beleuchteten Kapelle aufgestellt.
Am 14. März fanden die Trauerfeierlichkeiten statt.
Die alte Basilika war ganz mit schwarzen Schleiern verhängt worden. Sie erschien wie ein riesiges Grab. Der König, der Herzog und die Herzogin von Angoulême, der Herzog und die Herzogin von Orléans, ihre Kinder und der Prinz von Condé nahmen am Begräbnis teil. Die Herzogin von Berry war, der Etikette entsprechend, in ihrem neuen Domizil, den Tuilerien, geblieben.
Auch Agathe wäre lieber nicht zum Begräbnis erschienen, wenn dies möglich gewesen wäre. Darling hätte diese Zeremonie verabscheut, dessen war sie sicher ...
Während der gesamten Trauerfeier blieben Agathes Augen trokken. Sie nahm kein Wort der Predigt bewußt wahr und tat alles ganz mechanisch: sich hinknien, das Vaterunser sprechen, sich wieder setzen, die Hände falten ...
Nachdem man den Sarg des Herzogs mit großem Pomp in der Gruft beigesetzt hatte, und die Feierlichkeiten zuende waren, fuhr Agathe zurück nach Hause, schloß sich in ihrem Zimmer ein, entledigte sich ihres schwarzen Gewands und schlüpfte in ein Négligé. Dann schminkte sie sich mit großer Sorgfalt, legte besonders viel Rouge und Puder auf, um die Spuren des Kummers zu verdecken, kämmte ihre blonden Locken zu jener »Windstoßfrisur«, die der Herzog so an ihr gemocht hatte und zog ihr schönstes Ballkleid an, Darlings Lieblingskleid ... Zum Schluß legte sie das Diamantcollier um, welches er ihr zu ihrer Hochzeit geschenkt hatte und setzte sich dann in ihren großen Lehnstuhl.
Die Kerzen in den Wandhalterungen verbreiteten ein dämmrigwarmes Licht, im Kamin brannte ein anheimelndes Feuer, und auf dem kleinen Beistelltisch stand eine Flasche Champagner mit

zwei Gläsern. Alles schien für ein zärtliches Rendezvous vorbereitet. Es war in der Tat ein Rendezvous, das letzte ... So wollte sie von ihm Abschied nehmen, und sie war sicher, daß er es nicht anders gewünscht hätte. Ohne Pomp, ohne Tränen.
Noch einmal ließ sie die glücklichen Tage an sich vorüberziehen, die sie gemeinsam verbracht hatten, und noch einmal, ein letztes Mal, schenkte sie sich ihm in ihrer ganzen Schönheit.
Bis zum Morgengrauen blieb sie so sitzen, trank von Zeit zu Zeit einen Schluck Champagner und hielt ihren toten Geliebten fest in ihrem Herzen ...
Am Abend des folgenden Tages erschien unerwartet Vincent zum Essen.
»Ladet Ihr mich ein?«
»Ihr seid doch hier genauso zuhause«, erwiderte sie trocken.
Seitdem Papa und Rose Ende Oktober abgereist waren, hatten sie keine Mahlzeit mehr miteinander geteilt.
Großvater entfaltete seine Serviette und meinte spöttisch:
»Welche Ehre, lieber Großschwiegersohn, Euch hier an unserem Tisch zu sehen!«
»Das hat keine Bedeutung«, antwortete Vincent ruhig, »wir Menschen neigen ohnehin dazu, unsere Wichtigkeit zu überschätzen.«
»Sehr richtig. Allerdings kann ich mir dennoch nur schwer vorstellen, daß sich die Erde auch ohne mich weiterdrehen wird, das muß ich ehrlich zugeben ... Übrigens, was tut sich heute in besagter Welt? Ich bin noch nicht ausgegangen ...«
»Was soll ich Euch erzählen, Monsieur? Trotz des großartigen Begräbnisses werden Haß und Zwietracht unter den feindlichen Lagern nicht weniger. Bei der Art von König, den wir leider haben ...«
»Ja, was das betrifft, so bin ich Eurer Meinung! Das habe ich im Übrigen immer schon so gesehen. Man muß sich wirklich vor Leuten hüten, die mit Häßlichkeit und körperlichen Gebrechen geschlagen sind. Solche Menschen können nicht auf normalem Wege Befriedigung finden ... Zumindest hat er sich jetzt endlich dazu durchgerungen, Descazes fallenzulassen.«
»Nur gezwungenermaßen, wie jeder weiß.«
In der Tat, jeder wußte von jener schrecklichen Familienszene, die sich fünf Tage nach der Tragödie vor der Oper in den Tuilerien abgespielt hatte. Monsieur, der Bruder des Königs, und Madame, seine Nichte, hatten Ludwig XVIII. beschworen, sich von Desca-

zes zu trennen. Unter dem massiven Druck seiner Familie war der König schließlich auf deren Forderung eingegangen, doch jeder wußte, daß es ihn weit mehr schmerzte, seinem bisherigen Favoriten Descazes seine Gunst entziehen zu müssen, als seinen Neffen verloren zu haben.

»Jedenfalls sind die Franzosen allmählich mit ihrer Geduld am Ende. Seit dem Tod des Herzogs hat sich die Stimmung immer mehr gegen die Monarchie gekehrt, und andererseits scheinen sich die Hoffnungen vielerorts auf die Rückkehr von Napoleon zu richten. Es ist kaum zu glauben, doch offenbar liebt das Volk am meisten seine Tyrannen! Und das ist meiner Meinung nach genau die Lehre, die man daraus ziehen sollte. Dem Volk immer mehr Rechte zu gewähren, wie der König es tat, ist ein gänzlich unsinniges Unterfangen.«

»Vielleicht sollten wir unsererseits uns jetzt einmal gegen das Volk erheben und auch eine Revolte anzetteln«, rief Agathe heftig. »Wenn ich daran denke, wie gütig und hilfsbereit der Herzog stets gegenüber seinen Mitmenschen gewesen ist . . . Kein Bittsteller kam umsonst zu ihm, für jeden Unglücklichen hatte er ein gutes Wort . . . und dennoch gibt es da einen großen Kreis von Leuten, die sich freuen, daß es ihn nicht mehr gibt, die sogar so weit gehen, Sympathien für seinen Mörder zu bekunden . . . Das ist verabscheuungswürdig! Man sollte sie alle umbringen!«

»Es reicht schon, wenn man ein paar von ihnen umbringt, meine Süße«, meinte Großvater, »um ein Exempel zu statuieren. Im Grunde genommen ist das Volk doch gerecht und einsichtig, auch wenn es uns oft so kopflos erscheint.«

»Aber Großvater! So habe ich Euch noch nie reden hören! Man merkt, daß Ihr gestern Abend bei Charles Jérôme wart. Jedesmal kommt Ihr mit so sonderbaren Ideen zurück.«

»Sei still, mein Mädchen! Du verärgerst mich. Charles Jérôme ist der Beste aller Männer, und die Tatsache, daß er Bonapartist ist, hat mich folgendes gelehrt: Es gibt nur wenige Männer von Wert, aber man findet sie überall.«

Agathe wollte etwas sagen, schwieg aber sofort wieder. Eine Gestalt im schwarzen Redingote-Mantel tauchte auf einmal vor ihrem geistigen Auge auf, und sie war nicht mehr fähig, Großvater zu widersprechen. Ein heftiger Schmerz durchzuckte ihr Inneres. Nicht der dumpfe Schmerz, der sie, seitdem die Tragödie geschehen war, ständig begleitete, sondern ein Gefühl, das sie wie einen Dolchstoß empfand. Sie hatte von Pierre seit Anfang Februar nichts mehr gehört. Wo hielt er sich auf? Obwohl die Polizei diesen Louvel inzwischen für einen Einzeltäter hielt, der ohne Komplizen gehandelt hatte, waren in Agathe viele Zweifel geblieben. Wenn Pierre doch nur käme, um ihr diese Zweifel wirklich zu nehmen... Doch dann verbot sie sich sogleich wieder, an ihn zu denken.

Während sie sah, wie Vincent beim Namen Charles Jérôme die Stirn gerunzelt hatte, hörte sie als nächstes Louis-Marie sagen:

»So wie die Dinge momentan liegen, bleibt immer noch eine wichtige Frage offen. Wenn die Herzogin von Berry nämlich jetzt keinen Jungen zur Welt bringt, sind wir verloren. Denn nach Monsieur würde die Krone an das Haus Orléans gehen, und bekanntlich warten jene schon seit langem darauf, daß ihre Stunde schlägt und mit ihren jakobinischen Ideen... das wäre unser Ende, meine Herren!«

»Unser Ende? So schnell nicht, lieber Abbé!« meinte Großvater. »Ich habe neulich Vitrolles getroffen, und bei dessen naher Beziehung zu Monsieur ist er stets auf dem laufenden... Jedenfalls hat er mir anvertraut, daß er vorhat, Monsieur wieder zu verheiraten, falls unsere kleine Herzogin keinen Thronerben gebärt. So wie es aussieht, hat Monsieur zu dem Plan keineswegs Nein gesagt...«

»Monsieur? Monsieur soll wieder heiraten?« rief Agathe entgeistert.

Sie stieß ihren Teller zurück, von dem sie ohnehin kaum etwas angerührt hatte, und fuhr fort:

»Da vergeht mir wirklich der Appetit... Also, Großvater, was ist Vitrolles da nur eingefallen? Glaubt er im Ernst, daß Monsieur mit seinen dreiundsechzig Jahren noch einen Thronerben hervorbringen kann?«

»Und warum nicht, du kleiner Dummkopf? Ach, die Jugend! Mit zwanzig Jahren erscheinen alle, die über dreißig sind, uralt, aber wenn du selbst erst einmal die dreißig überschritten haben wirst, sieht alles ganz anders aus! Bedenk nur, wie alt ich bin, und wie ich mich dabei noch fühle. Mit dreiundsechzig ist Monsieur gemessen an mir noch fast ein Jüngling.«

Großvater lachte und setzte hinzu:

»Er ist zwar seit einiger Zeit aus der Übung, aber wenn er die richtige Gefährtin hat, wird er es schnell wieder lernen, da bin ich sicher...«

Als Agathe nach dem Essen wieder in ihr Zimmer gehen wollte, hielt Vincent sie am Arm fest und fragte:
»Kann ich Euch einen Moment sprechen?«
»Jetzt?«
»Das wäre mir am liebsten.«
»Worum handelt es sich?«
Er lächelte kühl und meinte:
»Es geht um eine Angelegenheit, die ich ungern auf der Treppe bereden möchte. Wollen wir in meine Räume gehen, oder soll ich zu Euch kommen?«
Seit jener Nacht, als er sich so schändlich aufgeführt hatte, war er nicht mehr in ihrer Wohnung gewesen, doch Agathe wäre, ganz unabhängig vom Ort, einer Unterredung am liebsten ganz aus dem Wege gegangen, denn sie fürchtete, daß eine solche Unterredung doch nur wieder im Streit enden würde. Andererseits hatte sie wohl keine Wahl. Seit dem Tod des Herzogs war sie Vincent auf Gedeih und Verderb ausgeliefert, sie und Henri ... Er besaß jetzt alle Macht über sie beide, und wenn sie ihn erzürnte, könnte es ihm vielleicht einfallen, sie auf sein Gut in der Provence zu verbannen. Gewiß, sie würde sich wehren, doch bevor es zum Äußersten kam, war es sicher besser, etwas Diplomatie anzuwenden ... Zum wiederholten Male dachte Agathe bei sich, wie gut sie damals daran getan hätte, sich vom Herzog ein Dokument ausstellen zu lassen, in dem er seine Vaterschaft anerkannte. Dann wäre sie Vincent gegenüber heute in einer ganz anderen Position!
Sie antwortete:
»Bei Euch.«
In seinen Räumlichkeiten hatte sich nichts verändert. Auch jetzt hatte Agathe wieder den Eindruck, einen Palast aus Tausendundeinernacht zu betreten.
Mit einer Handbewegung forderte er sie höflich auf, Platz zu nehmen.
Er setzte sich ihr gegenüber und kam unvermittelt zur Sache:
»Ich habe mich bis jetzt für einen großen Verschwender gehalten, doch Ihr schlagt mich darin noch bei Weitem!«
»Was wollt Ihr damit sagen?« gab Agathe erstaunt zurück.
»Eure Toiletten, Eure Pelze, Euer Schmuck, Eure Equipage, Eure Pferde, ich weiß nicht, wo ich aufhören soll ... mit einem Wort, es geht um die Rechnungen, die bei Euren Lieferanten offenstehen.«

»Aber meine Rechnungen gehen nur Louis-Marie etwas an! Woher ...«
»Ihr dürft ihm deswegen nicht böse sein. Ich selbst habe ihn darum gebeten, mir Eure Rechnungen zu präsentieren.«
»Könntet Ihr mir wohl einmal erklären, wieso Euch plötzlich meine Ausgaben so interessieren? Maße ich mir etwa das Recht an, in Euren Angelegenheiten herumzuschnüffeln? Nachdem wir geheiratet haben, war es zwischen uns ausgemacht, daß ich die Ausgaben für dieses Haus bestreite. Habe ich seitdem das Geringste von Euch verlangt? Was soll das also bedeuten?«
»Oh, nein, so könnt Ihr vielleicht mit Louis-Marie reden, aber nicht mit mir, meine Liebe! Auf diese Weise lasse ich mich von Euch nicht abspeisen! Ich will Euch eine direkte Frage stellen, und ich erwarte, daß Ihr mir ehrlich antwortet! Seid Ihr in der Lage, diese Rechnungen zu begleichen?«
Mit einem müden Seufzer erwiderte sie:
»Ich fühle mich im Moment wirklich nicht in der Stimmung, darüber ... Und außerdem können diese Rechnungen warten ...«
»Könnt Ihr sie begleichen, ja oder nein?«
»Nein.«
»Und zweifellos flattern uns demnächst noch weitere Rechnungen ins Haus, nicht wahr? Bei all den Festen, die Ihr in den vergangenen Monaten veranstaltet habt und den vielen Besuchen bei Leroy ...«
»Zweifellos, ja ...«
»Habt Ihr denn gar nichts gespart, als der Herzog ...«
»Gespart! Ihr redet wie ein Kleinbürger, mein Lieber! Aus Eurem Munde ein solches Wort zu hören! Und Ihr, spart Ihr etwa?«
»Mitnichten. Aus diesem Grunde müssen wir uns etwas ausdenken, sonst landen wir noch beide im Schuldgefängnis.«
»Wegen ein paar Sous kommt man nicht gleich ins Schuldgefängnis!«
»Ein paar Sous nennt Ihr das! Es handelt sich um eine kolossale Summe!«
Agathe zuckte die Schultern:
»Ob es sich um einen Sous handelt oder um eine Million ... Welcher Lieferant würde schon wagen, seine Forderungen jetzt bei mir einzuklagen? Im übrigen ward Ihr es, von dem ich gelernt habe, so großzügig mit Geld umzugehen!«
»Ich konnte mir auch erlauben, Euch derartige Dinge zu lehren,

weil Ihr damals über genügend Ressourcen verfügtet. Aber jetzt, wo wir unseren Bankier verloren haben...«
Agathe sprang entrüstet auf:
»Wie könnt Ihr es wagen, so über den Herzog zu sprechen? Ein Bankier! Ich verbiete Euch... Ein Bankier! Nicht eine einzige Sekunde habe ich seinen Tod unter diesem Gesichtspunkt gesehen, das versichere ich Euch! Und überhaupt, wie könnt Ihr mich in so einem Moment, wo mein Herz so schwer ist, mit diesen albernen Rechnungen behelligen? Wirklich, Ihr zeigt großes Taktgefühl! Habt Ihr denn vor gar nichts Achtung?«
»Setzt Euch wieder.«
Auch Vincent war inzwischen aufgestanden, ging auf sie zu und legte ihr die Hände auf die Schultern.
Er hatte seit jener Nacht keine einzige intime Geste mehr gemacht, und am liebsten würde sie sich überhaupt nicht mehr daran erinnern, doch die Berührung seiner Hände rief ein seltsames Gefühl in ihr hervor, und um den Druck seiner Hände nicht mehr spüren zu müssen, setzte sie sich wieder hin.
»Ihr habt immerhin einen Monat Zeit gehabt, um Euren Verlust zu beweinen«, fuhr er mit harter Stimme fort, »jetzt ist die Stunde gekommen, wo Ihr Euren Witwenschleier ablegen müßt, um Euch den praktischen Dingen des Lebens wieder zuzuwenden. Die kleine Herzogin hat es da besser, sie kann sich ganz ihrem Schmerz hingeben, aber Ihr könnt Euch diesen Luxus nicht leisten. Da der Herzog Euch nicht testamentarisch eine schöne Rente ausgesetzt hat... Oder hat er Euch gegenüber jemals erwähnt, daß er Verfügungen zugunsten von Euch und Eurem Sohn getroffen habe?«
»Er hat mich doch so sehr verwöhnt!«
»Das wäre ja kein Hindernis gewesen...! Ganz im Gegenteil. Wenn man sich darin gefällt, eine Frau wie eine Königin zu behandeln, sollte man Vorsorge dafür treffen, daß sie bis an ihr Lebensende die Möglichkeit hat, denselben Lebensstil zu führen... Aber wenn er nie auch nur eine Andeutung in dieser Richtung gemacht hat...«
»Nein.«
Louis-Marie hatte oft zu ihr gesagt: »Schlagt dem Herzog doch vor... Man kann schließlich nie wissen...« Sie hatte ihm jedesmal das Wort abgeschnitten. Der Gedanke an ein Attentat lastete ohnehin schwer genug auf dem Herzog, und wenn sie ihm einen

solchen Vorschlag unterbreitet hätte, so wären seine Sorgen nur noch größer geworden, denn er hätte erkannt, daß sie seine Befürchtungen teilte. Und dann hatte sie die Gedanken über die Zukunft auch immer gern von sich geschoben, doch nun zogen auf einmal dunkle Wolken am Himmel auf, und sie war gezwungen, sich mit eben dieser Zukunft zu beschäftigen...

Immer noch stehend meinte Vincent:

»Was wollt Ihr machen, mein Engel, wir sitzen beide im selben Boot. Also sollten wir gemeinsam überlegen. Beide haben wir stattliche Schulden. Als der Herzog noch lebte, hat er Euch mit Gold überhäuft und mich ebenfalls. Jetzt aber...«

»Was heißt das, Euch ebenfalls?«

Vincent grinste:

»Habt Ihr geglaubt, daß Ihr allein etwas vom Kuchen abbekommen habt? Das Stillhalten eines Ehemanns muß man sich erkaufen.«

»Der Herzog hat mir niemals etwas davon erzählt.«

»Es gibt Dinge, über die man nicht spricht.«

Agathe hob den Kopf:

»Gehört dazu auch jener Dienst, den er Euch damals in England erwiesen hat? Ich weiß immer noch nicht...«

»Ihr werdet es auch jetzt nicht erfahren. Kehren wir lieber zum eigentlichen Thema zurück. Um es gleich zu sagen: Ich habe nicht die geringste Absicht, mich hinsichtlich meines Lebensstils einzuschränken noch den meiner Mutter zu beschneiden. Die Arme! Mit ihren Kleidern und Juwelen zu spielen, ist ihr einziges Vergnügen! Ebenso kann ich mir kaum vorstellen, daß Ihr gern auf all das verzichten wollt, was Euch inzwischen lieb und teuer geworden ist. Welche Lösung schlagt Ihr also vor?

»Ich?«

»Ja, Ihr! Denn ohne Euch kränken zu wollen, muß ich Euch sagen, daß diese Heirat für mich zu einem schlechten Geschäft wird. Ihr behaltet immerhin alles, wozu Euch diese Eheschließung verhelfen sollte, einen Namen und einen Vater für Euer Kind, doch was bleibt mir jetzt, welchen Vorteil finde ich noch darin? Sagt, habt Ihr wirklich nicht die leiseste Idee, wie wir aus dieser Misere herauskommen können? Bei Eurer Schönheit... Wißt Ihr eigentlich nicht, daß Ihr noch viel höher aufsteigen könntet als nur die Geliebte eines Herzogs zu sein...? Nehmt zum Beispiel diese Madame du Cayla, von der zur Zeit alle reden... Sie entstammt keinem großen Geschlecht, hat mit ihren dreißig Jahren schon einen unübersehbaren Wulst um den Bauch, und ihr Charme ist auch nicht gerade umwerfend. Dennoch hat sie es fertiggebracht, das Interesse Seiner Majestät an den Damen wieder zu wecken... Und wenn dieser Person ein solches Kunststück gelungen ist, könntet Ihr mit Euren unbestreitbaren Reizen um vieles leichter...«

Agathe erhob sich. Ihre Nasenflügel bebten vor Wut:

»Wagt Ihr im Ernst, mir vorzuschlagen...«

»Ich schlage gar nichts vor, ich versuche nur, Euch zu helfen. Eure Schönheit ist ein Kapital, und wenn Ihr es nutzen wollt, so solltet Ihr Euch dabei von mir beraten lassen... Nein, nein, unterbrecht mich nicht, hört mir noch einen Moment zu, mehr verlange ich nicht!... Glaubt Ihr denn, ich wollte Euch zu Ludwig XVIII. ins Bett legen? Der arme Mann geriete in große Verlegenheit, wenn er Euch dort vorfände... Nein, nein, der König gefällt sich lediglich darin, der guten Madame du Cayla artige Komplimente zu machen, ihr zu Kügelchen gerollte Banknoten ins Mieder zu stecken und dann und wann eine Prise Tabak von ihrer Hand zu schnupfen. Ihr müßt zugeben, daß derartige Kindereien nicht geeignet wären, Eure Ehre zu verletzen. Jedenfalls erweist sich der König gegenüber denen, die sein Wohlwollen erringen können, als aufmerksamer Gönner, und er ist sehr großzügig... Ihr hättet außerdem endlich eine Gelegenheit, der Monarchie zu dienen. Nachdem der Platz von Descazes freigeworden ist, könntet Ihr Eure Chance wahrnehmen...«

Agathe erhob sich:

»Guten Abend, wenn das alles ist, was Ihr mir zu sagen hattet...«

Zerstreut strich Vincent über die Felldecke auf dem Diwan:

»Agathe, Agathe! Durch Flucht löst Ihr das Problem nicht...! Vor allem, da Ihr offensichtlich keinen neuen Liebhaber in Aussicht habt, der Euch...«

»Ihr seid abscheulich«, stieß sie empört hervor. »Mir einen Geliebten zu suchen, um von seinem Reichtum zu profitieren! Für wen haltet Ihr mich eigentlich?«

»Genau diese Frage hatte ich mir vorher auch gestellt. Ihr habt sie soeben beantwortet...«

Er hatte seine letzten Worte in unvermittelt verändertem Tonfall gesagt. Seine Stimme klang jetzt ernst und zugleich sanft, und aus seinem aufmerksamen Blick war jegliche Ironie verschwunden.

Agathes Zorn war auf einmal verschwunden. Sie ging ein paar Schritte im Zimmer hin und her und meinte dazu:
»Diese Schulden sind kein unlösbares Problem. Wir verkaufen meinen Schmuck... und von meinem Schloß in Sèvres werde ich mich ebenfalls trennen. Den Erlös teilen wir uns. Dann könnt Ihr auch weiterhin für Eure Mutter... ich habe sie sehr ins Herz geschlossen... und was Euch betrifft, so wäre unsere Heirat für Euch dann kein gar so schlechter Handel mehr... Nein, bitte, jetzt bin ich an der Reihe, jetzt laßt mich ausreden. Ich sehe in der Fortsetzung dieser Komödie keinen Sinn mehr. Seit dem Tod des Herzogs habe ich oft daran gedacht, ob ich nicht... Jedenfalls würde ich mich mit Eurer Erlaubnis am liebsten in das kleine Haus in Auteuil zurückziehen, das mir der Herzog geschenkt hat...«
»Oh, nein! Ich will Euch behalten!« fiel Vincent ihr mit plötzlicher Heftigkeit ins Wort.
Agathe war mehr als überrascht:
»Mich behalten? Aber ich weiß wirklich nicht, weshalb wir so weiterleben sollen.«
»Dann habt zumindest die Interessen Eures Sohnes im Auge. Was würden die Leute sagen, wenn Ihr Euren Gatten verlaßt? In unserer Gesellschaft fällt der Frau stets die schlechtere Rolle zu.«
»Aber, Ihr... Worin besteht Euer Interesse an einer Fortsetzung...?«
»Das ist meine Angelegenheit!«
Er trat zu ihr hin und nahm sie bei den Ellbogen:
»Verzeiht, wenn ich Euch vorhin beleidigt habe. Aber ich wollte mir Gewißheit verschaffen. Jetzt weiß ich Bescheid... Und beruhigt Euch wieder... Es war sehr großzügig von Euch, mir das anzubieten, doch Ihr müßt nichts verkaufen... weder Euren Schmuck noch Euer Schloß. Wir müssen unseren Lebensstil in nichts verändern. Ich werde schon eine Lösung finden.«
Agathe blinzelte erstaunt:
»Ihr?«
Er verzog das Gesicht zu einer kleinen Grimasse:
»Wenn Ihr nichts dagegen habt... Ich besitze immerhin ein Gehirn, und ich bin sehr erfinderisch. Ihr würdet überrascht sein, wenn Ihr wüßtet, was sich dieses Gehirn alles auszudenken vermag. Bis jetzt hat mir nur immer ein Motiv gefehlt, um dieses Gehirn auch zu gebrauchen.«

Agathe betrachtete ihn stumm. Sie konnte diese plötzliche Veränderung an ihm nicht begreifen.
»Ein Motiv?« wiederholte sie mechanisch.
»Zerbrecht Euch nicht zu sehr den Kopf deswegen. Eines Tages werde ich es Euch erklären ... vielleicht.«
Ein Schatten ging über sein schmales Gesicht, doch dann schüttelte er seine schwarzen Locken, wie, um sich von etwas zu befreien.
»Ihr seid blaß, mein Kind. Was haltet ihr von einem Glas Champagner?«
»Aber ...«
»Ihr wollt mir doch keinen Korb geben, oder?«
Er lächelte:
»Es wäre das erste Mal, Agathe, daß Ihr ein Glas Champagner ablehnt!«

Sie trank sehr viel Champagner an diesem Abend.
Vincent saß ihr gegenüber und rauchte eine jener langen, dünnen Zigarren, die er sich eigens aus Sevilla kommen ließ.
Agathe fühlte sich wie betäubt. Der Rauch seiner Zigarre, der Champagner, die lange Unterhaltung mit ihm zuvor ...
Sie wurde aus ihm nicht klug. Zuletzt hatte er ihr auf einmal Dinge gesagt, die eine Brücke zwischen ihnen schlugen, doch sie traute dem Ganzen nicht so recht! Während sie beisammen saßen, kamen ihr dann nach und nach so viele Erinnerungen wieder in den Sinn, und sie ließ die Bilder, die aus ihrem Gedächtnis aufstiegen, mit geheimer Wollust an sich vorüberziehen. Oh, sie hatte kein Detail vergessen, sie erinnerte sich noch an die glutvollen Umarmungen der wenigen Nächte, die sie miteinander geteilt hatten, und an Momente, als für sie beide die Zeit stillgestanden war ... Könnte sie doch nur jetzt auch wieder die Zeit anhalten und alles hinter sich lassen, was auf ihrer geplagten Seele lastete!
Vincent löschte seine Zigarre und näherte sich ihr. Er war Feuer und Leidenschaft in diesem Augenblick, er verkörperte das Leben, alles, was sie jetzt so dringend brauchte.
Er umfing sie mit seinen Armen, und Agathe schloß die Augen ...

Kapitel 29

Ausgerechnet am folgenden Tag – als wolle er ihr aus der Ferne Gewissensbisse verursachen – kam eine Nachricht von Pierre. Ein Junge hatte den Brief beim Portier abgegeben.

»Es war mir unmöglich, Dir früher Bescheid zu geben. Wir werden alle ständig überwacht seit... Ich habe mit der Sache nichts zu tun, das glaubst Du mir hoffentlich! Ich fürchte, wir können uns erst in einigen Wochen sehen. Du fehlst mir schrecklich. Ich liebe Dich, Chérie, mehr als mein Leben.«

Aber immer noch weniger als seine verdammten Ideale! dachte Agathe bitter und zerknüllte den Brief.

Obwohl sie erleichtert war, nun die Gewißheit zu besitzen, daß er nicht der Schuldige war, denn er pflegte niemals zu lügen, befand sie sich andererseits in einem Zustand wütender Irritation. Sie hatte nicht die geringsten Schuldgefühle, sich Vincent in der Nacht zuvor hingegeben zu haben. Weshalb sollte sie einem Mann treu sein, der nie da war? Überhaupt, was hieß schon dieses Wort: Treue? Letztlich zählte nur, was man in seinem Herzen fühlte, und dieses Gefühl hatte mit dem körperlichen Verlangen nichts zu tun. Agathe empfand an diesem Tag für Vincent nichts anderes als am Vorabend. Allerdings beunruhigte er sie jetzt noch mehr als zuvor, da sie sich sein seltsames Gebaren und seine rätselhaften Andeutungen nicht zu erklären wußte. Was waren das nur für Pläne, von denen er gesprochen hatte? Wie wollte er es anstellen, ihren luxuriösen Lebensstil zu finanzieren?

Was hatte er vor, er, der nur den Genuß und die Verschwendung gekannt hatte? Und vor allem: Was sollte sie, Agathe, jetzt anfangen? Allmählich war sie sich ihrer Situation bewußt geworden und stellte fest, wie wenig sie sich ihr gewachsen fühlte. Sie wußte, daß sie sich auf Pierre nicht verlassen konnte, daß sie an ihm weder Halt noch Stütze finden würde. Dennoch gelang es ihr nach wie vor nicht, ihn aus ihren Gedanken zu verbannen.

Louis-Marie erklärte:

»Wenn es sich um eine geringere Summe handelte, würde ich Euretwegen sogar irgendeine Bürgerliche ausplündern. Ich würde stehlen und auch nicht davor zurückschrecken, jemand zu töten, um Euch das Geld zu beschaffen...«

Plötzlich mußte Agathe an Tony de Lansac denken. Ihr wurde sehr unbehaglich zumute, und schnell sagte sie:
»Alles, worum ich Euch bitte, ist ein Ratschlag.«
»Ich habe nachgedacht«, erwiderte er nach kurzer Pause, »alles hängt davon ab, wie Ihr Eure Zukunft gestalten wollt. Aufgrund Eurer guten Beziehungen zu den La Rachefoucaulds und zur Prinzessin de la Trémoïlle könntet Ihr vielleicht eine Annulierung Eurer Ehe bewirken oder zumindest eine ehrenhafte Trennung von Vincent in aller Form, die Euch Eure Freiheit zurückgeben würde.«
»Ja, aber was ist mit Henri? Vincent...«
»Das Kind würde in jedem Fall in Eurer Obhut bleiben. Er ist zwar offiziell der Vater, aber bei seiner Verschwendungssucht könnte ich Euch schon die nötigen Argumente liefern – obwohl ich mich sonst ungern für so etwas hergebe – damit Ihr das Kind behalten dürft. Nichtsdestotrotz...«
»Nichtsdestotrotz?«
»Bei den herrschenden Gesetzen würde Euch im Fall einer Trennung nur das bleiben, was Ihr mit in die Ehe eingebracht habt, und das ist Euer Anteil an Rougeville. Alles andere, also das Schloß in Sèvres und das Haus in Auteuil, könnte Vincent für sich beanspruchen, denn wie wollt Ihr beweisen, daß Ihr es vom Herzog als Geschenk erhalten habt?«
»Aber das ist ja furchtbar!... Und ich habe ihm gestern abend vorgeschlagen, mit ihm zu teilen... Wie muß er innerlich gelacht haben!«
»Zumindest hat er Euch den Glauben an Eure Großzügigkeit gelassen. Aber kehren wir zum Ausgangspunkt zurück. Ihr könntet Euch also gewissermaßen freikaufen. Und was dann? Immerhin könntet Ihr in einem solchen Fall Euren Anteil an Rougeville an Clémentine verkaufen und hättet eine Rente, die Euch ermöglicht, einigermaßen davon zu leben und Euer Kind großzuziehen.«
Agathe richtete sich auf:
»Wollt Ihr Euch über mich lustig machen, Louis-Marie? Wie könnt Ihr mir einen solchen Vorschlag machen? Nein, ein solches Leben möchte ich unter keinen Umständen führen, lieber bringe ich mich um.«
Louis-Marie strich ihr über die Wange; doch sie wich wütend einen Schritt zurück.
»Beruhigt Euch doch, mein Schatz. Wenn man eine Situation

richtig einschätzen will, muß man zunächst sämtliche Möglichkeiten in Betracht ziehen, und es gibt noch eine Alternative . . .«
»Welche? Ich wäre mit allem einverstanden, wenn ich nicht auf Euren ersten Vorschlag eingehen muß . . .«
»Ich möchte Vincents eigenen Vorschlag aufgreifen. Ihr müßt Euch wieder einen Geliebten suchen, einen Mann mit Vermögen.«
»Nein, das will ich nicht. Ich bin nicht käuflich.«
»Das ehrt Euch sehr, aber es zeugt nicht gerade von Klugheit, wie so oft, wenn der Stolz den Sieg über den Verstand davonträgt.«
»Ihr habt kein Recht . . .«
»Doch, ich habe das Recht aufgrund der Gefühle, die ich für Euch hege. Ich weiß, daß Ihr zugrunde gehen würdet, wenn Ihr Euer gewohntes Leben aufgeben müßtet. Ihr seid wie eine kostbare Blume, die nur in der richtigen Umgebung gedeiht . . . Ich möchte Euch ein solches Schicksal ersparen.«
Agathe zuckte die Schultern:
»Das weiß ich alles selber, aber . . .«
»Aber was? Wenn eine Frau wie Ihr nicht einer reichen Familie entstammt, gibt es für sie nur den Umweg über einen Ehemann oder einen Geliebten!«
»Louis-Marie, warum seid Ihr so boshaft? Warum sprecht Ihr so mit mir?«
Er seufzte:
»Ich bin boshaft, weil ich mich im Moment selbst verabscheue. Alles, was mir einfällt, ist, Euch in die Arme eines anderen zu treiben! Dennoch sehe ich Euch immer noch lieber in den Armen eines anderen als in ein Leben abgleiten, das nur aus Mittelmäßigkeit besteht. Ich könnte den Gedanken nicht ertragen, daß Ihr unglücklich werdet . . .«
»Glaubt Ihr denn, es würde mich sehr glücklich machen, mich von irgendeinem Mann für meine Gunst bezahlen zu lassen? Ich könnte einen solchen Mann nur verachten! Schlimmer noch, ich würde mich selbst verachten. Haß ist etwas anderes, Haß stimuliert sogar, aber Verachtung ist für jede Beziehung der Tod.«
Louis-Marie gab ein kleines Lachen von sich.
»Wenn alle hübschen Frauen solche Betrachtungen anstellen würden wie Ihr, gäbe es in den Pariser Salons nur noch kummervolle Gesichter, denn . . .«
Er unterbrach sich und meinte sanft:

»Bleibt nur Vincent.«
»Vincent?«
»Ja, Vincent. Er hat Euch schließlich versprochen, einen Ausweg zu finden. Wie er das anstellen will, ist auch mir nicht klar. Es war unmöglich, etwas aus ihm herauszubekommen, aber wer weiß?«
»Ich traue all dem nicht so recht! Plötzlich will er mich unbedingt behalten, nachdem er sich zwei Jahre lang wie ein Fremder aufgeführt hat! Er ist rätselhaft! Nie weiß man, was wirklich in ihm vorgeht...«
»Ihr solltet erst einmal abwarten. Warten verpflichtet Euch zu nichts. Ihr habt Vincent jetzt so lange ertragen, da könnt Ihr ruhig noch eine Weile unter demselben Dach mit ihm leben. Und falls er sein Versprechen, die Dinge in Ordnung zu bringen, tatsächlich einlöst...«
Warten...
Das Wort hatte für Agathe plötzlich einen beruhigenden Klang. Sie würde Herrin ihrer Entschlüsse bleiben und sich nicht so schnell auf etwas festlegen. Sie hätte die Möglichkeit, wieder zu Atem zu kommen, denn die Ereignisse der letzten Zeit waren für sie zuviel gewesen. Sie fühlte sich kraftlos und derzeit unfähig, eine richtige Entscheidung zu treffen. Warten! Das war das einzige Richtige im Moment. Vielleicht würde sich dann irgend wann ganz von selbst ein Ausweg zeigen...

Eine Woche später reiste Agathe nach Sèvres.
Sie war des Lebens in Paris, das sie stets so geliebt hatte, auf einmal müde. Die Tage waren ihr endlos erschienen, und sie hatte nicht gewußt, was sie mit sich anfangen sollte. Vincent hatte gemeint: »Kauft nur nach Kräften ein! Wenn Ihr plötzlich Eure Gewohnheiten ändert, ruft das bloß unsere Gläubiger auf den Plan!« Doch zum ersten Mal in ihrem Leben hatte Agathe keine Lust gehabt, Geld auszugeben. Sie betrachtete ihre Kleider und ihre Pelze und dachte bei sich: Alles nur eitler Tand! Daß sie zu einer solchen Sichtweise fähig war, zeigte ihr, wie tief ihre seelische Moral gesunken war. Sie hatte auch keinen Gefallen mehr daran gefunden, ihre Freunde zu treffen. In den Salons wurde nur unermüdlich über das Attentat und über die jüngste politische Entwicklung gesprochen, über all das, was sie am liebsten vergessen würde. Wie sollte sie da über ihren Schmerz hinwegkommen? Also blieb sie in der Rue de Bourbon. Doch dort war sie der

Gegenwart von Vincent ausgesetzt, dessen verändertes Verhalten sie nach wie vor sehr beunruhigte. Er war jetzt von besonderer Höflichkeit und Aufmerksamkeit, und sie fragte sich immer wieder, was sich wohl hinter seiner Stirn verbergen mochte. Früher hatte sie wenigstens gewußt, woran sie gewesen war ...

Eines Abends gingen sie gemeinsam die Treppe hinauf. Vor ihrer Tür fragte er sie: »Wie wäre es mit ein wenig Champagner, mein Engel?« Sehr schnell hatte sie die Einladung abgelehnt, und er hatte nicht insistiert.

Am Tag darauf hatte sie sich dann entschlossen, nach Sèvres zu fahren. Sie wollte Henri, dessen Amme, Louis-Marie, Mademoiselle Jammeton, die neue Gouvernante, Maurice, Louise, Tornade, den Kutscher und einen Koch mitnehmen. In Sèvres würde sie ein einfaches Leben ohne großen Aufwand führen, sich in Ruhe erholen und vor allem über alles nachdenken ...

Zu ihrer großen Überraschung war Vincent mit ihrem Vorhaben offenbar sehr einverstanden.

»Ausgezeichnete Idee, meine Liebe. Wenn Ihr verreist, wird das den Verdacht der Lieferanten erst einmal beruhigen, nachdem Ihr ihnen in letzter Zeit keine Besuche mehr abgestattet habt. Ich werde meinerseits sehr beschäftigt sein, doch ich will es einrichten, daß ich demnächst einmal bei euch vorbeikomme. Und macht Euch keine Sorgen. In ein bis zwei Monaten werden unsere Probleme gelöst sein.«

Sie hatte nicht gefragt, wie die Lösung aussehen solle, denn sie glaubte nicht mehr an Wunder. Dennoch taten ihr seine Worte gut, und sie war froh und erleichtert, daß er ihrer Abreise keinen Widerstand entgegensetzte.

Im April kamen überall schon die Blüten hervor. Die Wiesen um das Schloß leuchteten in den schönsten Farben, und die Natur zeigte sich allerorten in einem heiteren Gewand. Hier, in Sèvres, gab es keine Tragödien, keine Politik und keine unbezahlten Rechnungen. Allmählich ließen auch Agathes Ängste nach, denn die friedvolle Umgebung verfehlte ihre Wirkung nicht.

»Mein Schatz, wie hübsch Ihr ausseht!« sagte Louis-Marie.

Agathe fühlte sich wie von den Toten wiederauferstanden und lernte endlich wieder, sich am Leben zu erfreuen.

Eines Nachmittags, es war Ende Mai, war sie gerade dabei, sich

für einen Spaziergang vorzubereiten, als Louis-Marie an ihre Tür klopfte:
»Agathe, da unten ist ein Individuum erschienen, das behauptet, Euch zu kennen, seinen Namen jedoch nicht nennen will. Der Hausmeister hat mich gerufen, weil er nicht wußte, was er machen soll. Ich habe diesen Burschen übrigens schon heute morgen bemerkt. Er strich die ganze Zeit um das Tor herum ... Ich könnte schwören, daß es ein Demi-Solde ist! Verkehrt Ihr etwa mit solchen Leuten?«
Agathe rückte umständlich ihren Hut zurecht, um etwas Zeit zu gewinnen und antwortete dann, indem sie Louis-Maries Blick auswich:
»Das kann niemand anderes sein als unser Cousin Fournon ... Ihr wißt schon, der Bruder des kleinen Gaston ... Er war damals in die Armee des Korsen eingetreten. Er hält sich des öfteren bei Clémentine in Monceau auf. Sicher hat sie ihm irgend etwas für mich mitgegeben.«
»Kennt Ihr ihn gut?«
»Ich? Kaum. Ich bin ihm ein- oder zweimal bei ihr begegnet ... Ich werde ihn fragen, was er von mir will.«
Sie ging zur Tür, doch Louis-Marie hielt sie zurück:
»Wenn Ihr ihn so wenig kennt, ist es besser, Ihr laßt ihn hinaufkommen. Ich sage Maurice, er soll ihn in den kleinen Salon führen.«
Als Pierre eintrat, sagte Agathe förmlich:
»Guten Tag. Wie geht es Euch? Ich stelle Euch hier Monsieur de Saint-Ferrieux vor ... Louis-Marie ... Monsieur de Fournon ... Aber nehmt doch Platz ... Ich nehme an, meine Schwester Clémentine hat Euch geschickt ...«
Louis-Marie verbeugte sich steif.
»Monsieur, Ihr entschuldigt mich ... Agathe, bis später.«
Kaum war er zur Tür hinaus, als Pierre sie in heftigem Ton fragte:
»Wer ist dieser Kerl?«
Agathe betrachtete ihn. In ihrem kleinen Salon mit den eleganten Möbeln nahm er sich besonders seltsam aus, wie er da in seinem staubbedeckten Redingote-Mantel vor ihr saß. Allerdings sah er gesund und wohl aus. Sie ärgerte sich fast darüber. Drei Monate waren sie getrennt gewesen! Die Trennung schien ihm keinen großen Kummer bereitet zu haben ...
Sie legte den Finger auf den Mund, denn man konnte nicht wissen,

ob Louis-Marie nicht an der Tür horchte. Leise murmelte sie: »Mein Sekretär. Ich habe dir doch schon oft von ihm erzählt.« Mit lauter Stimme fügte sie dann hinzu:
»Ich war im Begriff auszugehen. Wollen wir ein paar Schritte durch den Park machen?«
Kaum waren sie unter den großen Bäumen in der Allee verschwunden, als er sie auch schon voller Ungeduld in die Arme nahm:
»Chérie . . . Chérie . . . wie habe ich mich nach dir gesehnt . . .«
»Es lag nur bei dir. Wenn ich gewußt hätte, wo ich dich finden konnte, hätte ich nicht so lange gewartet . . .«
Er drückte sie noch fester an sich:
»Liebste, wir wollen uns doch nicht schon wieder streiten. Ich bin erst gestern in Paris eingetroffen. Sofort habe ich einen Boten in die Rue de Bourbon geschickt und auf diese Weise erfahren, daß du auf dem Lande bist. Ich hatte nichts Eiligeres zu tun, als zu dir zu kommen . . .«
Agathe schwieg. Plötzlich verspürte sie ein heißes Verlangen in ihrem Körper aufsteigen . . . Sie machte sich los und nahm ihn bei der Hand:
»Komm . . .«
Während Tornade zwei Pferde sattelte, ging sie schnell in ihr Zimmer, vertauschte ihr Kleid gegen ein Reitkostüm und lief wieder nach unten. An der Treppe traf sie auf Louis-Marie.
»Ist Euer Cousin schon wieder gegangen?«
»Nein. Er sieht sich die Stallungen an. Wir wollen zusammen etwas ausreiten.«
Und in aggressivem Ton fügte sie hinzu:
»Habt Ihr sonst noch Fragen?«
»Nein. Viel Vergnügen.«

Als sie durch den Wald ritten, hatten sie beide keinen Blick für die Landschaft um sie herum. In schnellem Galopp erreichten sie den Jagdpavillon. Ohne ein Wort zu sagen, hob Pierre sie aus dem Sattel und trug sie bis zur Tür.
Mit verhangener Stimme sagte sie:
»Chéri, der Schlüssel . . .«
Er setzte sie ab. Sie griff in die Tasche ihres Reitkostüms und gab ihm den Schlüssel. Er schloß auf, und sie traten ein. Einer der Fensterläden stand halboffen, so daß ein Lichtstrahl ins Zimmer drang. Der Pavillon war rund und hatte nur drei Fenster. Im

Inneren standen ein paar Möbel, die mit Schonbezügen versehen waren. Erneut hob er sie hoch, trug sie zum Bett und setzte sie fast rüde darauf ab. Dann entledigte er sich seines Mantels und seines Hutes. Sie sah ihn jetzt wie einen großen dunklen Schatten über sich und murmelte: »Komm, komm zu mir ...«, während sie fieberhaft ihr Gewand aufknöpfte, und dann spürte sie plötzlich seinen Körper über ihr, und halb entkleidet wie sie war, nahm er sie ...

Seine Wange war gegen ihre geschmiegt, und ihrer beider Hände hatten sich ineinander verschränkt, und fortwährend wiederholte er: »Chérie, du bist mein ganzes Glück«, und diese Worte aus seinem Mund zu hören, gewann für Agathe eine ganz besondere Bedeutung. Er meinte nicht jenes kleine, dumme Glück, das jeder für sich in Anspruch nehmen will, und dem jeder hinterherläuft, sondern einen höheren Seinszustand, den er erst durch sie, Agathe, entdeckt hatte und dessen Geheimnis nur sie kannte ...

»Hörst du die Vögel? Sie singen nur für uns«, sagte er leise.

Auf einmal kehrte Agathe in die Realität zurück. Sie hatte die Zeit völlig vergessen. Sie stand auf und lief mit nackten Füßen zum Fenster:

»Es ist schon spät ... Ich muß zurück ... Louis-Marie ...«

»Mußt du deinem Sekretär etwa Rechenschaft ablegen?«

»Du bist dumm!«

»Nicht so sehr, wie du vielleicht glaubst. Monsieur de Saint-Ferrieux ist ein sehr gutaussehender Bursche.«

»Was willst du damit sagen? Er ist schließlich ein ehemaliger Seminarist.«

»Das ändert nichts daran, daß er ... Wenn ich dein Mann wäre, würde ich nicht ...«

»Du bist es aber nicht«, schnitt sie ihm trocken das Wort ab.

Dann lief sie zu ihm hin und meinte in sanfterem Ton:

»Chérie, laß uns nicht streiten. Es wäre so schön, wenn du etwas hierbleiben könntest! Wir könnten wunderbare Ausflüge machen, wir ... Weißt du eigentlich, daß wir noch keine Mahlzeit miteinander geteilt haben, und noch nie eine ganze Nacht zusammen waren! Aber ... Du kommst bald zurück, nicht wahr? Wann kommst du?«

»Ich weiß noch nicht.«

»Was heißt das, »du weißt noch nicht?« Du hältst dich doch jetzt wieder in Paris auf ...«

»Komm her zu mir . . . ganz nah . . . Ich muß dir etwas sagen.«
Ohne großen Enthusiasmus ließ sie es geschehen, daß er sie erneut in die Arme nahm. Diesen glühenden Blick und diesen leidenschaftlichen Gesichtsausdruck hatte er nur, wenn es um seine verdammten Ideale ging!
»Chérie, große Ereignisse kommen auf uns zu. Ein großer Plan . . . wenn er gelingt . . . Nein, laß mich ausreden! Wenn er gelingt, werde ich in dem neuen Frankreich, das wir dann haben, die Position besitzen, die mir zukommt. Dann kann ich dich endlich vor aller Welt . . .«
Er zog sie noch näher zu sich heran und fuhr fort:
»Ich hätte dir gern erspart, darüber mit dir reden zu müssen, aber es ist unumgänglich . . . Damals hast du mir immer wieder erklärt, daß du dich niemals vom Herzog trennen würdest, und daß du deinem Sohn den Schutz des Herzogs nicht entziehen dürftest, doch jetzt, jetzt . . .«
»Schweig!« erwiderte sie leise. »Ich habe genug gelitten. Und aus deinem Mund seinen Namen zu hören . . .«
»Ich habe bisher nicht von ihm gesprochen, und es wird jetzt auch das letzte Mal sein. Er war ein aufrechter Mann, und er hat mit Größe zu sterben gewußt. Aber du und ich, wir leben, wir haben die Chance, glücklich zu sein, und jetzt kann ich dir endlich ein glückliches Leben bereiten . . . Schon in kurzer Zeit . . .«
Vincent, Pierre . . . jeder sprach von Plänen . . .
»Und was ist mit meinem Ehemann?«
»Du wirst dich scheiden lassen. Wir werden die Scheidung wieder einführen.«
»Ich habe dir bereits gesagt . . .«
Agathe seufzte und machte sich aus seiner Umarmung los.
»Wozu das alles? Du bist ein Träumer, und daran wird sich nichts ändern. Geben wir uns also mit dem zufrieden, was . . .«
Sie bückte sich, um ihre verstreuten Kleider einzusammeln. Mit einem Satz war er bei ihr und packte sie hart an den Handgelenken:
»Nein, ich gebe mich nicht damit zufrieden. Einen ganzen Morgen lang vor deinem Tor zu warten, bis du geruhst, mir eine Stunde der Liebe zu gewähren, ist eines Mannes unwürdig. Wenn alles so kommt, wie ich es erwarte, will ich, daß du mir ganz gehörst – oder . . .«
»Du tust mir weh!«

Mit einer heftigen Bewegung befreite sie sich. Eine kalte Wut stieg in ihr hoch. Mit zusammengebissenen Zähnen erklärte sie:
»Ich kann es nicht vertragen, wenn man mir derartige Forderungen stellt. Eine Frau kann man nicht erobern wie eine Festung. Laß uns zurückkehren.«
Am selben Abend wurde Henri krank.

Kapitel 30

Agathe und Louis-Marie hatten gerade ihr gemeinsames Abendessen beendet, als Mademoiselle Jammeton eintrat.
Agathe hatte kaum etwas zu sich genommen, denn der Abschied von Pierre lag ihr noch im Magen. Wortlos hatten sie sich getrennt, beide mit eisigen Mienen. Wäre er doch nur nicht gekommen! Zuvor hatte sie gerade wieder etwas Lebensfreude gefunden, sich zusehends erholt, wieder essen und schlafen können und jetzt . . .
Sie wußte schon im Voraus, daß sie die kommende Nacht ruhelos und ohne Schlaf verbringen würde, um sich immer wieder dieselbe Frage zu stellen.
Louis-Marie, der ihr am anderen Ende der Tafel gegenübersaß, hatte noch dazu beigetragen, ihren Ärger zu verstärken. Schweigend hatte er sie während des Essens mit Schüsseln und Platten bedient, doch sein undurchdringlicher Gesichtsausdruck sprach dennoch Bände.
Mademoiselle Jammeton, ein mageres Fräulein mit strengem Knoten, die sich der Wichtigkeit ihrer Aufgabe sehr bewußt war und entsprechend autoritär auftrat, sagte:
»Frau Gräfin, dem Kind geht es nicht gut.«
»Nicht gut?« rief Agathe erstaunt. »Aber ich bin doch erst vor einer Stunde bei ihm gewesen, und da erfreute es sich noch bester Gesundhiet.«
»Frau Gräfin hat vielleicht nicht so darauf geachtet, sonst wäre ihr sicher aufgefallen, daß er nicht so gespielt hat wie gewöhnlich. Seine Suppe hat er auch nicht essen wollen.«
»Mademoiselle Jammeton! Der Arzt hat gemeint, man solle Henri nicht zum Essen zwingen. Wenn er lieber seine Amme . . .«
»Gewiß, Madame, aber er hat auch die Brust verweigert, und Ihr wißt, wie er sonst . . .«
Agathe warf ihre Serviette hin:
»Ich komme mit Euch nach oben.«
Zusammen mit Louis-Marie folgte sie der Gouvernante.
Sie war nicht wirklich beunruhigt. Henri war ein sehr robustes Kind und noch nie ernsthaft krank gewesen. Er hatte die vitale Natur seines Vaters geerbt, dessen lebhaftes Lachen und auch dessen furchterregende Wutausbrüche . . .

Als sie ins Zimmer traten, stand die Amme da und wiegte Henri auf ihren Armen.
»Amme, ich habe Euch doch schon oft gesagt, daß es die Kinder verweichlicht, wenn man sie soviel wiegt! Legt das Kind in sein Bett zurück.«
Mit zusammengekniffenem Mund gehorchte die Amme. Sie verabscheute die Gouvernante, ein Gefühl, das von Henri geteilt wurde. Für gewöhnlich war es jedesmal ein harter Kampf, bis er schließlich vor Mademoiselle Jammetons Autorität kapitulierte und sich nach heftigem Schreien und Weinen ins Bett bringen ließ. An diesem Abend machte er jedoch nicht den geringsten Versuch, seinen Willen durchzusetzen wie sonst und ließ sich brav und artig wieder hinlegen.
Agathe kniete sich neben das Bett und legte ihm eine Hand auf die Stirn:
»Mein kleiner Liebling, sag Mama, was dir fehlt...«
»Man kann ein Kind nicht fragen, was ihm fehlt. Sie sind unfähig zu erklären, wo ihnen etwas wirklich weh tut. Manche behaupten, sie hätten Bauchschmerzen, dabei ist es der Kopf...«
Louis-Marie meinte:
»Vielleicht ist es nur eine Magenverstimmung. Wenn er nachts richtig schläft und morgen Diät hält...«
Agathe hob den Kopf:
»Glaubt Ihr wirklich?«
Sie betrachtete Henris schwarze Locken und sah dann, daß er die Augen geschlossen hatte. Er wirkte schläfrig. Nur zu dankbar klammerte sie sich an das, was Louis-Marie soeben gesagt hatte. Sie richtete sich wieder auf und antwortete:
»Wahrscheinlich habt Ihr Recht. Er jammert nicht und hat anscheinend keine Schmerzen. Gewiß, die Stirn ist ein wenig heiß, aber...«
Sie überlegte einen Moment und fuhr dann fort:
»Mademoiselle, sagt bitte Maurice, er soll das Bett des Kleinen in mein Zimmer tragen. Ich behalte ihn heute nacht bei mir.«
Sowohl die Gouvernante als auch die Amme wollten protestieren, doch Agathe erklärte energisch:
»Nicht, daß ich Euch nicht vertrauen würde, aber ich möchte ihn bei mir haben. Und jetzt will ich nicht weiter darüber diskutieren.«

Sie hatte ihren Lehnstuhl ganz dicht an das kleine Bett herangezo-

gen. Schließlich verfiel sie in einen unruhigen Schlummer, aus dem sie mitten in der Nacht plötzlich aufschreckte.
Ein furchtbarer Schüttelfrost plagte Henri. Er zitterte so heftig, daß sie davon erwacht war.
Hastig zündete Agathe eine Kerze an und stürzte in den Gang hinaus. Als sie an Louis-Maries Tür klopfte, öffnete dieser rasch: »Regt Euch nicht auf«, sagte er begütigend, doch sie hörte nicht auf ihn.
»Ich bin in größter Sorge, Louis-Marie! Schnell, ich beschwöre Euch, weckt Tornade und sagt ihm, daß er sofort . . . nein, nicht nach Sévres, er soll nach Paris fahren, so schnell wie möglich, in die Rue Grange-Batelière Nr. 3 zu Doktor Motte . . .«
»Wißt Ihr, wie spät es ist . . .? Es ist zwanzig vor eins! Ihr könnt doch Euren hiesigen Arzt holen lassen . . .«
»Lathuile? Nein, ich halte nichts von ihm. Ich will, daß Doktor Motte kommt.«
»Ein so vielbeschäftigter Arzt wie Doktor Motte wird nicht mitten in der Nacht aus Paris hier herkommen.«
»Das ist mir egal, ich will ihn und keinen anderen! Außerdem soll es sein Schaden nicht sein, ich bezahle ihm das Zehnfache . . .«
Auf einmal versagte ihr die Stimme, und sie brach in Tränen aus.
»Wenn Henri etwas zustößt . . .«
Louis-Marie ergriff ihre Hände und sagte sanft:
»Agathe, Liebste, weint nicht! Guter Gott! . . . Ich werde selbst zu diesem Doktor Motte fahren und ihn herbringen, auch wenn ich ihn mit Gewalt an den Haaren hierherschleppen muß, aber beruhigt Euch wieder und weint nicht mehr!«
Erschöpft lehnte sie sich an ihn. Die Angst, die Müdigkeit und all der Kummer der vergangenen Monate waren zurückgekehrt und legten sich schwer auf ihre Seele.
»Agathe, liebe Agathe«, hörte sie Louis-Marie voller Zärtlichkeit zu ihr sagen, »fürchtet nichts, alles wird gut werden.«
Sie zwang sich zu einem kleinen Lächeln und flüsterte unter Tränen:
»Außer Henri habe ich nur Euch . . .«
Er gab ihr einen Kuß auf die Wange und sagte:
»Geht wieder zu Henri. Ich zieh mich an und fahre los.«
Das Warten erschien ihr endlos. Sie lauschte auf jedes Geräusch, wohl wissend, daß Louis-Marie gerade erst abgefahren war und so bald nicht zurücksein konnte. Henri wimmerte vor sich hin, und

jedesmal schnitt es ihr ins Herz, wenn sie ihn hörte. Die Amme war bei ihr und lamentierte lauthals. Immer wieder mußte Agathe sie zum Schweigen bringen, denn all diese Klagen verstärkten nur ihre eigenen Ängste. Insgeheim malte sie sich die furchtbarsten Dinge aus... Wenn Henri nun die Grippe hatte oder Keuchhusten oder sogar die Pocken... Sich vorzustellen, daß seine zarte Porzellanhaut von häßlichen Löchern entstellt würde... Agathe hatte im Umgang mit Krankheiten keinerlei Erfahrung. In ihrer Familie waren alle von bester Gesundheit gewesen, sah man von gelegentlichen kleinen Wehwehchen ab. Sie und Clémentine waren noch nie ernsthaft krank gewesen, und so wußte sie jetzt auch nicht, was zu tun war. Sie schickte mehrere Stoßgebete zum Himmel, doch Mademoiselle Jammeton, die sehr viel mehr Sinn fürs Praktische besaß als Agathe, gab energisch Anordnungen: »Kalte Kompressen auf die Knie, das zieht das Fieber herunter. Amme, holt mir frische Wäsche. Wir müssen Henris Hemd wechseln, es ist ganz durchgeschwitzt... Wenn Frau Gräfin das Kind wohl einen Moment hochheben würde... Ich lege ihm noch ein Kissen unter.«
Agathe fühlte sich hilflos und zu nichts Nutze. Zu jeder Handbewegung mußte sie sich zwingen. Die Verzweiflung lähmte sie.
Endlich kam der Arzt.
Als seine hohe Gestalt in der Tür erschien, erklärte er als erstes: »Ich hoffe, Madame, Ihr habt mich nicht wegen einer Geringfügigkeit den weiten Weg hierher machen lassen.«
Agathe verabscheute ihn in diesem Moment und erwiderte heftig:
»Ihr werdet dennoch entschuldigen, Doktor, wenn ich mir genau das wünsche, nämlich, daß es nichts Ernstes ist!«
Nachdem er Henri untersucht hatte, wandte er sich zu Agathe, die mit klopfendem Herzen dabeistand und nun sein Urteil erwartete.
»Es handelt sich um eine Influenza, Madame. In Paris sind bereits mehrere Fälle aufgetreten...«
»Wie geht es ihm, Doktor, und wie schnell kann er wieder...«
»Das vermag ich im Moment noch nicht zu sagen. Der Verlauf der Krankheit ist unberechenbar. Eine sehr launische Krankheit, Madame. Alles hängt von der Widerstandskraft des Patienten ab. Bei einem Kleinkind sind die Widerstandskräfte noch nicht so entwickelt...«

Voll innerer Abneigung lauschte Agathe dieser monotonen, unpersönlichen Stimme, und in diesem Moment gewann sie plötzlich ihre Kaltblütigkeit zurück.
»Mein Sohn und ich werden den Kampf gegen die Krankheit gemeinsam aufnehmen. Außerdem hat er eine robuste Konstution.«
»Das sagen alle Mütter, Madame.«
»Was ist zu tun?«
»Er muß warmgehalten werden und braucht absolute Ruhe. Weiterhin muß er sehr viel trinken... Tees und Orangensaft, am besten auch Zitronensaft in heißem Zuckerwasser... Im Augenblick hat es keinen Sinn, ihm etwas zu verschreiben, denn gegen die Influenza sind Medikamente machtlos.«
»Und wann wird er wieder gesund?«
»Ich bin nicht der liebe Gott, Madame! Bei der Grippe ist nicht die Krankheit selbst so sehr zu fürchten, sondern die Komplikationen, die möglicherweise auftreten. Nur allzuoft kommt eine weitere Infektion hinzu, und dann kann der geschwächte Körper damit nicht mehr fertigwerden... Kann ich mir jetzt bitte die Hände waschen?«
Als sie ihn hinausbegleitete, sagte Agathe:
»Darf ich mir erlauben, Doktor, Euch morgen wieder meinen Wagen zu schicken?«
»Ich habe einen sehr tüchtigen Kollegen in Sévres, der Euren Sohn weiterbehandeln kann. Meine Praxis in Paris erlaubt mir nicht, so viel Zeit auf unseren Landstraßen hin- und herzufahren... Im übrigen bin ich auch nur aufgrund Eurer verwandtschaftlichen Beziehungen zum Baron Jérôme hergekommen, dem ich sehr verpflichtet bin.«
Am liebsten hätte Agathe laut die Tür hinter dem Arzt zugeschlagen, doch ihre Angst um Henri war stärker. Mit flehentlichem Blick sagte sie:
»Doktor, ich bitte Euch! Ich verstehe, daß das für Euch sehr umständlich ist, doch ich werde Euch reichlich dafür zu entschädigen wissen...«
Der Arzt erschien daraufhin jeden Abend nach dem Essen.
»Dieser Doktor Motte hat entdeckt, daß die Straße zwischen Paris und Sévres mit Gold gepflastert ist«, meinte Louis-Marie ironisch.
Oh, ja! Mit Geld konnte man vieles erreichen... Agathes Respekt vor dem Gelde wuchs immer mehr. Manchmal konnte es sogar ein

Leben retten. Dieser Gedanke zog andere nach sich, doch Agathe drängte sie gewaltsam zurück. Alles, was jetzt zählte, war, Henri wieder gesund zu machen. Tag und Nacht wachte sie an seinem Bett, flößte ihm Orangade und Bouillon ein, legte ihm Umschläge auf und beobachtete ängstlich den Wechsel seiner Gesichtsfarbe, die mal rot und mal blaß war. Wenn sie den Arzt nach seinem Befund fragte, wiederholte er jedesmal:

»Wenn er keine Lungenentzündung bekommt, wird er es schaffen . . .«

Auf einmal hörte sie Henri husten und geriet sofort in Panik. Doch es war nur eine Bronchitis, wie ihr der Doktor beruhigend erklärte, der durch den langen, gemeinsamen Kampf um Henris Leben für Agathe mittlerweile sogar sehr menschliche Züge gewonnen hatte.

Eines Abends meinte er zu ihr:

»Ihr seht zum Gotterbarmen aus, Madame. Ihr solltet Euch ein wenig Ruhe gönnen. Die Gouvernante und die Amme werden auf den kleinen Kerl schon gut aufpassen.«

Aber sie weigerte sich, anderen die Pflege allein zu überlassen. Im ständigen Wechsel mit Louis-Marie saß sie an Henris Bett, dem sie als einzigem Menschen ihren kleinen Sohn anvertraute.

Jeden Morgen herrschte ein lebhaftes Kommen und Gehen in der Halle des Schlosses. Clémentine und Anne-Louise schickten täglich einen Boten zu ihr, um über alles unterrichtet zu sein. Auch Vincent erschien bei ihr. Doch jedesmal, wenn er kam, ließ sie ihn mit Louis-Marie allein und ging schnell in ihr Zimmer. Seine gegenwärtige Besorgnis ließ sie nicht vergessen, welch heftige Abneigung er gegenüber ihrem Kind gezeigt hatte, und in solchen Momenten hatte sie das Gefühl, ihm das niemals verzeihen zu können.

Und dann, eines Abends, geschah das langerhoffte Wunder, und Monsieur Motte erklärte:

»Er ist über den Berg. Jetzt wird er schnell gesund . . . Eure Pflege . . .«

»Nein, Eure Kunst, Doktor!«

»Ihr seid zu bescheiden, Madame, viel zu bescheiden. Je mehr man als Arzt über die Krankheiten lernt, destomehr begreift man auch, wie wenig man im Grunde darüber weiß.«

Agathe war gleichzeitig zum Lachen und zum Weinen zumute, und um ihre Tränen zu verbergen, trat sie schnell ans Fenster. Als sie hinausblickte, entdeckte sie zum ersten Male seit langer Zeit wieder, wie blau der Himmel war, wie wunderbar alles um sie herum blühte und grünte . . .

Am Morgen des 5. Juni – als Agathe vor ihrem Frisiertisch saß und ernst ihr Spiegelbild betrachtete – kam Louis-Marie in ihr Zimmer und sagte:
»Agathe, unten wartet einer Eurer Gläubiger.«
»Also wirklich, mich bis hierher zu verfolgen! Schickt ihn wieder weg!«
»Glaubt Ihr, ich hätte Euch gestört, wenn das so einfach wäre . . .? Der Schurke läßt sich nicht abweisen. Er will Euch unbedingt persönlich sprechen. Außerdem halte ich es bei der gegenwärtigen Lage nicht für sehr klug . . .«
»Wer ist es denn?«
»Euer Pelzhändler . . . oder vielmehr einer seiner Angestellten. Ihr schuldet ihm . . .«
»Gut, laßt ihn hinaufkommen.«
»Wollt Ihr ihn etwa in diesem Aufzug empfangen?«
Agathe zog mit einer müden Geste ihr rosafarbenes Nègligé zusammen.
»Ja, genau in diesem Aufzug! Umso mehr wird er in Verlegenheit geraten. Eine Dame um neun Uhr morgens zu behelligen . . .«
Der Mann hatte nichts von der kostbaren Eleganz seines Arbeitgebers. Er war häßlich und vulgär. Während er mit beiden Händen seinen Hut festhielt, erklärte er:
»Frau Gräfin, ich komme im Auftrag von Monsieur Germain! Es geht um die Rechnungen, die noch offenstehen. Einige davon sind schon seit fast einem Jahr überfällig . . .«
»Das ist mir nichts Neues, Monsieur und erklärt mir nicht den Grund Eures Besuches. Man überfällt die Menschen nicht bereits beim Aufstehen ohne ein triftiges Motiv.«
»Ganz recht, Madame, das Motiv besteht in eben diesen Rechnungen. Ihr habt Monsieur Germain schon seit mehreren Monaten nicht mehr mit Eurem Besuch beehrt, und die Rechnungen belaufen sich auf die stattliche Summe von . . .«
»Kommt mir nicht mit irgendwelchen Zahlen! Ich bin eine solche Behandlung von Monsieur Germain nicht gewohnt. Ist er etwa in Schwierigkeiten? Mich wegen solcher Lappalien zu belästigen . . .«
»Ich muß Frau Gräfin darauf aufmerksam machen, daß es sich um

eine so große Summe handelt, daß man bei allem Respekt wohl kaum noch von Lappalien sprechen kann!«
Agathe richtete sich zu ihrer ganzen Größe auf:
»Für mich schon, nehmt dies zur Kenntnis! Aber beenden wir dieses unerfreuliche Gespräch! Wenn ich zurück in der Hauptstadt bin... Ihr werdet verstehen, daß ich hier auf dem Lande kaum über solche Beträge verfüge...«
Der Mann befeuchtete sich die Lippen und meinte dann:
»Könntet Ihr mir keinen entsprechenden Brief für den Herrn Grafen mitgeben, damit dieser die Güte hat, die Sache in Ordnung zu bringen? Wir haben versucht, Kontakt mit ihm aufzunehmen, doch er hat sich geweigert, uns zu empfangen.«
»Ihr habt Euch auch noch erdreistet, meinen Gemahl deswegen aufzusuchen!«
»Madame, Schulden sind nun einmal Schulden, und Ihr schuldet uns besonders viel. Unter Geschäftsleuten sprechen sich gewisse Dinge schnell herum. Es wäre wohl ratsamer, wenn Ihr uns... sagen wir, eine Anzahlung leisten würdet.«
Ein boshaftes Lächeln erschien auf seinen Zügen, als er hinzufügte:
»Hübsche Frauen sind nun einmal versucht, mehr auszugeben als... Wir erwarten von Euch nur ein gewisses Entgegenkommen. Im Übrigen wißt Ihr ja, wie schnell sich in Paris Gerüchte verbreiten... Ihr müßt Euch darauf gefaßt machen, daß andere weniger Rücksicht nehmen und ihren Forderungen sehr viel größeren Nachdruck verleihen als wir...«
Agathe hatte große Lust, den Kerl auf der Stelle hinauszuwerfen, um nicht länger diese Demütigungen ertragen zu müssen, doch dann bezwang sie ihre Wut, erhob sich, ging zur Klingelschnur und zog heftig daran:
»Ich bin in acht Tagen wieder in Paris. Einen Tag später werdet Ihr Eure Anstellung bei Monsieur Germain los sein oder Monsieur Germain verliert nicht nur mich als Kundin sondern auch meine sätmlichen Freundinnen. Und jetzt verschwindet!«
Louise erschien.
»Begleitet diese Person hinaus. Und bittet Louis-Marie, zu mir zu kommen.«

Als Louis-Marie hereinkam, stand Agathe am Fenster. Sie wirkte ruhig und sehr beherrscht, während sie sagte:

»Louis-Marie, wir fahren zurück. Seid so freundlich und laßt schnell alles für die Abreise vorbereiten. Ich möchte übermorgen wieder in Paris sein.«

»Darf man erfahren ...? Und wie seid Ihr mit dem Burschen von Germain fertiggeworden? Ich habe ihn abfahren sehen ... Er sah aus wie einer, dem man ein Geschäft verdorben hat.«

Agathe gab ein freudloses Lachen von sich:

»Es gibt nur eine Art, mit solchen Leuten umzugehen. Man muß sie zertreten wie einen Wurm. Aber wir haben lediglich etwas Zeit gewonnen. Der Kerl wird jetzt überall die schlimmsten Sachen über mich erzählen, und bald haben wir dann auch die anderen Gläubiger auf dem Hals. Deshalb ...«

Sie begann im Zimmer umherzuwandern:

»Seit Henris Krankheit habe ich sehr viel über alles nachgedacht. Ich weiß jetzt erst, wie Recht Ihr hattet, und wie sehr ich meinerseits im Irrtum war. Man darf in Geldangelegenheiten nicht so sorglos sein! Ich hätte mich überwinden sollen, den Herzog zu bitten, wenn schon nicht meine, so doch die Zukunft meines Sohnes zu sichern. Ein Abkömmling der Bourbonen kann darauf wahrhaftig Anspruch erheben. Aber ich war eben immer zu stolz, um Almosen zu erbitten. Wenn ich andererseits bedenke ...«

»In der Tat, wenn ihr bedenkt, welche großzügigen Verfügungen der Herzog von Berry in seinem Testament zugunsten der beiden Töchter von Amy Brown und des Sohnes von Virginie Oreille getroffen hat ... Die Engländerin war immerhin seine Frau gewesen, aber der Bastard einer Tänzerin! Der Herzog hätte sich wirklich daran erinnern können, daß er auch Euch ein Kind gemacht hatte.«

»Louis-Marie! Unsere Beziehung war ganz anderer Art. Der Herzog wollte, schon um die Herzogin zu schonen, nicht, daß sie von unserer Liebe erfuhr. Schließlich war das eben kein flüchtiges Abenteuer wie mit diesen beiden anderen, von denen Ihr gesprochen habt, sondern eine tiefe, zärtliche Verbindung ... Armer, armer Darling!«

Agathe seufzte:

»Er hat mich zu seinen Lebzeiten unendlich verwöhnt. Und ich denke nicht daran, ihm im Nachhinein vorzuwerfen, daß er solche Verfügungen zugunsten von anderen getroffen hat. So kleinlich bin ich weiß Gott nicht! Mir selbst mache ich Vorwürfe, nicht ihm!«

Ein harter Ausdruck trat in ihre Augen, und sie setzte hinzu:
»Aber was bleibt mir heute anderes übrig, als darauf zu warten, daß Vincent eine Lösung findet, an die ich selbst nie wirklich geglaubt habe?«
»Ihr täuscht Euch gewaltig in Vincent.«
»Dann soll er endlich den Beweis dafür antreten! Ich bin seine Geheimnistuerei gründlich leid. Er macht große Worte, aber es ist nichts dahinter. Wenn ich mich irren sollte, erwarte ich von ihm jetzt eine Erklärung, oder ich nehme mein Kind und gehe. Ich werde zurückkehren und mit ihm reden...«
»Ihr braucht nicht so zu schreien, ich bin nicht taub. Und wenn Euch Vincents Erklärungen nicht zufriedenstellen?«
»Zumindest hätte ich dann mehr Klarheit als jetzt. Und ich könnte eine Entscheidung treffen. Fragt mich nicht, welche, das weiß ich selbst noch nicht. Ich weiß nur eines ganz gewiß, nämlich, daß ich nie mehr in meinem ganzen Leben eine derartige Szene erleben will wie vorhin!«
Louis-Marie erwiderte:
»Gut. Ich werde das Personal verständigen.«
Er ging zur Tür.
Sie eilte ihm nach.
»Was ist? Seid Ihr anderer Meinung? Schließlich habt Ihr mir oft genug gesagt, daß es besser ist, der Realität ins Auge zu sehen.«
»Manchmal ist es jedoch auch besser, die Dinge nicht zu überstürzen. Aber wenn Ihr...«
Es klopfte.
Maurice stand vor der Tür. Auf dem Silbertablett, das er ihr entgegenhielt, lag ein Brief. Schnell nahm Agathe ihn an sich.
»Wenn Du mich noch liebst, komm sofort zu mir. Ich erwarte Dich. Pierre«
Darunter war eine Adresse gekritzelt.
Agathe stand wie versteinert da. Dieser Brief... Sie hätte ihn zerknüllen können, um Pierre jetz ein für allemal aus ihrem Leben und aus ihrem Herzen verbannen, doch sie wußte, daß es dafür längst zu spät war. Früher hätte sie das tun sollen, viel früher... Außerdem kannte sie Pierre zu gut und wußte, daß sich hinter diesen schlichten Worten ein dringender Hilferuf verbarg... Sie nahm sich zusammen und sagte:
»Maurice, laßt sofort die Pferde satteln. Ich fahre nach Paris.«
Kaum war Maurice verschwunden, als Louis-Marie meinte:

»Vom schönen Cousin Fournon, wenn ich mich nicht täusche?«
Agathe war zu nervös und zu beunruhigt, um ihm etwas vorzumachen.
»Woher wißt Ihr ...?«
Er deutete auf den Brief.
»Ich habe es mir gleich gedacht, als ich das Papier sah. Niemand von Euren Bekannten benutzt so etwas... Und außerdem... Haltet Ihr mich für einen Dummkopf? Als dieser Monsieur de Fournon damals hier auftauchte ...«
Er lachte trocken:
»Ich sehe es Euch immer an der Nasenspitze an, wenn Ihr schwindelt, und vor allem, wenn Ihr dabei seid, eine Dummheit zu begehen.«
»Ich ... ich werde Euch erklären ...«
»Bloß nicht! Für romantische Liebesgeschichten dieser Art habe ich noch nie etwas übriggehabt. Allerdings würde es mich interessieren, wie Ihr diese Dummheit mit Eurer neugewonnenen Klugheit vereinbaren wollt!«
»Oh! Laßt mich doch in Frieden! Ich kann Eure schulmeisterliche Art nicht ertragen. Ihr würdet nicht einmal den Versuch machen, mich zu verstehen ...«
Doch er war schon gegangen.

Kapitel 31

Die Fahrt von Sévres nach Paris zog sich für Agathe endlos lange hin. Immer wieder klopfte sie im Innern der Kutsche ans Fenster und rief Tornade zu:

»Beeilt Euch, Tornade.«

Tornade tat sein Bestes.

Während Agathe versuchte, ihre Unruhe gewaltsam zu bezähmen, ging sie mit sich selbst hart ins Gericht. Sie war zwar wütend auf Louis-Marie, mußte aber zugleich eingestehen, daß er Recht hatte, wie immer. Wenn man sein Leben klug in die Hand nehmen will, und darüberhinaus auch noch die Verantwortung für ein Kind zu tragen hat, so verzichtet man auf derartige Torheiten des Herzens... Für Louis-Marie waren das ohnehin nur Sentimentalitäten, und sie, Agathe, hatte früher für solcherlei romantische Abenteuer ebenfalls nur Verachtung empfunden. Früher... Sie hatte sich über die Liebe stets lustig gemacht, und Männer waren für sie nur zum Vergnügen da gewesen. Inzwischen jedoch genügte eine hingekritzelte Zeile auf einem schäbigen Stück Papier, um sie in Angst und Aufregung zu versetzen, um alles stehen und liegen zu lassen und zu ihrem Geliebten zu eilen!

»Schneller, Tornade, beeilt Euch doch!« rief sie erneut dem Kutscher zu.

Die auf dem Brief angegebenen Adresse lautete Rue Neuve Saint-Jean Nr. 9, eine Straße, von der Agathe noch nie gehört hatte.

»Kennt Ihr Euch da aus, Tornade?«

Tornade, der früher bei Sosthène de La Rochefoucauld gedient hatte, war in Aussehen und Gebahren eine ähnliche würdevolle Erscheinung wie sein früherer Herr.

Voller Verachtung erklärte er auf Agathes Frage:

»Gewiß, ich kenne die Straße, aber das ist keine gute Adresse. Ich habe noch nie eine Dame dorthin gefahren...«

Ungerührt antwortete sie:

»Setzt mich an der Ecke der Rue Neuve Saint-Jean ab. Fahrt dann zu Berthellemot ins Palais-Royal. Ich habe Monsieur Henri versprochen, ihm Süßigkeiten mitzubringen. Laßt Euch von Monsieur Berthellemot eine Auswahl zusammenstellen und kommt danach dorthin zurück, wo Ihr mich gleich absetzen werdet und wartet auf mich. Wir fahren anschließend gleich nach Sévres zurück.«

Nachdem Tornade sie an besagter Straßenecke hatte aussteigen lassen, wartete Agathe noch, bis die Kutsche aus ihrem Blickfeld verschwand und bog dann in die Straße ein.

Die Gegend wurde offenbar vor allem von Handwerkern und Arbeitern bewohnt. Als Agathe vor dem Haus Nr. 9 in der Rue Neuve Saint-Jean angelangt war, entdeckte sie im Erdgeschoß ein Etablissement, bei dem es sich anscheinend um ein Restaurant handelte. Hinter den drei Fenstern, die statt von Vorhängen mit einer dicken Fettschicht bedeckt waren, bewegten sich mehrere Schatten hin und her. An der Tür hing ein Schild mit der Aufschrift:

FRIGONNEAUX – Restaurateur
Suppe
Drei Gerichte zur Auswahl
Dessert oder Likör
Brot nach Belieben
Eine halbe Flasche Wein
21 Sous

Zweifellos wohnte Pierre oberhalb dieser Spelunke. In der Hoffnung, irgendwo da oben seinen Kopf erscheinen zu sehen, blickte Agathe hinauf, als sich plötzlich ein Arm unter den ihren schob.

»Agathe!«

»Pierre! . . . Wo warst du?«

»Dort drüben gegenüber . . . im Hausflur. Beinahe wäre ich schon wieder fortgegangen. Es ist so spät geworden, daß ich dachte, du kommst nicht mehr.«

Ungeduldig fragte Agathe:

»Chérie, weshalb hast du mir diesen Brief geschickt? Was ist passiert? Bist du in Schwierigkeiten?«

Er blickte sich ängstlich um:

»Laß uns nicht mitten auf der Straße stehenbleiben. Man könnte uns sehen.«

Unwillkürlich entfuhr es ihr in ironischem Ton:

»Sei unbesorgt! Mein Ruf kann keinen Schaden nehmen. Wer kennt mich hier schon?«

»Ich weiß . . . aber die Polizei . . .«

»Die Polizei! Sucht man dich etwa?«

»Ich werde seit über einem Jahr von der Polizei gesucht. Also komm, laß uns nicht hier stehenbleiben!«
Er öffnete die Tür des Lokals und schob Agathe hinein.
»Wohnst du nicht in diesem Haus«, wollte sie wissen, während sie eintraten.
»Ich wohne zur Zeit nirgendwo. Ich schlafe jedes Mal bei einem anderen Freund.«
Kaum hatte Agathe einen Fuß in das Lokal gesetzt, als ihr auch schon ein widerwärtiger Geruch nach ranzigem Fett und kaltem Rauch entgegenschlug.
Wie betäubt folgte sie Pierre, der einen freien Tisch suchte, und ihre ganze Wut auf ihn erwachte jäh von Neuem.
»Hinten ist noch etwas frei, geht nach hinten. Wir haben hier vorne zu tun«, riefen die Kellner, die riesige Platten und Teller durch das Gedränge jonglierten.
Mehr noch als von dem abscheulichen Geruch, den diese Speisen im Raum verbreiteten, wurde Agathe von der Art und Weise abgestoßen, wie sich die Leute hier voller Gier auf ihre Teller stürzten. Dennoch konnte sie den Blick von dem Schauspiel, das sich ihr bot, nicht abwenden, und sie fuhr fort, die Menschen wie hypnotisiert zu betrachten.
»Setz dich lieber hin, bevor du in deiner eleganten Toilette zu sehr auffällst«, meinte Pierre nervös.
Der Tisch, an dem sie sich schließlich niederließen, befand sich direkt neben der Küche, und jedesmal, wenn einer der Kellner herein- und herauskam, drang ein Schwall heißen Dunstes in Agathes Gesicht. Es war geradezu die Hölle!
Pierre flüsterte:
»Ich nehme an, du hast genausowenig Hunger wie ich, aber wir müssen trotzdem etwas bestellen.«
Der Kellner erschien, leierte automatisch die Gerichte herunter, die zur Auswahl standen und wartete auf ihre Bestellung.
»Ich gehe«, sagte Agathe plötzlich. Die eigene Stimme kam ihr fremd vor.
»Agathe, Agathe! Ich werde dir alles erklären . . .«
Pierre machte dem Kellner ein Zeichen zu verschwinden, der sich widerwillig entfernte.
Dann nahm er Agathes Hand in seine und sagte:
»Verzeih mir, Chérie, aber wohin sollte ich mit dir gehen?«
»Du hättest mich besser überhaupt nicht kommen lassen sollen,

wenn dir nichts anderes eingefallen ist, als mich in so eine... so eine Spelunke zu führen...«

Agathe war so entrüstet, daß sie für alles Übrige blind war. Sie sah nicht, wie niedergeschlagen und erschöpft Pierre wirkte, sie sah nur noch, was er ihr anzutun gewagt hatte. Gewiß, wenn man liebt, war man bereit, manches zu erdulden, und sie war ihm bis dahin in die schäbigsten Absteigen gefolgt, aber dies hier...

»Warum bist du nicht nach Sévres gekommen, wenn du mich sprechen wolltest?«

»Hör mir zu...«

Sie unterbrach ihn, und die Worte stürzten nur so aus ihr heraus: »Ich werde es dir sagen! Weil dich dort alles stört... mein Sekretär, mein Personal, der Luxus, mit dem ich mich umgebe! Hier hingegen fühlst du dich wohl, denn du bist sogar noch stolz darauf, ein Nichts und ein Niemand zu sein!«

»Meine arme Agathe!«

»Ich bin nicht deine arme Agathe, ich werde überhaupt niemals arm sein, hörst du! Und mich hierher zu bestellen, mir diesen Ort zuzumuten... das zeigt mir nur, daß du dir darin gefällst, mir deine Welt aufzwingen zu wollen...«

»Wenn du mich auch einmal etwas sagen ließest, statt nur Torheiten von dir zu geben, könnte ich dir endlich erklären...«

»Oh, ich brauche deine Erklärungen nicht mehr, ich habe bereits verstanden!«

Höhnisch lachte sie laut auf, so daß sich prompt einige Köpfe an den Nachbartischen nach ihr umdrehten.

»Laß uns gehen«, murmelte Pierre.

»Nein, bleib! Ich werde gehen, du kannst hierbleiben«, stieß sie hervor.

»Bis heute habe ich immer alles ertragen, deine Ideen, unsere Auseinandersetzungen, die vielen Trennungen und die langen Zeiten, in denen ich nichts von dir hörte, und fast immer war ich es, die zu dir kam und nicht umgekehrt, aber was zuviel ist, ist zuviel, mein Lieber! Du hattest ganz Recht, du bist keiner mehr von uns. Deine Welt wird niemals die meinige sein.«

Statt ihr zu widersprechen, sagte er nur:

»Du hast es doch so gewollt, erinnere dich! Ich habe dir oft genug vor Augen gehalten, wie wenig wir gemeinsam haben, ich habe dich wiederholt gewarnt.«

Das, was seit so langer Zeit zwischen ihnen nicht mehr ausgespro-

chen worden war, was beide bewußt hatten verdrängen wollen, gelangte jetzt endlich wieder zum Durchbruch, und Agathe antwortete mit schneidender Stimme:
»Wir hatten so wenig gemeinsam, weil du es nie anders gewollt hattest, weil du in all der Zeit nicht die kleinste Anstrengung unternommen hast, diesen Zustand zu ändern, während ich meinerseits alles aufs Spiel gesetzt habe... meine Ehre, meine Zukunft... alles, was ich besaß, um bei dir sein zu können. Du hast nur zu rufen brauchen, und schon eilte ich zu dir.«
Sie holte zwischendurch Luft und sagte abschließend:
»Im Grunde hast du mich nie wirklich geliebt.«
»Wenn du das glaubst...« erwiderte er müde.
Sie erhob sich.
»Adieu.«
»Agathe, ich...«
Er unterbrach sich gleich wieder und seufzte:
»Nein, nichts. Wahrscheinlich ist es besser so.«
Sie stürzte davon, bahnte sich rüde einen Weg durch das Lokal und schlug die Tür heftig hinter sich zu. Nach wie vor war sie so wütend, daß sie keinen Schmerz empfand.

Es hatte geregnet.
Tornade erwartete sie, wie verabredet, an der Ecke.
»Ich bin untröstlich, Madame, aber ich konnte nicht bis zum Palais-Royal durchkommen. Auf den Straßen ist ein solches Durcheinander. Überall herrscht eine Art nervöser Unruhe. Gestern abend ist ein Student von einem Angehörigen der Garde erschossen worden, nachdem sich die Studenten mit der Polizei angelegt hatten. Es liegt eine Atmosphäre von Aufruhr in der Luft. Deshalb schlage ich mit Madames Erlaubnis vor, daß wir einen Umweg nehmen.«
»Ja, Tornade, das ist mir recht.«
Doch während sich die Kutsche einen Weg durch die vielen kleinen Sträßchen bahnte, kam Agathe plötzlich eine Idee. Weshalb sollte sie bis übermorgen warten, um mit Vincent zu sprechen? Weshalb tat sie es nicht gleich? Nachdem sie bereits Pierre gegenüber endlich so gehandelt hatte, wie sie es längst hätte tun sollen, wollte sie nun auch mit Vincent klare Verhältnisse schaffen. Pierre... Wie hatte er es nur wagen können? Sie war bis zu diesem Tag nie zimperlich gewesen, was den äußeren Rahmen

betraf, doch ein Mann, der eine Frau liebte, war immer noch in der Lage, für ein paar Sous ein Zimmer zu mieten, um die Geliebte in die Arme nehmen zu können ... Und ein Mann, der eine Frau liebte, versuchte, sie zu halten, er flehte oder drohte, aber in jedem Fall unternahm er etwas, damit sie bei ihm blieb. Pierre hingegen ... Sie biß die Zähne zusammen. Besser nicht mehr daran denken! Und was Vincent betraf ...

Sie klopfte an die Scheibe:

»Tornade, ich habe meine Meinung geändert. Wir fahren in die Rue de Bourbon.«

»Aber Madame ...«

»Die Boulevards sind jetzt bestimmt wieder frei. Ich lasse mich doch nicht von einer Handvoll Studenten daran hindern, in mein Haus zurückzukehren.«

Nachdem die Kutsche gerade an der Bank von Charles Jérôme vorbeigefahren war, hielt Tornade auf einmal an.

Agathe öffnete die Trennungsscheibe und hörte von der Straße her, wie eine offenbar größere Menschenansammlung laut durcheinanderrief.

»Was ist Tornade?«

»Ich hatte Madame gewarnt. Es scheint, daß der Aufruhr noch nicht vorbei ist.«

»Dann fahrt einen Umweg, nehmt eine andere Strecke.«

»Aber meine Pferde können nicht zurücksetzen. Hinter uns kommen schon andere Kutschen.«

»Dann müssen wir eben weiterfahren. So werden wir zumindest gleich wissen, was da eigentlich los ist.«

»Ich würde Madame eher empfehlen, in der Bank von Herrn Baron Jérôme zu warten, bis sich alles beruhigt hat.«

Sich zu Charles Jérôme flüchten, als ob sie Angst hätte! Nein, vielen Dank! An diesem Tag hatte sie schon genug Demütigungen hinnehmen müssen. Außerdem, wovor hätte sie Angst haben sollen? Die Rougevilles hatten vor dem Pöbel noch nie Angst gehabt. Erneut spürte Agathe die Wut, die sich an diesem Tag allmählich immer mehr in ihr aufgestaut hatte. Sie war gerade in der richtigen Stimmung, um es diesem Pack zu zeigen!

Ungeduldig wiederholte sie:

»Also fahrt schon los, Tornade.«

Der Wagen setzte sich wieder in Bewegung, kam jedoch bereits nach wenigen Metern wieder zum Stillstand.

»Jetzt können wir weder vor noch zurück, Madame.«
Mehrere Equipagen verstellten den Weg.
Draußen liefen die Leute aufgeregt in Richtung der Boulevards. Ohne zu überlegen, rief Agathe dem Kutscher zu: »Ich bin gleich zurück«, und stürzte aus dem Wagen. Sofort nahm die Menschemenge sie auf, und schließlich gelangte Agathe zum Boulevard du Gand, von den Parisern nur »der Boulevard« genannt.
Für gewöhnlich war dies eine elegante Flanierstrecke, doch an diesem Tag sah man nicht einen einzigen Spaziergänger. Statt dessen waren die Türen des Café Tortoni geschlossen, die Stühle davor umgestürzt, und weiter hinten erblickte man eine Horde aufgeregt gestikulierender und wild schreiender junger Männer. Es waren die Studenten.
Ein ehrbar wirkender Mann stieß Agathe versehentlich am Ellbogen an.
»Monsieur, was geht hier vor?«
»Mademoiselle, Ihr tätet wohl besser daran, nach Hause zu gehen, aber wenn Ihr es unbedingt wissen wollt: Einer der Studenten, ein unglückseliger Bursche namens Lallemand, ist von der Garde erschossen worden. Heute morgen haben sich Tausende von ihnen auf dem Friedhof versammelt, um ihn zu Grabe zu tragen. Dabei sind sie noch mehr in Aufregung geraten, haben sich zusammengerottet und sind bis zum Palais-Bourbon vorgedrungen. Gottseidank kam dann die Kavallerie und hat die Menge zerstreut, ohne daß es noch einen weiteren Toten zu beklagen gäbe.«
»Aber was wollen sie denn eigentlich, diese jungen Burschen?« wandte sich Agathe erneut an den Mann.
»Die Freiheit . . . oder das, was sie dafür halten.«
In diesem Moment sah Agathe zu ihrer Genugtung, daß die Aufregung sich ein wenig legte, doch da rief der alte Mann neben ihr aus:
»Da! Seht nur! Jetzt kommen auch noch die Demi-Soldes!«
Pierre! dachte Agathe. Warum war er nicht unter ihnen? Sie konnte ihn unter den paar Gestalten, die plötzlich aus der Rue Coiseul herausgekommen waren, nicht entdecken.
»Die sind auch überall, wo es darum geht, Zwietracht zu säen«, grollte der Mann. »Sie versuchen, die Studenten auf ihre Seite zu ziehen! Heute morgen auf dem Friedhof wimmelte es nur so vor den ehemaligen Offizieren Napoleons! Sie reden diesen jungen Leuten die Ohren voll und erzählen ihnen etwas von Freiheit,

genau wie die Liberalen, dabei würde es weder bei den einen noch bei den anderen die Freiheit geben, von der diese Kindsköpfe da hinten träumen!«
»Sie ziehen ab«, meinte Agathe. »Die Demi-soldes haben sie in Schlepptau genommen.«
»Was habe ich Euch gesagt? Da kann man sehen, wie sie denen schon gehorchen ...«
Der Mann schüttelte betrübt den Kopf:
»Der Tod des Herzogs von Berry war ein großes Unglück für uns alle. Jetzt ist der König gezwungen, all die Rechte wieder zurückzunehmen, die er dem französischen Volk eingeräumt hatte, und wenn das so weitergeht, wird man uns noch die Verfassung wegnehmen. Und die Verfassung, Mademoiselle, repräsentiert das französische Volk!«
»Das gilt keineswegs für alle Franzosen, Monsieur!«
Die Menge hatte sich allmählich aufgelöst. Der Mann sah Agathe an und bemerkte offenbar erst jetzt ihre elegante Erscheinung und all das, was auf undefinierbare Weise den Unterschied zwischen ihr und den anderen ausmachte und mit der Kleidung nichts mehr zu tun hatte. Er wich einen Schritt zurück, als habe er plötzlich eine Schlange vor sich.
»Wie Ihr gesagt habt, Mademoiselle. Das gilt nicht für alle Franzosen. Das ist das eigentliche Drama Frankreichs.«
Seine Stimme hatte auf einmal hart geklungen, fast haßerfüllt.
Agathe lächelte kühl:
»Es war das Volk, Monsieur, das unser Land geteilt hat und zwar mit seiner Guillotine. Zuvor hatte Frankreich aus einem Kopf und einem Körper bestanden. Der Kopf regierte den Körper, und das Ganze funktionierte auf harmonische Weise. Mittlerweile glaubt das Volk, mit Hilfe seiner Verfassung genauso funktionieren zu können, doch habt Ihr schon einmal erlebt, daß sich ein Körper ohne Kopf aufrechthalten kann? Ich wünsche Euch einen guten Tag, Monsieur.«

Als Agathe am Hôtel de Seurolles ankam, stürzte sie aus dem Wagen und eilte sofort ins Haus.
Portal empfing sie an der Treppe.
»Madame, welche Freude! Aber wir hatten Madame noch nicht erwartet ...«
»Ist der Herr Graf zuhause?«

»Ja, Madame. Und wie ist das Befinden von Monsieur Henri?«
»Sehr gut, Portal. Aber wir reden später über alles, jetzt will ich erst einmal hinaufgehen.«
»Soll ich Madame eine kleine Erfrischung bringen? Wir haben ...«
»Nein, vielen Dank, Portal, aber ich möchte nichts.«
Agathe war jetzt genau in der richtigen Verfassung, um mit Vincent zu reden. Erbittert ließ sie nochmals blitzartig die Geschehnisse dieses schrecklichen Tages an sich vorüberziehen ... Wenn Vincent keine guten Nachrichten für sie hatte, würde sie ihn für all das büßen lassen, was man ihr an dem Tag angetan hatte ...
Vincent öffnete selbst die Tür.
»Agathe! Ihr seid hier! Was zum Teufel ...«
Er schien alles andere als begeistert.
»Ich bin aus Sévres zurückgekommen, weil ich mit Euch zu reden habe.«
»Worüber?«
»Laßt Ihr mich erst einmal eintreten?«
»Ich bin untröstlich, aber ich bin im Begriff, außer Haus zu gehen.«
Er hielt tatsächlich bereits seinen Hut in der Hand.
»Wißt Ihr auch, daß ich beinahe in einen Aufruhr hineingeraten wäre?« schleuderte sie ihm heftig entgegen.
»Wenn das so ist ... ein Grund mehr, sofort nach Sévres zurückzukehren. Hört zu, mein Engel, Pairs ist momentan ein unruhiges Pflaster. Morgen wird das Urteil über Louvel verkündet. Er ist natürlich zum Tode verurteilt worden, aber einige Leute versuchen, aus diesem Halunken einen Märtyrer zu machen, und das reicht schon, um das Volk in Aufruhr zu versetzen.«
»Fürchtet Ihr ...?«
»Ich fürchte gar nichts. Im Gegenteil. Diese Entwicklung arbeitet für uns.«
Er lachte.
»Ich bewundere Eure Heiterkeit in dieser Situation«, meinte sie säuerlich. »Vielleicht interessiert es Euch trotzdem zu erfahren, daß mich heute morgen einer unserer Gläubiger bis nach Sévres verfolgt hat, um mich unter Druck zu setzen. Es war eine äußerst unangenehme Szene, wie Ihr Euch wohl vorstellen könnt. Ich habe den Kerl schließlich hinausgeworfen.«

Sie unterbrach sich:
»Laßt Ihr mich nun eintreten, ja oder nein?«
»Nein. Ganz ehrlich, ich habe jetzt wirklich keine Zeit. Aber eines sollt Ihr wissen, etwas, das Euch vielleicht beruhigen wird: Ihr werdet unsere Gläubiger schon in zwei Tagen vor uns auf den Knien sehen, bereit zu jedem Zugeständnis.«
»Was wollt Ihr damit sagen?«
»Das darf ich Euch noch nicht verraten. Ich bin sehr in Eile, ich muß es nochmals wiederholen. Kehrt also wie ein braves kleines Mädchen jetzt nach Sévres zurück und wartet dort auf mich. Ich komme so schnell ich kann.«
»Oh, nein«, widersprach sie heftig. »Seit drei Monaten vertröstet Ihr mich immer wieder mit irgend welchen Versprechungen. Jetzt will ich endlich Bescheid wissen. Ich will . . .«
»Beruhigt Euch doch. Ich verstehe ja, daß Ihr ungeduldig werdet, und ich sehe ein, daß Ihr ein Recht habt, Genaueres zu erfahren, doch in zwei Tagen werde ich Euch alles erklären, und ich bin sicher, daß Ihr mit diesen Erklärungen sehr zufrieden sein werdet!«
»Nein, ich will nicht eine Minute länger warten. Ich verlange . . .«
Auf einmal hörte man auf der Treppe das Geräusch von sich nähernden Schritten.
Agathe blickte sich um.
Vor einem Diener, der seinem schnellen Schritt kaum folgen konnte, eilte der Graf de Lissange die Treppe hinauf.
Lissange war ebenfalls ein ehemaliger Emigrant, der damals nach London gegangen war. Doch im Unterschied zu den elenden Lebensbedingungen der Rougevilles hatte der Graf auch im Exil auf der Sonnenseite gelebt. Er gehörte zum Kreis von Jules de Polignac, vom Baron de Vitrolles und einigen anderen, die alle das erhabene Privileg besaßen, Monsieur beraten zu dürfen. Da Monsieur jedoch über weit mehr Charme als über Verstandeskräfte verfügte, wußte jeder, daß es dieser Kreis von Ratgebern in erster Linie verstand, Monsieur in ihrem Sinne zu beeinflussen. Jemand wie Lissange hatte dadurch also eine sehr mächtige Position inne. Agathe wunderte sich sehr über das plötzliche Auftauchen des Grafen, dessen Persönlichkeit so wenig zu der des leichtlebigen Vincent passen wollte. Was hatten die beiden schon miteinander zu tun? Gewiß, sie kannten sich seit

langer Zeit und pflegten höfliche Beziehungen untereinander, aber das war auch schon alles. Was hatte dieser Besuch also zu bedeuten?

Agathe zwang sich zu einem Lächeln.

Der Graf deutete einen flüchtigen Handkuß an, murmelte: »Guten Tag, meine Liebe« und wandte sich sofort an Vincent: »Seurolles, ich muß Euch dringend sprechen.«

Alle drei hatten bis dahin immer noch auf der Türschwelle gestanden, doch jetzt führte Vincent den Grafen, ohne ein Wort zu sagen, in sein Zimmer und schloß die Tür.

Agathe blieb davor stehen. Sie war wütend und über das unhöfliche Gebahren der beiden Männer mehr als überrascht. Und dann hörte sie den Grafen de Lissange drinnen sagen ... Und was für ein Vokabular er in den Mund nahm!:

»Die Sache ist geplatzt! Verdammt nochmal, Ihr habt alles kaputtgemacht! Die Polizei weiß Bescheid.«

Die Polizei?

Agathe war fassungslos.

Dann hörte sie die Stimme von Vincent:

»Gehen wir in mein Arbeitszimmer.«

Und es war, als wolle er Agathe damit ein Zeichen geben.

Auf der Stelle lief sie in ihr Zimmer, holte aus dem Sekretär einen Schlüssel und verließ den Raum wieder. Es war der Schlüssel zu Vincents Schlafzimmer, das man auch vom Dienstbotenflur aus erreichen konnte. Zu Beginn ihrer Ehe hatte sie Vincent darum gebeten, einen Nachschlüssel zu erhalten, damit sie ihn jederzeit besuchen könne, und lächelnd war er darauf eingegangen, nicht ohne ihr mit leisem Spott zu sagen, sie solle klugen Gebrauch davon machen ...

Obwohl ihre Beziehungen sich später änderten, hatte sie den Schlüssel behalten.

Agathe betrat leise das Schlafzimmer. Die Vorhänge waren geschlossen, und Agathe sah nur schattenhafte Umrisse, doch sie kannte jedes Möbelstück. Auf der rechten Seite stand das Bett aus Ebenholz. Vorsichtig stieg sie die drei Stufen hinauf, die zum Bett führten und ließ sich am Kopfende nieder. Sie hob ein wenig den Wandbehang, der das Schloß dahinter verdeckte und beugte sich vor. Auf der anderen Seite dieser Wand befand sich Vincents Arbeitszimmer ...

Kapitel 32

Agathe blickte an den Möbelstücken vorbei und erspähte das Profil des Grafen de Lissange. Es erinnerte sie an die majestätischen, würdevollen Köpfe von Herrschern, wie man sie auf antiken Münzen fand.

Alexandre de Mougeaud, der in London sein Sekretär gewesen war, sagte von ihm abwertend:

»Wenn man Lissange kennt, sieht man nur noch die Kehrseite der Medaille: Er ist kleinlich, geizig, mißgünstig und intrigant wie eine gealterte Schönheit.«

Er war es, der jetzt sprach:

»... Ich bitte Euch, man kann doch wohl kaum von erwiesenen Diensten sprechen. Gebt es doch zu, Seurolles, daß diese Schelmenstücke der Pfeffer Eurer nächtlichen Unternehmungen waren. Das war doch für Euch ein Spiel, als Bonapartist verkleidet, die dunkelsten Winkel der Stadt aufzusuchen, um den Anhängern des Korsen irgendwelche Informationen zu entlocken. Aber leider ist eben alles für Euch nur ein Spiel! Selbst diesmal, wo das Schicksal der Monarchie in Euren Händen lag, mußtet Ihr ...«

Agathe war fassungslos.

Der Graf fuhr fort:

»Zugegeben, Eure Idee war genial! Sich in eine bereits bestehende Verschwörergruppe einzuschleichen ...«

Eine Verschwörung! Agathe war entsetzt.

»... Und ihnen klarzumachen ... Ich bewundere übrigens diese Überzeugungsfähigkeit der Seurolles, die Ihr offenbar von Eurem Vater geerbt hat ... Also, diesem Ungeziefer von bonapartisten und Liberalen klarzumachen, daß eine Entführung des Königs wirkungsvoller wäre als ein Aufstand in irgendeiner entlegenen Provinzgarnison, um ihnen dann noch die Einzelheiten über den Spazierweg des Königs zu verraten ... Donnerwetter! Ein solcher Plan hätte auch von mir stammen können! Perfekt, teuflisch perfekt! Die Unsrigen wären zum Zeitpunkt der Entführung an Ort und Stelle gewesen, hätten sich unter die Leibgarde und die Verschwörer gemischt und im Eifer des Gefechts den König verschwinden lassen. Ganz einfach! Der Pöbel wäre für das Verbrechen verantwortlich gemacht worden, Monsieur hätte den Thron besteigen können, und wir wären an der Macht gewesen!

Wir hätten gleich zwei Fliegen mit einer Klappe geschlagen, nämlich einmal den König mit seiner unseligen Politik beseitigt und zum anderen die Bonapartisten und Liberalen endgültig ausgerottet, ohne dem ehrbaren Bürger, der die Gewalt ablehnt, zu nahe getreten zu sein ... ja, genial, ausgesprochen genial, Eure Idee!«
Hörte sie recht oder träumte sie das alles nur? Agathe versuchte, die eben von Lissange vernommenen Enthüllungen nochmals zu rekapitulieren. Vincent hatte sich also als Spion in die Reihen der Bonapartisten eingeschlichen, sie dazu überredet, den König zu entführen, um dann mit den eigenen Anhängern, den Ultras, im Zuge der allgemeinen Verwirrung dieser Entführung Ludwig XVIII. zu töten und damit Monsieur, den Bruder Seiner Majestät, Thronerbe Frankreichs, an die Macht zu bringen ... und dann, sozusagen als Krönung des Plans, das Verbrechen den Bonapartisten in die Schuhe zu schieben ... Was für ein Machiavellismus, was für eine ungeheure Intriganz! Agathe war fassungslos. Gewiß, Vincent war eine außergewöhnliche Persönlichkeit von großer Intelligenz, schien aber doch bisher eher Gefallen an Zerstreuung und Amüsement gefunden zu haben. Wie konnte er für einen so hinterhältigen Plan verantwortlich sein? Agathe wehrte sich gegen dieses abgründige Bild von ihm, und auf einmal hatte sie das heftige Verlangen, ihn zu sehen, um vielleicht in seinen Zügen eine Veränderung zu erkennen, die ihr das alles erklären konnte. Im nächsten Moment wurde sie durch ein lautes Geräusch aufgeschreckt. Er hatte wohl mit einem Briefbeschwerer hart auf den Tisch geschlagen, so daß sie ungefähr Vincents Standort ausmachen konnte, denn als nächstes hörte sie ihn brüllen:
»Mein Gott! Jetzt hört doch endlich auf! Was soll denn das ganze Gerede, wenn der Plan ohnehin zu nichts taugte, wie Ihr behauptet? Ich verstehe Euch nicht, Monsieur. Ihr kommt hierher, beschimpft, um nicht zu sagen, beleidigt mich, um mir anschließend wieder Komplimente zu machen. Was wollt Ihr eigentlich? Ich weiß immer noch nicht ...«
»Lucie Preconi«, erwiderte der Graf.
»Lucie?«
»Ihr braucht es gar nicht erst abzustreiten.«
»Ich streite überhaupt nichts ab, ich bin nur erstaunt ...«
»Verflixt nochmal, Seurolles! Ihr habt doch weiß Gott genug hübsche Frauen um Euch herum, war es da nötig, auch noch eine

aus der Gosse aufzulesen? Vorhaben dieser Größenordnung bespricht man mit guten Freunden, nicht aber mit einer kleinen Schlampe.«

»Das kommt ganz darauf an! Spart Euch Eure Belehrungen und sagt mir lieber, inwiefern die Kleine ...«

»Heute morgen ist ihr Bruder, ein gewisser Riquet, bei der Polizei erschienen ... Angeblich wollte er ein Geheimnis loswerden, das ihn als guter Bürger zu sehr belastete ... eine Begründung, die im krassen Gegensatz zu seinem Aussehen stand. Er erzählte von einer Verschwörung. Aber während die Herren seine Glaubwürdigkeit überprüften, enthüllte sich auch sein wahres Motiv, nämlich Rache! Er bezeichnete sich als ›Beschützer‹ seiner kleinen Schwester und denunzierte als solcher den Mann, der sie zunächst verführt, dann aber schmählich verlassen hatte, was die Herren natürlich nicht anzweifelten. Danach berichtete er ihnen alles, was seine Schwester ihm erzählt hatte.«

»Aber Ihr haltet mich doch hoffentlich nicht für so dumm, als daß ich mich der Kleinen anvertraut hätte?«

»Nun ja, entweder hat sie Euch belauscht, oder ihr Bruder hat Euch nachspioniert! Auf jeden Fall wußte er Bescheid, denn er kannte das exakte Datum der Verschwörung, also morgen, den 6. Juni. Ansonsten waren seine Informationen eher nebuloser Art. Über die Drahtzieher konnte er nichts Genaues sagen. An Namen nannte er einige kleine Fische, die der Polizei gut bekannt waren, ein paar Cafés, Spielhöllen, sowie andere anrüchige Orte, an denen Ihr Euch aufzuhalten pflegt. Daraufhin hat man die kleine Schlampe kommen lassen, um die Angelegenheit nach oben melden zu können. Währenddessen hatte sich das Interesse der Herren aber schon im Wesentlichen auf Euch konzentriert.«

»Auf mich? Die Kleine kannte doch meinen Namen gar nicht.«

»Laßt mich weitererzählen! Es ist richtig, daß weder Euer Deckname Abel Deschamps noch die Beschreibung, die Riquet von Euch gegeben hat, den Herren weiterhalf. Solche Leute urteilen ja meist nach der Kleidung, und da Ihr bürgerlich aussaht, hielt man Euch auch für einen Bürgerlichen. Erst nach der Hausdurchsuchung in der Wohnung des besagten Abel Deschamps in der Rue Saint-Honoré, die man angeordnet hatte, kamen den Herren Zweifel. Die luxuriöse und raffinierte Einrichtung Eures Domizils deutete nicht gerade auf einen Bürgerlichen hin. Also stürzten sie sich von neuem auf Riquet, um irgend etwas aus ihm herauszuho-

len. Schließlich zog er eine Uhr hervor, eine von Euren, die von »Breguet« signiert ist. Man eilte zu Breguet, wo innerhalb von wenigen Minuten mit Hilfe der Registratur, die jeden Käufer namentlich festhält, Euer Name entdeckt wurde.«
»Eine schöne Geschichte! Nun, ich werde behaupten, was im übrigen ja auch stimmt, daß man sie mir gestohlen hat. Ich dachte, ich hätte sie verloren, doch die Kleine muß sie mir entwendet haben.«
»Man wird Euch Riquet und Lusie gegenüberstellen.«
»Ich werde schwören, sie nie in meinem Leben gesehen zu haben. Und wem wird man wohl eher glauben ...?«
Nach einer kleinen Pause fuhr Vincent fort:
»Monsieur, ich bedaure den Verlauf der Dinge unendlich, glaubt mir. Das Scheitern dieser Verschwörung ist für mich genauso folgenschwer wie für Euch. Nur bin ich kein Mensch, der darüber lange lamentiert. Es ist nun einmal so, basta. Die Verschwörung ist gestorben, und Abel Deschamps ebenfalls. Was hat es für einen Sinn, davon noch soviel Aufhebens zu machen ... Es mangelt mir nicht an Ideen, eine neue Aktion auf die Beine zu stellen und, seid versichert, das nächste Mal werde ich keine Unvorsichtigkeiten begehen.«
»Euer Optimismus, Seurolles, ist bewundernswert. Ihr scheint allerdings die Herren von der Polizei nicht gut genug zu kennen. Jetzt haben sie ja immerhin Lunte gerochen. Die Angelegenheit ist äußerst brisant, vor allem zum gegenwärtigen Zeitpunkt. Ihr könnt mir glauben, daß sie jede Spur verfolgen werden. Man wird Euch kommen lassen und Euch höflichst auffordern, eines dieser verdächtigen Kleidungsstücke, die man in Eurer Wohnung gefunden hat, anzuziehen, um Euch einigen dieser Halunken gegenüberzustellen, die man sicherlich jederzeit an den bekannten Orten auftreiben kann. Und selbige werden Euch wiedererkennen ... Seid Ihr Euch bewußt, was das bedeutet? Einer der Ultras, verwickelt in die Affäre um die Entführung seiner Majestät!«
Agathe fiel in sich zusammen. Den Kopf in die Hände gestützt saß sie wie ein Häufchen Elend in ihrem Versteck. Das Ganze war nicht auszudenken ... In ihrem Kopf drehte sich alles. Vincent, der Schande preisgegeben und mit ihm auch sie, seine Frau, und Henri, und das alles wegen eines Weibsstücks! Sie haßte ihn plötzlich, wie sie ihn noch nie zuvor gehaßt hatte ... Sie fühlte sich wie vom Teufel verfolgt, doch die Hölle war nichts gegen das, was

sie jetzt erwartete ... Und Louis-Marie, er mit seinen Ratschlägen! Warum war sie bloß mit Vincent zusammengeblieben? Sie hätte ihn nach Darlings Tod schnellstens verlassen sollen, denn Vincent richtete alles, was ihm begegnete, zugrunde. Und Lissange, dieser verfluchte Unglücksbringer, war auch nicht besser! Was sagte er gerade?
Agathe richtete sich wieder auf und spitzte die Ohren.
Lissange hatte sich offenbar erhoben und wanderte im Raum auf und ab, denn seine Stimme kam und ging, mal laut, mal leise:
»... Ich komme in höchst unangenehmer Mission, die mir zutiefst qualvoll ist, und nur die Loyalität gegenüber der Monarchie hat mich dazu bewogen, sie auf mich zu nehmen. Doch der Dienst an dieser Monarchie gebietet mir, unabhängig von allen persönlichen Überzeugungen, Euch klarzumachen, daß es untragbar ist, wenn der Ruf von Monsieur, Bruder des Königs und Thronerbe Frankreichs, durch die Unvorsichtigkeit eines der Unsrigen geschädigt wird. Die Tragweite eines möglichen Skandals ist ungeheuerlich. Man wird sofort einen Bezug zwischen Euch und Monsieur, die Ihr beide Mitglieder derselben Partei seid, herstellen. Das schwierige Verhältnis zwischen Ludwig XVIII. und Monsieur ist in der Öffentlichkeit hinlänglich bekannt, so daß die Version, Monsieur sei der eigentliche Drahtzieher dieses Komplotts gewesen, jedem einleuchten wird ... Überlegt Euch, was für eine Katastrophe dies im Hinblick auf die Öffentlichkeit bedeutet!«
Er hüstelte nervös und fuhr fort:
»Ich habe mich mit der Polizei arrangiert. Graf Siméon, unser gegenwärtiger Innenminister, hat mir gegenüber bestimmte Verpflichtungen. Er wird in Hinblick darauf, daß Monsieur der künftige König ist, gewisse Interessen hinsichtlich seiner Position haben.«
»Darf ich annehmen, daß die Affäre also verschwiegen wird?«
»Nein, keinesfalls. Es ist vielmehr ein gefundenes Fressen für das Innenministerium, das Netz der Bonapartisten zu zerstören und die Liberale Partei zu schwächen. Nein, im Gegenteil, aber der Innenminister wird sich immerhin dafür einsetzen, daß Euer Name im Rapport nicht erscheint, allerdings unter der Bedingung ...«
Aufgrund der ungeheuren Erleichterung, die Agathe bei diesen Worten empfand, verlor sie kurzzeitig die Aufmerksamkeit, so daß ihr das Ende des Satzes entging.

Erst das Folgende, was fast unhörbar gesprochen wurde, vernahm sie wieder:
»Ich brauche dem wohl nichts mehr hinzuzufügen. Ein Edelmann, der die Ehre seines Fürsten gefährdet . . .«
»Das ist überflüssig, Monsieur. Vielen Dank für Eure freundliche Aufforderung. Laßt mich jetzt bitte allein«, bemerkte Vincent eisig.
Daraufhin schlug die Tür zu. Die nachfolgende Stille wurde nur vom gedämpften Holpern einer Kutsche unterbrochen, die draußen vorbeifuhr.
Agathe tastete sich zur Tür vor und stieß sie auf.
Sie war zunächst vom Licht der auf dem Schreibtisch befindlichen Kerzen geblendet, ging aber dennoch auf die goldenen, tanzenden Funken zu.
Vincent saß am Tisch, den Blick starr geradeaus gerichtet.
Sie rief ihn an:
»Vincent.«
Er drehte sich um, sah sie und fragte nervös:
»Wart Ihr die ganze Zeit hier? Habt Ihr alles mitangehört?«
»Ja . . ., das heißt, nein, nicht alles. Was werdet Ihr jetzt tun? Wie seid Ihr mit dem Graf de Lissange verblieben?«
Er erhob sich aus seinem Sessel und ging langsam auf sie zu.
»Welch eine Undankbarkeit, meine Liebe! Man bemüht sich, diesen Herrschaften die Sterne vom Himmel herabzuholen und, vorausgesetzt, sie können ihre Macht dadurch vergrößern, versprechen sie einem dafür tausendfachen Lohn. Tut man aber auch nur einen falschen Schritt, so lassen sie einen nicht nur fallen, sondern stoßen einen noch mit aller Kraft hinunter.«
»Was hat der Graf von Euch verlangt?«
Vincent antwortete nicht gleich, so daß Agathe ihre Frage wiederholte.
Mit einer fahrigen Handbewegung sagte er abwesend:
»Zu verschwinden.«
»Wie, verschwinden? Erklärt Euch«, rief sie ungeduldig.
»Sollt Ihr die Hauptstadt verlassen?«
»Ja, das ist es wohl. Ja, das ist gemeint. Eine Reise . . .«
»Und wohin?«
Mit verkniffenem Mund meinte er:
»Man hat mir sogar freie Wahl gelassen.«
Und er fügte hinzu:

»Und was Eure Schulden betrifft, so muß ich bedauern. Ich hatte geglaubt, alles gut vorbereitet zu haben, aber ... Ihr müßt Euch jetzt selbst darum kümmern.«
Sie hatte auch nichts anderes erwartet. Vincent, da brauchte sie sich keinen Illusionen hinzugeben, gehörte immer schon zu denen, die gern eine Chance verspielten. Nur dieses Mal ...
Voller Zorn fragte sie ihn: »Vincent! Eure Verschwörung war so genial geplant. Was hatte dieses Mädchen für einen Grund, Euch in diese dumme Situation zu bringen?«
Er lächelte bitter:
»Ja, so sind die Frauen. Sie schrecken vor nichts zurück ... Es tut mir leid, Euch enttäuschen zu müssen, aber für mich war die Episode nichts anderes als ein amüsanter Zeitvertreib. Sie ist allerdings ein ziemlich ungewöhnliches Mädchen.«
»Ach ja?«
»Sie hat das Gesicht eines Engels, aber dahinter verbergen sich Laster und Verkommenheit. Sie verkörpert eine faszinierende Mischung, dieses kleine Ungeheuer ... Und Ungeheuer haben mich schon immer magisch angezogen.«
»Wirklich reizend!«
»Mein einziger Fehler bestand hier in meiner Großzügigkeit ... Sie war wie verwandelt, sobald sie Geld sah! Es war, als müßte sie sich davon ernähren, eine Art Osmose, versteht Ihr, ihr Innerstes kehrte sich nach außern, eine Ausstrahlung plötzlich und ein Ausbruch der Sinne ...«
»Erspart mir ...«
»Unwiderstehlich! Ich jedenfalls konnte ihr nicht widerstehen, ich gab ihr und gab ihr ... Unglücklicherweise haben sie und ihr Bruder nicht verkraftet, daß ich irgendwann von ihr genug hatte. Ich hätte ...«
Er zuckte die Achseln und fuhr fort:
»Aber was hätte ich nicht alles tun sollen? Es ist überflüssig, sich im Nachhinein Vorwürfe zu machen. Das Schicksal ist immer stärker als wir, und man muß sich ihm fügen.«
Er ging zur Wand und glättete die Falte eines Gobelins. Dann drehte er sich unvermittelt um und sagte:
»Ich muß Euch eine Geschichte erzählen.«
Schroff antwortete sie:
»Man erwartet mich in Sèvres. Es sei denn, Ihr braucht meine Hilfe ... Kann ich Euch irgendwie helfen?«

»Nein, das könnt Ihr nicht.«
Dann ging er zum Divan und deutete mit einer Handbewegung einladend neben sich.
»Kommt doch, setzt Euch zu mir und gönnt mir ein paar Minuten... nur ein paar. Diese Geschichte ist vielleicht nicht sehr erbaulich, doch es ist immerhin eine Liebesgeschichte. Ich bitte Euch, Agathe.«
»Eine Liebesgeschichte? Von wem handelt sie denn?«
»Von mir, mein Engel!«
»Von Euch?«
»Ja, sie handelt von mir, oder meint Ihr etwa, ich sei unfähig zu lieben?... Nein, nein, antwortet nicht, setzt Euch.«
»Nun gut, wenn Euch soviel daran liegt«, gab sie widerwillig zurück.
»Es war einmal ein Fürst, der in große Verlegenheit geriet, weil er seine kleine Maitresse geschwängert hatte. Und so ging er hin, einen seiner Freunde zu finden.«
Vincent machte eine kleine Pause und lächelte zu ihr hinüber:
»Ah, Ihr horcht schon auf! Nicht wahr, das interessiert Euch! Ich fahre also in der ersten Person fort! Das Ganze ist eher eine Beichte als ein Märchen... Als der Herzog mich bat, Euch zu heiraten, war ich finanziell fast ruiniert. Oh ja, schon damals! Die Gläubiger standen vor der Tür, das Hôtel de Seurolles sollte veräußert werden, und meine Mutter... Mein Gott! Für sie hätte ich alles getan, ich hätte selbst meine Seele verkauft! Hingegen war es billiger, meinen Namen zu verkaufen.«
»Aber hatte nicht auch der Herzog Euch irgendwann einen Dienst erwiesen?«
»Das wollt Ihr gern wissen, nicht wahr? Das ist auch so eine dumme Gesichichte, wieder wegen eines Mädchens... Nun ja. Sie war fünfzehn und entstammte einer der besten Familien Londons. Meine Mutter und ich besuchten diese Familie häufig. Während die Erwachsenen sich unterhielten, trafen wir uns im Park und erfanden charmante kleine Spiele. Eines Tages hatte ich genug von ihr. Die Unbeständigkeit ist eine meiner hervorragendsten Eigenschaften! Délia... sie hieß Délia... war mir zur Gewohnheit geworden, also lästig, und ich reagierte mich anderswo ab. Kurz, eines Abends überlistete Délia ihre Gouvernante, verließ das Haus und sprang in die Themse. Dabei war ich es wirklich nicht wert gewesen! Die Autopsie ergab dann, daß sie schwanger gewe-

sen war. Die Gouvernante erklärte der Familie, ich sei der Schuldige, woraufhin ihre Eltern uns androhten, meine Mutter und mich des Landes verweisen zu lassen. Stellt Euch das vor, meine arme Mutter ... In ihrem Zustand damals! Ich bat also den Herzog um Hilfe. Er ging bis zum König, und wir konnten schließlich bleiben. Voila.«
Nachdenklich sagte Agathe:
»Als ich erfuhr, daß ich ein Kind bekam, ging es mir ähnlich, ich wollte ... Es war auf der Pont des Arts. Aber ich habe es nicht getan! Letzlich ist es dumm, sich umzubringen, man findet immer wieder eine Möglichkeit ...«
»Nicht immer«, unterbrach Vincent mich.
»Warum habt Ihr mir nie davon erzählt? Armes Ding! Für Euch war es nicht mehr als ein kleines Abenteuer?«
»Es gibt Dinge, auf die man als Mann nicht besonders stolz ist. Lassen wir das also. Statt dessen will ich meine Geschichte lieber weitererzählen ... Ich stand also in der Schuld des Herzogs wegen dieser Geschichte, doch um ehrlich zu sein, hatte ich nicht deshalb seinen Vorschlag, Euch zu heiraten, akzeptiert, sondern vielmehr wegen der Aussicht, meine Geldschulden loszuwerden ... und dann neue Schulden machen zu können.«
»Aber ich verstehe Euch nicht ganz ... Ich an Eurer Stelle hätte mir eine reiche Erbin ausgesucht und mit ihr zusammen ein Kind gemacht, das wenigstens Euer eigenes gewesen wäre.«
Sie fühlte sich jetzt besser, entspannter. Über die dunklen Wolken, die am Horizont aufzogen, wollte sie nicht nachdenken ... auch nicht über Pierre. Wohingegen es fast erholsam war, mit Vincent über eine weit entfernte Vergangenheit zu reden ...
»Eine reiche Erbin?« wiederholte er. »Da wäre ich ja gezwungen gewesen, meine Gewohnheiten zu ändern, ihr Rechenschaft abzulegen, und das wollte ich auf keinen Fall! Der Vorschlag des Herzogs ermöglichte mir hingegen, vollkommen meine Unabhängigkeit zu behalten. So war auf wunderbare Weise aus dem Schuldner Vincent plötzlich der Gläubiger Vincent geworden. Wißt Ihr, es gibt Probleme, die man eben nicht mit Geld und Einfluß lösen kann. Ihr auf jeden Fall wart für mich nichts mehr als ein armes Mäuschen. Euer Aussehen, und das was sich dahinter verbarg, interessierte mich überhaupt nicht. Um Euch die Wahrheit zu sagen, meine Meinung über Euch stand schon fest, bevor ich Euch kennenlernte: Ich sah in Euch ein kleines Dummerchen,

das etwas werden will. Der Schlag Frau eben, den seine Hoheit normalerweise im Vorübergehen vernaschte. Ich wußte, daß Ihr von guter Herkunft wart, und das genügte mir, um Euch meine Tür zu öffnen, so daß Ihr in Ruhe Euer Kind bekommen konntet. Der Rest betraf mich nicht. Ihr wart im Besitz eines anderen, der mit Euch seinen Spaß teilen durfte, der aber auch die daraus entstehenden Probleme allein zu bewältigen hatte, so war es ausgemacht.«

»Wißt Ihr, daß es mir ähnlich . . .«

»Und dann bin ich Euch zum ersten Mal begegnet. Welch eine Überraschung! Nicht im Entferntesten hatte ich eine solche Grazie erwartet! Und da ich ohnehin Spiele dieser Art liebe, hat es mich gereizt, Euch zu verführen. Wie pikant! Der Liebhaber wird vom Ehemann betrogen! Das war für mich ungeheuer verlockend! Es ist nämlich das Los der Übersättigten, für jede Abwechslung dankbar zu sein, die ihr monotones Leben ein wenig aufheitert, und Ihr wart eine hinreißende Abwechslung!«

»Danke für das Kompliment!«

»Ich entdeckte Euch und entdeckte mich, und auf einmal wurde ich einer Regung gewahr, die ich lieber für mich behielt . . . Ja, Agathe, lächelt nur, Ihr hört es doch gern, wenn man Euch sagt, daß man Euch liebt. Ich habe es Euch nie gesagt, weil ich die Umstände, unter denen wir uns begegnet sind, nicht dazu angetan waren. Was mich jedoch nicht daran hinderte, mich gewissen Phantasien hinzugeben . . . Ja, ich, Vincent de Seurolles, für den das Leben bis dahin wie eine Hure gewesen war, die er benutzte, um sie gleich wieder loszuwerden, ich stellte mir ein Leben an Eurer Seite vor. Meine nächtlichen Ausschweifungen bedeuteten mir immer weniger, und ich ging sogar so weit . . . lacht nicht! mir Kinder von Euch zu wünschen.«

Sie lachte nicht, sondern schaute ihn bloß verwundert an.

Die Hände im Schoß saß er da und blickte auf die gegenüberliegende Wand, als führe er ein Selbstgespräch:

»Und ich haßte das Kind, das Euch ein anderer gemacht hatte. Ich sah darin den lebenden Beweis für das, was uns trennte. Bei seinem Anblick wurde mir jedesmal erneut vor Augen geführt, daß Ihr für mich niemals erreichbar sein würdet. Ich begann Euch zu hassen, Euch und den Herzog. Sein Todestag war für mich der glücklichste Tag meines Lebens.«

»Vincent!« schrie Agathe auf.

»Der glücklichste«, wiederholte er.
Obwohl er sich ihr zugewandt hatte, blieb sein Gesicht kalt und unzulänglich.
»Mein Haß verschwand am Tag seines Todes. Auf einmal standet Ihr allein da, ohne Sicherheit, ohne Ambitionen, ohne Euer Postament, und plötzlich schient Ihr für mich doch erreichbar zu sein. Ich sah einen Funken Hoffnung aufleuchten.
Aber Ihr kennt mich, ich wollte dem Schicksal ein Schnippchen schlagen, und da es mich reizte, alles auf eine Karte zu setzen, was wahrscheinlich ein Teil meiner Spielernatur ist, wollte ich Euch in Versuchung führen, indem ich Euch anstelle des Neffen den Onkel anbot. Wärt Ihr darauf eingegangen, so hätte ich Euch endgültig aufgegeben. Aber Ihr habt abgelehnt, Ihr habt den König abgelehnt. Zum ersten Mal fühlte ich mich fast wie Euer Gatte.«
Er lächelte spöttisch:
»Der verrückte Seurolles verwandelte sich also in einen stolzen Ritter, der auszog, den Gral zu suchen. Der Gral repräsentierte für mich das Erlesene und Exquisite, das Ihr so sehr schätztet, und das Ihr endlich von mir und keinem anderen bekommen solltet. In diesem Sinne also stürzte ich mich ins Ungewisse. Obwohl ... die Voraussetzungen waren für mich damals eigentlich recht günstig! ... Nach meiner Rückkehr aus England hatte ich nämlich bei meinen nächtlichen Streifzügen die zufällige Bekanntschaft einiger ehemaliger Offiziere Napoleons gemacht. Es waren wie ich Spieler, Trinker, Müßiggänger. Die Vorstellung, mich als glühenden Anhänger des Korsen auszugeben, amüsierte mich sehr. Endlich konnte ich diejenigen, die ich ohnehin verachtete, an der Nase herumführen, was für mich eine sehr subtile Form der Demütigung war. Außerdem hatte ich eine Art Wette mit mir selbst abgeschlossen: Würde es mir gelingen, mich unter dieses Rudel Wölfe zu mischen, ohne daß man mich, einen Ultra, erkannte? Nun, ich schlüpfte selbst in den Wolfspelz und heulte mit ihnen ... Schließlich liegt uns Südfranzosen das Komödiantische im Blut! Ich vermochte sie tatsächlich zu täuschen und wurde in ihren Kreis aufgenommen. Nach und nach lernte ich immer mehr ›Kameraden‹ kennen, erhielt Informationen und überbrachte sie Lissange. Er war zufrieden und ich auch. Obwohl die ganze Sache nicht ungefährlich war, liebte ich dieses Spiel. Lissange hatte nicht unrecht, als er davon sprach, daß ich auch diese höchst riskante Unternehmung im Grunde noch als ein Spiel

auffaßte. Nach dem Attentat auf den Herzog planten meine werten ›Kameraden‹ eine Verschwörung, der ich dann die Euch bekannten Datails hinzufügte. Meine Anregungen wurden begeistert aufgenommen. Ihnen ging es nur darum, den König wieder außer Landes zu bringen, um ihren verfluchten Imparator oder ihre verfluchte Republik oder weiß der Teufel ... Ihr endloses Gefasel hat mich nie sonderlich interessiert! Auf jeden Fall war ich der einzige, der den Plan genau kannte. Der König wäre von den Unsrigen getötet worden, und Monsieur hätte den Thron besteigen können. Die Bösen wären verurteilt und die Guten belohnt worden. Mir, Eurem ergebenen Diener, wären Ehre und Reichtum zuteil geworden, wobei mir die Ehre herzlich gleichgültig gewesen wäre, der Reichtum hingegen sollte Euch und uns zugute kommen. Ein köstlicher Plan, nicht wahr? Doch leider ...
Nach Lissanges Worten«, bemerkte Vincent spöttisch, »bin ich durch mein eigenes Laster bestraft worden!«
Agathe hatte die ganze Zeit nur zugehört. Sie war sprachlos. Sie hatte zwar nicht alles behalten, denn er hatte ihr mit zu vielen Einzelheiten den Kopf verwirrt, aber eins hatte sie verstanden, das Wichtigste: Vincent liebte sie. Das also war des Rätsels Lösung! Welche Hypothesen hatte sie nicht aufgestellt, um sich seine Gleichgültigkeit und später sogar seine Feindseligkeiten zu erklären! Wie hätte sie ahnen sollen ... Erinnerungen tauchten bruchstückartig auf, Gedankenfetzen wirbelten wie verwelkte Blätter vor ihrem geistigen Auge auf, Szenen und Bilder zogen an ihr vorüber. Vincent in der Oper, sehr schön, geistreich, faszinierend, ihre erste Begegnung. Vincent an ihrem Hochzeitstag in Rougeville, wie er betrunken aus dem Wagen stieg, widerwärtig ... Vincent im weißen Samtrock, wie er gemeinsam mit ihr die Kirche verließ, wieder sehr schön, immer noch sehr widerwärtig, und ... Ihr Atem stockte. Und dann diese Nacht in dem Gasthof, wo er ihr Himmel und Hölle zugleich gezeigt hatte. Ein Wort, eine Geste nur hätte damals genügt, und sie wäre sein gewesen. Sie hatte noch lange auf dieses Wort oder die Geste gewartet, doch vergebens. Beide waren sie zu stolz gewesen, und dieser Stolz hatte sie getrennt. Sie waren verschiedene Wege gegangen, und auf diesem Weg hatte sie schließlich Pierre getroffen, eine unglückselige Liebe mit endlosen Auseinandersetzungen und vielen Tränen. Zwei Männer ... Und jetzt war sie allein.
»Wenn Ihr mir das früher gesagt hättet!« sagte sie leise.

Augenblicklich wurden seine Augen wieder lebhaft.
»Agathe . . .«
Aber sie erwiderte ihm traurig und erschöpft:
»Nein, Vincent, jetzt ist es zu spät, viel zu spät.«
Er wich zurück und wiederholte:
»Ja, es ist zu spät, in der Tat.«
Stille trat ein.
Agathe saß reglos in einer Ecke des Diwans. Das Licht und die verschwenderische Fülle von safrangelber Seide verliehen diesem Zimmer etwas Irreales. Der warme Goldton hüllte Agathe mehr und mehr ein, so daß sie nichts anderes mehr wünschte, als ihren Kopf irgendwo anzulehnen und einzuschlafen, zu schlafen und zu vergessen . . . Vincent und Pierre . . . Nicht mehr denken zu müssen, was hätte geschehen können und was geschehen war.
Vincent war aufgestanden und kramte in einer Schreibtischschublade. Er kam mit einem Zettel in der Hand zurück, den er ihr ironisch lächelnd hinhielt:
»Die Beichte, die ich Euch versprochen hatte, wäre nicht vollständig, wenn ich nicht auch noch . . . Erkennt Ihr diese Zettel wieder?«
Agathe blickte auf.
Eine Zeile auf einem Kärtchen:
Ich komme. Morgen um zwei Uhr.
Sie brauchte gar nicht zu lesen, was da stand, denn sie erinnerte sich an jedes Wort, selbst an den großen Tintenfleck neben dem A, mit dem sie unterzeichnet hatte. Es war das Briefchen für Tony de Lansac. Oft hatte sie sich angstvoll gefragt, in wessen Besitz es wohl sein mußte, in dem des Mörders oder der Polizei . . .
Eine Hitzewelle fuhr durch ihre Glieder und sie lehnte sich zurück:
»Wie seid Ihr in den Besitz dieses Briefchens gekommen?«
»Sehr einfach, meine Liebe. Ich habe es Lansac abverlangt, bevor ich ihn tötete.«
»Ihr! Ihr habt . . . Ihr . . .«
Sie begann zu stottern.
»Schaut mich nicht so an, als wäre ich der Leibhaftige in Person! Ein Ehemann, der den Liebhaber seiner Frau tötet, ist nichts Ungewöhnliches, das kommt jeden Tag vor.«
»Nur ein einziges Mal«, sagte Agathe leise. »Ich . . .«
»Ich weiß. Stellt Euch vor, ich sah Euch, wie Ihr zu ihm hinein-

gingt, als ich aus meiner Wohnung in der Rue Saint-Honoré herauskam. Ich habe diesen Schönling einige Tage später aufgesucht und war entschlossen, ihn zum Duell herauszufordern. Nur er und ich, ein Duell zwischen Ehrenmännern! Ich hätte ihn mit Sicherheit geschlagen.«

»Aber Ihr selbst wart es doch, der mir immer wieder neue Liebhaber aufdrängen wollte.«

»Die einen verbinden ihre Wunden, während die anderen ein perverses Vergnügen daran finden, sie noch zu vergrößern... Also, kaum kam ich bei Lansac an, als mir klar wurde, daß er es darauf angelegt hatte, Euch zu erpressen. Ein selbstgefälliger, dummer Lackaffe, mit dem man sich nicht schlägt! Nachdem er mir frank und frei die Wahrheit gesagt hatte, erwürgte ich ihn.«

Es lag fast so etwas wie Heiterkeit in seiner Stimme, als Vincent hinzusetzte:

»Das hat gut getan.«

»Aber wie konntet Ihr...!«

Mit der Pistole oder dem Degen, das konnte sie sich vorstellen, aber jemand erwürgen, ihm die Hände um den Hals legen und zudrücken empfand sie als roh und bestialisch... Unwillkürlich fiel ihr Blick auf Vincents Hände, wunderschöne schmale Hände mit langen Fingern, von einer Feinheit und Sensibilität, wie sie anziehender nicht sein konnten. Sie waren zu allem anderen geeignet als...

Verächtlich zuckte er mit den Schultern:

»Mein eigenes Leben ist mir schon nichts wert, um wieviel weniger also das der anderen! Wenn er wenigstens noch intelligent gewesen wäre, hätte ich vielleicht Mitleid gehabt. Die Intelligenz ist das Einzige, was ich an Menschen schätze. Der Rest besteht nur aus Schwächen.«

»Ihr redet wie Louis-Marie.«

»Ja, Louis-Marie ist ein sehr kluger Bursche. Wenn ich nicht mehr da bin...«

»Wenn Ihr nicht mehr da seid?«

Er sagte sanft:

»Ich fahre weg, mein Engel. Sollte diese Tatsache so unerheblich sein, daß Ihr sie schon wieder vergessen habt? Nein, antwortet mir nicht. Es ist nicht wichtig.«

Er zerriß minutiös das Briefchen und ließ die Schnipsel in den Papierkorb fallen. Dann kam er wieder auf sie zu und meinte:

»Ich bin noch nicht fertig. Ich verlasse einen Ort gern sauber und aufgeräumt. Noch eins möchte ich Euch sagen...«

Aber sie hatte genug von seinen schmutzigen Enthüllungen und wollte nicht mehr zuhören:

»Genug jetzt! Schweigt. Ich will nichts mehr wissen.«

Sie erhob sich vom Sofa und stopfte sich die Finger in die Ohren. Er packte sie und zwang sie, sich wieder hinzusetzen.

»Euch wollte ich ebenfalls töten. Euch und den Herzog.«

Er flüsterte ihr diese Ungeheuerlichkeiten wie eine Liebeserklärung ins Ohr. Entsetzt stieß sie ihn von sich und stand aufrecht vor ihm.

»Wo? Und wann?«

Ohne irgendeine Gefühlsregung zu zeigen, erzählte er weiter:

»Ihr erinnert Euch sicher... Es war im November vor bald zwei Jahren, wir waren am Abend zusammen auf einem Ball im Elysée, doch nachmittags hattet Ihr Euch wie jeden Donnerstag mit dem Herzog in der Rue de Vaugirard verabredet. Ich hatte den Bonapartisten die Adresse und den Zeitpunkt Eures Rendezvous mitgeteilt, und sie hatten daraufhin einige ihrer Freunde dorthin abgeordnet.«

Vincent hatte Pierre also durch Mittelspersonen beauftragt, sie und den Herzog umzubringen!

Die seidig glänzenden Wandbehänge begannen sich vor Agathes Augen wie aufgeplusterte Röcke beim Tanz zu drehen. Ihr wurde übel, und ihr Herz schlug unregelmäßig. Vincent, Pierre... Vergeblich hatte sie letzteren damals gefragt, woher er seine Informationen hatte. »Man verrät nicht die Seinen«, hatte er nur geantwortet. Die Seinen, wenn er wüßte!

»Stellt Euch vor«, fuhr Vincent lächelnd fort, »eine Kanaille wie ich verschmäht die weitere Unterstützung des Herzogs! Ist das nicht der höchste Beweis meiner Liebe? Ein jeder liebt eben nur so, wie er kann. Da ich Euch nicht ganz besitzen sollte, wollte ich Euch lieber tot sehen. Nun, der Anschlag ist vermutlich durch einen unvorhergesehenen Umstand mißlungen, und ich habe es aufgegeben... Kommt wieder zu Euch, Ihr lebt ja noch... Ihr seid zwar bleich und ganz aus der Fassung geraten, doch immerhin noch am Leben. Das Leben liegt vor Euch... das Leben...«

Sein Lächeln erlosch, die Augen lagen tief in ihren Höhlen, und seine Haut spannte sich wie eine Maske über das Gesicht. Er

wirkte plötzlich schmal und eingefallen. Er starrte auf seinen Schreibtisch, als säße dort ein Phantom.
Agathe stand auf und ging zur Tür.
»Adieu, Vincent.«
Er erwachte aus seiner Lieblosigkeit und sagte hastig:
»Nein, bitte wartet noch eine Minute. Ich möchte nicht, daß wir so auseinandergehen. Ihr haltet mich wahrscheinlich für verrückt und kriminell, aber eine Leidenschaft macht mit den Männern, was sie will... Ich habe teuer dafür bezahlt, denn hätte ich den Bonapartisten damals nicht die Informationen über die Rue de Vaugirard gegeben, so hätten sie mich zu ihrer Verschwörung niemals zugelassen. Folglich wäre ich heute auch nicht von unseren Leuten verurteilt und verstoßen worden.«
Langsam kam Agathe wieder zu sich, obwohl sie immer noch kraftlos war und vor jeder neuen Enthüllung Angst hatte. »Wollt Ihr damit sagen, daß diejenigen von der Rue de Vaugirard dieselben waren, welche die Verschwörung vorbereitet haben?«
»Sie, und die, die ich kannte und andere... Oh! Das Unternehmen war von gewaltigem Ausmaß, und von den Liberalen waren nicht wenige hochgestellte Persönlichkeiten dabei.«
Agathe sah ihn mit weit aufgerissenen Augen an.
Vincent sagte:
»Hört zu, ich muß Euch noch etwas sagen. Aber laßt Eure Schwester nichts davon erfahren.«
»Meine Schwester? Habt Ihr ›meine Schwester‹ gesagt?«
»Ja, Charles Jérôme gehörte auch zur Gruppe der Verschwörer.«
Vincent, Pierre, Charles Jérôme...
»Charles Jérôme...«
Mechanisch wiederholte sie den Namen mehrmals wie ein Automat. Es erstaunte sie nicht einmal. Wenn Vincent ihr jetzt erzählen würde, Paris sei in Flammen aufgegangen, so hätte sie auch das geglaubt. Wenn bestimmte Grenzen überschritten sind, verliert man jegliche Unterscheidungsfähigkeit. Die Sinneswahrnehmungen verwandeln die Realität ins Phantastische und Absurde, und man ist nicht einmal mehr in der Lage, Fragen zu stellen. Der Himmel stürzt gleichsam über einem zusammen.
Vincent fuhr fort:
»Jérôme und ich sind uns natürlich niemals begegnet. Er weiß nichts von mir. Aber das ist jetzt nicht von Belang. Wenn Ihr ihm erklärt...«

Charles Jérôme warnen ... Arme Clémentine! Sie wußte zweifellos auch nichts von alledem. Die Frauen wissen meistens nichts. Sie dürfen dafür um so mehr leiden, wenn die Katastrophe erst eingetreten ist... Charles Jérôme würde vielleicht auch wissen, wo Pierre sich aufhielt.

Agathe versuchte, wieder einen klaren Kopf zu bekommen. Es ging um Leben und Tod. Langsam und sorgfältig ordnete sie ihre Gedanken, um das Notwendigste unternehmen zu können. Vincent packte sie an den Schultern und schüttelte sie:

»Nun? Habt Ihr mich verstanden?«

»Ja, ich gehe zu ihm.«

Und um ihn zum Abschied noch ein höfliches Wort zu sagen, denn darüberhinaus gab es nichts mehr zu sagen, wünschte sie ihm schnell »Gute Reise«.

Er verbeugte sich wortlos. Als sie schon an der Tür war, rief er ihr nach:

»Agathe!«

Sie drehte sich um.

Er nahm sie in die Arme, und drückte sie an sich, als seien ihre beiden Körper eins. Oh, sie erinnerte sich gut an diese zärtliche Kraft und diese Heftigkeit.

»Agathe, wenn ich Euch bäte, mit mir zu kommen, weit, weit weg, wir beide zusammen ...«

»Es ist zu spät, Vincent«, antwortete sie.

Er ließ sie los:

»Ihr habt recht, verzeiht mir.«

Sie schickte sich an, die Tür zu öffnen:

»Wann fahrt Ihr? Ich werde nicht mehr nach Sèvres zurückkehren. Tornade soll Henri und Louis-Marie abholen. Die Ereignisse erfordern ...«

Sie erforderten blitzschnelles Handeln. Sie mußte sich jetzt sofort einen Wagen nehmen und zur Bank in die Rue d'Artois fahren, um Clémentine und Pierre zu helfen.

Da Vincent keine Antwort gab, wiederholte sie ihre Frage ungeduldig:

»Vincent! Wann fahrt Ihr?«

»Ich habe noch nichts entschieden.«

»Und wenn es sein muß, wo finde ich Euch ...?«

»Ihr werdet bald wissen, wo ich bin ... Agathe!«

»Ja?«

Vor Nervosität zitterte sie fast.
»Agathe, versprecht mir, daß Ihr auf meine Mutter achtgebt, ja? Falls mir etwas zustößt, was immer es sei, man kann ja nie wissen ... Sie ist die Einzige, die ich wirklich glücklich machen konnte. Das Glück, das man selbst zu geben vermag, wiegt doppelt schwer.«
Plötzlich fiel sein schönes Antlitz zusammen, seine Stimme versagte, und all das Leid, das er bis dahin so glänzend hatte verbergen können, wurde sichtbar. Unter der Maske erschien eine empfindsame und zerbrechliche Kreatur, die unendlich litt.
Agathe ließ die Tür los und ging noch einmal auf ihn zu.
»Vincent, was ist? Ihr kommt doch zurück, ich sehe Euch doch wieder!«
»Versprecht Ihr es?«
»Ja, ich verspreche es Euch. Eure Mutter hat mir die meinige ersetzt. Ich mag sie sehr. Wir alle mögen sie sehr.«
»Ich danke Euch.«
Etwas unbeholfen fragte sie ihn dann:
»Vincent, falls Ihr mich braucht ...«
Doch da richtete er sich noch einmal auf und lächelte stolz:
»Ich brauche niemand. Auf Euer Mitgefühl, Teuerste, kann ich verzichten.«
Er war wieder ganz der alte Vincent, schön, zynisch und arrogant. Mit einer heftigen Kopfbewegung warf er seine schwarzen Locken zurück, so daß seine hohe, klare Stirn sichtbar wurde. Seine verächtliche Miene und sein elegantes Auftreten schienen die Umstände Lügen zu strafen. Wie er so dastand in seinem braunen Samtrock mit dem bestickten Gilet, das von Diamantknöpfen verziert wurde und dem Spitzenhalstuch verkörperte er erneut in vollkommener Weise die Spielernatur Vincent, der bedenkenlos zunächst Schaden anrichtete, um es anschließend den anderen zu überlassen, sich damit auseinanderzusetzen. Das war der Vincent, den sie zur Genüge kannte und bis aufs Blut haßte.
Agathe wandte den Blick von ihm ab.
Er ging zur Tür und öffnete sie:
»Geht bitte!«
Schweigend ging sie an ihm vorbei. Sobald die Tür ins Schloß gefallen war, begann sie zu laufen.

Kapitel 33

Der Wettlauf mit der Zeit begann. Tornade, der Kutscher, drosch mit der Peitsche auf die Pferde ein und trieb sie zu größtmöglicher Eile an. In fliegender Hast rasten sie durch die Straßen und Boulevards, die um diese Tageszeit wie leergefegt dalagen. Nun war die Angst ihr Begleiter geworden, die ihr jetzt wie ein Stachel im Nacken saß.

Unerwarteterweise erwuchsen Agathe jedoch aus dieser Ausnahmesituation ungeheuerliche Kräfte. Sie hatte sich einsam und verlassen geglaubt, doch nun spürte sie, daß die Flamme der Liebe in ihr noch immer loderte, heller und glühender als jemals zuvor. Sie liebte, sie hatte niemals aufgehört zu lieben, und diese Gewißheit verlieh ihr eine Art selbstverständlicher, stolzer Würde. Mit der Liebe verhielt es sich im Grunde wie mit dem Glauben. Es kam nicht so sehr darauf an, weshalb man liebte. Man brauchte keine Gründe für sein Gefühl zu suchen. Die Liebe geschah einfach, und es war unmöglich, sie erzwingen zu wollen, ebenso wie man sie nicht verdrängen konnte. Selbst die besten Argumente halfen nicht! Denn was vermochte die Vernunft gegen ein Gefühl, das nichts, aber auch gar nichts mit menschlicher Logik gemein hatte, auszurichten? Wieviel stärker war doch ein zärtlicher Blick oder eine leichte Berührung der Hände ... Agathe vergaß alles Vergangene, dieses unselige, billige Lokal, seinen Unwillen und seine Wut; allein der Gedanke, Pierre, der in Gefahr schwebte, zu helfen, trieb sie an ... Gepaart mit einer zärtlichen Freude darüber, daß sie endlich etwas für ihn tun konnte.

»Madame, wir sind angekommen.«

Tornade wies den beflissen herbeigeeilten Portier verächtlich zurück und öffnete selbst in gewohnter Förmlichkeit den Wagenschlag.

Der Himmel war vom Gewitter wie leergefegt und wölbte sich hellblau und klar über den vom Regen und der Sonne feucht glänzenden Dächern. Während Agathe sich hinausbegab, wurde ihr schlagartig bewußt, daß sie zum ersten Mal in ihrem Leben ohne Mantel, ohne Tasche, ohne Handschuhe, unfrisiert wie eine Schlampe aus dem Haus gegangen war.

Zum ersten Mal auch setzte sie ihren Fuß in eine Bank. Eine Bank war für sie ein niederer Ort gewesen, dem der üble Geruch von

Geld anhaftete, ein Geruch, der den feinen Sinnesorganen einer Dame nicht zuzumuten war. Zu ihrem eigenen Erstaunen stellte sie dann fest, wie gleichgültig es ihr mittlerweile war, was sich gehörte, und was man von ihr erwartete... Wenn sie sonst an einem Ort erschien, war sie gewohnt, daß man ihr sofort volle Aufmerksamkeit widmete. Die Angestellten pflegten alles stehen- und liegenzulassen, um höflich lächelnd herbeizustürzen und sie untertänigst zu begrüßen.

Ihre Ankunft in der Bank Jérôme erregte dagegen nicht das geringste Aufsehen. Sie betrat die große, von hohen Marmorsäulen unterbrochene Halle mit ihrer riesigen, rot-blau bemalten Kuppel und durchquerte sie rasch. Dann kam sie zu den halbkreisförmig angeordneten Kassenräumen, vor denen jeweils eine Menschenschlange stand. Ein Angestellter deutete ihr mit einer Handbewegung an, sie solle sich doch, wie alle anderen auch, ans Ende der Schlange reihen und warten, bis sie an der Reihe sei.

Sie wollte ihn gerade zurechtweisen, als der Portier erschien und dem Angestellten etwas ins Ohr flüsterte.

Augenblicklich veränderte sich die Situation.

Der Angestellte legte seine Feder aus der Hand, verließ seine Bücher und seine Kunden und eilte dienstbeflissen um den Kontor herum zu ihr:

»Frau Gräfin de Seurolles? Frau Gräfin möge entschuldigen, ich wußte nicht... Ich stehe selbstverständlich zu Euren Diensten.«

»Ich wünsche, Herrn Baron Jérôme zu sprechen. Es ist dringend.«

»Aber selbstverständlich, Madame. Ich werde Herrn Baron unterrichten. Wenn Madame mir folgen möchte, ich geleite sie zu einem kleinen Salon, wo Madame in Ruhe Platz nehmen kann, bis der Herr Baron kommt.«

Agathe wurde ungeduldig:

»Warten? Ihr habt mich wohl nicht richtig verstanden? Ich komme in einer Angelegenheit von höchster Dringlichkeit. Geht jetzt und beeilt Euch bitte!«

Der Angestellte setzte sich in Bewegung, um bald zurückzukommen.

»Herr Baron wird Madame sofort empfangen.«

Das Büro von Charles Jérôme entsprach Agathes Erwartungen. Die Seitenwände waren mit schwerem Samt bespannt, darüber

hingen wertvolle Gobelins, überall Bronze- und Goldverzierungen, ein Reichtun, der jedem schon beim Eintreten den Atem verschlug.
Er erhob sich von seinem Sessel und ging auf sie zu:
»Was verschafft mir ... Nun das Vergnügen kann man es wohl nicht nennen ... Aber lassen wir die Höflichkeit ... Wir sind hier unter uns. Welche Gründe hat also dieser überraschende Besuch?«
Sein Blick glitt über ihre unordentlichen Haare und ihr zerknittertes, beschmutztes Kleid.
»Ist bei Euch ein Feuer ausgebrochen?«
Wäre sie nicht Clémentine und Pierre zuliebe hierhergekommen, so hätte sie jetzt postwendend kehrtgemacht. Was fiel diesem unerzogenen Bonapartisten eigentlich ein? Agathe überwand ihre Abneigung und, auf die Tür weisend, fragte sie:
»Kann ich ungestört sprechen? Hört uns jemand?«
»Seid beruhigt! Das Büro eines Bankiers ist gleichsam ein Beichtstuhl. Was habt Ihr mir zu beichten, meine liebe Schwägerin? Im allgemeinen dreht sich in diesen Wänden alles nur ums Geld. Wieviel braucht Ihr?«
»Ihr irrt Euch«, entgegnete sie ihm eisig. »Ich bin wegen Clémentine hier.«
»Wegen Clémentine?«
Die Augenbrauen des Barons zogen sich zu einer dunklen Linie zusammen:
»Ich verstehe nicht.«
»Ihr werdet es gleich verstehen. Aufgrund einer Verschwörung, an der Ihr beteiligt seid, sollte morgen der König entführt werden. Es ist unnötig ...«
Doch Charles Jérôme widersprach ihr keineswegs, sondern ergriff sie beim Arm, zog sie zu einem Sessel und drückte sie hinein, um sie in strengem Ton zu fragen:
»Wieso wißt Ihr davon?«
»Durch meinen Mann.«
»Seurolles! Was erzählt Ihr da? Was hat er damit zu tun?«
»Sehr viel. Hört zu!«
Da sie ihm nicht alles, sondern nur die für ihn wesentlichen Details berichtete, war sie froh, daß er ihr keine Zwischenfragen stellte. Weder eine Geste noch ein Kommentar kamen von ihm. Sein langes, knochiges Gesicht blieb ausdruckslos.

Als sie mit ihren Ausführungen am Ende war, sagte er nur:
»Vielen Dank für Euer Kommen. Ich bitte Euch, kein Wort gegenüber Clémentine zu erwähnen. Selbst im Nachhinein würde sie noch in Angst und Schrecken versetzt werden. Andererseits ist meine Beteiligung an diesem Komplott rein finanzieller Art, und es sind alle Vorsichtsmaßnahmen getroffen worden, um keinen Verdacht gegen mich aufkommen zu lassen. Ich bitte Euch, mich jetzt zu entschuldigen ... Ich muß unsere Leute warnen, oder vielmehr diejenigen, die die Polizei noch nicht erwischt hat. Diese Herren werden vermutlich die ganze Stadt umpflügen.«
Während er mit großen Schritten davonging, rief sie ihm nach:
»Charles!«
Er drehte sich um.
»Pierre de Fournon«, sagte sie schnell, »unser Cousin, Ihr wißt schon, der als Demi-Solde aus der Armee ausgeschlossen wurde, und den ich Euch letztes Jahr geschickt habe, er hat doch auch an der Verschwörung teilgenommen, nicht wahr?«
Da er keine Antwort gab, tauchte ein kleiner Hoffnungsschimmer in Agathe auf. Vielleicht hatte Pierre mit allem gar nichts mehr ... Charles Jérôme war äußerst zurückhaltend.
»Bei dieser Art von Unternehmungen, meine Liebe, nennt man keine Namen.«
»Ich kenne seinen Decknamen, Duval. Ihr seht, ich weiß alles!« warf sie ihm zu.
»Wenn Ihr es wißt, warum fragt Ihr mich dann?«
»Charles, Ihr müßt ihm helfen!«
Sie war plötzlich den Tränen nahe. Charles Jérôme aber wirkte ungeduldig und nervös und meinte nur noch:
»Hört zu, jede Minute ist kostbar. Entschuldigt mich ...«
Als er zurückkam, saß sie immer noch zusammengesunken in demselben Sessel.
Sie sprang auf und suchte seinen Blick:
»Ihr helft ihm doch, nicht wahr?«
Er ging auf sie zu und sah sie an:
»Ich helfe allen so gut ich kann und soweit es in meiner Macht steht ... Aber ehrlich gesagt, ich verstehe das Ganze nicht recht. Schon die einfache Tatsache, daß Dank Eurer Intervention eine Anzahl Bonapartisten geschützt werden können, muß Euch doch ärgerlich stimmen, und dann noch Pierre de Fournon ...! Ausgerechnet er, den Ihr vermutlich als Verräter oder sogar als doppel-

ten Verräter anseht, weil er der monarchistischen Idee abgeschworen hat, ausgerechnet an seinem Leben ist Euch soviel gelegen...? Ihr mit Euren eingefahrenen Meinungen und er mit seinen idealistischen Zielen...?«
Agathe senkte die Lider:
»Er ist unser Cousin. Und wenn er in die Geschichte verwickelt ist, fällt die Schande auf seine Eltern zurück.«
Charles Jérôme lächelte ironisch:
»Meinen Informationen zufolge haben seine Eltern die Schande längst überwunden. Dafür sind ihr Gefühle in Haß umgeschlagen. Eine solche Situation trifft man übrigens häufiger an in den sogenannten besseren Familien. Eine erbarmungslose Intoleranz! Der Haß innerhalb der Familie ist dann größer als nach außen hin. Die Tatsache, daß Fournon verhaftet, verurteilt und hingerichtet...«
»Nein! Das darf nicht geschehen!«
Agathe stieß den Sessel zurück, stand auf und schlug verzweifelt mit den Händen auf den Schreibtisch, als wolle sie mit Gewalt diese Schreckensvisionen verscheuchen. Die Nerven gingen mit ihr durch... Von Stolz und Mut konnte keine Rede mehr sein. Sie war nur noch von der besinnungslosen Angst beherrscht, ihm könne etwas zustoßen.
»Ich liebe ihn«, flüsterte sie.
»Ihr liebt Pierre de Fournon?«
Sie war unfähig zu antworten und nickte bloß; die Tränen liefen ihr in Bächen über die bleichen Wangen. Fürsorglich reichte er ihr sein Taschentuch und versuchte sie zu beruhigen:
»Da, meine Kleine, trocknet Euch die Tränen!«
Er nahm sie in den Arm und meinte:
»Erzählt mir alles, danach wird es Euch besser gehen!« Wie warmherzig und einfühlsam er auf einmal war, so als sei er plötzlich ein vollkommen anderer, einer, den nicht erstaunte, der alles verstand, und dem man vor allem alles anvertrauen konnte, selbst ihr größtes Geheimnis, ihre Liebe. Sie brachte ihm, einen Baron d'Empire, einem Bonapartisten, ein Vertrauen entgegen, das sie nicht einmal Louis-Marie geschenkt hätte.
»...und ich war heute morgen so böse und so hart zu ihm«, schluchzte sie verzweifelt. »Aber wie konnte ich es wissen? Er hätte mir doch sagen können...«
»Was hätte er sagen sollen? ›Morgen verübe ich ein Attentat auf

den König, und im Falle, daß es schiefgeht, wollte ich dich noch ein letztes Mal sehen?‹«

Da sie nicht aufhörte zu schluchzen, fügte Charles Jérôme schnell hinzu:

»Ich verspreche Euch, mein Möglichstes zu tun. Ich schätze und bewundere Fournon sehr, er ist ein gerader, aufrechter Bursche! Wenn man ihm begegnet, spürt man sofort seine Ausstrahlung.«

»Ja, so ist es«, flüsterte Agathe.

»Er gehört zu jenen Menschen, die sich nicht mit dem Bestehendem zufriedengeben wollen, sondern mehr anstreben. Das größte Hindernis ist für sie der menschliche Egoismus und das etablierte System. Ein System, gleichgültig welches, gerät zwangsläufig immer in die Hände der Stärkeren, und die Starken versuchen bekannterweise, die Schwachen auszunutzen. Das liegt bereits in der menschlichen Natur begründet. Demnach ist es illusorisch, eine neue Welt schaffen zu wollen, was nicht heißen soll, daß man sie nicht verbessern könnte. All das, was Menschen wie Fournon irgendwann einmal gesät haben, wächst nach und nach. Eines Tages wird dann vielleicht ein besseres Gleichgewicht hergestellt sein, es wird weniger Mißstände, weniger Not und Elend geben, und wir werden es solchen Leuten zu verdanken haben. Nachdem Ihr ihn damals zu mir geschickt hattet, trafen wir uns noch oft. Wir waren uns von Anfang an sympathisch gewesen, und als er wegen dieser Verschwörung zu mir kam, bat er mich um meine Unterstützung.«

Charles Jérôme und Pierre! Wirklich, alles, aber auch alles hatte sich hinter ihrem Rücken abgespielt! Doch Agathe versuchte jetzt, ihre Verbitterung darüber hinunterzuschlucken, denn die Angst um Pierre war stärker als alle andere.

»Er war einer der verantwortlichen Köpfe dieser Verschwörung«, fuhr Charles Jérôme fort. »In der Provinz, wo er verschiedene Einheiten für unsere Sache gewinnen konnte, hat er hervorragende Arbeit geleistet. Er versteht es, Menschen zu überzeugen... Aber hören wir davon auf, es ist nun einmal schiefgegangen!«

Er seufzte.

»Ich verstehe nicht«, gab Agathe zurück. »Ich kenne Pierre, und weiß, wo seine Ziele liegen, aber Ihr, die Ihr nur Gutes im Sinn habt, und der Ihr auch sonst alles besitzt, was man sich wünschen kann... Wofür kämpft Ihr?«

»Für Frankreich! Ich habe es als freies Land kennengelernt und sehe mit Schrecken, wie es wieder in den Absolutismus abgleitet.«
»Und Bonaparte, war das vielleicht kein Absolutismus?«
»Es war anders. Ein jeder hatte eine Chance, die Herkunft zählte nicht, und insofern zumindest gab es keine Ungerechtigkeiten.«
Er unterbrach sich und fuhr nach einer kurzen Pause fort:
»Aber reden wir über etwas anderes ... Bei diesem Thema werden wir wohl niemals einer Meinung sein ... Erklärt mir etwas ... Ich verstehe zwar sehr gut Eure Zuneigung zu Fournon, denn er ist ein großartiger Bursche, und ich verstehe auch die Zuneigung, die er Euch entgegenbringt, doch ohne indiskret sein zu wollen ... Habt Ihr nicht gewaltige Schwierigkeiten mit ihm und seinen Ideen ...?«
»Ja, das stimmt, wir streiten uns sehr oft«, bekannte sie, »trotzdem ...«
Agathes Augen wurden wieder naß.
»Weiß Clémentine davon?« wollte Charles Jérôe wissen.
»Clémentine? Aber nein! Sie würde mir nur wieder die Leviten lesen! Clémentine ist unfähig, sich in andere hineinzuversetzen. Sie würde zwar ihr letztes Hemd für jemand hergeben, der ihr nahesteht, doch ansonsten ist sie nicht gerade eine sehr nachsichtige Natur ... Und noch dazu, wenn es sich um einen Demi-Solde handelt ... Wobei das allerdings nichts mit ihrer Überzeugung zu tun hat, denn Clémentine kümmert sich nicht um Politik und hat diesbezüglich keinerlei Meinung ...«
»Donnerwetter! Wenn man bedenkt, daß sie mich geheiratet hat ...!«
»Aber Ihr seid kein armer Mann! Ihr kennt sie doch, für sie gibt es nichts Schlimmeres als Armut! Um also auf Eure Frage zurückzukommen: Niemand weiß von meiner Liebe zu Pierre, nur Ihr ...«
Er lächelte verschmitzt und meinte:
»Euer Vertrauen schmeichelt mir sehr, mir einem ›schmutzigen Bonapartisten‹ ... So sagt man doch wohl in Eurer Familie?«
Agathe war jedoch zu verstört, um ihm mit der entsprechenden Leichtigkeit zu antworten.
»Charles, Ihr helft ihm doch, nicht wahr?«
»Meine Liebe, ich habe Euch versprochen, mein Möglichstes zu tun. Mehr kann ich im Moment nicht sagen. Das Wichtigste ist jetzt, wie für die anderen auch, daß wir ihn finden, bevor die Polizei zugegriffen hat. Meine Leute sind schon in diesbezüglicher

Mission unterwegs. Das Dumme ist bei ihm nur, daß er keinen festen Wohnsitz hat. Seine Aktivitäten haben schon seit langem bei diesen Herren Verdacht erweckt. Aber er wird von sich aus sicherlich versuchen, mit seinen Kameraden Kontakt aufzunehmen. Das hoffe ich wenigstens. Es ist unsere einzige Chance! Danach muß er Paris sobald als möglich verlassen.«
»Paris verlassen? Aber wohin...«
»Ich überlege noch. Es steht außer Frage, daß er nicht in der Stadt bleiben kann. Selbst im sichersten Versteck läuft er noch Gefahr, denunziert zu werden. Diese Herren von der Polizei haben ihre Spitzel überall, und sie bezahlen sehr gut...«
Nachdenklich strich er sich übers Kinn und meinte dann:
»Ihr solltet Euch auch Gedanken über Seurolles machen. Eure ehelichen Beziehungen mögen vielleicht nicht die besten sein, aber immerhin ist er Euer Gatte, und der Vater Eures Kindes und seine Tat... Zugegeben ein extrem geschickter Coup! Uns zu veranlassen, den König zu entführen, ihn durch seine Leute töten zu lassen, und uns dann die Verantwortung zuzuschieben... wahrlich äußerst raffiniert eingefädelt! Wenn unsere Leute allerdings davon Wind bekommen, dann gnade ihm Gott! Ich persönlich werde ihn aus dem Spiel lassen und mich an den sogenannten Abel Deschamps halten. Ich vermute, er wollte sich zumindest von einem Teil der Schuld befreien, als er uns warnte, denn ich traue ihm zu, daß er nicht nur sich selbst die Unannehmlichkeiten eines Skandals ersparen wollte, der immerhin auch die Schwester seiner Frau betreffen würde... Nun, man muß damit rechnen, daß die Zeitungen, die ebenfalls ihre Informationen bei der Polizei haben, eine Verbindung zwischen Abel Deschamps und Vincent de Seurolles herstellen werden... Wenn man bedenkt... ausgerechnet Seurolles, der Anhänger von Monsieur! Der Bruder seiner Majestät würde jedenfalls in eine ausgesprochene mißliche Lage gebracht!«
»Zunächst müßte einmal bewiesen werden, daß Abel Deschamps und Vincent de Seurolles ein und dieselbe Person sind!« meinte Agathe.
»Und da er fortgeht...«
»Er geht fort?«
»Habe ich Euch das noch nicht erzählt?«
»Nein. Wohin geht er?«
»Ich weiß es nicht. Vincent sagt mir nicht alles. Und da wir so gut

wie getrennt leben, geht es mich auch nichts an. Er hat mir lediglich mitgeteilt, man habe ihn gebeten zu verschwinden... genau aus dem eben genannten Grund, um eben zu vermeiden, daß Monsieur kompromittiert wird, was in der Tat einer Verleumdung gleichkäme, denn Monsieur...«
»... Hat weder Sinn noch Verstand für einen derartigen Plan. Da stimme ich mit Euch überein. Seht, wir kommen sogar noch auf einen Nenner!«
»Unterstellt mir nicht etwas, was ich gar nicht gesagt habe!«
»Auf jeden Fall bin ich überzeugt, daß den Leuten jede Gelegenheit recht ist, um Monsieur in Verruf zu bringen. Und davon gibt es immerhin einige... Die Anhänger des Königs... Monsieur geniert sich auch nicht zu betonen, daß ihm der Thron besser stünde als diesem dicken, verkrüppelten Ludwig!..., die Liberalen, die Bonapartisten, die Republikaner... Meine Teure, Euer Vincent ist ein wandelndes Pulverfaß! Es genügt, daß eine Kleinigkeit durchsickert. Schließlich sind Geheimnisse dazu da, aufgedeckt zu werden! Ihr könnt Euch denken, daß die Unsrigen, wenn sie von seinem Verrat erfahren, sich nicht lange bitten lassen werden, ihn als besagten Monsieur Abel Deschamps zu entlarven und ihn der Öffentlichkeit preiszugeben... Sie werden sich ohnehin nach Abel Deschamps umsehen, denn, das müßt Ihr einsehen, ein Mann, der eine Verschwörung so entscheidend mit beeinflußt hat, kann nicht einfach spurlos vom Erdboden verschwinden! Und dieser Riquet wird ebenfalls reden, auch wenn die Polizei ihn eingesperrt hat.«
»Aber was soll das? Ich sage Euch doch, Vincent geht fort! Was will man beweisen, wenn er weg ist...«
Charles Jérôme runzelte die Stirn:
»Es gibt da etwas, das ich nicht verstehe. Euer Gatte scheint doch ein sehr intelligenter Kopf zu sein. Wie kann er nur annehmen, entkommen zu können? Die Unsrigen würden ihn finden, wo immer er sich aufhält... Es sei denn... er...«
Er hielt unvermittelt inne und meinte dann freundlich zu Agathe:
»Ich glaube, es ist besser, wenn Ihr jetzt nach Hause geht. Für Fournon ist alles Notwendige veranlaßt. Ich werde Euch begleiten.«
»Vielen Dank, das ist nicht nötig. Mein Wagen wartet auf mich.«
Er nahm sie am Arm.
»Redet nicht, kommt!«

»Aber warum? Ich kann sehr gut...«
»Ihr seht sehr mitgenommen aus. Clémentine würde mir zeitlebens Vorwürfe machen...«

Aus unerklärlichen Gründen war das Einfangstor zum Hôtel de Seurolles geschlossen, und Lamballe, der Portier fehlte.
Tornade mußte selbst vom Kutschbock heruntersteigen und die schweren Torflügel öffnen.
Kaum war die Kutsche in den Hof gefahren, als die Tür zum Erdgeschoß geräuschvoll aufgestoßen wurde und Portal auf sie zustürmte.
Was war passiert?
Sie hatte Portal noch niemals rennen gesehen. Für gewöhnlich bewegte er sich mit majestätischer Langsamkeit wie ein Kirchenfürst. Jetzt aber durchmaß er den Hof mit langen, hastigen Schritten, blieb atemlos vor der Kutsche stehen, beugte sich zu Agathe herein und stammelte:
»Madame, Madame, ein furchtbares Unglück ist geschehen!«
Agathes erste Reaktion war: »Henri!«, doch Portal fügte schnell hinzu:
»Nein, nein, Madame. Der Herr Graf...«
»Der Herr Graf?«
»Ein... ein Unfall, Madame.«
Portal, aufs Äußerste um seine Fassung bemüht, verbeugte sich förmlich und sagte dann:
»Madame, der Herr Graf ist tot.«
»Kutscher! Laßt endlich das Trittbrett herunter!« befahl plötzlich Charles Jérôme. »Mein lieber Portal, es wäre wohl besser, alles weitere in Madames Wohnung zu besprechen. Führt uns dorthin!«
»Ah, Herr Baron! Meine Hochachtung, Herr Baron. Der Herr Baron möge mein schlechtes Benehmen gütigst entschuldigen, aber ich war entsetzlich verwirrt...«
Gestützt auf Charles Jérômes Arm durchschritt Agathe die Halle.
Die Angestellten standen vollzählig versammelt da, doch keiner wagte, einen einzigen Laut von sich zu geben. Es herrschte Totenstille.
Nur Bréhat, die auf einer Treppenstufe saß, schluchzte laut vor sich hin.
Als Agathe an ihr vorbeiging, berührte sie ihren Rock und flüsterte:

»Madame Jeanne, Madame darf nichts davon erfahren. Sie ist eine so gute Christin! Sie würde vor Kummer sterben, sie auch ... mein armer Kleiner, mein armer Kleiner ...«
Ohne ihre Worte recht zu verstehen, legte Agathe ihr die Hand aufs Haar und sagte tonlos:
»Sie wird nichts erfahren, meine gute Bréhat, ich verspreche es.«
Die riesige Frau hob ihren Kopf und sah Agathe verzweifelt an. Ein schrecklicher Schmerz zeichnete sich auf ihrem fleischigen, angeschwollenen Gesicht ab. Die ohnehin schon kleinen Augen waren nun überhaupt nicht mehr sichtbar. Nur Ströme von Tränen flossen über ihre Wangen.
Im selben Klageton wie zuvor fragte sie dann Agathe:
»Was wird nur aus Madame Jeanne, was wird aus uns allen werden?«
Mit einem Anflug von bitterer Ironie dachte Agathe ... daß sich nicht viel ändern würde. Es war ohnehin sie gewesen, die alles entschieden und bezahlt hatte. Aber niemand hatte es wahrnehmen wollen. Obwohl Vincent drei Viertel der Zeit nicht anwesend gewesen war und sich nicht im Mindesten um dieses Haus gekümmert hatte, war er bis zuletzt vor dem Gesetz, der Gesellschaft und nicht zuletzt für das Personal anerkanntermaßen der Herr des Hauses gewesen. Aber jetzt ... Agathes Herz stockte ... Jetzt war sie es, und plötzlich trat durch diese Feststellung ein stolzes Verantwortungsgefühl anstelle der Verwirrung. Sie war die Gräfin de Seurolles! Als hätte ihr jemand einen Peitschenschlag versetzt, drehte sie sich aufrecht zu der ängstlich dreinblickenden Gruppe um und tröstete sie mit fester Stimme:
»Ihr braucht keine Angst zu haben. Ich bin da und kümmere mich um alles.«
Von Portal geführt erreichten sie und Charles Jérôme das Zwischengeschoß und blieben vor Vincents Tür stehen.
»Portal, führt den Herrn Baron in mein Bourdier ... Entschuldigt mich, Charles, ich möchte gern ...«
Portal stand reglos vor ihr.
»Mit aller Hochachtung vor Madames Wunsch, aber wenn ich noch etwas sagen darf, bevor Ihr eintretet ... Der Herr Vicomte d'Ovepoix ist beim Herrn Grafen.«
Agathe sah Portal an.
»Gut. Gehen wir also in meine Wohnung.«
Nachdem sie eingetreten waren, sagte sie:

»Nun, ich höre. Wie konnte dieser Unfall . . .«
»Möchte Madame nicht vielleicht Platz nehmen?«
»Portal, bitte, sagt mir jetzt, was es zu sagen gibt!«
Portal senkte den Kopf.
»Nun gut, Madame . . . Es war kein Unfall.«
»Kein Unfall?«
»Nein, Madame. Der Herr Graf hat sich . . . Er hat sich erschossen, Madame.«
»Erschossen! Ihr sagtet, er hat sich erschossen?«
Charles Jérôme ging auf Agathe zu, sie machte eine abwehrende Geste.
»Nein, danke, es geht schon . . . Erschossen! Aber das kann nicht sein, das ist unmöglich! Man erschießt sich doch nicht. Wie könnt Ihr es wagen, Portal, etwas so Ungeheuerliches zu behaupten? Er hat sich doch auf eine Reise vorbereitet, er hat mir selbst gesagt, daß er . . .«
Portal ging ohne ein Wort zum Tisch und kam mit einem kleinen Silbertablett zurück, auf dem gewöhnlich die Post lag.
»Monsieur hat dies für Madame hinterlassen.«
Es gab keinen Zweifel, auf dem Brief stand »Frau Gräfin de Seurolles«, sie erkannte sofort Vincents elegante Schriftzüge und seine violette Tinte.
Agathe nahm den Brief an sich und entfaltete ihn:
»*Meine innigst Geliebte* . . .«
Warum hatte er diese Anrede gewählt, warum sprach er jetzt, wo er tot war, wieder von seiner Liebe, die er nie hatte Wirklichkeit werden lassen? Es wäre weniger schmerzvoll für sie, wenn er ein paar zynische, unverschämte Bemerkungen hinterlassen hätte!
Als sie zu Ende gelesen hatte, faltete sie den Brief langsam und sorgfältig wieder zusammen. Diese alltäglichen Handlungen halfen in solchen Augenblicken, die Fassung zu bewahren. Sie schob den Brief in ihren Ärmel und sagte: »Ihr hattet recht, Portal. Der Herr Graf hatte nicht die Absicht zu verreisen.«
Nein, er hatte ihr eine Komödie vorgespielt. Und sie, die von der Auseinandersetzung mit Pierre, von den Enthüllungen Lissanges und vom schlechten Verlauf dieses Tages müde und angegriffen gewesen war, hatte nichts verstanden, nichts bemerkt. Jetzt, nachdem sie seinen Brief gelesen hatte, wurde ihr natürlich alles klar . . . ebenso die Ausführungen Charles Jérômes über die Gefahr, die Vincent für Monsieur darstellte. Sie befand sich

gleichsam in einer Landschaft, wo sich die Morgennebel langsam hoben und entschwanden. Die Umgebung bot danach allerdings ein völlig verändertes Bild. Die letzten Worte von Lissange, die sie noch genau im Ohr hatte, eben weil es die letzten gewesen waren und die Unterredung danach geendet hatte, diese Worte also hatten eine sehr viel weitreichendere Bedeutung gehabt, als ihr klar gewesen war: »Ein Edelmann, der die Ehre seines Fürsten gefährdet ...«

Lissange hatte die Rechnung präsentiert, und Vincent sollte mit seinem Leben bezahlen. Das war der Preis, den er der Monarchie schuldig gewesen war.

Nachdem Vincent tot war, konnte unmöglich noch die wahre Identität Abel Deschamps' festgestellt werden. Monsieur würde logischerweise von all dem unberührt bleiben, und seine Ehre war gerettet.

Agathe fröstelte.

Ihr war übel. Armer Vincent! Sie selbst fühlte sich irgendwie mitschuldig, doch offenbar hatte es für Vincent keine Alternative gegeben, wie Charles Jérôme ihr zu verstehen gegeben hatte, obwohl ihr in seinem Büro die Bedeutung dieser Worte noch nicht ganz klar geworden war. Vielleicht aber hätte ihm ein wenig Mitgefühl, ein wenig Wärme ... Sie seufzte. Nein, Vincent wollte kein Mitleid, sie erinnerte sich, wie er sie ganz zum Schluß noch zurückgewiesen hatte. Wenn er doch bloß nicht alles so weit hätte kommen lassen!

Portal fuhr fort:

»Madame kann beruhigt sein, die Angestellten wissen es nicht. Sie glauben an einen Unfall. Da der Herr Graf häufig seine Waffen zur Hand nahm, erschien es mir zulässig diese Version zu verbreiten. Eine Unvorsichtigkeit ...«

»Ja, genau, Portal, eine Unvorsichtigkeit«, wiederholte Agathe.

»Ich habe es allerdings für meine Pflicht gehalten, den Herrn Vicomte ... Madames Großvater zu informieren ... Bréhat und Flambert kennen ebenfalls die Wahrheit. Flambert, der Diener des Herrn Grafen, hat ihn entdeckt ... Madame sollte sich wirklich setzen, sie ist kreidebleich.«

»Nein, redet weiter, berichtet mir alles. Ich muß unbedingt ...«

Agathe gab Portal ein Zeichen weiterzusprechen.

»Also, ich war gerade dabei, das Silber in der Anrichte zu überprüfen, als ich einen Schuß vernahm. Ich erschrak über alle Maßen.

Seit dem Tod meines verehrten Herrn, Monsieur de la Maillerie, fürchte ich mich vor jedem Schuß. Dabei entglitt mir die hübsche kleine Kanne, in der ich Madame für gewöhnlich den Kaffee serviere, hoffentlich ist sie nicht beschädigt...«
»Portal, ich bitte Euch...«
»Ja, Madame... Die Detonation ging durchs ganze Haus. Madame wird sich meine Aufregung vorstellen können! Ich fragte mich sofort... In solchen Fällen nimmt man gleich das Schlimmste an, und die arme Madame im dritten Stock, die so empfindliche Nerven hat... Kurz, ich ging hoch, nachdem ich die Angestellten gebeten hatte, sich ruhig zu verhalten. Im Zwischengeschoß stieß ich auf Flambert, der mich am Arm nahm und in den Gang schob. Ich wußte sofort, daß sich etwas Furchtbares ereignet hatte, denn diese familiären Umgangsformen passen weder zu ihm noch zu mir. Gemeinsam betraten wir die Wohnung des Herrn Grafen. Er lag mit dem Rücken auf seinem Bett. Die Pistole war zu Boden gefallen. Ich stürzte zu ihm, aber es war schon zu spät, Madame. Er hatte mitten ins Herz gezielt.«
Agathe biß die Zähne zusammen und versuchte, die Beherrschung zu bewahren. Sie wollte unter gar keinen Umständen vor Charles Jérôme in Ohnmacht fallen. Ein Mensch mußte in der Lage sein, sich zusammenzunehmen. Sie konzentrierte sich auf einen goldenen Punkt an der Wandtäfelung, vermutlich ein Reh, aber der Punkt entglitt ihrem Blick immer wieder, und sie hatte Mühe, dieses verfluchte Reh im Auge zu behalten.
»Ich dachte zunächst an einen Unfall«, berichtete Portal weiter, »aber dann sah ich das Briefchen auf dem Nachttisch, und die Katzen...«
»Die Katzen?«
»Der Herr Graf wird zweifellos vermutet haben, daß nach seinem Ableben... Und, mein Gott, das stimmt! Wer will schon diese teuflischen Biester!... Flambert und ich haben sie an seinem Fußende gefunden, die Pfoten waren bereits ganz steif. Er muß sie vergiftet haben, bevor er... Ich habe sie vorerst ins Bad gebracht, um die Anweisungen von Madame abzuwarten.«
Seine Katzen, die er so sehr geliebt hatte! Agathe spürte einen dicken Kloß in der Kehle, der immer mehr anschwoll. Kaum hörbar flüsterte sie dann:
»Portal, Ihr habt alles sehr gut gemacht. Laßt mich jetzt

allein ... Ich werde ... Achtet darauf, daß mich niemand stört. Ich bitte Euch.«
Als er gegangen war, sagte Charles Jérôme, der die ganze Zeit kein einziges Wort von sich gegeben hatte:
»Agathe, wollt Ihr, daß ich Doktor Motte kommen lasse? Er wird den Totenschein in Eurem Sinne ausstellen.«
»Das ist sehr liebenswürdig von Euch.«
Er verbeugte sich:
»Wünscht Ihr, daß ich hierbleibe?«
Entschieden erwiderte sie:
»Nein, nein, ich möchte jetzt allein sein.«
»Meine Gegenwart ist in der Tat nicht sehr opportun ... Ich werde Clémentine Bescheid geben.«
Sie ging einen Schritt auf ihn zu:
»Vielen Dank, Charles, für Eure Güte und Euer Mitgefühl. Ich werde es nie vergessen.«
Kurz vor der Tür drehte sich Agathe noch einmal um:
»Ihr habt es geahnt, nicht wahr?«
Charles Jérôme nickte.
»Ja. In dem Moment, als ich die Situation begriffen hatte. Die Politik ist unerbittlich wie eine Maschine, die jedes Hindernis, das sich ihr in den Weg stellt, gnadenlos niedermäht ... Ehrlich gesagt, ich anstelle Eures Gatten hätte meine Beine in die Hände genommen und wäre auf und davon nach Amerika geflohen. Ich bin eben noch nicht lange Edelmann und habe eine andere Auffassung von Ehre.«

Als Agathe in den Salon trat, erhob Großvater sich vom Diwan. Bei seinem Anblick erschrak sie beinahe. Mit seinem Dreispitzhut aus der Zeit von Ludwig XV., seinem Gewand »á la française«, seinem kurzen, bauschigen Beinkleid und den dazugehörigen weißen Strümpfen wirkte er merkwürdig deplaziert in dieser schwülstig-orientalischen Umgebung von Seide und Pelzen.
»Mein armes Kind, was für eine schreckliche Tragödie!«
Seine Betroffenheit erstaunte sie. Großvater hatte niemals ein Hehl daraus gemacht, daß er zu Vincent keine Zuneigung hatte fassen können. Warum also wirkte er jetzt so niedergedrückt und mutlos, als wäre ihm das Dach über dem Kopf zusammengefallen? Sein Gesicht wirkte grau und eingefallen. Sie hatte ihn bisher noch nie so erlebt, weder beim Tod von Antoine de Mougeaud noch bei

Jacques de la Maillerie noch bei irgend jemand sonst! Im Gegenteil, im Allgemeinen war er bei derartigen Anlässen, was fast schon peinlich war, munter und ausgelassen, als wolle er demonstrieren:
»Ich bin nicht so leicht unterzukriegen wie die anderen, ich bin aus härterem Holz geschnitzt!«
Als er ihre Hand ergriff, spürte sie, daß die seine zitterte.
»Du sagst ihr nichts, nicht wahr, versprich es mir«, flehte er sie an.
»Beruhigt Euch, Großvater«, antwortete sie sanft. »Was soll ich Euch versprechen?«
»Deine Schwiegermutter darf nichts von alledem erfahren! Arme kleine Jeanne ... Wehe, wenn die Angestellten ... Ich habe es ihnen gesagt, ich erwürge denjenigen mit meinen eigenen Händen, der es wagt ...«
»Aber Großvater, die Angestellten wissen von nichts. Für sie wie für alle anderen, selbst für Papa, soll es weiterhin ein Unfall bleiben, und das sagen wir auch ihr ...«
»Du Unglückselige! Willst du sie mir etwa nehmen ...?«
Seine alten Hände umklammerten Agathes Hand wie eiserne Krallen.
»Wir sagen ihr überhaupt nichts, hörst du! Nichts! Sie verläßt ohnehin niemals den dritten Stock ...«
»Aber Vincent besuchte sie doch regelmäßig, wie soll man ihr erklären, weshalb er nicht mehr kommt?«
Agathe fühlte sich am Ende ihrer Kräfte. Ein bleischweres Gewicht lastete auf ihr, ein Schmerz, den sie kaum fähig war zu ertragen.
»Großvater, hört zu, ich kann nicht mehr. Laßt uns morgen weiterreden, im Augenblick können wir ihr doch mit Eurem Einverständnis ...«
»Er ist nicht da! Ja, das ist es, mein Kind, wir sagen ihr einfach, Vincent sei auf Reisen.«
Großvater erzählte Jeanne de Seurolles tatsächlich diese Geschichte, und sie glaubte sie auch.
Der Vicomte gewann schnell seine alte Heiterkeit zurück. Nur noch ein winziges Bedauern lag in seiner Stimme, als er zu Agathe sagte:
»Meine arme Kleine! Es ist traurig, das Ganze. Andererseits ... Nun, du kennst mich, ich verabscheue scheinheiliges Gerede und Unehrlichkeit. Es hieße deine Intelligenz mißachten, wenn ich dir

jetzt mein Beileid aussprechen würde. Vincent war so wenig dein Gatte! Zugegeben, er hat dich sehr verwöhnt, du hattest ein prachtvolles Hôtel, viel Schmuck und schöne Kleider, aber wie lange hätte das noch gedauert? Es gibt Leute, die behaupten, er habe Schulden über beide Ohren gemacht. Ich habe mich bisher geweigert, dies zu glauben. Kein Mensch sieht gern dunkle Wolken am Horizont aufziehen, doch nach dieser Tat bin ich selbst davon überzeugt ... Im Grunde genommen ist es doch besser so, oder? Vor allem für ihn ... Ich habe immer gesagt, daß dieser Bursche nicht sehr am Leben hing. Und für dich, mein Kind ... Ein Ehemann, der spielt ... Du kannst dir nicht vorstellen, wie deine Großmutter gelitten hat, als die Gläubiger unser Hôtel gepfändet haben ... Und das war lange vor der Revolution, ich hatte bereits früh angefangen! Für sie wäre es sicherlich auch besser gewesen, wenn ich verschwunden wäre, denn dann hätte sie wenigstens einen kleinen Teil retten können. Allerdings bin ich aus anderem Holz als Vincent geschnitzt. Ich liebe das Leben und halte es fest solange wie möglich! ... Und ihr, meine Enkelkinder, ihr seid genauso. Als Clémentine damals Antoine verlor, sagte ich zu ihr: »Du wirst einen anderen finden.« Und schau an, wie glücklich sie geworden ist! Und du, du brauchst nicht einmal zu suchen, dir liegen sie jetzt bereits alle zu Füßen ...«

»Ich bitte Euch, Großvater! Ich weiß, Ihr versucht mich zu trösten, um mir meinen Kummer zu erleichtern, aber ...«

»Du hast Kummer?«

»Ja, stellt Euch vor! Vincent war sicherlich nicht der ideale Gatte, er war sogar weit davon entfernt es zu sein, aber er war geistreich, witzig, intelligent, und wenn er wollte, sehr charmant ... Zeitweilig haben wir uns wunderbar verstanden, wir hätten uns sogar noch viel besser verstehen können, wenn jeder von uns ein wenig mehr dazu beigetragen hätte. Das ist es, was mich so besonders traurig macht. Wir haben einen Teil des Weges zusammen zurückgelegt, blind, ohne voneinander Notiz zu nehmen. Und danach ... danach war es zu spät.«

Agathe schüttelte den Kopf. »Ich weiß nicht, warum ich Euch das alles erzähle, es ist jetzt ohnehin sinnlos. Aber eins müßt Ihr ihm zugestehen: Er war der beste aller Söhne.«

»Wenn man eine so außergewöhnliche Mutter wie Jeanne hat, kann man kaum anders.«

Agathe sah Großvater streng an. In ihre traurigen Augen trat

plötzlich ein böses Funkeln, und eine leichte Röte färbte ihre bleichen Wangen.
»Wer seid Ihr eigentlich, daß Ihr Euch anmaßt, ihn zu richten?«
»Kleines...«
»Daß Ihr es wißt, ich dulde nicht, daß man auch nur das Geringste gegen Vincent sagt. Ebenso wie alle anderen hatte ich ein völlig falsches Bild von ihm.«
Wütend warf sie ihren Kopf zurück.
»Wobei er uns allerdings auch seine schlechteste Seite gezeigt hat! Offenbar hat ihn nur Louis-Marie richtig erkannt. Louis-Marie ist klug und sensibel. Wir, wir haben nur das Äußere gesehen... Aber jetzt weiß ich mehr und kann Euch eins sagen: Ich liebe Jeanne de Seurolles sehr, aber wenn Vincent eine normale Mutter gehabt hätte, wäre er in der Lage gewesen, große Dinge zu vollbringen. Sein Unglück kommt allein daher. Er war hochbegabt und herzensgut. Nur... Um dieses Kreuz zu tragen, das ihm der liebe Gott auferlegt hatte, brauchte er einen Ausgleich, den er leider nur in seinen Ausschweifungen und seinen Vergnügungen fand. Andere machen es genauso, ohne eine solche Entschuldigung zu haben.«
»Gilt das für mich...?«
Versöhnlich drückte Agathe Großvater einen Kuß auf die Wange: »Euch liebe ich, wie Ihr seid.«
»Meine Süße«, murmelte Großvater gerührt.
Agathe fügte noch hinzu: »Die Liebe ist etwas sehr Schwieriges...«
Sie seufzte und ging in Vincents Schlafzimmer.

Portal oder Flambert hatten zu beiden Seiten des Bettes je eine große Kerze aufgestellt.
Ihr Lichtschimmer fiel auf den aufgebahrten Vincent. Reglos stand Agathe da und betrachtete ihn: Offensichtlich hatte er sein Ende mit Erleichterung hingenommen, denn seine Züge drückten weder Furcht noch Schmerz aus. Im Gegenteil. Vincent lag entspannt und friedlich da, als schliefe er nur. Die bleiche Hautfarbe wirkte transparent, die schwarzen Locken umrahmten sein schönes Gesicht, und seine feingliedrigen Hände lagen zusammengefaltet auf der Seidendecke. Ein junger Mann, der schlief...
Agathe ging auf ihn zu und legte vorsichtig ihre Hand auf die seinen, zuckte aber unvermittelt zurück.
Sie waren kalt und starr; das waren nicht mehr Vincents Hände,

die ... oh nein, nicht diese Erinnerungen ... An so etwas dachte man nicht vor einem Toten ... Und doch, war es nicht das Schönste und Reinste, was sie miteinander verbunden hatte, warum also sollte sie nicht daran denken?
Sie trat einen Schritt zurück, sank auf die Knie und sprach ein Stoßgebet. Ob er das von ihr erwartete ... Bei ihrem letzten Zusammensein? ...
Sie erhob sich wieder. Beten! Beten konnte sie für ihn noch viel! Armer Vincent! Sie würden alle kommen, um für ihn zu beten, Clémentine, Zélie, die Familie, die Mougeauds, die La Rochefoucaulds, die Prinzessin de la Trémoïlle, alle Freunde, ganz Paris; sie alle würden ihr Mitgefühl zeigen wollen.
Agathe fühlte sich auf einmal unbehaglich. Die Stille erdrückte sie fast. Dieses Zimmer mit seinem schwarzen Prunk erinnerte sie an eine Kirche, in der eine Totenmesse gehalten wurde. Ob Vincent diesen Raum wohl absichtlich so ausgestattet hatte, weil er eine Vorahnung gehabt hatte, daß er sein Leben eines Tages so auf diesem Bett beschließen würde?
Agathe seufzte schwer. Der Schmerz in ihrer Brust drückte sie mehr und mehr. Sie trat noch einmal an Vincents Bett und suchte plötzlich in ihrem Ärmel nach dem Brief, zog ihn heraus und las ihn noch einmal:
»Meine innigst Geliebte!
Ich gehe jetzt von Euch. Es gibt auf dieser Erde keinen Ort, wo Ihr nicht auch seid. Da ich Euch verloren habe, ohne Euch jemals wirklich besessen zu haben, hinterlasse ich nichts, was es mir erschweren würde, den Forderungen von Lissange nachzukommen. Ich scheide ohne Bedauern aus dieser Welt. Das Geheimnis von Abel Deschamps wird in der Familiengruft der Seurolles begraben liegen. Ist es nicht eine seltsame Ironie des Schicksals, um einer Pflicht willen zu sterben, wenn man sein Leben lang nur der Lust gelebt hat? Ja, lacht nur, mein Engel! Das Lachen stand Euch immer am besten, ich bin keine einzige Träne wert. Ich vertraue Euch meine Mutter an, denn Ihr seid die Tochter, die sie verdient hat. Bereitet mir das schönste Begräbnis, ich vertraue Eurem guten Geschmack, es soll mein letztes Fest sein. Die Eitelkeit der Eitelkeiten! Selbst im Angesicht des Todes ist man immer noch ihr Sklave ...«
Agathe ließ den Brief sinken, schlug die Hände vors Gesicht und begann hemmungslos zu schluchzen.

Kapitel 34

Leroy hatte sich herabgelassen, zu ihr ins Hôtel zu kommen, nachdem sie ihn darum gebeten hatte.
»Ihr habt sicher gehört...«
»Frau Gräfin, mein herzliches Beileid! Dieses Unglück...«
Agathe unterbrach ihn, denn was ging ihn schließlich ihr Unglück an:
»Ich habe bei Euch noch einige Rechnungen zu begleichen.«
»Frau Gräfin braucht sich deswegen keine Gedanken zu machen...«
»Und ob ich mir darüber Gedanken mache, mein lieber Leroy, Ihr werdet sobald als möglich bezahlt werden. Mein Schwager, der Baron Jérôme, wird sich um meine Angelegenheiten kümmern.«
»Ah! Der Herr Baron Jérôme! ... aber Frau Gräfin, welche Beleidigung, es eilt doch nicht. Die Kleidung für Madame auszuwählen, ist mir eine Ehre. Wenn ich ihr zu Diensten sein kann...«
»Das könnt Ihr. Erstens brauche ich für das Begräbnis eine entsprechende Toilette, und zweitens brauche ich eine neue Sommergarderobe.«
Mit einem kleinen Seufzer fuhr sie fort:
»Ich hatte mir eigentlich eine ausschließlich helle Garderobe vorgestellt.«
Leroys Näherinnen hatten Tag und Nacht gearbeitet, um Agathes Trauerkleidung fertigzustellen. Sie war von bestechender Eleganz und bestand aus besticktem schwarzen Satin. Klare, einfache Linien betonten ihre Figur. Die einzigartige Raffinesse lag in der Schlichtheit des Schnittes. Vincent hätte an dieser morbiden Prachtentfaltung seine wahre Freude gehabt...
Bei jeder Anprobe hatte sie an Vincent gedacht, wenn sie sich im Spiegel betrachtete. Sie begutachtete sich mit seinen Augen, als stünde er hinter ihr: In lässiger Haltung, mit einem seiner Samtröcke bekleidet, in der langen, schlanken Hand eine Zigarre, deren blauer Rauch zu seinem schönen Gesicht emporstieg. In Agathes Vorstellung lächelte er und befand: »Voila. Genauso gefallt Ihr mir, meine Liebe. Ihr seid so schön und verführerisch, daß die Engel in Aufregung geraten werden. Vielleicht könnt Ihr sie doch verleiten, ein gutes Wort für mich einzulegen... Wieso fühlen sich die Menschen eigentlich verpflichtet, sich mit Absicht

häßlich zu machen, wenn sie einen der ihren zu Grabe tragen? Es ist jedenfalls eine merkwürdige Art und Weise, uns armen Seelen die letzte Ehre zu erweisen! Und im übrigen... Was sollen diese Trauermienen? Wissen sie denn, was uns erwartet? Man hat den Tod einfach ein für allemal zu der schlimmsten Sache abgestempelt, die unserem Körper widerfahren kann. Aber innerhalb der göttlichen Ordnung, zu der wir gehören, ist er vielleicht die anmutigste und köstlichste aller Seinsmöglichkeiten...? Welcher Beweis ermächtigt uns, das Gegenteil anzunehmen? Keiner! Die Feigheit inspiriert den Menschen, das Unbekannte macht ihm Angst. Mir jedoch nicht! Ich bin neugierig und glücklich, das Ganze nun endlich aus der Nähe beurteilen zu können... Legt also Euer Trauergesicht ab und laßt uns gemeinsam über diese Schwachköpfe lachen, die sich heute um mich grämen werden, im Grunde aber nur um ihre eigene Haut bangen.«

Die Nachricht vom tödlichen »Unfall« des Grafen hatte sich in der Tat wie ein Lauffeuer in der Stadt verbreitet, und die Kondolenzbesuche rissen nicht ab. Die Diener wußten schon nicht mehr, wo sie all die Kränze hinlegen sollten. In der Halle und im Treppenaufgang schien eine Blumenausstellung stattzufinden. Man ging auf einem Teppich von Blütenblättern und hatte stets den Duft von Rosen und Nelken in der Nase. Draußen auf der Straße hatten sich die Gaffer wie vor einem Ball in Reihen aufgestellt, als ginge es darum, die ankommenden Equipagen zu bewundern. Der gesamte Hofstaat war erschienen. In erster Reihe die engsten Vertrauten von Monsieur, Jules de Polignac, Mathieu de Montmorency, der Baron de Vitrolles und Lissange, dieselben also, die Vincent zum Tode verurteilt hatten. Dieses Urteil hatte sicherlich zu Recht bestanden, aber wenn man den Verantwortlichen plötzlich gegenüberstand, so wäre man ihnen am liebsten ins Gesicht gesprungen...

Als Lissange kondolierte, und väterlich und salbungsvoll meinte: »Mein liebes Kind, wenn ich etwas für Euch tun kann...?«, konnte sich Agathe nicht länger beherrschen und fiel ihm schneidend ins Wort: »Meint Ihr nicht, Monsieur, daß Ihr schon genug getan habt!«

Vor ihrem vorwurfsvollen Blick wich er zurück.

Donnerstag nachmittag verursachte die Ankunft der Herzogin von Berry beträchtliches Aufsehen. Wie ein Schiff, das mit reicher Beute in den Hafen einlief, durchquerte sie die gaffende Menge

mit ihrem dicken Bauch. Im September erwartete sie ihr zweites Kind vom Herzog. Ganz Frankreich wartete und bangte mit ihr.
»Ich wollte Euch persönlich mein Mitgefühl aussprechen. Ich kann nachempfinden, wie Euch zumute sein muß. Es ist ja kaum vier Monate her, daß mein armer Charles ... Er und Vincent hatten etwas das gleiche Alter. Es ist schlimm, wenn das Unglück so überraschend kommt.«
Diese Bemerkung rückte Agathe die Tatsache ins Bewußtsein, daß sie gewissermaßen schon zum zweiten Mal Witwe geworden war ...
Trotz all dem überstand Agathe die Trauerfeierlichkeiten in sehr guter Form. Aufrecht und gefaßt nahm sie alle Beileidsbezeugungen entgegen. Sie hatte schon genug Tränen vergossen ...
Die Prinzessin de la Trémoïlle hatte wie immer einen Sessel verlangt und sich darin bequem niedergelassen. Man verbeugte sich etwa ebenso oft vor ihr wie vor dem schweren Ebenholzsarg, der im großen Empfangssaal des ersten Stockes aufgebahrt war. Der Saal war von oben bis unten mit schwarzem Samt ausgeschlagen, und an den Wänden hingen die silberbestückten Waffen der Seurolles.
Zwischen den rosafarbenen Marmorsäulen brannte eine Vielzahl von Kerzen gleichsam wie ein Flammenmeer, so daß die Säulen eine rötliche Tönung annahmen. Das war von beeindruckender Schönheit. Hinter dem Sarg erhob sich ein riesiges Kreuz aus weißen Lilien.
»Ist das alles nicht ein wenig theatralisch, Cherié?« meinte Clémentine etwas abfällig. »Dieses Schwarz, und dieses Rot mit dem Licht ... Man möchte meinen, es ist das Vorzimmer der Hölle. Fürchtest du nicht, manche Leute damit zu schockieren? Der Tod verlangt doch eher einen bescheidenen Rahmen!«
Agathe hatte die Lippen eigensinnig zusammengepreßt.
»Den Rahmen bestimme ich. Vincent wäre glücklich.«
Die Jérômes hatten mit ihrem Wagen Papa, Rose und Tante Lottie in Rougeville abgeholt.
Papa und Tante Lottie trugen die gleiche Kleidung wie beim Begräbnis von Jacques de la Maillerie, hatten dieselben roten Augen wie damals und dieselbe resignierte Haltung.
Gott hatte es in seinem unermeßlichen Willen so gewollt, Amen!
»Was für ein bedauerlicher Unfall! Ach, was sind wir doch für jämmerliche Geschöpfe!« klagten sie immer wieder aufs Neue.

Rose stand in einer Ecke und langweilte sich zu Tode. Ein Totenzimmer war natürlich kein Ort, an dem man sich amüsieren konnte. Sie gähnte versteckt hinter ihrem Arm und schien die Perlen ihrer neuen Halskette vorwärts und rückwärts zu zählen.
»Betet Ihr den Rosenkranz, mein Kind?« fragte Großvater. Großvater pendelte unentwegt zwischen dem ersten und dritten Stockwerk hin und her.
»Endlich, Vater! Bleibt doch ein wenig bei uns!« beschwerte sich Tante Lottie. »Monsieur de Saint-Ferrieux hat Madame de Seurolles ein Schlafmittel verabreicht, damit sie die Tragödie hier unten nicht bemerkt. Die arme Frau schläft. Sie wird schon nicht aufwachen. Die Familie sollte vollständig anwesend sein, um die Kondolenzwünsche entgegennehmen zu können. Das sind wir Agathe schließlich schuldig.«
»Du regst mich auf, Lottie. Dieses Getue und Gejammere, diese ganze Flennerei überlasse ich lieber dir. Für dich ist das genau das Richtige ... Das Vergnügen eines älteren Fräuleins. Ich hingegen ersticke hier, ich brauche Luft.«
Die Damen Mougeaud hatten Zélie in Sacre-Coeur abgeholt.
Als Zélie all die Menschen sah, erklärte sie:
»Erlaubst du, Agathe, daß ich zu Henri ins Zimmer gehe? Die vielen Leute, von denen man meint, sie gingen hier nur spazieren ... Wenn ich sterbe, möchte ich nur meine Freunde um mich haben.«
Anne-Louise trug eine trübsinnige Miene zur Schau und fiel Agathe um den Hals:
»Mein armes Kleines, das tut mir so leid für dich. Ein Ehemann ist unersetzlich.«
Diese Meinung schienen nicht alle Herren, die ins Hôtel de Seurolles gekommen waren, zu teilen. Einige dieser Edelmänner deuteten ihr mit feuchten Blicken bereits an, daß sie gerne mehr Trost spenden würden ...
»Donnerwetter, Eure Lieferanten haben nicht schlecht geplaudert, ganz Paris ist über Eure Schulden auf dem laufenden«, bemerkte Louis-Marie sarkastisch. »Eine junge Witwe, die vor dem Ruin steht, das ist ein Glücksfall, denn sie ist eine leichte Beute. Was diese Herren wollen, ist eindeutig ... Und ich wette hundert Louis, daß Aimée d'Honfeuille, sobald sie die Neuigkeit erfährt, ihre Projekte von damals wieder aufnimmt. Ich

kenne diese alte Kupplerin. Sie ist imstande, mehr als fünf Jahre zu warten ...«
»Schämt Ihr Euch eigentlich nicht? Wie könnt Ihr jetzt davon sprechen ...«
»Nein, ich schäme mich nicht, ich möchte Euch einfach nur zur Vernunft bringen, und wenn ich damit Erfolg habe, umso besser. Wißt Ihr eigentlich, wie Ihr seid zwei Tagen ausseht? Wie eine Salzsäule! Vorige Woche wolltet Ihr Euch noch von ihm trennen und jetzt dieses Theater!«
»Laßt mich doch in Frieden! Seid Ihr jetzt schon auf einen Toten eifersüchtig?«
Wie immer hatte Louis-Marie recht. Madame d'Honfeuille kam in Begleitung von Talleyrand.
Der Fürst erschien in einem violetten, fast schwarzen Satingewand, an den Fingern trug er große Amethyste, und sein weißes Haar erinnerte an einen weichen Pelz. Er war immer noch eine bewundernswerte Erscheinung!
»Meine süße Kleine«, zwitscherte Madame d'Honfeuille. »Wir fahren nach Valencay. Warum besucht Ihr uns dort nicht einmal? Im Unglück ist die Einsamkeit kein guter Weggenosse. Der Park ist ganz entzückend, und Ihr könntet Euch ein wenig erholen. Mit zwanzig Jahren ...«
»Einundzwanzig.«
»Zwanzig, einundzwanzig ... ein Jahr mehr oder weniger zählt in Eurem Alter noch nicht.«
»Für mich, Madame, zählt dieses eine Jahr wie zehn Jahre.«
Papa fuhr in seiner autoritären Art, die man nur mit der Sorge um seine Tochter erklären konnte, dazwischen:
»Wir nehmen dich mit nach Rougeville, Kleines.«
»Aber Papa, Agathe verabscheut doch das Land!« protestierte Clémentine. »Sie kann mit uns nach Monceau kommen ... Chérie, ich werde nicht nach Haut-Buisson fahren, sondern bei dir bleiben. So können Henri und Victoire im Sommer zusammen spielen.«
Ja, richtig, es war bald Sommer. Strahlende Sonne schon am Morgen, brütende Hitze am Nachmittag und stimmungsvolle Sonnenuntergänge, eine Jahreszeit, in der die Liebe ebenso aufblühte wie die Erde ...
Wie schön war es, zu zweit faul und gemütlich im wohltuenden Schatten der Fensterläden im Bett zu liegen! An den Wänden

flirrten die hereinfallenden Lichtstreifen. Die Haut war feucht, der Körper wohlig matt, und man flüsterte sich Zärtlichkeiten oder Dummheiten ins Ohr. Die Zeit erschien unendlich... Diese Zeit gab es nun nicht mehr, denn Sèvres würde verkauft werden. Was sie aber auch keineswegs bedauerte, denn was sollte sie noch dort? Sie hatte niemand mehr, den sie dort empfangen konnte. Der Tod hatte um sie herum eine grausame Furche gezogen. Zuerst Darling, dann Vincent... Und wo war Pierre? Plötzlich, trotz dieser Düsternis, begann ihr Herz Purzelbäume zu schlagen, und es gelang ihr gerade noch, in unverbindlichem Tonfall zu antworten:

»Ihr seid alle sehr nett zu mir, aber ich bleibe lieber hier. Es ist schließlich mein Zuhause und das meines Kindes. Und außerdem habe ich Vincents Mutter zu versorgen.«

»Aber Chérie«, tastete sich Clémentine vorsichtig heran, »hast du einmal überlegt...? Dieses Hôtel verschlingt beträchtliche Summen an Unterhalt! Meinst du, wenn die Gläubiger ihren Teil bekommen haben, es bleibt dir noch etwas übrig?«

»Ich denke anders als du, ich... Und außerdem, die Zukunft...«

Agathe verstummte, denn die Hoffnungslosigkeit ihrer Lage war nicht zu übersehen.

Die Begräbnisfeierlichkeiten fanden am Samstag statt. Es war ein grandioses Ereignis. Agathe hatte alles bis ins kleinste Detail überwacht. Dazu gehörte sowohl das Dekor in der Kirche Saint-Thomas-d'Aquin als auch die Straußenfedern der sechs Pferde, die den Trauerwagen zogen.

In der von Lilien überquellenden Kirche wurde vor einer auserlesenen Trauergemeinde ein ergreifendes Requiem zelebriert, dessen glanzvoller Höhepunkt die perfekt einstudierten Chöre waren. Tante Lottie war so geblendet von all der Schönheit und Pracht dieses Begräbnisses, daß sie vorübergehend ihr Gejammer vergaß und, während sich der Trauerzug dem Friedhof näherte, meinte:

»Es ist, als würde ein Fürst zu Grabe getragen!«

Leise flüsterte Agathe ihr zu:

»Aber, liebe Tante, Vincent war ein Fürst.«

Worauf sie stolz ihren Kopf hob und schweigend und unbeirrbar ihren Gang fortsetzte.

Kapitel 35

Die Julihitze war drückend und schwül. Agathe hatte sich in ihr Boudoir zurückgezogen und verbrachte dort mit einem Buch, das sie nicht las, ihre Tage.

Louis-Marie schimpfte:

»Du lieber Gott! Jetzt bewegt Euch doch einmal von der Stelle, geht aus oder ... unternehmt eben irgend etwas!«

»Was soll ich machen? Ich fühle mich hier wohl«, antwortete sie ihm.

»Ihr vegetiert dahin wie eine Pflanze ohne Licht!«

Mit leisem Spott sah sie ihn an und meinte:

»Früher habt Ihr mich ungleich charmanter immerhin mit einer Blume verglichen, aber bitte, wie Ihr wollt! Es ist gar nicht so unangenehm, eine Pflanze zu sein ... Man wird gegossen, man wird umsorgt, man lebt so dahin, ohne sich um irgend etwas kümmern zu müssen ... Seht, ohne den kleinen Fingern zu rühren, sind meine Angelegenheiten erledigt worden. Charles Jérôme hat sowohl das Schloß in Sèvres als auch das Haus in Auteuil verkaufen können. Ich hätte das Gut in der Provence auch noch verkauft, aber er meinte, ich solle es als Erbteil für Henri behalten.«

Sie lächelte kurz:

»Der Gedanke, daß Vincent als Vater von Henri gilt, ist mir nach wie vor fremd! Charles versicherte mir, daß dieses Stück Land in der Provence, das der Notar der Seurolles gleich nach der Revolution wieder zurückgekauft hatte, mir ein Vermögen einbringen würde, sobald das Wiedergutmachungsgesetz beschlossen wird. Es ist sehr angenehm, wenn man einen Bankier als Schwager hat. Er meinte übrigens auch, das Gut sei in schlechtem Zustand. Das überrascht mich überhaupt nicht. Sich Vincent als jemand vorzustellen, der den Wein beschneidet oder die Olivenernte einbringt, ist wohl geradezu unmöglich. Charles wird einen Verwalter beauftragen, sich um alles Notwendige zu kümmern. Mir ist es egal, ich bin mit allem einverstanden, solange man mich in Ruhe läßt, mir nichts mehr von Schulden erzählt, und ich dieses Hôtel behalten kann. Die Bank hat mir eine Rendite versprochen, mit der ich die laufenden Kosten des Hauses bestreiten kann. Ich habe ein Dach über dem Kopf, mein Personal und genug zu essen, was will man

mehr? Natürlich wird man am Personal einsparen müssen, vielleicht muß ich mich mit Madame Follange als Schneiderin begnügen, aber was soll's, ich bin ohnehin der Eitelkeiten müde, und überhaupt läßt mich alles...«
Louis-Marie schickte sich an, aus dem Zimmer zu gehen.
»Ich bin meinerseits diese Art von Geschwätz leid, und wenn Ihr wieder bereit seid, meine Ratschläge zu befolgen, so können wir uns weiter unterhalten.«
Dann aber besann er sich eines Besseren und sagte in verändertem Tonfall:
»Aber, aber, mein Schätzchen, was ist denn los mit Euch? Was habt Ihr?«
»Nichts, gar nichts.«
Was ihn veranlaßte, mit einem lauten Knall die Tür hinter sich zu schließen.
Agathe starrte noch eine Weile auf die Tür, um dann mit einem Seufzer wieder ihr Buch aufzunehmen. Doch bald schon legte sie es aus der Hand, erhob sich nervös vom Sofa und begann, im Zimmer auf- und abzugehen.
Die passive Interesselosigkeit, die sie in Anwesenheit von Louis-Marie gern zeigte, war einem Gefühl von Furcht und Mutlosigkeit gewichen. Bisher war es ihr gelungen, dem durchdringenden Blick Louis-Marie zu entkommen, aber von Tag zu Tag wurde dieses Versteckspiel schwieriger. Bald würde sie sicher die Beherrschung verlieren, und er erfahren, was hinter ihrem seltsamen Gebaren steckte. Sie hörte bereits jetzt seine spöttischen Bemerkungen:
»Immer noch dieser Cousin Fournon! Mein armes Kind! Ihr zieht Katastrophen geradezu magisch an! Habt Ihr denn immer noch nicht genug? Ein Demi-Solde, ein Mann, dessen Vergangenheit keinerlei Nutzen bringt, schlimmer noch, dessen Zukunft... Und überhaupt, wo ist der schöne Vogel hingeflogen, ich sehe ihn gar nicht mehr? Wenn der Gatte stirbt, tritt normalerweise der Liebhaber an seine Stelle.«
Ja, wo war er? Diese beängstigende Frage konnte Agathe auch nicht beantworten.
Alle Versuche Charles Jérômes, ihn ausfindig zu machen, waren vergeblich geblieben. Seit diesem schicksalhaften Mittwoch im Juni war Pierre verschwunden. Er war unauffindbar, als hätte sich seine Spur in Nichts aufgelöst.
Charles Jérôme sagte:

»Er hat Paris mit Sicherheit verlassen. In der Provinz aber ist er sehr schwer aufzustöbern, zumal er jede Unvorsichtigkeit vermeiden wird, um nicht die Aufmerksamkeit der Polizei auf die zurückgelassenen Freunde zu lenken. In solchen Fällen begibt man sich gewissermaßen in Quarantäne, um die anderen nicht zu gefährden! Wenn sich die Situation ein wenig beruhigt hat, wird Fournon bestimmt von sich hören lassen, Ihr werdet sehen. Aber es ist einen Monat erst her . . .«
Das Unglück konnte den Menschen in wesentlich kürzerer Zeit ereilen, das hatte Agathe am eigenen Leib erfahren. Sie war ganz im Gegensatz zu Charles Jérôme auf das Schlimmste gefaßt.
Die Verschwörung war peinlichst verschwiegen worden. Nicht eine Zeile stand in der Zeitung, nicht die kleinste Unruhe war unter der Bevölkerung entstanden. Die Polizei hatte sich für weniger aufsehenerregende Aktionen entschieden. Die Liberalen wurden höflich aufgefordert, Paris zu verlassen, und die Bonapartisten wurden unter den verschiedensten Vorwänden verhaftet. Pierre könnte einer von ihnen sein . . . Charles Jérôme behauptete zwar das Gegenteil, aber ob er wohl, trotz seiner Verbindungen, über alles orientiert war? Es gab schließlich obskure Gefängnisse, in denen ein Gefangener selbst seine Identität verlor. War es nicht klug und zugleich bequem, ein Geheimnis, das aus verschiedenen Gründen vor Gericht hätte aufgedeckt werden können, einfach zu vergessen?
In ihren Alpträumen . . . die sie am Tag in völlig wachem Zustand hatte . . . nicht des nachts, da schlief sie mit Hilfe von Louis-Maries Schlafmittel . . . sah Agathe Pierre in solch einem Kerker eingesperrt. Welche Schreckensvision! Clémentine besuchte sie jeden Nachmittag mit der kleinen Victoire. Sie war die beste Schwester der Welt, doch es war unmöglich, sich ihr anzuvertrauen. Ihre zwar gütige aber zugleich unerbittliche Art war beängstigend!
Von Zeit zu Zeit kam Charles Jérômes mit dem Wagen, um seine Frau und seine kleine Tochter abzuholen. Während sie über geschäftliche Dinge sprachen, ließ er ihr unter der Hand die entsprechenden Neuigkeiten zukommen, meist jedoch gab es nichts Wichtiges zu berichten. Agathe beschlich ein Gefühl von Hoffnungslosigkeit.
Eines Abends, als Clémentine sich länger als gewohnt in Henris Zimmer aufhielt, sah Charles Jérôme lange und prüfend auf Agathes bleiches Gesicht und meinte dann:

»Das ist nicht richtig, was Ihr da tut, meine Liebe.«
»Nicht richtig?«
»Hört mir einmal gut zu! Ich weiß natürlich, daß Ihr denkt: Was mischt der sich in meine Angelegenheiten ein! Aber . . . nun ja, ich fange an, Euch ein wenig zu mögen und es tut mir weh, Euch wegen eines Abenteuers leiden zu sehen . . . Wohin soll das alles noch führen?«
»Das ist kein Abenteuer.«
»Gut, sei's drum! Dennoch, eine Liebe ist nur lebensfähig, wenn man sich auf gewisse Sicherheiten stützen kann. Seine Ideen und Aktionen verdammen ihn zwangsläufig immer in den Untergrund. Sagt einmal ganz ehrlich und ohne Umschweife: Glaubt Ihr, ein Leben im Schatten führen zu können?«
Agathe antwortete leise und träumerisch:
»Pierre hat einmal gesagt: Ich bin die Nacht und du der Tag.«
»Das hat er gesagt? Ihr seht, er denkt wenigstens nach!«
»Aber ich doch auch! Haltet Ihr mich für ein Dummerchen? Das, was Ihr mir vorhin gesagt habt, habe ich mir selbst schon hundertmal . . . tausendmal gesagt! Und außerdem habe ich ein Kind, für dessen Leben ich Verantwortung trage, ich weiß, worum es geht. Ich weiß es!«
Wütend erhob sie sich, und ihre Augen funkelten böse als sie fortfuhr:
»Das einzige, was ich wissen möchte, ist, ob es ihm gutgeht, und ob er nicht leiden muß.«
Ihre Stimme wurde brüchig:
»Nur das, Charles . . . Ich möchte die Gewißheit haben, daß er alles hat, um in seiner Art glücklich zu sein.«

Die letzte Juliwoche war ungewöhnlich heiß.
Die Sonne drang durch alle Mauern und erreichte selbst die entferntesten kühlen Winkel. Man erstickte gleichsam unter der drückenden Hitze.
In der Rue de Bourbon ging an diesem Tag alles schief. Der Küchenchef hatte Portal vor dem Abendessen erklärt, er wolle seine Talente nicht länger an eine Dame verschwenden, die seine Gerichte quasi unberührt zurückgehen ließ. Sobald man einen neuen Chef gefunden habe, wolle er gehen.
»Soll er doch gehen«, hatte Agathe apathisch bemerkt.
Louis-Marie erhob sich vom Tisch und erwiderte:

»Du lieber Gott! Ich kann Euch nicht mehr ansehen. Man hat den Eindruck, vor einem toten Gewässer zu stehen. Alles scheint Euch egal zu sein...«

Fast alles...

Es gab schon noch einige Kleinigkeiten, an denen ihr Herz hing. Zum Beispiel konnte sie sich maßlos über Flambert, den Diener Vincents, ärgern, wenn dieser zu ihr kam und beichtete, er habe aus Versehen beim Reinigen der Wohnung seines Herrn einen Flacon im Badezimmer zerbrochen. Alle Dinge waren in dem Zustand belassen worden, in dem Vincent sie zuletzt benutzt hatte. Jeden Morgen zündete Flambert die Räuchergefäße an und erneuerte die Blumenarrangements. Agathe liebte es, seine Räume immer wieder aufzusuchen. Die vielen Stoffe und Pelze dämpften die Geräusche, so daß man das Gefühl hatte, zwischen Himmel und Erde zu schweben. Es herrschte eine unendlich friedliche Stimmung. Wahrscheinlich war es die, die Vincent sein Leben lang gesucht und erst jetzt gefunden hatte. Agathe streichelte hie und da ein Möbelstück oder setzte sich hin, um die Szenen ihres kurzen gemeinsamen Ehelebens an sich vorbeiziehen zu lassen. Es war, als blätterte sie in einem Almanach, dessen Bilder nur in kräftigen, sinnlichaggressiven Tönen gehalten waren. Sie überzog sie jetzt mit einem Schleier von Zärtlichkeit und Melancholie und überließ sich ganz der Vorstellung, wie es gewesen wäre, wenn... Das war ein trauriges und zugleich bitteres Spiel, an dem sie eine Art krankhaftes Vergnügen fand. Für wenige Augenblicke vergaß sie die Gegenwart zu Gunsten einer Vergangenheit, welche nicht stattgefunden hatte... Aber die Liebe brachte sie wieder auf die Liebe, Pierre kam ihr erneut in den Sinn, und sie erhob sich und ging...

Die Hitze machte den Kindern ebenso zu schaffen wie den Erwachsenen.

An diesem Nachmittag waren Henri und Victoire besonders unerträglich, vor allem Henri. Louis-Marie meinte:

»Ihr verwöhnt ihn zu sehr. Der kleine Lausbub braucht eine starke männliche Hand.«

Was für eine Hand? Sie hatte ja selbst keine, auf die sie sich stützen konnte...

Diese Gedanken stimmten sie trostlos und verzweifelt. Da erschien Charles Jérôme.

Clémentine versuchte am anderen Ende des Zimmers Henri eine

hellblaue Satinschleife, die Victoire gehörte, aus der Hand zu nehmen. Er aber rannte mit diesem empfindlichen Stück, gefolgt von der weinenden Victoire, immer im Kreis herum.
»Du Ungeheuer! Du Schlingel!« rief Clémentine außer Atem. »Gleich werde ich dich . . .«
»Ich habe Neuigkeiten über Fournon«, flüsterte Charles Jérôme ganz leise.
Agathe blieb das Herz stehen. Sie hatte diese Worte so lange erwartet, daß Charles Jérômes Mitteilung ihr jetzt geradezu unwirklich vorkam. Ungläubig wiederholte sie:
»Ihr habt Neuigkeiten über Pierre?«
Und plötzlich wurde ihr klar, was er gesagt hatte. Die Worte überschlugen sich, so glücklich und aufgeregt war sie:
»Wie geht es ihm? Was . . .«
»Wenn Ihr mich aussprechen laßt . . . Einer seiner Kameraden hat mir gestern nachmittag dieses Briefchen überbracht . . .«
»Gestern! Und Ihr habt es mir nicht gesagt?«
»Ich wollte ihn vorher sehen.«
»Ihr habt ihn gesehen?«
»Ja, heute morgen traf ich ihn in Saint-Germain in einem Haus, das er mir in seinem Brief genannt hatte.«
»In Saint-Germain! Aber das ist ja ganz in der Nähe, aber . . . Charles, bitte, gebt mir sofort diese Adresse, ich . . .«
In diesem Augenblick tauchte Clémentine auf:
»Was habt ihr beiden da miteinander zu tuscheln?«
Agathe flüsterte:
»Charles, sagt es ihr.«
»Papa! Papa!«
Charles Jérôme nahm seine Tochter auf den Arm und drückte sie beruhigend an sich.
Nachdem er sie wieder zu Boden gelassen hatte, streichelte er liebevoll über ihren kleinen roten Schopf und sagte:
»Lauf, mein Kätzchen, und spiel mit deinem Cousin.«
Und zu Clémentine gewandt:
»Agathe hatte mich beauftragt, Pierre de Fournon ausfindig zu machen. Erinnerst du dich? Der Sohn eures Cousins Fournon. Er hat mich einmal in Monceau besucht.«
»Der Bruder von Gaston, der Demi-Solde? Ja, ja, ich erinnere mich. Wie kann ein so schöner Mann nur der Bruder von diesem armseligen Gaston sein?«

Clémentine lachte und fügte hinzu:
»Ihn ausfindig machen, sagst du?... Ist es Gaston, der ihn sucht, Agathe? Haben sich seine Eltern endlich entschlossen, ihm zu verzeihen?«
»Er ist in Gefahr«, bemerkte Charles Jérôme vorsichtig.
»Das wundert mich nicht. Alle Demi-Soldes sind Revolutionäre. Der einzige Luxus, den sie sich leisten können, denn er kostet schließlich nichts, ist herumzustreunen, und das tun sie zur Genüge. Diese Leute sind eine Gefahr, sage ich dir, und das gilt ebenso für Gastons Bruder wie für alle anderen.«
Clémentine hielt in ihrer Tirade inne und sah ihre Schwester an:
»Was hast du, Agathe?«
»Ich, ich ganz allein habe deinen Mann gebeten, ihn ausfindig zu machen. Ich bin seit zwei Jahren seine Geliebte.«
»Du bist...«
Clémentine ging einen Schritt auf sie zu:
»Du scherzt wohl?«
»Sehe ich so aus?«
»Und das sagst du mir einfach so? Mir, deiner Schwester!«
Clémentines Gesicht lief rot an, das Gold ihrer Augen färbte sich plötzlich gelb:
»Und du, Charles, hast es gewußt und ließest es geschehen! Meine Schwester mit diesem...«
»Charles weiß erst seit... seit Vincents Tod Bescheid, und ich habe ihn um Stillschweigen gebeten. Wenn er es dir gesagt hätte... Vielen Dank für deine Vorwürfe!«
»Du gibst es also zu... Gerechter Gott! Ein Demi-Solde, ein...«
»...Ein Demi-Solde, ein Revolutionär, ein Unruhestifter«, unterbrach sie Agathe und fuhr dann fort:
»Bemüh dich nicht, es mir nochmals zu wiederholen, verschone mich mit diesen Gemeinplätzen. Denn du und die Politik...! Daß jemand sich für ein Ideal aufopfern kann, ist dir natürlich vollkommen unverständlich. Das einzige, was du im Kopf hast, sind deine eigenen Interessen und Wünsche.«
»Und die meiner Familie, stell dir vor! Wenn ich nicht gewesen wäre...«
Agathe seufzte ungehalten.
»Wir wissen, daß du vollkommen bist! Aber ich...«
»Kommen wir doch zur Sache! Hast du dich nicht immer als

Ultra-Royalistin aufgespielt, und warst du nicht die erste, die meine Heirat mit Charles kritisiert hat...«
»Clémentine, ich bitte dich«, sagte Charles Jérôme, doch Clémentine fuhr fort:
»Wenn man so streng mit anderen ins Gericht geht, sollte man es mit sich selbst auch tun, mein Kind. Also, ein Demi-Solde, entschuldige bitte, ich verstehe nichts mehr!«
Agathe entgegenete ihr gelassen:
»Es gibt nichts zu verstehen. Der Zufall hat uns zusammengeführt. Es hat wahrscheinlich so kommen müssen.«
»Mama! Mama!«
Henri kam angelaufen und heulte mit hochrotem Gesicht:
»Victoire ist böse! Sie hat mich gekniffen.«
Agathe lief zur Glocke und zog heftig an der Schnur.
Henri blieb wie erstarrt mitten im Zimmer stehen und sah seine Mutter mit großen erstaunten Augen an. Was klingelte da plötzlich in seinem Reich? Und was hatte Mama? Sonst eilte sie beim geringsten Schrei herbei, war zärtlich mit ihm und gab ihm Küsse, die so wunderbar nach Schokolade dufteten, heute schien sie ihn jedoch überhaupt nicht zu beachten, sie war weiß, ja sogar kreideweiß wie die kleinen Männchen aus Papier, die er immer mit Mademoiselle Jammeton ausschnitt.
Die Zofe trat ein.
»Madame?«
»Louise, nimm bitte die Kinder mit!«
Als sie draußen waren, fuhr Agathe fort:
»Charles, bitte gebt mir diese Adresse! Ich werde dorthin gehen. Ich muß Pierre unbedingt sprechen und ihm erklären... Wir haben uns beim letzten Mal unter unglücklichen Umständen getrennt!«
»Ich fürchte, meine Liebe... Es ist so... Er hält sich nämlich nicht mehr in Saint-Germain auf.«
Wieso sprach er so langsam? Weshalb war er auf einmal so zurückhaltend und vorsichtig? Er kam Agathe vor wie ein Arzt, der nicht mit der vollen Wahrheit über eine unheilbare Krankheit herausrücken wollte.
»Wo ist er? Was habt Ihr mir zu verbergen?« fragte sie.
Und rein instinktiv, als müßte sie sich auf eine schlimme Nachricht gefaßt machen, hielt sie sich mit der Hand an der Tischkante fest.
»Ich verberge Euch nichts. Clémentine und Ihr habt mir nicht eine

Minute Zeit gelassen, etwas zu sagen... Also, Fournon war hier und dort, bevor er in Saint-Germain gelandet ist. Das Netz der Polizei hat sich jedoch gefährlich dicht zusammengezogen, so daß sein einziger Ausweg darin besteht, daß er möglichst schnell verschwindet.«
»Verschwinden?« wiederholte Agathe wie betäubt.
Verschwinden! Genau dieses Wort hatte Vincent auch gebraucht, bevor er sich das Leben nahm...
Ihre Kehle war wie zugeschnürt, und sie brachte kein Wort heraus.
»Nach Paris zurückzukehren, stellte für ihn ein ungeheures Risiko dar«, fuhr Charles Jérôme fort.
»Er hat es dennoch in der Hoffnung getan, eine Möglichkeit zu finden, um ins Ausland zu fliehen... und dort zu bleiben. Ohne Papiere über die Grenze zu kommen, ist zwar schwierig, aber immerhin durchführbar, dagegen ohne Geld und ohne Bürgen in ein fremdes Land zu gehen... das ist ausgeschlossen. Deshalb hat er mich kontaktiert, denn wir Bankiers haben in ganz Europa unsere Beziehungen.«
»Ins Ausland fliehen! Aber... aber...«
Plötzlich war sie wieder hellwach geworden.
»Aber Charles, Ihr habt mir doch versprochen... Kann man nicht...? Ich kenne gewisse hochstehende Persönlichkeiten, und Ihr doch auch. Nachdem wir ihn jetzt gefunden haben...«
»Weder Eure noch meine Verbindungen reichen aus, um einem Verschwörer zu helfen.«
Clémentine, die die ganze Zeit über schweigend zugehört hatte, stieß einen empörten Schrei aus:
»Ein Verschwörer! Gerechter Gott! Charles...«
Er ging zu ihr und strich ihr über die Wange:
»Clémentine, sei so lieb und halte dich da raus!«
Und zu Agathe gewandt:
»Ich habe Euch versprochen, ihm zu helfen, und das habe ich auch getan.«
»Wohin ist er gefahren, wohin habt Ihr ihn geschickt?« fragte sie matt.
»Ich besitze Anteile einer Zuckerrohrplantage auf der Ile de Bourbon. Der Vicomte de Folière, der sie gemeinsam mit seinem Sohn leitet, kommt langsam in die Jahre, und ich möchte dem Sohn gern eine Vertrauensperson zur Seite stellen, die praktisch die gleichen Befugnisse hat wie er. Aber das ist nicht so einfach.

Eine Plantage dieser Größenordnung verlangt eine verantwortungsvolle Persönlichkeit mit sehr viel Mut, sehr viel Ausdauer und einer gewissen menschenfreundlichen Haltung gegenüber den Sklaven, die die meisten Menschen nicht besitzen. Verfügt man jedoch über diese Eigenschaften, muß man außerdem noch bereit sein, sein Mutterland zu verlassen... Kurz, mir ist die Idee gekommen, daß Fournon für diese Stelle geeignet wäre. Das entspräche seinen Maßstäben. Er könnte sich da unten ein neues Leben aufbauen und sich eine ausgezeichnete Existenzgrundlage schaffen. Den Namen Fournon könnte er in allen Ehren tragen, denn die Polizei, die sicher nicht geneigt ist, sich dorthin zu begeben, kennt nur seinen Decknamen Duval und seine Personenbeschreibung.«

»Hat Pierre Euren Vorschlag akzeptiert?«

Ihre eigene Stimme kam ihr fremd vor. Sie fühlte sich wie betäubt und vollkommen kraftlos.

»Jetzt, in dieser Minute, dürfte er bereits nach Nantes unterwegs sein. Eines unserer Schiffe liegt dort zur Zeit vor Anker und wird beladen. Pierre wird an Bord gehen und sich dort bis zur Abfahrt Anfang nächster Woche versteckt halten. Einen sichereren Unterschlupf gibt es für ihn im Moment nicht.«

Charles Jérôme beugte sich zu Agathe und berührte ihre Hand:

»Es tut mir wirklich leid, mein Kleines«, sagte er mitfühlend. »Aber Ihr wolltet doch, daß er sich gesund und wohlbehalten außer Reichweite der Polizei befindet. Und das tut er, außerdem hat er die besten Zukunftsaussichten, die man sich nur denken kann. Für Euch, glaubt mir, ist es die beste Lösung. Sie ist zwar grausam, aber manchmal ist das Messer des Chirurgen besser als alles andere...«

Agathe hatte nichts dazu zu sagen, sie blickte starr zu Boden.

»Chérie...«

Clémentine eilte zu ihr und nahm sie in ihre Arme.

»Chérie, aber wir sind doch da, und wir lieben dich! Charles hat recht. Dieser Bursche hätte dir deine ganze Zukunft verdorben. Wenn man jung ist, versteift man sich leicht auf jemand, obwohl es eigentlich nur eine Schwärmerei ist. Später erst wird einem klar...«

Agathe löste sich aus ihrer Umarmung:

»Laß mich!«

Sie ging langsam zum Fenster.

»Agathe, Fournon hat mir einen Brief für Euch mitgegeben.«
Sie nahm ihn. Wie lächerlich das doch war, ein Abschiedsbrief! Das Unabänderliche war doch bereits geschehen, was sollte also dieses Häufchen Asche noch? Sie hatte keine Lust, den Brief zu öffnen, sie hatte zu gar nichts mehr Lust, sie wollte sich nur noch in ein Loch verkriechen, die Augen schließen und schlafen. Im Schlaf sind alle Leiden aufgehoben.
Ihre Hände falteten indessen den Brief auseinander, und die Worte sprangen ihr entgegen:
»Mir hat der Mut gefehlt, Dich noch einmal zu sehen ... Es ist auch besser so ... Wir hätten uns niemals begegnen dürfen, ich habe Dir nichts zu bieten ... Du, die Strahlende, und ich, ein Nichts ... Ich liebe Dich. Adieu.«
Nie mehr wieder! schrieb er. Sie würden sich nie mehr wiedersehen. Er ging fort. Ans andere Ende der Welt ... zu den Wilden ... Sie hatte ihn verloren.
Wütend zerknüllte Agathe den Brief. Sie hörte immer die gleichen Worte von ihm: Trennung, Verzicht, Logik, Vernunft. Ständig hatte sie gegen irgendwelche Widerstände anzukämpfen. Von Anfang an war es so gewesen. Stets war sie diejenige gewesen, die den ersten Schritt tat, die eine Initiative ergriff, die sich stark machte für diese Liebe, die so schwer zu halten war ... Und jetzt, in dieser Situation war es wieder dasselbe ... verzichten, vernünftig sein ... Wieso eigentlich, bitteschön sollte sie vernünftig sein? Wieso sollte sie die Regeln der Gesellschaft befolgen, dabei aber die Bedürfnisse ihres Herzens und ihres Körpers verleugnen? Sie war doch eigentlich eine lustige und heitere Natur. Sie lachte und amüsierte sich gern. Sie hatte ihm einmal gesagt: »Traurigkeit und Schmerz nisten sich bei denen ein, die auf sie warten. Mich wird das Unglück nie erreichen. Bevor es mich erwischt, werde ich mich heimlich davonstehlen und weit, weit weglaufen.« Hatte sie sich also schon dermaßen verändert, daß sie jetzt klein beigab? ... Zwanzig Jahre, und schon alt und resigniert? Bald würde sie den gleichen Weg wie alle anderen gehen: Einen Mann heiraten, den sie nicht liebte, der aber über die Mittel verfügte, die ihr halfen zu vergessen, daß sie einmal geliebt hatte. Ein vorgezeichnetes Schicksal: Equipagen, Empfänge, Schlösser, Schmuck, Kleider, immer mehr und mehr, man konnte gar nicht genug von all dem bekommen, denn man lebte ausschließlich davon. Das würde ihr einziger Lebensinhalt sein, und schließlich hatte sie von frühester

Jugend an all das angestrebt, um es dann auch zu erreichen. Aber sie war nicht zufrieden damit... Mit zwanzig Jahren konnte das Leben doch noch nicht allein aus Erinnerungen bestehen, mit zwanzig Jahren lag das Leben doch noch reich und unendlich wie ein Ozean vor einem... Und wenn die Lust an diesem Leben zu schwinden drohte, so lief man ihm nach...
Agathe schloß wie geblendet von dieser plötzlichen Einsicht die Augen, um sie gleich wieder zu öffnen.
Charles Jérôme und Clémentine saßen Seite an Seite und beobachteten sie.
Sie fragte:
»Ist Nantes sehr weit von Paris entfernt? Wie lange...«
»Ein Brief braucht...«
»Nein, nein, kein Brief, Schluß mit den Briefen!« schrie sie auf einmal.
Sie warf den Kopf in den Nacken und ging bebend vor Aufregung auf die beiden zu:
»Charles! Clémentine! Wißt Ihr, was ich gerade beschlossen habe? Ich gehe auch, ich gehe mit Pierre!... Charles, Ihr habt sicher für mich und Henri noch einen Platz auf Eurem Schiff!«
»Agathe! Aber... Aber du bist verrückt! Ich habe nie etwas Dümmeres gehört, du, Charles, bitte, sag ihr...«
Clémentine war außer sich.
Agathe sah sie fest an:
»Nein, ich bin nicht verrückt. Ich liebe ihn. Mein Glück, das ist er. Und da er geht, gehe ich mit ihm. So einfach ist das. Verstehst du!«
»Einfach!« wiederholte Clémentine entsetzt. »Zu einer verlassenen Insel zu fahren und uns, deine Familie zurückzulassen! Willst du Papa umbringen?«
»Papa hat seine Frau, seinen Sohn und ein neues Zuhause. Das brauche ich dir doch wohl nicht extra in Erinnerung zu rufen, denn den lieben langen Tag hast du dich darüber ausgelassen. Papa hat sein Leben und du hast deins. Wieso soll ich nicht das Recht haben, meins zu haben?«
Agathe biß sich auf die Lippen und meinte dann:
»Natürlich würde ich es vorziehen...«
»Du würdest es vorziehen, du würdest es vorziehen, aber du tust, was du willst, du läßt uns hier und gehst einfach auf und davon. Guten Tag, Auf Wiedersehen! Charles, um Himmelswillen, so sag doch etwas!«

»Wenn ich mich recht erinnere, du kleiner Teufel, so hast du dich einen Dreck um deine Familie gekümmert, als du mich geheiratet hast.«

Clémentine reagierte zornig:

»Das ist doch überhaupt kein Vergleich! Bin ich etwa ans andere Ende der Welt gegangen? Und ...«

»Wärst du mir nicht dorthin gefolgt?« unterbrach er sie schmunzelnd.

»... Und du warst ein ehrbarer Mann.«

»Pierre de Fournon ebenfalls! Ich kenne kaum einen anständigeren jungen Mann als ihn.«

»Ein Bursche, der nicht den geringsten Sou besitzt!« widersprach Clémentine energisch. »Und du, mein Kind, bist es gewohnt, mit Geld nur so um dich zu werfen! Erkläre mir doch bitte, wie ...«

»Ach, auf einer Insel, nehme ich an, gibt es andere Dinge.«

Agathe schmunzelte:

»Es wird natürlich keinen Leroy geben, der mich verführen kann ... Aber ehrlich gesagt, das ist mir auch egal.«

»Es ist ein Unterschied zwischen der Vorstellung und der Realität«, bemerkte Charles Jérôme. »Ihr seid Euch hoffentlich darüber klar, was Ihr tut! Das mondäne Leben, die Empfänge und all das hat Euch immer sehr viel bedeutet!«

»Warum? Gibt es auf dieser Insel unter den Franzosen keine Empfänge?«

»Doch schon, aber das Flair von Paris fehlt eben. Es ist wie in der Provinz, man langweilt sich. Und die Langeweile ist der Tod jeder Liebe.«

»Ich, mich langweilen? Hier langweile ich mich! Charles, seid so lieb, das einzige, worum ich Euch bitte, ist ein kleiner Platz auf Eurem Schiff. Den Rest laßt nur meine Sorgen sein.«

»Und der Skandal!« begann Clémentine wieder. »Hast du dir einmal überlegt, was die Leute sagen werden, wenn du zwei Monate nach dem Tod deines Mannes das Haus verläßt?«

»Du weißt doch, und du hast es selbst gesagt, daß sich die Leute über mein Verhältnis zu Vincent kaum irgendwelchen Illusionen hingegeben haben. Und überhaupt, die Leute, die sind mir vollkommen egal!«

»Dies ist dir egal, jenes ist dir egal ... Offenbar ist dir alles egal, selbst der Kummer, den du mir bereitest. Aber weißt du, das überrascht mich nur teilweise, denn irgendwie habe ich immer

geahnt, daß du eines Tages eine große Dummheit begehen würdest. Daß sie allerdings von dieser Größenordnung sein würde, konnte ich mir nicht mal in meinen kühnsten Träumen vorstellen. Fortzugehen und alles aufzugeben für so einen Mann!«
Niedergeschlagen ließ sich Clémentine in einen Sessel fallen. Wie klein sie darin wirkte!
Agathe kniete sich vor sie hin und streichelte ihre Hände:
»Clémentine, Liebes, möchtest du mich lieber unglücklich sehen? Ich habe mehr als genug Leid in letzter Zeit zu ertragen gehabt. Wenn man nach außen hin fröhlich wirkt, so heißt das noch lange nicht, daß man es auch wirklich ist. Man leidet vielleicht mehr, weil man gar nicht gewohnt ist, damit umzugehen... Und was die Dummheiten betrifft, sicherlich, die habe ich gemacht, sogar solche, von denen du noch gar nichts weißt. Aber jetzt... Vielleicht gerade deshalb, weil mich diese Schicksalsschläge getroffen haben, bin ich reifer geworden und habe mein Herz entdeckt. Ich liebe, verstehst du, ich liebe Pierre, und er liebt mich. Ich sehe nur noch diese Chance, wahrscheinlich ist es unsere letzte... Ein Leben hier in Frankreich mit ihm ist unmöglich. Er würde sich weiterhin seinen politischen Ideen und seinen Kameraden widmen. Das wäre die Hölle. Aber dort unten wird alles ganz anders sein. Wir können endlich unser eigenes Leben führen ohne Politik und ohne all das, was uns hier trennt... Ein Leben wie das deinige mit Charles. Ich brauche ihn so sehr. Ohne ihn fühle ich mich einsam und nutzlos, wie eine Puppe mit schönen Kleidern, die innen hohl ist. Er ist...«
Zärtlich fügte sie hinzu:
»Ich glaube, er ist meine Seele.«
»Und dein Sohn? Du redest von dir, und von diesem Burschen, aber was ist mit deinem Kind? Wie kannst du dieses unschuldige kleine Wesen in diese Wildnis...«
»Er wird keinen besseren Vater finden«, fiel Agathe aufbrausend dazwischen. »Bestätigt es Ihr, Charles, Ihr kennt Pierre gut genug.«
»Pierre... Pierre... denkst du vielleicht auch einmal an die Lebensbedingungen, denen dein Kind ausgesetzt sein würde? Ein ungesundes Klima, mangelhafte Hygiene und eine Unzahl von Insekten, die zum Teil auch gefährliche Krankheiten übertragen... Es ist bekannt, daß diese Inseln alle damit verseucht sind.«
»Ich wette, die Ile de Bourbon ist sehr hübsch. Viele Blumen,

Vögel aller Arten und aller Farben und rundherum ein paradiesischer Sandstrand.«
»Sie ist verrückt, vollkommen verrückt«, gab sich Clémentine endlich geschlagen.
Nur noch einen letzten Vorstoß wagte sie:
»Charles, ich verbiete dir, ihr zu helfen. Du merkst doch selbst, wie unvernünftig sie ist.«
Worauf Agathe hinzufügte:
»Ich schwöre Euch, Charles, daß ich mich in meinem ganzen Leben nie vernünftiger gefühlt habe.«
Er fragte:
»Wißt Ihr eigentlich, wo die Ile de Bourbon liegt?«
»Nein.«
»Von der Spitze Afrikas aus gesehen rechts ein wenig höher liegt die Insel Madagaskar, und wenn Ihr sie überspringt, seid Ihr auf der Ile de Bourbon im Indischen Ozean... Falls Ihr Euch mit Fournon wieder streitet und meint, das Leben dort unten sei für Euch unerträglich, so müßt Ihr warten, bis wieder ein Schiff nach Frankreich geht. Die Überfahrt dauert mindestens zwei Monate, manchmal auch länger wegen der Unwetter.«
Zwei Monate. Mein Gott, das war lang, aber sie hatte schnell ihren Elan wiedergefunden und sagte:
»Es wird nichts mehr geben, das uns trennt, wir werden uns nicht mehr streiten.«
»Seid Ihr so sicher? War es nicht paradoxerweise die Gegensätzlichkeit, die Euch an ihn gebunden hat? Denkt einmal darüber nach! Bedenkt auch, daß es auf einer Insel weit weniger Möglichkeiten der Zerstreuung gibt als in Paris.«
»Ihr kommt wieder auf das gleiche. Man könnte meinen, daß Festlichkeiten mein einziger Lebensinhalt gewesen wären.«
»Das waren sie doch auch... Bedenkt, daß Ihr oft allein sein werdet, und daß die Angestellten Einheimische sind, denen Ihr alles erst beibringen müßt. Gut, das sind vielleicht nur Kleinigkeiten, aber wenn viele Kleinigkeiten zusammenkommen, sind sie durchaus imstande, Euer Glück sehr zu beeinträchtigen... Ich will Euch nicht länger belästigen, aber statt feinem Sandstrand gibt es Steine, das Klima ist tropisch-feucht und die Hitze unerträglich...«
»Charles, ich bitte Euch, hört jetzt auf, Ihr könnt mir mein Vorhaben nicht vergällen.«

Agathe schüttelte anmutige ihre Locken und lächelte ihm schelmisch zu:
»Ihr wißt doch, daß ich immer erreiche, was ich will. Und wenn man etwas sehr stark will, hält man sich nicht bei Detailfragen auf. Sonst kann man gleich zu Hause bleiben und auf bessere Zeiten warten. Es gibt kein Glück ohne Risiken ... Und im Grunde genommen, das fühle ich, stimmt Ihr mir doch zu, oder etwa nicht?«
»Mein Gott!«
Er ging zu Clémentine und legte ihr die Hand auf die Schulter.
»Mein Kind, es tut mir zwar leid für dich, aber es stimmt, was deine Schwester sagt ... Nein, nein, unterbrich mich nicht! Man muß eine Absicht, die so spontan und so von Herzen kommt, respektieren. Zu was auch immer sie führen mag, und wie immer sie sich gestalten wird ... Alles Leben kommt letztlich aus dieser Kraft, die im Menschen wohnt, und nur, wer sie in sich zu aktivieren weiß, unterscheidet sich von anderen.«
Er lächelte Agathe zu:
»Mein liebe Schwägerin, mein Schiff steht Euch zu Verfügung.«
»Oh! Charles! Charles! ... Clémentine, Liebes, sei nicht mehr beleidigt, sag mir etwas Nettes wie dein Mann, ich bin überglücklich! Und außerdem sehen wir uns irgendwann wieder, schließlich will ich nicht bis zum Ende meiner Tage auf dieser Insel bleiben!«
Agathe strahlte vor Glück und Zufriedenheit, ihre Augen leuchteten wie zwei Sterne am Himmel.

Kapitel 36

Charles Jérôme und Clémentine hatten darauf bestanden, sie bis Nantes zu begleiten.
Nach einer anstrengenden Reise in mehreren Etappen, die Agathe in ihrer Ungeduld als doppelt solange empfunden hatte, kamen sie endlich an.
»Chérie, du mußt mir oft schreiben«, sagte Clémentine mit zitternder Stimme. Agathe umarmte sie.
»Das verspreche ich dir, ganz bestimmt, Liebes! Ich werde jedem Schiff, das die Ile de Bourbon in Richtung Frankreich verläßt, viele, viele Briefe mitgeben, die Post wird eine Spezialkutsche abordnen müssen, um dir alle Briefe zustellen zu können ... Und Charles, Ihr müßt Nachsicht üben, wenn ich zu viele Orthographiefehler mache. Man sagt, ich habe einen hübschen Stil, aber mit der Rechtschreibung stehe ich auf Kriegsfuß. Wörter klingen so schön, wenn man sie spricht, aber will man sie niederschreiben, sträuben sie sich ...«
Reden, reden, irgend etwas, um nur ja nicht zu sehr von dieser Aufregung vereinnahmt zu werden ...
»Wir kommen jetzt ins Quartier Graslin«, kündigte Charles Jérôme an. »Der Reichtum hier zeugt von der Größe unseres Seehandels, der Nantes im vorigen Jahrhundert zum wichtigsten Hafen Frankreichs gemacht hat. Die Geschäfte sind ebenso elegant wie die in Paris.« Aber Agathe war viel zu aufgeregt, um hinauszusehen. Ihr Blick war unaufhaltsam in die Ferne gerichtet, und sie wollte wissen:
»Ist es noch weit bis zum Hafen?«
Die Pferde umkreisten einen Platz, um alsbald wieder in verschiedene Straßen einzubiegen. Sie fuhren an prachtvollen Palästen vorbei, von denen jeder einzelne von Charles Jérôme mit einem Namen versehen wurde. Namen, Häuser, Paläste, Straßen, alles glitt an ihr vorüber, ohne daß sie etwas davon in sich aufnahm, bis plötzlich ein dumpfes Geräusch an ihr Ohr drang, das nichts mit dem Lärm einer Stadt gemein hatte. Es war ein rätselhaftes Grollen von weither, das stärker und stärker wurde, bis sie unvermittelt keine Häuser mehr vor sich sah, und der Horizont in der Ferne sichtbar wurde. Agathe beugte sich zum Fenster hinaus und rief:

»Charles, Clémentine! Das Meer!« Wobei ihr Blick auf die weite, unendliche Wasserfläche fiel, die sich in unterschiedlichem Blau- und Grüntönungen vor ihr ausbreitete. Riesige Schiffe, umgeben von kleineren, die sie flink und beweglich wie ein Schwarm Fische umfuhren, lagen friedlich eins neben dem anderen an hohen Kaimauern.

Agathe zeigte auf den Hafen und wollte wissen:

»Welches ist das Eurige?«

Charles Jérôme mußte lachen:

»Ich könnte Euch mehrere nennen, aber ich vermute, daß Euch nur ein einziges interessiert.«

»Charles! Welches ist es, welches?«

»Dies hier: *L'Arcole* . . . da, meine Liebe, zu Eurer Rechten am Kai, das mit dem großen, weißen Fallreep.«

Die Breitseite glänzte wie blankgeputztes Leder, die riesigen Masten ragten mit ihren Spitzen hoch in den Himmel, und die Brücke des Schiffs war breit und lang wie eine Promenade.

Agathe öffnete die Portiere.

»Was macht Ihr denn da?«

»Ich muß raus. Ich . . . Charles, Clémentine, entschuldigt, aber ich kann nicht mehr, ich kann nicht länger warten!«

»Wartet wenigstens, bis wir Euch dort absetzen. Die Kais eignen sich nicht besonders zum Ausführen einer Garderobe von Leroy.«

Diese Fahrt zur *Arcole* war eine Qual. Das Schiff lag zum Greifen nahe vor ihr! . . . Und doch schienen unzählige Hindernisse den Weg zu verstellen.

Dieser Kai bot das Bild eines Jahrmarktes. Fuhrwerke, Karren, Stoffballen, Fässer, alles lag durcheinander inmitten von schreienden, fluchenden Menschen.

Agathe zersprang fast vor Neugier und Ungeduld.

Endlich hatte man die Menge durchquert und hielt unmittelbar neben dem Schiff an.

Von nahem betrachtet schienen seine Ausmaße noch imposanter; man kam sich vor wie eine Ameise am Fuß eines Gebirges. Die Bordwand stieg unendlich weit empor.

Clémentine raffte ihre Röcke und sagte:

»Wir begleiten dich selbstverständlich.«

»Bitte . . .« begann Agathe, aber Charles Jérôme ließ sie gar nicht ausreden:

»Clémentine, Kindchen, hast du vergessen, daß Liebespaare gern allein sind? Wenn wir jetzt mit deiner Schwester hochgehen, wird Monsieur Duprez, der Kapitän, uns feierlich mit seiner gesamten Mannschaft begrüßen wollen, was Agathe kaum recht sein dürfte. Laß sie ihn doch überraschen, verderben wir ihr nicht die Wiedersehensfreude!«

»Ich soll Agathe zu diesen Seemännern allein hinaufgehen lassen?«

»Wenn du jetzt noch ein Wort sagst, dann schreie ich, hörst du!« schimpfte Agathe. »Charles, ich gehe!«

»Bis nachher. Wir warten noch auf die anderen und kommen dann mit Henri nach.« Er lachte und meinte:

»Ich wette, meine liebe Schwägerin, Ihr werdet die Nerven unseres armen Duprez ganz schön strapazieren. Wenn der Euren ganzen Anhang sieht . . . Aber was rede ich, ich halte Euch nur auf, lauft!«

Obwohl sie am liebsten auf – und davongelaufen wäre, beugte sie sich noch einmal hinein und drückte Charles Jérôme einen Kuß auf die Wange:

»Danke, danke für alles. Vielleicht kann ich mich eines Tages für Eure Güte revanchieren . . . Clémentine, Liebling, ich erkläre öffentlich, daß ich mich getäuscht habe. Du konntest mit Charles keine bessere Wahl treffen.«

Mit spöttischem Lächeln auf den Lippen bemerkte er:

»Ehrlich gesagt, auch ich habe mich getäuscht. Ich hielt Euch für eine hübsche kleine Hexe ohne Herz, aber ich bin eines Besseren belehrt worden. Aber jetzt lauft schnell zu dem, dem Euer Herz gehört.«

Sie flog dahin wie von Engeln getragen.

Nachdem sie das Fallreep hochgeklettert war, kam sie oben völlig außer Atem an und stand mutterseelenallein auf dem Schiff. Sie sah sich ein wenig um.

Der Boden unter ihren Füßen schwankte ganz leicht und regelmäßig, als empfinge dieses riesige Ungetüm in der Tiefe irgendwo unaufhörlich gleichmäßige Schläge. Vor ihr hingen die unzähligen Segel schlaff an den in den Himmel ragenden Masten. Die Männer gingen irgendwelche Beschäftigungen nach. Sie sahen lustig aus mit ihren gebräunten Gesichtern, in denen die Augen hell aufleuchteten. Sie sahen Agathe nur kurz an, bemerkten offenbar ihre Trauerkleidung und blickten sofort beschämt zur Seite, um ihre Arbeit wieder aufzunehmen.

Agathe entschied sich, einmal übers ganze Deck zu gehen. Wenn sie Pierre nicht fand, konnte sie ja Monsieur Duprez, den Kapitän, fragen.
Alles war wie in einem Traum. Das Vogelgeschrei in der Luft, diese ungewohnte Umgebung, dieses unendliche Meer, das bis zum Horizont reichte und vor allem dieser zärtliche Taumel, der sie erfaßt hatte... Wenn man so grausam gelitten hatte wie sie, war die Freude plötzlich eine irreale Größe.
Sie erreichte den Bug... Oder war es das Heck? Abgesehen von einigen Ausdrücken, die sie irgendwo einmal gelesen hatte, war ihr diese neue Welt, die sie da betreten hatte, völlig fremd. Von Meeren und Schiffen hatte sie nicht die geringste Ahnung... Wenn man im Faubourg Saint-Germain wohnte, kannte man das Meer nur im Bilderrahmen an der Wand. Aber bald würde sie über das Meer, die Seeleute, die Winde und Sterne genau Bescheid wissen. Wie romantisch mußte es sein, mit Pierre zusammen in der dunklen Nacht die Sterne zu entdecken...
»Was sucht Ihr, Mademoiselle?«
Agathe erschrak.
»Ich... ich...«
Im selben Augenblick nahm sie etwas weiter hinten eine Gestalt wahr, die auf die Reeling gestützt aufs Meer hinausblickte. Der Boden schien unter ihren Füßen noch mehr zu schwanken, und sie sagte wie abwesend:
»Diesen Herrn da, der aufs Wasser schaut.«
Sie raffte ihre Röcke und rief:
»Pierre! Pierre!«
Er fing sie mit seinen Armen auf und drückte sie fest an sich:
»Agathe! Aber... aber... Du lieber Gott, was machst du hier?«
Seine grünen Augen drückten eher Verblüffung als Begeisterung aus, aber das würde sich schon ändern, die Hauptsache war, daß sie ihn wiedergefunden hatte.
Glücklich lächelte sie ihn an:
»Du siehst großartig aus, Chérie.«
Statt der Redingote trug er einen hochmodernen hellgrauen Rock aus feinem Tuch, der die natürliche Eleganz Pierres, die unter den staubigen Falten seines Soldatenmantels nie sichtbar geworden war, aufs wunderbarste betonte. Sein kraftvoller Körper mit den schmalen Hüften und den langen Beinen, die in einer blaßroten Lederhose steckten, kam jetzt erst richtig zur Geltung. Das Graue

paßte hervorragend zu seinen graumelierten Haaren und seinem von der Sonne gebräunten Gesicht. Er sah blendend aus!
»Freust du dich nicht, mich zu sehen?«
»Das ist nicht das Problem«, erwiderte er nachdenklich. »Aber wenn du es genau wissen möchtest, ehrlich gesagt: Nein! Ich habe alles verloren. Meine Hoffnungen auf eine bessere Zukunft in einer anderen Gesellschaft haben sich zerschlagen. Sogar dich habe ich verloren, obwohl du eigentlich niemals zu mir gehört hast... Warum also bist du gekommen? Um dich an meiner Niederlage, die du immer vorausgesagt hast, zu ergötzen? Um mich fliehen zu sehen?«
»Pierre...«
»Oh! Täusch dich nicht! Ich fliehe nicht aus Angst, sondern weil ich das Leben viel zu sehr achte. Selbst mein eigenes, auch wenn es nicht sehr viel wert ist. Wäre ich in Frankreich geblieben, so hätte ich mich einem Erschießungskommando ausgesetzt, das mich früher oder später erwischt hätte. Und mit durchlöchertem Körper kann man keine großen Taten vollbringen. Ich glaube, man hat nicht das Recht, sein Leben einfach wegzuwerfen, solange man noch gebraucht wird. Man sollte es hüten und bewahren, denn es gibt immer noch ärmere Kreaturen, die schlechter dran sind, und die unsere Hilfe brauchen.«
»Ich fahre mit dir.«
Da er nicht antwortete, und er sie offenbar nicht verstanden hatte, wiederholte Agathe:
»Ich komme mit dir. Charles Jérôme hat alles in die Wege geleitet, wir können gemeinsam zur Ile de Bourbon fahren.«
Aschfahl im Gesicht trat er einen Schritt zurück.
»Du machst dich wohl über mich lustig?«
»Pierre!«
»Du! Du willst mit mir fahren? Das ist unmöglich, du mußt verrückt sein!«
Sie lächelte nervös:
»Oh, nein! Das bin ich nicht. Aber es reicht mir jetzt allmählich, das habe ich in letzter Zeit oft genug gehört.«
»Siehst du!... Und die, von denen du es gehört hast, haben ganz recht. Du da unten? Das ist völlig absurd! Was willst du da? Auf einer Insel gibt's keine Spiegel, keine Salons und keine Empfänge, dein Platz ist in Paris! Ich weiß nicht, ob es eine Laune oder ein Opfer von dir ist...«

». . . Sehe ich so aus, als würde ich ein Opfer bringen? Du hast mir oft genug meinen Egoismus vorgeworfen. Nun, hier ist er, ich kann nicht ohne dich leben, mein süßer kleiner Dummkopf . . .«
Plötzlich schossen ihr die Tränen in die Augen. Pierre umfing sie und drückte sie so fest an sich, daß es schmerzte. Aber es tat dennoch gut, sie fühlte sich wohl und aufgehoben an seiner Brust.
»Ich liebe dich, ich liebe dich so sehr!« flüsterte sie ihm immer wieder zu. »Und jetzt . . . hat Charles dir von Vincents Tod berichtet? . . . Aber nein, lassen wir das jetzt, ich will nicht mehr davon reden . . . Jetzt bin ich bereit, dir zu folgen. Du wirst sehen, daß ich mich verändert habe, denn das Leid hat mich geprägt. Ich pfeife auf Paris und seine eitle Gesellschaft. Es gibt nur noch dich, Chérie . . . Auch du wirst dich verändern, denn gemeinsam werden wir entdecken, was das ist: Glück! Wir werden es beide zusammen erfahren, denn keiner von uns beiden weiß bisher eigentlich so recht, was es heißt, glücklich zu leben.«
Sie umarmten und küßten sich wieder. Sie spürte seine zärtlichen Küsse auf den Augen, auf den Wangen, auf den Lippen und im Haar. Es war wie eine Welle, die sie ergriff und davontrug. Er flüsterte:
»Du Verrückte . . . meine kleine Verrückte, du . . .«, und endlich, als die Wildheit ganz langsam in Zärtlichkeit und fast in Verwunderung übergegangen war, waren sie eins und standen in schweigender Umarmung an der Reeling.
Ein furchtbares Getöse schreckte sie plötzlich auf. Pierre riß sich von Agathe los und horchte entsetzt zum Kai hinüber.
»Die Polizei!« flüsterte er. »Diese Hunde haben mich verfolgt.«
Die zärtliche Hingabe war wie weggeblasen, und sein Gesicht hatte jäh wieder den harten, wilden Ausdruck angenommen, den sie schon so gut an ihm kannte.
Sie ergriff seine Hand:
»Die Polizei weiß nichts von unserer Verbindung! Nein, komm, ich glaube, es ist etwas anderes.«
Während sie sprach, zog sie ihn auf die andere, dem Kai zugewandte Seite des Schiffes, obwohl er sich zunächst noch sträubte.
Eine große Reisekutsche stand hinter Charles Jérômes Wagen.
Eine riesenhafte Gestalt, deren Hutbänder im Wind flatterten, stand wild gestikulierend neben dem ausgeklappten Trittbrett. Diese windmühlenartige Figur erzeugte dröhnendes Gelächter bei den Matrosen.

Aber dann, als die nächste Person in der Tür erschien, blieb ihnen das Lachen im Hals stecken. Es war eine Frau, die dem vergangenen Jahrhundert zu entsteigen schien. Das Oberteil ihres Kleides war ein zierliches, seidenes Mieder mit Schoßröckchen, das eher zu einer Polonaise gepaßt hätte. Dazu trug sie einen weiten, ausladenden Rock, auf dem champagnerfarbene Spitzenvolants drapiert waren. An den kleinen Händen sah man leichte Handschuhe und darüber an jedem Finger einen Diamantring. Auf ihrem fülligen weichen Haar saß einer dieser ungewöhnlichen Hüte à la Marlborough, die die Königin Marie-Antoinette so sehr geliebt hatte. Ein großer, breiter Rand aus schwarzem Tüll und in der Mitte ein gekonnt verschlungenes Ensemble aus Bändern und Schleifen, in dem als Krönung drei weiße Straußenfedern steckten.
»Was ist denn das?« fragte Pierre verdutzt.
»Das ist meine Schwiegermutter«, antwortete Agathe heiter.
»Du erinnerst dich sicher, Jeanne de Seurolles, die Mutter von Vincent, ich habe dir von ihr erzählt. Die Arme! Ich habe zuerst daran gedacht, sie mit Großvater in der Rue de Bourbon zu lassen, aber Großvater... Großvater hatte gemeint: »Nimm sie mit!« »Aber Großvater! Die Reise ist weit und der Wechsel sehr schwierig! Das kann man doch nicht jemandem zumuten, der seit Jahren seine vier Wände nicht verlassen hat, und dessen Leben nur in festgefahrenen Bahnen verläuft... Ihr Liebstes war ihr Sohn, und den sieht sie nie mehr wieder. Ich habe festgestellt... Natürlich an kleinen Winzigkeiten, die nur ein Liebender bemerkt... daß sie mehr und mehr darunter leidet. Wir könnten ihr erklären, daß sie jetzt zu ihm fährt.« »Aber dann nehmen die Lügen doch gar kein Ende mehr...« »In einer neuen Umgebung, wo sie sich noch nicht zurechtfindet, wird sich die Erinnerung an Vincent nach und nach ganz verlieren, davon bin ich überzeugt. Da unten... Aber wenn du nicht willst, wenn du meinst, ihre Anwesenheit sei diesem Burschen, für den du alles aufgibst, nicht recht, dann...« »Großvater! Vincent hat mir seine Mutter anvertraut, und abgesehen von meiner Zuneigung zu ihr genügt das bereits... Und Pierre ist die Güte in Person! Ich dachte nur... Ihr hattet ein so wunderbares Verhältnis zu meiner Schwiegermutter, Ihr werdet ihr sehr fehlen... Und sie, fehlt sie Euch nicht auch?« Großvater hatte geseufzt, was selten genug bei ihm vorkam. Aber dies war ein

besonders tiefer Seufzer gewesen, der aus den Tiefen seiner Seele zu kommen schien.
»Ja, sie wird mir entsetzlich fehlen.« Dann hatte er sich aufgerichtet und mit einem winzigen heroischen Lächeln, das ihn besonders liebenswert machte, gesagt: »Schau, meine Süße, ich, der Egoist per excellence, habe mich von ihr kleinkriegen lassen. Früher haben mich weder die Probleme von anderen noch meine eigenen besonders interessiert. Ich habe mir so gut es eben ging ein schönes Leben gemacht. Das ist inzwischen vorbei, denn es gibt Jeanne. Ich will auf keinen Fall, daß ihr irgendein Leid zustößt. Was wird zum Beispiel, wenn du auf deiner Insel bist und ich inzwischen das Zeitliche segne?« »Ihr das Zeitliche segnen? Ihr seid stark wie ein Fels und jünger als Papa...« »Danke für den Vergleich mit deinem Vater! Ja, Körper und Geist sind noch in guter Verfassung. Trotzdem möchte ich... Bringst du sie mir wieder zurück?« Freudig umarmte sie ihn: »Ich verspreche es Euch. Aber was sollen wir ihr sagen...« »Sie ist ein Kind, und Kinder lieben es zu verreisen.«
Als man es ihr gesagt hatte, klatschte sie als Erstes in die Hände, stürzte sich danach aber gleich in ihr Ankleidezimmer, um mit Bréhat die Kleider für die Reise auszuwählen...« schloß Agathe ihren Bericht.
»Dort drüben, Cherie«, erklärte Agathe dann weiter, auf die Reeling gestützt, »die übermäßig große Frau, das ist Bréhat. Sie ist ein Dragoner, wie er im Buche steht, aber eine Seele von Mensch, wenn man einmal ihre Zuneigung gewonnen hat...«
»Und die da, wer ist das?« wollte Pierre wissen.
Drei kleine graue Schatten stiegen in diesem Moment die Stufen hinunter.
»Die Bediensteten meiner Schwiegermutter. Sie hatte sie schon während der Emigration bei sich, sie haben mich angefleht, mitkommen zu dürfen. Ich konnte ihnen ihren Wunsch unmöglich abschlagen, das verstehst du doch, nicht wahr?«
Er wollte weggehen.
»Agathe, das ist ja schlimmer, als ich dachte... Dein Verhalten ist unmöglich. Du weißt nicht, was du tust, das ist ein Wahnsinn. Ich habe nicht das Recht...«
Sie ging auf ihn zu und bot ihr verführerischstes Lächeln auf:
»Nun gut, nehmen wir also an, ich sei wahnsinnig... Aber kann man eine Wahnsinnige zur Vernunft bringen? Und du, mein

Lieber, du bist schließlich der Urheber dieses Wahnsinns! Und überhaupt gehört diese Insel doch nicht dir allein! Wenn es mir gefällt, mich dorthin zu begeben, wirst du mich nicht daran hindern können ...! Sieh nur, dort kommt meine Kalesche.«

Die Kutsche, die von vier herrlichen braunen Pferden gezogen wurde, drängte mit geöffnetem Verdeck und weithin sichtbarer rubinroter Polsterung durch die Menge.

»Eine Kalesche! Du willst doch wohl nicht ...«

»Ich will vor allem unsere Insel nicht immer zu Fuß besichtigen müssen! Stell dir vor, wir beide in der Kutsche, nur wir beide, wäre das nicht himmlisch?«

»Es ist vor allem fraglich, was der Kapitän dieses Schiffes dazu sagt.«

»Der Kapitän untersteht den Anordnungen Charles Jérômes. Und Charles hat zu mir gesagt: ›Das Schiff steht zu Eurer Verfügung!‹ Nun, ich verfüge.«

Gleich hinter der Kalesche erschien noch ein Wagen.

»Der gehört hoffentlich nicht auch zu dir?« meinte Pierre.

Sie nahm seine Hand und drückte sie fest:

»Chéri, mach nicht so ein Gesicht! Wir gehen schließlich nicht zu einem Picknick. Das Notwendigste mußte ich schon mitnehmen.«

Aus dem Wagen, der genau neben der Kalesche hielt, stieg ein hagerer, ehrwürdiger Herr in schwarzem Gewand und weißer Weste, der in der Hand eine Kassette hielt.

»Das ist Portal, mein Maître d'Hotel«, verkündete Agathe.

»Ein Maître d'Hotel!« entfuhr es Pierre spöttisch. »Aber ... aber ... Ich dachte, Agathe, du wolltest von nun an ein einfaches Leben führen!«

»Ist das etwa ein Grund, das Nötigste zu Hause zu lassen? Dieser liebe, treue Portal! Weißt du, was er mir geantwortet hat, als ich ihn bat, sich eine neue Stelle im Faubourg zu suchen?«

»Ich will es gar nicht wissen. Ich habe mir mein Leben lang noch keinen Maître d'Hotel geleistet.«

»Schade, denn es ist sehr angenehm. Im übrigen ist Portal viel mehr als ein Maître d'Hotel. Also, was hältst du von seiner Antwort: ›Madame‹, hat er gesagt, ›ich will gar keine anderen Herrschaften. Ich wäre glücklich und dankbar, wenn ich Madame begleiten dürfte. Es wäre mir ein Vergnügen, Sie weiterhin bedienen zu dürfen.‹ Es wäre ihm ein Vergnügen! Ist das nicht rührend? Ich konnte es ihm nicht verweigern ... Und welch

wertvolle Hilfe wird er mir sein, um das einheimische Personal auszubilden!«
Danach kam ein junges Mädchen heraus, das den zappelnden Henri auf den Armen hielt. Sie sah etwas verwirrt aus. Agathe stieß einen entzückten Schrei aus.
»Dieses kleine Ungeheuer! Schau, wie er zappelt. Pierre, das ist mein Sohn. Ist er nicht süß?«
Pierre sah sie ernst an:
»Kein Wunder, schließlich ist er dein Sohn.«
»Und was er für einen Charme hat, du wirst sehen! Bis jetzt ist nur Mademoiselle Jammeton, seine Gouvernante, mit ihm fertig geworden. Nun, Mademoiselle Jammeton besitzt eben nicht dieselbe Ergebenheit wie Portal! Louise, meine Zofe, ebensowenig, denn für beide stellte die Ile de Bourbon so etwas wie die Hölle dar! Deshalb habe ich dieses Mädchen, eine Waise, die mir von meinen Freunden Mougeaud empfohlen wurde, für Henri engagiert. Ich selbst werde mir schon zu helfen wissen. Zum Annähen meiner Knöpfe kann Portal einige Mädchen von dort einstellen.«
Agathe schmiegte sich an Pierre:
»Auf jeden Fall hat das alles keine große Bedeutung, Chéri. Wichtig sind nicht die Bequemlichkeiten, sondern, daß wir zusammen sind . . . Komm, laß uns hinuntergehen, ich möchte Henri in die Arme nehmen.«
»Geh du allein. Für mich wäre es unklug.«
»Dann bleibe ich eben auch hier.«
Pierre sagte feierlich: »Ich werde versuchen, deinem Sohn ein guter Vater zu sein.«
»Ich weiß, Chéri. Glaubst du, ich wäre sonst . . .«
»Und doch, ich flehe dich an, überlege dir alles noch einmal. Ein Wahnsinn, der nur einen selbst betrifft, ist immer zu verantworten! Aber dieser Kleine, das Klima, die Hitze . . .«
»Henri ist doch nicht aus Zucker. Im Gegenteil, das Leben in einer Kolonie wird ihm guttun. Das Getue einer Mutter macht doch aus einem Knaben leicht ein Mädchen. Mit dir dagegen wird er zum Mann erzogen. Und was das Lernen betrifft . . .«
»Agathe!« rief Pierre plötzlich.
Und er deutete auf eine erneut auftauchende Person, die sich in bester Laune mit dem Hut in der Hand auf Jeanne de Seurolles zubewegte, die ihm das helle Halstuch zurechtbauschte, das er zu einem olivgrünen Rock und beigefarbenen Nankinhosen trug.

»Ist das nicht dein Sekretär, den ich in Sèvres getroffen habe?«
»Ja, das ist er. Monsieur de Saint-Ferrieux.«
»Und er rennt bis Nantes hinter dir her, um dir Adieu zu sagen?«
»Du hast mich eben unterbrochen, das wollte ich dir erklären. Louis-Marie hat sich als Hauslehrer für Henri angeboten.«
»Sekretär, Hauslehrer, was kann er denn noch alles?«
»Ironie steht dir nicht gut, Chéri . . . Louis-Marie hat eine sehr gute Allgemeinbildung und ist mir außerdem sehr zugetan. Er könnte dir auch bei deinen Geschäften helfen, denn mit Zahlen kann er ebenso gut umgehen wie mit Briefschaften.«
»Danke, ich kann auf ihn verzichten. Er soll sich lieber seiner Aufgabe als Erzieher widmen!«
»Wie du willst.«
Agathe stieß einen Seufzer des Wohlbehagens aus:
»Mir liegt nichts anderes am Herzen als dein Glück . . . Und unser gemeinsames Glück . . . Oh, sieh doch, Henri hat mich entdeckt!«
Charles Jérôme und Clémentine hatten sich zu den Reisenden gesellt, und alle sahen jetzt lächelnd zu ihr herüber.
Agathe empfing ihre Anteilnahme mit großer Rührung. Henri schrie: »Mama! Mama!« und war ganz aus dem Häuschen.
Der Volant an Bréhats Hut war vom Wind verdreht worden, so daß sie aussah, als hätte sie einen riesengroßen Pilz auf dem Kopf. Louis-Marie hatte dieselbe widerspenstige Locke wie immer auf seiner Stirn, und Jeanne de Seurolles, die auf ihren schwarzen Stock mit dem Goldgriff gestützt war, beschwatzte den armen Portal . . . Alle Menschen, die das Leben ihr bisher beschert hatte, alle, die sie um sich geschart hatte, alle, die ihr geblieben waren, hatten sich heute hier versammelt . . . dachte sie ergriffen.
Ein kraftvoller Arm legte sich um ihre Taille und Pierre sagte leise:
»Habe ich dir eigentlich schon gesagt, wie sehr ich dich liebe?«
»Du hast mich vor allem immer beschimpft«, entgegnete sie vorwurfsvoll und zärtlich zugleich.
Pierre fuhr fort:
»Verzeih mir, Chérie. Ich kann gar nicht fassen, was geschieht! Gestern verfolgte mich noch die Polizei und wollte mich lieber tot als lebend sehen. Und diese Leere, die ich verspürte, diese fürchterliche Leere, für nichts und niemand mehr arbeiten zu können . . . Heute dagegen . . . Es ist wie im Theater! Der Vorhang fällt, und auf einmal erscheinst du . . . Auf das Drama folgt die Liebesgeschichte. Und dabei verlangt man von mir einen nahtlo-

sen Übergang von einem zum anderen! Von einer Rolle in die andere zu schlüpfen, vom Unglück ins Glück in wenigen Minuten, das ist nicht ganz leicht, weißt du! Es sei denn, man ist dazu begabt, aber ich fürchte . . .«
Er hielt plötzlich inne:
»Gchört dir das alles?«
Auf Anweisung von Portal entluden die Matrosen die Wagen. Eine hübsche Ansammlung von Reisekoffern, Decken und Hutschachteln stapelte sich am Fuß des Fallreeps.
»Nein, das ist das Gepäck meiner Schwiegermutter. Meins kommt morgen erst. Alles auf einmal wäre unmöglich zu transportieren gewesen. Ich hätte dann zwei Wagen leihen müssen. Aber ich habe kaum etwas mitgenommen, nur meine Kleider, meine Pelze . . .«
»Chérie! Pelze in den Tropen!« bemerkte er lächelnd.
»Ich weiß nicht, was du daran komisch findest. Irgendjemand muß den Eingeborenen doch zeigen, was eine echte Pariserin ist!«
Sie sah ihn frech und provozierend an.
Da brach Pierre plötzlich in schallendes Gelächter aus, und es war ein Lachen, das alle Schatten, alle Hoffnungslosigkeit vergessen ließ. Sein Gesicht war wieder jung und schön.
»Warum lachst du?«
Sie konnte gar nicht anders, als in sein befreites Lachen miteinzustimmen. Noch nie hatte sie eine solche Beglückung in seinen Augen gesehen.
Als er wieder etwas zu Atem kam, sagte er immer noch schmunzelnd:
»Dein Maître d'Hotel, dein Sekretär, deine Angestellten, deine Kalesche, deine Kleider und Pelze . . . Nennst du das, dich ändern? Nein, Agathe, du hast dich nicht verändert, und du wirst dich nie verändern. Selbst den einfachsten Dingen wirst du noch Pracht und Üppigkeit verleihen wollen, aber . . . nein, pssst, Chérie, laß mich zu Ende reden . . . Ich bitte dich, bleib so, denn darin liegt gerade dein Charme und deine Einmaligkeit. Bleib so . . . denn wir lieben dich alle genauso, wie du bist . . .«

Knaur®

Romantic-Thriller

Eden, Dorothy

Christabel
Eine Frau, die das Abenteuer sucht. 265 S. [827]

Der düstere See
Die Geschichte einer unheimlichen Entdeckung. 159 S. [818]

Antonias Geburtstag
Kurz vor ihrem 24. Geburtstag reist Antonia nach Neuseeland. Kaum dort angekommen, erlebt sie schreckliche Dinge. 158 S. [1011]

Die entführte Braut
Kriminalfall oder Liebesgeschichte? Man liest diese atemberaubende Geschichte in einem Zuge. 160 S. [1004]

Ein Clan von Bedeutung
In der Wildnis Neuseelands will Kate ihre irische Heimat und eine unglückliche Liebe vergessen. »Bei weitem der beste Roman, den Dorothy Eden je geschrieben hat…« (Publishers Weekly) 320 S. [1192]

Nachmittag für Eidechsen
Eine junge Frau in einem fremden Land. Sie fühlt sich beobachtet, verfolgt und bedroht – sogar von ihrem Mann. 160 S. [823]

Die Spur führt durch die Wälder
Willa Bedford, Sekretärin der britischen Botschaft, ist verschwunden. Grace, ihre Cousine, macht sich auf die Suche nach Willa. Eine Spur führt in die unendlichen Wälder Nordschwedens… 208 S. [1161]

Eden, Dorothy

Die seltsame Hochzeit
Als die 26jährige Luise einen reifen Witwer heiratet, ist die Welt noch in Ordnung. Doch bald kann sich niemand mehr an die Hochzeit erinnern… 160 S. [1050]

Die Trommel von Salamanca (H)
Größe, Verfall und Neubeginn der englischen Nation von der viktorianischen Ära bis zur Gegenwart, eingefangen in dem ergreifenden Porträt einer Frau und ihrer Familie. 256 S. [1037]

Yarrabee (H)
Zu Beginn des 19. Jahrhunderts ist Australien ein noch unberührtes Land. Dorthin holt sich der reiche englische Weinbauer Gilbert die zarte Eugenia als Herrin auf sein Gut »Yarrabee«… 320 S. [1294]

Randall, Rona

Applaus, Applaus
Eine berühmte Londoner Schauspielerfamilie vor dem Hintergrund des ausbrechenden Zweiten Weltkrieges 1939. 416 S. [1234]

Die grüne Kutsche
Über Nacht wird Jane zur reichen Erbin. Doch merkwürdige Dinge geschehen, als sie Lord Ashford heiratet. 143 S. [807]

Spiel der Leidenschaft
Was als Spiel um Liebe und Glück beginnt, wird in diesem Romantic-Thriller ein Verhängnis mit tödlichem Ausgang. 288 S. [1024]

Die Ladies vom Hanover-Square
Die junge Waise Deborah kommt zu ihrer skandalumwitterten Tante Dulcima. Als Dulcima stirbt, übernimmt Deborah die Mutterrolle für den illegitimen Sohn der Tante. 384 S. [1181]

Der Adler über dem Tor
335 S. [797]

Der Wächterstein
191 S. [782]

Zerrissene Fäden
Die dramatische Geschichte einer Familie, die an ihren Problemen zu zerbrechen droht. Mit einer Einfühlsamkeit und Wirklichkeitsnähe, denen man sich nur schwerlich entziehen kann. 224 S. [1302]